劳伦斯典藏系列

恋爱中的女人

（修订版）

Women in Love

【英】D.H.劳伦斯 著

黑马 ——译

团结出版社

图书在版编目（CIP）数据

　　恋爱中的女人 /（英）D.H. 劳伦斯著 ；黑马译. --
修订本. -- 北京 : 团结出版社，2020.3
　　书名原文：Women in Love
　　ISBN 978-7-5126-7572-8

　　Ⅰ．①恋… Ⅱ．①D… ②黑… Ⅲ．①长篇小说－英国
－现代 Ⅳ．①I561.45

　　中国版本图书馆 CIP 数据核字(2019)第 264668 号

出　　版：团结出版社
　　　　　（北京市东城区东皇城根南街 84 号　邮编：100006）
电　　话：(010) 65228880　65244790 （出版社）
　　　　　(010) 65238766　85113874　65133603 （发行部）
　　　　　(010) 65133603 （邮购）
网　　址：http://www.tjpress.com
E-mail：zb65244790@vip.163.com
　　　　　fx65133603@163.com （发行部邮购）
经　　销：全国新华书店
印　　装：三河市东方印刷有限公司

开　　本：170mm×240mm　　　16 开
印　　张：33.25
字　　数：467 千字
版　　次：2020 年 3 月　第 1 版
印　　次：2020 年 3 月　第 1 次印刷

书　　号：978-7-5126-7572-8
定　　价：98.00 元

《恋爱中的女人》自序①

这部小说草拟于梯罗尔，1913 年。1917 年在康沃尔重写后杀青②。因此可以说，这是一部在第一次世界大战期间成形但与大战本身无甚关系的小说。不过，我希望不要把小说置于一个特定的时间段中。这样一来就可以把小说人物的痛苦看作是战争所致。

这本书曾投给一些伦敦的出版社③，他们最终的回答几乎都是："我们对出版这本书甚有诚意。但若因此被起诉，则不敢冒此风险。"《虹》的厄运仍教他们记忆犹新④，不得不慎之又慎。而这本书潜意上又是《虹》的续篇。

在英国，我从不企图在任何指控面前替自己辩解。但对美国人，我似乎可以自辩一二。在美国，我被指控为"不洁"和色情（pornography）。我不认

---

① 本前言是应美国出版商 Thomas Seltzer 1919 年 11 月 7 日来信的建议所写。曾于 1920 年印在本书的广告上，后曾三次收入小说中。不知出于何故，以后未再收入。

② 1913 年 3 月，劳伦斯夫妇住在意大利北部加尔达湖畔的威拉村，草就了《姐妹》一书。其上半部于 1915 年以《虹》的书名出版。1916 年劳氏夫妇移居康沃尔，后住在赞诺附近的特拉嘎森村，在《姐妹》的基础上写作《恋爱中的女人》，并于 1917 年杀青。1919 年对原稿再次进行了改动。

③ 这部书稿曾被几家英国出版社退稿，包括麦修恩与达克华斯等著名出版社。

④ 1915 年 11 月 13 日，伦敦警察法院以"淫秽"罪名命令麦修恩销毁未售出的和可以收回的《虹》。

错，也不理会它。对我最主要的指责是"情欲狂"（Eroticism）。这就奇了，实在教我困惑。它指的是哪种情欲？是那种逍遥自得的情欲还是圣洁的情爱女神爱洛斯（Eros）[①]？如果是后者，为什么要责难？为什么不敬重？甚至崇拜之？

让我们毫不犹豫地宣称：肉欲的激情与神秘同神的神秘与激情同样神圣。谁还会对此加以否定？唯一不可容忍的是糟践我们身上活生生的神秘之物，这纯属堕落。

让男人深怀敬重地认识自己吧，对我们体内那富有创造性的灵魂所张扬的一切甚至要报以敬重，因为它是上帝的神话。这样一来我们才能身心健康，自由自在。淫猥是可恨之物，它戕害了我们的正直与高尚。

富有创造性的自然冲动之魂激荡起我们体内的欲望与渴求，这是我们真正的命运，有待于我们去满足并实现之。而来自外界的指令如来自理念和环境，是虚幻的命运。

这部小说自诩为作者自身欲望之渴求与抗争的记录。一言以蔽之，是自我至深经验的记录。举凡来自灵魂深处的东西均无不良可言。所以，本作者毫无歉意可表，除非这小说背叛了自家灵魂。

男人为其即将生出的欲求而挣扎并寻求满足。如同蓓蕾在树木中挣扎而出，新的欲求之花在磨难中生自人的体内。任何一个真正有个性的男人都会试图认识并了解他身心中正在发生什么，他要挣扎，以得出语言上的表达。这种挣扎绝不应该在艺术中被忽略，因为它是生命之重大部分；这绝非理念强加于人，而是为获得意识生命而进行的激情抗争。

我们正处在一个危机的时期。任何一个敏感的活生生男人都在激烈地与自己的灵魂抗争。能够生出新的激情和新的理念，这样的人才能坚忍下去。而那些禁锢在旧理念中的人，会因着新生命扼死在体内不能出生而灭亡。男人们

---

① 请注意，Eros 与 Eroticism 词根相同。

必须相互吐露心声。

　　论及文体，书中常有稍作变动的重复之处，往往被视作败笔。唯一的解释是：对本作者来说这纯属自然。因为，情绪、激情或领悟上的每一个危机都来自这种搏动着摩擦中的往复，只有这样才能导致其高潮。

D. H. 劳伦斯

1919 年 9 月 12 日于 Hermitage^①

---

　　① Hermitage 位于伯克郡。劳氏夫妇于 1918 年和 1919 年断断续续在此地村舍居住。

荒原上的苦难历程 ①

——《恋爱中的女人》译后记

　　张爱玲在自己的一本小说序言中曾说："时代是仓促的，已经在破坏中，还有更大的破坏要来。有一天，我们的文明，不论是升华还是沉浮，都要成为过去。如果我最常用的字是'荒凉'，那是因为思想背景里有这惘惘的威胁。"②

　　我以为 D.H. 劳伦斯正是以这种心境写作这部巨著的。小说留给读者的，只能是荒芜的寂寥。至于那心灵荒原上的情、欲、爱，真可以用大诗人迈克尔·德雷顿的几行诗来描摹：

> 爱在吐出最后一丝喘息，
> 忠诚跪在死榻一隅，
> 纯真正在双目紧闭……③

　　小说伊始，我们已经看到这样一个女人：她面色苍白，衣着华贵，举止高雅，其实是一个性变态的女人。她凶狠、狡诈，一心要占有男人的灵魂。她为变态的强烈情欲所驱使，对男人可以竭尽温情，一旦遭到挫败，她又会像疯子一样报复，大家闺秀的高雅此时会丧失殆尽，只露出魔鬼的本来面目。她是

---

　　① 《恋爱中的女人》译者序言最早写于 1988 年末。本次在原序基础上进行了较大修改增删。

　　② 张爱玲：《传奇》再版自序，《张爱玲短篇小说集》，皇冠出版社。

　　③ 迈克尔·德雷顿：《爱之永诀》，《英诗金库》，牛津大学出版社。

一个疯狂的刽子手，她就是贵妇人赫麦妮。

小说向我们展示出的伦敦城，一片黯淡阴冷，庞巴多咖啡馆更是乌烟瘴气。一群行尸走肉般的男女，无望地及时行乐，鬼混度日。他们心灵空虚，万念俱灰，烟酒也无法排遣心中无端的苦闷与孤独，情欲的放纵只能加深心灵的痛苦。好一幅世纪末的群像！

小说以"恋爱中的女人"作了书名，这个书名表达的或许只有小说一半的内容，实则劳伦斯用更多的篇幅描写伯金和厄秀拉、杰拉德和戈珍这两对情人苦涩的恋情，写他们的追求。他们身处在一个悲剧的氛围中，心头笼罩着总也拂不去的阴影。他们试图用爱——异性的及同性的来填补心灵的孤独，可陌生的心总也无法沟通。他们甚至失去了生的意志——爱不起来、活着无聊、丢弃不忍、结着幽怨、系着压抑。郁闷的心境令人难以将息。

伯金是一个天生的悲剧之子，他有着过于纤弱的灵魂与羸弱的体质，这些足以铸就他悲剧的气质。这样一个痛苦的精灵在冷酷无情的工业文明时代只能活得更累，苦难更为深重。他冷漠、忧郁、绝望，总在痛苦地思索人类的命运与人生的意义，但得出的都是悲剧性的结论：人类已日暮途穷，机器文明将导致人类的彻底毁灭。

这个悲剧之子在爱情上同样苦苦地求索。贵妇人赫麦妮在千方百计缠着他，那强烈的变态情欲令伯金厌恶，可他又舍不得与她断绝关系，最终自食其果，险些被赫麦妮杀死。他追求着才女厄秀拉，他们双双追求着一种灵与肉和谐的性关系。可他们始终达不到这个崇高的理想境界。冥冥中的忧郁、陌生与苦楚阻隔着他们，时有的情欲放纵也成过眼烟云。与此同时伯金无法抵抗杰拉德的魅力，他需要杰拉德的同性友谊作他爱情生活的补充。他与杰拉德时有冲突，无法达到情同手足的程度。这又是一种折磨。

由此可见，伯金是一个现代的悲剧浪漫者。他预感大难临头，对社会和世界早已绝望，因此要追求一个个人圆满的结局了此一生。伯金是不幸的，个性悲剧与社会现实的黑暗只能把他一步步推向苦难的深渊。他的爱，他的思索与追求，是现代工业文明条件下知识分子的痛苦写照。欲哭无泪、欲罢不能、不堪回首、前景叵测，此乃伯金的苦难历程。

杰拉德·克里奇是一个值得深思的人物。他是一位工业巨子，劳伦斯称之为"和平时期的拿破仑，又一个俾斯麦"。他一心只想发展企业，增加利润，像一台高精密的机器不知疲惫地运转。他对工人冷酷无情，毫无人性与人道可言；他信奉科学和设备，不知不觉中自己却成了机器的奴隶。随着企业的大发展和资本的大幅度增加，他突然发现自己已经异化为非人。他心灵空虚，毫无情感，空有一具美男子的躯壳，深感疲乏无力，生的欲望早已丧失殆尽。他时而会在梦中惊醒，在无限的孤独中瑟瑟发抖，生怕有朝一日变成一具行尸走肉。他是一个精神上的阉人，心早已死了。

为了寻回真实的自己，他想到了爱，想借此良方起死回生。他先是与女模特米纳蒂厮混，后又追求良家女儿戈珍。可是死人是无法爱的，他身上那股死亡气息只能令戈珍窒息。

最终戈珍弃他而去，投入了一个德国雕塑师的怀抱。杰拉德气急败坏，精神错乱中死在冰天雪地的阿尔卑斯山谷中。一具心灵冰冷荒芜的躯体葬在冰谷中，这儿是他最恰当的归宿。

如果说小说里还有什么亮点和纯粹的温暖和感动，这应该说来自杰拉德的父亲老矿主克里奇先生。这是个淹没在喧嚣与骚动的浪潮中时隐时现的人物，似乎游离于主体和主题，但似乎又是不可或缺，起着某种平衡作用。这绝不是劳伦斯有意无意中的闲笔，他像长久阴天的寒冬里偶尔透过乌云闪烁一下的太阳，其光芒稍纵即逝，但却能令整部小说富有温暖色调。这个老父亲的角色似乎是劳伦斯理想中最好的父亲，是最理想的企业家，他经过资本的原始积累后良心未泯，内心充满了原罪感，对苦难中的矿工充满同情和怜悯，多有善举。他甚至认为从事劳动的矿工们是最高尚的，这些穷人比他更接近基督，如果不是为了扩大生产，他甚至想要把财产全分给他们。几个不同的章节里时而出现濒死中不断反思生命和生活的老克里奇，同时将果断刚毅与矿工为敌的工业巨子的儿子杰拉德随时置身于与父亲的对比中。最终，生活的逻辑战胜了理想，老克里奇必须死去，虚幻的基督教的爱必须让位于残酷的工业文明的发展逻辑。而且，让他死去的还有那些他自叹不如的比他接近基督的矿工们，他们对他的仁慈并不领情，他们生活在"民主"时代，要求的是生来平等。可是"一旦人们开始为财产的平等而斗争，如何分得清哪是为平等而战的激情、哪是贪欲的激情？"① 于是，老克里奇先生抑郁而死。劳伦斯的笔是那样残酷，他让老克里奇缓慢地在心灵与肉体的病痛中抽丝般的死去，多少章过去了，老克里奇一直在背景中隐现，不肯死去，枯竭的身躯和枯槁的病容一再如幻影出现，似乎在用游丝般的温暖平衡小说的残酷，又似乎是用自己的磨难昭示着现实的残酷无情。小说的逻辑遵从了现实的逻辑，老克里奇必死，这个理想人物必须让他遭到现实最残酷的扼杀——恨他如绊脚石的杰拉德们和他深爱着的穷人们一刀一刀地将他处以剐刑，这是文明发展的利刃，掌握在看似对立的两个不同的阶级手中，但都对准了他。但就是这盏风中的残炬，给《恋爱中的女人》荒芜的高原增添了难得的亮色。

关于这部小说，学术界的论文与专著已经汗牛充栋，几乎穷尽了全部可以研究的话题和角度。因为这是劳伦斯最重要的小说之一，从时序上说，估计是英语文学中首部现代主义小说。② 小说肇始于——战前和平时期，是工业革命如日中天的发达期，背景是轰轰烈烈开发中的煤矿区与矿区附近依旧田园诗般的旧英国乡村，但却重写并杀青于第一次世界大战中期，应该说是少有的"战争"小说。但它又像劳伦斯同时期的很多中短篇小说一样，反倒没有战争场景，没有前线的惨烈杀戮，其故事和人物经历的是内心的战争和两性之间的战争。其荒芜和荒谬的内心世界与外部场景都令人把它比作小说中的《荒原》。但事实是，如果不是因为受它的姊妹篇《虹》在 1915 年遭禁的影响，完稿后拖延四年

① 拙译《恋爱中的女人》，译林版，1999，p243。
② 拙译凯斯·萨加：《劳伦斯的绘画世界》，北京金城版，2012，p11。

才于 1920 年在美国出私人征订版，并在次年才在英国出版，它会比广为人知的现代主义作品《荒原》和《尤利斯西》早出版几年。即使拖延四年出版，也和后两部作品在同一时间段面世。所以萨加说它是英语世界里的首部现代主义小说。同时，按照文化批评大家霍加特的观点，它是英国小说中的高峰之一。[①]

既然是如此的高峰之作，其成就自然是有目共睹，并且如霍加特所说，这样的书不可重复，不是别人写小说的模仿物，它更该被看成是丰富的矿藏：任何做小说者必读它，并且会在某种程度上受到它的影响。[②]

劳伦斯曾在《查泰莱夫人的情人》一书中借康妮之口道出对好小说的看法，说："小说，如果写得恰到好处，可以揭示生命之最为隐秘地带。"[③]

从写实的表象上看，劳伦斯将《虹》中两个英国小镇的新派女性通过恋爱关系与采矿业的工业巨子和郡政府的教育官员发生接触，很快把小镇的女性婚恋话题转向国家、民族、民主、欧洲和世界的问题上。劳伦斯继承了传统英国小说中对风光绮丽的小镇生活的热爱，刻画了形象各异的小镇人物，这是因为从根本上说英国是一个小镇组成的国家，令人想起《米德尔马契》《傲慢与偏见》《弗洛斯河畔的磨坊》《苔丝》，甚至《简爱》。但他大大超越了哈代、爱略特和奥斯汀们，很快就让两个新女性走入了男人的世界，走向了无比广阔的空间，从伦敦走向了欧洲。这种令人眼花缭乱的场景的蒙太奇般的组接和切换，伴随着人物激烈的争吵和情欲的释放，令读者在紧张的节奏中迅速感受到了英国社会的动荡变迁，感受到工业文明的乱象丛生，人们的内心活动紧张跌宕，在残酷的现实面前无论有产阶级、无产阶级还是夹在中间的知识分子和艺术家们，都无所适从，世纪末的黑云压在每个人心头，看不到乌云的任何金边。生活的镜头迅速切换着，心灵的窗口迅速打开，戏剧冲突犹如一场场祭奠的仪式，场

---

① Richard Hoggart: *Between Two Worlds*, Aurus Press, 2001, p83。

② 同上。

③ 拙译《查泰莱夫人的情人》，译林中英双语版，2009，p86。

景都笼罩在浓重的甚至是浓艳的色彩下，令人感到有古希腊悲剧的音乐和鼓声在奏响，有上帝的彩笔在涂抹着浓艳的色块。这就是最典型的表现主义写法了，可以称之为戏剧诗。英国现代小说到了这里，算是真正达到了一个高峰，而且是独具一格的高峰，无可比拟。因为它如此凝练、紧张地揭示了太多的现实和心灵的隐秘之处，手法如此反传统，这样的杰作竟然出自一个如此年轻的作家，其价值肯定是要被无情地埋没多年才能被后人认识。特别是劳伦斯在此表现出了超阶级意识，把有产阶级和无产阶级写成一个硬币的两面，让他们中间仅仅隔着利益，实则都是文明的牺牲品，这样石破天惊的揭示只有在后现代主义的视野里才能得到响应。所以劳伦斯受到来自左右两方面的攻击就是再正常不过的了。但真理总是要有先知来揭示，先知往往是要上十字架和火刑柱的。就是在这个意义上说，《恋爱中的女人》是一部非凡的启示录式的作品。

作为文学作品的这部新的启示录意象纷呈，光影迷离，于无声处时而惊雷阵阵轰鸣，似有神的宣判。不错，厄秀拉和戈珍的名字本身就隐含着神话悲剧的启示：一个是历史上的烈女，带领 1100 个处女出使匈奴，惨遭杀害；另一个是条顿传奇中尼伯龙根国王的公主，杀了自己的丈夫。而在小说中，厄秀拉以新女性的姿态义无反顾地进入与伯金的危险的性关系中，一面体验自己所爱之人的男性神话，也体验性关系中彻底的赤裸和爱到极点时彻底忘却羞耻的极端情色感受，同时明知无望，还是竭尽全力将伯金拯救出同性情爱的迷惘苦海。其实她是在扮演烈女的角色，烈女并非只出现在战场，也出现在情场。戈珍则同样与杰拉德一起体验了彻底的放纵，又遵循自己激情冲动的引领与杰拉德分道扬镳，首先从精神上杀死了杰拉德，最终杰拉德在变成行尸走肉的情况下自己倒毙在雪谷中，他其实是被神话中的戈珍公主杀死的，从一开始就注定是自投命运的罗网。所以两对恋人的性爱体验总是像一场场宗教仪式，令人感到那不是做爱，而是在把他们自己献给神的祭坛。劳伦斯这个时候已经开始将隐含的神化原型与现实世界嫁接，为现代主义和后现代主义文学批评视角审视他的作品埋下了因子。

这部书里展开的就是一场没有硝烟的性战争，没有刀枪剑戟，但字里行间战火纷飞，人性的隐秘地带一一得到触动。两对情人历经感情折磨，历经疯狂的爱欲宣泄，历经感情和性爱的暴力，最终以杰拉德变疯而死为结束；但故事远没结束，厄秀拉和伯金并没有达到完全和谐，故事的结局是开放式的，结尾是伯金对死去的杰拉德冥冥中的倾诉：那死去的和正在死去的仍然可以爱。①

劳伦斯在为这部小说写下的自序中表白道："男人为其即将生出的欲求而挣扎并寻求满足。如同蓓蕾在树木中挣扎而出，新的欲求之花在磨难中生自人的体内。任何一个真正有个性的男人都会试图认识并了解他身心中正在发生什么，他要挣扎，以得出语言上的表达。这种挣扎绝不应该在艺术中被忽略，因为它是生命之重大部分；这绝非理念强加于人，而是为获得意识生命而进行的激情抗争。"② 这段听似与"恋爱中的女人"关系不大的话是在昭示生命新的隐秘地带。故事远没有结束甚至是刚刚开始。

所以"文化研究"的开山鼻祖霍加特才把这部小说推崇为英国小说的一个高峰，霍加特还说，这样的小说能改变读者：读了这样的小说，我们对自己人格潜流的感觉从此变了：改变我们看待自己的方式，看待我们与他人之间关系的方式，看待社会的方式，看待时间与代际、家庭与地域和空间的方式。③

总之这部小说完全符合劳伦斯自己给小说下的定义：闪光的生命之书。这是因为，作为小说，它揭示的是生命的全部，甚至是劳伦斯所说的人性最隐秘的地带，这是任何哲学、宗教或伦理学都无法在一本自己领域里的书里能揭示的。所以劳伦斯说他感觉作为小说家，他比圣人、哲学家、科学家和诗人都优越，因为那些人只能主宰人的不同部分，却不能获得人的整体，而小说家的小说却能让人全身战抖。④

① 拙译《恋爱中的女人》，译林版，1999，p515。

② 拙译《书之孽》，金城出版社，2012，p261。

③ Richard Hoggart: *Between Two Worlds*, Aurus Press, 2001, p84.

④ 见拙译《劳伦斯文艺随笔》，漓江版，2004，p238。

目　录

《恋爱中的女人》自序 …………………………………………001

荒原上的苦难历程 ………………………………………………005

第一章　姐妹俩 …………………………………………………001

第二章　肖特兰兹 ………………………………………………018

第三章　教室 ……………………………………………………031

第四章　跳水人 …………………………………………………043

第五章　在火车上 ………………………………………………051

第六章　薄荷酒 …………………………………………………062

第七章　神符 ……………………………………………………079

第八章　布莱德比 ………………………………………………085

第九章　煤灰 ……………………………………………………115

第十章　素描簿 …………………………………………………124

第十一章　湖中岛 ………………………………………………129

第十二章　地毯 …………………………………………………141

第十三章　米诺 …………………………………………………152

第十四章　水上游园会 …………………………………………165

第十五章　星期天晚上 …………………………………………203

第十六章　男人之间 ……………………………………………212

第十七章　工业巨子 ……………………………………………225

第十八章　兔子 …………………………………………………248

第十九章　月光 ···················· 259

第二十章　格斗 ···················· 282

第二十一章　开端 ···················· 294

第二十二章　女人之间 ···················· 310

第二十三章　出游 ···················· 321

第二十四章　死亡与爱情 ···················· 343

第二十五章　是否结婚 ···················· 373

第二十六章　一把椅子 ···················· 377

第二十七章　远游 ···················· 389

第二十八章　戈珍在庞巴多咖啡馆 ···················· 407

第二十九章　大陆 ···················· 414

第三十章　雪 ···················· 426

第三十一章　雪葬 ···················· 472

第三十二章　退场 ···················· 508

出版说明 ···················· 516

第一章　姐妹俩

一天早上，在贝多弗①父亲的家里，布朗温家两姐妹厄秀拉和戈珍②坐在外飘窗的窗台上，一边绣花、绘画，一边聊着。厄秀拉正绣一件色彩鲜艳的东西，戈珍膝盖上放着一块画板在画画儿。她们默默地绣着、画着，想到什么就说点什么。

"厄秀拉，"戈珍说，"你真不想结婚吗？"

厄秀拉把刺绣摊在膝上，抬起头来，神情平静、若有所思地说：

"我不知道，这要看怎么讲了。"

戈珍有点吃惊地看着姐姐，看了好一会儿。

"这个嘛，"戈珍调侃地说，"一般来说指的就是那回事！但是，你不觉得你应该，嗯，"她有点神色黯然地说，"应该比现在的处境更好一点吗？"

厄秀拉脸上闪过一片阴影。

"应该吧，"她说，"不过我没把握。"

戈珍又不说话了，有点不高兴了，她原本要得到一个确切的答复。

"你不认为一个人需要结婚的经验吗？"她问。

---

①　本书中的贝多弗，其蓝本基本上是劳伦斯故乡伊斯特伍德镇，书中的风物描写与现实中的伊斯特伍德城乡有多处惊人一致的地方。

②　厄秀拉是历史上一个烈女的名字。圣厄秀拉曾带领一千一百个处女出使匈奴，但匈奴人在科隆附近将她们杀害了。劳伦斯笔下的厄秀拉在小说《虹》中战胜了生活和爱情的磨难，一心等待着与"神的儿子"携手。与她形成对比的是妹妹戈珍。戈珍是条顿传奇故事中一个女人的名字，她是尼伯龙根国王的公主，杀死了自己的丈夫阿特利。而本书中戈珍的丈夫最终自戕而死。

"你认为结婚是一种经验吗？"厄秀拉反问。

"肯定是，不管怎样都是，"戈珍冷静地说，"可能这经验让人不愉快，但肯定是一种经验。"

"那不见得，"厄秀拉说，"也许倒是经验的结束呢。"

戈珍正襟危坐，认真听厄秀拉说这话。

"当然了，"她说，"是要想到那个。"

说到此，她们不再说话了。戈珍几乎是气呼呼地抓起橡皮，开始擦掉画上去的东西。厄秀拉则专心地绣她的花儿。

"有像样的人求婚你不考虑接受吗？"戈珍问。

"我都回绝了好几个了，"厄秀拉说。

"真的呀！？"戈珍绯红了脸问："是什么值得你这么干？你真有人了吗？"

"有，年薪上千镑，而且人很棒，我太喜欢他了。"厄秀拉说。

"真的呀！是不是你让人家引诱了？"

"可以说是，也可以说不是，"厄秀拉说。"一到那时候，压根儿就没了引诱这一说。要是我让人家引诱了，我早立即结婚了。我受的是不结婚的引诱。"说到这里，两姐妹的脸色明朗起来，感到乐不可支。

"太棒了，"戈珍叫道，"这引诱力也太大了，不结婚！"她们两人相对大笑起来，但她们心里感到可怕。

这以后她们沉默了好久，厄秀拉仍旧绣花儿，戈珍照旧画她的素描。姐妹俩都是大人了，厄秀拉二十六，戈珍二十五。但她们都像现代女性那样，看上去冷漠、纯洁，不像青春女神，反倒更像月神。戈珍很漂亮，皮肤柔嫩，体态婀娜，人也温顺。她身着一件墨绿色绸上衣，领口和袖口上都镶着蓝色和绿色的亚麻布褶边儿，长筒袜则是翠绿色的。她看上去与厄秀拉正相反。她时而自信，时而羞赧，而厄秀拉则敏感、充满期望。这小地方的人让戈珍那泰然自若的神态和毫无掩饰的举止吓着了，说她是个"精明的女人"。她刚从伦敦回来，在那儿住了几年，在一所艺术学校边工作边学习，过的是出入于画室的生活。

"我现在在等一个男人的到来，"戈珍说着，突然咬住下嘴唇，做了个奇怪的鬼脸儿，一半是狡狯的笑，一半是痛苦相。这模样把厄秀拉吓了一跳。

"你回家来，就是为了在这儿等他？"她笑道。

"得了吧，"戈珍尖声叫道，"我才不会上赶着去找他呢。不过嘛，要是真有那么一个人，相貌出众，又收入颇丰，那——"戈珍有点不好意思，话没说完。然后她盯着厄秀拉，好像要看透她似的。"你不觉得你都感到厌烦了吗？"她问姐姐，"你是否发现什么都无法实现？什么都实现不了！一切都还未等开花儿就凋谢了。"

"什么没开花就凋谢了？"厄秀拉问。

"嗨，什么都是这样，自己啦，一般的事情啦，都这样。"

姐妹俩不说话了，都在茫然地考虑着自己的命运。

"这是够可怕的，"厄秀拉说，停了一会儿又说："不过你想通过结婚达到什么目的吗？"

"那就是下一步的事儿，不可避免。"戈珍说。

厄秀拉思考着这个问题，心中有点发苦。她在威利·格林学校教书，工作好几年了。

"我知道，"她说，"人一空想起来似乎都那样，可要是设身处地地想想就好了，想想吧，想想你了解的一个男人，每天晚上回家来，对你说声'哈罗'，然后吻你——"

谁都不说话了。

"没错，"戈珍小声说，"这不可能。男人不可能这样。"

"当然还有孩子——"厄秀拉迟疑地说。

戈珍的表情严峻起来。

"你真想要孩子吗，厄秀拉？"她冷冷地问。听她这一问，厄秀拉脸上露出迷惑不解的表情。

"我觉得这个问题离我还太远，"她说。

"你是这种感受吗？"戈珍问，"我从来没想过生孩子，没那感受。"

戈珍毫无表情地看着厄秀拉，厄秀拉皱起了眉头。

"或许这并不是真的，"她支吾道，"或许人们心里并不想要男人和孩子，只是做做表面文章而已。"戈珍的神态严肃起来。她并不需要太肯定的说法。

"可有时一个人会想到别人的孩子，"厄秀拉说。

戈珍又一次看看姐姐，目光中几乎有些敌意。

"是这样。"她说完不再说话了。

姐妹两人默默地绣花、绘画儿。厄秀拉总是那样神采奕奕，似一团被压抑的火焰。她自己独立生活很久了，洁身自好，工作着，日复一日，总想把握住生活，照自己的想法去把握生活。表面上她停止了活跃的生活，可实际上，在冥冥中却有什么在生长出来。要是她能够冲破那最后的一层壳该多好啊！她似乎像一个胎儿那样伸出了双手要冲出母腹。可是，她不能，还不能。她仍有一个奇特的预感，感到有什么将至。

她放下手中的刺绣，看看妹妹。她觉得戈珍太漂亮、实在太迷人了，她柔美、丰腴、线条细腻。她还有点顽皮、淘气、出言辛辣，真是个毫无瑕疵的本色人儿。厄秀拉打心眼儿里羡慕她。

"你为什么回家来，傻孩子？"

戈珍知道厄秀拉羡慕她了。她直起腰来，线条优美的眼睫毛下目光凝视着厄秀拉。

"问我为什么回来吗，厄秀拉？"她重复道："我自己已经问过自己一千次了。"

"还不知道吗？"

"知道了，我想我明白了。我觉得我退一步是为了更好地前进。"

说完她久久地打量着厄秀拉，目光询问着她。

"我知道！"厄秀拉叫道，那神情有些迷茫，像是在说谎，好像她不明白一样。"可你要跳到哪儿去呢？"

"哦，无所谓，"戈珍说，口气有点超然。"一个人如果跳过了篱笆，他总能落到一个什么地方的。"

"可这不是在冒险吗？"厄秀拉问。

戈珍脸上渐渐掠过一丝嘲讽的笑意。

"嗨！"她笑道："不过是说说而已！"她又不说话了，可厄秀拉仍然沉思着。

"你回来了，觉得家里怎么样？"她问。

戈珍冷漠不语然后冷冷地直白道：

"我发现我完全不是这儿的人了。"

"那爸爸呢？"

戈珍几乎有点反感地看看厄秀拉，有些被迫的样子，说：

"我还没想到他呢，我不让自己去想。"她的话很冷漠。

"好啊，"厄秀拉吞吞吐吐地说。她俩的对话的确进行不下去了。姐妹俩发现自己遇到了一条黑洞洞的深渊，很可怕，好像她们就在边上窥视一样。

她们又默默地做着自己的活儿。一会儿，戈珍的脸因为控制着情绪而通红起来。她不愿让脸红起来。

"我们出去看看人家的婚礼吧，"她终于说话了，口气很随意。

"好啊！"厄秀拉叫道，急切地把针线活儿扔到一边，跳了起来，似乎要逃离什么东西一样。这么一来，反倒显得刚才气氛紧张了，令戈珍感到不快。

往楼上走着，厄秀拉注意地看着这座房子，这是她的家。可是她讨厌这儿，这块肮脏、太让人熟悉的地方！她内心深处对这个家是反感的，这周围的环境，整个气氛和这种陈腐的生活都让她反感。这种感觉令她恐怖。

两个姑娘很快就来到了贝多弗的主干道上。这条街很宽，路旁有商店和住房，布局散乱，街面上也很脏，不过倒不显得贫寒。戈珍刚从切尔西区[①]和苏塞克斯[②]来，对中部这座小煤镇子十分厌恶，这儿真叫杂乱丑陋。她朝前走着，穿过长长的砾石街道，到处都混乱不堪、肮脏透顶、小气十足。人们的目光都盯着她，让她感到很难受。真不知道她为什么要回来，为什么要尝尝这乱七八糟、丑陋不堪的小城滋味。她为什么要屈从于这些毫无意义、丑陋不堪的人的折磨，为什么要屈从于这座毫无光彩的农村小镇呢？为什么她仍然要向这些东西屈服？她感到自己就像一只在尘土中蠕动的甲壳虫，这真令人反感。

她们走下主干道，从一座黑乎乎的公共菜园旁走过，园子里残剩的白菜沾满了煤灰，不知羞耻地支棱着。没人感到难堪，没人为这个感到不好意思。

"这真像地狱中的乡村，"戈珍说，"矿工们把它带到地面上来，是用铲子挖上来的。厄秀拉，这可真太好玩了，太好了，真是太妙了，这儿是另一个世界。这儿的人全是些食尸鬼，这儿什么东西都沾着鬼气。全是真实世界的鬼影，是鬼影、食尸鬼，全是些肮脏、龌龊的东西。厄秀拉，这简直跟疯了一样。"

姐妹俩穿过一片黑魆魆、肮脏不堪的田野。左边是散落着一座座煤矿的谷地，谷地对面的山坡上是小麦田和森林，远远的一片黪黑，就像罩着一层黑纱一样。白烟柱黑烟柱拔地而起，像在黑沉沉的天空上变魔术。近处是一排排的住房，顺山坡逶迤而上，一直通向山顶。这些房子用暗红砖砌成，房顶铺着石板，看上去不怎么结实。

姐妹俩走的这条路也是黑乎乎的。这条路是让矿工们的脚一步步踩出来的，路旁围着铁栅栏，出口上的阶梯[③]让矿工们的厚毛布工装裤磨亮了。现在姐妹俩在几排房屋中间穿行，这里可就寒酸了。女人们戴着围裙，双臂交叉着

---

① 此处是伦敦文学艺术家聚集的一个区。——译者注

② 英国南部的一个郡，比工业化的中部地区环境优雅许多。——译者注

③ 英国的农田和草场多被木栅栏和铁栅栏围隔，栅栏中间开辟一些狭窄出口，出口上有木质或铁质阶梯专供行人翻越。——译者注

抱在胸前，站在街角上窃窃私语，她们用一种未开化人的目光目不转睛地盯着布朗温姐妹；孩子们则在叫骂着。

戈珍继续走着，被眼前的东西惊呆了。如果说这是人的生活，如果说这些是生活在一个完整世界中的人，那么她自己那个世界算什么呢？她意识到自己穿着青草般嫩绿色的长筒袜，戴着草绿色的天鹅绒帽，柔软的长大衣也是绿的，颜色更深一点。她感到自己腾云驾雾般的走着，一点都不稳，她的心缩紧了，似乎她随时都会猝然摔倒在地。她怕了。

她紧紧偎依着厄秀拉，后者对这个黑暗、粗鄙、充满敌意的世界早习以为常了。尽管有厄秀拉，戈珍还是感到像在受着苦刑，心儿一直在呼喊："我要回去，要走，我不想知道这些，不想知道还有这些东西存在。"可她不得不继续朝前走。

厄秀拉可以感觉到戈珍是在受罪。

"你讨厌这些，是吗？"她问。

"这儿让我吃惊，"戈珍结结巴巴地说。

"你别在这儿待太久，"厄秀拉说。

戈珍朝前走着，手似乎还牵着姐姐。

她们离开了矿区，翻过山，进入了山后宁静的乡村，朝威利·格林学校走去。田野上仍然笼罩着一层浅浅的黑煤灰，林木覆盖的山丘也是这样，看上去似乎泛着黑色的光芒。这是春天，春寒料峭，但尚有几许阳光。篱笆下冒出些黄色的地黄连花儿来，威利·格林村舍的园子里，一丛丛的黑豆果已经长出了叶子，墙头上的香雪球灰叶中已绽出些小白花儿。

她们转身走上通向教堂的主干道。在最低的转弯处，教堂墙根和树下站着一群等着看婚礼的人们。这个地区的矿业主托马斯·克里奇的女儿与一位海军军官的婚礼将要举行。

"咱们回去吧，"戈珍说着转过身，"全是些这种人。"

她在路上犹豫着。

"别管他们，"厄秀拉说，"他们都不错，都认识我，没什么大不了的。"

"我们非得从他们当中穿过去吗？"戈珍问。

"他们都不错，真的。"厄秀拉说着继续朝前走。

这姐妹俩一起接近了这群躁动不安、眼巴巴盯着看的人。这当中大多数是女人，是矿工们的妻子，更是些混日子的人。她们脸上透着警觉的神色，一看就是下层人。

姐妹俩提心吊胆地直朝大门走去。女人们为她们让路，可让出来的就那么窄窄的一条缝，好像是在勉强放弃自己的地盘一样。姐妹俩默默地穿过石门踏上台阶，站在红地毯上的一个警察盯着她们往前行进的步伐。

"这双长筒袜子咋样？"戈珍后面有人说。一听这话，戈珍浑身就燃起一股怒火，一股凶猛、可怕的火。她真恨不得把这些人全干掉，从这个世界上清除干净。她真讨厌在这些人注视下穿过教堂的院子沿着地毯往前走。

"我不进教堂了，"戈珍突然做出了最后的决定。她的话让厄秀拉立即停住脚步，转过身走上了旁边一条通向学校旁门的小路，学校的院子就在教堂隔壁。

出了教堂的院子，来到学校里的藤架下，厄秀拉坐在月桂树下的矮石墙上歇息。她身后学校高大的红楼静静地伫立着，假日里窗户全敞开着，面前灌木丛那边就是老教堂淡淡的屋顶和塔楼。姐妹俩被掩映在树木中。

戈珍默默地坐了下来，紧闭着嘴，头扭向一边。她真后悔回家来。厄秀拉看看她，觉得她漂亮极了，自己感到自惭形秽，脸都红了。可她让厄秀拉感到紧张，有点累了。厄秀拉希望独处，摆脱戈珍给她造成的透不过气来的紧张感。

"咱们还要在这儿待下去吗？"戈珍问。

"我就歇一小会儿，"厄秀拉说着站起身，像是受到戈珍的斥责一样。"咱们就站在球场角落里，从那儿什么都看得见。"

阳光明晃晃地照着教堂墓地，空气中淡淡地弥漫着树脂的清香，那是春天的气息，或许是墓地里紫罗兰散发着幽香的缘故。一些雏菊已绽开了洁白的花朵，像小天使一样漂亮。空中山毛榉上已经酿出了血红色的叶子。

十一点，四轮马车准时到达。一辆车驶过来，门口的人群拥挤起来，产生了一阵骚动。出席婚礼的宾客们徐徐走上台阶，踏着红地毯走向教堂。这天阳光明媚，人们个个兴高采烈的。

戈珍不偏不倚、好奇地仔细观察着这些人。她把每个人都整体地观察一通，把他们看作书中的一个个人物，一幅画中的主体或剧院中的活动木偶，总之，把他们看成是一件完成的作品。她喜欢辨别他们不同的性格，将他们还其本来面目，给他们设置自我环境，在他们从她眼前走过的当儿就给他们下了个永久的定论。她了解他们，对她来说他们是些定型了的人，已经密封、打上了烙印。在克里奇家的人开始露面之前，再也没有什么未知、悬而未决的问题了。克里奇家的人一到，她的兴趣才被激发起来，她发现这里有什么东西是不能提前下结论的。

那边走过来克里奇太太和她的长子杰拉德。尽管她为了今天这个日子明显地修饰装扮了一番，但仍看得出她这人是不修边幅的。她脸色苍白，有点发黄，皮肤洁净透明。有点前倾的身体，线条分明，很健壮，看上去像是暗暗鼓足了力气要去捕捉什么。她一头的白发一点都不整齐，几缕头发从绿绸帽里掉出来，飘到罩着墨绿绸衣的褶绉纱上。一看就知道她是个患偏执狂的女人，狡猾而傲慢。

她儿子本来肤色白净，但让太阳晒黑了。他个头中等偏高，身材很好，穿着似乎有些过分讲究。但他的神态却是出奇的警觉，脸上神采飞扬，像是泛着光晕，那神情让他看上去似乎与周围的这些人根本不同。

戈珍立即打量起他来，他身上某种北欧人的东西迷住了戈珍。他那北欧人纯净的肌肤和金色的头发像透过冰凌的阳光一样在闪着寒光。他看上去是那么新奇的一个人，毫不做作，像北极的东西一样纯洁。他或许有三十岁了，或许更大些。他丰采照人，男子气十足，恰像一只脾气温和、微笑着的幼狼。但这副外表无法令她变得盲目，她还是看得出他的静态中蕴含着危险，他那扑食的习性是无法驯服的。"他的图腾是狼，"她心里重复着这句话。"他母亲是一只毫不屈服的老狼。"想到此，她一阵狂喜，好像她有了一个全世界都不知道的令人难以置信的发现。一阵狂喜袭上心头，全身的血一时间猛烈激动起来。"天啊！"她自己大叫着，"这是怎么一回事啊？"一会儿，她又自信地说，"我会更多地了解那个人的。"她要再次见到他，她被这种欲望折磨着，一定要再次见到他，这种心情如同恋旧一样。她要确定自己没有错，没有自欺欺人，她的确因为见到了他才产生了这种奇特而振奋人心的感觉。她实实在在地弄清楚了他，深刻地理解他，"难道我真的注定是他的人吗？难道真有一道淡淡的金色北极光把我们两人笼罩在一起了吗？"她问自己。她无法相信这个，她仍然沉思着，几乎意识不到周围都发生了什么。

女傧相们来了，但新郎官还迟迟未到。厄秀拉猜想可能出了点差错，这场婚礼弄不好就办不成了。她为此感到忧虑，似乎婚礼成功与否是取决于她。主要的女傧相们都到了，厄秀拉看着她们走上台阶。她认识她们当中的一个，这人高高的个子，动作缓慢，步态矜持。她长着一头金发，脸型狭长，脸色苍白。她是克里奇家的朋友，叫赫麦妮·罗迪斯。她走过来了，昂着头，戴着一顶浅黄色天鹅绒宽檐帽，帽子上插着几根天然灰色鸵鸟羽毛。她飘然而过，似乎对周围视而不见，苍白的长脸向上扬起，并不留意周围。她很富有，今天穿了一件光滑的浅黄色软天鹅绒上衣，亮闪闪的，手上捧一大捧玫瑰色仙客来花儿；鞋和长筒袜也是灰褐色的，颜色很像帽子上羽毛的颜色，但发型显得沉重。她走起路来臀部收得很紧，这是她的一大特点，步态出奇的矜持。她的衣服由浅黄和灰褐色搭配而成，衣服漂亮，人也很美，但就是有点令人生厌。她走过时，人们都静了下来，看来让她迷住了，继而人们又激动起来，想调侃几句，但终究不敢，又沉默了。她高扬着苍白的长脸，样子颇像罗塞蒂画里的人物①，似乎有点麻木，似乎她黑暗的内心深处聚集了许许多多奇思妙想，令她永远无法从中解脱。

厄秀拉出神地看着赫麦妮。她了解一点她的情况。赫麦妮是英国中部最出色的女人，父亲是达比郡的准男爵，是个旧派人物，而她则全然新派，聪明过人且有着深谋远虑。她对改革充满热情，心思全用在社会事业上。可她终归还是嫁了人，仍然得受男性世界的左右。

她同各种身分的男人都有过从。厄秀拉只知道其中有一位是学校监察员，名叫卢伯特·伯金。倒是戈珍在伦敦见到过别的一些男人。她同搞艺术的朋友们出入各种社交圈子，已经认识了不少名流。她与赫麦妮打过两次交道，但她们两人话不投机。她们在伦敦城里各类朋友家以平等的身分相识，现在如果以如此悬殊的社会地位在中部地区相会将会令人感到异样。戈珍在社会上一直是个佼佼者，与搞点艺术的小贵族们交往密切。

赫麦妮知道自己衣着得体，知道自己在威利·格林可以平等地同任何她想认识的人打交道，或许想摆摆架子就摆摆架子。她知道她的地位在文化知识界的圈子里是得到认可的，她是文化思想的传播者。无论在社会上还是在思想意识方面甚至在艺术上，她都处在最高层次上，木秀于林，与这些方面的先锋们很是默契。没谁能把她比下去，没谁能嘲弄她，因为她总是高居一流，而那些与她作对的人都在她之下，无论在等级上、财力上或是在高层次的思想交流、思想发展及领悟能力上都自愧不如。因此她是冒犯不得的人物。她一生中都努力不受人伤害或侵犯，令世俗无奈。

但是她的心在受折磨，暴露在外。别看她在通往教堂的路上如此信步前行，确信庸俗的舆论对她毫无损伤，深信自己的形象完美无缺、属于第一流，但是她忍受着折磨。自信和傲慢只是表面现象而已，其实她感到自己伤痕累累，受着人们的嘲讽与蔑视。她总感到自己容易受到伤害，她的盔甲上总有一

---

① 罗塞蒂 (1828—1882)，英国拉斐尔前派画家的领军人物，其绘画注重色彩和精神启迪。

道隐秘的伤口。她不知道这是怎么回事。其实这是因为她缺乏强健的自我，不具备天然的自负。她心里有一个可怕的空白，缺乏生命的底蕴。

她需要有个人来充溢她生命的底蕴，永远。于是她极力追求卢伯特·伯金。当伯金在她身边时，她就感到自己是完整的，底气很足。而在其余时间里，她就感到摇摇欲坠，就像站在沙子上，像建在断裂带之上的房屋一样。她表面上安富尊容，但任何一位自信、脾气倔犟的普通女佣都可以用轻微的嘲讽或蔑视举止将她抛入无底的深渊，令她感到自己无能。但是，这位忧郁、忍受着折磨的女人一直在用美学知识、文化、处世见解和无私公正来为自己设置保护墙。可她怎么也无法越过这道可怕的沟壑，总感到自己没有底气。

如果伯金能够同她建立起密不可分的关系，赫麦妮在多愁多忧的人生航行中就会感到安全。伯金可以让她安康，让她成功，让她战胜天使。他要是这样就好了！可他没有。因此她担惊受怕受尽折磨。她把自己打扮得很漂亮，竭力达到能令伯金相信的美与优越的程度。可她总是感到差强人意。

他也是个变态之人。他把她击退了，总击退她。她越是要拉他，他越是要击退她。可他们几年来竟一直是恋人。天啊，这太令人厌倦、痛苦了，她太累了。可她依然很自信。她知道他试图离她而去，知道他努力要摆脱她以最终获得自由，但她仍然自信有力量守住他。她对自己高人一筹的智识深信不疑。她在智识上高人一筹是真理的试金石，她要的是伯金跟她一条心。

他像一个有变态心理的任性孩子一样要否认与她的联系，否认了这个就是否认了自身的完美。他像一个任性的孩子，要打破他们两人之间的神圣联系。

他会来参加这场婚礼的，是来当男傧相。他会早早来教堂等候。她一来，他就会知道。赫麦妮走进教堂大门时又怕又想，心里打了一个寒战。他会在那里的，他肯定会看到她的衣服是多么漂亮，他肯定会明白她是为了他才把自己打扮得如此漂亮。他肯定会明白，他能看得出她是为了他才把自己打扮得如此出众，无与伦比。他最终会认可自己最好的命运，不会不接受她的。

渴望令她疲倦地抽搐了一下。她走进教堂后左顾右盼着找他,苗条的躯体不安地抽搐着。身为男傧相,他是应该站在祭坛边上的。她缓缓地把目光投过去,但心中不免有点迟疑。

他没在那儿,这让她感到一阵风暴袭来,似乎自己要沉没了。毁灭性的失望感攫住了她。她木然地朝祭坛挪过去。她还从来没有经历过这样彻底毁灭性的打击,它比死还可怕,那种感觉是如此空旷、荒芜。

新郎和伴郎还没有到,外面的人群渐渐乱起来。厄秀拉感到自己似乎该对这件事负责。她不忍心看到新娘来了却没有新郎陪伴。这场婚礼千万不能失败,千万不能。

新娘的马车来了,马车上装饰着彩带和花结。灰马雀跃着奔向教堂大门,整个进程都充满了欢笑,这儿是所有欢笑与欢乐的中心。马车门开了,今天的花儿就要从车中出来了。路上的人们稍有不满地窃窃私语。

先走出马车的是新娘的父亲,他就像一个阴影出现在晨空中。他高大、瘦削、一副饱经磨难的形象,下颌上浅浅的一道黑髯已经有些灰白了。他忘我而耐心地等在车门口。

车门一开,车上落下纷纷扬扬的漂亮叶子和鲜花,飘下来白色缎带和蕾丝边,车中传出一个欢快的声音:

"我怎么出去呀?"

等待的人群中响起一片满意的议论声。大家靠近车门来迎她,眼巴巴地盯着她垂下去的头,那一头金发上沾满了花瓣。眼看着那只穿着白鞋的娇小的脚儿试探着蹬到车梯上。随着一阵雪浪般的冲击,一团雪白的新娘呼地一下,拥向树阴下的父亲,面纱中荡漾出笑声来。

"这下好了!"

她用手挽住饱经风霜、面带病色的父亲,荡着一身白浪走上了永恒的红地毯。面色发黄的父亲沉默不语,黑髯令他看上去更显得历经磨难。他步履僵硬地踏上台阶,似乎头脑里一片空虚,可他身边的新娘却一直笑声不断。

可是新郎还没有到！厄秀拉简直对此无法忍受。她忧心忡忡地望着远山，希望那白色的下山路上会出现新郎的身影。那边驶来一辆马车，渐渐进入人们的视线。没错，是他来了。厄秀拉随即转身面对着新娘和人群，从高处向人们发出了一声呐喊。她想告诉人们，新郎来了。可是她的喊声只闷在心中，无人听到。于是她深深为自己畏首畏尾、愿望未竟感到惭愧。

马车叮叮咣咣驶下山来，愈来愈近了。人群中有人大叫起来。刚刚踏上台阶顶的新娘惊喜地转过身来，她看到人头攒动，一辆马车停了下来，她的情人从车上跳下来，躲开马匹，挤进人群中。

"梯普斯！梯普斯！"她站在高处，在阳光下兴奋地挥舞着花束，滑稽地喊叫着。可他手握着帽子在人群中钻来钻去，并未听到她的叫喊。

"梯普斯！"她朝下看着他，又大叫一声。

他毫无意识地朝上看了一眼，看到新娘和她的父亲站在上方，脸上掠过一丝惊奇。他犹豫了片刻，然后使尽全身力气跳起来去追她。

"啊哈！"她反应过来了，微微发出一声奇怪的叫喊，然后惊跳起来，转身跑了。她朝教堂飞跑着，白鞋劈劈啪啪敲打着地面，白衣服飘飘欲仙。这小伙子像一条猎狗一样追上去，跳跃着从她父亲身边掠过，丰满结实的腿和臀部扭动着，恰似扑向猎物的猎狗一般。

"嘿，追上她！"下面那些粗俗的女人突然凑过来逗乐儿，大喊大叫着。

新娘手捧鲜花跑着，一路上花朵纷纷震落。她稳稳地转过了教堂的墙角，回头看看身后，挑战般放声大笑着转过身来站住，随后就转到灰色的石扶墙后边去了。这时新郎前倾着身子跑了过来，一手扒住那沉默的石扶墙墙角，飞身旋转过去，随之他的身影和粗壮结实的腰腿都在人们的视线中消失了。

门口的人群中立刻爆发出一阵喝彩声。然后，厄秀拉再一次注意到微微驼背的克里奇先生，他茫然地等在一边，毫无表情地看着新郎新娘奔向教堂。直到看不到他们两人了，他才转回身看看身后的卢伯特·伯金，伯金忙上前搭话：

"咱们殿后吧。"说着脸上掠过一丝笑。

"好的！"那位父亲简短地回答。说完两人就转身走上了小径。

伯金像克里奇先生一样瘦削，苍白的脸上露出些许病容。他身架窄小，但身材不错。他走起路来一只脚有些故意拖地。尽管他这身伴郎的装束一丝不苟，可他天生的气质却与之不协调，因此看上去稍嫌滑稽。他生性聪明但不合群，对正式场合一点都不适应，可他又不得不违心地去迎合世俗。

他装作一个极普通人的样子，装得惟妙惟肖。他学着周围人讲话的口气，能够迅速摆正与对话者的关系，根据自己的处境调整自己的言行，从而达到与凡夫俗子毫无区别的程度。他这样做常常可以一时博得旁人的好感，从而免遭攻讦。

现在，他一路走一路同克里奇先生轻松愉快地交谈着。他就像一个走绳索的人那样对局势应付裕如，尽管一直走在绳索上却要装出一副悠然自得的样子来。

"我们这么晚才到，太抱歉了。"他说，"我们怎么也找不到纽扣钩了，花了好长时间才把靴子上的扣子都系好。您是按时到达的吧。"

"我们一般来说总是遵守时间的，"克里奇先生说。

"可我却常迟到，"伯金说，"不过今天我的确是算好时间的，却出于偶然没能准时到，太抱歉了。"

这两个人也走远了，一时间没什么可看的了。厄秀拉在琢磨着伯金，他引起了她的注意，令她着迷也令她心乱。

她想更多地了解他。她只跟他交谈过一两次，那是他来学校履行他学校监察员的职责的时候。她以为他似乎看出了两人之间的暧昧，那是一种自然的、心照不宣的理解，他们有共同语言哩。可这种理解没有发展的机会。有什么东西让她躲他又要接近他。他身上有某种敌意，隐藏着某种无法突破的拘谨，冷漠得让人无法接近。

可她还是要了解他。

"你觉得卢伯特·伯金这人怎么样？"她有点勉强地问戈珍。其实她并不想议论他。

"我觉得他怎么样？"戈珍重复道，"我觉得他有吸引力，绝对有吸引力。我不能容忍的是他待人的方式。他对待任何一个小傻瓜都那么正儿八经，似乎他多么看重人家。这让人产生一种受骗的感觉。"

"他干吗要这样？"厄秀拉问。

"因为他对人没有真正的判别能力，什么时候都是这样，"戈珍说。"跟你说吧，他对我、对你跟对待任何小傻瓜一样，这简直是一种屈辱。"

"哦，是这样，"厄秀拉说，"一个人必须要区别待人。"

"非得区别对待不可，"戈珍重复说，"可在别的方面他是个挺不错的人，他的性格可好了。不过你不能相信他。"

"嗯，"厄秀拉有一搭没一搭地说。厄秀拉总是被迫同意戈珍的话，甚至当她并不完全与戈珍一致时也这样。

姐妹两人默默地坐着等待参加婚礼的人们出来。戈珍不耐烦谈话了，她要想一想杰拉德·克里奇了，她想看一看她对他产生的强烈感情是否是真的。她要让自己有个准备。

教堂里，婚礼正在进行。可赫麦妮·罗迪斯一心只想着伯金。他就站在附近，似乎他在吸引着她过去。她真想去抚摸他，如果不摸一摸他，她就无法确信他就在附近。不过她总算忍耐到了婚礼结束。

他没来之前，她感到太痛苦了，直到现在她还感到有些眩晕。她仍然因为他对她漫不经心而感到痛苦，神经受着折磨，她似乎在一种冥冥的幻觉中等待着他，精神上忍受着磨难。她忧郁地站着，脸上那狂热的表情让她看上去像天使一样，实际上那都是痛苦所致。这副神态显得楚楚动人，不禁令伯金感到心碎，对她产生了怜悯。他看到她垂着头，那销魂荡魄的神态几乎像疯狂的魔鬼。她感到他在看她，于是她抬起头来，美丽的灰眼睛目光炯炯地射向他。可是他避开了她的目光，于是她痛苦屈辱地低下头去，心灵继续受着煎熬。他也因为羞耻、反感和对她深深的怜悯感到痛苦。他不想与她的目光相遇，不想接受她的致意。

新娘和新郎的结婚仪式举行完以后，人们都进了更衣室。赫麦妮情不自禁挤上来碰一碰伯金，伯金容忍了她的做法。

戈珍和厄秀拉在教堂外倾听她们的父亲弹奏着风琴。他就喜欢演奏婚礼进行曲。瞧，新婚夫妇来了！钟声四起，震得空气都发颤了。厄秀拉想，不知树木和花朵是否能感到这钟声的震颤，对空中这奇特的震动它们会做何感想？新娘挽着新郎的胳膊，显得很娴静，新郎则盯着天空，下意识地眨着眼睛，似乎他无所适从。他眨着眼睛竭力要进入角色，可被这么一大群人围观感觉上又不好受，那副模样十分滑稽。他看上去是位典型的海军军官，有男子气又忠于职守。

伯金和赫麦妮并肩走着。赫麦妮一脸自得表情，就像一位浪子回头重做天使，可她仍然有点鬼气。现在，她已经挽起伯金的胳膊了，伯金面无表情，任她摆布，似乎毫无疑问这是他命中注定的事。

杰拉德·克里奇过来了，他皮肤白皙，漂亮，身体健壮，浑身蕴藏着未释放出来的巨大能量。他身架挺直，身材很美，和蔼的态度和幸福感使他脸上泛起奇特的微光。看到他，戈珍猛地站起身走开了。她受不了了，想独自一个人品味一下这奇特强烈的感受，它彻底改变了她的脾性。

第二章　肖特兰兹

布朗温家两姐妹回贝多弗家中去了，参加婚礼的人们则聚集在肖特兰兹的克里奇家。这座狭长的宅第坐落在窄小的威利湖岸上一面山坡的顶端，房子又矮又旧，很像一座庄园宅第。肖特兰兹下方那片舒缓下斜的草坪上长着几株孤零零的大树，算是其庭园了，草坪前是狭窄的湖泊。草坪和湖泊对面与肖特兰兹遥遥相望的是一座林木葱茏的小山，那山遮住了那边的煤矿谷地，可挡不住煤矿里上升着的黑烟。但不管怎样，这幅景象颇有点田园风味，美丽而宁静，这座宅第自有其魅力所在。

现在肖特兰兹挤满了克里奇的家人和参加婚礼的宾客。父亲身体不好，先退出去休息了，这样杰拉德就成了主人了。他站在简朴的客厅里迎接男宾们，态度友好，举止潇洒。他几乎在社交中获得了快乐，笑容可掬，十分友好。

女人们让克里奇家三位出嫁了的女儿驱使着忙东忙西，把场面搅得很乱。你总能听到这个或那个克里奇家的女儿那特有的命令："海伦，到这儿来一下。""麦泽莉，我让你到这——里——来。""喂，我说惠特曼家的——"厅里裙裾窸窣，衣着漂亮的女人们匆匆而过，一个孩子在厅里跳舞般的穿梭，一个女仆刚进来又匆匆出去。

男宾们三五成群默默地聚在一起，边吸烟边聊天，装作对女人世界那热闹的场面不屑一顾。可他们并不能真正地谈话，因为那些女人的冷笑声和不停的说话声响成了一片。他们等待着，焦躁不安，心里很恼火。可杰拉德看上去仍然那么和蔼可亲，那么幸福，不知道他是在等人还是清闲无事，只知道他是这个场合的中心人物。

突然，克里奇太太无声无息地进到房里来，表情刚烈、线条分明的脸向四周探视着。她仍旧戴着帽子，穿着罩有褶绉纱的蓝色绸衣。

"有事吗，妈妈？"杰拉德问。

"没事，没事！"她含糊其词地答道。然后她径直朝伯金走去，伯金此时正跟克里奇家的一位女婿谈天。

"你好啊，伯金先生，"她声音低沉，似乎她根本不把客人们放在眼里。说着她向他伸出手来。

"哦，克里奇太太，"伯金随机应变与她搭讪着，"刚才我都没机会见您呢。"

"这里有一半人我不认识，"她声音低沉地说。她的女婿趁这当儿不自在地躲到一边去了。

"你不喜欢生客吗？"伯金笑道。"我就不明白一个人为什么要重视那些偶然碰到一起的人，干吗要去认识他们？"

"对！对！"克里奇太太压低嗓门，有些紧促地说，"可他们来了，就在这里呀。我并不认识厅里这些人。孩子们向我介绍说：'妈妈，这位是某某先生。'我再也不知道别的了。某某先生和他的名字是什么关系？我跟他及他的名字有什么关系呢？"

她说着抬起眼睛看看伯金，这一看把伯金吓了一跳。她能过来跟他说话，这令他感到受宠若惊，要知道她可不是把什么人都放在眼里的。他低下头看着她那张表情紧张、轮廓分明的脸，但他不敢凝视她那双凝重的蓝眼睛，于是他移开视线去看她的头发。在她漂亮的耳际上方，头发马马虎虎、松松散散地盘着，头发并不怎么清爽。她的脖颈也不怎么清爽。尽管如此，伯金还是觉得自己跟她更亲近些，而不是跟别人。不过他心里想，自己可是常常洗得干干净净，至少脖颈和耳朵总要洗净。

想着这些事，他微微笑了。但他仍然很紧张，感到他和这个陌生的老女人像叛徒和敌人一样在别人的营帐里交谈。他就像一头鹿一样，一只耳朵抿到后面，另一只耳朵则向前伸着探寻着什么。

"人其实无所谓，"他有一搭无一搭地搭讪着。

这位母亲猛然带着深深的疑问抬起头看看他，似乎怀疑他的诚意。

"你怎么解释'所谓'？"她尖刻地问。

"很多人并不那么重要，"他回答，被迫把话题引深了。"他们还说说笑笑呢，最好让他们全滚。从根本上说，他们并不存在，就没他们。"

她在他说话时一直凝视着他。

"我们才不想象他们的存在呢，"她刻薄地说。

"没什么好想象的，所以说他们不存在。"

"哼，"她说，"我可不会那么想。他们就在那儿，不管他们是否存在，他们存在与否并不取决于我。我只知道，他们别想让我把他们放在眼里。不要以为他们来了我就得认识他们。在我眼里，他们跟没来一样。"

"没错儿，"他答道。

"是吗？"她又问。

"就跟没来一样，"他重复道。说到这儿他们都停下来不说话了。

"可他们的确是来了呀，真讨厌，"她说。"我的女婿们都来了，"她有点自言自语地说。"如今劳拉也结婚了，又多了个女婿，可我真分不清哪个是张三哪个是李四。他们来了，都叫我妈妈。我知道他们要说什么——'你好，妈妈。'我真想说，'我怎么也算不上是你们的妈妈。'可有什么用？他们来了。我有我自己的孩子，我还是能分辨出哪个是我的孩子，哪个是别的女人的孩子。"

"应该是这样吧，"伯金说。

她有些吃惊地看看他，或许她早忘了是在跟谁说话。她找不着头绪了。

她漫不经心地扫视了一下房间，伯金猜不出她在找什么，也猜不出她在想什么。很明显她是在注意自己的儿子们。

"我的孩子们都在吗？"她突如其来地问他。

他笑笑，吃了一惊，也许是害怕。

"除了杰拉德，别人我不怎么认识，"他说。

"杰拉德！"她叫道。"他是孩子们当中最没用的一个。你没想到吧，是不是？"

"不会吧，"伯金说。

母亲远远地凝视了自己的长子好一会儿。

"喂，"她令人不可思议、嘲弄地吐出一个字来。这一声让伯金感到害怕，他似乎不敢正视现实。克里奇太太走开了，把他忘了，但一会儿又顺原路走回来了。

"我很愿意他有个朋友，"她说，"他从来就没有朋友。"

伯金低下头盯着她那双蓝色的凝眸，他理解不了她的目光。"我是我弟弟的看护人吗？"他轻声地自言自语道。

他记起来了，那是该隐①的叫声，他微微感到震惊。如果说谁是该隐，那就是杰拉德。当然他并不是该隐，但他确实杀害了他的弟弟。那纯属偶然，他也不必对杀害弟弟的后果负责。那是杰拉德小时候，在一次偶然事故中害死了自己的弟弟。不就是这么一档子事吗？为什么要给造成事故的生活打上罪恶的烙印并诅咒生活呢？一个人靠偶然活着，也因偶然而死，难道不是吗？一个人的生活是否取决于偶然因素？难道他的生活只与种族、种类和物种普遍相关联吗？难道不是这样吗？难道就没有纯粹偶然这一说吗？是否发生的任何事情都具有普遍意义？是吗？伯金站在那儿思忖着，忘了克里奇太太，正如她也忘记了他一样。

他不相信有偶然这回事。在最深刻的意义上说，一切都交织在一起。

就在他得出这个结论时，克里奇家的一个女儿走上前来说：

---

① 《圣经》中亚当的长子，杀害其弟弟亚伯。当主问起他的弟弟时，他回答道："我是我弟弟的看护人吗？"见《创世记》4：8—9。

"亲爱的妈妈，来，把帽子摘掉吧，嗯？咱们就要坐下用餐了，这是个正式场合，不是吗，亲爱的？"说着她把手伸进妈妈的臂弯里，挽着她走了。伯金随后立刻走过去同最近的一位男士聊起来。

开宴的锣声响了，人们抬头看看，但谁也没向餐厅移动脚步。屋里的女人们似乎感到这锣声跟她们无关。五分钟过去了，老男仆克罗瑟焦急地出现在门道里，求助地看着杰拉德。杰拉德抓起架子上的那只弯曲的大海螺壳，没跟任何人打招呼就吹出了振聋发聩的一声。这奇特的海螺声令人心颤。这一招儿可真灵，人们纷纷动作起来，好像听到同一个信号指挥一样一齐向饭厅挪动。

杰拉德等了一会儿，等妹妹来做女主人。他知道他的母亲是不会尽心去尽她的义务的。可妹妹一来就急急忙忙奔向自己的座位去了。所以只好由他指引客人们入席了，他做这件事时显得有点太专横。

开始上餐前小吃了，饭厅里安静了下来。就在这时，一个留着长长披肩发的十三四岁的姑娘沉着冷静地说：

"杰拉德，你弄出那么可怕的声音来招呼客人，可你忘了招呼爸爸。"

"是吗？"他冲大伙儿说，"我父亲躺下休息了，他不太舒服。"

"他到底怎么样？"一位出嫁了的女儿问，眼睛却盯着桌子中间堆起的那块巨大的婚礼蛋糕，蛋糕上落下些假花儿来。

"他没病，只是感到疲劳，"留披肩发的温妮弗莱德回答道。

酒杯里斟满了酒，人们个个儿都兴高采烈地聊着天儿。远处的一桌旁坐着母亲，她的头发仍松松地盘着。伯金坐在她边上。有时她会恶狠狠地看一眼那一排排面孔，伸着头毫不客气地凝视一会儿，然后声音低沉地问伯金。

"那个年轻人是谁？"

"不知道，"伯金谨慎地回答。

"我以前见过他吗？"她问。

"不会吧。反正我没见过，"他答道。于是她满意了。她疲惫地合上了眼睛，现出一副安详的神态，看上去很像憩息中的女王。然后她又睁开眼，脸上露出社交场上的微笑，一时间她很像一位愉快的女主人了。她优雅地向前倾倾身子，似乎人人都深受欢迎，皆大欢喜。然后阴影突然回到她脸上，那是一种阴郁、鹰一样的表情，她像一头争斗的困兽那样，眉毛下露出凶光，似乎她仇视所有的人。

"妈妈，"迪安娜叫道，"我可以喝酒吗？"迪安娜比温妮弗莱德年长些，很漂亮。

"行，你喝吧，"母亲木然地回答，她对这个问题压根儿不感兴趣。

于是迪安娜示意下人为她斟酒

"杰拉德不该限制我喝酒嘛，"她平静地对在座的人们说。

"好了，迪，"哥哥和蔼地说。迪安娜一边喝酒一边挑战般的扫了哥哥一眼。

这家人之间这样无拘无束，有点无政府主义的样子，真奇怪，这与其说是放任自流不如说是对权威的抵制。杰拉德在家中有点支配权，并不是因为他处在什么特殊位置上，而是因为他有压倒别人的性格。他的声音和蔼但富有支配力，这种声音的特质震住了他的弟妹们。

赫麦妮正同新郎官讨论民族问题。

"不，"她说，"我认为提倡爱国主义是一种错误，国与国之间的竞争就像商行与商行间的竞争一样。"①

"哦，你可不能这么说，怎么能这么说呢？"杰拉德大声说。他很热衷于争论。"你不能把一个种族等同于一个商业康采恩。而民族大概指的就是种族，民族的意思就是种族。"

一时间大家都不说话了。杰拉德与赫麦妮之间总是这样令人奇怪的客客气气，但又相互敌视，他们两人可说得上是势均力敌。

---

① 以下这场争论对刚刚经历了第一次世界大战的读者来说具有很强的冲击力，它表明了部分自由主义者对这次大战的态度。

"你以为种族等于民族吗？"她若有所思地问，脸上毫无表情，口气游移不定。

伯金知道赫麦妮在等他参加讨论，于是他尽责地开口道：

"我觉得杰拉德说得对，种族是民族的根本因素，至少在欧洲是这样。"

赫麦妮又打住不说话了，似乎是要让这条论断冷却一下。然后她做出一个奇怪的权威性假说：

"不错，就算是这样吧，那么提倡爱国主义不就是在呼唤种族的本能吗？难道这不更是在提倡商业的本能？这是一种占有财富的本能。难道这就是我们所指的民族？"

"也许是，"伯金说，他心里感到现在讨论这个问题不合时宜，场合也不对。

可杰拉德现在正在争论的兴头上，仍要争论下去。

"一个种族可以有其商业性的一面。"他说，"事实上，它必须这样，这跟一个家族一样，人必须得有给养才行。为了给养，你就得跟别的家族争斗，跟别的民族斗。我不明白，你们为什么不这么看。"

赫麦妮又不说话了，只是露出一副霸道、冷漠的神态。然后她才说："是的，可以不这样，我觉得挑起敌对精神是不对的，这会造成仇恨并与日俱增。"

"可是你能够取消竞争精神吗？"杰拉德问。"竞争是生产与改进所必需的一种刺激。"

"没错，"赫麦妮轻描淡写地答道，"不过我觉得没有竞争也行。"

伯金说："我声明我是厌恶竞争精神的。"

赫麦妮正在吃一片面包，听伯金这样说，她忙把面包从口中拉出来，那动作慢而可笑。她转向伯金亲昵、满意地说：

"你的确恨这种精神，没错儿。"

"厌恶它，"他重复道。

"对呀，"她满意地轻声道，心里算是踏实了。

"可是，"杰拉德坚持说，"既然你不允许一个人夺走他邻居的活路，那你为什么允许一个民族夺走另一个民族的活路呢？"

赫麦妮低声咕哝了好久才用讥讽、满不在乎的口吻说：

"这并不总是个财富问题，对吧？并不是所有的都是商品问题吧？"

杰拉德被她话语中流露出的庸俗唯物主义惹恼了。

"当然是，或多或少是这样，"他反击道。"如果我从一个人的头上摘走他的帽子，那帽子就变成了自由的象征，当他奋起夺回他的帽子时，他就是在为夺回自由而斗争。"

赫麦妮感到不知所措了。

"错是没错，"她恼火地说，"用想象的事例来进行争论算不现实吧？没有哪个人会过来从我头上摘走我的帽子的，会吗？"

"那是因为法律制止了他这样做，"杰拉德说。

"不对，"伯金说，"百分之九十九的人不想要我的帽子。"

"那只是观点问题，"杰拉德说。

"也许是帽子的问题。"新郎笑道。

"如果像你说的那样他想要我的帽子，"伯金说，"可以肯定说，那就由我来决断失去帽子还是失去自由的损失更大。我是个自由漠然的人，如果我被迫去打架，我失去的就是自由。这是个哪一样对我来说价值更大的问题，是我行为的自由还是失去帽子更重要？"

"对，"赫麦妮奇怪地望着伯金说，"对。"

"但你允许有人过来夺走你头上的帽子吗？"新娘问赫麦妮。

这位高大、身板挺直的女人渐渐转过身来，似乎对这位插话人的问题麻木不仁。

"不，"她答道，那语调低沉，似乎不是人的声音，那腔调中分明隐藏着一丝儿窃笑。"不，我不会让任何人从我头上掠走我的帽子。"

"可你怎么防止他这样做呢？"杰拉德问。

"我不知道，或许我会杀了他，"赫麦妮声调缓慢地说。

她的话音儿里隐藏着一声奇怪的窃笑，举止上颇有一种说服力和威慑力。

"当然，"杰拉德说，"我可以理解卢伯特的想法。对他来说，问题是他的帽子重要还是他心境的安宁重要。"

"是身体的安宁，"伯金说。

"好，随你怎么说吧，"杰拉德说，"可是你怎么能以此来解决一个民族的问题呢？"

"上帝保佑我，"伯金笑道。

"可要让你真去解决问题呢？"杰拉德坚持说。

"如果民族的王冠是一项旧帽子，窃贼就可以摘走它。"

"可一个民族或一个种族的王冠能是一项旧帽子吗？"杰拉德坚持说。

"肯定是，我相信，"伯金说。

"我还不太能肯定，"杰拉德说。

"我不赞成这种说法，卢伯特，"赫麦妮说。

"好吧，"伯金说。

"我十分赞成民族的王冠是顶旧帽子的说法，"杰拉德笑道。

"你戴上它就像个傻瓜一样，"迪安娜说。迪安娜是他的小妹妹，才十几岁，说话很冒失。

"我们真无法理解这些破帽子，"劳拉·克里奇叫道，"别说了吧，杰拉德，我们要祝酒了，咱们祝酒吧。满上，满上，好，干杯！祝酒词！祝酒词！"

伯金目睹着他的杯子让人斟满了香槟酒，脑子里还想着种族与民族灭亡的问题。泡沫溢出了酒杯，他忙往后倾斜了身体躲闪着。看到新鲜的香槟酒，伯金突然感到一阵干渴，将杯中酒一饮而尽。屋里的气氛搅得他心烦意乱，感到心头压抑得很。

"我是偶然为之还是出于什么目的？"他自问。他得出结论，用个庸俗的词来形容，他这样做是出自"偶然的目的性"。他扫视一下走过来的男仆，发现他走起路来静悄悄的，态度冷漠，怀有侍从那种不满情绪。伯金发现自己厌恶祝酒、讨厌男仆、讨厌集会，甚至讨厌人类。待他起身祝酒时，不知为什么他竟感到些恶心。

终于结束了，这顿饭。几位男士散步来到花园里。这里有一块草坪，摆着几个花坛，小小的花园边上隔着一道铁栅栏。这儿的景色颇为宜人，从这里可以看到一条林阴公路沿着山下的湖泊蜿蜒而至。春光明媚，水波潋滟。湖对面的林子呈现出棕色，溶满了生机。一群漂亮的泽西种乳牛来到铁栅栏前，光滑的嘴和鼻子中喷着粗气，可能是盼望人们给面包干吃吧。

伯金倚着栅栏，一头母牛往他手上喷着热气。

"漂亮，这牛真漂亮，"克里奇家的一位女婿马歇尔说，"这种牛的奶质量最好了。"

"对，"伯金说。

"啊，我的小美人儿，哦，小美人儿！"马歇尔假声假气地说，这奇怪的声调让伯金笑得喘不过气来。

"你们那阵子赛跑，谁胜了，鲁普顿？"伯金问新郎，以掩盖自己的笑声。

新郎从口中拔出雪茄烟。

"赛跑？"说着脸上浮起一层笑意，他并不想提刚才往教堂门口跑的事。"我们同时到达。至少是，她先用手摸到了门儿，我的手摸到了她的肩膀。"

"说什么呢？"杰拉德问。

伯金告诉他说的是刚才新郎新娘赛跑的事。

"哼！"杰拉德不满地说，"你怎么会迟到呢？"

"鲁普顿先是谈论了一阵子灵魂不朽，"伯金说，"然后我们找不到纽扣钩了。"

"天啊！"马歇尔叫道，"在你结婚的日子里谈什么灵魂不朽！你脑子里就没别的事好想了吗？"

"这有什么错儿？"面庞修饰得干干净净的海军军官敏感地红了脸问。

"听起来你不是来结婚的，倒像是被处死。谈哪门子灵魂不死！"这位连襟加重语气说。

但他却讨了个没趣儿。

"那你得出了什么结论？"杰拉德问，竖起耳朵来准备听一场玄学讨论。

"今天你不需要灵魂吧，小伙子？"马歇尔说，"它会妨碍你的。"

"行了！马歇尔，去跟别人聊吧，"杰拉德突然不耐烦地叫道。

"我保证，我是真心，"马歇尔有点不快地说，"说太多的灵魂——"

他愤愤然欲语还休，杰拉德生气地瞪着他。随着他胖胖的身体消失在远处，杰拉德的目光渐渐变得和缓、亲切了。

"有一点要对你说，鲁普顿，"杰拉德突然转向新郎说，"劳拉可不能像罗蒂这样给我们家带来这样一个傻瓜。"

"这你就放心吧，"伯金笑道。

"我没注意他们几个人，"新郎笑道。

"那，那场赛跑是怎么回事？谁开的头？"杰拉德问。

"我们来晚了。马车开到时，劳拉正站在教堂院子的台阶上。她看见鲁普顿朝她赶过去，就往前跑。你干吗生气？这有伤你家的尊严吗？"

"是的，有点儿，"杰拉德说，"做什么事都要有个分寸才是，要是没法儿做得有分寸就别做什么事。"

"真是极妙的格言，"伯金说。

"你不同意我这样说吗？"杰拉德问。

"很同意，"伯金说，"只是当你用格言式的口吻说话让我感到别扭。"

"该死的卢伯特，你是想让所有的格言都为你自家垄断起来，"杰拉德说。

"不，我要让所有格言都滚开，可你总让它们挡路。"

杰拉德对这种幽默付之一笑，然后又扬扬眉毛表示不屑一顾。

"你不相信有什么行为准则吗？"他苛刻地向伯金提出挑战。

"准则，不。我讨厌所有的准则。不过对乌合之众来说倒应该有些准则。

任何一个人都有他的自我，他可以自行其是。"

"你说的那个自我是什么意思？"杰拉德问，"是一条格言还是一种陈词滥调？"

"我的意思是自行其是。我认为劳拉挣脱鲁普顿跑向教堂大门正是自行其是的绝好例子，妙极了。一个人最难能可贵的是循着自己的自然冲动做事，这才最有绅士风度，但条件是你适合这么做。"

"你别指望我会认真对待你的话，你以为我会吗？"杰拉德问。

"是的，杰拉德，我只指望极少数人这样认真待我，你就是其中之一。"

"恐怕在这儿我无法满足你的期待，无论如何不能。你认为人人应该自行其是吗？"

"我认为他们总应该这样。我希望人们喜欢他们自身纯个性化的东西，这样他们就可以自行其是了。可人们偏偏只爱集体行动。"

"可我，"杰拉德阴郁地说，"不喜欢像你说的那样置身于一个人们独自行事、顺着自然冲动行事的世界中。我希望人们在五分钟之内就相互残杀一通。"

"那就是说你想杀人，"伯金说。

"这是什么意思？"杰拉德气愤地问。

伯金说："不想杀人的人是不会干出杀人的事来的，别人不想让他杀他也杀不了。这是一条十足的真理。杀人要有两个人才行：杀人凶手与被杀者。被杀的人就是适合于被人杀害的人，他身上潜伏着一种巨大的被害欲望。"

"有时你的话纯粹是胡说八道，"杰拉德对伯金说，"其实我们谁也不想被杀害，倒是有不少人愿意替我们去杀人，说不定什么时候呢。"

"这种观点真叫人恶心，杰拉德，"伯金说，"怪不得你惧怕自己，害怕自己的幸福生活。"

"我何以惧怕自己？"杰拉德说，"再说我并不认为自己不幸福。"

"你心里似乎潜伏着一种欲望，希望你的内脏被人剖开，于是你就想象别人的袖子里藏着刀子，"伯金说。

"何以见得？"杰拉德问。

"从你身上观察出来的。"

两个人对峙着。他们之间的恨是那样奇特，这恨已经与爱差不多了。他们之间总是这样，对话总会导致一种接近，一种奇特、可怕的亲近，或恨，或爱，或两者兼而有之。他们总是满不在乎地分手，似乎分离是一件不起眼的小事，他们确实把它当作一件小事。可他们燃烧着的心相互映照着，一齐燃烧着，这一点他们是不会承认的。他们要保持一种漫不经心，毫无拘束的友谊，并不想把双方的关系搞得矫揉造作、没有男人味，不想那么心心相印、热热乎乎的。他们一点也不相信男人之间会亲密无间，因此，他们之间的巨大友情受到压抑，未能得到任何发展。

第三章　教　室

　　学校的一天就要结束了。教室里正上最后一堂课，宁静，安谧。这堂课讲的是基础植物学。桌子上摆满了杨花、榛子和柳枝供孩子们临摹。天色变暗了，下午就要结束了，教室里光线暗极了，孩子们无法再画下去了。厄秀拉站在前面给孩子们提着问题，帮助他们了解杨花的结构和意义。

　　一道浓重的橘黄色光线透过西窗射了进来，给孩子们的头上勾勒出一圈火红金黄的轮廓，也给对面的墙壁涂上了一层瑰丽的血红。可厄秀拉对这道光线并不怎么在意，她太忙了，白天已进入尾声了，一天的工作像退潮时平静的潮水一样，渐渐收尾了。

　　这一天就像许多天一样恍恍惚惚地过去了。最后她有些急匆匆地处理起手头上的事。她给孩子们提着问题，督促着他们，为的是在下课的锣声敲响时让他们弄懂这天应该知道的问题。她手里拿着杨花站在教室前的阴影中，身体微微前倾对孩子们讲着，沉浸在教学的激情中。

　　她听到门"咔嗒"响了一声，但没去注意。突然她一惊：她看到一个男人的脸出现在那一道血红金黄的光线中，就在她身边。他的脸红焰一般闪着光，眼睛看着她，等着她，等着她去注意他，她简直给吓坏了，她觉得自己就要昏过去了。她心中压抑着的潜意识恐怖感涌上心头，令她痛苦不堪。

　　"我让你吃惊了吧？"伯金同她握着手说，"我以为你听到我进来的声音了。"

　　"没有，"她迟疑着，几乎说不出话来。

　　他笑着说他很抱歉。她不明白这有什么好笑的。

"太黑了，"他说。"开开灯好吗？"

说着他挪到边上打开了电灯，灯光很强，教室里清晰多了，但跟刚才他进来时比显得陌生了，刚才这儿溶满了舒缓暗淡的魔幻色彩。伯金转过身好奇地看着厄秀拉。她的眼睛惊诧地睁圆了，由于惊恐，嘴唇都有点哆嗦了，看上去她就像一个刚刚被惊醒的人一样。她的面庞洋溢着一种活生生、温柔的美，就像柔和的夕阳一样在闪烁。他看着她，又添一分喜悦，满心的欢乐，轻松愉快。

"你正讲杨花呢吗？"他问着，顺手从讲台上拣起一颗榛子。"都长成这么大了吗？今年我还没有留意过呢。"

他手中捏着榛子的雄花，看上去很入迷。

"还有红的！"他看着雌蕊中落出的绯红色说。

然后他在课桌中穿行着去看教科书，厄秀拉看着他稳步走来走去，他的稳重令她心绪静了下来。她站在一旁，似乎浑身凝固住了，眼看着他在另一个世界里聚精会神地走动着。他那静悄悄的身影几乎像凝结的空气中的一片空白。

突然他向她扬起脸来说话，听到他的声音她的心跳加快了。

"给他们一些彩笔吧，"他说，"让他们把雌性花涂上红色，雄性花涂成黄色。如果我画，我会画得很简单，只涂红、黄两种颜色。在这种情况下素描没什么用，只强调这一点就行了。"

"我这儿没有彩笔，"厄秀拉说。

"别处会有的，红的和黄的，你只需要这两种。"

厄秀拉打发一个男孩子去找。

"彩笔会把书弄脏的，"厄秀拉对伯金说，脸红透了。

"没那么严重，"他说，"你必须把这些东西标出来，这是你要强调的事实，而不是记录主观印象。而这种事实就是雌花儿的小红斑点儿和悬坠着的黄色雄性杨花，黄色的花粉从这儿飞到那儿。将这事实绘成图，就像孩子画脸谱一样——两只眼睛，一只鼻子，嘴里长着牙齿，就这样——"说着他在黑板上画出一个人形来。

就在这时，门玻璃上映出另一个人的身影。来人是赫麦妮·罗迪斯。伯金走过去为她打开门。

"我看到你的汽车了，"她对他说。"我进来找你，你不介意吧？我想看看你履行公务时的样子。"

她亲昵愉快地看了他好半天，笑笑，然后朝厄秀拉转过身来，厄秀拉和她的学生们一直在看着这对情人间的一幕。

"你好，布朗温小姐，"赫麦妮同厄秀拉打招呼，那声音低沉，奇妙，像在唱歌，又像在打趣。"我进来，你不介意吧？"

她那双灰色、几乎充满讽刺意味的眼睛一直看着厄秀拉，似乎要把她看透。

"哦，不介意的，"厄秀拉说。

"真的吗？"赫麦妮追问，态度镇定，毫不掩饰自己的霸道专横。

"哦，不介意，我很高兴，"厄秀拉笑道，既激动又惊恐，因为赫麦妮似乎在逼近她，那样子似乎跟她很亲昵，其实她怎么能亲近厄秀拉呢？

赫麦妮需要的正是这样的回答。她转身满意地对伯金说：

"你做什么呢？"那声音漫不经心的。

"摆弄杨花，"他回答。

"真的！"她说。"那你都学到了什么？"她一直用一种嘲弄、玩笑的口吻说话，似乎这一切都是一场游戏。她受了伯金的影响，拣起一枝杨花。

她身穿一件宽大的绿色大衣，大衣上透着凸出的图案，显得她在教室里有点怪模怪样的。大衣高领和大衣的衬里都是用黑色皮毛做的，里面着一件香草色的上衣，边儿上镶着皮毛，很合适的皮帽子上拼着暗绿和暗黄色的图案。她高大，模样很怪，就像从什么稀奇古怪的图画上走下来的人一样。

"你认识这红色的小椭圆花儿吗？它可以结坚果呢。你注意过它们吗？"他问赫麦妮，说着他走近她，指点着她手中的枝子。

"没有，"她回答，"是什么？"

"这些是产籽的小花儿，这长长的杨花只产花粉，给它们授粉。"

"是吗？是吗！"赫麦妮重复着，看得很仔细。

"坚果就从这些红红的小东西里长出来，当然它们要先从那长长的垂悬物那里受粉。"

"小小的红色火焰，红色火焰，"赫麦妮自言自语着。好半天，她只是盯着那长出红花儿的小花蕾看来看去。

"多么好看啊，我觉得它们太美了，"她凑近伯金，细长，苍白的手指指点着红红的花丝说。

"你以前注意过吗？"他问。

"没有，从来没有，"她答道。

"以后总能看到这些了，"他说。

"对，我会注意的，"她重复他的话说，"谢谢你给我看了这么多，它们太美了，小小的红火苗儿——"

她对此那么入迷，几乎有些发狂，这可有点不正常，让厄秀拉和伯金都感到迷惑不知所措。这些红雌蕊竟对赫麦妮有某种奇妙的吸引力，几乎令她产生了神秘的激情。

这一课上完了，教科书放到一边不用了，学生们终于放学了。但赫麦妮仍然坐在桌前，双肘支在桌上，两手托着下颌，苍白的长脸向上仰着，不知在看什么。伯金走到窗前，从灯光明亮的屋里朝外观望，外面灰蒙蒙的，细雨已悄然落下。厄秀拉把她的东西都归置到柜子里去。

赫麦妮终于站起身走近厄秀拉问道：

"你妹妹回家来了？"

"回来了，"厄秀拉说。

"她愿意回贝多弗来吗？"

"不愿意，"厄秀拉说。

"是啊，我想她受不了这地方。我待在这里就得竭尽全力忍受这个地区的丑陋面目。你愿意来看我吗？和你妹妹一起来布莱德比住几天，好吗？"

"那太谢谢您了，"厄秀拉说。

"那好，我会给你写信的，"赫麦妮说，"你觉得你妹妹会来吗？她如果能来我会很高兴的。我觉得她挺了不起，她的一些作品真是优秀之作。我有她的一幅木刻，上了色的，刻的是两只水鹈鸰，也许你没见过吧？"

"没有，"厄秀拉说。

"我觉得那幅作品妙极了，全然是本能的闪光——"

"她的木刻很古怪，"厄秀拉说。

"十足的美妙，充满了原始激情——"

"真奇怪，她为什么总喜欢一些小东西呢？她非刻些小东西，小鸟儿啦，或者小动物什么的，人们可以捧在手中把玩。她总喜欢透过望远镜的反面观察事物，观察世界，你知道这是为什么吗？"

赫麦妮俯视着厄秀拉，用那种超然、审视的目光久久地盯着她，这目光令厄秀拉激动。

"是啊，"赫麦妮终于说，"这真奇怪。那些小东西似乎对她来说更难以捉摸——"

"可其实不然，对吗？一只老鼠并不比一头狮子难以捉摸，不是吗？"

赫麦妮再一次俯视着厄秀拉，仍然审视地看着她，似乎她仍然按照自己的思路想着什么，一点也不在意对方在说什么。

"我不知道，"她回答。

"卢伯特，卢伯特，"她唱歌般的叫他过来，他就默默地靠近了她。

"小东西比大东西更微妙吗？"她问道，喉咙里憋着一声奇特的笑，似乎她不是在提问而是在逗他。

"不知道，"他说。

"我讨厌微妙不可捉摸的东西，"厄秀拉说。

赫麦妮缓缓地审视着她，问：

"是吗？"

"我总认为小东西表现出的是软弱，"厄秀拉有点不高兴地说，似乎她的尊严受到了威胁。

赫麦妮对此没有注意。突然她的脸皱了起来，眉头紧锁着，似乎她想着什么，竭力要表达自己。

"卢伯特，你真的以为，"她视厄秀拉旁若无人一般，问道："你真的以为唤醒了孩子们的思想是件值得的事吗？"

伯金脸上闪过一道阴影，他生气了。他两腮深陷，脸色苍白，几乎没有人样儿了。这个女人用她那严肃、扰乱人心的问题折磨他，说到了他的痛处。

"他们不是被唤醒的，他们自然会有思想的，不管愿意不愿意。"

"可是，你以为加快或刺激他们的思想发展会更好吗？让他们不知道榛子为何物不是更好吗？为什么要把榛子弄成一点点的，把知识分割成一点点的？让他们识其全貌不是更好？"

"你想不想知道，这些小红花儿是要受粉的呢？"他严厉地问。他的语调蛮横、尖刻、残酷。

赫麦妮的脸仍然仰着，表情茫然。伯金则在生闷气。

"我不懂，"她语气缓和地说，"我是不懂。"

"可知识对你来说就是一切，是你的全部生命，"他忿忿地脱口而出。她缓缓地审视他。

"是吗？"她说。

"知识，是全部的你，你的生命——你只有这个，知识，"他叫道，"只有一棵树，你的口中只有一颗果子。"

她又沉默了一会儿。

"是吗？"她终于无动于衷地说。然后她又怪声怪气地问："什么果子，卢伯特？"

"那永恒的苹果，^{①}"他气愤地答道，连自己都仇恨这个比喻。

"是的，"她说道，看上去很疲惫。沉默片刻，她竭尽全力振作精神，又恢复了那漫不经心歌唱般的语调。

"别考虑我，卢伯特。你是否认为孩子们有了这些知识会变得更好、更富有、更幸福？你真是这么想的吗？是不是最好让他们不受影响，顺其自然？让他们仍然是动物，简单的动物，粗犷、凶暴。怎么样都可以，就是不能因为有自我意识而无法顺其自然。"

大家以为她说完了，可她喉咙奇怪地咕哝一下，又说了起来："让他们怎么着都行，就是不要长大了灵魂残废，感情上残废，最后自食其果，无法——"赫麦妮像一个神情恍惚的人一样握紧了拳头——"无法顺其自然地行事，总是谋划什么，总是选择来选择去却一事无成。"

大家又以为她的话说完了。可就在伯金要回答她时，她又狂热地说："总是无法自行其是，总那么清醒，自我意识过强，时时注意自己，难道没有比这更好的吗？最好是动物，一点头脑都没有的动物，也比这强，这样太不值了。"

"难道你认为是知识使得我们失去了生气，让我们有了自我意识？"伯金气恼地问。

她睁大眼睛打量着他说：

"是的，"她停顿一下，茫然地看着他。然后她用手指抹了一下眉毛，显得有点疲惫。这个动作令他反感极了。"头脑这东西，"她说，"就是死亡。"她渐渐抬起眼皮看着他说："难道头脑，"她浑身抽搐一下说："不是我们的末日吗？难道它不是毁灭了我们的自然冲动，毁灭了我们全部的本能吗？难道今日的年轻人不是在长大以后连活的机会都没有就死了吗？"

"但那不是因为他们太有头脑，而是因为太没有头脑了，"他粗暴地说。

"你敢肯定吗？"她叫道。"我觉得恰恰相反。他们的意识太强了，一直

---

① 这里指"智慧树"上的果子，象征知识和理智。

到死都受着沉重的意识的重压。"

"受着有限的，虚假的思想的禁锢，"他叫着。

赫麦妮对他的话一点也不在意，仍旧狂热地发问：

"当我们有了知识时，我们就牺牲了一切，就只剩下知识了，不是吗？"她可怜巴巴地问道。"如果我懂得了这花儿是怎么回事，难道我不是失去了花朵，只剩下了那么点知识？难道我们不是在用实体换来影子，难道我们不是为了这点僵死的知识而失去了生命？可这对我来说究竟意味着什么？这一切知识对我意味着什么？什么也不是。"

"你只是说说而已罢了，"伯金说，"可知识对你来说意味着一切。甚至你的人同野兽论，也不过是你头脑里的东西。你并不想成为野兽，你只是想观察你的动物功能，从而获得一种精神上的刺激。可这都是次要的，比最墨守成规的唯理智论更没落。你爱激情，爱野兽的本能，这不过是唯理智论最坏的表现形式，难道不是吗？激情和本能，你苦苦地思念这些，可只是在你的头脑中，在你的意识中。这些都发生在你的头脑中，发生在那个脑壳里。只是你无法意识到这是怎么一回事罢了：你要的是让谎言来等同真实。"

对伯金的攻击赫麦妮还以冷酷刻毒的表情。厄秀拉站在那儿，一脸的惊诧与羞赧。他们相互反目，把厄秀拉吓坏了。

"这全是夏洛特夫人①那一套，"他用令人难以捉摸的口吻说。他似乎是在冲着一片空荡荡的空间说着指责她的话。"你有了那面镜子，那是你顽固的意志，是你一成不变的领悟能力，你缜密的意识世界，除此以外再没别的了。在这面镜子里你一定获得了一切。可是现在你清醒了，你要返璞归真了，想成为野蛮人，不要知识了。你要的是一种纯粹感觉与'激情'的生活。"

他用带引号的"激情"来讽刺她。她气得浑身直打颤，无言以对，那副样子很像阿波罗神庙里宣示阿波罗神谕的女祭司。

---

① 阿尔弗莱德·坦尼生同名诗中一位女士，只通过镜子中的映象观看外部世界。

"可你的所谓激情是骗人的，"他激烈地继续说，"压根儿不是什么激情，而是你霸道的意志。你要抓住什么东西，为的是控制它们。为什么？因为你没有一具真正的躯体，一具黑暗、富有肉感的生命之躯。你没有肉欲，有的只是你的意志，理性的傲慢和权力欲、知识欲。"

他又恨又蔑视地看着她，同时因为她痛苦自己也感到痛苦。他感到羞耻，因为他知道他折磨了她。他真想跪下恳求她的宽恕，可他又无法平息心中的怒火。他忘却了她的存在，自顾让自己发出充满激情的声音：

"顺其自然！"他叫道，"你还顺其自然！你比谁都老谋深算！你顺的是你的老谋深算，这才是你，你要用你的意志去控制一切，你要的是老谋深算与主观意志。你那可恶的小脑壳里装的全是这些，应该像砸坚果一样把它砸碎，因为不砸碎它你仍然会是这样，就像包着壳的昆虫一样。如果有人砸碎了你的脑壳，他就可以让你成为一个自然的、有激情的、有真正肉欲的女人。可你呢，你需要的淫——从镜子中观看你自己，观看你赤裸裸的动物行为，把这完全理性化。"

这话很伤人，似乎他说了太多不能令人原谅的话，但厄秀拉关心的是借助伯金的话解决自己的问题。她脸色苍白，很茫然地问：

"你真的需要肉欲吗？"

伯金看看她，认真地解释道：

"是的，恰恰需要这个，而不是别的。这是一种满足和完善，是你的头脑无法获得的伟大的黑暗知识，是黑暗的非自主生命。它是你自己本身的死亡，可却是另一个自我的复活。"

"可这是怎样的呢？你怎么能够让知识不存在于头脑中呢？"她无法解释他的话。

"在血液中，"他回答，"意识和已知世界沉入黑暗中，什么都没了，非有一场洪水不可。然后你发现自己是一具可以感知的黑暗躯体，变成了一个魔鬼——"

"可我为什么要变成一个魔鬼呢？"她问。

"女人嚎叫着寻找她的魔鬼情人，^①"他说道，"我不知道这是为什么。"

赫麦妮似乎从死亡中醒来了。

"他是一个可怕的撒旦主义者，不是吗？"她拉长声音对厄秀拉说，那奇怪的共鸣声在结尾处又变成尖声嘲笑。这两个女人在嘲笑他，笑他一无是处。赫麦妮那得意的女人的尖笑在嘲弄他，似乎他是个阉人。

"我不是，"他说，"你才是真正的魔鬼，你不允许生命存在。"

赫麦妮缓缓地审视了他好久，那目光恶毒、傲慢。

"你什么都懂，不是吗？"她语调缓慢、冷漠，透着狡猾的嘲弄味儿。

"够了，"他说，他的面庞钢铁般生硬。赫麦妮立刻感到一阵可怕的失落，同时又感到释然。她转身亲昵地敦促厄秀拉说：

"你肯定你们会来布莱德比吗？"

"是的，我很乐意去，"厄秀拉说。

赫麦妮满意地看看她，心不在焉地想起什么来，似乎丢了魂儿一样。

"我太高兴了，"她说着振作起了精神，"两周后的什么时候来，行吗？我就把信写到这里来，写到学校，行吗？好吧。你肯定会来吗？好。我太高兴了。再见！再见！"

赫麦妮对厄秀拉伸出手来凝视着她。她知道厄秀拉是她的直接情敌，这让她感到莫名其妙的兴奋。现在她要告辞了。与别人告别，把别人留在原地总让她感到有力量，感到占了便宜。再说，她要带走这个男人，尽管是怀着仇恨。

伯金站在一旁，失神地一动不动。可当他告别时，他又开始讲起来：

"在这个世界上，实际的肉欲与我们命中注定的罪恶的放荡意淫是不可同日而语的。晚上，我们总要扭开电灯在灯光下观看我们自己，于是我们把这东西都注入头脑里了，真的。你要想知道肉欲的真实，你就先要沉迷，坠入无知中，放弃你的意志。你必须这样。你要生，首先要学会死。

---

① 引自柯勒律治（1772—1834）《忽必烈汗》。

"可我们太自傲了，问题就出在这里。我们太自傲，而不是自豪。我们没一点自豪感，我们傲气十足，自造假象欺骗自己。我们宁可死也不放弃自己那一丁点自以为是、固步自封的自我意志。"

屋里一片安宁。两个女人满心的敌意和不满，而他却好像在什么大会上做讲演。赫麦妮几乎连听都不听，自顾耸耸肩表示厌恶。

厄秀拉似乎在偷偷看着他，并不真的知道自己看的是什么。他身上有一种巨大的魅力——这个瘦削、苍白的人体内蕴涵着某种奇特的丰满，他的话像另外一个人的声音在传达着对他的认识。他眉毛和下巴的曲线，漂亮、优雅，展示着生命本身强有力的美。她说不清这是怎么回事，但她感到一种满足与畅快。

"可是，尽管我们有十足的肉欲，但我们没有这样做，是吗？"她转身问他，蓝眼睛里闪烁着金色的光芒，她在笑，像对他挑战一样。于是，他的眼睛与眉毛立即洋溢起神奇、毫无拘束、令人心动的迷人笑意来，但他的嘴唇丝毫没有动一动。

"不，我们没有，"他说，"我们过于自以为是了自大了。"

"肯定地说，这并不是自傲的问题。"她叫了起来。

"是的，不会是别的。"

她简直迷惑了。

"你不认为人们都为自己的肉欲力量感到骄傲吗？"她问。

"这说明他们没有肉欲，只有感知，这是另一个问题。人们总意识到自己，又那么自傲，并不是要释放自己，让自己生活在另一个世界中，来自另一个中心，他们——"

"你要用茶点了吧，嗯？"赫麦妮转身优雅、和蔼地对厄秀拉说。"你工作了一整天了呀——"

伯金的话戛然而止。厄秀拉感到一股怒火涌上心头，她感到懊恼。伯金绷起脸道别，似乎他不再注意她了。

他们走了，厄秀拉盯着门看了好一会儿。然后她关掉了电灯，又一次坐在椅子上失魂落魄起来。随之她哭了，伤心地啜泣着，很伤心，可是喜是悲，她弄不清。

第四章　跳水人

一个星期过去了。星期六这天下起了细细的毛毛雨，时下时停。潇潇雨歇之际，戈珍和厄秀拉出来散步，朝威利湖走去。天色空濛，鸟儿在新枝上鸣啭，大地上万物竞相勃发。姐妹两人在清晨柔和、细腻的雨雾中兴致勃勃地疾行。路边黑刺李绽开了湿漉漉的白花瓣儿，那小小的棕色果子在一团团烟儿似的白花中若隐若现。灰蒙蒙的天空中，紫色的树枝黑黝黝的发亮，高大的篱笆墙阴影在闪动，忽闪忽闪的，像是活了一般。早晨，万象更新。

姐妹俩来到威利湖畔，但见湖面一片朦胧，幻影般的向着湿漉漉空濛濛的树林和草坪伸延开去。道路下方的溪谷中传来微弱的躁动声，鸟儿对唱着，湖水神秘地汩汩淌了出来。

两位姑娘飘然而至。前面，离大路不远处湖的角落里，一棵胡桃树掩映着一座爬满苔藓的停船房，还有一座小小的浮码头，码头上停泊着一条船，像影子一样在绿色朽柱下的湖水上荡漾着。夏天就要到来了，到处都笼罩着阴影。

突然，从停船房里闪出一个白色的身影，疾速飞掠过旧栈桥。随着一道白色的弧光在空中划过，水面上飞溅起一团浪花，接着舒缓的涟漪中钻出一个游泳者。他置身的是另一个水淋淋、遥远的世界。他竟钻入了这纯洁透明的天然水域中。

戈珍站在石墙边看着。

"我真羡慕他呀，"她声音低沉、满怀渴望地说。

"嚯！"厄秀拉颤抖着说："好冷！"

"是啊，可在湖里游泳是多么棒啊，真好！"

姐妹俩站着，看着泳者游向浩淼的空濛水面，他动作很小地朝远处游着，渐渐与水雾和朦胧的树林融为一体。

"你不希望这是你自己吗？"戈珍看着厄秀拉问。

"我希望这样，"厄秀拉说，"不过我不敢肯定，这水太凉了。"

"是啊，"戈珍勉强地说。她仍然入迷地看着那人在湖心里游动。他游了一程后就翻过身来仰泳，眼睛却看着墙下的两个姑娘。她们可以看到微波中闪现出他红润的面庞，可以感到他在看她们。

"是杰拉德·克里奇，"厄秀拉说。

"我知道，"戈珍说。

她伫立着，凝视他的脸在水上起伏，盯着他稳健地游着。他边游边看她们，他为自己深深地感到自豪，他处在优越的位置上，自己拥有一个世界。他我行我素，丝毫不受他人的影响。他喜爱自己那强有力的击水动作，喜爱冰冷的水猛烈撞击他的四肢将他浮起，他可以看到湖边上的姑娘们在看他，这真让他高兴。于是他在水中举起手臂向她们打招呼。

"他在挥动胳膊呢，"厄秀拉说。

"是啊，"戈珍回答道。

她们仍然看着他。他又一次挥舞着手臂，表示看到了她们，那动作很怪。

"很像一个尼伯龙根家的人。①"厄秀拉笑道。可戈珍什么也没说，仍然默立着俯视水面。

杰拉德突然一个翻身，用侧泳的姿势快速划走。他现在孤身一人独处湖心，拥有这里的一切。在新的环境中，他兴高采烈，可以无拘无束，他喜欢这种孤独。他幸福地舒展双腿，舒展全身，没有任何束缚，也不同任何东西发生联系，在这个水的世界中只有他自己。

---

① 参见德国英雄史诗《尼伯龙根之歌》。

戈珍太羡慕他了，就是他拥有那纯粹的孤独与流水的那一刻都让她那样渴望，她太渴望拥有那一刻了。为此她感到似乎自己站在公路上是个废物。

"天啊，当个男人多好啊！"她叫道。

"什么？"厄秀拉惊叫道。

"自由，自在，灵动！"戈珍脸色出奇地红润，光彩照人地叫着。"你是一个男人，想做什么就可以做，没有女人那许许多多的障碍。"

厄秀拉弄不清戈珍脑子里在想些什么，怎么会这样突如其来地大叫。她不明白。

"那你想做什么呢？"她问道。

"什么也不做，"戈珍立即叫着驳斥她。"只是假设而已。假设我要在这水中游泳吧，可这不可能，我生活中不可能有这等事，我就不能脱掉衣服跳进水中去。可这是多么不合理啊，简直是活得不痛快嘛！"

戈珍的脸涨得通红，她太生气了，这让厄秀拉不知所措。

姐妹两人继续在路上走着。她们这时刚好穿过肖特兰兹下方的林子。抬头看去，但见一长溜矮矮的房屋在湿漉漉的清晨朦胧而迷人，更有棵棵雪松掩映着一扇扇窗口。戈珍似乎认真地琢磨着这幅图景。

"你不觉得它迷人吗，厄秀拉？"戈珍问。

"太迷人了，"厄秀拉说，"淡泊而迷人。"

"它是有一定风格的，属于某个时期。"

"哪个时期？"

"肯定是十八世纪，朵拉茜·华兹华斯①和简·奥斯汀那个时代，你说呢？"

厄秀拉笑了。

"难道不是吗？"戈珍又问。

"也许是吧，不过我觉得克里奇家的人跟那个时期不般配。我知道，杰拉

---

① 朵拉茜·华兹华斯（1771—1855），女批评家，威廉·华兹华斯的妹妹。

德正建一座私人发电厂，为室内供电，他还着手进行最时髦的改进呢。"

戈珍立即浑身一震，说：

"那当然，这是不可避免的嘛。"

"对呀，"厄秀拉笑道。"他一下子就做了几代人的事。为这个，人们都恨他。他强抓住别人的领子拖着人家走。等到他把可能改进的都改进了，再也没有什么需要改进的时候，他就会立即死去。当然，他很有干劲儿。"

"当然有干劲儿了，"戈珍说，"说实在的，我还没见过像他这么大显身手的人。不幸的是，他这么大的干劲儿用在什么上头，后果是什么？"

"我知道，"厄秀拉说。"就是折腾最新式的机器呗！"

"太对了！"戈珍说。

"知道他枪杀了他的弟弟的事吗？"厄秀拉问。

"杀死他弟弟？"戈珍大叫着皱起了眉头，似乎她不同意这么说。

"你还不知道哇？嗨！我还以为你知道了呢。他和弟弟一起玩一支枪。他让弟弟低头看着装了子弹的枪筒，他开了枪，子弹穿透了他弟弟的头，这太可怕了！"

"多么可怕！"戈珍叫道，"不过这是很久以前的事了吧？"

"对，是他们很小的时候。"厄秀拉说，"我觉得这是我所知道的最可怕的事儿。"

"他肯定不知道枪里上着子弹，对吗？"

"对，那是一支在马厩里藏了好多年的老枪了。没人知道它还会响，更没人知道它里面还上着子弹。可出这样的事，真是吓死人啊。"

"活吓死人！"戈珍叫道，"同样可怕的是孩提时代出了这样的事，一生都要负疚，想想都害怕。想想这事儿，两个男孩子一起玩儿得好好的，不知为什么，这场祸从天而降。厄秀拉，这太可怕了！我受不了。要是谋杀还可以理解，因为那是有意的。可这种事发生在一个人身上，这——"

"或许真是有意的，它藏在潜意识中。"厄秀拉说，"这种漫不经心的杀戮中隐藏着一个原始的杀人欲，你说呢？"

"杀人欲！"戈珍口气冷漠、生硬地说。"我认为这连杀人游戏都不算。我猜可能是这么回事：一个孩子说：'你看着枪口，我扣一下扳机，看看有什么情况。'我觉得这纯粹是偶然事故。"

"不，"厄秀拉说。"我是不会扣动扳机的，更别说在别人低头看着枪口时扣动扳机了。人的本能让人不这样做，不会的。"

戈珍沉默了，但心里十分不服气。

"那当然，"她冷冷地说。"如果是个女人，是个成年女人，她的本能会阻止她这样做。可两个一起玩儿的男孩子弄不好就会这样。"

她既冷酷又生气。

"不会的，"厄秀拉坚持说。就在这时她们听到几码开外有个女人在大叫："哎呀，该死的东西！"

她们走上前去，发现劳拉·克里奇和赫麦妮·罗迪斯在篱笆墙里侧的农田里①，劳拉·克里奇使劲儿弄着门要出来。厄秀拉忙上前帮她打开门。

"谢谢您，"劳拉说着抬起头，脸红得像个悍妇，不解地说："铰链掉了。"

"是的，"厄秀拉说，"这门也太沉了。"

"真奇怪！"劳拉大叫着。

"您好啊，"赫麦妮一开口便歌唱般的说。"天儿很好。你们来散步吗？好。这青枝绿叶美吗？太美了，太美了。早晨好——早晨好，你们会来看我吗？谢谢了，下星期，好，再见——再——见。"

戈珍和厄秀拉站着，见她缓缓地点头，缓缓地挥手告别。她故作微笑，浓密的头发滑到了眉际，看上去高大、奇怪、令人胆寒。然后姐妹俩走开了，似乎低人三分，让人家打发走了一样。四个女人就这样分别了。

---

① 英国各家的农田都用树篱或铁/木栅栏隔开，篱笆或栅栏上的门大多不锁，仅仅有个挂钩或门闩，一般过路人是不会开门进入私家农田的，篱笆间都有公用的小径供人穿行。——译者注

她们走到比较远的地方时，厄秀拉红着脸说：

"我觉得她太没礼貌了。"

"谁？赫麦妮·罗迪斯？"戈珍问，"为什么？"

"她待人的态度，没礼貌！"

"怎么了，厄秀拉，她哪点没礼貌了？"戈珍有点冷漠地问。

"她的全部举止，哼，她想欺侮人，没礼貌。她就是欺侮人，这个无礼的女人。'你们会来看我'，好像我们会趴在地上抢这份恩赐似的。"

"我不明白，厄秀拉，你这是生的什么气，"戈珍有点恼火地说，"那些女人才无礼——那些脱离了贵族阶层的女人。"

"可是这太没意思，庸俗了，"厄秀拉叫道。

"我没看出来呀。如果我发现了这一点，就当没她这个人，我才不允许她对我无礼呢。"

"你认为她喜欢你吗？"厄秀拉问。

"哦，不，我才不这么认为呢。"

"那她为什么请你去布莱德比做客？"

戈珍微耸耸肩膀。

"反正她明白我们不是普通人，"戈珍说，"不管她怎样，她并不傻。我宁可同一个我痛恨的人在一起，也不同那些墨守成规的普通女人在一起。赫麦妮·罗迪斯在某些方面是敢于冒险的。"

厄秀拉回味了一会儿这句话。

"我怀疑这一点，"她回答，"她什么险也没冒。她明白请我们这些教员去做客并不冒什么险，这点倒值得我们敬佩。"

"太对了！"戈珍说，"想想吧，好多女人都不敢这样做呢。她最大限度地利用了她的特权，这就不错。我想，真的，如果我们处在她的位置上，我们也该这样做。"

"才不呢，"厄秀拉说，"不，那会烦死我。我才不会花时间做她这种游戏呢。那太失身分了。"

这姐妹俩像一把剪刀，谁从她们中间穿过都会被剪断；或者又像一把刀和一块磨刀石相互摩擦。

"当然，"厄秀拉突然叫道，"我们去看她那是她的福分。你漂亮得十全十美，比她漂亮一千倍，她过去和现在都无法跟你比。我还觉得你的衣着比她美一千倍。她从来没有像一朵花似的鲜艳、自然，总是那么老气横秋、老谋深算。而我们比大多数人都聪明。"

"一点不错！"戈珍说。

"这一点应该得到承认才是，"厄秀拉说。

"当然应该，"戈珍说，"不过，真正的美应该是绝对的平凡，是完美的平淡，就像街上的行人，那样你才是人类的杰作，当然不是实际上的行人，应该是艺术创造出来的行人——"

"太没劲了！"厄秀拉叫道。

"当然啦，厄秀拉，是太没劲了。你无法超脱尘世，十足的朴实才是艺术创造出来的平凡。"

"打扮自己打扮不好可太没意思了。"厄秀拉笑道。

"太没意思了呗！"戈珍说。"真的，厄秀拉，这太没意思了，就这么回事。一个人希望自己能口若悬河，便学着高乃依那样夸夸其谈。"①

戈珍妙语连珠地说着，脸红了，心儿激动起来。

"而且高视阔步，"厄秀拉说，"人们总希望像鹅群中的白天鹅一样高视阔步。"

"没错，"戈珍叫道，"鹅群中的白天鹅。"

"他们都忙着当丑小鸭，"厄秀拉嘲笑说，"可我就不觉得自己是一只丑陋、可怜的小鸭子。我情不自禁地以为自己是鹅群中的白天鹅。人们让我这样看自

---

① 高乃依 (1606—1684)，法国诗人与戏剧家，著有悲剧《熙德》等。

己。我才不管他们怎么看我呢，爱怎么看就怎么看。"

戈珍抬头看看厄秀拉，心里有点奇怪，说不出的妒忌与反感。

"当然，唯一可以做的就是不理睬他们，就这样。"她说。

姐妹俩又回家了，回去读书、谈天、做点活儿，一直到星期一又开始上课。厄秀拉常常弄不清，除了学校一周中的始与终及假期的始与终以外，她还等待别的什么。这竟是全部的生活！有时，她似乎感到她的生活不过就是如此这般地度过时，她就觉得可怕极了。但她并没有真的认命。她的精神生活很活跃，她的生命就像一棵幼芽，缓缓发育着但还未钻出地面。

第五章　在火车上

一天，伯金奉召去伦敦。他并不怎么常在家。他在诺丁汉有住所，因为他的工作主要是在诺丁汉开展，但他常去伦敦或牛津。他的流动性很大，生活似乎不稳定，没有任何固定的节奏，说不上有什么实在的意义。

在火车站月台上，他看到杰拉德·克里奇正在读报纸，很明显他是在等火车。伯金站在远处的人群中，他的本性决定了他不会率先接近别人。

杰拉德时不时地抬起头四下张望，这是他的习惯。尽管他在认真地看报，但他必须监视四周。似乎他头脑中流动着两股意识。他一边思考着从报上看到的东西，冥思苦想着，一边盯着周围的生活，什么也逃不过他的眼睛。伯金远远地看着他，对他一心二用很生气。伯金还注意到，尽管杰拉德的社交举止异常温和，他似乎总在防着别人。

杰拉德看到了他，脸上露出悦色，走过来向他伸出手，这让伯金为之一振。

"你好，卢伯特，去哪儿呀？"

"伦敦。我猜你也去伦敦吧？"

"是的——"

杰拉德好奇地扫视一下伯金的脸。

"如果你愿意，咱们就伴儿吧？"他说。

"你不是常常要坐头等车厢吗？"伯金问。

"那是因为我无法忍受人群的拥挤，"杰拉德说，"不过三等也行。车上有一节餐车，咱们可以去那儿喝茶。"

再没什么可说的了，两个人只好都把目光投向车站上的挂钟。

"报纸上说什么？"伯金问。

杰拉德迅速扫了伯金一眼，说：

"瞧，报上登的多么有趣儿吧，有两位领袖人物——"他递过手中的《每日电讯报》说，"全是报纸上日常的行话——"他往下看着那个专栏说："瞧这个小小的，我不知道你管这叫什么，几乎算杂文吧，和这两个领袖人物一齐登了出来，说非得有一个人崛起，他会赋予事物以新的价值，告诉我们新的真理，让我们对生活有新的态度，否则不出几年，我们就会消亡，国家就会毁灭——"

"我觉得那也有点报纸腔，"伯金说。

"听起来这人说得挺诚恳的，"杰拉德说。

"给我看看，"伯金说着伸手要报纸。

火车来了，他们两人上了餐车，找了一张靠窗口的桌子，相对坐下来。伯金浏览了一下报纸，然后抬头看看杰拉德，杰拉德正等他说话。

"我相信这人说的真是这意思，"他说。

"你认为他的话可靠吗？你认为我们真需要一部新的福音书吗？"杰拉德问。

伯金耸了耸肩膀，说：

"我认为那些标榜新宗教的人最难接受新事物。他们是要标新立异。可是话又说回来了，审视我们的生活，我们是自作自受、自暴自弃，可要让我们绝对地打碎自身的旧偶像我们是不会干的。在新的没有出现之前无论如何先要摆脱旧的，甚至旧的自我。"

杰拉德凝视着伯金。

"你认为我们应该毁掉这种生活，立即开始飞腾吗？"他问。

"这种生活。对，我要这样做。我们必须彻底摧毁它，或者令它从内部枯萎，就像在一张紧绷绷的皮里一样。它已经无法膨胀了。"

杰拉德的目光中透着一丝奇怪的笑意，他很开心，人显得平静而古怪。

"那你觉得会怎么开始？我想你的意思是改良整个社会制度？"他说。

伯金微微皱起了眉头。他对这种谈话也感到不耐烦了。

"我压根儿没什么建议，"他回答，"我们真想要变好的话，就要打碎旧的。不打碎旧的，任何建议都是妄自尊大的人耍的无聊把戏。"

杰拉德眼中的微笑开始消失了，他冷冷地看着伯金说：

"你真把事情看得那么糟吗？"

"一团糟。"

杰拉德眼中又泛起了笑意。

"在哪方面？"

"各个方面，"伯金说，"我们是一些意气消沉的骗子。我们的观念之一就是自欺欺人。我们理想中的世界是完美的，廉洁、正直、充实。于是我们不惜把地球搞得很肮脏，生活成了一种劳动污染，就像昆虫在污泥浊水中穿行一样。这样，你的矿工家的客厅里才会有钢琴，你现代化的住宅里才会有男仆和汽车，作为一个国家，我们才会有里兹饭店或帝国歌舞杂耍剧场，才会有加比·戴斯里斯这样的舞蹈家和歌唱家或《星期日》这样的大报社。这让人多么丧气呀。"

这通激烈的言词让杰拉德好久才醒过闷来。

"你认为我们的生活没有房屋行吗？要重返自然吗？"他问。

"我什么都不想要，只想让人们想做什么就做什么——能做什么就做什么。如果他们能有一番别的什么作为，世界就是另一种样子了。"

杰拉德思忖着，他并不想得罪伯金。

"难道你不认为矿工家的钢琴象征着某种非常真实的东西吗？它象征着矿工渴望高层次的生活。"①

"高层次！"伯金叫道，"是的，高层次。令人吃惊的高级，壮观啊。有

---

① 在劳伦斯童年时代，一些矿工家庭就开始购置钢琴，劳伦斯在散文《诺丁汉矿乡杂记》里就详细地评说了矿工家庭购置钢琴的现象。——译者注

了这个，他就可在周围的矿工眼里变得高人一等了。他是通过自己反射在邻人中的影子才认识自己，如同布罗肯峰上迷雾中的幽灵①一样。他有钢琴支撑着自己，高人一头，因此得到了满足。他就是为了那种布罗肯幽灵活着，活在人们的看法中。你也是这样。一旦你对人类变得举足轻重了，你就觉得自己也变得举足轻重了。为此你在矿上工作很卖力。如果你一天生产的煤可以做五千份饭菜，你的身价就比你做自己的一份饭菜提高了五千倍。"

"我想是这样的，"杰拉德笑道。

"你不明白吗，"伯金说，"帮助我的邻居吃喝倒不如我自己吃喝。'我吃，你吃，他吃，我们吃，你们吃，他们吃'，还有什么？人们为什么要将这个动词变位呢？第一人称单数对我来说就够了。"

"人应该把物质的东西摆在首位，"杰拉德说，但伯金对他的话没在意。

"我必须为什么活着，我们不是牛，吃草就可以满足。"杰拉德说。

"告诉我，"伯金说，"你为什么活着？"

杰拉德露出一脸的困惑表情。

"我为什么活着？"他重复道，"我想我活着是为了工作，为了生产些什么，因为我是个有目的的人。除此之外，我活着是因为我是个活人。"

"那什么是你的工作呢？你的工作就是每天从地下多挖出几千吨煤来。等我们有了足够的煤，有了豪华的家具和钢琴，吃饱了炖兔肉，解决了温饱问题后又听年轻女人弹钢琴，然后怎么样？当你在物质上有了真正良好的开端后，你还准备做什么？"

杰拉德对伯金的话和冷嘲热讽报以嘲笑。不过他也在思索。

"我们还没到那一步呢，"他回答，"还有很多人仍然没有兔肉吃，没有东西烧火来炖兔肉。"

---

① 布罗肯峰是德国萨克森地区哈兹山脉的最高峰，上面可以产生幻景，观众的身影被放大并反射到对面山顶的雾幕上。

"你的意思是说，你挖煤，我就该去捉兔子？"伯金嘲笑着说。

"有那么点儿意思。"杰拉德说。

伯金眯起眼来看着杰拉德。他看得出，杰拉德虽然脾气好，但人很阴冷，他甚至从他那夸夸其谈的道德论中看出了某种奇怪、恶毒的东西在闪动。

"杰拉德，"他说，"我有点儿恨你。"

"我知道，"杰拉德说，"可为什么呢？"

伯金不可思议地思忖了一会儿说：

"我倒想知道，你是否知道你也恨我，"他终于说出了这句话，"你是否有意与我作对——莫名其妙地恨我？有时我恨透了你。"

杰拉德吃了一惊，甚至有点不知所措，他简直瞠目结舌了。

"我或许有时恨过你，"他说，"但我没意识到——从来没有切肤的感觉，就这么回事。"

"那更不好，"伯金说。

杰拉德奇怪地看着他，他弄不明白伯金的意思。

"那更坏，是吗？"他重复道。

火车在继续前行，两个人都沉默了。伯金的脸上挂着一副恼怒的紧张表情，眉头皱得紧紧的。杰拉德小心翼翼地看着他，揣度着，弄不清伯金的心思。

突然伯金眼神直勾勾、有力地看着杰拉德的眼睛，问：

"你认为什么是你生活的目标和目的呢？"

杰拉德又一次感到惊诧，他弄不明白这位朋友的意思。他是否在开玩笑？

"我一时可说不清，"他有点自嘲地说。

"你认为爱情就是生活的全部吗？"伯金直截了当、极其严肃地问道。

"你说的是我自己的生活吗？"杰拉德问。

"是的。"

杰拉德果真困惑了。

"我说不清，"杰拉德说，"现在我的生活还没定型。"

"那么，至今你的生活是什么样的呢？"

"哦，发现些什么，取得经验，干成一些事。"

伯金皱起眉头，脸皱得像一块棱角分明的钢模。

"我发现，"他说，"一个人需要某种真正、单纯的行动——爱就是如此。可我并不真爱哪个人——至少现在没有。"

"难道你就没有真正爱过什么人？"杰拉德问。

"有，也没有，"伯金说。

"还没最后定下来？"杰拉德问。

"最后，最后？没有，"伯金说。

"我也一样，"杰拉德说。

"那么你想吗？"伯金问。

杰拉德目光闪烁，嘲弄的目光久久地与伯金的目光对视着，说：

"我不知道。"

"可我知道，我要去爱，"伯金说。

"真的？"

"是的。我需要这爱有个着落。"

"爱有着落，"杰拉德重复道。

良久，他又问："只一个女人吗？"傍晚的光线在田野上洒下一路金黄，映着伯金紧张、茫然而坚定的面庞。杰拉德仍然摸不透伯金的心思。

"是的，一个女人，"伯金说。

可杰拉德却以为伯金这不是自信，不过是固执罢了。

"我不相信，一个女人，只一个女人就能构成我的生活内容，"杰拉德说。

"难道你和一个女人之间的爱不是你生活的核心问题吗？"伯金说。

杰拉德眯起眼睛看着伯金，有点怪模怪样、阴险地笑道：

"我从来没那种感觉。"

"没有吗？那么你生活的中心点是什么？"

"我不知道，我正想有个人告诉我呢。就我目前来说，我的生活还根本没有中心点，只是被社会的结构人为地撮合着不破裂就行了。"

伯金思索着，觉得自己似乎要打碎点什么。

"我知道，"他说，"它恰恰没有中心点。旧意识像指甲一样死了——丝毫不留。对我来说，似乎只剩下与一个女人完美的结合了，这是一种最终的婚姻。除此之外别的什么都没意思。"

"你是否说，如果没有这个女人就没有一切了呢？"杰拉德问。

"太对了，反正也没有上帝。"

"那我们就没出路了，"杰拉德说着扭过脸去看着车窗外，金色的田野飞驰而过。

伯金不得不承认杰拉德的脸既漂亮又英俊，但他强作漠然不去看。

"你认为这对我们是艰难的磨练吗？"伯金问。

"是的，如果我们非要从一个女人那里讨生活，仅仅从一个女人那里，这对我们是个磨难，"杰拉德说，"我不相信我会那样生活。"

伯金几乎愤愤地看着杰拉德说，"你天生就什么都不信。"

"我只相信我所感受到的，"杰拉德说。说着他那双目光锐利、颇有男子气的蓝眼睛嘲弄地看了看伯金。伯金的眼睛里此时正燃着怒火，但不一会儿，这目光又变得迷茫、疑虑，然后漾起了温和、热情的笑意。

"这太让我苦恼了，杰拉德，"伯金皱皱眉头说。

"我看得出，"杰拉德说着嘴角上闪过一丝男子气十足的漂亮微笑。

杰拉德身不由己地被伯金控制着。他想接近他，想受到他的影响。伯金身上有什么地方跟他很相似。但是，除此之外他没注意到太多别的。他感到他杰拉德怀有伯金不知道的、更经得起考验的真理，他感到自己比伯金年长识广。但他喜爱朋友身上那一触即发的热情，喜欢他多才多艺，喜欢他聪明热情的言谈。他欣赏伯金的口才和迅速交流感情的能力，但伯金所谈的真正含义他并没有真正思索过，他觉得自己比他明白多了。

对这一点，伯金心里明白，他知道杰拉德喜欢自己但并不看重自己。这让他对杰拉德很冷酷。火车在前进，伯金看着外面的田野，杰拉德被忘却了，对他来说杰拉德不存在了。

伯金看着田野和夜空，思忖着："如果人类遭到毁灭，如果我们这个种族像索德姆城 ① 一样遭到毁灭，但傍晚仍然这么美丽，田野和森林依旧亮丽，我也会感到满足的，因为造成这美丽夜色的一切还在，并且永远不会消失。总之，人类不过是那未知世界的一种表现形式。如果人类消失了，这只能说明这种特殊的表现形式完成了，完结了。但得到表现的和将被表现的是不会消逝的，它就在这明丽的夜色中。让人类消失吧，由时间来决定。但创造的絮语是不会终止的，它们只会存在于时间之中。人类已不再能体现那未知世界的意义。人类成了一个僵死的字母。会有一种新的载体，以一种新的形式。让人类尽快消失吧。"

杰拉德打断他的思绪问：

"你在伦敦住哪儿？"

伯金抬起头答道：

"住在索赫区 ②。我跟一个人合租了一套公寓，什么时候都可以去住。"

"这主意不错，好歹算你自己的地方，"杰拉德说。

"是的。不过我并不那么注重这个，我对那些不得不去打交道的人感到厌倦了。"

"什么样的人？"

"艺术家，音乐家，伦敦那帮放荡不羁的文人们，小里小气、精打细算、

---

① 《创世记》19：24—5，上帝因这个城市里的人作恶多端而从空中毁灭之。据记载，德国的齐柏林飞艇在 1915 年首次空袭伦敦，令伦敦人感到了类似的灭顶之灾。

② 伦敦一闹市区，餐馆很多。

斤斤计较的艺术家们。不过也有那么几个人挺体面，在某些方面算得上体面人。这些人是彻底的厌世者，或许他们仅仅是摆出与这个世界作对、否定一切的姿态而已，不过他们无论如何算是够消极的。"

"他们都是干什么的？画家，音乐家？"

"画家、音乐家、作家——一批食客。还有模特儿，激进的年轻人，他们与传统公开决裂，但又没有特定的归属。他们大多都是些刚毕业的大学生，也有自称独立谋生的女人。"

"都很放荡吗？"

伯金看得出杰拉德的好奇心上来了。

"可以这么说，但大多数还是严肃的。别看挺骇人听闻，其实都一回事。"

他看看杰拉德，发现他的蓝眼睛中闪烁起一小团好奇的欲望之火。他还发现，他长得太漂亮了。杰拉德很迷人，他似乎血运很旺盛，令人动心。他那蓝色的眼睛里，目光尖锐而冷漠，他身上透着某种美，那是一种隐忍的美。

"我们倒是可以看看各自的生活，我要在伦敦逗留两三天呢，"杰拉德说。

"行，"伯金说，"我可不想去剧院或马戏场，你最好来我的公寓，来看看海里戴那帮人是什么样儿吧。"

"谢谢，我会去的，"杰拉德笑道，"今晚你做什么？"

"我约海里戴去庞巴多咖啡馆儿，那地方不怎么样，可又没有别的地方可聚。"

"在哪儿？"杰拉德问。

"皮卡迪利广场。"

"哦，那儿呀，我可以去吗？"

"当然，你会很开心的。"

夜幕降临了，火车已过了贝德福德。伯金望着窗外的原野，心中感到十分失望。每到临近伦敦时，他都会产生这种感觉。他对人类的厌恶，对芸芸众生的厌恶，几乎变成了一块心病。

宁静绚丽的黄昏

　　幽远缈远地微笑——①

　　他像一个被判了死刑的人一样自言自语着。杰拉德细微的感觉被触醒了，他倾着身子笑问：

　　"你说什么呢？"伯金瞟了他一眼，笑着又重复道：

　　宁静绚丽的黄昏

　　幽远缈远地微笑，

　　牧场上羊儿

　　在打盹——②

　　杰拉德现在也看着田野。伯金不知为什么现在感到疲劳和沮丧，对杰拉德说：

　　"每当火车驶进伦敦时，我就感到厄运将临。我感到那么绝望，那么失望，似乎这是世界的末日。"

　　"真的！"杰拉德说，"世界的末日让你感到恐惧吗？"

　　伯金微微耸了一下肩。

　　"我不知道，"他说，"末日将至而尚未到来之时才让人感到恐惧。可是人们给我的感觉太坏了，太坏了。"

　　杰拉德的眼睛中闪过兴奋的微笑。

　　"是吗？"他审视地看着伯金说。

　　几分钟后，火车穿行在丑恶的大伦敦市区里了。车厢中的人们都振作起

---

　　①　罗伯特·勃朗宁的诗《废墟上的爱》。

　　②　同上。

精神准备下车了。最终火车驶进了巨大拱顶笼罩下的火车站，来到伦敦城巨大的阴影中。伯金浑身激灵一下，到站了。

两个人一齐进了一辆出租汽车。

"你是否觉得自己成了那些该死的人中的一员了？"伯金问道。他们坐在这小小的迅速疾行着的空间里，看着外面丑陋的大街。

"不，"杰拉德笑道。

"这是真正的死亡，"伯金说。

第六章　薄荷酒

几小时以后他们又在咖啡馆里见面了。杰拉德推开门走进宽大雅致的正厅，透过弥漫的烟雾可依稀辨认出顾客们的脸和头，这些人影反射在墙上的大镜子里，景象更加幽暗、庞杂，一走进去就像进入了一个朦胧、黯淡、烟雾缭绕、人影绰绰的世界。不过，在这个享乐的气泡里，红色的绒椅倒显得实在。

杰拉德眼神机警，巡视着四周，慢慢地穿过一张张桌子和人群，每过一处人们都抬起头来看他。他似乎进入了一个奇妙的地方，穿入一处闪光的新的去处，来到了一群放荡的人们之间。他感到喜悦、快活。他的目光扫过桌面上方那一张张脸，发现人们的脸上闪着奇特的光彩。然后他看到伯金起身向他打招呼。

伯金的桌旁坐着一位黑发女子，柔软蓬松的头发剪得很短，样式很考究，齐耳短发很像埃及公主。她娇小玲珑，脸色红润，一双黑亮的大眼睛里透着敌意。她娇嫩，身材说得上美，神态也迷人。看到她，杰拉德的眼睛立时一亮。

伯金看上去很木然，魂不守舍，介绍说这女子是塔林顿小姐。塔林顿小姐勉强地向杰拉德伸出手来，眼睛却阴郁、大胆地盯着他。杰拉德精神焕发地落了座。

侍者上来了。杰拉德瞟了一眼那两人的杯子。伯金喝着一种绿色饮料，塔林顿小姐的小酒杯中只有几滴酒了。

"再要一点吗？"

"白兰地，"她咂尽最后一滴放下了杯子说。侍者离去了。

"不，"她对伯金说，"他还不知道我回来了。他要是看到我在这儿他会大

大七 (吃) 一惊。"

她说起话来有点咬舌，像小孩子一样，听上去是在装腔作势，但这又符合她的性格。她的语调平缓，不怎么生动。

"他在哪儿呢？"伯金问。

"他在斯纳尔格鲁夫人那儿开私人画展，"姑娘说，"华伦斯也在那儿。"

"那么，"伯金毫不动情但以保护人的口吻问道，"你打算怎么办呢？"

姑娘阴郁地沉默不语。她厌恶这个问题。

"我并不打算做什么，"她回答，"我明天将去找主顾，给他们当模特儿。"

"去谁那儿呢？"伯金问。

"先到班特利那儿，不过我相信我上次离开肯定让他生气了。"

"你是指离开马多纳那里吗？"

"是的。要是他不需要我，我可以在卡马松那儿找到工作。"

"卡马松？"

"卡马松爵士，他搞摄影。"

"拍穿薄纱衣露肩的照片——"

"是的。不过他可是个很正经的人。"

短暂的沉默之后，他问"那你拿裘里斯怎么办？"

"不怎么，"她说，"我不理他就是了。"

"你跟他彻底断了？"

她不高兴地转过脸去，对此不予回答。

这时另一位年轻人快步走了过来。

"哈，伯金！哈，咪咪①，你什么时候回来的？"他急切地问道。

"今天。"

---

① 原文是 Pussum，是英国人对宠物猫的爱称。请教过劳伦斯专家沃森教授，他建议可以用中国人对猫咪的爱称来翻译，故译作咪咪。——译者注

“海里戴知道吗？”

“我不知道，再说我也不在乎。”

“哈，还是老样子，不是吗？我挪到这张桌子上来，你不介意吧？”

“我在同努(卢)伯特谈话，你不介意吧？”她冷漠但恳求地说，像个孩子。

“公开的忏悔，对灵魂有益，啊？”小伙子说，“那，就再见了。”

小伙子锐利的目光扫了一下伯金和杰拉德，转身拂袖而去。

在这过程中，杰拉德几乎全然被人冷落了。但他感到这姑娘注意到了他的存在。他等待着，倾听着，想弄明白他们到底在说什么。

“你住在公寓里吗？”姑娘问伯金。

“住三天，”伯金说，“你呢？”

“我不知道。不过我可以到伯萨家住，什么时候都可以。”

一阵沉默。

突然这姑娘转向杰拉德问：

“你熟悉伦敦吗？”

她的口吻很正式、客气，像自认社会地位低下的女人一样态度疏远但又显示出对男人的亲昵。

“我说不上，”杰拉德笑道，“伦敦我来过好多次了，但这个地方还是头一次来。”

“你不是艺术家了？”她一语就把他推出了自己的圈外。

“不是，”他回答。

“人家是一位战士，探险家，工业‘拿破仑’，”伯金说，流露出他把杰拉德当艺术家看的意思。

“你是战士吗？”姑娘漠然但好奇地问。

“不，”杰拉德说，“我多年以前就退伍了。”

"他参加了上次的大战 [1]，"伯金说。

"真的吗？"姑娘问。

"他后来考察了亚马逊河，"伯金说，"现在他管着一座煤矿。"

姑娘目不转睛、好奇地看着杰拉德。听别人讲自己，杰拉德笑了。他感到骄傲，充满了男子汉的力量。他蓝色的眼睛炯炯发光，洋溢着笑意，容光焕发的脸上露着满意的神情，他的脸和金黄色的头发充满了活力。他激起了姑娘的好奇心。

"你要在这儿住多久？"她问。

"一两天吧，"他回答，"不过我并不急着回去。"

她仍然凝视着他的脸，这眼神在他看来是那么好奇和激动。他自我意识极强，为自己的迷人之处深感喜悦。他感到浑身是劲，有能力释放出惊人的能量。同时他也意识到姑娘那黑亮的眼睛大胆地盯着自己。她的眼睛很美，睁得圆溜溜的，毫不掩饰地看着他。她的瞳孔上似乎漂浮着一层分裂的光晕，就像油漂浮在水上，那是痛苦忧郁的眼神。在闷热的咖啡馆里，她没戴帽子，穿着宽松简朴的桃色双皱短外套，领口处扎着带子，松弛柔软的外套衬出了她脖颈的娇嫩和手腕的纤细。她容颜纯洁姣好，实在很美：相貌端庄，柔软的黑发披到耳际，体态像埃及人那样挺拔、玲珑、柔软，线条丰满，脖颈纤细，色彩鲜艳的罩衣下肩膀消瘦。她很沉稳，几乎不露表情，一副若即若离的神态。

她太让杰拉德动情了。他感到自己对她有一种巨大的控制力，一种本能上近乎残酷的怜爱。这是因为她是个牺牲品。他感到她是处在他的控制之下，他则是在施恩于她。这令他感到自己的四肢过电般的兴奋，充满了情欲。如果他释放电能，他就会彻底摧毁她。可她却若无其事地等待着。

他们聊着些闲话，聊着聊着，伯金突然说：

"裘里斯来了！"说着他站起身，向新来的人移动过去。姑娘奇怪地动了

---

[1] 指布尔战争 (1899—1902)。

动，身子没转动，只扭头不怀好意地朝后看去。这时杰拉德在看着她柔软的黑发在耳边甩动。他感到姑娘在密切地注视着来者，于是他也朝来人看去。他看到一位脸色苍白、身材顶长、黑帽子下露出浓密金发的小伙子行动迟缓地走了进来，脸上挂着天真、热情但又缺乏生气的笑容。他走近了急忙上前来迎接他的伯金。

直到他走得很近了，他才注意到这姑娘。他退缩着，脸色发白，尖叫着：

"咪咪，你在这儿干什么？"

咖啡馆里的人一听到这声尖叫都像动物一样抬起了头。海里戴无动于衷，脸上露出几乎有点蠢笨的微笑。姑娘自顾冷冷地看着他，那表情显得深不可测，但也有些无能为力。她是拿海里戴没办法。

"你为什么回来了？"海里戴仍然歇斯底里地叫着，"我对你说过不要回来。"

姑娘没有回答，只是仍然冷漠、深沉地直视着他，他向后面的桌子退缩着，似乎要保护自己。

"你知道你想要她回来，来，坐下，"伯金对他说。

"不，我不想要她回来，我告诉过她，叫她别回来了。你回来干什么，咪咪？"

"跟你没关系，"她极反感地说。

"那你回来干什么？"海里戴提高嗓门尖叫着。

"她愿意回来就回来呗，"伯金说，"你坐下还是不坐下？"

"我不，我不跟咪咪坐一块儿，"海里戴叫道。

"我不会伤害你的，你用不着害怕，"她对海里戴尖刻地说，但语调中有点呵护的意思。

海里戴走过来坐在桌旁，手捂住胸口叫道：

"啊，这把我吓了一跳！咪咪，我希望你别干这些事。你干吗要回来？"

"跟你没关系，"她重复道。

"你又说这个，"他大叫。

她转过身，对着杰拉德·克里奇，他的目光闪烁着，显得很开心。

"你西(是)不西(是)很怕野蛮人？"她用平缓无味、孩子般的语调问杰拉德。

"不，从来没怕过。总的来说，野蛮人并无害——他们还没出生呢，你不会觉得可怕的。你知道你可以对付他们。"

"你金(真)不怕吗？他们不是很凶恶吗？"

"不很凶。其实没多少凶恶的东西。不管是人还是动物，他们身上都没有多少是危险的东西。"

"但结成群就危险了，"伯金插话道。

"真的吗？"她说，"我觉得野蛮的东西都太危险了，你还来不及四下里看看，他们就要了你的命。"

"你这么想吗？"他笑道，"他们的野蛮性被过分夸大了。他们就像人一样，刚一打照面是兴奋不起来的。"

"那，做一名探险者就没什么勇敢而言了？"

"不。与其说是探险倒不如说是艰险。"

"啊！那你害怕过吗？"

"我吗？我不知道是否怕过，我对有些东西就怕——我怕被关起来幽禁在什么地方，或者被束缚起来。我怕被人捆住手脚。"

她凝视着他，那双黑眸令他心动，头脑反倒完全冷静了。他感到她让他的自我暴露了，似乎是从他躯体内黑暗的最深处暴露出来的，这太妙了。她想了解他，她的眼睛似乎看透了他赤裸的内脏。他感到她被他吸引着，命中注定要与他接触，因此她必须观察他、了解他。这让他感到很得意。同时他还感到她必须投入他的手心里，听他的才行。她是那么世俗，像个奴隶似的看着他，被他迷住了。倒不是说她对他说的话感兴趣，而是她被他的自我暴露迷住了，被他这个人迷住了，她需要他的秘密，需要男性的经验。

杰拉德脸上挂着莫名其妙的笑，精神焕发但并不很清醒。他双臂搭在桌上，一双晒得黝黑可怕的动物般的手朝她伸展着，手型很好看，很漂亮。这双手迷住了她。她知道自己被迷住了，眼睁睁地看着那双手。

别的男人来到桌前同伯金和海里戴交谈。杰拉德压低嗓门冲咪咪说：

"你从哪儿回来的？"

"从乡下，"米纳蒂声音很低，但很圆润。她紧绷着脸，时不时地瞟一眼海里戴，随之眼中燃起了怒火。那神色沉郁的白皮肤小伙子看都不看她，不过他是真怕她。有时她顾不上理杰拉德，看来杰拉德并没有征服她。

"那么海里戴跟你回来有什么关系？"他依旧声音低沉地问她。

她沉默了好一会儿才不情愿地说：

"是他让我走的，让我跟他同居，可现在他想甩了我，但又不让我跟任何别的人在一起。他想让我隐居在乡下。然后又反过来说我害了他，他无法摆脱我。"

"他简直是没脑子，"杰拉德说。

"他就是没脑子，所以他不知道自己怎么回事，"她说，"他总等别人告诉他做什么他才做什么。他从来没按自己的想法做过什么事，因为他不知道他想要什么。他整个儿是个孩子。"

杰拉德看着海里戴那柔和、颓废的脸。那张脸很有魅力，那柔和、热情而颓废的性格很迷人。

"但他并不能控制你，对吗？"杰拉德问她。

"你知道是他强迫我跟他同居的，可我并不愿意，"她说，"他来冲我大叫，哭着说我要是不跟他回去他就没法儿活，你从来没见过他流那么多的眼泪。他就是不走，赖着不动，是他逼我跟他回去的，每次他都这德行。可现在我怀孕了，他想给我一百镑打发我到乡下去，从此再也不见我，再也听不到我的音讯。我就不这样，不——"

杰拉德闻之脸上露出莫名其妙的笑。

"你要生孩子了？"他不相信地问。看她那样子，这似乎不可能，她那么年轻，那神态也不像怀孕了。

她凝视着他的脸，现在她那纯真的黑眼睛里露出了鬼鬼祟祟的眼神，刻毒、阴暗、不可驾驭。杰拉德为此心里燃起一股火来。

"是的，"她说，"是不是像动物？"

"你不想这样？"他问。

"我才不呢，"她加重语气说。

"可是，"他说，"你知道怀孕有多久了？"

"十个星期了，"她说。

她纯真的黑眼睛一直看着他。他则默默地沉思着，不说什么了，而是不无关切地问：

"我们吃点什么好吗？你喜欢来点儿什么？"

"好的，"她说，"我喜欢来点儿牡蛎。"

"那好，"他说，"我们就要牡蛎。"说完他召唤侍者。

海里戴一直对这边的事视而不见，直到盛有牡蛎的小盘子放到她面前，他才大叫：

"咪咪，喝白兰地时不能吃牡蛎。"

"这跟你有什么关系？"她问。

"没关系，没关系，"他叫道，"可喝白兰地时就是不能吃牡蛎。"

"我没喝白兰地，"她说着将杯子里的最后几滴酒洒在海里戴脸上。海里戴不禁怪叫一声，可她却若无其事地看着他。

"咪咪，你干吗这样？"他恐慌地叫道。在杰拉德看来，海里戴让咪咪吓怕了，他喜欢自己的这副恐慌样子。他似乎因为自己怕她、恨她而沾沾自喜，在恐慌中有所回味；欣赏这种恐慌的滋味。杰拉德认为他是个奇怪的傻瓜，但挺有味儿。

"可是咪咪，"另一个男人小声地操着伊顿腔急促地说，"你保证过，说你不伤害他。"

"可我没伤害他呀，"她回答。

"你喝点儿什么？"那年轻人问。他肤色黑，但皮肤还算光洁，浑身有那么点含而不露的活力。

"我不喜欢人伺候，马克西姆，"她回答。

"你应该要点儿香槟，"马克西姆很有绅士风度地嘟哝道。

杰拉德突然意识到这是在启发他呢。

"我们来点儿香槟好吗？"他笑问。

"好的，请，要干香槟，"她咬着舌孩子气地说。

杰拉德看着她吃牡蛎。她吃得很细，很讲究。她的手指尖漂亮又敏感，优雅、小心地剥开牡蛎，仔细地品味着。她这样子很让杰拉德心悦，可却把伯金气坏了。大家都在喝香槟酒，只有马克西姆看上去十分平静、清醒，他是个俄国小伙子，衣着整洁，皮肤光洁，一脸的暖色，黑头发擦得油光可鉴。伯金脸色苍白茫然，神情茫然很不自在。杰拉德微笑着，眼睛里放射出开心但冷漠的目光，很有保护气度地向咪咪倾着身子。咪咪娇嫩、漂亮，像一朵战战兢兢地绽开的红莲花。现在她喝了酒，周围又有男人在场，她很激动，虚荣地绯红了脸。海里戴看上去傻乎乎的。只消一杯酒就可以让他醉倒并咯咯地笑。可他总有那么点可爱的热情天真相，这一点使得他颇有吸引力。

"除了黑甲壳虫，我什么都不怕，"咪咪突然抬起头睁大了黑眼睛凝视着杰拉德，那眼睛里燃着一团看不见的火。杰拉德打心底里发出一声吓人的笑。她孩子气的话语触动了他的神经，火辣辣的目光全部投在他身上，她忘记了她以前的一切，让他得以放纵一下自己。

"我不怕，"她抗议道，"我别的什么都不怕。就怕黑甲壳虫，哟！"她说着抽搐一下，似乎一想这些就难以忍受。

"你是说，"杰拉德喝了点儿酒，说话有些谨慎，"你看到黑甲壳虫就怕呢，还是怕它咬你、害你？"

"黑甲壳虫咬人吗？"姑娘问道。

"这简直太让人恶心了！"海里戴惊叹着。

"我不知道，"杰拉德环顾着四周说，"黑甲壳虫咬人吗？是否咬人这并不是关键。关键是，你是否怕它咬，或者说，它是不是一种在理念上招人厌恶的东西的。"

姑娘一直用迷惘的眼光凝视着杰拉德。

"噢，我觉得黑甲壳虫可恶、可怕，"她叫道，"要是我看见它，我就会浑身起鸡皮疙瘩。要是有那么一只虫子爬到我身上来，我敢说我会死的，我肯定会死的。"

"我希望你别这样，"年轻的俄国人低语道。

"我肯定会的，马克西姆，"她断言。

"那就不会有虫子爬到你身上，"杰拉德善解人意地笑道。说不清为什么，他反正能理解她。

"这是个玄学问题，杰拉德说得对，"伯金发话了。

桌面上出现了不自然的停顿。

"那么，咪咪，你还怕别的吗？"年轻的俄国人问。他说话语速很快，声音低，举止很文雅。

"难说，"咪咪说，"我怕一些东西，但不是什么都怕。我就不怕血。"

"不怕血！"又一个年轻人叫道。这人脸色苍白但多肉，一脸的嘲弄表情，他刚刚落座，喝起了威士忌。

咪咪甩给他阴郁、厌恶的一瞥。

"你真不怕血？"那人追问着露出一脸的嘲笑。

"不怕，就是不怕，"她反唇相讥。

"哼，你恐怕除了在牙医的痰盂里见过血以外，还没见过血吧？"小伙子讽刺道。

"我没跟你说话，"她很巧妙地回击。

"难道你不能回答我的话吗？"

她突然抓起一把刀照着他苍白肥胖的手戳了过去，作为回答。他大骂着跳了起来。

"瞧你那德性，"咪咪不屑地说。

"他妈的，你，"小伙子站在桌边凶恶地俯视着她。

"行了，"杰拉德本能地立刻站出来控制局面。

那年轻人蔑视地看着她，苍白多肉的脸上露出胆怯的表情，血开始从手上淌出。

"哦，太可怕了，把它拿走！"海里戴脸色发青，一边叫一边转过脸去。

"你不舒服吗？"那位嘲弄人的小伙子有点关切地问，"不舒服吗，裘里斯？挺住，没什么，别让她以为自己演了一出好戏就高兴，别让她满意，爷们儿，她希望的就是这个。"

"噢！"海里戴尖叫着。

"他要吐，马克西姆，"米纳蒂警告说。

文雅的俄国小伙子站起来挽住海里戴的胳膊把他带了出去。苍白、沉默的伯金袖手旁观，他似乎不大高兴。那位嘴头子很损的受伤者不顾自己流血的手，也走了。

"他真是个十足的胆小鬼，"咪咪对杰拉德说，"他对裘里斯很有影响。"

"他是什么人？"杰拉德问。

"他是个犹太人，真的。我烦死他了。"

"哼，他没什么了不起。可是，海里戴怎么回事？"

"裘里斯是你见过的最胆小的胆小鬼，"她叫道，"只要我一举起刀，他就会晕过去，他让我吓洗（死）了。"

"嘿！"

"他们都怕我，"她说，"只有那犹太人想表现一下他有胆量。可他是世界上最胆小的懦夫，真的，因为他怕别人说他胆小，而裘里斯就看不上他这一点。"

"他们还挺勇敢的嘛。"杰拉德善解人意地说。

咪咪看着他，脸上渐渐浮起笑容。她太漂亮了，绯红着脸，遇上可怕的事仍旧泰然自若。杰拉德的眼睛里闪烁起两个亮点。

"他们为什么管你叫咪咪？是因为你长得像猫吗？"他问她。

"我想是吧，"她说。

他的脸绷得更紧了。

"你呀，倒不如说像一只年轻的母豹。"

"天哪，杰拉德！"伯金有点厌恶地说。

两个人都不安地看着伯金。

"你今晚很沉默，努 (卢) 伯特，"她有了另一个男人的保护，对伯金说话也大胆起来。

海里戴回来了，一脸病态，看上去很忧伤。

"咪咪，"他说，"我希望你以后别再这样了——哎哟！"他呻吟着坐在椅子里。

"你最好回家，"她对他说。

"我会回家的，"他说，"可是，你们都来好吗？到我的住所来。"他对杰拉德说，"你要是来我太高兴了。来吧，那太好了，是吗？"他四下里环视着找侍者。"来辆出租车。"然后他又呻吟起来。"噢，我真不好受，难受极了！咪咪，瞧你干的这事儿，把我弄成什么样了。"

"那你为什么这么傻呢？"她沉着脸平静地说。

"我不傻！噢，太可怕了！来吧，都来吧，来了太好了。咪咪，你来吧。什么？不，你一定要来，对，你一定要来。什么，我亲爱的姑娘，别大惊小怪的了，我感觉难受极了，噢！噢！"

"你知道你不能喝酒，"她冷冷地对他说。

"我告诉你，咪咪，不是喝酒的原因，是因为你令人作呕的表现，咪咪，绝不是因为别的。噢，太可怕了！里比德尼科夫，咱们走吧。"

"他一杯酒就醉，只消一杯，"俄国小伙子声音低沉地说。

大家都向门口走去。姑娘紧挨着杰拉德，似乎同他步调一致。杰拉德意识到这一点，心里产生了一阵恶魔般的满足：他一动两个人都动。他用自己的意志控制着她，她则内心激动，表面上却显得温顺、神秘、隐秘。

他们五个人挤进一辆出租车中。海里戴头一个歪歪扭扭地钻进去，坐在靠窗的位子上。然后咪咪坐了进去，杰拉德紧挨着她坐下。年轻的俄国人向司机说明了方向，然后大家就挤坐在黑暗的车中了，海里戴呻吟着把头伸出窗外。大家感到车子疾行着，滑动的声音很郁闷。

咪咪挨着杰拉德坐着，似乎变得酥软，点点滴滴将自己化入他的骨骼中，似乎她是一道电流融入了他的体内。她的生命溶入了他的血管，如同一个黑暗的磁场，凝聚在他的脊髓中，形成一股可怕的力量源泉。与此同时，她同伯金和马克西姆谈话的声音变得细弱、冷漠起来。她与杰拉德之间，存在着这种沉默与黑暗中过电般的理解。然后她摸到他的手，把它紧紧握在自己那只小手中。这纯粹黑暗中赤裸裸的表示令他全身的血管颤动，令他头眩，他失去了反应。她的话音仍像铃儿在响，不乏调侃。她晃动着头，浓密的黑发扫动着脸颊，这样子令他的全部神经起火，似乎他的神经受到了微细的摩擦，产生了电。但是，他力量的中心是稳固的，他骨子里感到无比自豪。

他们来到一大栋房子前坐电梯上去，一个印度人打开了门。杰拉德奇怪地望着开门人，猜测他也许是来自牛津的东方绅士，可他不是绅士，是男仆。

"沏茶，哈桑，"海里戴说。

"有我的房间吗？"伯金说。

男仆对两人的话都微笑着支吾作答。

这男仆让杰拉德顿生疑问，这人身材修长，衣着体面，看上去是个绅士样子。

"哪个是你的仆人？"他问海里戴，"他看上去很漂亮嘛。"

"噢，因为他穿了另一个人的衣服。他原来可不漂亮。我看到他在街上挨饿，就把他领来了，另一个人送了他衣服。他绝不是表面上这样儿。唯一的优点是他不会英语，不会说，也听不懂，所以他很可靠。"

"他太脏了，"俄国小伙子快言快语地嘟哝一句。

男仆出现在门道里。

"什么事？"海里戴问。

那印度人咧咧嘴笑笑，然后腼腆地嘟哝说：

"想跟主人说话。"

杰拉德好奇地看着他们。那门道中的男仆模样挺好，身材细巧，举止也文静，看上去很高雅，有贵族味儿，可他又有点像野蛮人一样傻乎乎地笑。海里戴到走廊里去跟他说话。

"什么？"大家听他说，"什么？你说什么？再说一遍。什么？要钱？多要几个钱？可你要钱干什么？"那印度人含糊不清地说了些什么，然后海里戴回到屋里，傻乎乎地笑着说：

"他说他要钱买内衣。谁肯借他一先令？好，谢谢，一先令足够他买全部的内衣了。"他从杰拉德手中接过钱又向走廊里走去，大家听他说道："你别想要更多的钱了，昨天刚给了你三镑六先令。你不能再要钱了。快把茶端上来。"

杰拉德环视屋里。这是一间普通伦敦人家的起居室，很明显一租来就配好了家具，款式一般，做得挺难看。但有几尊木雕像显得古怪、让人不安。这些艺术品来自西非国家，那上面刻的黑人几乎像人类胎儿。其中一个是奇形怪状的裸女坐像，那裸女受着折磨，肚子凸起。俄国小伙子解释说她坐着是在生孩子，两只手抓着套在脖子上的箍带，这样有利于分娩。这原始女人变形的脸又令杰拉德想起了胎儿。但这尊雕像也很奇妙，它表明人体极端的感觉是人的理性意识所无法理解的。

"这是不是太淫秽了？"他不赞同地问。

"我不知道，"俄国人喃喃道，"我从来不认为它淫秽。我想这很好。"

杰拉德转过身去看另几幅未来主义风格的画和屋里的那架大钢琴。这些东西加上伦敦普通出租房里不错的家具算是这间屋子的全部装饰物了。

咪咪摘下帽子，脱掉大衣，在沙发上坐了下来。她在这屋里显然很有点宾至如归的样子，但还是显得局促不安。她还不知道自己的地位。她现在的同盟是杰拉德，可她不知道其余的男人是否承认这种同盟，承认到什么程度。她正考虑如何对付眼前的局势，她下决心过了这一关。在这关键时刻，她绝不再受挫。她涨红了脸，似乎要打一仗，眼睛审度着，这一仗是不可避免的了。

男仆端着茶点和一瓶科麦尔酒进屋来了。他把托盘放在了长沙发椅前的小桌子上。

"咪咪，"海里戴说，"倒茶。"

她没有动。

"你不能倒茶吗？"海里戴重复着，但心里很是紧张害怕。

"我今天回这儿来，可跟以前不一样了，"她说。"我来这儿只是因为大伙儿想让我来，并不是为你来的。"

"我亲爱的咪咪，你知道你是自己的主人。我只是想让你在这公寓里受用，没别的意思，这你知道，我以前对你讲过多次了。"

她没回答，却默默、有节制地伸手去拿茶壶。大家都围桌而坐品着香茗。她安静老实地端坐着，杰拉德可以感觉到同她之间那过电般的感觉是多么强烈，以至他觉得要发生新的情况了。她沉默着，无动于衷，这样子令他困惑。他怎么才能亲近她呢？这是不可避免的了。他太相信那将他们两人连结在一起的电流了，他的困惑不过是表面现象，新的情况产生了，旧的已成为过去。此时该做什么就做什么，不管是什么都要去做。

伯金站起身来。已经快一点钟了。

"我要去睡了，"他说。"杰拉德，我明早往你的住处打电话，要不然你就给我这儿打电话。"

"好吧，"杰拉德说，他说完伯金就出去了。

伯金的影子全消失了以后，海里戴很激动地对杰拉德说：

"我说，你留在这儿吧，啊，留下吧！"

"你并不能为每个人都安排住宿，"杰拉德说。

"能，我可以，没问题，除了我的床以外，还富裕三张床，留下吧，都是现成的，我这里总有人住，我总留人住下，我喜欢这屋里人多热闹。"

"可只有两个房间呀，"咪咪冷漠、敌视地说，"现在卢伯特在这儿呢。"

"我知道只有两间房，"海里戴声音高得有点怪。"那有什么？"

他很憨厚地笑着，口气诚恳、执著。

"裘里斯和我住一间，"俄国人谨慎、吐字准确地说。海里戴同他在伊顿公学上学时就是朋友了。

"这很简单嘛，"杰拉德说着舒展一下双臂扩一扩胸，然后又去看一幅图画。他的四肢被电流催胀，后背像老虎一样紧张地耸着，燃着一团火。他感到很自豪。

咪咪站起身，狠狠地瞪了一眼海里戴，这一瞪反倒招来海里戴一个很憨厚、得意的笑。然后咪咪向所有的人冷冷地道了晚安，走了出去。

屋里沉默了一会儿，随后响起了关门声，然后马克西姆语调优雅地说：

"好了，就这样吧。"

他又意味深长地看看杰拉德，点点头说：

"就这样，你没问题了。"

杰拉德看看那张光洁、红润、好看的脸，又看看他那意味深长的眼睛，似乎那俄国人好听的低声是在血液中而不是在空气中震荡。

"是没问题了，"杰拉德说。

"是！是啊！你是没什么问题，"俄国人说。

海里戴还在笑着，沉默不语。

突然咪咪又出现在门口，她那孩子气的小脸上表情阴郁、充满报复。

"我知道你们想给我下套儿，"她冷漠但响亮地说，"可我不在乎，我不在乎你们给我下套儿。"

　　说完她又转身走了，她身着一件紫色的宽松上衣，下摆系在腰部。这样子看上去那么娇小，像孩子一样容易被伤害，几乎有点可怜。可她愤怒的眼神却让杰拉德感到沉入了黑暗的深渊，几乎把他吓坏了。

　　男人们又点上烟闲聊起来。

第七章　神　符 ①

早晨，杰拉德醒得很晚，这一夜睡得很实。咪咪仍然在熟睡，那样子像孩子一样可怜。她娇小，蜷缩着，毫无戒备，这一点让血性十足的小伙子很不满足，他感到自己贪心不足，很遗憾。他又看看她，如果叫醒她可是太残酷了。他克制住自己，走了出去。

杰拉德听到起居室里传来海里戴同里比德尼科夫的说话声，就走到门口朝里扫了一眼。他觉得在这个单身汉的环境里应该穿衬衫和长裤走动才合时宜。

可令他吃惊的是，他看到这两个年轻小伙子浑身一丝不挂地躺在壁炉边上。海里戴抬起眼皮朝上看看，很得意。

"早上好，"他说，"哦，你要毛巾吗？"

说着他赤着身子走到前厅去，那奇特的白色身躯在没有生气的家具中间穿行着。他取回毛巾，又回到原来的位置上，坐在壁炉前的栏杆上。

"你不喜欢让火舌舐一舐你的皮肤吗？"他问。

"那挺舒服吧？"杰拉德说。

"在不用穿衣服的气候下生活该是多么美妙呀，"海里戴说。

"是啊，"杰拉德说，"但要没有那么多东西叮你、咬你才行。"

---

① Fetish，本意是具有神秘力量的象征物。以前英国版的《恋爱中的女人》将这个词改为Totem（图腾），被认为更接近劳伦斯的原意。拙译采用的也是英国版的"图腾"。但这次采用的最新版，意在恢复劳伦斯本人不知情的情况下被改动的原文，故恢复"神符"这个标题，译文自然随原文做了改动。——译者注

"这点可是不利因素，"马克西姆喃喃道。

杰拉德看着这个生着金色体毛的裸体人间动物，心里有点厌恶，感到耻辱。海里戴则不同。他身上有那么一种庄重、懒洋洋、很散淡的美，皮肤白皙，骨架很结实，很像躺在圣母玛丽亚怀抱中的基督，一点动物样子都没有，只有庄重散淡的美。杰拉德还注意到海里戴的眼睛很漂亮，那眼睛是蓝色的，透着温暖、迷茫的光，眼神显得迷离。火光照在他沉重、有点驼背的肩膀上，他蜷坐在壁炉前的栅栏上，一副倦怠的神态，脸扬起来，神情很有些失意潦倒，但仍然很漂亮动人。

"可是，"马克西姆说，"你去过人们赤身裸体的热带国家呀。"

"真的吗！"海里戴感叹道。"哪儿？"

"南非和亚马逊河流域，"杰拉德说。

"啊，太妙了！我最想做的事情之一就是这个——整天不穿任何衣服生活。如果我能做到这一点，我才会感到我生活过。"

"那是为什么呢？"杰拉德问，"我不认为这有什么两样。"

"噢，我觉得那太美了。我敢肯定，那样生活就会是另一种样子，全然不同于我们的生活，百分之百美妙。"

"可这是为什么呢？"杰拉德问，"为什么？"

"啊，那样，人就是在感知事物，而不仅仅是观察。我更愿意感知我周围的空气流动，感知我周围的事物，而不是仅仅观看。我敢说，生活之所以全走了样儿，那是因为我们把它太视觉化了——我们既不能听，也不能感受、不能理解，我们就会看。我敢说，这么做整个儿的错了。"

"对，说的是，说的是，"俄国人说。

杰拉德瞟了一眼他柔和、生着金黄体毛的肉体，他的四肢像光洁的树干，黑头发长得很好看，自由地舒展着像植物的卷须一样。他很健康，身材也很像样，可他为什么让人感到耻辱、令人生厌呢？为什么杰拉德会厌恶这裸体，为什么这裸体似乎是有损于他的尊严呢？难道人就是这样的吗？太没有灵气了！

杰拉德想。

伯金突然出现在门道里，他也赤着身子，胳膊上搭着毛巾和睡衣。他身材瘦窄，皮肤白皙，但人显得落落寡合。

"浴室空了，要用就来吧，"他对大家说，说完刚要走就被杰拉德叫住了：

"听我说，卢伯特！"

"什么？"那白色的人影又出现了，像一个幽灵。

"你看那雕塑怎么样？我想知道你的看法，"杰拉德说。

伯金像个白幽灵，走到那尊黑女人生育的雕像前。她大腹便便的裸体蜷缩着，双手抓着乳房上方的带子。

"这是件艺术品，"伯金说。

"太漂亮了，太漂亮了，"俄国人说。

大家都凑过来看。杰拉德看着这几个裸体男人：俄国人躯体金黄，像一株水生植物；海里戴颀长、沉重、散淡，很漂亮；伯金非常苍白，就站在他身边，细细地看着那女人的塑像。杰拉德感到一阵异样的激动，他也去看那木雕了，看着看着他的心都缩紧了。

他用心看着这黑女人那向前伸出的铁青色的脸，那张非洲人的脸上肌肉紧绷着，憋着劲。这是一张可怕的脸，没有表情，紧绷着，由于下身的痛感太强烈，这张脸已经缩得看不出原样。他在这张脸上看出了咪咪的影子，似乎他是在梦中认识了她。

"为什么说这是艺术品？"杰拉德感到惊诧，反感地问。

"它表达了一条十足的真理，"伯金说。"它包含着那种条件下的全部真实，不管你做何感想。"

"可你无论如何不能称它是高级艺术，"杰拉德说。

"高级！在这座雕像之前，艺术已直线发展了几百年、几百个世纪了。这雕像标志着某一特定文化的惊人高度。"

"什么文化？"杰拉德反问。他厌恶纯粹非洲的东西。

"纯感觉的文化，肉体意识的文化，真正最高的肉体意识，毫无精神作用，十足的肉感。太肉感了，因此是艺术的终极，最高的艺术。"

可是杰拉德对此表示反感。他试图保留某种假象，如衣服之类的理念。

"你喜欢错误的东西，卢伯特，"他说，"那是些与你作对的东西。"

"哦，我知道，这并不是一切，"伯金说着走开了。

杰拉德洗完澡回他的房间时，他也是把衣服拿在手上。在这间屋里如果不裸体走动似乎是不良行为。反正这样挺好，很简单。不过，人人都故意裸体，倒显得滑稽了。

咪咪一动也不动地躺在床上，圆睁的黑眼睛就像两泓黑水。他只能看到她眼睛里那一潭无底的死水。可能她很痛苦。她那莫名其妙的苦楚燃起了他心中原有的情火，一种撕心裂肺的怜悯和近乎残酷的激情。

"醒了？"他说。

"几点了？"她喑哑着问。

她似乎像液体一样从他这里向回流动，孤立无援地离开他，下沉着。她纯净的表情看上去像一个受到伤害的奴隶，她只有一而再再而三地受到伤害才会得到满足，这副样子令他的神经发抖，激起他强烈的欲望。归根结底，他的意志对她来说是唯一的意志，而她则是他意志的被动附庸。他被这种微妙的感觉撕咬着。然后他知道他必须离开她。他们两人必须分开。

这顿早餐吃得很简单，气氛很安宁。四个男人洗过澡，看上去都很清爽。杰拉德和俄国人的外表与风度都很合时宜，伯金则憔悴、一脸病容，他想和杰拉德和马克西姆一样穿得合时宜些，可他那身打扮证明他做不到这一点。海里戴穿着粗毛花呢外衣和法兰绒内衣，扎一条旧领带，这条领带配他倒合适。那印度人端来许多烤面包，他看上去跟昨天晚上一模一样。

吃完早餐以后，咪咪出现了，她穿着一件紫色绸外衣，系着一条闪闪发光的腰带。她有点恢复过来了，但仍然沉默、毫无生气。这时谁跟她讲话对她都是一种折磨。她的脸像一个小巧的面罩，有点可怕，脸上笼罩着不堪忍受的痛苦。快中午了，杰拉德站起身出去办他的事了，走的时候心里很惬意。但他并不就此罢休，他还会再回来，晚上他们要共进晚餐，他为这些人在杂耍场订了座位。不过没给伯金订。

晚上大家又很晚才回公寓来，喝得满脸通红。那男仆晚上十点到十二点总是不在，现在不为人察觉中默默地端着茶点进来了，弯着腰，慢慢地，像豹子那样，进来后把茶点托盘轻轻地摆在桌子上。他的面容没有变，仍然像贵族，皮肤有点发灰，他还年轻，很漂亮。但是伯金一看到他就感到有点厌恶，感到他脸上的灰色像朽败的灰粉颜色，在他那贵族气的表情中透着某种令人作呕的兽性愚蠢。

大家又热情地聊起来，谈得很热闹，但已经出现了要散伙的气氛。伯金有些气得发疯；海里戴已经对杰拉德恨之入骨；米纳蒂变得又冷漠又残酷，像一把锋利的刀；海里戴对她可算是竭力逢迎，而她的目的就是最终俘获海里戴，彻底控制他。

早晨大家又优哉游哉起来，但杰拉德可以感觉出大家对他怀有某种奇怪的敌意。这让他变得倔犟起来，他要与之对抗。他又多待了两天，结果是在第四个晚上同海里戴发生了一场疯狂的恶战。在咖啡馆里，海里戴很荒谬地对杰拉德表示敌意，于是他们争吵起来。有一阵，杰拉德差一点就要打海里戴的嘴巴，不过他突然感到一阵厌恶和无聊，拂袖而去，让海里戴白拣了个胜利傻乎乎地自鸣得意去了。咪咪无动于衷，她的立场很坚定，马克西姆毫不介入。那天伯金不在，他又到城外去了。

杰拉德有点不自在，因为他走时没给咪咪留下钱，不过她确实不在乎他是否给她钱，他知道这个。但如果给她十镑她或许会高兴的，况且他会很高兴给她钱的。现在他感到自己是自作多情。他一边走一边伸出舌尖舔着唇上剪得短短的胡茬。他知道咪咪正巴不得甩掉他呢，她又俘获了她的海里戴。她想海里戴，要彻底控制他，然后会同他结婚，她早就想跟他结婚了，她打定主意要跟海里戴结婚。她不想再听到杰拉德的音讯，但有困难时会求助于他。因为不管怎么说杰拉德是她称之为男子汉的人，另外那一帮人，诸如海里戴，里比德尼科夫还有伯金这些放荡的文人和艺术家不过是半条汉子。可她能对付的就恰恰是这些半条汉子们。跟他们到了一起她就有信心。而像杰拉德这样真正的男子汉则让她无计可施。

她仍然尊重杰拉德，这是真的。她想办法得到了他的地址，这样她在失意时就可求助于他。她知道他想送钱给她，或许在哪个淫雨天她会写信给他的。

第八章　布莱德比

布莱德比是一座乔治时期的建筑，柱子是格林斯式的。它坐落在达比郡那较为柔和、翠绿的山谷中，离克罗姆福德不远。它正面俯视着一块草坪、一些树木和幽静邸园中的几个鱼塘。屋后林木丛中有马厩和大菜园，再往后是一片森林。

这个静谧的地方离公路有好几英里远，离德汶特峡谷和风景区也有一程路。宁静、远离尘嚣，林木掩映着金黄色的屋顶，房子的正面俯视着下方的邸园，这景色不曾变过，也不会变。

最近一些日子里，赫麦妮一直住在这座房子里。她避开了伦敦、牛津，遁入了宁馨的乡村。她父亲常在国外，她要么同一些客人一起在家中度日，要么就同哥哥在一起，他是个单身汉，是议会中自由党的议员。议会休会时，他就到乡下来，所以他似乎总住在布莱德比，其实他最恪尽职守了。

厄秀拉和戈珍第二次造访赫麦妮时正是初夏时节。她们乘坐的汽车进入邸园后，她们在车里凭窗遥望静静的鱼塘和房前的廊柱，但见阳光照耀下背负着森林的布莱德比娇小得很，好一幅旧式英国学校的风景画。绿色草坪上闪动着一些小小的身影，那是女人们身着淡紫色和黄色的衣服朝庞大优美的雪松树影下走去。

"这不是美不胜收嘛！"戈珍说，"简直是一幅完整的凹版画。"她的话音中透着点儿反感，似乎她是不情愿中对此着了迷的，必须言不由衷一番。

"喜欢这儿吗？"厄秀拉问。

"我并不喜欢，但是我认为它完美。"

汽车一鼓作气驶下一面坡又上了另一个坡，然后转而驶向侧门。伺候前厅的女佣先出来，然后赫麦妮高扬着苍白的脸走了出来，她向来访者伸出双手慢条斯理地说：

"啊，来啦，见到你们我真是太高兴了，"她吻了戈珍——"很高兴见到你"——然后又吻了厄秀拉，双臂依然搂着她说："挺累的，是吧？"

"一点儿不累，"厄秀拉说。

"你累吗，戈珍？"

"不累，谢谢。"

"不累吗——"赫麦妮拉长声音说。她仍旧站在那儿看她们。两个姑娘感到很窘迫，因为赫麦妮不进屋，非要在甬路上进行这番欢迎仪式不可，仆人们都在等着。

"请进，"赫麦妮看够了这姐妹二人，终于请她们进屋。戈珍嘛，她认为更漂亮、迷人，而厄秀拉则更实在，更有女人味儿。她更艳羡戈珍的穿着：绿府绸上衣外罩一件深绿和绛紫色相间的宽条松软外套，草帽是嫩绿色中编进了一道黑色和橘黄色的双色缎带，长袜是深绿色的，鞋子是黑色的。这身漂亮的打扮既入时又有个性。厄秀拉着一身深蓝，显得很一般，但看上去还不错。

赫麦妮穿着紫红色的绸衣，衣服上缀着珊瑚色的念珠，长筒袜也是珊瑚色的。可她的衣服挺旧，沾着些土点子，甚至可以说有点脏。

"你们先来看看下榻的房间好吗？对。我们上楼去吧，好吗？"

厄秀拉更情愿一个人留在屋里。赫麦妮在屋里耽搁得太久了，给人压力太大。她站得离你太近，让你感到很窘迫，如负重载。她似乎碍事。

午餐是在草坪上用的，大家在巨大的树阴下进餐，大树那黑色的枝条几乎垂到草地上。共进午餐的还有几位：一位小巧玲珑，衣着入时的意大利年轻女子；另一位是布莱德利小姐，看上去挺像个年轻的运动员；一位五十岁左右的饱学之士，他是一位从男爵，总爱抖点机灵，沙哑着嗓子开心大笑，声如马嘶；卢伯特·伯金也在；还有一位女秘书玛兹小姐，年轻、苗条、漂亮。

午餐很不错，这一点自不必表。倒是事事挑剔的戈珍，对午餐表示十分满意。厄秀拉喜欢这个环境：雪松下的白桌子，阳光明媚、碧绿的邸园，远处鹿群静悄悄地进食。这个地方似乎笼罩着一层神秘的光圈，将现实排除在外。这里只有愉快、宝贵的过去，树木、鹿群，静谧如初，如梦如幻。

可她心里并不快活。人们的谈话像小型武器噼啪爆响着，咬文嚼字，不时爆出几句俏皮话来，故作轻佻。说不完的空洞、吹毛求疵的话像小溪一样多，不，像河水一样多。

人们都在斗心眼儿，实在无聊至极。只有那位年长的社会学家，他的脑神经似乎太迟钝，没有什么感觉，因此他看上去十分开心。伯金一言不发，可赫麦妮却一定要嘲弄他，让他丢人。令人惊讶的是她看上去总在节节胜利，而他在她面前竟束手无策，看上去微不足道。厄秀拉和戈珍对这种场面都不适应，差不多总是保持缄默，默默地听着赫麦妮有板有眼的狂言，听着那位约书亚爵士的连珠妙语，听着那位女秘书唠唠叨叨或另外两个女人的答话。

午饭后，咖啡端到草坪上来了，大家离开饭桌，分别选择在树阴或阳光下的安乐椅上落了座。秘书小姐到屋里去了，赫麦妮操起了刺绣，娇小的伯爵夫人拿起一本书看着，布莱德利女士用细草编着篮子，大家就这样在初夏下午的草坪上，悠闲地干着活计，装腔作势地聊着。

突然传来汽车刹车和停车的声音。

"赛尔西来了！"赫麦妮慢悠悠地说，她的声音很有趣，但很单调。说完她把刺绣放下，慢慢站起身，缓缓穿过草坪，绕过灌木丛，在人们的视线中消失了。

"谁来了？"戈珍问。

"罗迪斯先生，赫麦妮的哥哥，我猜是他，"约书亚爵士说。

"赛尔西，对，是她哥哥，"娇小的伯爵夫人从书本中抬起头用浓重的喉音说，似乎是给人们提供信息。

大家都等待着。不一会儿，身材高大的亚历山大·罗迪斯绕过灌木丛走来了，他像梅瑞迪斯笔下那位迪斯累利式的主人公①一样迈着很浪漫的步子。他对大家很热情，立即摆出主人的样子潇洒随意地招呼大家。这一套待人的礼节是他为招待赫麦妮的朋友们学的。他刚从伦敦的下议院开会回来。他一来，立即给草坪上带来一股下院的气氛：内政大臣讲了这样那样，他罗迪斯都思考了些什么，他同首相都谈了这样那样的话。

这时赫麦妮同杰拉德·克里奇一起绕过灌木丛走了过来。杰拉德是随亚历山大一起来的。赫麦妮把他介绍给每个人，让他站在那儿，等大家足足看了他一会儿，然后才带他走。他此时此刻是赫麦妮的贵宾。

谈到内阁的情况时，说起内阁中的分裂，教育大臣由于受到攻击而辞职，于是话题转到教育问题上来：

"当然了，"赫麦妮发狂般的抬起头说："教育没有理由、没有借口不提供知识的美和享受。"她似乎低声嘟哝着深思了片刻又接着说："职业教育不能算教育，只能是教育的夭亡。"

杰拉德在参加讨论之前先畅快地吸了一口气，然后才说：

"不见得，难道教育不是跟体操一样，其目的是产生经过良好训练、强有力的头脑吗？"

"像运动员练出一副好身体一样，时刻准备应付一切，"布莱德利女士对杰拉德的看法表示衷心赞同，大叫起来。

戈珍默默、厌恶地看了她一眼。

"哦，"赫麦妮声音低沉地说："我不知道。对我来说，知识带来的欢乐是无穷尽的，太美好了。在整个生活中，没有什么比特定的知识对我来说更重要了，我相信，没有的。"

"什么知识？举个例子吧，赫麦妮，"亚历山大问。

---

① 可能指的是《悲情小丑》中的阿尔文，其人从外形到神态都很像迪斯累利（1804—1881，英国政治家及小说家，曾任英国首相）。

赫麦妮抬起头，低沉地说：

"呃——，我不知道……可有一种，那就是星球，当我真正弄懂了有关星球的知识，我感到升起来了，解脱了。"

伯金脸色苍白，气愤地看着她。

"你感到解脱是为了什么呢？"他嘲弄说，"你并不想解脱。"

赫麦妮受到触犯，沉默了。

"是的，一个人是会有那种极度舒适的感觉，"杰拉德说，"就像登上高山俯瞰太平洋一样。"

"默默地站在达尔林山顶上，[①]"那位意大利女士从书本中抬起头喃喃道。

"不见得非在戴林。"杰拉德说。厄秀拉开始发出笑声。[②]

等人们安静下来之后，赫麦妮才不动声色地说：

"是的，生活中最伟大的就是知识，这才是真正的幸福和自由。"

"知识当然就是自由，"麦里森说。

"摘要式的小报上那点知识罢了，"伯金看着从男爵平淡无奇、僵直矮小的身体说。戈珍立时发现那位著名的社会学家像一只扁瓶子，里面装的是压缩了的自由。这个发现让她觉得乐不可支。从此她的头脑中就永远烙下了约书亚爵士的影子，打上了标签。

"什么意思，卢伯特？"赫麦妮沉着、冷漠地拉长声音问。

伯金说："严格地说，你只能掌握过时的知识，就像把去年夏天的自由装进醋栗酒瓶中一样。"

"难道一个人只能掌握过时的知识吗？"从男爵尖锐地问道。"难道我们可以把万有引力定律叫作'过时的知识'吗？"

"是的，"伯金说。

---

① 这是英国诗人济慈的一句诗。

② 杰拉德在纠正意大利女士说"戴林"二字时的外国腔，引得厄秀拉发笑。

"我这本书中有一件精彩的事，"那位意大利小女人突然叫道，"说一个人走到门边把自己的眼睛扔到了大街上。"

在座的都笑了。布莱德利小姐走过去隔着伯爵夫人的肩膀看过去。

"瞧！"伯爵夫人说。

"巴扎罗夫走到门边，急匆匆地把他的眼睛扔到大街上，"她读道。①

大家又大笑起来，笑得最响的是从男爵，笑声像一堆乱石滚落下来一样。

"什么书？"亚历山大马上问。

"屠格涅夫的《父与子》，"矮小的外国人回答，她说起英语来每个音节都吐得很清楚。说完她又去看那本书的封面以证实自己的话。

"一个美国的旧版本，"伯金说。

"哈，当然了，从法文译过来的，"亚历山大抑扬顿挫地用法语朗诵了一遍。

用法文说完这句话后，他神采飞扬地四下里顾盼一下。

"我弄不清'急匆匆'这个词是怎么翻译过来的，"厄秀拉说。

大家都开始猜测。

令人吃惊的是，女佣急匆匆地端上了一个大茶盘。这个下午过得可真快。

用过茶点后，大家聚在一起散步。

"你们喜欢来散散步吗？"赫麦妮挨着个儿问大家。大家都说要散步，感到像犯人要放风一样，只有伯金不去。

"去吗，卢伯特？"

"不，赫麦妮。"

"真不去？"

"真不去，"不过他犹豫了一下。

"为什么？"赫麦妮拉长声问。一点小事上受到点挫折，她都会气得发疯。

---

① 这句话的英文原意是"向街上看了一眼"，这位意大利人不太通英文，望文生义。

本来她是想要大伙儿都跟她去园子里散散步的。

"因为我不愿意跟一大帮人一起走路，"他说。

她喉咙中咕哝了一阵，然后以少有的冷静口吻说：

"有个小男孩儿生气了，我们只好把他甩下。"

她奚落伯金时看上去非常快活，可这只能令伯金心肠更硬。

赫麦妮飘飘然朝大家走过去，转过身朝伯金挥着手帕，嘻嘻笑道：

"再见，再见，小男孩儿。"

"再见，无礼的母夜叉，"他自语道。

人们穿行在邸园中。赫麦妮想让大家看看一条斜坡上的野水仙花，于是不时地引导着人们："这边走，这边走。"大家顺着她指定的方向朝这边走来。水仙花固然很美，可谁有心去观赏？此时的厄秀拉无动于衷，满心的反感，对这里的气氛反感极了。戈珍无所谓地调侃着，把一切都看在眼里、记在心上。

大家观看腼腆的鹿时，赫麦妮跟牡鹿说着话，好像那头鹿是个她能哄骗、爱抚的小男孩儿一样。这鹿是头雄性动物，所以她要对它施加点压力。在大家沿着鱼塘往回走时，赫麦妮对大家讲起两只雄天鹅为争夺一只雌天鹅的爱情故事。她讲到那失败的天鹅把头埋进翅膀里，蹲在沙砾路上的败兴样子时，不禁嘻嘻笑起来。

大家回来后，赫麦妮站在草坪上喊卢伯特，尖细的声音传得很远：

"卢伯特！卢伯特！"第一声喊得又高又慢，而第二声则降下了调子。"卢——伯——特。"

但没人回答。女佣出现在门口。

"伯金先生在哪儿？艾丽斯？"赫麦妮慢悠悠温和地问。可这温柔的声音下却是固执、几乎是丧心病狂的意志！

"我觉得可能在他的房间里，太太。"

"是吗？"

赫麦妮缓步走上楼梯，沿着走廊边走边用又细又高的嗓门儿叫着：

"卢伯特！卢伯特！"

她走到门前，敲着门大叫："卢——伯特。"

"在，"他终于答腔了。

"你干吗呢？"

她问话的语气柔和，透着好奇。

伯金没有回答就打开了门。

"我们回来了，"赫麦妮说，"水仙花儿可真好看啊。"

"是啊，我看过了。"

她拉长了脸，冷淡地、缓缓地扫视他。

"是吗？"她仍看着他说。当他像个生气的小男孩儿那样无援无助地让她拴在布莱德比时，跟他闹点矛盾，这比什么都让赫麦妮感到刺激。但她明白，她同他就要分道扬镳，她潜意识中对他抱有强烈的仇恨。

"你刚才干什么来着？"她重复道，那声音很柔和，显得毫不在意的样子。他并不回答，于是她几乎是下意识地走进他的房间。他从她的闺房中取来了一幅画有鹅的中国画，正在临摹，他的技巧很高明，临摹得栩栩如生。

"你在临这幅画？"她靠近桌子俯首看着这幅作品。"啊，你临得多么漂亮呀！你很喜欢这幅画儿，是吗？"

"这幅画儿太神妙了，"他说。

"是吗？你喜欢它，这让我太高兴了，因为我一直珍爱它。这幅画是中国大使送我的。"

"我知道，"他说。

"可你为什么要临它呢？"她不经意、慢条斯理地问，"为什么不自己画自己的作品？"

"我想了解它，"他回答，"通过临摹这幅画，比读所有的书都更能让我了解中国。"

"那你学到了什么呢？"

她的好奇心又上来了，她紧紧地抓住他，要得到他内心的秘密。她非要知道不可。她要知道他了解的一切，这种欲望纠缠着她，让她变得很霸道。伯金沉默了一会儿，不想回答她。但惧于她的压力，他才开始回答：

"我知道中国人从什么核心摄取生存的源泉了——他们的所悟与所感来自何处，来自那冰冷的泥水波动中① 灼烫的鹅——鹅那奇妙灼烫的血像烈焰一样注入他们自己的血液中，那是冷寂的泥潭之火，是玉荷的神秘。"

赫麦妮狭长的面庞上没一点血色，低垂着眼睑，神色奇特、凝重地看着伯金，单薄的前胸颤动着。伯金不动声色，恶魔一样地回视她。她感到又一阵抽搐，感到自己正在溶化，于是她转过身去。她的头脑无法悟出他语言中的真谛；他攫住了她，以某种阴险隐秘的力量摧毁了她。

"是啊，"她有一搭无一搭地说，"是啊，"她打住不说了，试图理清自己的思绪。可是她不能。她现在没有一点机智，已经感到自己被解体了。她使尽了全身解数，但仍然无法恢复理智。她忍受着被溶化的剧痛，在恐怖中变得粉身碎骨。伯金纹丝不动地站立着，盯着她。她飘飘若仙地走了出去，像一个被捕杀的苍白的魔鬼，像受到坟鬼追随袭击一样惶惶然。她走了，像一具没有灵魂、与别人无关的尸体。他仍然心地残酷，一门心思要报复她。

赫麦妮下楼来吃晚饭时，脸上阴云密布，眼皮低垂，死一般黯然。她换上了一件绿色的旧缎子长衫，很包身，显得甚是高大、可怕了。在客厅那欢愉的气氛中她显得神秘莫测，很是抑郁。可一坐到餐厅幽暗的灯影中，桌上的蜡烛光笼罩着她，她似乎就变成了一股力量。变成了一个精灵，聚精会神地听人们谈着天。

---

① flux，波动或流动，劳伦斯对这个词很着迷，经常使用它。他心仪的哲人之一希腊哲学家赫拉克利特相信，任何事物都在不断的变幻中流动。劳伦斯曾在写这部小说期间写过一篇题为《窳败之流》的随笔，试图说明在不断的创造和毁灭循环中，事物时而回归到其自然状态。水鸟和水生植物，无论是血肉之躯还是吸收阳光为养分者，其脚和根都扎在冰冷黑暗的泥水中。估计这里的冰水之鹅的意象与那篇随笔是互文之作。

在座的人们快活怡然，除了伯金和约书亚·麦里森以外都穿着晚礼服，显得雍容华贵。娇小的意大利伯爵夫人身着薄纱罗，上面是柔和的橘黄、金黄和黑色的宽大条纹；戈珍则着一身艳绿，上面的灰网状花纹显得奇形怪状；厄秀拉穿一身黄，佩银灰色纱巾；布莱德利女士的衣服呈红黑二色；而玛兹小姐则是一身浅蓝打扮。看到烛光下这一片五彩纷呈的颜色，赫麦妮感到一阵突如其来的快乐涌上心头。她注意到人们在没完没了地谈笑着：约书亚在唱主角；女人们一个劲儿地嬉笑、作答；她还注意到五彩缤纷的衣着、白色的桌面及上上下下的灯影。她似乎高兴得神魂颠倒，但心中隐隐有些厌恶，她真像一个魔鬼。她很少插话，但人们的谈话她却听得一字不漏。

大家一齐拥入客厅，像一家人一样随便，不拘礼节。玛兹小姐给大家递上咖啡，大家或点上了烟卷，或用长长的白陶土制烟斗，为此还准备了点烟斗的纸捻儿。

"吸烟吗？烟卷还是烟斗？"玛兹小姐询问着。

大家坐了一圈，约书亚爵士一副十八世纪的派头，杰拉德则是温厚漂亮的英国小生模样儿，亚历山大是高大健美的政治家，既开明又谈吐流畅，赫麦妮则像个细高的卡桑德拉①。女人们脸色白皙，在灯光柔和舒服的客厅中围着大理石壁炉坐成半月形，认真地吸着白烟斗，炉膛里的圆木噼噼啪啪燃响着。

大家的谈话时常涉及政治、社会，很风趣，充满奇特的无政府主义味道。厅里聚集着一股力量，一股毁灭性的力量。一切似乎都被投进了熔炉中，在厄秀拉看来，这些人全是些女巫，帮着搅动这座熔炉中的东西。尽管这当中有欢乐和满足，但对一个新来者来说，这种谈话是太累人了，来自约书亚、赫麦妮及伯金那儿的残酷的精神压力，强大、耗人、具有毁灭性，压迫着所有其他的人。

但是赫麦妮渐渐感到厌倦了，腻了。谈话出现了冷场，这全是她那强大

---

① 荷马史诗中特洛伊国王的女儿，能预知祸事。

但又无意识的意志造成的。

"赛尔西，表演点儿什么吧，"赫麦妮彻底打断大家的谈话。"谁来跳个舞？戈珍，你来跳一个，好吗？我希望你来一个。帕拉斯特拉，你也来跳个舞——好，跳吧。厄秀拉，也来吧。"

赫麦妮慢慢站起身，手拉着壁炉台上的金黄色绣带，靠在上面停了片刻，然后突然松开了带子。像一位女牧师一样，她看上去木然、沉迷。

一个仆人进来一下，然后又出去了，很快这仆人又出现，怀抱着一大堆缎带、披肩和围巾，大多是些东方货。赫麦妮喜欢积攒华丽的衣服，这些装饰品也是随着衣服逐渐攒起来的。

"你们三位女士一齐跳吧，"她说。

"跳什么舞呢？"亚历山大忽地站起身问。

"《岩石上的少女》，"[1]伯爵夫人马上说。

"那太没意思了。"厄秀拉说。

"那就跳《麦克白斯》中三个女巫的那段舞吧，"玛兹小姐提出一个很中肯的建议。

最后决定厄秀拉演诺米，戈珍演露丝，伯爵夫人饰奥帕。她们准备跳一场小芭蕾舞，按照俄国舞蹈家巴芙洛娃[2]和尼金斯基[3]的风格跳。

伯爵夫人第一个做好了准备。亚历山大朝钢琴走去，为她腾出了一块地方。奥帕身着漂亮的东方服装，缓缓地跳起了哀悼亡夫的舞蹈。然后露丝进来了，跟奥帕一起垂泪。然后是诺米进来安慰大家。整个剧情都是哑剧，三个女人通过手势和动作来表达感情。这场小戏演了十五分钟之久。

厄秀拉扮演的诺米很漂亮。诺米的男人都死了，只剩下她一人不屈不挠

---

[1] 参见邓南遮的同名小说，中心人物是三个女人。

[2] 巴芙洛娃 (1885—1931)，俄国当时最出色的女舞蹈家。

[3] 尼金斯基 (1890—1950)，俄国著名舞蹈家。

地活着，并无所求。露丝喜欢女人，她喜欢上了诺米。奥帕是一位活泼、有激情、心细谨慎的寡妇，她要回归到原来的生活中去，走回头路。女人之间的戏演得很逼真、吓人。令人奇怪的是，戈珍对厄秀拉满怀激情地依恋着，可冲她笑起来时那笑容却是莫名其妙、恶作剧式的，而厄秀拉则默默地承受着，对己对人都无法做更多的事，但她临危不惧，与自己的悲哀做斗争。

赫麦妮喜欢看人表演。她看得出伯爵夫人那鼬鼠般的敏感劲儿来得很快，戈珍把对姐姐扮演的女人那种可怕的依恋感演绝了，厄秀拉危险中孤独无援，似乎她承受着无法摆脱的重压。

"太妙了，"人们异口同声地说。赫麦妮因为对一些东西弄不大懂，心里很苦恼。她叫着让人们多跳几段舞，为此，伯爵夫人和伯金一起唱着一首古老的法国歌曲《马博罗》，边唱边调侃地跳了起来。

杰拉德看到戈珍对诺米的那种疯狂的依恋之情时很是激动。那女人潜藏着的鲁莽劲和调侃的样子让他热血沸腾。他忘不了戈珍那种自发的恋情和无所顾惜的精神，还忘不了她表现出来的讽刺力量。伯金像隐藏着的蟹，在洞里窥视厄秀拉受挫和孤立的境态。她身上蕴藏着一股危险的力量，她就像一朵强女人之花蕾，奇特但毫无自我意识。不知不觉中他被她吸引着。她是他的未来。

亚历山大弹奏了几首匈牙利曲子，大家受到钢琴声的感染，都随着琴声跳起舞来。杰拉德兴高采烈地跳着，向戈珍那边挪过去。尽管他只会跳几步华尔兹或两步舞，但他感到自己的四肢和全身都激荡着一股力量，令他摆脱了束缚。他不知道别人那种抽筋式的拉格泰姆舞怎么个跳法，但他知道如何起步。伯金一旦摆脱了他厌恶的那帮人的压力，便能快活地疾步而舞。可赫麦妮对他这种毫无责任感的快乐是多么恨之入骨啊。

"我看出来了，"伯爵夫人兴奋地大叫道。她看着伯金自我陶醉的兴奋舞姿说："伯金先生换了一个人嘛。"

赫麦妮缓缓地看了看他，不禁浑身一怔。她知道只有外国人才能看出这一点并说出这样的话来。

"这是什么意思，帕拉斯特拉？"她悠悠地问。

"看，"伯爵夫人用意大利语说："他不是个人，是一条变色龙。"

"他不是个人，他危险，不是我们一伙的，"赫麦妮心中反复说着。她很不安，她不得不屈服于他。因为他有着不同于她的逃避力量和生存力量，因为他并不始终如一，不是个真正的男人。她在绝望中恨透了他，这绝望感令她破碎、崩溃，她忍受着被肢解的痛苦，她跟一具死尸差不多，除了能感觉到自己的灵与肉正被解体以外，什么都意识不到了。

房间都占满了，杰拉德占了较小的一间，其实是与伯金的卧室相通的更衣室。人们各自取一支蜡烛向楼梯上走去，这时电灯突然亮了，赫麦妮拉住了厄秀拉，带她到自己的房间里去谈天。来到赫麦妮那奇特的大卧室中，厄秀拉很拘谨。赫麦妮似乎压抑着她，可怕又莫名其妙地说些什么话。她们观赏着一些印度绸衣，华贵而性感，华贵到了腐化的地步。赫麦妮靠近她，前胸起伏着，一时间厄秀拉感到无所适从、惊慌起来。赫麦妮那双凶狠的眼睛从厄秀拉的脸上看出她害怕了，于是她又感到一阵崩溃。厄秀拉拣起一件为十四岁的公主做的大红大绿的绸衫，叫道：

"太漂亮了，谁敢把这两个艳丽的颜色拼在一起呀？"

这时赫麦妮的女仆静悄悄地走进来，厄秀拉趁机跑了，她早就吓坏了。

伯金进屋后就直接上床了，他很高兴，也很困。这场舞让他跳得很开心。可杰拉德非要跟他聊天不可。杰拉德身穿晚礼服坐在伯金床上，伯金早已躺下，杰拉德一定要聊聊不可。

"布朗温家那两个姑娘是怎么回事？"杰拉德问。

"她们住在贝多弗。"

"贝多弗！她们做什么的？"

"在小学里教书。"

"是她们？"杰拉德沉默了一下大叫道："我觉得我在哪儿见过她们。"

"你失望了？"

"失望？不！可是赫麦妮怎么会请她们呢？"

"她是在伦敦认识戈珍的，戈珍就是年轻的那个，头发稍黑点儿的那个，她是位艺术家，搞雕塑和造型艺术。"

"那就是说她不是小学教师了，只有另一个是。"

"都是，戈珍是美术教师，厄秀拉是任课教师。"

"那她们的父亲做什么的？"

"本地学校的手工指导。"

"真的！"

"阶级障碍打破了！"

伯金一嘲讽，杰拉德就不安。

"她们的父亲是学校里的手工指导！这关我什么事？"

伯金笑了。杰拉德看着伯金的脸，他头枕在枕头上，尖刻、漠然地笑着，令杰拉德无法离去。

"我觉得你不会常见到戈珍的。她是一只不安分的小鸟儿，一两周之内她就要走了，"伯金说。

"去哪儿？"

"伦敦、巴黎、罗马，真是天晓得。我总希望她躲到大马士革或旧金山去，她本是一只天堂鸟。天晓得她与贝多弗有什么关系，偏偏这样，像个梦一样。"

杰拉德思忖片刻，问：

"你怎么对她这么了解？"

"我在伦敦认识她的，"伯金说，"跟阿尔加农·斯特林治那批人在一起时认识的。她应该认识咪咪和里比德尼科夫那些人的，就算没有私交，也知道他们。她跟那帮人不是一路的，她更传统些。我认识她好像有两年了。"

"除了教书以外她还赚钱吗？"杰拉德问。

"赚点儿，不过收入不固定。她可以出售她的造型艺术品，她可是挺有人气呢。”

“她的作品卖多少钱？”

“一基尼，十基尼不等。”

“作品质量怎么样？都是什么题材的？”

“有的作品很不错。那个就是她的，就是赫麦妮书房中的两只鹪鹩，你见过，先刻在木头上，再上色。”

“我觉得那又是野蛮人的雕刻。”

“她的可不是。那都是些动物和小鸟儿，有时刻些奇奇怪怪的小人物，身着日常衣服，让她那么一刻，真显得妙不可言。她的雕刻中有一种不经意的乐趣，很微妙。”

“她或许将来有一天会成为一位知名艺术家？”杰拉德问。

“很可能。不过我觉得她不会。一旦有什么东西吸引她，她就会放弃艺术，这决定了她不会严肃地对待艺术——她对艺术并不是很严肃，她总感到自己要放弃艺术了。可她又无法放弃，又抱着艺术不放。这一点让我无法容忍。哦，对了，我离开以后咪咪怎么样了？我再没听到她的消息。”

“噢，太令人作呕了。海里戴变得极令人讨厌，我跟他大吵了一顿，差一点没杀了他。”

伯金沉默了。

“很自然，”他说，“裘里斯简直发疯了。一方面他是个宗教狂，另一方面他又是个淫欲狂。他要么是个纯洁的奴仆，为基督洗脚，要么把基督画成个下流模样——行动与反动，在这之间徘徊，不会兼而有之。他真的疯了。他需要一朵洁白的百合花样的女子，长着娃娃脸的女子，追求老式的贞节之爱，另一方面他又把住咪咪不放，只是为了跟她鬼混。”

“我就是不明白这是怎么回事，”杰拉德说，“他爱咪咪还是不爱？”

“他既不是爱也不是不爱。对他来说，她是个婊子，是个跟他通奸的婊子。而他又渴望跟她干肮脏的勾当。然后他又搞一个百合花一样纯洁的小姑娘，获得另一种刺激。这是个古而又古的故事，要么这样，要么那样，无法兼而有之。"

"我不知道，"杰拉德停了片刻说："他如此侮辱咪咪。咪咪这么肮脏，真令我吃惊。"

"可我认为你挺喜欢她！"伯金叫道，"我就一直很喜欢她，可我从没跟她有什么暧昧，这是真的。"

"我爱上她好多天了，"杰拉德说，"可跟她在一起待上一周就够了。这种女人身上有股味儿，最终让你感到说不出来的恶心，尽管你最初喜欢这股味儿。"

"我知道，"伯金说，然后又烦躁地说："不过，去睡吧，杰拉德，天晓得都什么时候了。"

杰拉德看看手表，终于站起身到自己的房间里去睡了。但几分钟以后他又穿着衬衫回来了。

"有件事告诉你，"他又坐在床上说，"我们匆匆分了手，我没有机会送她点什么东西。"

"是指钱吗？"伯金说，"她会从海里戴或其他熟人那里得到她想要的。"

"可是，"杰拉德说，"我要给她应得的那一份，清了这笔账。"

"她不会在意的。"

"也许不会吧。可这笔账让我觉得该她什么，还是清了的好。"

"是吗？"伯金说，他看着杰拉德，他穿着衬衫坐在床上，露出了两条腿。他的腿很白，很结实，满是肌肉，很健美。可伯金却感到一种怜悯与温柔之情涌上心头，似乎那是两条孩子的腿。

"我觉得还是把这笔账还清了的好，"杰拉德似说非说地重复着自己的话。

"怎么着都没关系，"伯金说。

"你总说没关系，"杰拉德迷惑不解地说，他很有感情地看着伯金的脸。

"是没关系，"伯金说。

"可她是清白的那种人，真的。"

"是该撒的就归该撒，[①]"伯金说着转过脸去，他觉得杰拉德似乎是在没话找话。

"去吧，我都烦了，太晚了。"他说。

"我希望你告诉我一些'有关系'的事，"杰拉德说着，目不转睛地看着伯金的脸，等待着什么。可伯金把脸扭到一边去了。

"好吧，睡吧，"杰拉德动情地拍拍伯金的肩，回自己房里去了。

早晨杰拉德醒来后听到伯金在房里走动的声音就叫道："我仍想给咪咪一些钱。"

"天啊！"伯金说，"别死心眼儿了。要想清了这笔账就在你心中清了算了。可你心里清不了。"

"你怎么知道我清不了？"

"我了解你。"

杰拉德沉思一会儿说：

"我似乎觉得对咪咪这样的人，最好的办法就是给她们钱。"

"情妇嘛，要供着。妻子嘛，则要与之厮守在同一屋檐下。生活正经，名声清白。[②]"

"别说那种风凉话呀，"杰拉德说。

"我对此厌倦了，对你的小过失我没兴趣。"

"你感不感兴趣我才不在乎呢，是的。"

又是一个阳光明媚的早晨。女仆进来，打来了水，拉开了窗帘。伯金坐在床上，懒洋洋、愉快地朝窗外的园子望去，园子里一片碧绿、寂寥、浪漫，那是一种过时的情调。他想，过去的岁月是那么可爱、稳定、整齐、不可改变

---

① 《圣经·马太福音》第 22 章，第 21 节。

② 这后一句是贺拉斯的名言，原文是拉丁文。

——这房子那么静谧、金碧辉煌，这邸园，已沉睡了好几个世纪。可是，这静谧的美是个骗局、是个幻境，布莱德比是一座多么可怕、死亡的地狱啊！这平静是多么令人难以容忍、多么束缚人啊！可这毕竟比杂乱、龌龊、充满冲突的现实世界要好些。如果人可以随心所欲地创造未来，创造一点纯真，让生活变得纯真，那该多好，人的心在不断地如此呼唤。

"我简直不知道你想让我对什么感兴趣，"杰拉德在下面的房间里说，"既不是咪咪这样的人，也不是矿井，什么你都不感兴趣。"

"对你能做的事情感兴趣去吧，杰拉德。但我对此没兴趣，"伯金说。

"那我怎么办呢？"杰拉德说。

"随你。我正不知道我该怎么办呢。"

沉默中伯金可以感觉出杰拉德在思考这件事。

"我要知道就好了，"杰拉德温和地说。

"你呀，"伯金说，"你一方面想着咪咪，只有咪咪，另一方面你又想着矿井和商务，除了经商就是经商，这就是你，心太分散。"

"可我还想着别的事呢，"杰拉德的声音变得真实、安详起来。

"什么？"伯金有点吃惊地问。

"那就是我希望你告诉我的事，"杰拉德说。

他们都沉默了。

"我无法告诉你，我连自己的路都无法寻到，更别说你了。你应该结婚了，"伯金说。

"跟谁？咪咪吗？"杰拉德问。

"也许是吧，"伯金说着站起身朝窗口走去。

"那是你的万能药方，"杰拉德说，"可是你还没有在自己身上试过呢，但是你病得可不轻啊。"

"是的，"伯金说，"但我会好的。"

"通过结婚吗？"

"对，"伯金固执地说。

"不，不，"杰拉德说，"不，不，我的伙计。"

他们沉默了，彼此变得紧张地敌对起来。他们之间总有一道鸿沟，保持着一段距离，他们总要摆脱对方，可是双方内心都很紧张。

"妇女的救星，"杰拉德嘲弄说。

"为什么不呢？"伯金问。

"没有为什么这一说，"杰拉德说，"如果这真行得通就行。可你要跟谁结婚呢？"

"跟一个女人，"伯金说。

"好啊，"杰拉德说。

伯金和杰拉德最后才下楼来吃早餐。赫麦妮喜欢每个人都早到。一旦她感到一天要消失了，那就跟失去了生活差不多，她就会为此感到痛苦。她似乎卡着时间的喉咙，硬要从中挤出生活来。早晨她面色苍白，表情惊恐，似乎她被人落在了后面。但是她是个强有力的人，她的意志具有普遍的影响力。这两个男人刚一走进来，人们就感到空气紧张起来。

她抬起头，悠悠地说：

"早上好！睡得好吗？见到你们我太高兴了。"

说完她就把脸扭向一边不理他们了。伯金太了解她了，知道她这是想把他晾在一边。

"从边柜上取点吃的，想用什么就用什么。"亚历山大有点不悦地说。"但愿食品还没放凉。哦，不！卢伯特，撤掉保温锅下的火好吗？好，谢谢。"

赫麦妮冷漠，亚历山大的口气则专横。他那副腔调毫无疑问是跟赫麦妮学来的。伯金坐下，扫视了一下桌面。他对这座房子，这间客厅及这里的气氛是太熟悉了，他与这里有着多年甚密的往来，可现在他觉得自己一点也不喜欢这儿，这跟他一点关系都没有。赫麦妮挺直、沉默、有点茫然地坐着，但她太强大了！伯金太了解她了。他对赫麦妮了如指掌，她几乎令他发疯。当一个人走入满是死人的埃及国王坟墓时，很难相信他不会发疯，那些尸体太古老、太多了。他太了解约书亚·麦里森了，他声音刺耳、咬文嚼字地说着话，没完没了，没完没了，总是绞尽脑汁，他的话尽管很风趣、机智、让人好奇，可都是些老生常谈。亚历山大消息最灵通，最洒脱，但也最冷漠。玛兹小姐很迷人，插话总是恰到好处。娇小的意大利伯爵夫人旁若无人，自顾耍着自己的把戏，她像一只黄鼠狼一样什么都看，从中取乐，隔岸观火，自己却从不介入。还有布莱德利女士，她阴郁、顺从，赫麦妮对她冷眼相看，甚至拿她取乐，从而人人都小看她。这所有的一切都太熟悉了，就像下国际象棋一样，摆弄棋子，女王、骑士、卒子。今天同样跟几百年前一样，同一种下法，在一方棋盘上没完没了地把这些棋子摆弄来摆弄去。可这种把戏太陈旧了，这种棋的走法让人发疯，太令人疲惫。

杰拉德脸上带着一副取乐的神情看着这场把戏。戈珍则目不转睛，圆睁着敌视的双目看着人们表演，她既为之着迷，又为之厌恶。厄秀拉脸上露出微微吃惊的表情，似乎她受到了伤害，那疼痛难以理喻的。

伯金突然站起身走了出去。

"够了，"他心里情不自禁地说。

赫麦妮无意识中感到了他的动作。她抬起眼皮，看到他突然随着一波未知的浪峰消失了，于是她感到那浪头在自己头上炸碎了。是她那强大的意志让她不动声色地依旧坐着不离餐桌，东拉西扯地聊着天儿。可是黑暗笼罩了她，她像一只船沉到了浪头下面。她在黑暗中触礁了，她完了。但她那顽强的意志仍在起作用，她仍然挺着。

"上午沐浴好吗？"她突然看着大家说。

"太好了，"约书亚说，"这个早晨太美了。"

"哦，是太美了，"玛兹小姐说。

"是啊，去沐浴吧，"那意大利女人说。

"可我们没有泳装啊，"杰拉德说。

"用我的吧，"亚历山大说，"反正我必须到教堂去上日课，大家都等我呢。"

"你是基督教徒吗？"那意大利伯爵夫人突然感兴趣地问。

"不是，"亚历山大说，"我不是，但我认为应该维持旧的秩序。"

"旧的秩序很好呀。"玛兹小姐声调悦耳地说。

"啊，是啊，"布莱德利女士说。

大家都漫步走到草坪上去。这是初夏一个阳光明媚、风和日丽的早晨，生活显得颇为微妙，就像一种梦境。远处，教堂的钟声响了，天上没有一丝白云，山下湖中的天鹅像百合花漂浮在水上，孔雀昂首挺胸地迈着大步穿过树阴走入沐浴着阳光的草地。这美好的旧日景象多么令人销魂啊。

"再见了，"亚历山大愉快地挥着手套向大家告别，随后他的身影消失在灌木丛中，朝教堂走去。

"好了，"赫麦妮说，"咱们去吧。"

"我不去，"厄秀拉说。

"你不想去吗？"赫麦妮缓缓地扫视着她说。

"是的，我不想，"厄秀拉说。

"我也不去，"戈珍说。

"我的泳衣准备了吗？"杰拉德问。

"我不知道，"赫麦妮声调奇怪地说笑着。"一块巾子够吗，一大块手巾？"

"可以，"杰拉德说。

"那就跟我来吧，"赫麦妮说。

第一个跑上草坪的是那娇小的意大利女人，她像一只小猫，白白的腿在阳光下闪烁着，边跑边低下用金黄绸帕包着的头。她穿过大门下到草坪上，脱下浴巾，露出象牙般洁白的身体，金黄色的手帕包着头，往水边一站，把水中的天鹅吓了一跳。然后跑出来的是布莱德利女士，她身着墨绿色衣服，像一个巨大柔软的洋李子。杰拉德腰间围着一块猩红色绸布，胳膊上搭着一块浴巾，似乎在阳光中有点飘飘然，他微笑着走走停停，步履潇洒，赤裸的肌肤白皙，但人显得很自然。约书亚爵士披着一件长衫。最后出来的是赫麦妮，步态僵硬但优雅。她身披一件紫色斗篷，头用紫色和金黄两色头巾包着。她颀长挺拔的身段很美，白皙的腿迈着大步，那种娴静的高雅在她的披风微微飘动时最令人着迷。她穿过草坪，像一个奇特的幻影，堂而皇之地缓缓走向水边。

通向深谷的阶梯平台上，有三鉴大池塘，阳光下，波平浪静，煞是雅观。池水漫过一道小石墙，在石缝中汩汩淌出，飞溅着落到下面的另一个池中。天鹅上了对岸，芦苇散发着清香，微风轻拂着人们的皮肤。

杰拉德紧随着约书亚爵士跃入水中，一气游到头，出得水面坐在石墙上。又有人跳入水中，是伯爵夫人，她像老鼠一样游过去找杰拉德。他们双双坐在阳光下，双臂抱在胸前笑着。约书亚爵士游过来，靠近他们站在水中，水正齐到他的腋窝。随后赫麦妮和布莱德利女士也游过来，几个人在堤上坐成一排。

"他们是不是太可怕了？是不是？"戈珍说，"他们是不是有些像四脚蛇？真像几只大蜥蜴，你见过约书亚这样的人吗，厄秀拉？他真像洪荒时代里到处爬行的大蜥蜴。"

戈珍惊诧地看着约书亚爵士，他站在齐胸深的水中，长长的灰白头发搭在额前，脖子镶嵌在粗厚的肩膀之中。他正同坐在上方的布莱德利女士谈着天。布莱德利腰宽体胖，浑身水淋淋的，似乎她会像动物园里的海狮那样滚下来。

厄秀拉默默看着他们。杰拉德坐在赫麦妮和伯爵夫人中间开心地笑着。他令人想起酒神狄奥尼索斯，因为他的头发的确是金黄的，身躯丰满，笑容满面。赫麦妮高大挺拔的身体以一种可怕的优雅姿势倾靠向他，那样子怪吓人的，似乎她对自己行为的后果毫不负责任。杰拉德悟出了她身上某种危险性，那是一种抽搐般的疯狂。但他不管这些，自顾自笑着，把身子转向伯爵夫人，夫人则抬头冲他回看。

他们又都跳进水中，像一群海豹一样游起来。赫麦妮在水中沉醉地游着，高大的身躯动得很慢。帕里斯特拉像一只水老鼠不声不响游得飞快。杰拉德则像一条白色的影子在水中起伏闪烁。他们接踵游来，钻出水面，回房间去了。

杰拉德在外面耽搁了一下，他要同戈珍说话。

"你不喜欢水，是吗？"他问。

戈珍缓缓地把目光投向他，眼神怪异地看着他。他大大咧咧地站在她面前，皮肤上泛着水珠。

"我很喜欢水，"她回答道。

他沉默了片刻，等待着她的解释。

"你会游泳吗？"

"会的。"

但他仍然不问她刚才为什么不下水。他可以觉出她话音中的讽刺味儿。他走了，第一次受到了她的刺激。

"你为什么不下水呢？"待他穿戴整齐以后他又问她，这时候他看上去是一丝不苟的英国小生模样了。

她犹豫了一会儿，对他的穷追不舍很反感。

"因为我不喜欢这群人，"她回答。

他笑了。她的话似乎还在他的耳畔回响。她的话着实辛辣，不管他承认不承认，她向他展示了一个真实的世界。他想达到她那个境界，成为她所期望的那样的人。他知道只有她的标准才是举足轻重的，别人都不相干，不管他们的社会地位如何。杰拉德无法控制自己，他要努力达到她的要求，成为她眼中的男子汉，成为她眼中人的形象。

午餐之后，别人都退出去了，只剩下赫麦妮、杰拉德和伯金，他们要在此结束原先的话题。他们的讨论总的来说充满了睿智但毫无实际内容。他们在谈论一个新的国家，一个新的人的世界。假如旧的社会和国家被打碎、毁灭掉了，那么，紊乱中会出现什么后果呢？

约书亚爵士曾说，伟大的社会观念就是实现人的社会平等。但杰拉德说不然，应该是每个人都适合承担他自己的那一点任务，让他完成那项任务并以此为满足。正在进行中的工作是把人们团结在一起的办法。只有工作，只有生产才能把人们聚合在一起。这是机械论，可社会就是一种机械。如果不工作，人们就孤立了，可以为所欲为了。

"天啊！"戈珍叫道，"那样的话，我们就不需要名字了。就会像德国人一样，只称呼高级师傅先生和低级师傅先生。我们可以想象，'我是矿山经理克里奇太太；我是议会议员罗迪斯太太；我是美术教师布朗温小姐。'这么称呼倒挺好的。"

"事情会越变越好的，美术教员布朗温小姐，"杰拉德说。

"什么事情呢，举例说吧，矿山经理克里奇先生？是指你我之间的关系吗？"

"对呀，"那意大利人叫道，"就是指男人和女人之间——！"

"那不是社会问题，"伯金嘲讽地说。

"对，"杰拉德说。"我和女人的关系，这里没有社会问题的份儿，这是我自己的事。"

"这句话可得十英镑，"伯金说。

"你不认为一个女人是个社会的人吗？"厄秀拉问杰拉德。

"她有两面性，"杰拉德说。"就社会来讲，她是社会的人。但对她的私生活来说，她是个自由的人，她要做什么，那纯属她个人的事。"

"你不觉得这两者很难调和吗？"厄秀拉说。

"不，不难，"杰拉德说，"它们调和得很自然，瞧，到处都是这样。"

"当你没找到答案之前先不要笑，"伯金说。

杰拉德闻之皱起眉头，有点儿不快。

"我笑了吗？"他问。

"如果，"赫麦妮终于开口说，"如果我们意识到我们在精神上是一样的，平等的，是兄弟，其余的就都不成问题了，就不会有这些吹毛求疵，忌妒，就不会有权力之争，其争斗的结果只能是毁灭、毁灭。"

人们对这段话报以沉默，然后大家一齐站起来离开了桌子。等大伙都走了以后，伯金又转回身尖刻地指出：

"恰恰相反，恰恰相反，赫麦妮，我们在精神上各不相同，并不平等——由于偶然的物质条件不相同造成了社会地位的不同。如果抽象地从数字上看，我们是平等的。每个人都有饥渴感，都长着两只眼、一个鼻子和两条腿。从数量上说我们谁比谁都不多不少。可在精神上却有着根本的不同，这不是平等或不平等所能说清的。国家就建立在这个基础上。你的民主之说纯属谎言，你的所谓兄弟博爱也纯属假话，这一点，只要超出抽象的数字计算就可以得到证明。我们都要喝牛奶、吃肉、吃面包，我们都要坐汽车——这就是你所谓的兄弟博爱的全部内容。可是，这不等于平等。

"可是，作为我个人来说，我与其他男女们的平等有何关系？在精神上，我同他们像星星与星星之间那样彼此毫不相干，在质量和数量上也都有所不同。还是在这个基础上建立一个国家吧。谁也不比谁强多少，并不是因为他们是平等的，而是因为他们本质上是不同的，不同质的东西是无法比较的。一旦你开始比较，就会觉得某人比某人强得多，于是就产生了不平等。我希望人人分享一份世界上的财产，所以他就不会再向我强求什么，我就可以对他说：'你已经得到了你想要得到的，你分到了公平的一份儿，你这蠢人，别妨碍我了，管你自己的事去吧。'"

赫麦妮斜视着他。他可以感到她对他的话充满了厌恶与仇恨，那强烈的仇恨来自她的潜意识。她在无意识的内心深处听到了他的话，可表面上她似乎在装聋作哑，对他的话置若罔闻。

"听起来这口气太大了吧，卢伯特？"杰拉德和蔼地说。

赫麦妮不满地哼了一声，伯金不禁后退一步。

"是的，就这么大，"伯金的语气那么固执，令任何人都让步，说完他就走了。

但是后来他为自己的话感到有些懊悔，他对可怜的赫麦妮太凶、太残酷了。他想悔过，弥补过失。他报复了她，伤害了她，现在想同她和好了。

　　他来到了她舒适的闺房里。她正在桌前写信。他走进来时，她淡漠地抬起头，看着他走到沙发边坐下，然后又低下头看自己的信纸。

　　他捧起一大本书读了起来，他一直在读这本书，很注意这书的作者。他背朝着赫麦妮，弄得她无法写下信去了。她的头脑里一片混乱，一片黑暗，她像一个泳者在旋涡中挣扎一样，挣扎着用自己的意志控制自己。尽管她竭力要控制自己，可她垮了，黑暗似乎笼罩着她，她感到心都要跳出来了。可怕的紧张感愈来愈强烈，那是一种可怕的痛苦，像被一堵墙困住了一样。

　　然后她意识到，他的身影就是那堵墙，他的存在在摧毁她，如果她冲不出去的话，她就会被困在这可怕的墙中在恐惧中死去。他就是这墙，她必须推倒这堵墙，推倒这个可怕的障碍。它妨碍着她的生活。非这样不可，否则她就会可怕地毁灭掉。

　　一股可怕的震颤从她身上穿过，如同过电一般。似乎有无数伏特的电流突然把她击倒了。她能感觉到他静静地坐在背后，简直是一个难以想象的恶毒障碍物。他那默默地弯着的背，他的后脑壳，令她的头脑一片空白，令她呼吸紧促。

　　一股情欲的激流冲向她的手臂——她要体验情欲的快感。她的手臂颤抖着，感到异常有力，这股力量是无法抗拒的。这是怎样的欢乐？这是力的快乐，令人发狂的快感！她就要得到情欲的狂喜与美妙的快感了。它来了！在极度的恐怖与痛楚中，她知道它就要来临，它伴着极度的狂喜来临了。她的手抓住桌上当作镇纸用的漂亮蓝色青金石把玩着，默默地站起身。她的心中燃着一团火，狂喜令她失去了理智。她靠近他，在他背后狂喜地站了片刻。在她的魔力下，他一动也不动，变得懵懂起来。

　　一团烈火燃遍全身，她感到一阵难以言表的快感达到了极限，满足达到了极限，于是她手握宝石以迅雷不及掩耳之势用尽全身力气向他头部砸将下来。但她的手指阻碍了宝石的冲击力，他的头朝桌上的书垂了下去，宝石滑向一边，擦着他的耳朵砸了下去。她的手指落在桌上被砸疼了，这疼痛令她兴奋不已。可她仍不满足，又高高地举起手臂，再一次照准在桌上伏案的人头砸下去。他已经懵了。她非砸烂这颗头颅不可，不砸碎她就不痛快。一千个生，一千个死对她来说都算不得什么了，她只想痛快一下。

这次她的动作不那么迅速了，很慢。一股强大的精神力量让他清醒了，他抬起头，扭着脸看她。但见她高举着青金石，他恐怖地再次意识到她是个左撇子①，左手握着青金石，他急忙用一厚本修昔底德的书挡住了头。青金石重重地落在书上，那力量几乎要折断他的脖子，震碎他的心。

他精神上崩溃了，但他不怕，他转过脸来正视着她，推翻了桌子，躲到一边去。他像一只被击碎的长颈瓶，变成了碎碴。但他走起路来依旧泰然自若，他的头脑一点都不乱，并不惊诧。

"别这样，别这样，赫麦妮，"他低声说，"我不许你这样。"

他看到她高大的身影挺立着，一脸铁青，神情专注，手里紧握着青金石。

"靠边站，让我过去，"他靠近她说。

她似乎被一只手推开了，站到了一边，目不转睛地一直看着他，像一个无动于衷的天使。

"这样不好，"当他从她身边走过时说，"我是不会死的，听见了吗？"

他面向着她退了出去，生怕他一转过脸去她就会再一次打击他。他防着她时，她连动都不敢动，她没有一点力气了。他就这样走了，让她一个人仍旧站在那里。

她僵硬地站了许久，然后摇摇晃晃地挪到长沙发边，倒头昏睡起来。当她醒来时，她记起来都做了些什么，但她似乎觉得她不过是像任何受到他折磨的女人一样打了他一下。她打得对，她知道在精神上她是对的。她是纯洁的，不会犯错误，她做了她应该做的事。她是对的，是纯洁的。她脸上永远是一副

---

① 英人传统上迷信左手为不祥象征。

宗教般虔诚的表情，迷醉而阴险。

伯金懵懵懂懂走出赫麦妮家，但方向还是很明确的。他穿过邸园，来到旷野中，直奔山上去。晴天转阴，天上落起雨点来。他漫步来到峡谷边上，这儿长着茂盛的榛树丛，鲜花吐艳，石楠丛、冷杉幼苗中已萌发出幼芽来。到处都很潮湿，谷地里淌着一道小溪，那溪水似乎很郁闷地流着。他知道他无法恢复理智，他是在黑暗中游动着。

可是，他需要点什么。来到这花朵点缀着的茂盛灌木丛中，来到这湿漉漉的山坡上，他感到很幸福。他要接触它们，用自己的全身与它们相触。于是他脱光衣服，赤身坐在樱草花中，脚、腿和膝盖在樱草花中轻柔地动着。花丛一直没到他胸口，他躺下，让花草抚弄着他的腹部和胸膛，轻柔地抚遍全身，这触觉是那么美妙，令他感到一阵彻身的清凉，他似乎溶化在花草中了。

可是这种抚摸太轻柔了。于是他穿过深草丛来到将近一人高的一片冷杉树幼苗丛中。软软的尖树枝刺痛了他，在他的腹上洒着清凉的水珠。一簇簇刺尖扎痛了他的下身。蓟刺尖尖的，但刺得不太疼，因为他步履很轻、很小心。在清凉的风信子丛中翻滚，肚皮朝下爬着、背上覆盖湿漉漉的青草，那草儿像一股气息，比任何女人的触摸都更温存、细腻、美妙；然后再用大腿去碰撞粗硬的冷杉枝子，肩膀感受着榛树枝的抽打、撕咬，再把银色的白桦枝揽进自己怀中去感受着白桦枝的光滑、粗硬和那富有生命力的瘤骨——这一切真是太好、太好了，太令人满足了。什么也比不上这草木的凉气沁入骨血中令人爽快，什么也比不上这个。他是多么幸运啊，这可爱、细腻、有灵性的草木在等他，他也在等待它们！他是多么满足、多么幸福啊！

他用手帕擦拭着身子，想到了赫麦妮以及她给他的打击。他感到自己半边的头在疼。可说到底，这有什么了不起？赫麦妮怎么样、别人又怎样？有了这美好、可爱的清凉气息，他就满足了，就不管那些了。真的，他原以为自己需要别人、需要女人，这真是一大错误。他并不想女人，一点都不需要。树叶、樱草花和树干，这些才真真儿的可爱、凉爽、令他渴望，它们沁入了他的血液中，成了他新的一部分，他感到自己获得了很多很多，他为此高兴极了。

怪不得赫麦妮要杀害他呢。他跟她有什么关系？① 他为什么要装作与人类有什么关系的样子？这里才是他的世界，除了这可爱、细腻、有灵性的草木他谁也不需要、什么都不需要，他只需要他自己、他活生生的自己。

的确，他有必要回到世界中去。如果他知道自己属于何方，那倒没什么。现在他知道自己属于哪里了，知道在哪里扎根，在哪里撒下自己的种子了：就在这些树木中，在这些鲜活的叶子中。这儿才是他的地盘，世界则是身外之物。

他爬出谷地，真怀疑自己疯了。如果真是这样，他宁可疯也不愿意做一个正常人。他欣赏自己的疯态，这时他是自由的。尘世的理智令他十分厌恶，反之，他沉醉于新发现的这个疯态世界，这个世界是那么清新、细腻、令人心旷神怡。

同时他又感到一股愁怅，那是旧道德观的残迹，它使你依然依恋着人类。但他对旧的道德、人和人类感到厌倦了。他爱的是这温柔、细腻的草木，那么清爽、美妙。他将对旧的惆怅不屑一顾，摒弃旧的道德，在新的环境中获得自由。

他感到头疼愈来愈烈，每一分钟都更疼。他现在沿着大路朝最近的车站走去。下雨了，可他没戴帽子②。现在就有不少怪人，下雨天出门不戴帽子。

他弄不清，自己心情沉重、压抑，这当中有多少成分是由于害怕造成的？他怕别人看到他赤身裸体躺在草丛中。他是多么惧怕别人、惧怕人类啊！这惧怕几乎变成了一种恐怖、一种噩梦——他怕别人看到自己。如果像亚历山大·塞尔科克③ 一样独自一人在孤岛上与动物和树林为伴，他就会既自由又快

---

① 此句参见《新约·约翰福音》第2章，第4节："妇人，我与你有何相干？"

② 20世纪40年代前，英国职业男性出门不戴帽子被视为异常。

③ 苏格兰水手，曾独自一人在太平洋孤岛上度过了四年。他的故事启发了笛福，后者依此写出了《鲁宾孙漂流记》。

活，绝不会有这种沉重与担心。他就可以爱草木的世界，在那里他感到快活，不再自我责问。

他觉得应该给赫麦妮写封信，以免她为自己担忧，他不想让她有什么负担，于是他在车站上给她写了封信：

> 我要回城里了，暂时不想回布莱德比。不过，我不希望你因为打了我有什么内疚，没什么。你就对别人说我心情不好，先走了。你打我是对的——我知道你想这样的。就这样吧。

等上了火车，他感到不舒服，动一动都感到难言的疼痛，他病了。他拖着步子从车站走到一辆出租车里，像一个盲人在摸索着一步步前行，靠的全然是一股盲目的意志。

他一病就是一两周，但他没让赫麦妮知道。她觉得他感到不快，跟她彻底疏远了。她自命不凡，沉醉在自己的信念中，活在自尊、自信中，相信自己精神上全然正确，她就靠着这种自尊和自信活着呢。

第九章　煤　灰

下午放学以后，布朗温家两姐妹穿过威利·格林那漂亮的村舍下山，来到铁道岔路口。栅门关着，矿车正轰轰作响地驶近。她们能听到机车喘着粗气在路基上缓缓前行。路边小小的信号室里那位一条腿的工人像一只螃蟹从壳中伸出头来向外探视着。

她们等在路口时，杰拉德·克里奇骑着一匹阿拉伯种的母马奔来了。他骑术很好，轻巧地驾驭着马，马在他的双腿间微微震颤着，令他感到心满意足。至少在戈珍眼中，杰拉德那副姿态着实有点诗情画意：他驾轻就熟地骑在马上，那匹苗条的枣红马，尾巴在空中甩着。他跟两个姑娘打了个招呼，就驱马来到栅门口，俯视着铁路。戈珍看着他那副英姿，眼神里流露着调侃，但她还是愿意看。他身材很好，举止潇洒，脸晒成了棕褐色，显得唇上的粗髭泛白，他凝视远方的时候，那双蓝眼睛闪着锐利的光芒。

机车喷着汽"哧哧"地驶了过来，两边的路堤遮挡住了车身。马不喜欢它，开始向后退却，似乎被那陌生的声音伤害了似的。杰拉德把它拉回来，让它头冲着栅门站着。机车"哧哧"的声音愈来愈重、令它难耐，那没完没了的重复声既陌生又可怕，母马吓得浑身抖了起来，像弹簧一样向后退着。杰拉德脸上掠过一丝微笑，眼睛闪闪发亮。他终于又把马赶了回来。

小机车哐哐当当地出现在路基上，车厢连杆的撞击声很刺耳。母马像碰到热烙铁一样跳开去。厄秀拉和戈珍恐慌地躲进路边的篱笆后。可杰拉德仍沉稳地骑在马上，又把马赶了回来。他似乎像磁铁一样陷在马背上，能让马自行转回去。

"傻瓜！"戈珍叫道，"他为什么不躲火车呢？"

戈珍瞪大了黑眼睛着迷地看着杰拉德。他目光炯炯地骑在马上，固执地驱赶着马团团转，那马风一般地打着转，可就是无法摆脱他的控制，也无法躲避那可怕的机车轰鸣声。矿车一辆接一辆地从铁道口处驶了过去，缓慢、沉重、可怕。

机车似乎要等待什么，一个急刹车，各节车厢撞着缓冲器一片作响，像铙钹一样刺耳吓人，轰隆隆地越来越近。母马张开大嘴，缓缓地前蹄腾起来，似乎是被一阵可怕的风掀起来的。突然，它浑身抽动着要逃避可怕的火车，前腿伸开向后退着。两个姑娘紧紧抱在一起，感到这母马非把杰拉德压在身下不可。可是，他向前倾着身子，开心地笑着，最终还是令母马驻足，安静下来，再一次把它驱到栅门前的警戒线上。可是，他那巨大的压力引起了母马巨大的反感和恐怖，只见它后退着离开铁路，两条后腿在原地打着转，似乎它是一股旋风的中心。这幅景象令戈珍几乎昏厥过去，她的心都要被刺痛了。

"别这样，别！松开它！放它走，你这个傻瓜！"厄秀拉扯着嗓门，忘我地叫着。戈珍对厄秀拉这样忘我很不以为然。厄秀拉的声音那么有力，那么放肆，真让人难以忍受。

杰拉德神色严峻起来。他用力夹着马腹，就像一把尖刀刺中了马的要害，马又顺从地转了回来。母马喘着粗气咆哮着，鼻孔大张着喷出热气来，咧着大嘴，双目充满恐怖。这幅情景真让人不舒服。可杰拉德就是不放松它，一点都不手软，就像一把剑刺入了它的胸膛。人与马都耗费了巨大的力量，汗流浃背。但他看上去很平静，就像一束冷漠的阳光一样。

可矿车仍然一辆接一辆、一辆接一辆地"隆隆"驶来，慢悠悠的，就像一条无尽的梦，令人厌恶。火车车厢的连接处吱吱哑哑地响着，声音忽高忽低，母马惊恐万状，蹄子机械地踢腾着，它受着人的制约，蹄子毫无目标地踢腾。马背上的人夹着它的身子，把它腾空的蹄子又压回地面，似乎它是他身体的一部分。

"它流血了！它流血了！"厄秀拉冲杰拉德恶狠狠地叫着。她知道自己是多么恨他。

戈珍看到母马的腹部流着一股血水，吓得她脸都白了。她看到，就在伤口处，亮闪闪的马刺残酷地扎了进去。一时间戈珍感到眼前天旋地转，然后就不省人事了。

她醒来时，心变得又冷又木。矿车仍然"隆隆"前行，人与马仍在搏斗着。但她的心变冷了，人也超脱了，没感觉了。此时她的心既硬又冷又木。

她们看到带篷子的末尾值班车驶近了，矿车的撞击声减弱了，大家就要从那难以忍受的噪音中解脱出来了。吓得半死的母马重重地喘息着，马背上的人很自信地松了一口气，他的意志毫不动摇。

值班车缓缓驶过去了，信号员朝外观看着，看着岔路口上这幅奇景。从那信号员的眼中，戈珍可以感觉出这幅奇景是多么孤单、短暂，就像永恒世界中的一个幻觉一样。

矿车开过去后，四下里变得寂静起来，这是多么可爱、令人快活的寂静啊。多么可爱！厄秀拉仇视地望着远去的矿车。岔路口上的守门人走到他小屋的门前，前来开栅门。可不等门打开，戈珍就突然一步上前奔到挣扎的母马前头，拨开插销，打开了两扇门，一扇朝看门人推去，她推开另一扇跑了过去。杰拉德突然信马由缰，策马飞跃向前，几乎直冲戈珍而来，但戈珍并不害怕。当他把马头拉向一边时，戈珍像个女巫一样扯着嗓门在路边冲他奇怪地大叫一声：

"你也太傲慢了。"

她的话很是掷地有声，杰拉德听得真真的。他在跳跃着的马背上侧过身来，有点惊奇、意味深长地看着她。母马的蹄子在枕木上踢打了三遍，然后，骑马人和马一起颠簸着上路了。

两个姑娘看着他骑马走远了。守门人拖着一条木头做的假肢在岔路口的枕木上咯噔咯噔地蹒跚着。他把门闩紧，然后转回身对姑娘们说：

"是个有脾气的少爷啊，他要咋着就得咋着，谁也拦不住。"

"是的，"厄秀拉火辣辣、专横地说，"可他为什么不把马牵开等火车过去了再上来呢？他是个蛮横的傻瓜。难道他以为折磨一头动物就算够男子汉味儿了？马也是有灵性的，他凭什么要欺负、折磨一匹马？"

守门人沉默了一会儿，摇摇头说：

"一看就知道那是一匹好马，一匹漂亮的马，着实漂亮。可他父亲就不会这么对待牲口，不会。杰拉德·克里奇跟他爸爸一点都不一样，简直是两个人，两种人。"

大家都不说话了。

"可他为什么要这样呢？"厄秀拉叫道，"他为什么要这么做？当他欺负一头比他敏感十倍的牲口时他难道会觉得自己了不起吗？"

大家又沉默了，守门人摇摇头，似乎他不想说什么而是要多想想。

"我猜他是想把马训练得啥都不怕，"他说，"一匹纯种的阿拉伯马，跟我们这里的马不是一类，全不一个样儿。据说他是从君士坦丁堡①搞来的这匹马。"

"他干得出这样的事！"厄秀拉说，"他最好把马留给土耳其人，他们会待它更高尚些。"

守门人进屋去喝茶了，两位姑娘走上了布满厚厚的黑煤灰的小路。戈珍被杰拉德横暴地骑在马上的情景惊呆了，头脑变麻了：那位碧眼金发的男子粗壮、强横的大腿紧紧地夹住狂躁的马身，直到完全控制了它为止，他的力量来自腰、大腿和小腿，富有魔力，紧紧夹住马身，左右着它，令它屈服，那是骨子里的柔顺。

两位姑娘默默地走着路，左边是矿井高大的土台和车头，下面的铁路上停放着矿车，看上去就像一座巨大的港湾。

---

① 今名伊斯坦布尔，1923 年前的土耳其首都。

在围着许多明晃晃栅栏的第二个交叉路口附近，是一片属于矿工们的农田，田野的矿石堆中，放着一口废弃的大锅，锅已经生锈了，又大又圆，默默地驻在路边。一群母鸡在围着铁锅啄食，小鸡趴在池边饮水，鹡鸰飞离水池，在矿车中飞蹿。

路口另一边，堆着一堆用来修路的灰石头，旁边停着一辆马车，一位长着连鬓胡的中年人手拄着铁锹，斜着身子与一位脚蹬高筒靴子的年轻人聊着，年轻人则挨着马头而立，他们两人都面对路口看着。

在午后强烈的阳光下，他们看到远处走来两位姑娘，那是两个闪闪发光的身影。两个姑娘都身着清爽鲜艳的夏装。厄秀拉穿着橘黄色的针织上衣，戈珍的上衣则是浅黄色的。厄秀拉的长裤是鲜黄色的，戈珍的则是玫瑰色。两个女子的身影在穿过铁道转弯处时似乎在闪动着光芒，白、橘黄、浅黄和玫瑰红色在布满煤灰的世界里闪闪发光。

这两个男人在阳光下伫立着凝视这边。年长的是一位矮个子中年人，面孔严峻，浑身充满活力。年轻的工人大概二十三岁。他们两人静静地站着，望着两个姑娘向前走来。她们走近了、过去了，又在满是煤灰的路上消失了，那条路一边是房屋，一边是落满煤灰的麦地。

长着连鬓胡的长者淫荡地对年轻人说：

"那个值多少钱？她行吗？"

"哪个？"年轻人笑着渴望地问。

"那个穿红袜子的。你说呢？我宁可花一个星期的工资跟她过五分钟，天啊，就五分钟。"

年轻人又笑了。

"那你老婆可要跟你好一通理论理论了。"

戈珍转过身看看这两个男人，他们站在灰堆旁目光跟踪着她，真像两个凶恶的怪物。她讨厌那个长连鬓胡的人。

"你是最棒了，真的，"那人冲着远处她的身影说。

"你觉得她值一星期的工资吗？"年轻人打趣说。

"我觉得？我立马就掏钱。"

年轻人不偏不倚地看着戈珍和厄秀拉，似乎在算计着什么才值他一个星期的工资。终于他担忧地摇摇头说：

"不值，她可不值我那么多钱。"

"不吗？"他说，"反正我就觉得她值那么多！"

说完他又继续用铁锹挖起石头来。

姑娘们下到矿区街上，街两边的房屋铺着石板顶，墙砖黑乎乎的。浓重的金色夕阳辉映着矿区，丑恶的矿区上涂抹着一层美丽的夕阳，很令人陶醉。洒满黑煤灰的路上阳光显得越发温暖、凝重，给这乌七八糟、肮脏不堪的矿区笼罩上一层神秘色彩。

"这里有一种丑恶的美，"戈珍很显然被这景色迷住了，又为这肮脏感到痛苦。"你是否觉得这景色很迷人？它雄浑，火热。我可以感觉出来这一点。这真令我吃惊。"

穿过矿工的住宅区时，她们不时会看到一些矿工在后院的露天地里洗身子。这个晚上很热，矿工们洗的时候都光着上身，肥大的厚毛头工装裤几乎快从腰间滑下去了。已经洗好的矿工们背朝着墙蹲着聊天，他们身体都很健壮，劳累了一天，正好歇口气。他们说话声音很粗，浓重的方言着实令人感到说不出的舒服。戈珍似乎受到了劳动者的抚爱，空气中弥漫着浓郁的男人气息。但这些在这一带是司空见惯的，因此没人去注意它。

可对戈珍来说这气味则太强烈，甚至让她有点儿反感。她怎么也说不清为何贝多弗同伦敦和南方这样全然不同，为什么人一到这儿感觉就变了样，似乎生活在另一个球体上。现在她明白了，这是个很强盛的男人世界，他们大多时间里都生活在地下的黑暗中。她可以听出他们的声音中回荡着黑暗的淫秽、强壮、危险，那是无所顾忌的非人的声音。那声音又极像加了油的机器在奇怪地轰鸣。那淫荡的音调也像机器声，冰冷，残酷。

每天晚上她回家时都遇到同样的景象，让她觉得自己似乎在汹涌的浪头中行进，这浪头来自成千名强壮，生活在地下，身不由己的矿工们，这浪头打入了她的心，激起某种毁灭性的欲望和冷漠。

她很眷恋此地。她恨它，她知道这里是与世隔绝之地，它丑恶、盲目得让人恶心。有时她扑打着双翅，俨然一个新达芙妮①，不过不是飞向月桂树而是扑向一台机器。可她还是被对这里的眷恋之情所攫取。于是她奋力要与这里的气氛保持一致，渴望从中获得满足。

一到晚上，她就被吸引到城里的大街上来，那大街蒙昧又丑恶，但空气中溶满了这强壮、紧张、黑暗的冷酷。街上总有一些矿工在逛来逛去。他们有着奇怪、变态的自尊，举止挺雅观，文静得有点不自然，苍白、大多是憔悴的脸上表情茫然、倦怠。他们属于另一个世界，他们有着奇特的迷人之处，声音浑厚洪亮，像机器轰鸣，像音乐，但比远古时塞壬②的声音更迷人。

她发现自己跟那些市井妇人们一样，到星期五晚上就被小夜市吸引去了。星期五是矿工们发工钱的日子，晚上就成了逛市场的时候了。女人们东游西逛，男人们带着老婆出来买东西或者跟朋友们聚聚。几英里长的人流拥向城里，路上黑鸦鸦全是人；山顶上的小市场和贝多弗的主干道上熙熙攘攘，人流如织，挤满各色男女。

天黑了，可市场上的火油灯③却燃得热乎乎的，暗红的灯光照耀着购货的主妇们阴郁的脸，映红了男人们茫然的脸。四下里满是人们叫喊、聊天的聒噪声，人流仍然向着市场上的人堆里源源冲撞而来，商店里明晃晃的，挤满了女人，而街上则几乎全是男人，都是些老老少少的矿工。此时此地，人们出手大方，钱花得也潇洒。

---

① 林间仙女，阿波罗爱上了她，追逐她时她变作了月桂树。

② 传说中半人半鸟的海妖，常用歌声诱惑路过的航海者，使航船触礁而毁。

③ 这种灯没有灯罩。

往里驶的马车被阻住了。车夫们喊着叫着直到密不透风的人群让开一条缝来。随时随地，你都可以看见远处来的年轻小伙子站在路上或角落里跟姑娘们聊着天。小酒店里灯火通明，大门四开，男人们川流不息地接踵进出。他们大呼小唤地相互打招呼，奔走相认，三个一群五个一伙地站一圈没完没了地东拉西扯。人们嘁嘁喳喳，遮遮掩掩地谈着矿上的事或政治上的纠纷，搅得四下里一片聒噪，就像不和谐的机器声在响。可就是这些人的声音令戈珍神魂颠倒。这声音令她眷恋，令她渴望得心儿发痛、发疯，却总也得不到满足。

像其他女孩子一样，戈珍在夜市附近那灯火通明的百十米长的坡路上上下下地来回踱着步。她知道这样做很庸俗，她父母无法忍受她的这种行为，可她眷恋这里，她一定要和人们在一起。有时她会在电影院里同那些蠢笨的人们坐在一起，那些人很放荡，一点都不好看，可她一定要坐在他们中间。

也像其他普通女子一样，她也找到了她的"小伙子"。他是一个电学家，据说是来从事杰拉德的新计划的电学家。他这人很诚恳，很聪明，尽管是科学家，但对社会学很热心。他在威利·格林租了一间村舍独自住着。作为一位绅士，他经济上是比较宽裕的，他的女房东到处议论他，说他竟然在卧室中备了一只木桶，每天下班回来，他非要她一桶一桶地把水提上去供他洗澡用，他天天要换干净衬衣和内衣，还换干净的绸袜呢。在这些方面他似乎过分挑剔、苛求，但在别的方面他则再普通不过了，一点都不装腔作势。

戈珍对这些事都了解，这些闲言碎语很自然而且不可避免地会传到布朗温家来。帕尔莫先是跟厄秀拉好，但是他那苍白、神态高傲、严峻的脸上也现出与戈珍一样的那种眷恋情态。一到星期五晚上他也要在那条路上来回踱步。就这样他同戈珍走到了一起，他俩之间突然萌发了友情。但他并不爱戈珍，他真正爱的是厄秀拉，可不知为什么，他跟厄秀拉就是没缘分。他喜欢戈珍在他身边，但只是作为一个聪明的伴儿，仅此而已。同样，戈珍对他也没真动情。他是一位科学家，是得有个女人做他的后盾。但他是真的毫无感情色彩，就像一架高雅漂亮的机器。他太冷，太具有破坏性，太自私，无法真正地爱女人。但他却受男人的吸引。作为个人，他厌恶、蔑视他们，可在人群中，他们却像机器一样吸引着他。对他来说，他们是新式机器，只不过他们是无法计算出来的。

戈珍就这样同帕尔莫一起在街上漫步，或者同他一起去看电影。他嘴里不停地冷嘲热讽，狭长、苍白、颇有几分高雅的脸神采奕奕的。他们两个，两个高雅的人有着同样的感觉。换句话说，他们是两个个体，但都追随着人群，与这些丑陋的矿工们融为一体。同样的秘密似乎每个人心中都有：戈珍，帕尔莫，放浪的纨绔子弟，憔悴的中年人。大家都感受着一种神秘的力量、无法言表的破坏力和冷漠，那是变质的意志。

有时戈珍真想变成旁观者，观察这一切，看看自己是如何沉沦的。她随之又气又蔑视自己。她感到自己跟别人一样沉沦到芸芸众生中挤得水泄不通、盘根错节地纠缠在一起难以将息。这太可怕了。她感到窒息。她准备好要逃走，于是疯狂地埋头干自己的工作。但她很快就不行了。她便动身到农村去，到那黑色、富有魅力的乡村。这种魅力又开始诱惑她了。

第十章　素描簿

一天早晨，姐妹俩来到威利湖畔边远的一角写生。戈珍蹚水来到一处布满砾石的浅滩，像一位佛教徒那样盘腿坐下来，凝视着低矮的岸边泥土里鲜嫩的水生植物。她看到的尽是软软的稀泥，泥浆中生出青翠的水生植物来，肥厚而有肉质，主干挺拔饱满，两侧平平地伸展出叶子，色彩浓重，一片墨绿，一片深紫，一片深黄。但是她却能用审美的眼光去看它们饱满多肉的肌体，她知道它们是如何从泥水中长出来的，她知道那叶子是如何自己伸展出来的，她知道它们多汁的身躯何以亭亭玉立。

厄秀拉在看蝴蝶，有十几只就在水边飞舞着。蓝色的小蝴蝶瞬息间不知从何处扑拉拉飞出，在空中若隐若现。一只黑红两色的大蝴蝶扑到花朵上，微颤着双翅，沉迷地呼吸着纯净阳光。两只白蝶在空中扭打在一起，它们周身笼罩着一层光环。哦，那是它们翻动着的橙黄色翼尖舞出的光环。厄秀拉看了一会儿，就站起身飘飘然离开了，像蝴蝶那样毫无用心。

戈珍蹲在浅滩上沉醉地看着亭亭玉立的水生植物，边看边画着。可看不了一会儿，她就会不由自主地凝视起来，对挺拔、裸露着的肥厚枝叶着起迷来。她光着脚，帽子放在岸上。

橹声欸乃，把她从沉醉中惊醒。她四下里张望一下，看到那边驶来一条船，船上撑着一把华丽的日本女伞，一位身着白衣的男士在划着船。那女的是赫麦妮，男的是杰拉德，她立刻就认出来了。一时间她在渴望的战栗中崩溃了，那是从血管中震荡而过的一股强烈电波，比在贝多弗见到杰拉德时强烈多了，那时体内生出的不过是一股低弱的电流罢了。

杰拉德是她的避难所，让她得以逃脱那苍白、本能的地下世界的矿工们。他们是一潭泥淖，而杰拉德则是泥中的出水芙蓉，是他们的主子。她看到了他的后背，看到他白白的腰肢随着他划船的动作在运动。他弯腰时似乎变成了一团白色。他似乎弯腰在做什么。他有点发白的头发在闪光，就像天上的电光一样。

"戈珍在那儿呢，"水面上飘过来赫麦妮的声音，很清晰。"咱们过去跟她打个招呼吧，你介意吗？"

杰拉德看到戈珍姑娘站在湖边正在看他，于是他像受到什么吸引似的把船向她划去，脑子里却并没想她。在他意识的世界里，她仍然是个不起眼儿的人。他知道赫麦妮要打破一切社会地位的不平等，对此她报以一种奇特的快慰，至少表面上她是这样的人，于是他顺从了她。

"你好，戈珍，"赫麦妮慢悠悠地唤着戈珍的教名，这种叫法很时髦。"做什么呢？"

"你好，赫麦妮。我正写生呢。"

"是吗？"船摇近了，龙头触到岸上时，赫麦妮说："可以让我看看吗？我很喜欢看。"

戈珍知道反抗赫麦妮的处心积虑是无用的，于是她回答：

"那——"她很不愿意让别人看自己没完成的作品，因此语气很勉强。"一点儿都没意思。"

"不会吧？还是让我看看吧。"

戈珍把素描簿递了过去，杰拉德从船上伸手去接了过来。此时此刻，他记起了戈珍上次对他说的最后一句话，那是她冲着坐在震颤的马背上的他说了那句话。他立时感到一阵骄傲，他似乎感到她向他屈服了。他们两人交流了感情，那是一种不为意识所控制的强有力的交流。

似乎着了魔一样，戈珍意识到他的身体倾过来，像一股野火窜过来，他的手像一根树干直朝她伸过来。她感到强烈的恐惧袭上心头，几乎昏厥过去，头脑一片昏暗，意识一片空白。可他却在水上荡着，似一点飘荡的磷火。他观察一下小船，发现它有些离岸了，于是挥起橹将船划回来。在深沉柔和的水面上慢悠悠驾着轻舟，那种美妙感觉真是令人心醉。

"你画的就是这些，"赫麦妮说着，眼睛搜寻着岸边的水生植物，将它们与戈珍的画做着比较。戈珍顺着赫麦妮长长的手指所指的方向看着。"是那个吗，嗯？"赫麦妮反复问着想得到证实。

"是的，"戈珍不经意地回答，对赫麦妮的话并没往心里去。

"让我瞧瞧，"杰拉德说着伸出手来要本子。赫麦妮理都不理他，她没看完之前他别想看。可他有着跟她一样不屈不挠的意志，他仍旧伸出手去摸素描簿。赫麦妮吃了一惊，对他反感极了，还没等他拿稳，她就松了手，素描簿在船帮上碰了一下就掉到水里去了。

"天啊！"赫麦妮叫着，可那语调却掩饰不住某种恶意的胜利感。"对不起，太对不起了。杰拉德，能把它捞上来吗？"

她的话语中既透着焦虑又显出对杰拉德的嘲弄，简直令杰拉德恨死她了。杰拉德把大半个身子探出船外，手伸到水中去。他感到自己这个姿势很可笑，他后腰的皮肤都露出来了。

"没什么，"戈珍铿锵地说。她似乎要去触摸他。可他却更远远地探出身子去，把船搞得剧烈晃动起来。但赫麦妮无动于衷。他的手在水下抓住了素描簿拎了上来，本子水淋淋的。

"我太过意不去了，太对不起了，"赫麦妮反复说，"恐怕这都是我的错。"

"这没什么，真的，别往心里去，一点没关系，"戈珍大声强调道，脸都绯红了。说着她不耐烦地伸手去接那湿漉漉的素描簿，以此了结这桩闹剧。杰拉德把本子还给她，样子颇有些激动。

"我太抱歉了，"赫麦妮重复着，都把杰拉德和戈珍说恼了。"没什么补救办法了吗？"

"怎么办？"戈珍冷冷地调侃道。

"我们还能挽救这些画儿吗？"

戈珍沉默了，很显然她对赫麦妮的穷追不舍表示不屑一顾。

"你放心吧，"戈珍干脆地说，"这些画儿依然很好，还能用。我不过是用来当个参考罢了。"

"我可以给你一个新簿子吗？我希望你别拒绝我。我太抱歉了，我觉得这都是我的错。"

"其实呀，"戈珍说，"根本不是你的错。如果说错，那也是杰拉德先生的错。可这桩事儿太微不足道了，要是太往心里去岂不荒谬？"

戈珍驳斥赫麦妮时，杰拉德一直凝视着她。戈珍身上有一种冷酷的力量。他深沉地审视着她，发现她是一个危险、敌意的精灵，什么也无法战胜她。就这样看透了她，看她的姿态很是优美。

"这太让我高兴了，"杰拉德说，"没损害什么就好。"

戈珍回首看着他，漂亮的蓝眼睛盯着他，那目光直刺入他的灵魂。她的话音里透着亲昵，几乎是在抚慰他。"当然，一点也没关系。"

一个眼风，一句话，两人之间就产生了默契。她说话的语调清楚地表明：他和她是同一类人，他们之间极其默契。她还知道她能左右他。不管他们到了哪里，他们都能通款曲，而他在这种同盟中总是身不由己，这让她心里高兴极了。

"再见！你原谅了我，让我太高兴了。再见！"赫麦妮声音悠悠地告别，边说边挥着手臂。杰拉德身不由己地操起橹来把船划开了，可他闪烁着笑意的眼睛却艳羡地看着戈珍，戈珍站在浅滩上挥着水淋淋的本子向他们告别。然后她转开身，不再去理会划走的船只。可杰拉德却边划船边回头看她，早忘了自己手中的桨。

"船是否太偏左了？"赫麦妮慢声慢气地问道，她坐在花伞下，感到被冷落了。

杰拉德不作声地四下观望一下，矫正了航向。

"我觉得现在挺好了，"他和蔼地说，然后又没头没脑地划起船来。对他这种和和气气但视而不见的样子，赫麦妮着实不喜欢，她感到自己被冷落了，她无法再恢复自己的倨傲地位。

第十一章　湖中岛

此时厄秀拉已离开威利湖，沿着一条明丽的小溪前行。四下里回荡着云雀的鸣啭。在洒满阳光的山坡上，荆豆丛若隐若现，水边开着几丛勿忘我，一派生机勃勃的景象。

她在一条条溪流上留连忘返。后来她想到上面的磨房池去。那儿有一座大磨房，磨房早已荒废，只有一对雇工夫妇住在厨房里。她穿过空荡荡的场院和荒芜的园子，顺着水闸上了岸。她爬上来，来到了那一泓丝绒般光滑的水波旁，看到岸上有个男人正在修理一只平底船。那是伯金，一个人又是锯又是钉地干着。

厄秀拉站在水闸旁看着他，他一点都没觉出有人来了。他看上去十分忙碌，像一头活跃而聚精会神的动物一样。她感到自己应该离开此地，他是不需要她的，他看上去太忙了。可她并不想走，于是她就在岸上踱着步，想等他能抬头看到她。

不一会儿他果然抬起了头，一看到她他就扔下手中的工具走上前来招呼道：

"你好啊！我紧一紧船上的接缝。告诉我，你觉得这样做对吗？"

她同他一起并肩前行。

"你父亲干这个在行，你是他的女儿，因此你能告诉我这样行不行。"

厄秀拉弯下腰去看修补过的船。

"没错儿，我是我父亲的女儿，"她说，但她不敢对他做的活儿有所评价。"可我对木工一窍不通啊。看上去做得还行，难道不是吗？"

"是的。我希望这船不沉就够了，就算沉了也没什么，我还能够上来的，帮我把船推下水好吗？"

说着两人合力把船翻过来推下了水。

"现在我来划划试试，你看有什么毛病。要是行，我就载你到岛上去。"

这水塘很大，水面如鉴，水很深。塘中间凸起两座小岛，岛上覆盖着灌木与树木。伯金在池中划着船，笨拙地保持着方向。很幸运，小船漂了过去，他抓住了一条柳枝，借着劲儿上了小岛。

"草木很茂盛，"他看看岛上说，"挺好的，我就去接你来。这船有点漏水。"

不一会儿他又回到她身边。她进了湿漉漉的船舱。

"这船载咱们俩没问题，"他说完驾船向小岛划去。

船泊在一棵柳树下。她躲闪着，不让那些茂盛、散发着怪味的玄参和毒芹碰到自己。可伯金却披荆斩棘地朝前走着。

"我要砍掉这些，"他说，"那样可就像《保罗与维吉妮》^①一样浪漫了。"

"我们可以在这儿举行一次华多式^②的野餐了，"厄秀拉热切地叫道。

"我可不喜欢在这儿进华多式野餐，"他沉着脸说。

"你只想着你的维吉妮，"她笑道。

"维吉妮就够了，"他苦笑道，"不过我也不需要她。"

厄秀拉凝视着他。自从离开布莱德比以后这还是头一次见他呢。他很瘦削，两腮下凹，一脸的可怕表情。

"你病了吗？"她有点冷漠地问。

"是的，"他冷冷地回答。

他们坐在岛上的僻静处，在柳阴下看着水面。

"你怕吗？"她问。

---

① 伯纳丁·德·圣皮埃尔的一篇小岛上的浪漫爱情故事（1787）。

② 让·安东尼·华多(1684—1727)，以描绘牧歌式作品而著名。

"怕什么？"他看着她问。他有一种非人的倔犟，令她不安，令她失去了自己的主心骨。

"害一场大病很可怕，不是吗？"她说。

"当然不愉快，"他说，"至于人是否真怕死，我还说不准。从一种意义上说无所谓，从另一种意义上说很可怕。"

"可你不感到难堪吗？一得病总是很难堪的，病魔太侮辱人了，你不认为是这样吗？"

他思忖了一会儿说：

"可能吧，不过人们知道人的生活从根本上就有毛病，这才是羞辱。跟这个相比，生病就不算什么了。人生病是因为活法不合适。人活不好就生病，生病就要受辱。"

"你活得不好吗？"她几乎嘲讽地问。

"是的，我一天天地过，无所作为。似乎总在撞南墙，撞一鼻子灰。"

厄秀拉笑了。她感到害怕，每当她感到害怕时，她就笑并装作得意洋洋的样子。

"那你的鼻子可就倒霉了！"她望着他的脸说。

"怪不得挺丑的，"他回答说。

她沉默了片刻，与自己的自欺欺人做着斗争。她有一种自欺欺人的本能。

"可我挺幸福——我觉得生活太愉快了，"她说。

"那好哇，"他挺冷漠地回答。

她伸手在口袋里摸到一小张包巧克力的纸，开始叠一只小船。他漫不经心地看着她。她的手指毫无意识地动着，其实她很不安，内心受到了伤害，其举动中透着某种凄婉动人之处，很是温柔。

"我真的挺开心，你呢？"她问。

"那当然！可我就是不顺心，真恼火。我觉得一切都盘根错节乱了套，让你理不清个头绪。我不知道该怎么办。人总要在什么地方做点什么。"

"可你为什么总要做什么呢？"她反问，"这太庸俗了。我觉得最好做一个高雅的人，不要做什么；只顾完善自我，就像一朵行走着的花朵。"

"我很同意你的说法，"他说，"要是人能开花就好了。可我就是无法让我的蓓蕾开放。它不是凋萎了，就是遭到了大量黑虫侵袭，要不就是缺少养分。该死的，它压根儿连什么花蕾都不是，而是一个背时的疙瘩罢了。"

她又笑了，这令他十分恼火。可她既焦虑又迷惑。一个人怎么才能有出路呢？总该有个出路吧。

沉默，这沉默简直让她想哭一场。她又摸出一张包巧克力的纸，叠起另外一只纸船来。

"可是为什么，"她终于说，"为什么现在人的生命不会开花，为什么人的生命没了尊严？"

"整个观念已经死了。人类本身已经枯萎腐烂，真的。有许许多多的人依赖在灌木丛上，他们看上去很像样儿，很漂亮，是一群健康的男女。可他们都是索德姆之果①，是死海之果，是树上的虫瘿②。他们没有一丁点意义——他们的内心满是苦灰。"

"可还是有好人的，"厄秀拉为自己辩解道。

"对今日的生活来说是够好的。可是人类是一株爬满人瘿的死树。"

厄秀拉忍不住要反对这种说法，它太图解化，也太绝对了。可她又无法阻挡他说下去。

"如果是这样的话，能说上是为什么吗？"她怀有敌意地问。他们俩开始发火了。

"为什么，为什么人们都是些苦灰团？那是因为他们成熟了还不离开这棵

---

① "索德姆之果" an apple of Sodom 或 a Dead Sea Apple，指传说中外表美丽但摘下后立即变为烟灰的果子。

② 植物受到害虫和真菌的刺激而形成的瘤状物。

树。他们仍旧待在原来的位置上，直到长了蛆虫、干枯、腐烂为止。"

他们沉默了好一阵子。他的声音变得火辣辣的，语言甚是尖刻。厄秀拉困惑不解又深感震惊。他们都沉思着，忘记了一切。

"就算别人都错了吧，你哪儿对呢？"她叫道，"你哪儿比别人强？"

"我？我并不正确啊，"他回击她。"我正确之处是我懂得我不正确。我讨厌我的外形。我厌恶自己是个人。人类是一个聚合在一起的大谎言，一个大谎言还不如一个小小的真理。人类比个人要渺小，渺小得多，因为个人有时还能是真实的，而人类则是一株谎言之树。他们说爱是最伟大的事，他们坚持这样说，真是可恶的骗子，可你看看他们的所作所为吧！看看吧，成千上万的人每分每秒都在重复说爱最伟大，博爱①最伟大，可看看他们做的都是些什么事吧。看他们做的事我们就知道他们是一帮龌龊的骗子和胆小鬼，他们敢做不敢当，更是说话不算话。"

"可是，"厄秀拉沮丧地说，"可这并不能改变爱是最伟大的这一事实，你说呢？他们的所为并不能改变他们所说的话含有真理。你说呢？"

"会的，如果他们说的是真理，他们就会情不自禁地实践它。可他们一直在说谎，所以他们最终会胡作非为。说什么爱是最伟大的，这是在骗人。你还不如说恨是最伟大的呢，因为相反的东西能相互制衡。人们需要的是仇恨，仇恨，只有仇恨。他们打着正义与爱的旗号得到的是仇恨。他们从爱中提炼出来的是炸药。谎言可以杀人。如果我们需要仇恨，那就得到它吧——死亡，谋杀，酷刑和惨烈的毁灭，我们尽可以得到这些，但是不要打着爱的旗号。我惧怕人类，我希望它被一扫而光。人类将逝去，如果每个人明天就消失，也不会有什么绝对的损失，现实并不受影响，不，只能会更好。真正的生活之树会摆

---

① 见《新约·哥林多前书》13：13：所谓信望皆不如爱。这里的爱原文是 charity，指上帝之爱，基督教徒之间的兄弟之爱，亦即博爱。

脱掉最可怕、最沉重的死海之果①，摆脱掉这些幻影般的人们，他们是难以想象的负担，还要摆脱掉沉重的谎言负担。"

"所以你希望世界上的人都被毁灭？"厄秀拉说。

"的确是这样。"

"那世界上就没人了。"

"太对了。你这不是有了一个纯洁美好的想法吗？一个没有人的世界，只有不受任何干扰的青草，青草丛中蹲着一只兔子。"

他诚挚的话语令厄秀拉思忖起来。这实在太迷人了：一个纯净、美好、没有人迹的世界。这太令人神往了。她的心滞住了，异常激动。可她仍然对他不满。

"可是，"她反驳说，"可是连你都死了，你还能从中得到什么好处？"

"如果我知道世上的人都要被清除，我宁可马上就死。这是最美好、最开明的思想。那样就不会再有一个肮脏的人类了，人类是为玷污世界而创造的。"

"是的，"厄秀拉说，"那就什么都没有了。"

"什么？什么都没有了？因为人类消亡了就什么都没有了吗？你这是自我吹嘘。一切都会有的。"

"怎么会呢？不是连人都没有了吗？"

"你以为造物取决于人吗？压根儿不是。世界上有树木、青草和鸟儿。我宁愿认为，云雀是在一个没有人的世界里醒来的。人是一个谬误，他必须消逝。青草、野兔、蝰蛇还有隐藏着的万物，它们是真正的天使，当肮脏的人类不去打扰时，它们自由自在地生活，那多妙啊。当然还有好样儿的魔鬼，也自由自在地生活，多好啊。"

他的幻想让厄秀拉感到很满意。当然，这不过是个幻想而已，但它令人愉快。至于她自己，她是知道人类的现状的，人类是很可恶的。她知道人类是

---

① 见前面注释"索德姆之果"。

不会那么容易地消失殆尽的。它还有一段漫长而可怕的路可走。她那细微、魔鬼般的女人之心对这一点太了解了。

"如果人类从地球上被扫除干净，万物创造还会顺利进行，它将会有一个新的起点，非人的起点。人是造物主犯下的一个错误，就像鱼龙一样。如果人类消失了，想想吧，在那些自由的日子里，将会有什么样美好的事物产生出来——直接从火中诞生。"

"可人类永远不会消失，"她知道她再坚持下去会说出什么样恶毒的话来。"世界将与人类一起完结。"

"啊，不，"他说，"不会是这样的。我相信那些骄傲的天使和魔鬼是我们的先驱。他们要毁灭我们，因为我们不够骄傲。比如鱼龙吧，它们就是因为不够骄傲才被毁掉的，鱼龙曾像我们一样爬行、蹒跚。再看看接骨木上的花朵和风铃草吧，甚至蝴蝶，它们说明纯粹的创造是存在的。人类从来没有超越毛虫阶段，发展到蝶蛹就溃烂了，永远也不会长出翅膀来。人就像猴子和狒狒一样是与造物主反目的动物。"

厄秀拉看着他，似乎他很不耐烦，愤愤然，同时他对什么又都感兴趣且很包容。她不相信他的包容，反倒相信他的愤然。她发现，他一直在情不自禁地试图拯救世界。意识到这一点，她既感到点儿欣慰和踏实，同时又蔑视他、恨他。她需要他成为她的人，讨厌他那副救世主的样子。她不能忍受他啰里啰苏地讲大道理。可他对谁都这样，不管遇上谁，只要求助于他，他就没完没了地讲这么一遍。这是一种可鄙的、恶毒的卖淫。

"但是，"她说，"你相信个体间的爱，尽管你不爱人类，是吗？"

"我压根儿就不相信什么爱不爱的，那还不如说我相信恨、相信哀呢。爱跟别的东西一样，是一种情绪，你能对此有所感，这样很好，但是我不明白它何以能够变得绝对起来。它不过是人类关系中的一部分罢了，仅此而已，它是任何一种人类关系的一部分。我简直不明白，为什么要要求人们总去感受到爱，比对悲伤与欢乐的感受还要多。爱并不是人们迫切需要的东西——它是根据境遇的不同所感受到或感受不到的一种情绪。"

"既然如此，你为什么在乎别人呢？"她问，"如果你不相信爱，你干什么要替人类担忧？"

"为什么？因为我无法摆脱人类。"

"因为你爱人类，"她坚持说。

这话令他恼火。

"如果说我爱它，"他说，"那是我有毛病。"

"可这是你不想治好的病，"她冷漠地嘲弄道。

他不说话了，感到她是要污辱他。

"如果你不相信爱的话，那你信什么？"她调侃地问。"只是相信世界的末日，相信只有青草的世界吗？"

他开始感到自己是个傻瓜。

"我相信隐藏着的万物，"他说。

"就不信别的了？除了青草与鸟雀你就不相信任何看得见的东西吗？你那个世界也太可怜了。"

"也许是吧，"他说着变得既冷漠又倨傲。他受到了冒犯，摆出一副傲慢的架势，对她敬而远之。

厄秀拉不喜欢他了，但同时她感到一种失落。她看着蹲在岸上的伯金，发现他像在主日学校里一样呆板、自命不凡，这样子让人反感。但他的身影既敏捷又迷人，让人感到极其舒畅：尽管一脸病态，可他的眉毛、下颏以及整个身架似乎又是那样生机勃勃。

他给她造成的这种双重感受令她恨得五内俱焚。他有一种难得的生命活力，这种特质令他成为一个别人渴望得到的人；另一方面，他是那么可笑，竟想做救世主，像主日学校的教师一样学究气十足、呆板僵化。

他抬起头来看看她，发现她的脸上闪烁着一层奇谲的光芒，似乎这光芒发自她体内强烈的美好火焰。于是他的灵魂为奇妙的感觉所攫取。她是被自身的生命之火点燃的。他感到惊奇，完全被她所吸引，情不自禁向她靠拢。她像一个神奇的女王那样端坐着，浑身散发着异彩，几乎是个超自然的人。

"关于爱，"他边说边迅速矫正着自己的思路。"我是说，我们仇恨这个字眼儿是因为我们把它庸俗化了。这个词应该禁说一些年，直到我们懂得了它崭新的美好意思再说出口来。"

他的话增进了他们两人之间的理解。

"可它指的总是一回事，"她说。

"哦，天啊，不，不是那回事了，"他叫道，"让旧的意思成为过去吧。"

"可爱还是爱，"她坚持说。她的眼睛里放射出一道奇特、锐利的黄光，直射向他。

他在这目光下犹豫着、困惑着退缩了。

"不，"他说，"不是。再别这样说了。你不应该说这个字。"

"我把它留给你去说，让你在适当的时候把这个字从约柜①中取出来，"她嘲弄地说。

他们又对望了一眼，厄秀拉突然背过身去，然后走开了。他也慢慢地站起身来，到水边蹲下，自我陶醉起来。他掐下一朵雏菊扔到水面上，花梗托着花，那花儿像一朵睡莲一样漂在水面上，绽开花瓣儿，仰天开放。花儿缓缓地旋着，慢慢地舞着漂走了。

伯金看着这朵花漂走，又掐了一朵扔进水里，然后又扔进去一朵，扔完了，他就蹲在岸边上饶有兴趣地看着它们。厄秀拉转过来看到此情此景，一股奇特的感情油然而生，似乎发生了什么事，这一切是那么不可捉摸。似乎她被什么控制住了，可她又说不上来是什么。她只能看着美丽的花儿在水上打着旋儿，缓缓地在黑色的水面上漂开去。这一队白色的伙伴漂远了，漂向光明。

"咱们到岸边上去赶它们吧，"她说，她怕再在这小岛上困下去。于是他

---

① 一个藏有摩西诫律的神圣柜子，以色列人携之出埃及。

们上了船。

上了岸，她又高兴了，又自由了。她沿着岸边来到水闸前。雏菊散落在水面上，花瓣儿闪闪发光。为什么这些小花瓣令她如此动情，以某种神秘的力量打动了她？

"看，"他说，"你叠的紫色纸船正护送它们，它们俨然是被护送的一队筏子。"

几瓣雏菊迟迟疑疑地向她漂来，就像在清澈的深水中羞赧地跳着交谊舞。它们那欢快的白色身影愈近愈令她动情，几乎落下泪来。

"它们何以这样可爱？"她叫道，"我为什么觉得它们这样可爱啊？"

"真是些漂亮花儿，"他说，厄秀拉那动情的语调令他难耐。

"你知道，一朵雏菊是由许多管状花冠组成的，可以变成一群个体。植物学家不是把雏菊列为最发达的植物吗？我相信他们会的。"

"菊科植物吗？是的。我想是的，"厄秀拉说，无论对什么她总是不那么自信。一时间她很了解的事物会在另一个场合里变得可疑起来。

"这么说，"伯金说，"雏菊是完美的民主集体了，所以它是最高级的花，因此它迷人。"

"不，"她叫道，"绝不是。它才不民主呢。"

"是啊，"他承认道，"它是一群金色的无产者，被一小撮儿无所事事的富人包围着，他们就像一个耀武扬威的白圈子。"

"可恶，你这种社会等级的划分太可恶了！"她叫道。

"很可恶！这是一朵雏菊，只谈这个吧。"

"行，就算是个例外吧，"她说，"如果一切对你来说都是例外就好了，"她又嘲弄地补上一句。

他们无意中拉开了距离。似乎他们都感到吃惊，站在那儿一动也不动，人显得懵懂起来。他们的小小冲突令两人无所适从，变成了两股非人的力量。

他开始感到自己的话说过了。他想说点什么家常话来扭转这种局面。

"你知道，"他说，"我在磨房这儿有住所吗？你不认为我们可以在这儿好好消磨一下时光吗？"

"哦，是吗？"她说，对他那自作多情的亲昵她才不去理会呢。

他发现了这一点，口气变得生分多了。

"如果我发现我一个人可以过得很充裕，"他接着说，"我就会放弃我的工作。这工作对我来说早就名存实亡了。我不相信人类，尽管我装作是它的一员。我压根儿不理会我所依靠的社会信仰。我厌恶这行将就木的人类社会有机群体，因此干教育这一行纯粹是没用。我能脱身就脱身，也许明天吧，变得洁身自好。"

"你有足够的生活来源吗？"厄秀拉问。

"有的，我一年有四百镑收入 ①，靠这个生活很容易。"

"赫麦妮怎么办？"厄秀拉问。

"了了，彻底了结了——吹了，永远不会破镜重圆。"

"可你们仍然相互理解？"

"我们很难装作是路人，对吗？"

他们不说话了。

"那难道不是藕断丝连吗？"厄秀拉问。

"我不认为这是藕断丝连，"他说，"你说怎么个藕断丝连法儿？"

又沉默了。他在思索。

"非得把一切都甩掉不可，一切——把一切都抛弃，才能得到最后想得到的东西，"他说。

"什么东西？"她挑衅地说。

"我不知道，也许是自由吧，"他说。

---

① 1908年，劳伦斯教小学时年薪只有九十五镑。第一次世界大战后物价上涨，1916年，他和弗里达蛰居在康沃尔，节衣缩食，每年只花一百五十镑。

可她希望他说的那个字是"爱"。

水闸下传来刺耳的犬吠声。他似乎被这声音搅乱了思绪。可她却不去理会。她只是感觉到他心绪不宁。

"我知道了,"他压低嗓门说,"是赫麦妮和克里奇来了。她要在房子装上家具之前来看看。"

"我知道,"她说,"她要监视着你装饰房间。"

"也许是。这有什么?"

"哦,没什么,没什么,"厄秀拉说,"但是我个人无法容忍她。我觉得她是骗子,你们这些人总在谈论说谎的问题。"她思忖了一下突然冒出一句:"我就是在乎,她帮你装饰房子我就是不乐意。你总让她缠着你,我就是不乐意。"

他皱起眉头沉默不语。

"也许,"他说,"我并不愿意让她装饰这儿的房间——我并不愿意她缠着我。可我总不能对她太粗暴呀,何必呢?不管怎么着,我得下去看看他们了。你来吗?"

"我不想去,"她冷漠但犹豫地说。

"来吧,对,来吧,也来看看房子。"

第十二章　地　毯

　　他走下堤岸，她不大情愿地跟着他，她既不愿跟随他也不愿离开他。

　　"我们相互早就了解了，太了解了，"他说。她并不作答。

　　幽暗的大厨房里，那个雇工的老婆正尖声尖气地同赫麦妮和杰拉德站着聊天。杰拉德穿着白衣服，赫麦妮则身着浅绿的薄花软绸衣服，他们的穿着在午后幽暗的室内格外耀眼。墙上笼子里十几只金丝雀在引吭鸣啭。这些鸟笼子围着后窗挂着，阳光透过外面的绿叶从这孔小方窗里洒进屋来，景致很美。塞尔蒙太太提高嗓门儿说话，想压过鸟儿愈来愈响亮的叫声，这女人不得不一次次提高嗓门，鸟儿们似乎在跟她对着干，叫得更起劲儿了。

　　"卢伯特来了！"杰拉德的喊声盖过了屋里嘈杂的人声和鸟鸣声。他让这喧闹声吵得烦极了。

　　"这群鸟儿，简直不让人说话！"雇工的老婆叫道，她厌恶地说，"我这就把笼子都盖上。"

　　说完她就东一下西一下，用抹布、围裙、毛巾和桌布把鸟笼子都蒙上。

　　"好了，你们别吵了，让别人说说话儿，"可她自己的声音仍然那么大。

　　大伙儿看着她很快就把笼子都盖上了，盖上布的鸟笼子很丧气。可鸟儿们挑战般的叫声仍旧从盖布下钻出来。

　　"好了，它们不会再叫了，"塞尔蒙太太让大家放心。"它们就要睡了。"

　　"是啊，"赫麦妮礼貌地说。

　　"会的，"杰拉德说。"它们会自动睡过去的，一盖上布，笼子里的感觉就跟夜晚一样了。"

"它们会那么容易上当吗？"厄秀拉说。

"会的，"杰拉德回答道，"你不知道法布尔①的故事吗？他小时候把一只母鸡的头藏在它的翅膀下，那母鸡竟呼呼睡着了，这很有道理。"

"从此他就成为一位博物学家②了？"伯金问。

"可能吧，"杰拉德说。

这时厄秀拉正从盖布下窥视鸟笼子里面的鸟儿。一只金丝雀立在角落里，毛茸茸的身子蜷缩一团，准备睡了。

"真可笑！"她叫道，"它们真以为是晚上了！真荒谬！真的，对这种轻易就上当的东西人们怎么会尊敬呢？"

"对呀，"赫麦妮优哉游哉地说着也走过来观看。她一只手搭在厄秀拉胳膊上干笑道："是呀，这鸟儿多逗人，像个傻老公一样。"

她的手拉着厄秀拉的胳膊离开鸟笼子，缓慢地问：

"你怎么来了？我们还碰到戈珍了。"

"我来水塘看看，"厄秀拉说，"结果发现伯金先生在这儿。"

"是吗？这儿真像是布朗温家的地盘儿了，是吗？"

"我巴不得是呢，"厄秀拉说，"我看到你们在湖上耽搁着，就来这儿躲清闲。"

"是吗？这么说是我们把你从湖边赶到这儿来的。"

赫麦妮的眼皮不可思议地朝上翻着，那样子很有趣但不自然。她脸上总有那么一种神奇的狂热表情，既不自然又对别人没有礼数。

"我走过这儿，"厄秀拉说，"碰上伯金先生，他要我看看这儿的房子。在这儿住该多美呀，真没得说。"

"是啊，"赫麦妮心不在焉地说，说完就转过身不再理会厄秀拉了。

---

① 让·亨利·法布尔(1823—1915)，法国昆虫学家与著作家。
② 指直接观察动植物的科学家。

"你感觉如何，卢伯特？"她动情地问伯金道。

"很好，"他回答。

"你感到很舒服吗？"赫麦妮脸上露出不可思议、阴险的神色，她似乎很有点沉醉，胸部都抽动了一下。

"很舒服，"他回答。

他们好久没说话，赫麦妮眼神迷离地看了他半天。

"你是说你在这儿会很开心吗？"她终于开口问。

"我相信会的。"

"我一定会尽力为他做事的，"雇工的老婆说，"我保证我们的主人会开心的。他在这儿会住得很舒服的。"

赫麦妮转过身缓缓地打量她。

"太谢谢了，"她说完又不再理她了。她回转身扬起头，只冲他一人问道：

"你丈量过这间房吗？"

"没有，"他说，"我刚才在修船。"

"咱们现在量量好吗？"她不动声色，慢声细语地说。

"您有卷尺吗，塞尔蒙太太？"她转身问那女人。

"有，我会找到的，"那女人应声去篮子里翻找。"我就这么一卷，能用吗？"

尽管卷尺是递给伯金的，可赫麦妮却接了过来。

"很感谢你，"她说。"这尺子很好用。谢谢你。"说完她转向伯金，快活地比划着对他说："我们现在就量，好吗，卢伯特？"

"那别人干什么？大家会感到厌倦的，"他很勉强地说。

"你们介意吗？"赫麦妮转身不经意地问厄秀拉和杰拉德。

"一点儿都不介意，"他们回答。

"那先量哪一间呢？"赫麦妮再次转向伯金快活地问，她要同他一起做点事了。

"一间一间量下去吧，"他说。

"你们量着，我去准备茶点好吗？"雇工的老婆说，她也很高兴，因为她也有事做了。

"是吗？"赫麦妮举止出奇的亲昵，似乎要拥抱这女人。她把那女人拉到自己身边，别人都站到一边去了。她说："我太高兴了。我们在哪儿用茶点呢？"

"您喜欢在哪儿，夫人？在这儿还是在外面的草坪上？"

"在哪儿用茶点？"赫麦妮问大家。

"在池塘边吧。塞尔蒙太太，如果您准备好了茶点，我们这就带上去好了，"伯金说。

"那好吧，"这女人感到很满意。

这几个人走下小径来到前屋。房间里空荡荡的，但很干净，洒满了阳光。一扇窗户向枝繁叶茂的花园儿敞开着。

"这是餐厅，"赫麦妮说，"咱们这么量，卢伯特，你到那边去——"

"我不是可以替你做吗？"杰拉德说着上前来握住卷尺的一端。

"不必了，谢谢。"赫麦妮叫了起来。她就这样身着漂亮的绿色印花薄软绸衣服蹲下身去。跟伯金在一起做事对她来说是一大快乐，他对她唯命是从。厄秀拉和杰拉德在一旁看着他们。赫麦妮的一大特色就是一与某个人亲密相处就置别人于不顾，把别人晾在一旁。这让她感到洋洋自得。

他们量完了房子就在餐厅里商量起来。赫麦妮决定了用什么来铺地面。要是她的建议受到否定她就会大为光火。伯金在这种时刻总是让她独断专行。

然后他们穿过正厅，来到另一间较小的前屋。

"这间是书房，"赫麦妮说，"卢伯特，我有一块地毯，给你铺在这儿吧。允许我给你吗？要吧。我想送给你。"

"什么样的？"他很不礼貌地问。

"你没见过的。底色是玫瑰红，夹杂着些儿蓝色，是淡淡的金属蓝，还有柔和的深蓝。我觉得你会喜欢它的。你会喜欢它吗？"

"听起来挺不错的，"他说，"哪儿的？东方的吗？绒的吗？"

"是的。是波斯地毯呢！是骆驼毛做的，很光滑。我以为它的名字叫波戈摩斯地毯 [1]，长十二英尺，宽七英尺，你看可以用吗？"

"可以的，"他说，"可是您为什么要送我这么昂贵的地毯呢？我自己那块旧牛津土耳其地毯挺不错的，有它就够了。"

"可是我送给你不好吗？请允许我这样。"

"它值多少钱？"

她看看他说：

"我记不得了。挺便宜的。"

他看看她，沉下脸。

"我不想要，赫麦妮，"他说。

"你就让我把地毯送给你铺在这所房子里吧，"她说着走上前来求援般的把手轻轻地搭在他胳膊上。"你若不要，我会失望的。"

"你知道我不愿意你送我东西，"他无可奈何地重复道。

"我不想给你很多东西，"她调侃地说，"可这块地毯你要不要？"

"好吧，"他说，他败了，她胜了。

他们来到楼上。楼上同楼下一样也有两间屋，是卧室，其中一间已稍加装饰，很明显，伯金就睡在这个屋里。赫麦妮认真地在屋里巡视一番，眼睛不放过任何一个细节，似乎要从这些没有生命的东西里汲取出伯金的身影。她摸摸床，检查一下床上的铺盖。

"你真感到舒适吗？"她捏捏枕头问。

"很舒服，"他冷漠地回答。

"暖和吗？下面没铺褥子，你需要有条褥子，你不应该盖太多。"

---

[1] 原名应该是波戈摩玛，是土耳其西部一地名。波斯一说是错误的。

"我有一条，"他说，"回头拿过来。"

他们丈量着房子，时时停下来思忖。厄秀拉站在窗边，看到雇工的老婆端着茶点走上水坝到池塘边去了。她对赫麦妮的那番空谈大论感到厌恶，她想喝茶了，做什么都行，就是见不得这大惊小怪的场面。

最后，大家都来到绿草茵茵的堤岸上进野餐。赫麦妮在为大家倒茶，她现在理都不理厄秀拉。厄秀拉刚才心情不太好，现在缓过来了，她对杰拉德说：

"那天我可是恨透你了，克里奇先生。"

"为什么？"杰拉德有点防范地问道。

"因为你对你的马太坏了。噢，我真恨透你了！"

"他干什么坏事了？"赫麦妮拖着长声问。

"那天在铁道口上，一连串可怕的列车驶过时，他却让他那可爱的阿拉伯马跟他一起站在铁道边上。那可怜的马很敏感，简直吓坏了，也气疯了。你可以想象出那是一幅多么可怕的场景。"

"你为什么要这样，杰拉德？"赫麦妮不动声色地质问。

"这马必须学会立定不可，一有机车轰响就躲的马，我要它干什么？"

"可你干吗要折磨它，没必要这样，"厄秀拉说，"为什么让它在铁道口站那么久？你本来可以骑回到大路上去，避免那场虚惊。你用马刺把它的肚子都扎出血来了。太可怕了！"

杰拉德态度生硬地说：

"我必须使用它，要让它变得让人放心，它就得学会适应噪音。"

"为什么？"厄秀拉颇为激动地叫道。"它是一个活生生的生物，你为什么要它去承受这承受那？它同你一样也是自己生命的主人。"

"我不同意这种说法，"杰拉德说。"这马是为我所用的，并不是因为我买下它了，而是自然等级使然。对一个人来说，随心所欲地使用他的马比跪在马前求它实现它的天性更合乎情理。"

厄秀拉刚要开口说话，赫麦妮就抬起头来悠悠地说：

"我确实认为，我真的认为我们必须有勇气使用低级生命来为我们服务。我确实觉得，如果我们把任何一种活物儿都当作自身对待的话那就错了。我确实感到把我们自己的感情投射到任何动物身上都是虚伪的，这说明我们缺少辨别力，缺乏评判力。"

"很对，"伯金尖刻地说。"把人的感情移情于动物、赋予动物以人的意识，没比这更令人厌恶的了。"

"对，"赫麦妮有气无力地说。"我们必须真正做出选择，要么我们使用动物，要么动物使用我们。"

"是这么回事，"杰拉德说。"一匹马同人一样有意志，但严格讲，它没头脑。如果你的意志不去支使它，它就要支使你。对此我毫无办法，我无法不支使它。"

"如果我们知道怎样使用我们的意志，"赫麦妮说，"我们就可以做任何事情。意志可以拯救一切，让一切都走上正轨，只要恰当，明智地使用我们的意志，我相信这些都能办得到。"

"你说恰当地使用意志是什么意思？"伯金问。

"一位了不起的大夫教过我，"她对厄秀拉和杰拉德说。"他对我说，要纠正一个人的坏习惯，你就得在不想做什么的时候强迫自己去做什么。这样，你的坏习惯就没了。"

"你这话怎么讲？"杰拉德问。

"比方说你爱咬指甲。当你不想咬时，你应该强迫自己去咬，然后你就会发现咬手指甲的习惯改了。"

"是这样吗？"杰拉德问。

"是的。在很多事情上我都实践过，效果很好。我原本是个莫名其妙又很神经质的女孩子，就是因为我学会使用我的意志，仅仅使用我的意志，我才没出错儿。"

厄秀拉一直看着赫麦妮，听她用一种缓慢、毫无激情但又紧张得出奇的声调说话，她不由得感到一阵难言的激动。赫麦妮身上有一股奇特、黑暗、抽搐着的力量，既迷人又令人厌恶。

"这样使用意志是致命的，"伯金严厉地叫道，"令人恶心，这种意志很低下。"

赫麦妮盯了他好长时间，她目光阴郁、凝重，面庞柔和、苍白、瘦削、下巴尖尖的，脸上泛着一层光芒。

"我敢说它并不低下，"她终于开口说。似乎在她的感觉与经验、言行与思想之间总有一种奇怪的距离和分歧。她似乎在远离混乱的情绪与反应的漩涡处找到了自己的思路，找得很准，她的意志从未失灵过，对此伯金极为反感。她的声音总是毫无激情，但很紧张，显得她很有信心。但是她又不时地感到眩晕，打冷战，这种晕船般的感觉总要战胜她的理智。尽管如此，她头脑仍然保持着清醒，意志丝毫不衰。这几乎让伯金发疯。但他从不敢击溃她的意志，不敢让她潜意识的漩涡放松，不敢看到她发疯，可他又总要攻击她。

"当然了，"伯金对杰拉德说，"马并没有完整的意志。它跟人不一样。一匹马并不只有一个意志，严格说它有两重意志。一种意志让它完全屈从于人的力量，另一种意志让它要求自由，要有野性。这两种意志有时争斗——当你骑马跑的时候，它要挣脱缰绳，这时你就明白这一点了。"

"我骑马时感觉到它要挣脱缰绳，"杰拉德说，"可我并没有因此而知道它有两个意志。我只知道它害怕了。"

赫麦妮不听了。这些话题出现时，她压根儿不听。

"为什么一匹马愿意屈从于人的力量呢？"厄秀拉问，"对我来说这真是不可思议。我不相信它会这样。"

"可这是事实。这是最高级的爱的冲动：屈服于更高级的生命，"伯金说。

"你这种爱的理论是多么奇怪啊，"厄秀拉调笑说。

"女人就如同马：两种对立的意志在她身上起作用。一种意志驱使她彻底地去屈从，另一种意志让她挣脱羁绊，将骑马人投入地狱。"

"我就是一匹脱缰的马，"厄秀拉大笑着说。

"要驯服马是件危险的事，更何况驯服女人呢？"伯金说，"要征服就会遇到强硬的对手。"

"这也是件好事，"厄秀拉说。

"很好，"杰拉德脸上露出苍白的笑容说。"那更有意思。"

赫麦妮对此无法忍受了，站起身悠悠地说：

"这晚景太美了！有时我觉得美好的东西溶满了我的身心，令我不能自已。"

厄秀拉见她对自己说话，就也站起身来，她内心深处让赫麦妮打动了。伯金在她眼里变成了一个可恶的自高自大的魔王。她同赫麦妮沿着池塘走着，一边采撷优雅的郁金香一边聊着，谈论美好、舒心的事儿。

"你喜欢黄衣服上带橘红点子吗，棉布的？"厄秀拉问赫麦妮。

"喜欢，"赫麦妮说着停下来观赏花儿，借此来理清自己的思绪并从中找到慰藉。"那不是很漂亮吗？我会喜欢的。"

说话间她冲厄秀拉笑笑，显得挺真切。

但杰拉德仍然同伯金在一起，他想要刨根问底，问清楚他所说的马的双重意志到底是什么意思。杰拉德激动得脸上直放光。

赫麦妮仍旧同厄秀拉在一起溜达着，两个人被一种突发的深情连在一起，变得亲密无间。

"我真不想被迫卷入这种对于生活的批评和分析中去。我其实是真想全面地看待事物，看到它们的美，它们的整体和它们天然的神圣。你是否感到，你是否感到你懂得越多就越受折磨？"赫麦妮说着在厄秀拉面前停下，双拳紧握着。

"是的，"厄秀拉说，"我对探究点什么实在是厌恶了。"

"你这样真让我高兴。有时，"赫麦妮再次停住脚步对厄秀拉说，"明白了这个道理，有时我就想，如果我软弱、无法抗争，我是不是就该这么屈服了呢？我不，我就不屈服。那样的话，一切都会毁灭，一切的美，还有，还有真正的神圣都被毁灭了，而没有它们我就活不了。"

"没有它们的生活简直就不是生活，"厄秀拉叫道。"不，让人的理智去实现一切简直是一种亵渎。真的，有些事是要留给上帝去做的，从来都是这样，将来也还是这样。"

"是的，"赫麦妮像一位消除了疑虑的孩子似的说道，"应该是这样，难道不是吗？那么，卢伯特——"她思忖着仰头望天道，"他就知道把什么都捣毁。他就像个孩子，要把什么都拆毁以便看看那些东西的构造。我无法认为这种做法是对的，像你说的那样，这是一种亵渎。"

"就像撕开花瓣要看个究竟一样，"厄秀拉说。

"是的，这样一来就把什么都毁了，不是吗？就没有开花的可能性了。"

"当然不会有，"厄秀拉说，"这纯粹是毁灭。"

"就是，就是这么回事！"

赫麦妮久久地打量着厄秀拉，似乎要从她这儿得到肯定的答复。然后两个女人沉默了。每当她们意见相符时，她们就开始互不信任起来。厄秀拉感到自己情不自禁地躲避着赫麦妮，只有这样她才会抑制自己的反感。

她们俩又回到两个男人身边，似乎出去后达成了什么协议，成了同谋。伯金抬头看了看她们，厄秀拉真恨他这种冷漠的凝眸。但他没说什么。

"咱们走吧，"赫麦妮说，"卢伯特，你去肖特兰兹吃晚饭吗？来吧，这就跟我们一起来吧，好吗？"

"可我没穿礼服，"伯金说。"你知道，杰拉德礼数可多呀。"

"我并不固执己见，"杰拉德说，"不过，如果你像我一样不喜欢在家里散漫、喧闹，你就会希望大家平心静气、规规矩矩的，至少用餐时要这样。"

"好吧，"伯金说。

"我们等你吧？"赫麦妮坚持说。

"行啊。"

他进屋去了，厄秀拉说她要告别了。

"不过，"她转身对杰拉德说，"我必须说，尽管人是兽类的主子①，但他没有权力侵犯低级动物的感情。我仍然认为，如果那次你骑马躲开隆隆驶过的火车就好了，那说明你更明智，想得更周到。"

"我明白了，"杰拉德笑道，但他有点不快。"我下次注意就是了。"

"他们都认为我是个爱管闲事的女人，"厄秀拉边走边想。她是决心要跟他们斗一斗了。

她满腹心事地回到家中。她今天被赫麦妮感动了，她同她有了真正的交往，从而这两个女人之间建立起了某种同盟。可她又无法容忍赫麦妮。"她还是挺不错的人嘛，"她自言自语道，以此打消了那种想法。"她真心要得到正确的东西。"厄秀拉想同赫麦妮一条心，摈弃伯金。她现在很敌视他，可又被什么牵扯着离不开他，牵扯她的是某种深不可测的渊源。这感觉既令她苦恼又保全了她。

有时，她会激烈地抽搐起来，这抽搐发自她的潜意识。她知道这是因为她向伯金提出了挑战，而伯金有意无意地应战了。这是他们两人之间一场殊死的斗争，或许斗争的结果是获得新生，但谁也说不清他们之间的分歧是什么。

① 参见《旧约·创世记》第 9 章第 2 节。

第十三章　米　诺

光阴荏苒，可她没有发现什么迹象。他是否不理她了，是否对她的秘密不屑一顾？她感到焦虑、痛苦至极。可厄秀拉知道她这是自欺欺人，他是不会来的。因此，她对别人没说起过一个字。

果然不出所料，他写信来了，问她是否愿意和戈珍一起到他在城里的寓所去吃茶。

"他为什么要连戈珍一块儿请？"她立即这样自问。"他是想保护自己还是认为我不会独自前去？"

一想到他要保护自己，她就感到难受。最终她自语道：

"不，我不想让戈珍也在场，因为我想让他对我多说点什么。我绝不把这事儿告诉戈珍，我会独自去的，到那时我就明白是怎么回事了。"

她坐上电车①到他的住宅去。电车驶上山坡，她觉得自己远离了现实，似乎进入了一个梦幻世界。她看着车下肮脏的街道，似乎觉得自己是一个幽灵，与这个物质世界无关。这些跟她有什么关系呢？她感到自己在幽灵般生活的流动中喘息着，失去了自己的形状。她再也无法顾及别人如何议论她，如何看她了。别人对她来说难以企及，她跟他们没关系。她脱离了物质生活的羁绊，就像一只浆果从它熟知的世界中落下来，落入未知世界中，变得陌生、暗淡。

---

① 19世纪70年代起，诺丁汉城乡开始通行有轨电车，有轨电车线路不断增加，到1936年有轨电车废弃，到2004年出于环境保护的原因，有轨电车又在诺丁汉城乡全面恢复。——译者注

女房东把她引进屋时，伯金正站在屋中央，有点魂不守舍。她看到他有些狂躁、崩溃。他柔弱而虚幻般的身体如此沉静，似乎有一种巨大的力量发自他的躯体，令她神魂颠倒。

"就你一个？"他问。

"是的！戈珍不能来。"

他立即就明白了。

然后他们双双在沉寂的气氛中默默地落了座。她注意到这屋子很舒服，屋里采光充足，很宁静。她还发现屋里有一盆倒挂金钟，有猩红和紫红色的花儿垂落下来。

"多么美的倒挂金钟啊！"她一句话打破了沉默。

"不是吗？你是否以为我忘记了我说过的话？"

厄秀拉只感到一阵晕眩。

"如果你不想记住，我并不强求你记住，"厄秀拉昏昏沉沉地强打起精神说。

屋里一片寂静。

"不，"他说。"不是那个问题。只是，如果我们要相互了解，我们就得下定决心才行。如果咱们俩好，即使是只当朋友，就必须有一种永恒、不可改变的东西作保证。"

他的语调中流露出一种对她的不信任，甚至气恼。她没有回答，她的心缩紧了，说不出话来。

见她不回答，他继续说，几乎是痛苦地道出了心里话。

"我无法说我要给予的是爱，我需要的也不是爱。我所说的是某种超人性的、更加艰难、更加罕见的东西。"

她沉默了一下说：

"你的意思是你不爱我？"

说完这句话她都快气疯了。

"是的，如果你这么说就是这么回事，尽管并不尽然。我不知道。不管怎样，我并没有爱你的感觉，我没有感受到这种情绪，没有，我并不需要这个。它最终会枯竭的。"

"你是说爱最终会枯竭？"她问，感到嘴唇发木。

"是的，是这样的，当一个人最终只孤身一人，超越爱的影响时。到那时会有一个超越自我的我，它超越爱、超越任何感情关系。同你在一起也是如此。可是我们却自我欺骗，认为爱是根。其实不然。爱只是枝节。根是超越爱，纯粹孤独的我，它与什么也不相会、不相混，永远不会。"

她睁大一双困惑的眼睛看着他，他的脸上现出很诚恳的表情，微微闪光。

"你是说你无法爱，是吗？"她的声音颤抖了。

"也许就像你说的那样吧。我爱过。可是有那么一个遥远的地方，那里没有爱。"

她无法忍受。她感到晕眩。她就是无法忍受。

"可是，如果你从没真正爱过的话，你怎么知道这一点呢？"她问。

"我说的是实话。无论你还是我，心中都有一种超越爱、比爱更深远的东西，它超越了人们的视野，就像有些星星是超越人们的视野一样。"

"那就是说没有爱了，"厄秀拉叫道。

"归根结底，没有，但有别的什么东西。但是，归根结底是没有爱的。"

厄秀拉一时间对伯金的话瞠目结舌。然后，她微微站起身，终于有些不耐烦地说：

"那，让我回家吧，我在这儿算干什么的？"

"门在那儿，"他说，"你是自由的，随便吧。"

在这种过激行动中他表现得很出色。她纹丝不动站了片刻又坐回椅子中去。

"如果没有爱，那有什么呢？"她几乎嘲弄地叫道。

"肯定有什么东西，"他看着她，竭尽全力与自己的灵魂做着斗争。

"什么？"

他沉默了好久。她在跟他作对，此时跟她无法交流。

"有，"他心不在焉地说，"有一个最终的我，纯粹的我，超越个人，超越责任。同样也有一个最终的你。我想相会的正是这个你——不是在情感与爱的地方，而是在更遥远的地方，那儿既没有语言也没有君子协约。在那儿，我们是两个纯粹、未知的人，两个全然陌生的动物，我想接近你，你也想接近我。那儿可以没有什么义务，因为没有行为标准，没有理解。这是很非人的东西，所以无案可稽，因为你身处一切既成事实之外，一切已知物在此都派不上用场。你只能追随你的冲动，占有眼前的东西，对什么都不负责，也不要求什么或给予什么，只按照你最本真的欲望去占有。"

厄秀拉听着他这番演讲，感到头脑发木，失去了感知。他说的话出乎意料、令人费解。

"这纯粹是自私，"她说。

"纯粹，对的。可一点都不自私，因为我不知道我需要你什么。我通过接近你，把我自己交付给那未知世界，毫无保留，毫无防备，完完全全赤条条交给未知世界。只是，我们要相互保证，保证抛弃一切，连自己都抛弃，停止存在，只有这样我们全然的自我才能在我们的躯壳中实现。"

她顺着自己的思路思考着。

"是因为你爱我才需要我吗？"她坚持问。

"不，那是因为我相信你，也许我的确相信你呢。"

"你真这样吗？"她突然受到了伤害，笑道。

他凝视着她，几乎没注意她说什么。

"是的，我肯定是相信你的，否则我就不会在这儿说这番话了，"他说，"唯一能证明的就是这番话。在眼下这个时刻，我并不太相信。"

他突然变得如此无聊而不可靠，她不喜欢他这一点。

"可是，你是否认为我长得不错？"她调侃地追问。

他看看她，想看看自己是否觉得她好看。

"我不觉得你好看，"他说。

"那就更谈不上迷人喽？"她尖刻地说。

他突然生气地皱紧了眉头。

"你没看出来吗，这不是一个视觉审美的问题，"他叫道。"我并不想看你。我见的女人太多了，我对于看她们感到厌倦了。我需要一个不用我看的女人。"

"对不起，我并不能在你面前做隐身人啊，"她笑道。

"是的，"他说，"你对我来说就是隐身人，如果你不强迫我在视觉上注意你。当然，我并不想看你，也不想听你说话。"

"那，你干吗要请我来喝茶呢？"她嘲弄地问。

她说她的，他并不注意她，他只是在喃喃自语。

"我要发现你，发现你所不知的自我，发现尘世的你所全然否定的那个你。我并不需要你的漂亮长相，我不需要你那番女人的情感，我不需要你的思想和看法，也不需要你的观念，这些对我来说都不重要。"

"你太傲慢了，先生，"她嘲笑道。"你何以知道我那番女人的感情，我的思想或我的观念？你甚至不知道我怎么看你。"

"对此我毫不关心。"

"我觉得你也太傻了。我以为你原是想说你爱我，可你却要绕着弯子来表达这个意思。"

"行了吧，"他突然愤愤然抬起头看着她。"走吧，让我一个人待在这儿。我不想听你这番似是而非的挖苦话。"

"这真是挖苦吗？"她讥讽地笑道。她向他解释说，他坦白了他对她的爱，可他表达爱的话却很荒谬。

他们沉默了许久，这沉默竟令她像孩子一样得意、兴奋。他乱了方寸，看她的目光变得单纯、自然了。

"我需要的是与你奇妙的结合，"他轻声道，"既不是相会，也不是相融

——正像你说的那样——而是一种平衡，两个单独的人纯粹的平衡——就像星与星之间保持平衡那样。"

她看着他。他非常诚恳，当然诚恳在她眼里总是显得愚笨、平庸。他这样子令她不自在，不舒服。可是她又太喜欢他了。可他干吗要扯什么星星呢？

"这太突兀了吧？①"她调侃道。

他笑了，说：

"要签订条约最好先看看这些条款再说。"

睡在沙发上的一只灰白色小猫这时跳下来，伸直它的长腿，耸起瘦削的背。然后它挺直身子很有气度地思考了一会儿，就飞也似的蹿出屋去，它从敞开的窗口一直跳到屋外的花园中。

伯金站起身问："它追什么去了？"

小猫气派十足地摇着尾巴跑下了甬路。这是一只普通的花猫，爪子是白的，可算得上是位苗条的绅士呢，这时有一只毛茸茸的棕灰色母猫悄悄爬上篱笆墙过来了。公猫米诺傲慢地向她走过去，摆出一副很有男子气的冷漠劲儿。母猫蹲在公猫面前，谦卑地卧在地上，这个毛茸茸的弃儿仰视着他，野性的眼睛里放射出如同珠宝一样好看的绿色光芒。他漫不经心地俯视着她，于是，她又朝前爬了几步爬到后门去，她软软地俯着身子，像一个影子在晃动。

公猫细细的腿迈着庄重的步伐跟在母猫身后，突然他嫌她挡他的路了，就给了她脸上一巴掌，于是她向边上跑了几步，像地上被风吹跑的树叶一样溜到一边去，然后又顺从地俯下身体。公猫米诺装作对她不屑一顾的样子，自顾眨着眼睛看着园子里的景致。过了一会儿，那母猫振作起精神，像一个棕灰色的影子一样悄然向前挪动几步，就在她加快步伐，转眼间就要像梦一样消失时，那幼小的老爷一个箭步跳到她面前，伸手照她脸上就是一记漂亮的耳光，一巴掌打得她谦卑地缩了回去。

---

① 这是少女对求婚者的一种传统回答方式，在此是一种反讽。

"她是只野猫，"伯金说，"从林子里跑来的。"

那只野猫圆睁着眼睛盯着伯金，眼睛里似乎燃着绿色的火焰盯着伯金。然后她悄然转身，窜到园子里去了，到了那儿又朝四下里观望起来。公猫米诺傲慢地转过脸来看着他的主人，然后闭上眼睛雕塑般地伫立着。那只野猫圆睁着绿眼睛，一直惊奇地凝视着，像是两团不可思议的火苗。然后她又像影子一样向厨房溜过去。

这时米诺又是一跳，一阵风似的跳到她身上，一只细细的白爪子准确地打了她两个耳光，把她打了回去。然后他跟在她身后，用一只满是魔力的白爪子戏弄地打了她两下。

"他干吗这样儿？"厄秀拉气愤地问。

"他们相处得很好，"伯金说。

"就因为这个他才打她吗？"厄秀拉叫道。

"对，"伯金笑道，"我觉得他是想让她明白他的意思。"

"他这样做不是太可怕了吗！"她叫着走到园子里，冲米诺喊：

"别打了，别称王称霸。别打她了。"

那只野猫说话间就影儿般地消失了。公猫米诺瞟了一眼厄秀拉，然后又倨傲地把目光转向他的主人。

"你是个霸王吗，米诺？"伯金问。

苗条的小猫看看他，缓缓地眯起了眼睛。然后它又把目光转开去，凝视远方，似乎对这两个人视而不见。

"米诺，"厄秀拉说，"我不喜欢你。你像所有的男人一样霸道。"

"不，"伯金说，"他有他的道理。他不是个霸王，他只不过是要让那可怜的野猫子承认他，这是她命中注定的事。你可以看出来，那野猫子长得毛茸茸的，水性杨花的。我支持米诺，完全支持他，他是想要的超稳定。"

"是啊，我知道！"厄秀拉叫道，"他要自己想怎样就怎样——我知道你这番花言巧语的意思，你想称王称霸。"

小猫又看看伯金，对这个吵吵嚷嚷的女人表示蔑视。

"我很支持你，米西奥托①，"伯金对猫说。"保持住你男性的尊严和你高级的理解能力吧。"

米诺又眯起了眼睛，似乎是在看太阳。看了一会儿，他突然装作与这两个人没什么关系，兴高采烈地竖起尾巴跑远了，白白的爪子欢快地跳动着。

"他会再一次寻到那高贵的野美人②，用他高级的智慧招待招待她，"伯金笑道。

厄秀拉看着园子里的这个男人，他的头发被风吹舞着，眼睛里闪着挖苦的笑意，她大叫道：

"天啊，气死我了，这种装腔作势的男性优越！这是什么鬼话！没人会理会这套鬼话的。"

"那野猫，"伯金说，"就不在乎，她感觉得到这是对的。"

"是吗？"厄秀拉叫道。"骗傻子去吧！"

"对傻子我也这么说。"

"这就像杰拉德·克里奇对待他的马一样，是一种称霸的欲望，一种真正的权力意志，③太卑鄙，太下作了。"

"我同意，权力意志是卑鄙下作的。可它在米诺身上就变成了一种与母猫保持纯粹平衡的欲望，令她与一个男性保持超常恒定的和睦关系。你看得出来，没有米诺，她仅仅是只野猫子，一个毛茸茸的偶然现象，浑浑噩噩。用法文说，这种意志是能力的意志，而不是权力④。"

"这是诡辩，是从亚当那里继承来的原罪。"

---

① 这是对猫的一种爱称，类似于中文的咪咪、花花、猫咪等称呼。——译者注

② 暗指美国印第安公主 Pocahontas（1595—1617），据说她同情欧洲俘虏，从刑场上解救白种军人。

③ 原文是德文，出自尼采（1844—1900）的著作《权力意志》。

④ 伯金在此强调的是能力意志而非权力意志。

"对。亚当在不可摧毁的天堂里供养着夏娃。他独自拥有她，让她像星星驻足在自己的轨道里一样。"

"是啊，是啊，"厄秀拉用手指头指点着他说，"她是一颗有轨道的星星！是一颗卫星，火星的卫星！她注定是卫星！瞧瞧，你露馅儿了！你想要得到卫星。火星和他的卫星！你说过，你说过，你自己把自己的想法和盘托出了！"

他站立着冲她笑了。他受了挫折，心里生气，可又感到有趣，不由得对厄秀拉羡慕甚至爱起来，她那么机智，像一团闪闪发光的火，报复心很强，心灵异常敏感，说怒就怒，但内心很丰富。

"我还没说完呢，"他说，"你应该再给我机会让我说完。"

"不，就不！"她叫道。"我就不让你说。你已经说过了，一颗卫星，你摆脱不了它，不就这个吗？"

"你永远也不会相信，我从来没说过这样的话，"他回答，"我既没有表示这个意思，也没有暗示过，也没有提到过什么卫星，更不会有意识地讲什么卫星，从来没有。"

"你，胡说！"她真动了气，大叫起来。

"茶点备好了，先生，"女房东在门道里说。

他们双双朝女房东看过去，眼神就像猫刚才看他们一样。

"谢谢你，德金太太。"

女房东的介入，让他们沉默了。

"来用茶点吧，"他说。

"好吧，"她振作起精神道。

他们相对坐在茶桌旁。

"我没说过卫星，也没暗示这个意思。我的意思是指单独的两颗星星之间既相互关联又相互保持平衡、平等。"

"你露馅儿了，你的花招全露馅儿了。"她说完就开始喝茶。

见她对自己的解释不再注意，他只好倒茶了。

"真好喝！"她叫道。

"自己加糖吧，"他说。

他把她的杯子递给她。他的杯盘等器皿都很好看，是紫红与绿色的，样式漂亮的碗和玻璃盘子以及旧式羹匙摆在浅灰、黑色与紫色的织布上，显得富丽高雅。可从这些东西中厄秀拉看出了赫麦妮的影响。

"你的东西可是够漂亮的！"她有点气愤地说。

"我喜欢这些玩意儿。有这些漂亮的东西用着让人打心眼里舒服。德金太太人很好，因为我的缘故，她觉得什么都挺好。"

"是啊，"厄秀拉说，"这年头儿，女房东比老婆要好啊。她们当然比老婆想得更周全。在这儿，比你有了家室更自在，更完美。"

"可你怎么不想想内心的空虚呢？"他笑道。

"不，"她说，"我对男人们有如此完美的女房东和如此漂亮的住所感到忌妒。男人们有了这些就没什么憾事了。"

"如果是为了有个家，我想是没什么遗憾了。可就为有个家而结婚，这挺恶心的。"

"可是，"厄秀拉说，"现在男人就是不怎么需要女人，对吗？"

"除了同床共枕和生儿育女以外，就不怎么需要。从根本上说，从来都是这样，只不过谁也不愿意劳神做根本的事。"

"怎么个根本法？"

"我的确觉得，"他说，"世界是由人与人之间神秘的纽带连结在一起的，这纽带是最终的融合。最直接的纽带就是男人与女人之间的纽带。"

"这是老调子了，"厄秀拉说，"为什么爱要是一条纽带呢？不，我不要它。"

"如果你向西走，"他说，"你就会失去北、东和南三个方向。如果你承认融合，就消除了一切混乱的可能性。"

"但爱是自由的啊，"她说。

"别说伪善的话，"他说，"爱是排除所有其他方向的一个方向。你可以说它是在一起的自由。"

"不，"她说，"爱包含了一切。"

"多愁善感的假话，"他说，"你需要混乱状态，就这么回事。所谓自由的爱，所谓爱是自由、自由是爱之说纯属虚无主义。其实，如果你进入了和谐状态，直到无法回逆时这种和谐才能变得纯粹。一旦它无可改变，它就变成了一条单行道，如同星星的轨道一样。"

"哈！"她刻薄地叫道，"这是死朽的道德精神。"

"不，"他说，"这是造物的法则，每个人都有义务，一个人必须与另一个人终生结合，但这并不意味着失去自我——它意味着在神秘的平衡与完整中保存自我——如同星与星相互平衡一样。"

"你一扯什么星星我就不能相信你，"她说，"如果你说得对，你没必要扯那么远。"

"那就别相信我好了，"他气恼地说，"我相信我自己，这就够了。"

"你又错了，"她说，"你并不相信你自己。你并不完全相信你自己说的话。你并不真的需要这种结合，否则你就不会大谈特谈这种结合，而是应该去得到它。"

他一时间无言以对，愣住了。

"怎么得到？"他问。

"仅仅通过爱，"她挑衅般的回答。

他在愤怒中沉默了一会儿说：

"告诉你吧，我不相信那样的爱。你想让爱帮助你达到利己的目的，你认为爱是起辅助作用的，不仅对你，对谁都如此。我讨厌这个。"

"不，"她叫着，像一条眼镜蛇那样仰起头，目光闪烁着。"爱是一种骄傲过程，我要的是骄傲。"

"骄傲与谦卑，骄傲与谦卑，我了解你，"他冷冰冰地反驳道。"前倨后恭，再由谦卑到倨傲——我了解你和你的爱。骄傲与谦卑共舞。"

"你真确信你知道我的爱是什么吗？"她有点生气地讽刺道。

"是的，我相信我知道，"他说。

"你过分自信了！"她说，"你这么自信，怎么能正确呢？这说明你是错的。"

他不语，深感懊恼。

他们交谈着，斗争着，到最后他们都对此厌倦了。

"跟我讲讲你自己的情况和你家人的情况吧，"他说。

于是她对他讲起布朗温家的人，她母亲，她的第一个恋人斯克里宾斯基以及她与斯克里宾斯基关系破裂后的经历。他默默坐着听她娓娓道来，似乎怀着敬意在听。她讲到伤心困惑处，脸上显出难言的苦相，那表情使她的面庞更楚楚动人。他似乎被她美丽的天性所温暖，他的心感到欣慰。

"莫非她真可以信誓旦旦一番？"他怀着一腔激情这样思忖着，但不抱任何希望，因而心里竟漫不经意地自顾笑起来。

"看来咱们都很苦啊。"他嘲讽般的说。

她抬眼看看他，脸上禁不住闪过按捺不住的狂喜，眼中亮起一道奇异的光芒。

"谁说不是啊！"她不管不顾地高声叫着。"这有点荒谬，不是吗？"

"太荒谬了，"他说，"痛苦让我厌恶透了。"

"我也一样。"

看着她脸上那满不在乎的嘲讽神情，他几乎感到害怕了。这个女人上天可以上至穹顶，入地狱可以入到最底层，他原是不信任她的，这样一位放任恣肆的女子，有着无可阻挡的破坏力，太危险了，真让他害怕。可他心里又禁不住笑了。

她走过来把手放在他肩上，一双闪烁着奇异金光的眼睛盯着他，那目光很温柔，但掩饰不住温情后面的魔光。

"说一句你爱我，说'我的爱'，对我说一句吧，"她请求道。

他也盯着她，看着她。他的脸上露出了嘲讽的表情。

"我是很爱你，"他阴郁地说，"可我希望这是另一种什么。"

"为什么？为什么？"她低下头，神采奕奕的脸对着他追问。"难道这还不够吗？"

"我们可以比这更好，"他说着搂住她的腰。

"不，我们不能，"她用充满情欲的声音屈从道，"我们只能相爱。对我说'我的爱'，说呀，说呀。"

她说着搂住他的脖子。他拥抱着她，温柔地吻着她，似爱、似调侃、似顺从地喃言道：

"好——我的爱——我的爱。有爱就足够了。我爱你——我爱你。我对别的东西腻透了。"

"是嘛，"她喃言着，柔顺地偎在他怀中。

第十四章　水上游园会

　　克里奇先生每年都要在湖上举行一次水上游园会。威利湖上有一艘小游艇和几只舢板。客人们可以在宅院里的帐篷中饮茶，或在湖边停船房旁巨大的胡桃树阴下野餐。今年，请来了小学校的教职员同矿上的官员们一起聚会。杰拉德和克里奇家其他的晚辈们对这种聚会并不那么热心，可无奈每年聚一次已成惯例。父亲喜欢聚会，这是他唯一同附近的人一起乐一乐的机会。他喜欢给下人或比他穷的人带来快乐，但他的孩子们却喜欢和门当户对的人一起聚会，他们不喜欢比自己身分低的人，那些人谦卑、拘谨，还要露出感恩戴德的样子来，那副德行样令他们生厌。

　　不过他们还是乐意参加聚会的，因为他们从小就每每有这样聚会，更重要的是，现在他们感到有些愧对父亲。父亲的健康情况太不好了，他们不忍心让他不痛快。于是，劳拉高高兴兴地准备代替母亲做聚会的女主人，杰拉德则负责安排人们在水上游乐。

　　伯金给厄秀拉写信说希望在聚会上见到她。戈珍尽管鄙视克里奇家人居高临下的样子，但是，如果天气好的话也会陪父母来。

　　游园会这天，晴空丽日，阳光和煦，微风浮漾。布朗温家的姐妹俩都身着白绉纱衣，头戴柔软的草帽。所不同的是，戈珍腰上束了一条黑、粉和黄三色宽彩带，配粉红的绸长筒袜，帽檐上也镶着黑、粉、黄的三色边儿，帽子稍稍往下压着一点儿。她胳膊上还搭着一件黄绸衣，那样子看上去着实出众，就像画廊里的画儿似的。她这副模样让她父亲心中不快，生气地对她说：

　　"你是不是再点上一挂鞭炮放一放呀？"

不管怎么说，戈珍看上去就是漂亮，光彩夺目，她穿这身衣服纯属做出挑衅的姿态。人们盯着她在她身后窃笑时，她就抓住机会大声对厄秀拉说："瞧瞧这些人！怎么这么少见多怪的？"她嘴里用法语叫着，回过头去看着那些窃笑的人们。

"真是的，太不像话了！"厄秀拉的声音很清晰。就这样，姐妹俩战胜了自己的敌手，可她们的父亲却为此越发生气。

厄秀拉一身雪白，只有帽子是粉红色的，帽檐儿没有镶边儿，鞋子是深红色的，手上提着一件橘红色的外衣。就这样，她们跟在父母身后向肖特兰兹走来。

她们在笑妈妈。妈妈今天穿了一件黑紫相间的条纹夏装，头戴一顶紫色草帽，拘谨地在丈夫身边走着，那样子比她的女儿们还腼腆，诚惶诚恐的。丈夫像往常一样，最好的衣服穿在身上也是皱皱巴巴的，似乎他的孩子们还小，妻子自顾打扮却要他抱孩子。

"看看前面这对年轻的夫妻吧，"戈珍平静地说。厄秀拉看看她妈妈和爸爸，突然情不自禁地笑起来。两个姑娘站在路上笑得流出了眼泪，因为她们又一次看到这对腼腆、不谙世故的老夫妻在前面走着。

"我们喊你呢，妈妈，"厄秀拉叫着不禁追随父母前行。

布朗温太太转过身来，表情有点迷惑，不悦地问："我有什么好笑的？我倒想知道。"

她不明白她的外表上有什么地方不顺眼。她对任何批评都报以十足的平静与漠然，似乎她与此无关。她身上的衣服总有那么点不太整洁，可她穿着这些衣服总感到随便，心里觉得满足。别管穿什么吧，只要凑凑合合还算整洁，她就觉得没什么可挑剔的了，她天生就有贵族气。

"你看上去很端庄，就像一位乡间的男爵夫人，"厄秀拉望着母亲那天真、迷惑不解的神情，温柔地笑道。

"简直就是一位男爵夫人嘛！"戈珍插话说。

这话让本来傲气的母亲警觉起来，于是姐妹俩又叫喊了起来。

"回家去，你们这一对儿傻丫头，就知道嘿嘿笑！"父亲生气地喊着。

"嗨——嗨！"厄秀拉见他生气了，就耷拉起脸来。

父亲气得眼里直要冒火，真有些怒了。

"别理这些傻瓜，"布朗温太太说完转身走自己的路。

"咱们身后怎么跟着这么一对嘿嘿笑的傻孩子！"他报复地叫道。

看到他如此动气，姐妹俩禁不住站在篱笆墙边的路上笑得更欢了。

"你怎么跟她们一样犯傻？看她们干什么？"见丈夫动了真气，布朗温太太也生气了。

"瞧那边有人过来了，爸爸，"厄秀拉逗乐儿似的警告他。他四下里扫了一眼，就跟上妻子一起气哼哼地前行。姐妹俩跟在他们身后，笑得浑身都快没劲儿了。

人们打身边过去后，布朗温傻呵呵地大叫道：

"要是再这样我就回家去。在大马路上就拿我当猴儿耍，真该死，我可不干！"

他真发火了，听他这样歇斯底里地叫喊，姑娘们的笑声戛然而止，心为之一缩，很看不起他。她们不爱听他那句"在大马路上"。她们为什么要在乎什么"大马路"呢？戈珍和稀泥道：

"我们笑并不是要伤害你呀，"她的话虽然是在抚慰他，可说话的声调太粗鲁，让她的父母不舒服。"我们笑，是因为我们爱你。"

"既然他们这样爱生气，我们在他们前面走好了，"厄秀拉生气地说。

就这样他们四人来到了威利湖畔。潆潆威利湖水边，一面是洒满阳光的斜坡草坪，另一边好似林木茂密的陡坡。小小的游船，船上坐满了人，乐声喧闹，桨声大作，从岸边缓缓驶向湖里。船屋附近，有一群衣着鲜艳的人聚在那儿。大路上，篱笆墙边站着些老百姓妒忌地看着远处的聚会，那模样儿鬼都不待见。

"瞧啊！"戈珍看着那鱼龙混杂的来宾，压低声音道，"有那么一大群人呢！想想看，咱们要是挤进去会怎么样吧。"

戈珍对人群的恐怖令厄秀拉胆小了。"看上去很可怕，"她不无焦虑地说。

"想想都是些什么人吧——想想！"戈珍仍旧压低嗓门儿烦恼地说，但她毫不犹豫地向前走着。

"我想，我们是否可以躲开他们，"厄秀拉不安地说。

"要是躲不开，我们可就进退两难了，"戈珍说。她对人群表现出来的极端厌恶与恐怖令厄秀拉很恼火。

"我们没必要待在这儿，"她说。

"我当然是不会在那堆人中待上五分钟的，"戈珍说。

她们又朝前走了一程，直到看见了守在门口的警察。

"还有警察呢，把你围在里面！"戈珍说。"要我说这事儿可真有趣儿。"

"我们最好照看着点儿爸妈，"厄秀拉不安地说。

"妈妈可是完全能坚持到聚会结束的，"戈珍有点轻蔑地说。

但厄秀拉知道父亲感到不舒服，他生气了，并不开心，为此她深感不安。她们在门口等着，直到父母过来。高大、瘦削的父亲衣服皱皱巴巴的，发现自己处在社交活动的边缘，他像个孩子一样烦恼，气呼呼的。他丝毫不感到自己是个绅士，没什么别的感觉，他只是感到愤愤然。

厄秀拉站在他身边，他们把门票交给警察，四个人就并肩进门来到草坪上。父亲高高的个子，黑红的脸膛儿，孩子般的细眉毛生气地皱着；他妻子肤色很好，人很潇洒端庄，但就是头发奋拉着；戈珍则睁大了又黑又圆的眼睛，柔和的脸庞上毫无表情，几乎沉郁着脸，所以，尽管她是在往前走，但似乎却是在往后退着；厄秀拉则表情怪异迷茫，每当她处境尴尬时，她都露出这样的表情。

伯金可真是个天使。他做出上等人的优雅姿态，笑着迎上来，可这种姿态总有那么点做作。不过，他摘下帽子，对布朗温家的人投来了真心的笑，为此布朗温开怀笑道：

"你好啊？病好了吧？"

"是的，好多了。你好，布朗温太太。我同戈珍和厄秀拉很熟。"

他笑着，目光自然而热情。对于女人，特别是不太年轻的女人他表现出一种温柔、讨好的态度。

"对，"布朗温太太淡漠但满意地说，"我常听她们说起你。"

伯金笑了。戈珍感到自己被冷落了，就把头扭到一边去。人们三个一群五个一伙地聚在一起，一些女人手中端着茶杯坐在胡桃树阴下，一位身穿晚礼服的侍从忙得团团转，几位手持洋伞的女孩子在傻乎乎地笑着，一些刚划完船上岸来的小伙子盘着腿坐在草地上，他们没穿外衣，只穿衬衫，袖子很有男子气地挽起来，手放在白法兰绒裤子上，考究的领带随着他们跟年轻女子调笑而飘荡着。

"怎么回事？"戈珍恨恨地想，"他们难道不会穿上外衣，礼貌点吗？不能不表面上做出这种狎昵之态吗？"

她看到头发向后披着、轻浮狎昵的年轻男人就害怕。

赫麦妮·罗迪斯来了，她身着一件镶白边的漂亮长袍，绸披巾上绣着大花，头上戴着一顶素色的大帽子。这模样看上去着实有点令人吃惊，几乎令人害怕。那米色的绣花披巾长长地在她身后拖着，一路拖过来，直垂到地上，显得她更高大了。浓密的头发盖住额头直垂到眼睛上方，苍白的长脸上表情奇特，周身闪烁着耀眼的色彩。

"她真是怪模怪样！"戈珍听到身后几个姑娘在窃窃私语，她真想杀了她们。

"你好啊！"赫麦妮边走边和蔼地招呼着，并向戈珍的父母缓缓地投去一瞥。这对戈珍是个难堪的时刻，把她气坏了。赫麦妮的阶级优越感太强了，她纯粹出于好奇心而结识别人，似乎人家是展览会上供人参观的动物。这种事戈珍也做得出来，可当别人这样对待她时她就受不了。

赫麦妮给布朗温家的人很大的面子，把他们领到劳拉·克里奇接待客人的地方。

　　"这是布朗温太太，"赫麦妮介绍说。身着挺括的绣花亚麻衣的劳拉同布朗温太太握了手表示欢迎。然后杰拉德来了，他今天穿着白裤子，上身着一件黑棕两色的运动茄克，看上去很帅气。他也被介绍给布朗温夫妇，并跟他们攀谈起来，不过他把布朗温太太当作贵妇人对待，可没把布朗温先生当作绅士对待，这一点他表现得太分明了。他的右手受伤了，不得不用左手同别人握手，右手缠着绷带插在茄克衫的兜儿里。戈珍没见家人问起他的手怎么回事，心里暗自庆幸。

　　游船徐徐驶来，船上音乐声大作，人们在甲板上兴高采烈地向岸上的人打着招呼。杰拉德去照顾人们上岸，伯金在为布朗温太太端茶，布朗温已经同学校的人们聚到一起了，赫麦妮坐在布朗温太太身边，两个姑娘到码头上去等游船靠岸。

　　游船响着汽笛欢快地驶来，然后轮桨停止了转动，船员把绳子抛上岸，船轻轻撞了一下岸停了下来，游客们你拥我挤地开始上岸。

　　"等一下，等一下嘛！"杰拉德扯着嗓子命令着。

　　他们得等绳子拴紧，等跳板搭好才能上岸。都准备好后，人们就潮水般鱼贯而出，吵吵嚷嚷着，好像刚从美国回来一样。

　　"太好了！"姑娘们叫着，"太妙了。"

　　船上的侍者手提篮子跑进船屋里，船长则在小桥上闲逛着。看到一切都安全，杰拉德这才朝戈珍和厄秀拉走来。

　　"你们不想乘下一班船玩玩儿，在船上用茶点吗？"他问。

　　"不了，谢谢，"戈珍冷漠地说。

　　"你不喜欢湖水吗？"

　　"湖水？我很喜欢。"

　　他审视地看着她。

"你不喜欢坐坐游船吗？"

她一时没有回话，然后才慢吞吞地说：

"不，我无法说我喜欢，"她的脸红了，似乎正为什么事生气。

"人太多了，"厄秀拉用法语解释说。

"是吗？"他笑道，"是太多了点儿。"

戈珍转身神采奕奕地问他：

"你在泰晤士河上坐过汽船吗？从威斯敏斯特大桥一直坐到里士蒙。"

"没有，"他说，"我无法说我坐过。"

"噢，那可真是一种讨厌的经历，从来没有那么恶劣的事儿。"

她红着脸激动地说，吐字快极了。"简直就没坐的地方，没地方。头顶上一个男人一路上都在唱什么'在海的摇篮里摇呀摇'。[①]那人是个瞎子，带着一只手提风琴，他弹唱是要人们付钱的，你可想见那情景如何了。下面总往上冒午饭味儿和机油味儿。这船一坐就是好几个小时，好几个小时。岸上一些调皮的男孩子一直追着我们的船跑，他们在泰晤士河岸上的泥淖中奔跑，泥水没到腰部，他们把裤腿挽起来，在泥水里跑着，脸一直冲着我们，像烂泥人一样，他们叫着'呜，先生们，呜，先生们，呜，先生们'，真像一群腐烂的尸体，十分下流。甲板上的男人们看到孩子们在泥水中摔倒，就大笑着，时不时扔半个便士给他们。如果你看到钱扔出去时，孩子们是如何眼盯着钱一头扎进泥水中，你会觉得连秃鹫和豺狼做梦都不会接近他们。恶心死了。我再也不想坐游船了，再也不了。"

她说话时杰拉德一直盯着她，目光闪烁着，心动了。倒不是她说的话令他激动，而是她本人令他心动，让他感到一阵小小的刺痛。

"是啊，"他说，"每个文明的躯体内都有害虫。"

"为什么？"厄秀拉叫道，"我体内就没有害虫。"

---

① 1832 年前后的一首老歌。

"这还不算，我说的是整个事情的性质——大男人们笑着把这些孩子当玩物，向他们扔钱，女人则摊开肥胖的膝盖吃啊吃，没完没了地吃——"戈珍说。

"是啊，"厄秀拉说。"倒不是说这些男孩子们是害虫；那些人自己才是害虫，正像你说的那样，是整个国家，它是害虫。"

杰拉德笑了。

"没什么，"他说，"你们不坐船就算了。"

听到杰拉德的指责，戈珍立即绯红了脸。

一时间大家都沉默了。杰拉德像一位哨兵一样监视着人们走上船。他长得很漂亮，性格上又很有节制，可他那副士兵一样的警觉神情却令人看了心烦。

"你打算在这儿用茶点还是到船房那边用？那边草坪上有一顶帐篷，"他说。

"咱们划一只舢板出游吧，行吗？"厄秀拉说，她总是这样说话不假思索。

"出游？"杰拉德笑问。

"你看，"戈珍听了厄秀拉的直言，红着脸说："我们不认识这儿的人，几乎全然是生客。"

"哦，不过我可以马上介绍几个熟人给你们，"他轻松地说。

戈珍盯着他，想看看他是否心怀歹意。然后她对他笑道：

"你知道我们的意思。我们能不能上到那儿去，看一看湖边的景致？"她手指指向湖边草坪那边山上的林子，"那片林子着实美。我们甚至可以在那儿沐浴，在这种光线下看那儿是多么美啊！真的，那儿就像尼罗河流域中的一段，你可以想象那是尼罗河。"

戈珍对远方景物表现出做作的热情，对此杰拉德报之一笑。

"你觉得那儿够远吗？"他调侃地说完又补上一句："是的，如果我们有一条船，你就可以去那儿了，那儿似乎显得远离尘世。"

说着他环视了一下湖面，数着湖上停泊的船只。

"那可太美了！"厄秀拉心驰神往地说。

"你们不要喝茶吗？"他问。

"好吧，"厄秀拉说："我们喝一杯就走。"

他看看这个又看看那个，笑了。他有点不高兴，但仍然开玩笑道：

"你会划船吗？"

"当然，"戈珍冷冷地说，"划得很好。"

"对，是的，"厄秀拉说，"我们俩都划得很好。"

"你行吗？我有一条独木舟，我怕别人驾驶它会淹死，就没推出来。你认为你也可以划独木舟吗？安全吗？"

"哦，一点问题都没有！"戈珍说。

"太棒了！"厄秀拉叫道。

"可别出事儿啊，为我想想，可别出事儿，我是负责水上游览的。"

"当然不会出事，"戈珍保证说。

"再说，我们都会游泳，"厄秀拉说。

"那好吧，我让他们安排一下，带上一篮茶点，你们可以野餐，这主意如何？"

"太好了！要是能这样可真让人高兴！"戈珍红着脸叫道。戈珍对他的依恋表现得很微妙，这依恋中掺入了感激的成分，杰拉德深深地感到激动。

"伯金在哪儿？"他目光闪烁着问，"他可以帮我一把。"

"你的手是怎么回事？伤着了？"戈珍欲言又止，似乎是在避免什么亲昵的表现。她还是第一次提起他的手受伤的事。她如此奇怪地轻描淡写地提及这个问题，令杰拉德重又感到些慰藉。他把手从衣袋里抽出来看看，手上缠着绷带，然后又把手揣进衣袋中去。戈珍看到裹着的手，不禁感到一阵颤抖。

"哦，我一只手也可以拉船，那条独木舟鸿毛一样轻。"他说，"还有卢伯特呢——卢伯特！"

伯金离开他的岗位，朝他们走来。

"你这只手是怎么伤的？"厄秀拉终于关心地提出这个一直想问的问题。

"我的手吗，"杰拉德说，"它给卷到机器里去了。"

"天啊！"厄秀拉说，"伤得重吗？"

"重，"他说，"当时很重，现在慢慢好起来了。手指头粉碎了。"

"噢！"厄秀拉似乎痛苦地说，"我不喜欢人们弄伤自己。我都感到疼了。"说着她的手都抖了。

"让我干吗呀？"伯金问。

两个男人抬来棕色的独木舟，放入水中。

"你确信你乘这船安全吗？"杰拉德问。

"当然了，"戈珍说，"要是有一点怀疑，我就不会要这船了，我才没那么下作呢。我曾在阿兰代尔划过独木舟，请放心，我会很安全的。"

她像男人一样下了保证，然后就和厄秀拉踏上纤小的船，悄然划去。两个男人站在岸边看着姑娘们。戈珍在划船，她知道男人们盯着她，搞得她划船速度慢了，动作也笨拙了许多，脸涨得像红旗一般。

"太感谢了，"她在水上冲他说，"太妙了，就像坐在一片树叶上一样。"

对她的怪念头他报之一笑。她的声音颤抖着，很奇特，一直从远处传来，他看着她把船划远了。她身上很有一股孩子气，可信，对人也恭敬，就像个孩子一样。他一直看着她划船。对戈珍来说，扮演成一位依赖杰拉德的孩子气的女人是一件真正快活的事，他站在码头上，穿着白衣，那么漂亮，精干，再说，此时此刻，他是她认识的最重要的男人。对站在杰拉德身边的伯金，她一点也没注意他，他不过是个游移不定、模糊不清、闪烁着的一个人影儿罢了。她的注意力全让一个人吸引去了。

小船沿着湖边悠悠行进着，从沐浴的人们身边划过，草坪边上是这些人架起的条纹布帐篷。再顺岸边划下去，夕阳照耀下斜草坪泛着金光。别的船只在对岸岸边树阴下行进着，远处传来船上人们的欢笑声。但戈珍却朝金光照耀下的树丛划去。

姐妹俩发现有个地方有一股涓涓细流淌入湖中，溪边生着芦苇和红柳丛，另一边是砾石溪岸。她们在这儿下了小船，脱掉鞋袜，推着船顺着岸边朝草地移过去。湖水温暖清澈，她们把船靠了岸，然后兴高采烈地四下里张望着。她们在这荒无人烟的小溪口感到甚是寂寞。身后的小山丘上长满了树丛。

"咱们先沐浴，"厄秀拉说，"然后吃茶点。"

她们向周围打量一番，发现没有人能看得见她们，周围没有任何人。不一会儿工夫，厄秀拉就甩掉衣服赤着身子下了水，朝湖里游去。然后戈珍也游上来了。她们就围着小溪口静悄悄但兴致勃勃地游了好一会儿，然后她们就爬上岸重又钻入林子中，那样子真像居住在山林泽国中的仙女儿。

"自由了，真美啊，"厄秀拉光着身子在树林中飞快地东奔西跑，头发飘飘欲仙。林子里生长着的是山毛榉，高大健壮的树干，灰色的枝丫盘根错节搭成了架子，绿色的枝条四处伸展着，朝北看去，似乎是透过窗口看到了远方虚无缥缈的景色。

两个姑娘又跑又跳了一阵，把身上的水都抖干了，然后迅速穿上衣服坐下来品着香茗。她们坐在小树林的北面，沐浴着金色的阳光，对面是绿草茵茵的小山，这儿可真是个僻静且很有野味儿的去处。茶很热，很香，还有夹着黄瓜、鱼子酱的小三明治和小饼干。

"你高兴吗，普伦①？"厄秀拉高兴地看着妹妹问。

"厄秀拉，我太高兴了，"戈珍望着西斜的太阳声音低沉地说。

"我也是。"

当姐妹俩一起做些喜欢做的事时，她们的世界就是一个完整的，属于自己的世界。这一时刻太美好了，自由，欢乐，一切都像孩提时代的冒险一样美妙、快活。

———————————

① 戈珍的昵称。

用完茶点，两位姑娘默默地坐得出神。厄秀拉有一副漂亮的嗓子，这时她开始轻柔地唱起《安金·冯·萨罗》①。戈珍坐在树下听着，这歌声激起了她的向往。厄秀拉一个人自我陶醉着，那么安详、满足，自然而然地哼着歌儿，自我感觉很好，她这样子让戈珍感到受了冷落。戈珍总感到自己脱离了生活，是个局外人，而厄秀拉则是个参与者，为此戈珍很痛苦。她感到自己被否定了，不得不要求别人注意自己，与自己建立联系，这让她十分难受。

　　"你唱，我来跳达克罗瑟给你伴舞，好吗，赫托勒②？"戈珍嗫嚅道。

　　"你说什么？"厄秀拉抬起头惊讶地问。

　　"你唱支歌儿，我跳达克罗瑟③，好吗？"戈珍痛苦地重复道，重复自己的话让她难受。

　　厄秀拉绞尽脑汁想着。

　　"你跳——？"她不明白地问。

　　"跳达克罗瑟韵律舞，"戈珍说，她让姐姐问得很难受，觉得伤了自尊。

　　"哦，达克罗瑟！我一时想不起来这个名字了。那就跳吧，我很喜欢看你跳。"厄秀拉像孩子一样惊喜地大叫，"那我唱什么呢？"

　　"喜欢什么你就唱什么呗，我照着曲子的节奏跳。"

　　可厄秀拉怎么也想不起该唱什么来。但她还是戏谑地笑着唱起来：

　　"我的爱人——是一位高贵的妇人——④"

　　戈珍开始伴着歌声以韵律操的姿势跳起来，她跳得很慢，似乎有看不见的链条拴住了她的手脚。她伸开双臂做飞翔状，脚步缓缓移动着，手和胳膊缓缓地做出有规律的动作，时而张开双臂，时而双臂高举过头，时而双臂款款地分开落下来，微微昂起头。她的脚一直在踢打着拍子，和着歌曲游动，像什么

---

①　德国歌曲。

②　厄秀拉的昵称。

③　达克罗瑟（1865—1950），瑞士作曲家，发明了韵律舞蹈操。

④　19世纪末美国歌曲。

奇妙咒语一般，她着白衣的身躯四处荡来荡去，做着奇特、狂烈的动作，似乎随一阵咒语似的风上升起来，随之又踮着小碎步儿颤动起来。厄秀拉坐在草地上唱着歌儿，笑着，似乎这是一个大玩笑。在金色的阳光照耀下戈珍做着复杂的颤动、飘舞和游荡的动作，令人产生了宗教仪典的联想。她那白皙的身影随着节奏全然忘情地舞动着，在催眠作用下仍然意志顽强。

"我的爱人是一位高贵的妇人，她是一位黑美人"，厄秀拉调侃地边笑边唱，戈珍则越舞越快、越狂，她用力踮着脚，似乎要甩掉什么束缚。只见她甩着手、踮着脚，然后昂起头、袒露着漂亮的脖颈、微闭着双目奔跑起来。金黄的夕阳正在西沉，天上飘浮起一圈淡淡的月影。

厄秀拉正沉浸在自己的歌声中，突然戈珍停止了舞步，轻声调侃地叫道：

"厄秀拉！"

"哦？"这声呼唤把厄秀拉从沉迷中惊醒。

戈珍伫立着，脸上挂着嘲弄的笑容，手指着边上。

"噢！"厄秀拉突然惊叫着站起身来。

"它们没什么嘛，"戈珍讥讽道。

左手有一群高地牛，晚霞辉映着它们的身躯，色彩斑斓，皮毛亮闪闪的。它们的角伸向空中，嗅着想了解周围发生的一切。它们的眼里闪烁着光芒，那目光穿透了糊在眼上的毛发，裸露的鼻孔下全是阴影。

"它们不会怎么样吧？"厄秀拉害怕地叫道。

戈珍平日里很怕牛，现在却摇摇头，将信将疑，露出嘲讽的表情，嘴角上带着一丝笑说：

"厄秀拉，这些牛看上去不是很漂亮吗？"那声调很高，很刺耳，就像一只海鸥在叫。

"是漂亮，"厄秀拉害怕地说，"可是它们不会对咱们怎么样吧？"

戈珍再一次不可思议地看看姐姐，摇摇头。

"我敢说它们不会，"她说，那话音既像是在说服自己，又似乎表明她坚信自己有某种秘密力量，她要检验一下这股力量。"坐下接着唱吧，"她声音又高又刺耳地说。

"我害怕，"厄秀拉望着牛群可怜巴巴地叫道。只见这群粗壮的矮牛默立着，黑色的眼睛里透过厚厚的毛发射出刻毒的目光。最终厄秀拉还是以原先的姿势坐了下来。

"它们不会怎么样的，"戈珍高声道，"唱点什么呢，你唱唱就没事了。"

很明显，戈珍满怀激情，要在这些粗壮、剽悍的牛跟前跳舞。

厄秀拉开始用假嗓子颤抖地唱起来：

"通往田纳西的路上——"①

厄秀拉的声音很紧张。戈珍不管这些，舒展双臂，昂起头，剧烈抖动着向牛群舞过去。她着了魔似的冲着牛群耸起身体，似乎有点疯狂地跺着脚，她的双臂、手和手腕冲着牛伸开、挑起又放下。她向牛群高高颤抖地挺起胸，喉颈也似乎在某种肉欲中变得兴奋起来。她毫无意识地荡过来，那不可思议的白皙躯体在狂喜中向着牛群冲撞过来，奇特地在它们面前起伏着，把正低头等待的牛吓得躲到一边去。牛着了魔似的看着她，光光的牛角高耸着，任这女人白皙的躯体在催眠状下缓缓地抽搐着。戈珍可以触摸到面前的牛了。她感到牛的胸膛里放射出一道电流直冲向她的手掌。她抚摸着它们，真正地抚摸，一阵恐惧与喜悦的热流传遍全身。厄秀拉则一直患了魔怔般的高声唱着什么，那尖细的嗓音像咒语一样刺破了夜空。

戈珍能听到牛沉重地呼吸着，它们无法控制自己，既对这歌声着迷，又感到害怕。哈，这些苏格兰公牛，皮毛光滑，野性的公牛！突然一头牛打了个响鼻儿，低下头向后退着。

"呜——呜！"林子边上突然传来一声大叫。牛群立即自动地散开向后退去，然后向山上跑去，它们身上的毛随着它们跑动火一样地闪烁着。戈珍呆立

_____
① 19世纪末美国歌曲。

在草地上，厄秀拉站起身来。

原来是杰拉德和伯金来找他们，是杰拉德大叫着驱走牛群的。

"你们这是干什么呢？"他有点恼火地高声叫道。

"你们来这儿干什么？"戈珍生气地回应道。

"你知道你们在干什么吗？"他重复道。

"我们做韵律体操呢，"厄秀拉声音发颤，笑道。

戈珍漠视着他们，黑色的大眼睛里透着不满，盯了他们好一会儿。然后她随着牛群向山上走去。牛群这时像被施了魔法一般在山上聚作一团。

"你去哪儿啊？"杰拉德冲着她的背影喊道，随后也随她上了山。太阳已落到山后去了，阴影渐渐向地面压下来，空中光影迷乱。

"那支歌儿伴舞可不怎么样，"伯金脸上透着嘲笑对厄秀拉说。说完他又在她面前喃喃地自唱自跳起来，那舞姿很奇怪，四肢和全身都放松了，双脚模仿着军操疾速地踢踏着，脸上像往常一样闪着微光，身体像影子一样松弛、颤动着。

"我觉得我们都疯了，"她有点恐惧地笑道。

"很可惜，我们无法更疯狂，"他抖动着身子边舞边说。突然，他向她倾斜过身子，轻轻地吻了一下她的手指，脸对着脸凝视着她，冲她微微一笑。她感到受了侮辱，向后退去。

"被我冒犯了？"他调侃道。一下子变得缄默、拘谨起来。"我觉得你喜欢有点怪诞。"

"可并不像那样啊，"她迷惑不解地说，几乎像受到了辱没一样。可她的内心处，有个地方被他潇洒、震颤着的躯体所吸引。他全然放纵自己，起伏、晃动着，脸上挂着微微嘲讽的表情。尽管被他吸引着，她还是不由自主地躲避着他。一个平时言谈举止那样严肃的人今天这种举动似乎有点下作。

"为什么不像那样呢？"他打趣道。说完他又跳起那种莫名其妙的舞，他身体荡着、晃着，舞得很快，眼睛不怀好意地看着她。他就这样时跳时停，离她愈来愈近，脸上露着嘲弄的笑容向她凑过来，如果她不向后躲的话，他还会再次吻她。

"不，别这样！"她真正怕了，大叫一声喝住他。

"不管怎样，你仍是一个科迪丽娅[①]，"他调侃道。

她被这句话刺痛了，似乎这是对她的污辱。她知道他故意这样说，这样做，这让她吃惊。

"那你呢？"她回敬道，"你为什么总是嘴上没个把门的？"

"这样我就可以更容易吐露心声呀，"他对自己的反唇相讥很满意。

此时杰拉德·克里奇正全神贯注地跟在戈珍身后大步流星地追上山去。斜坡坎儿上那群牛正俯视着他们：身穿白衣服的男人在追赶身着白衣的女人，那女人正缓缓地朝它们这儿走上来。她停下来，先回头看看杰拉德，又看了看牛群。

她突然高举起双臂，直向那群头上蠢着长角的公牛扑过去。她脚步微颤着跑了一程，然后停下来看看它们，继而又张开双臂直冲过去。公牛们吓得喷着响鼻儿让开一条路来，抬起头，飞也似的消失在暮霭中，远远望去，身影愈变愈小，但仍在飞奔。

戈珍仍然凝视着远去的牛群，脸上露出挑战般的神情，看上去像面具一般。

"你为什么要让它们发疯？"杰拉德追上来问。

她把头扭到一边不理他。

"这样不安全，你知道吗？"他坚持说，"它们要是转过身来，可凶狠了。"

"转身，转到哪儿去？转身逃走吗？"她讥讽道。

"不，"他说，"转过身来对付你。"

"对付我？"她嘲弄道。

----

① 莎士比亚《李尔王》中李尔王最小的女儿，她真心爱父亲，但难以表达爱心。

他弄不清她这话的意思。

"不管怎么说吧，反正那天它们把一位农夫的母牛给顶死了。"

"我管那些干什么？"她说。

"可我得管，"他说，"因为那是我的牛。"

"它们怎么成了你的？！你并没有把它们吞到你肚子里去。给我一头好了，"她伸出手说。

"你知道，它们在那儿呢？"他指指山头说，"如果你要一头，以后可以送一头给你。"

她不可思议地看着他问：

"你是不是以为我怕你和你的牛？"

他阴险地眯起眼睛，脸上堆起霸道的笑容。

"我为什么那么想呢？"他说。

她的黑眼睛睁得大大的盯着他，身体微微前倾，挥动手臂。手背轻轻地打在他脸上。

"就为这个，"她打趣说。

她心里涌上一股强烈的欲望，要跟他狠斗一场。她排除了一切恐怖与惊慌，要按自己的意愿做，她无所畏惧了。

他躲闪了一下脸色苍白，眼里升起一团危险的烈火。一时间他说不出话来，只感到怒火中烧，心都要迸裂开来，他无法控制自己汹涌的感情洪流。似乎那黑色的情感水库在他内心崩塌、淹没了他。

"这可是你先出击的，"他压低嗓门儿，强使自己柔和地说，那声音似乎是她心中的一个梦，而不是外界传来的话音。

"我还会打最后一拳，"她自信地说。他沉默了，没有反驳她。

她站立着，漫不经心地把目光从他身上移到远处。在她意识的边缘，她在问自己："你为什么表现得如此无礼、如此可笑？"但她阴郁地把这个问题从头脑中打发掉了。可她又无法彻底摆脱掉这个问题的纠缠，为此很不自在。

杰拉德面色苍白，专注地凝视着她，他的眼睛里聚着凝重的光芒。这时她突然转身冲他叫道：

"是你让我这样的，你心里明白，"她话里有话。

"我？这从何谈起呀？"他问。

她转过身朝湖边走去。山下，湖面上亮起了灯笼，薄暮中淡淡的温暖灯火在水上摇曳。夜像黑漆一样在大地上涂抹着，天空倒显得苍白，呈现出一片淡黄色，湖水看上去也有些苍白。浮码头那边，薄薄的暮色中点点灯火连成了串儿在水上流泻，游船上一片灯光辉煌。四下里树林的阴影开始变得浓重起来。

杰拉德身着白色夏装，像一个白色的精灵一样随着戈珍走下草坡。戈珍等待着他跟来。等他上来以后，戈珍伸出手触到他，柔声地说：

"别生我的气。"

他只觉得心头一热，懵懵懂懂打着磕巴说：

"我并没生你的气呀，我是爱上你了。"

他失去了理智，他要抓住什么东西以此来拯救自己。她响亮地发出一声嘲笑，不过这笑声很能抚慰人心。

"这也算是一种解释吧，"她说。

可怕的眩晕像沉重的负担压迫着他的头脑，他失去了一切控制，他无法忍受了，于是一把揪住她的胳膊，他的手像铁爪一样。

"这样很好，是吗？"他说着抱住她。

她看着面前镶着一双凝眸的脸，血液变冷了。

"是的，这样很好，"她的声音很轻柔，像服了麻醉药一般，像个巫婆在低吟。

他神志恍惚地在她身边走着。走着走着，他的意识有所恢复。他太痛苦了。他小时候曾杀害了自己的弟弟，在人们眼里成了该隐样的人。

他们发现伯金和厄秀拉坐在船边谈笑着。伯金在逗厄秀拉。

"你嗅出这片沼泽地的味道来了吗？"他吸一吸鼻子问。他的味觉很灵敏。

"很好闻，"她说。

"不，"他回答，"要提防着点。"

"为什么要提防？"

"它在沸腾，涌动着，是一条黑暗的河，"他说，"生出了百合花，孕育着毒蛇，燃着鬼火。我们从没拿它当成一回事，可它却在一直向前奔涌着。"

"那是什么？"

"是另一条河，一条黑色的河，我们总注意银色的生命之河在奔流，推动着世界走向光明，走向天堂，奔向一个光辉灿烂的永恒大海，一个聚集着天使的天堂。可只有另一条黑色的河才是我们真正的现实——"

"什么样的另一条河？我从来不知道还有什么另一条，"厄秀拉说。

"可那是你的现实，"他说，"那是黑色的死亡之河，你可以看到它就在我们体内流淌，如同另一条黑色的腐烂河流一样在流。而我们的花朵是出生于大海的女神阿芙洛狄特①，她代表着我们今日的现实，是闪着磷光的十全十美的白色花朵。"

"你的意思是说，阿芙洛狄特代表着真正的死亡？"厄秀拉问。

"我的意思是，她代表死亡过程如何神秘，是的，"他说，"当虚幻的创生河流消退以后，我们发现自己处在倒流的过程中，我们成了毁灭性创生的一部分。阿芙洛狄特是在整个世界消亡的第一次震颤中出生的，然后是蛇、天鹅和荷花这些湿地花朵，戈珍和杰拉德也出生于毁灭性创造中。"

"你和我呢？"她问。

"很可能也是，"他说。"在某种程度上说当然如此。至于是否全然如此，我说不准。"

---

① 爱神，生于大海的泡沫中，故名（其希腊文意为泡沫）。

"你的意思是说我们是死亡的花朵——恶之花①了？我并不觉得我是这种花朵。"她抗议说。

他沉默了片刻。

"我并不觉得我们完全是，"他说。"有些人纯粹是黑色的腐烂花朵——百合。但也会有一些火一般热烈的玫瑰。你知道赫拉克利特说过'冷静的灵魂最美妙'。我很理解他指的是什么。你呢？"

"我不太肯定，"厄秀拉说，"可是，如果人们都是死亡之花——，就算他们是花儿吧，那又怎么样呢？有什么不同吗？"

"没什么不同——但又完全不同。死一直在持续，如同生一直在持续一样，"他说，"这是一个进步的过程，它的终极是整个宇宙的无——世界的末日。为什么世界的末日同世界的开端不同样美好呢？"

"我认为就是不一样，"厄秀拉生气地说。

"当然一样，最终是一样的，"他说。"它意味着新的一轮创造又开始了——当然不是指我们。世界的末日，是我们的末日，是恶之花。如果是恶之花的话，我们就不会是幸福的玫瑰。"

"可我觉得我是，"厄秀拉说。"我觉得我是幸福的玫瑰。"

"假花儿吗？"他嘲弄地问。

"不，是真的，"她回答，感受到了伤害。

"如果我们是末日，我们就不会是开端，"他说。

"不，我们是开端，"她说，"开端是从末日开始的②。"

"是在它之后，而不是从它本身产生。是在我们之后，而不是从我们本身产生。"

"你是个魔鬼，你知道，真的，"她说，"你要毁灭我们的希望。你想要我

---

① 法国诗人波德莱尔的诗名。

② 语出赫拉克利特。

184

们都死气沉沉。"

"不，"他说，"我只想让我们知道我们是怎么一回事罢了。"

"哈！"她气愤地叫道。"你是想让我们都了解死是怎么一回事。"

"你说的很对，"夜幕中传来杰拉德柔和的声音。

伯金站起身。杰拉德和戈珍走上前来。沉静中大家都开始吸烟，伯金为大家逐个儿点上烟，薄暮中亮起了火柴的火星，他们几人静静地在水边吸着烟。湖面上一片朦胧，湖面上的亮光悄然隐去，与岸边的黑暗渐成一色。周围的气氛神秘莫测，不知何处传来班卓琴似的乐声。

天上金色的光芒退去了，明月升上来了，似乎微绽着笑靥。对岸黛色的林子隐入黑夜中。夜色中时而有几道光线流曳。湖面上远远地闪烁着几缕魔幻般的光芒，像苍白的珠光，淡绿、淡红、淡黄三色兼而有之。随着游船驶进巨大的阴影中，光芒四射的船上奏出的乐曲声远远飘过来。

一切都被灯光照亮。这边，那边，无论是在朦胧的水面上还是在湖的尽头，都闪着灯光。湖水在最后一缕天光照耀下呈现出奶白色，没有一丝阴影，只有从看不见的船上的灯笼里流泻出的孤独细弱的灯光。没有桨声，小船悄悄地从惨淡的光线下驶入丛林笼罩下的黑夜中去，船上的灯笼似乎要燃起大火来，红扑扑、圆圆的，煞是可爱地悬挂在船上。

船边的湖水中倒映着点点跳跃着的朦胧灯光。水面上，到处都倒映着这些无声的流火。

伯金从大船上取来几只灯笼，四个人凑上去点亮它们。厄秀拉打起第一盏灯笼，伯金划着了火柴，火光映红了他的手，他用手护着火柴从红色的灯笼口探进去，点亮了底座上的蜡烛。灯笼亮了，大家都后退一步，观看从厄秀拉的手边垂下的绿色的灯笼，像一盏绿色的月亮在闪光，灯光辉映着她的面庞。灯火摇曳着，伯金弯腰凑到灯笼口去察看，灯光映得他的脸像幻影一样，他神情专注的脸看上去像魔鬼。厄秀拉暗淡的身影靠近了伯金。

"挺好的，"伯金柔声地说。

厄秀拉举起灯笼，灯光惊动了一群鹬，群起飞离黑魆魆的大地，飞掠过淡蓝的天空。

"真美，"她说。

"好可爱呀，"戈珍附和道。她也想优美地打起一盏灯笼。

"给我点一盏，"她说。杰拉德站在一旁却没有动，是伯金点亮了她举着的灯笼。她急切地盼着看灯笼的风姿。这是一盏报春花灯笼，墨绿的叶子衬着高高枝头上直挺的报春花，蝴蝶在清纯的灯光中围着花儿盘旋。

戈珍激动地大叫道：

"太美了，啊，真是太美了！"

她的心确实陶醉在美之中了，她高兴得无法自已。杰拉德倾斜过身子，探进灯光中来，似乎是要看灯笼。他靠近她，挨着她，同她一起观赏着灯笼。她的脸转向他，灯光辉映着肩并肩站在一起的他们，为他们的身影罩上了一层光晕，别的一切都不复存在。

伯金朝旁边看看，走过去为厄秀拉点燃第二盏灯笼里的蜡烛。这盏灯笼底部是浅红的海底，螃蟹和海草在透明的海水中缓缓蠕动，上面是燃烧的红色光焰。

"你既有了天，又有了地下的水，"[1] 伯金对她说。

"什么都有，就是没有大地。"她望着他照管灯火的手说。

"我急着要看看我这第二盏灯笼是什么样儿的，"戈珍声音刺耳地叫道，那腔调似乎要把大家都吓跑。

伯金走过去点燃这只灯笼。那是盏可爱的深蓝色灯笼，底座是红色的，一条白色的大墨鱼卷着细小的白浪花儿。墨鱼正从烛光中神情专注地漠视着外面。

"真是太可怕了！"戈珍害怕地大叫起来。她身边的杰拉德忍不住轻声

---

① 语出《旧约·出埃及记》20：4。

笑了。

"就是太可怕了嘛！"她惊叫道。

杰拉德又笑道：

"跟厄秀拉换换，换那只螃蟹的。"

戈珍沉默了一会儿说：

"厄秀拉，你能要这个吓人的东西吗？"

"我觉得这颜色很好看，"厄秀拉说。

"我也是这么想，"戈珍说，"可是，你能把它放到你船上去吗？你不想立即毁掉它吗？"

"哦，不，"厄秀拉说，"我不想毁了它。"

"那你拿那只螃蟹的换这一盏行吗？你真的不介意吗？"

戈珍说着上前来交换。

"不介意，"厄秀拉说着就让出了自己的灯笼，换了那只墨鱼的。

可是，对于戈珍和杰拉德流露出来的优越感她很反感。

"来，"伯金说，"让我把灯笼挂在船上。"

说着他和厄秀拉就向大船移过去。

"卢伯特，你要把我送回去，"杰拉德在黑暗中说。

"你不同戈珍一起划独木舟吗？"伯金说，"那更有意思。"

一时间大家都沉默了。伯金和厄秀拉提着晃来晃去的灯笼站在水边的阴影中。整个世界像一个幻影一般。

"这样行吗？"戈珍问杰拉德。

"对我来说很合适，"杰拉德，"可是你行吗？会划吗？我不明白你为什么要送？"

"为什么不行呢？"戈珍说，"我送你跟送厄秀拉是一样的。"

从她的语调中他听得出来，她想让他坐独木舟，在独木舟里她就可以独自占有他了，人和船都得听她指挥。他不知不觉中莫名其妙地就顺从了戈珍。

她把灯笼递给他，然后把灯笼上的竹竿固定在船尾。他随她上船，摇曳的灯笼碰到了他的大腿，他穿的是白法兰绒裤子。他的腿挡住了灯笼的光线，四周的阴影因此更重了。

"吻我一下再走，好吗？"他温柔的声音来自阴影中。

她对这话着实吃了一惊。

"为什么？"她问。

"你说为什么？"他反问。

她凝视了他好一会儿。然后她倾过身体，纵情地在他唇上印下了一个长吻。在他仍然神魂颠倒、浑身各个骨节都燃着火的时候，她从他手中拿过了灯笼。

他们抬起独木舟放到水中，戈珍在自己的位置上坐好，杰拉德撑船离了岸。

"你划船手不疼吗？"她关切地问，"其实我划得也很好。"

"我不会让手疼的，"他压低嗓音柔和地说，那声音抚慰着她，让她感觉到一种难以形容的美。

他靠近她坐着，离她非常近，就坐在船尾，他的腿伸过来，脚碰到了她的脚。她摇着橹，摇得很慢，很悠然自得，她巴望着他对她说几句意味深长的话。可他却一言不发。

"你喜欢这样吗？"她温柔关切地问他。

他微微一笑。

"咱们当中隔着什么，"他声音低沉、木然地说，似乎不是他在说话，而是他身上什么东西在说。她似乎凭着什么魔力感觉得出，他和她在船里是若即若离的。她感触深刻，为此欣喜得神魂颠倒。

"可我离你很近啊，"她愉悦地宽慰他说。

"可是有距离，有距离啊，"他说。

她心中高兴，沉默了一阵子才回答，声音又细又尖。

"可是我们是在水上，不能有什么变动呀。"她的话给了他神奇、微妙的慰藉，全然是在怜惜他。

湖面上有十来只船在划行，船上玫瑰色和月亮一样白亮的灯笼贴着水面闪烁着，灯光倒映在水里，恰似水中燃着一团团火苗儿。远处，那条汽船呜呜驶过，汽轮卷起些儿水花，船过之处，但见水上亮起一串彩色灯光。船上的烟花与罗马烟火筒齐放，天上群星与灯光交相辉映，照得湖面一片明晃晃的，借着亮光，可看到数只小船缓缓漂荡。然后又是一片黑暗，只有灯笼细微的光线柔和地明灭，湖上只留下一片低缓的欸乃与悠扬的音乐。

戈珍几乎是毫无知觉地摇着桨。杰拉德可以看到前面不远处厄秀拉的蓝灯笼和玫瑰红灯笼相挨着摇曳，伯金在摇船，那彩虹色的灯光拖在船尾。他同样可以意识到，他自己船上微弱的灯光也在他身后洒下一片温柔的影子。

戈珍停下橹，朝四周观望了一下。独木舟随着潮水涌动微微耸起。杰拉德白裤子下的膝盖离她很近了。

"这太美了！"她轻柔地说，话音里似乎透着虔诚。

她看看他，他身子正向后面微微闪光的灯笼倚过去。尽管他的脸是一片阴影，但她能看得清这张脸，那是一片光芒。她心中对他充满了激情，他男子汉的沉稳和神秘给他平添了几分英气。他身上洋溢着一股阳刚之气，那刚柔兼备的身躯侧影散发着这种气韵，那完美的身姿令她兴奋、激动、陶醉。她喜欢看他。现在她还不想抚摸他，还不想认识他那活生生的血肉之躯，还不想从他的实体中获得进一步的满足。他实在难以捉摸，可他又近在咫尺。戈珍的手漠然地搭在桨上，她一个心眼儿要看他，他像一个透明的影子，她要触到他的实际存在。

"是的，"他搭讪着，"是很美。"

他正在倾听附近细小的声音：水花儿从桨片上滴落，身后的灯笼相互碰撞着发出声响，还有时不时戈珍的长裙发出窸窣声，真像陌生世界里的声音。他的大脑被淹没了，有生以来第一次失神落魄，迷失在周围的世界里。以前他总能够集中精力，不让自己失态。可现在他却放松了自己的意志，不知不觉中与外界融为一体了。这真像一场纯粹的睡眠，是他生命中第一次伟大的睡眠。他一生中太固执又太警觉了。可是现在却有了这样的休眠、安宁，全然销魂。

"我把船摇到码头去好吗？"戈珍充满渴望地问他。

"哪儿都行，"他说，"任它漂吧。"

"那你得提醒我，别撞到什么东西上，"她沉静、不无亲昵地说。

"有灯光照着，没事，"他说。

于是他们就默默地任船儿漂流。他需要纯粹的安宁，可她却很不安，想听他说点什么、想得到点什么保证从而不再担心。

"没人记挂你吗？"她急切地要同他交流。

"记挂我？"他重复道，"不会的！为什么？"

"我想或许会有人找你。"

"他们为什么要找我呢？"说完他又想起对她应该有礼貌，于是又换了一副腔调说："或许，你想回去了吧？"

"不，我不想回去，"她说，"你放心好了。"

"你觉得这样挺好吗？"

"很好，这样极好。"

他们又沉默了。游船鸣着汽笛，船上有人在唱歌儿。突然一声大叫划破了夜空，随之水面上一片混乱，传来轮桨倒转、剧烈搅动湖水的可怕声音。

杰拉德挺起身来，戈珍害怕地看着他。

"有人落水了，"他气愤、急切地说着，警觉地扫视着夜幕笼罩下的水面问："你能划过去吗？"

"去哪儿？到游船那儿吗？"戈珍又怕又紧张地问。

"是的。"

"如果我划不成直线，你就提醒我，"她又紧张又恐惧。

"保持船身平稳，"他说。小舟径直朝前驶去。可怕的叫喊声和响声仍旧穿过夜幕从水面上传过来。

"发生这事儿不会是天注定的吧？"戈珍不无恶意地嘲弄道。可他压根儿没听见她的话。戈珍回过头看，半明半暗的水面上流泻着好看的灯光，游船似乎离这里不远了，船上的灯光似乎在淡淡的夜色中飘摇。戈珍尽力摇着橹。可现在看起来事关重大了，她似乎心里没有底，手也就跟着笨了，怎么也划不快。她瞟了他的脸一眼，发现他警觉地凝视着夜色，旁若无人的样子。她的心一沉，似乎要死了。"其实呀，"她自语道，"不会有人淹死的，当然不会的。那也太耸人听闻了。"可一看到他那张毫无表情的脸，她的心就发凉，那样子看上去似乎他天生就属于恐惧与灾难，他似乎又成为以前的那个他了。

这时传来一个女孩子的尖叫声：

"迪，迪，迪，迪，哦，迪，哦，迪！"

戈珍只觉得自己身上的血都凉了。

"是迪安娜，就是她，"杰拉德喃言着，"这个小猴子，她真会折腾人。"

说着他又瞟了一眼船桨，对他来说船行得不够快。戈珍在如此紧张的情况下划船，感到无所适从。她一直在尽最大努力。远处仍旧传来叫喊声和回答声。

"在哪儿呢，哪儿呢？在那儿，对，是那儿。哪个！不，不，不。该死的东西，这儿，这儿——"数条小船从四面八方急匆匆向出事地点划去，但见各色的灯笼贴近水面摇曳着，留下一串串倒影飘忽不定。汽船不知何故又鸣起了汽笛。戈珍的独木舟也加快了速度，船灯在杰拉德身后飘摇着。

那孩子又高声尖叫起来，这次的叫声中带着哭腔，有点不耐烦了：

"迪，哦，迪，哦，迪，迪——！"

这可怕的叫声穿透黑夜传了过来。

"温妮，你最好上床去睡吧，"杰拉德喃喃自语道。

说着他弯下腰去解鞋带，用脚踢掉鞋，然后把头上的软帽摘下甩到船底。

"你的手上有伤，不能下水。"戈珍恐怖地低声说，忍不住大口喘着气。

"什么？没事儿。"

他挣掉茄克衫，把它扔到脚下。现在，他没戴帽子，一身白衣。他用手摸摸腰带。他们现在靠近码头了，码头高高地耸立着，码头上五光十色的灯在阴影笼罩下的黑色水面上投下一片片红、绿、黄的色块，既可爱、又丑陋。

"把她弄出来！噢，迪，宝贝儿！噢，把她弄出来，噢，爸爸！爸爸！"孩子疯了般的呻吟着。有人抓着救生圈跳进水中。两条小船划近了，船上的灯照来照去一点都不管用。船在打着转。

"嘿，在那儿——罗克利！嘿，在那儿！"

"杰拉德先生！"船长恐怖地叫道，"迪安娜小姐落水了。"

"有人下去救她吗？"杰拉德厉声问。

"年轻的布林德尔医生下去了，先生。"

"在哪儿呢？"

"看不清，先生。大家都在找，可眼下谁也找不见。"

一时间大家都沉默了，似乎有什么不祥的征兆。

"她在哪儿落水的？"

"我觉得是在那儿，"那人不明确地说，"就是亮着红绿灯的那条船。"

"往那儿划，"杰拉德平静地对戈珍说。

"把她救出来，杰拉德，哦，救出她来，"那孩子焦急地叫着。但他并不在意。

"往后靠靠，"杰拉德站在单薄的船上说，"不会沉的。"

说话间他一下子跃入水中，轻柔地垂直入水。戈珍在船里剧烈地晃动着，翻滚着的水波中光影迷乱，她知道那是淡淡的月光，他死了，他很可能死了。一种绝望感袭上心头，令她失去了感觉和意识。她知道他从这个世界上消失了，世界还照旧，可没有他了。黑夜似乎很空旷。灯笼晃来晃去，人们在游船上和小船上窃窃私语着。她听见温妮弗莱德在呻吟："哦，一定要找到她，杰拉德，找到她呀，"好像还有人在安慰她。戈珍划着船在湖上徘徊，毫无目标，这可怕、冷漠、无边无际的湖水让她感到说不出来的恐怖。他不会再回来了吗？她感到她也应该跳进水中去，亲身领略一下水中的恐怖。

听到有人说"他在那儿"，她不禁一惊。她看到他像一只水老鼠一样在水中游着，就不由自主地向他那边划过去。尽管他这时离一艘大船很近了，但她仍然向他划过去，她一定要靠近他。她看到他了，他就像一头海豹，他像海豹一样抓住了船舷。湿漉漉的头发贴在头上，他的脸看上去泛着柔光。她可以听到他在大口地喘息。

他爬进船舱。噢，他往船上爬时，腰部的肌肉在用力，白皙的腰闪着光，真美呀，她看到这腰真想去死、去死。闪光漂亮的腰臀，浑圆柔韧的肩背。啊，这景象对她来说可太刺激了，太美妙了。她知道，她无法抵抗这种美。多美呀，这么美，她命中注定无法抵抗！

在她看来，他不是一个男人，他是生命的化身，是生命的一个了不起的阶段。她看到他抹去脸上的水，看着自己手上的绷带。她意识到怎么也没用，她无法超越他，对她来说他已接近生命的终极。

"把灯灭了，这样能看得更清楚些，"他的声音突兀、生硬，那属于男人的世界。她简直难以相信有一个什么男性世界。她歪过身子，把灯熄灭了，这些灯笼是很难熄灭的。除了游船两侧的彩灯，别处的灯全熄灭了。蓝灰的夜色渐渐弥漫开来，月上中天，到处都有船影在晃动。

随着一阵击水声他又潜入水底。戈珍心烦意乱地坐着，面对宽广、凝重、死静的水面，她心里着实害怕，她跟脚下这平缓、毫无生气的水在一起，感到很孤独。这孤单的滋味不好受，这是一种可怕、冷酷的分离，她就高悬在可恶的现实之上，直到她也沉入底层为止。

然后，她又听到人们在喊，于是她知道他爬出了水面上了船。她坐等着与他取得联系。隔着水面上巨大的空间，她仍然认为她与他连在一起。可她的心却承担着难以忍受的孤独，任什么也无法穿透这心的孤独。

"让游船靠港吧。让它停在那儿一点用也没有。准备好缆绳拉船。"传来了决断的命令声。

"杰拉德！杰拉德！"温妮弗莱德发疯般的叫着。杰拉德没有回答。游船慢慢笨拙地绕了一个圈子然后悄然靠岸，隐入黑暗之中。轮机的旋转声减弱了。戈珍的小船一阵摇晃，她不由自主地把橹插入水中以保持船身平衡。

"是戈珍？"厄秀拉的声音传来。

"厄秀拉！"

姐妹俩的船相会了。

"杰拉德在哪儿？"戈珍问。

"他又跳进水里去了，"厄秀拉抱怨说，"我觉得，他的手伤成那样，就不该下水。"

"这次我可要把他送回家了。"伯金说。

汽船驶过，掀起的浪头使得小船又晃起来。戈珍和厄秀拉一直在寻找杰拉德。

"他在那儿呢！"厄秀拉的眼尖，看到了他。杰拉德在水下并没待多久。伯金把船向他划过去，戈珍也划船跟上。杰拉德慢慢游过来用受伤的手扒住船舷，手一滑，人又落下水去。

"你怎么不帮他一把？"厄秀拉厉声问。

杰拉德又游了过来，伯金弯下身拉他上了船。戈珍又看到他往船上爬了，可这一次他显得迟缓、沉重，像一头水陆两栖动物那样笨拙地爬了上来，月光朦胧地洒在他白皙、湿淋淋的身体上，照耀着他弯曲的背和健壮的腰臀。可这身体现在看上去却是一副惨败相儿：他爬上来，缓缓地、笨重地倒了下去。他像一头痛苦的动物那样喘着粗气。他瘫坐在船里，纹丝不动，他的头像海豹那样僵硬地挺着，他整个儿看上去不成人样，茫然麻木。戈珍不由自主地划船跟在他们那只船后面，一个劲儿打寒颤。伯金一言不发地把船划向码头。

"你往哪儿划？"杰拉德如梦初醒般的突然问。

"回家，"伯金说。

"噢，不！"杰拉德急切地说，"他们还在水中，我们怎么能回家呢？往回划，我要找到他们。"女人们让他的声音吓坏了，那语调太专横、可怕，几乎是疯狂的，让你无法反驳。

"不，"伯金说，"你不能去了。"他的话中流露出奇怪的强制。杰拉德沉默了，心里在斗争着，似乎他要杀了伯金才算拉倒。可伯金依旧平缓地划着船，并不回答他，不动声色，打定了主意。

"你凭什么干涉我的事？"杰拉德狠狠地问。

伯金没回答，直朝岸边划去。杰拉德沉默地坐在船上，像一头聋哑动物喘着粗气，牙齿打颤，胳膊僵住了，头看上去像海豹。

他们来到了码头。杰拉德浑身水湿，像个裸体人一样沿台阶往上走。他父亲就立在那儿。

"爸爸！"他叫道。

"哦，我的儿。回家去，换换衣服吧。"

"我们救不了他们了，"他说。

"还有希望，我的儿。"

"我看怕不行，不知道他们在哪儿。怎么也找不到他们。湖里还有一股刺骨的寒流。"

"我们将把水排干，"父亲说，"回家去安顿一下。卢伯特，帮助照看照看他。"他又不痛不痒地补了一句话。

"爸爸，真对不起，对不起，这是我的错。可无法挽回了，我已尽了最大努力。我还可以再潜下水，不过没什么用了。"

他光着脚在木条平台上走了几步，让什么尖东西硌了一下。

"你没穿鞋呀，"伯金说。

"他的鞋在这儿呢！"戈珍在码头下面说，边说边加快速度划过来。

杰拉德等别人把鞋拿来。戈珍把鞋递给他，他接过穿上了。

"要的话，"他说，"死了就算了。干吗又要活过来？水下有藏身的地方，可以容上千人呢。"

"两个人就够了，"她喃言道。

他穿上另一只鞋，浑身颤抖着，说话时牙齿都打颤了。

"是的，"他说，"也许是吧，可奇怪的是，那儿的藏身之地太大了，那是一个大世界。那儿像地狱一样阴冷，你在那儿孤立无援，好像你的头被人砍掉了一样，"他颤抖得太厉害，几乎说不出话来。"你可知道，我们家有个特点，"他继续说："一旦什么事出了差错就再也无法矫正过来了。我这一生一直注意着这一点——一旦什么事出了差错，你就无法纠正它了。"

他们说着话穿过公路向家中走去。

"你可知道，一下了水，那儿是何等阴冷，跟水面上大不一样，深不见底。你会觉得奇怪，这么多人活着，咱们怎么没死，上到岸上来了。这就走吗？那就再见了？那，再见，谢谢你们，太谢谢了。"

两个姑娘又等了一会儿看是否还有希望。一轮皎洁的明月挂在空中，亮得出奇，水面上集结着小船，各种各样的声音汇在一起，有人在压低嗓门儿喊话，都是些没用的话。伯金一回来，戈珍就回家了。

伯金奉命打开水闸把湖里的水放干净。威利湖在大路附近设了一个水闸，从而它就成了一个水库，在急需的情况下为远处的矿区供水。"跟我来，"他对厄秀拉说，"等我做完这件事我陪你一起步行回家。"

他来到管水员的屋里，要来水闸的钥匙。然后他们穿过路旁的一座小门来到水边，下面是一个蓄水的石坑，还有一条台阶路直通向水底。石阶最高处就是水闸门。

夜色呈现出银灰，若没有一阵阵焦虑的喊声，这夜晚该是十分安宁的。银灰色的月光洒在湖面上，影影绰绰的船只在一片欸乃中漂动。可厄秀拉的头脑却僵住了，她觉得什么都不那么重要，都不真实。

伯金抓住水闸的铁把手，用力扭起来。齿轮开始慢慢松动了。他扭啊扭，像个奴隶在劳作，白色的身影变得明晰起来。厄秀拉扭头向旁边看去。她不忍心看着他沉重地扭动，又弯腰又直腰地像个奴隶一样扭动铁把手。

真正让她吃惊的是，路那边堵满了树木的洞口哗哗涌出水流来，这哗哗的流水声随即变成怒吼，然后只听到隆隆的水柱降落下来，沉重地砸下来。这巨大的水流充溢了整个黑夜，隆隆轰鸣着，一切都随之沉没、消失了。厄秀拉似乎要为自己的生命挣扎。她用手捂住耳朵，眼睛却看着高挂中天的一弯月亮。

"咱们可以走了吗？"她冲站在台阶上的伯金喊着，伯金正在那儿观察水位下降的情况。他对此似乎着迷了。他看看厄秀拉点了点头。

一艘艘小船驶近了，人们挤到大路上的篱笆前好奇地观望着。伯金和厄秀拉带着钥匙进屋去，不再观望湖水了。厄秀拉走得很快，她不敢听那水流落下时发出的可怕轰鸣声。

"你觉得他们死了吗？"她大声问。

"是的，"他说。

"这不是太可怕了吗！"

他并不在意她的话。他们走上山去，渐渐远离这嘈杂的声音。

"你怕吗？"她问他。

"我并不怕死人，"他说，"既然死了就死了。最麻烦的是，他们缠着活人不放！"

她思忖着。

"是啊，"她说，"死并没什么，不是吗？"

"是的，"他说，"迪安娜·克里奇是死是活有什么关系？"

"真的吗？"她吃惊地说。

"没关系，为什么要这么举足轻重呢？她最好是死，那才更真实些。在死亡中她是个实在的人，而在生活中她是个折磨人、没用的东西。"

"你这人很可怕，"厄秀拉喃言道。

"何以见得！我巴不得迪安娜·克里奇死。她活着是一个错误。至于那年轻小伙子，可怜的东西，他会尽快死去的。死挺好，没比死更好的了。"

"可你并不想死，"她逗他说。

他沉默了一下，然后他用一种吓人的声调说：

"我愿意结束这一切，死了算了。"

"是吗？"她紧张地问。

他们在树下沉默着走了一程，然后他似乎有些胆怯地说：

"有一种属于死的生，也有一种不属于死的生。人对前一种生都厌烦了，我们的生即是这样。只有天知道这种生是否已经结束了。我需要一种爱，它像睡眠，像再生，娇嫩得像一个刚刚降世的婴儿。"

厄秀拉听着他说话，一边认真听一边试图不把他的话往心里去。她似乎刚刚抓住一点他话中的线索就回避了。她想听他的话，可又不想介入。他想让她屈就他，但她很不情愿，不愿意接受这种身分。

"为什么爱要像睡眠一样呢？"她沮丧地问。

"我不知道。这像死亡一样。我是想以一死而告别现在这种生活的。可这种爱比生命本身更丰富，一个人就像一个赤裸的婴儿一样被接生出母腹，故有的保护和原来的躯体都不存在了，他被一层新的空气所包围，他以前从来没有呼吸过这种空气。"

她倾听着，要弄明白他的意思。她知道，他也知道，语言本身并不能表达什么意思，语言不过是我们打出的手势，就像哑剧一样。她似乎是通过自己的血液来领会他的手势，尽管她有扑向前面的欲望但她还是后退了。

"但是，"她严肃地说，"你是否说你需要某种不是爱的东西——某种超越爱的东西？"

他变迷惑了。言语总有迷惑的时候，可又不吐不快。不管你走哪条路，只要你是往前走，你就得冲破点什么，冲出自己的路来。而理解和讲话就是要冲破牢狱的大墙，就像分娩时的婴儿奋力冲破母腹的墙一样。如今，不打破旧的躯壳，不刻意寻找出路就不会有什么新的动态。

"我不需要爱，"他说，"我并不想了解你。我想脱离自身，而需要你沉迷于自我，这样我们就不同了。当你疲惫、可怜不堪时，就不要说话。一个人要学哈姆雷特那样忧郁地沉思和唠叨，听起来就像在说谎。只有当我表现出一点健康的骄傲和散淡时你再相信我，我厌恶我严肃的样子。"

"你为什么不严肃呢？"她问。

他思忖了一会儿才阴郁地说：

"我不知道，"然后他默默前行。有点话不投机。他感到迷惘。

"你不觉得奇怪吗，"她突如其来在爱的冲动下把手放到他的胳膊上，"我们怎么总是这样交谈呢！我想我们确实还算相爱着。"

"是的，"他说，"很爱。"

她几乎是兴高采烈地笑了。

"你是想按自己的方式去爱，是吗？"她打趣说，"你是不会随便接受别人的爱的。"

他转而温和地笑了，站在路当中转身抱住了她。

"对的，"他声音柔和地说。

说着他缓缓地、轻柔地吻她的脸和眉毛，显出微微的幸福感，这让她吃惊不小，一时手足无措了。这是些温柔但盲目的吻，吻得很安静，美妙极了。可她却躲着他的吻。这吻真像一些奇怪的蛾子，非常柔和、安宁地落在她的脸上，她在冥冥中承受着它们。她感到不安，躲开了。

"是不是有什么人过来了？"她说。

他们向黑乎乎的路上扫视过去，然后又回头向贝多弗走去。为了向他表明她不是假装正经的女人，她停住脚步抱住他，紧紧地抱住他，满怀激情地在他脸上布下一个个狠命的重吻。他顾不得什么另一个自我，只觉得满腔的热血沸腾起来。

"不要，不要。"他喃喃着。她把他拉过去时，激情立时充溢了他的四肢，他涨红了脸，随之进入了一种完美的温柔与睡眠的状态。但他很快变成了一团热烈的火焰，对她充满了激情和欲望。可在这烈火的中心，却有一个不屈、愤怒的东西。现在，就连这东西也没了，他只是需要她，这极端的欲望就像死亡一样不可避免、毋庸置疑。

他满足了但也粉碎了，充实了但也被毁灭了，离开她，向家中走去，在黑夜中行走，身上又燃起了激情之火。远方，在远方，黑暗中似乎有一丝小小的悲愁之情。可这又有什么了不起呢？除了这至高无上，凯旋般的肉体激情以外——它像生活的新咒语一样在燃烧——别的东西又算得了什么呢？"我都变成一具行尸走肉加话痨了，仅此而已，"他感到自己战胜了那个行尸走肉，开始蔑视他的另一个自我，可他的另一个自我却在远处游荡着。

他回来时，人们仍在排放湖中的水，他站在岸上，听到杰拉德的说话声。水声仍旧隆隆作响，月光惨淡，远方的山峦神秘莫测。湖水在下降，晚上的空气中散发着湖岸上阴冷的气息。

在肖特兰兹，窗口中透着灯光，似乎无人入睡。码头上站着那位老医生，他儿子失踪了，他就这么默立着等儿子回来。伯金也站在这里观察着，这时杰拉德划着一条船过来了。

"你怎么还在这儿，卢伯特？"他说，"我们无法把他们捞上来，湖底的坡太陡了，两个斜坡之间全是水，还有许多小水沟，天知道会把你冲到哪儿去，这可跟平底不一样啊。随着湖水往外排，你都弄不清你自己的位置。"

"那你还在这儿做什么？"伯金说。"去睡觉不是更好吗？"

"去睡？天啊，天啊，你认为我应该去睡吗？找不到他们我哪儿也不去。"

"可是没有你别人也会找到他们的，你何必还待在这儿呢？"

杰拉德看看他，然后充满感情地拍拍伯金的肩膀说：

"别管我，卢伯特。如果说有谁的健康需要关心，那就是你的，而不是我的。你感觉如何？"

"很好，可你，你是在毁你自己的生命，是在浪费你自己。"

杰拉德沉默了一会儿说：

"浪费？不这样我能怎样呢？"

"别做这事儿了，好吗？你强迫自己干这些可怕的事，给自己留下残酷的记忆，走吧。"

"残酷的记忆！"杰拉德重复道。然后他再一次很有感情地拍拍伯金的肩膀说，"你说的话也太生动了，卢伯特，真是天晓得。"

伯金的心一沉，他讨厌自己言谈如此生动。

"离开这儿，到我那儿去，好吗？"他像催促一个醉汉一样催他。

"不，"杰拉德搂着伯金的肩哄他。"谢谢你，卢伯特。明天我会去的，行吗？你明白，不是吗？我想把这件事干完。不过，我明天一定会去的。哦，我最喜欢跟你聊天了，它比我做什么事都更有趣儿。会的，我会去的。你对我来说很重要，卢伯特，你对此也许没有意识到。"

"我何以重要了，而且我还没意识到？"伯金有点气恼地问。他异常敏感地意识到杰拉德的手放在他的肩上，不过他并不想这样争辩，只想让他摆脱目前这种痛苦状态。

"我下次会告诉你的，"杰拉德哄他道。

"跟我走吧，我要你来，"伯金说。

一阵沉寂，紧张但又真实的沉寂。伯金不明白自己的心何以跳得这样沉重，杰拉德的手指紧紧掐入伯金的肩，似乎在表白什么。

"不，我要把这件事做完，卢伯特。谢谢你，我明白你的意思，咱们都没事儿，这你知道的。"

"我或许没什么，可我敢说你肯定有问题，在这儿耽误工夫。"说完伯金走了。

直到黎明时分，死者的尸体才找到。迪安娜双臂紧抱着那年轻人的脖子把他憋死了。

"她害死了他，"杰拉德说。

月亮斜落下去，最终沉没了。湖水只剩下四分之一了，阴凉的泥岸裸露出来，散发着腐朽味儿。东边的山后微微露出晨曦。湖水仍旧轰鸣着从水闸中泻落。

　　清晨，鸟儿发出第一声鸣啭，凄凉湖畔上的山峦笼罩在雾霭中时，一队散乱的人流开始向肖特兰兹走去。人们用担架抬着死者的尸体，杰拉德走在一旁，两位花白胡子的父亲默默地跟在后面。家里的人彻夜不眠等待着。母亲在自己屋里等待，得有人禀报她。那位医生还暗自巴望着儿子生还，到现在已经是疲惫不堪了。

　　那个星期天的早晨，整个矿区死一样沉寂。矿工和他们的家人似乎觉得这灾难是直接发生在自己身上的，说实在的，即便是他们自己的人遭了灾难他们也不会这么惊恐。肖特兰兹发生了这么悲惨的事儿，这矿区里的大户人家出了这样的事儿！他家的一位小姐很任性，非要在游船的屋顶上跳舞，结果同那年轻医生一起落水淹死了！星期天的早上，矿工们都议论着这桩惨事，相互转告。星期天，人们饭桌上似乎纠缠着一个奇特的幽灵，似乎死亡的天使离人们很近了，天空中游荡着某种超自然的感觉。男人们露出惊恐的脸色，女人们看上去很沉郁，不少人都哭了。一开始，孩子们觉得这种惊恐场面极好玩儿，空气中弥漫着紧张感，几乎有点魔力。人们都觉得这好玩儿吗？都觉得这种刺激好玩儿吗？

　　戈珍大胆地设想去安抚杰拉德。她编造着最好听的话想去安慰他。她很是惊恐，但她对此毫不在乎，一个劲儿想着该怎么在杰拉德面前表现得恰如其分：扮演自己的角色。这才是最令她兴奋的事——她如何扮演自己的角色。

　　厄秀拉现在爱伯金爱得极深，很有激情，但她又是个对什么都无能为力的人。对于湖上的事件，别人怎么议论她都无动于衷，那冷漠的态度招人烦。她只会一个人干坐着，渴望见到伯金。她想要他来家里，除此之外她没有别的办法，他必须马上就来。她在等他，整天都在屋里徘徊，等他来敲门。每隔一分钟她都会机械地朝窗外望去。他会在那儿出现的。

第十五章　星期天晚上

　　一天渐渐过去，厄秀拉变得不那么有生气了，她感到极端空虚失望。她的激情之血快流干了。她陷入了上不着天下不着地的虚无中，这比死都难受。"除非发生点什么，"她怀着结束痛苦的想法自言自语道，"否则我得死，我的生命快完了。"

　　她坐在黑暗之中，她已经心灰意冷，全然被黑暗湮没，这黑暗濒临着死亡，她意识到自己一生都在向着这个死亡的边界靠近，这里没有彼岸，从这里，你只能像萨福①一样跃入未知世界。对即将降临的死亡的感知就像一帖麻醉药一样。冥冥中，不用什么思索，她就知道她接近死亡了。她一生中一直在沿着自我完善的路旅行，现在这旅程该完结了。她懂得了她该懂得的一切，经过了该经过的一切，在痛苦中成熟了，完善了，现在剩下的事就是从树上落下来，进入死亡的境界。一个人至死非练达，非要冒险到底不可。而下一步就是超越生的界线，进入死的领域。就是这么回事！在领悟了这一切后，人也就平静了。

　　归根结底，一个人一旦得到了完善，最幸福的事就是像一颗苦果那样熟透了落下来。死是极完美的事，是对完美的体验。它是生的发展。我们还活着的时候就懂得了这一点。那我们还需要进一步思考什么呢？一个人总也无法超越这种完美。死是一种了不起的、最终的体验，这就够了。这种体验对我们来说仍是未知的，那我们何必要问这种体验之后会是什么呢？让我们死吧，既然

_____

　　①　古希腊著名女诗人，因单恋年轻英俊的船夫法奥恩从崖上跃入海中自戕。

这种了不起的体验就要到来，那么，我们面临着一场大危机。如果我们等待，如果我们回避这个问题，我们不过是毫无风度地在死之门前焦躁地徘徊罢了。可是在我们面前，如同在萨福面前一样，是无垠的空间。我们的旅程就是通向那儿的。难道我们没有勇气继续走下去吗，难道我们要大呼一声"我不敢"吗？我们会继续走下去，走向死亡，不管死亡意味着什么。如果一个人知道下一步是什么，那么他为什么要惧怕这之后的第二步呢？再下一步是什么我们可以肯定，它就是死亡。

"我要死，越快越好，"厄秀拉有点发狂地自言自语道，那副镇定、明白的样子是一般人无可比拟的。可是在暮色后面什么地方，有一个痛苦的哭泣声、有一种绝望。不管它吧，一个人必须追随自己百折不挠的精神，不要因为恐惧就回避这个问题。不能回避，不能倾听那些微不足道的声音。如果说现在人最大的意愿就是走向未知的死亡境地，那么他会因为浅薄的想法而丧失最深刻的真理吗？

"结束吧，"她自言自语道，下定了决心。这不是一个结束自己性命的问题——她断乎不会自杀，那太令人恶心，也太残暴了。这是一个弄懂下一步是什么的问题。而下一步则导致死的空间。是吗？或许，在哪里——？

她思绪万千，神情恍惚起来，坐在炉火边上似乎昏昏欲睡。那想法又在头脑中出现了。死亡的空间！她能把自己奉献给它吗？啊，是呀，它是一种睡眠。她受够了，她一直坚持，抵抗得太久了。现在是退却的时候了，她再也不要抵抗了。

一阵精神恍惚中，她垮了，让步了，只觉得一片黑暗。在黑暗中，她可以感到自己的肉体可怕地发出了宣言。那是难以言表的死亡的愤怒、极端的愤怒和肉体深处对死亡的极大厌恶。

"难道说肉体竟是如此之快地回应精神吗？"她问自己。凭借她最大限度的知识，她知道肉体不过是精神的体现之一，完整的精神嬗变同样也是肉体的嬗变，除非我有一成不变的意志，除非我远离生活的旋律、人变得静止不动、与生活隔绝、只与自己的意志为伍。不过，宁可死也不这样机械地过重复之重复的生活。去死就是与看不见的东西一并前行。去死也是一种快乐，快乐地服从那比已知更伟大的事物，也就是说纯粹的未知世界。那是一种快乐。可是机械地活着，与生活隔绝，只生活在自己的意志中，作为一个与未知世界隔绝的实体生活才是可耻、可鄙的呢。没有精神力量的呆板生活是最可鄙的。对灵魂来说，生活的确可以变得可鄙可耻。可死绝不可耻。死之本身同无限的空间一样是无法被玷污的。

明天就是星期一了，是另一个教学周的开始！又一个可耻、空洞无物的教学周，例行公事、呆板的活动又要开始了。难道冒险去死不是很值得称道吗？难道死不是比这种生更可爱、更高尚吗？这种生只是空洞的日常公事，没有任何内在的意义，没有任何真正的意义。生活是多么肮脏，现在活着对灵魂来说这是多么可怕的耻辱啊！死是多么洁净，多么庄严啊！这种肮脏的日常公事和呆板的虚无给人带来的耻辱再也让人无法忍受了。或许死可以使人变得完美。她反正是活够了。哪儿才能寻到生活呢？繁忙的机器上是不会开出花朵来的，对于日常公事来说是没有什么天地的，对于这种原地打转的运动来说是没有什么空间可言的。而所有的生活都是这种打转的机械运动，与现实隔绝。无法指望从生活中获得点什么——对所有的国家和所有的人来说都是如此。唯一的窗口就是死。人尽可以怀着深情从中眺望死亡的无垠黑夜，就像一个孩子朝教室外面观看一样，看到的是外面彻底的自由。既然现在不是孩子了，就会懂得灵魂是肮脏的生活大厦中的囚徒，除了死，别无出路。

可这是怎样的欢乐啊！想想，不管人类做什么，它都无法把握死亡的王国，无法取消这个王国，想想这个道理该是多么令人高兴啊！人类把大海变成了杀人街和肮脏的商业路，如同争夺每一寸肮脏城市的土地那样。连空气他们都声称要占有，将之分割，包装起来为某些人所有，他们侵犯领空、相互争夺。一切都失去了，被高墙围住，墙头上还布满了尖铁，人非得可鄙地在这些插了尖铁的墙之间爬行，在这迷宫似的生活中过活。

可人类却偏偏蔑视那无边无际的黑暗的死亡王国。他们在尘世中有许多事要做，他们是一些五花八门的小神仙。可死亡的王国却最终让人类遭到蔑视，在死亡面前，人们都变得庸俗、愚蠢。

死是那么美丽、崇高而完美啊，多么值得渴望啊。在那儿一个人可以洗刷掉在这里沾染上的谎言、耻辱和污垢，死是一场完美的沐浴和清新剂，使人变得不可知、不受质疑、没了耻辱。归根结底，人只有获得了完美之死的许诺后才变得富有。这是高于一切的欢乐，令人神往，这纯粹非人的死，是另一个自我。

不管生活怎样，它也无法消除死亡，那非人的超验死亡。哦，我们别问它是什么或不是什么这样的问题吧。了解欲是人的天性，可在死亡中我们什么都不了解，我们不是人了。死的快乐补偿了知识的痛苦和人类的肮脏。在死亡中我们将不再是人，我们不再了解什么。死亡的许诺是我们的传统，我们像继承人一样渴望着死。

厄秀拉坐在客厅里的炉火旁，娴静、孤独、失神落魄。小孩子们在厨房里玩耍，别人都去教堂了，而她则陷入了自己灵魂的最黑暗处。

门铃响了，她吃了一惊，隔着很远，孩子们警觉地疾跑着穿过门道，叫道：

"厄秀拉，有人。"

"我知道了，别犯傻，"她说。她也吃了一惊，几乎感到害怕。她几乎不敢去门口。

伯金站在门口，雨衣的领子翻到耳际。在她远离现实的时候，他来了。她发现他的身后是雨夜。

"啊，是你吗？"她说。

"你在家，我很高兴，"他声音低沉地说着走进屋里。

"他们都上教堂去了。"

他脱下雨衣挂了起来。孩子们在角落里偷偷看他。

"去，脱衣服睡觉去，比利，朵拉。"厄秀拉说，"妈妈就要回来了，如果你们没上床她会失望的。"

孩子们立刻像天使一样一言不发地退了下去。伯金和厄秀拉进到客厅里。

火势减弱了。他看着她，不禁为她丰采照人的娇美所惊叹，她的眼睛又大又明亮。他在稍远处看着她，心里直叹服，在灯光下她似乎变了个样儿似的。

"你这一天里都做些什么？"他问她。

"干坐着无所事事呗。"她说。

他看着她，发现她变了。她同他隔膜着，她自己独自一人显得很有丰采。他们两人坐在柔和的灯光里。他感到他应该离去，他不该来这儿。可他又没勇气一走了之。他知道他在这儿是多余的人，她心不在焉，若即若离。

这时屋里两个孩子羞涩地叫起来，那声音很柔、怯生生的。

"厄秀拉！厄秀拉！"

她站起来打开了门，发现两个孩子正身穿睡袍站在门口，大睁着眼睛，一副天使般的表情。这时他们表现很好，完全像两个听话的孩子。

"你陪我们上床好吗？"比利大声嘟哝道。

"为什么呢？你们今天可是天使呢。"她温柔地说，"来，向伯金先生道晚安好吗？"

两个孩子光着脚腼腆地挪进屋里来。比利宽大的脸上带着笑容，可他圆圆的蓝眼睛显得很严肃，是个好孩子。朵拉的眼睛在淡黄的刘海后面偷看他，像没有灵魂的森林小仙女那样向后躲闪着。

"跟我道晚安再见好吗？"伯金的声音温柔和蔼得出奇。朵拉听到他的话立即像风吹下的一片树叶一样飘走了。可比利却慢慢地悄然走过来，紧闭着的小嘴凑了上来，很明显是要人吻。厄秀拉看着这个男人紧闭的嘴唇异常温柔地触了小男孩儿的嘴巴。然后，伯金抬起手，手指抚爱地摸着孩子圆圆的、露着信任表情的小脸儿。谁都没有说话。比利看上去很像个天真无邪的天使，又像个小侍僧。伯金则像个高大庄重的天使那样俯视着孩子。

"你想让人吻吗？"厄秀拉冲口对女孩儿说。可朵拉像那小小的森林仙女一样躲开了，她不让人碰。

"向伯金先生道晚安再见好吗？去吧，他在等你呢，"厄秀拉说，可那女孩儿只是一个劲儿躲他。

"傻瓜朵拉！傻瓜朵拉！"厄秀拉说。

伯金看得出这孩子有点不信任他，跟他不对眼。他弄不明白这是怎么回事。

"来吧，"厄秀拉说，"趁妈妈还没回来咱们上床去吧。"

"那谁来听我们的祈祷呢？"比利不安地问。

"你喜欢让谁听？"

"你愿意吗？"

"好，我愿意。"

"厄秀拉？"

"什么，比利？"

"'谁'这个字怎么念成了 Whom？"

"是的。"

"那，Whom 是什么？"

"它是'谁'这个词的宾格。"

孩子沉默了一会儿，思忖一下后表示信任地说：

"是吗？"

伯金坐在炉火边笑了。当厄秀拉下楼来时，他正稳稳地坐着，胳膊放在膝盖上。看他正襟危坐，似乎时光在他身上凝固了一般，像某个蜷缩着的偶像，像某种死亡的宗教象征。他打量着她时，苍白如同幻影的脸上似乎闪烁着磷光。

"你不舒服吗？"她问，心中有种说不出的不快。

"我没想过。"

"难道不想就不知道吗？"

他看看她，目光很黑，飞快地瞟了一眼。他发现了她的不快，但没回答她的问题。

"你不想的话就不知道自己身体健康不健康吗？"她坚持问。

"并不总是这样，"他冷漠地说。

"可你不觉得这样太恶毒了点儿吗？"

"恶毒？"

"是的。我觉得当你病了你都不知道，对自己的身体这样漠不关心就是在犯罪。"

他看着她，脸色变得沉郁。

"你说得对，"他说。

"你病了为什么不卧床休息？你脸色很不好。"

"让人厌恶吗？"他嘲弄地说。

"是的，很让人讨厌，很讨人嫌。"

"啊，这可真太不幸了。"

"下雨了，这个夜晚很可怕。真的，你真不该这样糟践自己的身体——一个如此对待自己身体的人是注定要吃苦头的。"

"如此对待自己的身体，"他呆板地重复着。

她不说话，沉默了。

别人都从教堂做完礼拜回来了，先是姑娘们，而后是母亲和戈珍，最后是父亲和一个男孩儿。

"晚上好啊，"布朗温有点吃惊地说，"是来看我吗？"

"不，"伯金说，"我不是为什么专门的事来的。今天天气不好，我来您不会见怪吧？"

"这天儿是挺让人发闷的，"布朗温太太同情地说。这时只听到楼上的孩子们在叫："妈妈！妈妈！"她抬起头对着远处温和地说："我这就上去。"然后她对伯金说："肖特兰兹那儿没什么起色吧？唉，"她叹口气道，"没错，可怜的人们，我想是没有。"

"你今儿个去那儿了？"父亲问。

"杰拉德来同我一起吃茶点，然后我陪他步行回肖特兰兹的。他们家的人过分激动，情绪不好。"

"我觉得他们家的人都缺少节制，"戈珍说。

"太没节制了，"伯金说。

"对，肯定是这么回事，"戈珍有点报复性地说，"一会儿这个，一会儿那个的。"

"他们都觉得他们应该表现得有点出格儿，"伯金说，"悲痛起来，他们就该像古代人那样捂起脸来退避三舍。"

"是这样的！"戈珍红着脸叫道，"没有比这种当众表示悲哀更坏、更可怕、更虚假的了！悲哀是个人的事，要躲起来自顾悲伤才是，他们这算什么？"

"就是，"伯金说。"我在那儿看到他们一个个儿假惺惺悲哀的样子我都替他们害羞，他们非要那么不自然，跟别人不一样不行。"

"可是——"布朗温太太对这种批评表示异议说，"忍受那样的苦恼可不容易。"

说完她上楼去看孩子。

伯金又坐了几分钟就告辞了。他一走，厄秀拉觉得自己恨透他了，她整个身心都恨他，都因为恨他而变得锋芒毕露，紧张起来。她无法想象这是怎么一回事。只是这种深刻的仇恨完全攫住了她，纯粹的仇恨，超越任何思想的仇恨。她都不能想这事，她已经无法自持了。她感到自己被控制住了。一连几天，她都被这股仇恨力量控制着，它超过了她已知的任何东西，它似乎要把她抛出尘世，抛入某个可怕的地方，在那儿她以前的自我不再。她感到非常迷惘、惊恐，确实像死了一般。

这太不可理解，也太没有理性了。她不知道自己为什么恨他，她的恨说不清道不明。她只是惊恐地意识到她被这纯粹的仇恨所战胜。他是敌人，像钻石一样精致，像珠宝一样坚硬，是所有敌意的集大成者。

她想着他的脸，白净而纯洁，他的黑眼睛里透着坚强的意志。想到这儿，她摸摸自己的前额，试试自己是否疯了，她怒火中烧，人都变样了。

她的仇恨并非暂时的，她并不是因为什么这事那事才恨他的；她不想拿他怎么样，不想跟他有什么瓜葛。她跟他的关系完结了，非语言所能说得清，那仇恨太纯洁、像宝玉一样。似乎他是一道敌对之光，这道光芒不仅毁灭她，还整个儿地否定了她，取消了她的世界。她把他看成一个极端矛盾着的人，一个宝玉一样的怪人，他的存在宣判了她的死亡。当她听说他又生病了时，她的仇恨立时又增添了几分。这仇恨令她惊恐，也毁了她，但她无法摆脱它，无法摆脱攫住自己的变形的仇恨。

第十六章　男人之间

　　他卧病在床，足不出户，全然与一切为敌。他知道这装有他生命的器皿快破碎了，他也知道它曾有多么坚固。对此他并不在乎。宁可死上一千次也不过这种不愿过的生活。不过最好还是坚持、坚持、坚持，直到对生活满意为止。

　　他知道厄秀拉又回心转意了，他知道自己的生命寄托于她了。但是，他宁愿死也不接受她奉献出的爱。旧的相爱方式似乎是一种可怕的束缚，是一种形式的强制征兵。^①他弄不清自己怎么了，可是一想到按旧的方式相爱、结婚、生子，享天伦，过一种可怕的家庭生活，在夫妻关系中获得满足，他就感到厌恶。他想过一种更为清爽、开放、冷静的生活，夫妻间火热的小日子和亲昵是可怕的。他们那些结了婚的人关起门来过日子，把自己关在排他的同盟中，尽管他们是相爱的，这也令他生厌。互不信任的人结成夫妻又关在私人住宅中孤立起来，总是成双成对的，没有比这更进一步的生活，没有直接而又无私的关系：各式各样的双双对对，尽管结了婚，但他们仍是貌合神离，毫无意义的人。整个社会群体就是由这些人组成的。当然，他对杂居比对婚姻更仇恨，私通不过是另一种配偶罢了，是对法律婚姻的反动。反动比行动更令人讨厌。

　　总的来说，他厌恶性，性的局限太大了。是性把男人变成了配偶中的一

---

　　① 劳伦斯是有意在此用了"强制征兵"即 conscription 这个词的，表明自己的反战立场。1916 年英国颁布法律，有史以来第一次强制十八至四十一岁的男人参军，而在这之前参军都是出于自愿。

方，把女人变成另一方。可他希望他自己是独立的自我，女人也是她独立的自我。他希望性回归到另一种欲望的水平上去，只把它看成是官能的作用，而不是一种满足。他相信性结合的婚姻，可他更希望有某种超越两性结合的进一步的结合，在那种结合中，男人具有自己的存在，女人也有自己的存在，双方是两个纯粹的存在，每个人都给对方以自由，就像一种力的两极那样相互平衡，就像两个天使或两个魔鬼。

他太渴望自由了，不要受什么统一需要的强迫，不想被无法满足的欲望所折磨。这些欲望和心愿应该在不受折磨的情况下得到实现，就像在一个水源充足的世界上焦渴现象是不大可能出现的，总是能在不自觉的情况下得到满足。他希望同厄秀拉在一起就像自己独处时一样自由、清爽、淡泊，同时又相互平衡、极化制约。对他来说，纠缠不清、浑浑浊浊的爱是太可怕了。

可他以为，女人总是很可怕的，她们总要控制人，那种控制欲和自大感很强。她要占有，要控制，要占主导地位，什么都得归还给女人——一切的伟大母亲，一切源于她们且最终还得归于她们。①

女人们以圣母自居，只因为她们给予了所有人以生命，一切就该归她们所有，这种平静的倨傲态度几乎令他发疯。男人是她的，因为她生育了他。她是悲伤的圣母玛丽亚，伟大的母亲，她生育了他，现在她又要占有他，从肉体到性到意念上的他，她都要占有。他对伟大的母性怕极了，她太令人厌恶了。

她非常骄横，以伟大的母亲自居。这一点他在赫麦妮那儿早就领教过了。赫麦妮显得谦卑、恭顺，可她实际上也是一个悲伤的圣母玛丽亚，她以可恶、阴险的傲慢和女性的霸道要夺回她在痛苦中生下的男人。她就是以这种痛楚与谦卑将自己的儿子束缚住，令他永远成为她的囚徒。

厄秀拉，厄秀拉也一样。她也是生活中令人恐惧的骄傲女王，似乎她是蜂王，别的蜂都得依赖她。看到她眼中闪烁的黄色火焰，他就知道她有着难以

---

① 参见下文"悲伤的圣母"。

想象的极高的优越感，对此她自己并没意识到，她在男人面前太容易低头了，当然只是在她非常自信，她可以像崇拜并彻底占有自己的孩子那样崇拜这个男人时她才向男人低头。

受女人的钳制令人无法忍受。一个男人总是让人当作女人身上落下的碎片，而性则是剥离后仍然作痛的伤疤。男人得先成为女人的附属才能获得真正的地位，获得自己的完整。

可是为什么，为什么我们要把我们自己——男人和女人看成是一个整体的碎片呢？^① 不是这样的，我们不是一个整体的碎片。我们是要脱离混合体，变成纯粹的人。不如说，性是混合体留在我们体内的未果之物。而激情则进一步把人们从混合体中分离出来，男性的激情属于男人，女性的激情属于女人，直到这两者像天使一样清纯、完整，直到在最高的意义上超越混合的性，使两个单独的男女像两颗星一样形成星座。

古时无性，我们是混合体，每个人都是一个混合体。个体化的结果是性的极化。女人成为一极，男人成为另一极。但尽管如此，这种分离还是不彻底的。世界就是这样旋转的。如今，新的时刻到来了，每个人都在与他人的不同中求得了完善。男人是纯粹的男人，女人是纯粹的女人，他们彻底极化了。再也没有那可怕的、搀和着自我否定的爱了。只有这纯粹的双极化，每个人都不受另一个人的污染。对每个人来说，个性是首要的，性是次要的，但两者又是完全相互制约的。每个人都有其独立的存在，循着自身的规律行事。男人有自己彻底的自由，女人也一样。每个人都承认极化的性之流，承认对方不同于自己的天性。

伯金生病时做了如是的思索。他有时喜欢病到卧床不起的地步，那样反倒容易尽快康复，事情也会变得更明确、更肯定了。

----

① 在柏拉图的《会饮》中，阿里斯托芬说人原本是一个双性体，后分离为男女，世上男女因此而相互吸引，以求达到团圆。

伯金卧病不起时，杰拉德前来看望他，这两个男人相互间怀有深厚的感情，但这感情又颇为别扭。杰拉德的目光机敏，但显得躁动不安，他显得紧张而焦躁，似乎紧张地等待做什么事一样。他按照习俗穿一身黑，看上去很一本正经、漂亮潇洒又合乎时宜。他头发的颜色很淡，几乎淡到发白的程度，像一道道电光一样闪烁着，脸色红润发光，浑身都洋溢着北方人的活力。

尽管杰拉德并不怎么信任伯金，可他的确很喜欢他。伯金这人太虚无缥缈了——聪明，异想天开，神奇但不够现实。杰拉德觉得自己在对事物的理解上比伯金更准确、更稳重。伯金是个令人愉快、很奇妙的人，可还不够举足轻重，还不那么算得上人上人。

"你怎么又卧床不起了？"杰拉德握住伯金的手和善地问。他们之间总是杰拉德显出保护人的样子，以自己的体魄向伯金奉献出温暖的庇护所。

"我想是因为我有罪过吧，"伯金自嘲地淡然笑道。

"罪过？对，很可能是这样。你是不是应该少犯点罪，这样就健康多了。"

"你最好开导开导我，"他调侃道。

他用调侃的眼神看看杰拉德。

"你过得怎么样？"伯金问。

"我吗？"杰拉德看看伯金，发现他态度很认真，于是自己的目光也热情起来。

"我不知道现在跟从前有何不同，说不上为什么要有所不同，没什么好变的。"

"我想，你的企业一直不错，可你一直忽视精神上的要求。"

"是这样的，"杰拉德说，"至少对于我的企业来说是这样。我敢说，关于精神我谈不出个所以然来。"

"没错儿。"

"你也并不希望我能谈出什么来吧？"杰拉德笑道。

"当然不。除了你的企业，别的事儿怎么样？"

"别的？别的什么？我说不上，我不知道你指的是什么。"

"不，你知道，"伯金说，"过得郁闷还是开心？戈珍·布朗温怎么样？"

"她？"杰拉德脸上现出迷惑不解的神情。"哦，"他接着说，"我不知道。我唯一能够告诉你的是，上次见到她时，她给了我一记耳光。"

"一记耳光！为什么？"

"我也说不清。"

"真的！什么时候？"

"就是水上游园会那天晚上——迪安娜淹死的那天。戈珍往山上赶牛，我追她，记起来了吗？"

"对，想起来了。可她为什么要打你耳光呢？我想不是你愿意要她打的吧？"

"我？不，我说不清。我不过说了一句追赶那些高原公牛是件危险的事儿，确实是这样的嘛。她变了脸，说：'我觉得你以为我怕你，怕你的牛，是吗？'我只问了一句'为什么'她就照我脸上反抽一巴掌。"

伯金笑了，似乎感到满足。杰拉德不解地看看他，然后也笑了，说：

"当时我可没笑，真的。我这辈子从来没有受到这样的惊吓。"

"那你发火了吗？"

"发火？我是发火了。我差点杀了她。"

"哼！"伯金说，"可怜的戈珍，她这样失态会后悔不迭的！"他十分高兴。

"后悔不迭？"杰拉德饶有兴趣地问。

两个人都诡异地笑了。

"会痛苦不堪，一旦她发现自己那么自负，她会的。"

"她自负吗？可她怎么会这样呢？我肯定这不必要，也不合乎情理。"

"我以为这是一时冲动。"

"是啊，可你如何解释这种一时的冲动呢，我并没伤害她呀。"

伯金摇摇头。

"我觉得，她突然变成了一个亚马逊。"

"哦，"杰拉德说，"我宁可说是奥利诺科①。"

两人都为这个不高明的玩笑感到好笑。杰拉德在想戈珍说的那句话，她说她还要给他致命一击。可他没把这告诉伯金。

"你对这反感吗？"伯金问。

"不反感，我才不在乎呢。"他沉默了一会儿又笑道，"不，我倒要看个究竟，就这些。后来她似乎感到点儿负疚。"

"是吗？可你们从那晚以后没再见过面吗？"

杰拉德的脸阴沉了下来。

"没有，"他说，"我们曾——你可以想象自从出了事以后我们的境况。"

"是啊，慢慢平静下来了吧？"

"我不知道，这当然是一个打击。可我不相信母亲对此忧心忡忡，我真的不相信她会注意这事儿。可笑的是，她曾是个一心扑在孩子身上的母亲，那时什么都不算数，她心中什么都没有，只有孩子。现在可好，她对孩子们一点都不理会，对仆人都不这样。"

"是吗？你为此很伤脑筋吧？"

"这是个打击。可我对此感受并不很深，真的。我并不觉得这有什么区别。我们反正都得死去，死跟不死之间并没有多大区别。我感觉不到什么悲哀，这你知道的。这让我感到心寒，我对此说不太清。"

"你认为你死不死都无所谓吗？"伯金问。

杰拉德看着伯金，那一双蓝眼睛真像闪着蓝光的武器，他感到很尴尬，但又觉得无所谓。其实他很有所谓，很怕。

"嗨，"他说，"我才不想死呢，我为什么要死呢？我从来也不烦恼。这个

---

① 在英语中"悍妇"与"亚马逊河"是同一个词，亚马逊河是横贯南美的世界第一大河，奥利诺科河是南美另一大河。——译者注

问题对我来说并不紧迫，压根儿吸引不了我，这你知道的。"

"对死亡的恐惧令我苦恼，"伯金用拉丁文说，"死亡似乎真的不再是问题。真奇怪，谁都不太关心死的问题，它只像一个普通的明天一样。"

杰拉德凝视着他的朋友，两个人的目光相遇了，双方都心照不宣。

杰拉德眯起眼睛，漠然地直视着伯金，目光空空如也，然后他的目光停留在空中的某一点上，目光很锐利，但他什么也没看。

"如果说死亡不是问题的关键，"他声音悦耳，但显得很古怪、难解、冷漠，"那什么才是呢？"听他的话音，他似乎暴露了自己的想法。

"什么才是呢？"伯金重复道。接下来他的沉默颇具调侃意味。

"内在的东西死了以后，还有一段很长的路程要走，然后我们才会消失，"伯金说。

"是啊，"杰拉德说，"可那是什么样的路呢？"他似乎要迫使另一个人说出什么来，他自以为比伯金懂得多。

"就是堕落的下坡路——神秘的、全世界堕落之路。纯粹的堕落之路是很长的，路上有许多阶段。我们死后还可以活很久，不断地退化。"

杰拉德脸上挂着漂亮的微笑一直在听伯金说话，那情态表明他好歹算比伯金懂得多，似乎他的知识更直接、更来自亲身体验，而伯金的知识不过是通过观察和推论得来的，尽管接近要害，但并没打中要害。但他不想暴露自己的内心世界。如果伯金能够触到他的秘密就随他去，他杰拉德是不会帮助他的。杰拉德要一直保持黑马的姿态。

"当然了，"他突然变了一个话题说。"我父亲对此感触最深，这会让他完蛋的。对他来说世界是崩溃的。他现在唯一关心的是温妮——他说什么也要拯救她。他说非送她进学校不可，可她不听话，这样他就办不到了，当然，她太古怪了点儿。我们大家都不会生活，这很奇怪。我们可以做事情，可我们就是不会生活。很奇怪，这是一个家族的衰败。"

"不应该送她去学校嘛，"伯金说，此时他有了新主意。

"不应该？为什么？"

"她是个奇怪的孩子，一个特别的孩子，比你更特殊些。我认为，特殊的孩子就不应该往学校里送。往学校送的都是些稍逊色的、普通孩子，我就是这么看的。"

"我的看法恰恰相反。我认为如果她离开家跟其他孩子在一起会使她变得更正常些。"

"可她不会跟那些人打成一片，你看着吧。你就从没有真正与别人为伍，对吗？而她则连装样儿都不会，更不会与人为伍。她高傲、孤独，天生不合群。既然她爱独往独来，你干吗要让她合群呢？"

"我并不想让她怎么样。我不过认为上学校对她有好处。"

"上学对你有过好处吗？"

杰拉德眼睛眯了起来，样子很难看。学校对他来说曾是一大折磨。可他从未有过疑问：一个人是否应该从头至尾忍受这种折磨。他似乎相信用驯服和折磨的手段可以达到教育的目的。

"我曾恨过学校，可现在我可以看得出学校的必要性，"他说，"学校教育让我同别人处得和谐了点——的确，如果你跟别人处不好你就无法生存。"

"那，"伯金说，"我开始觉得，如果你不跟别人彻底脱离关系你就无法生存。如果你想冲破这种关系，你就别想走进那个圈子。温妮有一种特殊的天性，对这些有特殊天性的人，你应该给其一个特殊的世界。"

"是啊，可你那个特殊世界在哪儿呢？"杰拉德问。

"创造一个嘛。不是削足适履让自己适应这个世界，而是让世界适应你。事实上，两个特殊人物就构成一个世界。你和我，我们构成一个与众不同的世界。你并不想要你妹夫们那样的世界，这正是你的特殊价值所在。你想变得循规蹈矩，变得平平常常吗？这是撒谎。你其实要自由，要变得非凡，在一个自由的世界里卓尔不群。"

杰拉德用微妙的眼神看着伯金。可他永远不会公开承认他的感受。在某一方面他比伯金懂得多，就是因为这一点，他才给伯金以柔情的爱，似乎伯金年少，幼稚，还像个孩子，聪明得惊人但又天真得无可救药。

"可是如果你觉得我是个畸形人你可就太庸俗了。"伯金一针见血地说。

"畸形人！"杰拉德吃惊地叫道。随之他的脸色舒朗了，变得清纯，就像一朵花蕾绽开一般。"不，我从未把你当成畸形人，"他看着伯金，那目光令伯金难以理解。"我觉得，"杰拉德接着说，"你总让人捉摸不透，也许你自己就无法相信自己。反正我从来对你吃不准。你一转身就可以改变思想，似乎你没有头脑似的。"

他锋利的目光直视伯金。伯金很惊讶，他本以为自己是最聪明的人，可他目瞪口呆了。杰拉德看出伯金的眼睛是那么迷人，这年轻、善良的目光让他着迷得很，他不禁为自己以前不信任伯金感到深深的懊悔。他知道伯金可以没有他这个朋友，他会忘记他，毫无痛苦地忘记他，杰拉德一直有感觉，但又难以置信：这年轻人何以如此像只动物一样超然？伯金谈起什么来都那么深奥、那么煞有介事，这几乎有点虚伪，像谎言似的。

而此时伯金想的却是另一回事儿。他突然发现自己面临着另一个问题——爱和两个男人之间永恒的联系问题。这当然是个必要的问题——他一生中心里都有这个需要——纯粹、完全地爱一个男人。当然他一直是爱杰拉德的，可他又一直不愿承认。

他躺在床上思忖着，杰拉德坐在旁边沉思着。两个人都各自想自己的心事。

"你知道吗，古时候德国的骑士习惯宣誓结成血谊兄弟的，"他对杰拉德说，眼里闪动起幸福的光芒。

"在胳膊上割一个小口子，伤口与伤口摩擦，相互交流血液？"杰拉德问。

"是的，还要宣誓相互忠诚，一生中都是一个血统。咱们也该这么做。不过不用割伤口，这种做法太陈旧了。我们应该宣誓相爱，你和我，明明白白地，彻底地，永远地，永不违约。"

他看着杰拉德，目光清澈，透着幸福的发现之光。杰拉德俯视着他，深深受到他的吸引，他甚至不相信、厌恶伯金的吸引力。

"咱们哪天也宣誓吧，好吗？"伯金请求道，"咱们宣誓站在同一立场上，相互忠诚——彻底地、完全相互奉献，永不再索回。"

伯金绞尽脑汁力图表达自己的思想，可杰拉德并不怎么听他的。他脸上挂着一种快意。他很得意，但他掩饰着，他退却了。

"咱们哪天宣誓好吗？"伯金向杰拉德伸出手说。

杰拉德触摸了一下伸过来的那只活生生的手，似乎害怕地缩了回去。

"等我更好地理解了再宣誓不好吗？"他寻着借口说。

伯金看着他，心中很是失望，或许此时他有点蔑视杰拉德了。

"可以，"他说，"以后你一定要告诉我你的想法。你知道我的意思吗？这不是什么感情冲动的胡说，这是超越人性的联合，可以让人获得自由。"

他们都沉默了。伯金一直看着杰拉德。现在似乎看到的不是肉体的、有生命的杰拉德，那个杰拉德是司空见惯的，他很喜欢那个杰拉德，而现在他看到的是杰拉德的本质，整个儿的人，似乎杰拉德的命运已经被宣判了，他受着命运的制约。杰拉德身上的这种宿命感总会在激情的接触之后压倒伯金，让伯金感到蔑视或厌倦他，似乎杰拉德只局限为一种生存形式，一种知识，一种行动，他命中注定是半个人，可他自己却觉得自己很完美。就是杰拉德的这种局限性让伯金厌倦，杰拉德抱残守缺，永远也不会真正无所顾忌快乐地飞离自我。他有点像偏执狂。

一时间他们沉默了好一会儿。伯金语调轻松起来，意欲消除刚才的紧张：

"你不能为温妮弗莱德找一个好的家庭教师吗？找一个不平凡的人物当她的老师。"

"赫麦妮·罗迪斯建议请戈珍来教她绘画和泥塑。温妮在泥塑方面聪明得惊人，这你知道的。赫麦妮说她是个艺术家。"杰拉德语调像往常聊天一样快活，似乎刚才没有发生什么了不起的事。可伯金的态度却处处让人想起刚才的事。

"是吗！我还不知道呢。哦，那好，如果戈珍愿意教她，那可太好了，再没比这更好的了，温妮成为艺术家就好。戈珍就是个艺术家。每个真正的艺术家都能拯救别人。"

"一般来说，她们总是处不好。"

"或许是吧。可是，只有艺术家才能相互创造一个适于生存的世界。如果你能为温妮弗莱德安排一个这样的世界，那就太好了。"

"你觉得戈珍不会来教她吗？"

"我不知道。戈珍很有自己的见解。开价低了她是不会干的。如果她干，很快也会辞掉的，所以我不知道她是否会降尊来这儿执教，特别是来贝多弗当私人教师。可她做这个正合适，温妮弗莱德禀性跟别人不同。如果你能让她自立，那可再好不过了。她永远也过不了普通人的生活，让你过你也会觉得困难的，而她比你更有甚之，不知难多少倍。很难想象如果她寻找不到表达方式，寻找不到自我完善的途径，她的生活将会怎样。你知道，仅仅听天由命会怎么样。你明白婚姻有多少可信的程度——看看你自己的母亲就知道了。"

"你认为我母亲反常吗？"

"不！我觉得她不过是需要更多的东西，或是需要与普通生活不同的东西。得不到这些，她就变得不正常了，或许是这样吧。"

"养了一群不正常的儿女，"杰拉德阴郁地说。

"跟我们其余的人一样，都是不正常的儿女。"伯金说，"最正常的人有着最见不得人的隐秘自我，个个儿如此。"

"有时我觉得活着就是一种诅咒。"杰拉德突然用一种苍白的愤然口吻说。

"对，"伯金说，"何尝不是这样！有时活着是一种诅咒，而在别的时候，却不尽然。诅咒里还是挺有滋有味儿的，真是这样。"

"并不像你想象的那么有滋味儿，"杰拉德看看伯金，那怪模样显得他内心贫乏。

他们沉默着，各想各的心事。

"我不明白她何以认为在小学教书与来家里教温妮有什么不同，"杰拉德说。

"它们的不同就是公与私。今日唯一的上等人和唯一的贵族，也就是国王，他在干公事。人们都愿意为公共事业效力，可是要做一个私人教师嘛——"

"我哪一样都不会愿意干的——"

"对呀！戈珍很可能也这么想。"

杰拉德思忖了片刻说：

"不管怎么说，我父亲是不会让她感觉自己是私人仆役的。父亲会感到惊奇，并会对她感恩戴德的。"

"他应该这样，你们都应该这样。你以为光有钱就能雇用戈珍这样的女人吗？她同你们是平等的，或许比你们还优越。"

"是吗？"

"是的，如果你没有勇气承认这一点，我希望她别管你的事。"

"无论如何，"杰拉德说，"如果她跟我平等，我希望她别当教师，一般来说，教师是不会与我平等的。"

"我也是这么想，去他们的吧。可问题是，难道因为我教书我就是教师，我布道我就是牧师吗？"

杰拉德笑了。在这方面他总感到不自在。他并不以社会地位的优越自居，但也不以内在的个性优越自居，因为他从不把自己的价值尺度建立在纯粹的存在上。为此，他总对心照不宣的社会地位表示怀疑，现在伯金要他承认人与人之间内在的不同，可他并无承认之意。这样做是与他的名誉和原则相悖的。他站起身来要走。

"我快把我的生意忘了，"他笑道。

"我早该提醒你的，"伯金笑着调侃道。

"我就知道你会这样说，"杰拉德不自在地笑道。

"是吗？"

"是的，卢伯特。我们可不能都像你那样啊，否则我们就都陷入困境了。当我超越了这个世界时，我将蔑视一切商业。"

"当然，我们现在并不是陷在困境中，"伯金嘲弄地说。

"并不像你理解的那样。至少我们有足够的吃喝——"

"并对此很满意，"伯金补了一句。

杰拉德走近床边俯视着伯金。伯金仰躺着，脖颈全暴露了出来，凌乱的头发搭在透着热情的眉毛上，样子很迷人，眉毛下，挂着嘲弄表情的脸上镶着一双目光平静的眼睛。杰拉德尽管四肢健壮，浑身满是活力，却被另一个人迷惑住了，他还不想走。他无力迈开脚步离去。

"就这样吧，"伯金说，"再见。"他微笑着从被子下伸出手。

"再见，"杰拉德紧紧握着朋友火热的手说，"我会再来，我还记得你在磨房那儿的样子呢。"

"过几天我就去那儿，"伯金说。

两个人的目光又相遇了。杰拉德的目光本是鹰一般锐利，可现在却变得温暖，充满了爱——他并不会承认这一点，伯金看他的目光似乎来自黑暗之中，深不可测，可是那目光中的温暖似乎令杰拉德昏然睡去。

"再见吧。我没什么可为你做的吗？"

"不用了，谢谢。"

伯金目送着黑衣人走出门去，那堂皇的头颅在视线中消失了以后，他就翻身睡去了。

第十七章 工业巨子

厄秀拉和戈珍在贝多弗都有了一段空闲时间。在厄秀拉心目中，一时间伯金不存在了，他失去了自己的意义，在她的世界里伯金变得无足轻重了。厄秀拉有她自己的朋友，她自己的事，她自己的生活，离开了伯金，她又兴高采烈地按原样儿生活起来。

前一段时间戈珍几乎每时每刻都惦念着杰拉德·克里奇，甚至觉得自己跟他肉体上都产生了联系，可现在她几乎拿杰拉德根本不当一回事了。她心里正酝酿着离开，试图过一种新型的生活。她心里一直有什么在警告她防止同杰拉德建立最终的情人关系。她感到最好是同他保持一种一般熟人的关系，这样做更明智。

她计划去圣彼得堡，那儿有个朋友跟她一样也是个雕塑家，同一位爱好宝石的俄国阔佬儿住在一起。那位俄国人情感奔放但无根的生活对戈珍很有吸引力。她并不想到巴黎去，巴黎太枯燥，太令人生厌。她倒愿意去罗马、慕尼黑、维也纳、圣彼得堡或莫斯科，圣彼得堡和慕尼黑那儿她都有朋友，她给这两个朋友都写信问及住房的事。

她手里有一笔钱。她回家里来的一个目的就是攒钱。现在她已经卖出了几件作品，在各种展览中她都受到了好评。她知道如果去伦敦，她的作品会很走俏的。可是她太了解伦敦了，她想去别处。她有七十镑，对此别人一无所知。一得到朋友的消息，她就可以动身走了。别看她表面上温和平静，其实她的性格是躁动型的。

有一天姐妹俩到威利·格林的一个农家去买蜂蜜。女主人科克太太身躯肥胖，脸色苍白，鼻子很尖，人很滑头，她满口的甜言蜜语，可这掩盖不住她猫一样狡猾的内心。她把姑娘们请进了她那间异常干净舒适的厨房里。屋里每个角落都那么干净、惬意。

"布朗温小姐，"她有点讨好地说，"回到老地方，还喜欢这儿吧？"

戈珍一听她说话就讨厌她了。

"我无所谓，"她生硬地回答。

"是吗？嗨，我以为你会觉得这儿跟伦敦不一样的。你喜欢大地方的生活。我们嘛，不得不将就着在威利·格林和贝多弗过日子。你觉得我们这儿的小学校怎么样，人们都爱念叨它。"

"我觉得？"戈珍慢慢扫了她一眼道，"你的意思是我觉得它不错？"

"对呀，你怎么看？"

"我确实觉得这是一所挺不错的学校。"

戈珍感到很厌恶，态度很冷淡。她知道这儿的庸人们都讨厌学校。

"你真这样想啊！我可听人们议论的太多了，说什么的都有，能知道里头人的看法太好了。不过，意见也不一样吧？克里奇先生全力支持。哦，可怜的人啊，我真怕他不久于世了。他身体太不好了。"

"他的病又厉害了？"厄秀拉问。

"是啊，自从失去了迪安娜小姐他的病就重了，瘦得不成样子。可怜的人，他的烦恼太多了。"

"是吗？"戈珍有点儿嘲弄地说。

"他够烦恼的。你们还没见过像他那样和气的好人呢。可是他的孩子们一点也不像他。"

"我觉得，他们都像他们的母亲，"厄秀拉说。

"好多方面都像，"科克太太压低嗓门儿说，"她刚来这里的时候，那模样可是个傲慢的贵夫人哩，我敢说，一点不错！她这人可看不得，能跟她说上句话可不容易。"说着这女人做个鬼脸。

"她刚结婚时你就认识她吗？"

"认识。我给她家当保姆，看大了三个孩子呢。那可是几个可怕的东西，小魔鬼，杰拉德是个从没见过的魔王，从半岁开始就那个样子。"那女人的话音里透着一股子尖酸和恶气。

"是吗？"戈珍说。

"他是个任性、霸道的孩子，刚半岁就指使得保姆团团转。又踢又叫，像个魔鬼一样折腾。他还是个吃奶的孩子时，我不知掐他的屁股多少回了。要是再多掐几次，也许他就变好了。可他母亲就是不肯改掉他的坏毛病，你说什么她也听不进去。我还记得她跟克里奇先生吵闹的样子呢。他有时实在气坏了，实在无法忍受了，就关起门来用鞭子抽他们。可是太太却像一只老虎一样在门外来来回回地游荡，一脸杀气腾腾的样子。门一开她就举着双手冲进去向先生大叫'你这个胆小鬼，你把我的孩子怎么样了？'那样子真跟疯了一样。我敢说先生怕太太，他气疯了也不敢动她一手指头。想想仆人们过的是什么日子吧。一旦他们当中有人受惩罚我们怎么能不高兴呢？"

"真的？"戈珍说。

"什么事都有。如果你不让他们把桌子上的茶壶打碎，如果你不让他们用绳子拴着猫的脖子拉着乱转，如果他们要什么你不给什么，他们就大闹一场，然后他们的母亲就会进来问：'他怎么了？你怎么他了？宝贝儿，怎么了？'问完了她会恶狠狠地看着你，恨不能把你踩在脚下。不过她倒是没把我踩在脚下。我是唯一能对付她的人，因为她自己不管孩子，她才不找这份麻烦呢。可这些孩子太任性，他们可让人说不得，小霸王杰拉德可真不得了。他一岁半时我离开了他家，我实在受不了了。他小时候我拧过他的小屁股，我拧了，管不住他我就拧他，我一点也不惭愧——"

听到这儿戈珍愤愤然走了。"我拧了他的小屁股"这句话把她气坏了。她听不得这样的话。她恨不得把这女人赶出去勒死。可这句话在她的脑子里永远生了根，赶也赶不走。她觉得哪一天要把这话告诉他，看他如何受得了。可一想到这一点，她又恨起自己来。

　　但是，在肖特兰兹，那场持久的斗争就要结束了。父亲病了，就要死了。内脏的疼痛让他失去了活力，人已经不那么清醒了。沉寂渐渐笼罩了他的头脑，他对周围的事儿愈来愈没感觉了，病痛似乎吸走了他的活力，他知道它何在，知道它会再回到自己身上。它就像自己体内奔涌着的什么东西。可他没有力量或意志去把它找出来，更无法知道这是什么样的东西。它就藏在黑暗中，这剧痛时时撕裂他，然后又陷入平静中。每当它来撕扯自己，他就蜷缩起来忍着，一旦它离去，他又拒绝知道它是何物。既然它是在黑暗中，那就不要去知道它好了。所以他从不承认有什么疼痛，只在方寸的隐秘一隅他才承认，全部的恐怖和秘密在此一隅积存。除此之外，他不过认为刚才疼了一下，过去了，没什么。有时这疼痛甚至更令他激动。

　　可病痛渐渐吞噬了他。渐渐地，他的力量都耗尽了，他被带进了黑暗中，他的生命被吸走了，他被吸进黑暗中。在他生命的薄暮时节，他能看清的太少了。企业，他的工作都彻底地离他而去了。他对社会的兴趣业已消失，好像从来没有过一样。甚至他的家对他来说也陌生了，他只淡淡地记起某某某是他的子女。这些对他只是个历史事实，毫无生命意义了。要想弄清他们跟他的关系那非得花一番力气不可。甚至他的妻子对他来说也跟没有存在一样。她确实像这种黑暗和他体内的病痛一样。出于某种奇特的联想，他觉得他的病痛所藏身的黑暗与藏有他妻子的黑暗是一样的。他全部的思维和悟性都模糊了，现在他的妻子和那煎熬人的病痛变成了同一种黑暗的力量来对付他，而他以前从未正视过这股力量。他从未把这种恐惧驱赶开。他只知道有一个黑暗的地方，那里有什么东西不时地出来撕扯他。可他从未敢穿破黑暗把这野兽赶出来，他反而忽视了它的存在。只是，他模模糊糊地感到，那恐怖是他的妻子，她会毁灭他。那恐怖也是那要毁灭他的病痛，都是黑暗，两者是一回事。

　　他很少见到他的妻子。她有自己的一个房间。她只是偶尔来到他的房间，伸长脖子压低嗓门询问他情况如何。而他则三十年如一日地回答说："哦，我不觉得不如以前，亲爱的。"可他很怕她，表面上是习惯性的平静，其实他怕她怕得要死。

但他一直信奉自己的处世哲学，他从没有在精神上垮下来。他就是现在死，他的精神也不会垮，他仍会明白自己对她的感情。一生中，他常常说："可怜的克里斯蒂娜，她的脾气真是太倔犟了。"他对她始终是这样的态度，他用怜悯代替了仇恨，怜悯成了他的保护伞，成了他的常胜武器。他理智上仍然为她感到可怜，她的性子太暴烈，人也太没有耐心。

可如今，他的怜悯和他的生命都渐渐耗尽了，他开始感到可怕甚至恐怖。不过，在他怜悯的盔甲还没彻底破碎之前，他就会像一只破了壳的虫子那样死去了。这是他最后的依赖。别人仍会活下去，会体验活死人的滋味，体验那种绝望的混乱。可他绝不这样，他绝不让死亡得胜。

他一直坚守自己的信念，乐善好施，爱邻如宾，甚至爱邻胜过爱自己，这比《圣经》里的训诫有过之而无不及。这团爱火一直在他心头燃烧，人民的利益总挂在他心上，支撑着他经历了一切。他是个大矿主，雇用了许多劳动力。可他心中念念不忘自己的信念，在耶稣面前他同自己的工人们同心同德。不仅如此，他甚至感到他不如这些工人，似乎他们通过贫困和劳动比他更接近上帝。他一直暗自坚信，是他的工人——这些矿工的手中掌握着拯救人类的办法。为了接近上帝，他必须先接近他的矿工们，他的生命必须靠近他们的生命。在他的潜意识中，这些人是他的偶像，是他的上帝的化身。他崇拜他们身上体现出来的人类所具有的最崇高、最伟大、最富同情心和最无私的上帝的精神。

他的妻子一直像地狱里的魔鬼一样同他作对。奇怪的是，她像一只扑食的苍鹰，漂亮迷人而心不在焉，同他的慈善行为做斗争，可她是笼子中的鹰，只能沉默。因为周围的一切都联合起来组成了这难以冲破的牢笼，他的力量就显得过于强大，使她成了囚犯。正因为她是他的阶下囚，他才爱她爱得发疯。他一直爱她，爱得很深。在牢笼里，她倒是自由自在。

可她要疯了。她脾气暴躁，自高自大，她无法忍受丈夫对什么人都表现出来的那种温和、诚恳的谦卑相儿。他并没有上穷人的当。他知道他们是来揩他的油水的，来向他诉苦的，这种人最可恶。幸运的是，大多数人都太清高，并不向他乞讨什么，太自立，从不来敲他的门。可是，在贝多弗，跟别处一样，有些寄生虫似的可恶之人来求施舍，像虱子一样寄生在大众的躯体上。那次又看到两个苍白的妇女迎面而来，看到她们身穿丑陋的黑衣服，故作可怜地上门来，克里斯蒂娜·克里奇心里就起火。她要放狗咬她们，"嘿，瑞普！嘿，琳！巡逻兵！小伙子们，上，咬跑她们！"可是男管家克罗瑟和其余的仆人都站在克里奇先生一边。但是，只要丈夫不在，她就会像条母狼一样对待乞讨的人们。

"你们这些人需要什么？这儿没你们什么。你们到这儿来没用。辛普顿，赶走他们，别让他们进门。"

仆人们不得不服从她。于是她睁着鹰一样的眼睛看着男仆笨拙地把那些乞讨的人赶走，那些人则像一些笨拙的家禽一样在她面前奔跑。

可是慢慢地他们从门房那儿打听出来了克里奇太太出门的时间，于是他们就选好她出门的时候来访。头几年中，克罗瑟常常轻轻地敲着门道："先生，有人拜见您。"

"叫什么？"

"格罗科克，先生。"

"他们要什么？"问话的语气中透着不耐烦，但也有几分满意。克里奇先生就是喜欢听人求他施舍。

"为一个孩子的事。"

"把他们带到书房去，告诉他们上午十一点以后不要来。"

"你怎么不吃饭了？打发他们走。"他妻子会粗鲁地说。

"我可不能那样做，听听他们要说什么，这没什么麻烦的。"

"可是今天又来了多少人了？你为什么不建一座开放的房子？他们会把我

们赶走的。"

"你知道，亲爱的，听听他们说话对我没什么损害。如果他们真遇上麻烦了，我有责任帮助他们解脱。"

"你的责任就是邀请全世界的老鼠都来啃你的骨头。"

"算了，克里斯蒂娜，事情并不像你说的那样，别这么没有善心。"

可她却突然冲出屋子来到书房中。书房中坐着可怜巴巴的乞怜者，就像在医院似的。

"克里奇先生不能会见你们，这时候不能。你们以为他是你们的财产，你们想什么时候来就什么时候来吗？你们必须走，在这儿你们什么也别想得到。"

那些穷苦人迷惑不解地站起身来。就在这时克里奇先生面色苍白地走进来，在她身后表示不赞成，说：

"是的，我是不喜欢你们这么晚来。如果在上午，我会花一些时间听你们说话的，过了这个时间我就不能接待你们了。基腾斯，怎么了？你老婆可好？"

"噢，她快不行了，克里奇先生，快死了，她——"

有时，克里奇太太似乎觉得丈夫像葬礼上的鸟儿，专食人间的痛苦。她似乎觉得如果没有什么可怜的事儿说给他听、把他当成什么苦酒怀着悲哀与怜悯心喝下去，他就不舒服。如果世上没有乞讨者的痛苦，他就没了存在的理由，正如没了葬礼，殡仪员就没事做一样。

克里奇太太退却了，远离了这个令人毛骨悚然的民主世界。她的心被紧紧拴住，被人恶毒地排斥，她异常孤独，就像笼中的鹰一样充满仇恨。随着时光流逝，她愈来愈对这个世界缺乏了解，她似乎浑浑噩噩般失去了意识。她有时会在家里和周围的乡村中游荡，全神贯注地盯着什么，但又视而不见。她极少讲话，她跟这个世界没关系。她甚至不去思索什么。她紧张地与尘世作对，如同一块磁铁的负极，她的力量消耗殆尽了。

她生了好几个孩子。随着时光流逝，她言行上都不再与丈夫做对了。她对他视而不见，全由他去，爱拿她怎样就怎样。她本来像一只鹰，却突然变得对什么都听之任之了。她与丈夫之间的关系是一种无言、未知的关系，可深处隐藏着可怕的毁灭。他尽管在尘世中取得了胜利，可他的精力空匮了，就像内出血一样从内部流失了。她像困在笼中的鹰，尽管精神上垮了，可心仍旧狂野，毫不屈服。

所以，常常最终是他迁就她，在自己的力量尚未消耗殆尽之前把她拥抱在怀中。她眼中闪耀着的刺眼毁灭之光反倒搅得他怦然心动。在他临近死亡之时，他比怕什么都更怕她。可他总是对自己说他一直很幸福，自从他见到她，他就一直纯洁地爱着她，爱得死去活来。他认为她是纯洁、贞洁的，在他心目中，只有他才懂得的那炽烈的火焰是性之火，在他看来像一朵雪莲花一样。她是他极度渴求的美丽白雪莲花。现在他要死了，但他所有的想法和解释则依旧不变，这些想法和解释只有在呼吸离开了他的肉体时才会崩溃。在那之前，它们对他来说都是纯粹的真理。只有死亡才能让这谎言彻底败露。直到他死，她都是他的白雪莲花。他使她屈服了，而她对他的屈从在他看来是十足的贞洁，是他无法打破的贞操，她就凭这个咒语控制了他。

她外部世界的一切听之任之，但她内心从未垮败过。她只是像一只阴郁的鹰一样，衣冠不整，毫无用心地端坐在屋里。年轻时她爱孩子爱得发疯，现在她却拿他们不当一回事。她失去了那种爱，只空守着一个自己。只有聪明的杰拉德对她来说还有点意义。可后来，当杰拉德当了企业的头面人物后，她也把他忘了。倒是父亲在弥留之际反倒转向杰拉德求得同情。这父子俩一直不对眼。杰拉德从小到大既害怕父亲又看不起父亲，一直尽量躲着他。而父亲对这位长子也一直不喜欢，从来不向他让步，对他不认可。他尽量淡忘杰拉德，随他去。

可自从杰拉德回到家乡在企业中负起了一定的责任，证明自己确是一个优秀领导以后，对外界事物深感厌倦的父亲就全然信任儿子了，明显地把什么事都交给他办，对这位年轻的敌手表现出深深的依赖。这立时激起了杰拉德深深的怜悯之情和忠诚之心，而以前他总是遭到蔑视与感觉不出的敌视。杰拉德是反对乐善好施的，可他又无法摆脱它，它在他的内心生活中占据了统治地位，他无法拒绝这么做。就这样，他一方面屈服于父亲，一方面与他的慈善心作对，陷入其中不能自拔。尽管他深深地仇视父亲，但心里不禁为他感到怜惜、悲哀，一股温情油然而生。

父亲从杰拉德这儿获得了同情，从温妮弗莱德那儿获得了爱，温妮是他最小的女儿，只有温妮才是他的最爱。他把一个行将就木之人那伟大、广博的爱都给了她，他要庇护她，完全彻底地庇护，用温暖和爱拥抱她。如果他能保护她，她就不会经历一星半点的痛苦、悲哀和伤心。他一生中都很正直，善良。对温妮弗莱德他表现出最后激情的爱恋。可仍有什么令他不安。随着他的力量愈来愈弱，世界离他愈来愈远。没有什么穷人需要他的救济，没有什么被侮辱和被损害的人需要他的保护了。他失去了所有这一切。儿子和女儿们都不再让他操心，让他尽一种沉重的不自然的义务。这些也不是现实问题了，这些从他手中失去了，他自由了。

可他心中仍然隐隐地害怕妻子，她漠然地坐在屋里，像个陌生人，或探着头缓缓地走过来，都让他怕。他不想这些了，但即便是他一生的正直也无法让他解脱内心的恐惧。他仍然能控制自己的恐惧，表面上绝不显露出来，到死也不显出自己怕她。

可是还有温妮弗莱德呢！如果他能对她放心该多好，能放心就好了。从迪安娜的死到他病情加重以后，他就迫切地需要温妮让他放下心来，为这事他急坏了。似乎他临死还要为她操心，他的心上仍然承受着慈爱的责任。

她这孩子脾气怪诞，敏感，易怒。她继承了父亲的黑发和沉静的举止，可显得超然，没常性。她真像暗中被仙女偷换后留下的小傻孩儿，似乎她的感情并不重要。她常常像个最欢乐最天真的孩子一样说笑玩耍，她只对少数几个人或事最有热情——她的父亲，特别是她的小动物。可如果听说她最喜爱的小猫里奥被汽车碾死了，她会把头一歪，皱皱眉头有点厌恶地说："是吗？"然后就再也不在乎了。她只是不喜欢那些给她带来坏消息企图让她感到伤心的仆人。她希望自己不知道这些事，似乎这成了她做事的动机。她回避母亲和家中的大多数成员。她爱她爹爹，因为爹爹希望她永远幸福，因为他在她面前似乎又变年轻了，显得很洒脱。她喜欢杰拉德，因为他很有自制力。她喜欢那些把她的生活变得快活的人。她富有天生的批判能力，既是一个纯粹的无政府主义者，又是一个纯粹的贵族。无论是谁，只要她发现他们与她平等，她就易于接受人家，而对于次一等的人她则理都不理，无论是兄弟姐妹、富贵的来宾、普通人或仆人都一样对待。她很有个性，她就是她，不受任何人影响。似乎她做事没什么目的，凭的是心血来潮。

父亲在一阵幻觉中似乎感到他全部的命运都建立在为温妮弗莱德获得幸福的保证上。她永远也不会受苦，因为她没有与外界形成活生生的关系；她头一天失去了最珍贵的东西，第二天又会像没事人一样，似乎她故意淡忘了以前的事；她有着极其自由的意志，是个无政府主义者，几乎是个虚无主义者；她就像个毫无心肝的小鸟任性地飞翔，一时高兴，就忘了任何责任；她轻率地由着性子行事，把同别人之间严肃的关系不当一回事地甩掉，真正是个虚无主义者。正因为她没有过苦恼，父亲临终前念念不忘牵挂着的人才是她。

当克里奇先生听说戈珍·布朗温可能会来家里教温妮弗莱德绘画和造型艺术，他似乎觉得孩子有救了。他相信温妮弗莱德有天分，他也见过戈珍，觉得这个人很不一般。他可以把温妮托付给她，她是最合适的人了。她就是孩子的引路人，能给孩子以积极的力量，他不能让孩子没有方向、没人保护。哪怕把这姑娘嫁给一棵行将就木的树以后自己再死，也算尽了做父亲的责任了。现在就可以这样做。他毫不犹豫地去求戈珍了。

就在父亲缓缓离开生活的时候，杰拉德感到自己愈来愈暴露给外界了。不管怎么说，对他来说，父亲代表着活生生的世界。当父亲活着时，杰拉德是不用对这个世界负责的。可现在父亲渐渐要离去了，杰拉德发现自己在生活的波涛面前束手无策，不知所措，就像叛乱后失去船长的大副，只看到一片可怕的混乱状态。他没有继承现成的秩序和生活观念。人类统一的生活观念似乎正随父亲死去，那似乎把一切都集中起来的力量似乎也随着父亲崩溃了，每个部分随时都会分崩离析。杰拉德似乎被弃在一只即将崩溃的船上，他驾驶着一艘船板四分五裂的船。

他知道他一生中都在挣扎着要打破生活的框架。现在，他怀着有毁灭欲的孩子才有的恐惧心情发现自己要毁灭自己了。过去几个月中，在死亡和伯金与他谈话的影响下，在戈珍那富有穿透力的生命力影响下，他失去了全部一成不变的信心。有时他会非常仇恨伯金和戈珍以及所有那类人。他真想回归到枯燥的保守主义中去，回到最愚蠢的传统的人们中间去。他想皈依最拘谨的保守派。可这种欲望好景不长，并没有让他投入行动。

孩提时代，他渴望某种原始粗犷的东西。荷马时代对他来说是很理想的，那时，一个人可以当上英雄组成的军队首领，或过上《奥德赛》那样的美妙日子。他非常仇恨他的生活环境，太仇恨了，以至于他从未认真看一看贝多弗和矿谷，他的眼睛根本不看肖特兰兹右边这片黢黑的矿区，而是看威利湖彼岸的乡村和森林。不错，在肖特兰兹总能听到矿区的喧嚣声，可杰拉德从小就没注意听过，他不理睬他家边上工业的大海中汹涌起伏的黑色煤浪。他所置身的这个世界真是一片荒原，人们就在这荒原上打猎、游泳、骑马。他同一切权威斗争，生活就是要求得野性的自由。

后来他被送进学堂学习，那日子真可怕死了。他拒绝去牛津上学，而是选择了去德国上大学。他分别在波恩、柏林和法兰克福逗留过一些时间。在德国，他的好奇心被激了起来，他想认识、想了解世界，要客观地认识和了解，似乎对他来说这是一种消遣。然后他一定要试着打打仗，一定要到那些荒蛮的地方去，那儿对他吸引力太大了。

其结果是他发现人类到处都一样，在这好奇冷漠的心目里，野蛮人是愚笨的人，不如欧洲人有趣。为此他的头脑中形成了各式各样的社会学观念和改革观念，可这些观念一直是肤浅的，不过是他想着玩儿罢了。这些观点主要是与既成的秩序作对，要毁灭它。

最终他发现可以在煤矿上真正冒一次险，当时正值他父亲请他协理矿务。以前杰拉德学过采矿，可对此从未有过兴趣，可现在，他却在一阵狂喜中掌握了这个世界。

这项巨大的工业在他心目中构成了一幅图景，它突然变得真实起来，他成了这图景的一部分。谷地里，一条矿区铁路把一座座煤矿连接了起来，铁路上跑着一辆辆矿车，有满载的短列，有空载的长列，每辆车上都涂着公司名字白色的缩写字头：

"C.B.& Co"

他从小就看到过车上的这些白色缩写字头，可又跟没看到过一样，因为太熟悉了，也就不注意了。最后他看到自己的名字也写了上去，于是他看到了权力。

那么多涂有他名字字头的火车车厢在全国行驶。当他乘火车进入伦敦时他看到了他的名字，在多佛他也看到了自己的名字。他的权力扩展范围竟是如此之广。他看着贝多弗、塞尔比、沃特莫和莱斯利矿，这些大型的矿村全都依赖他的煤矿。这是些可恶、肮脏的地方，小时候他为此深感痛苦。而现在他则为此感到骄傲。在他的势力范围内又建起四座新兴城镇，拥挤着一些丑陋的工人村。黄昏时分，他看到成群结队的矿工从煤矿出来沿着大路流动着，这些人浑身都是黑的，只有嘴唇是红的，他们都有点变形了，这些人全都得按他的意志行事，星期五晚上他缓缓地驾着汽车穿行在贝多弗山顶的小集市上肮脏的人群中，这些人是周末发了工资后来买东西的。他们都得听他的指挥。他们丑陋、粗野，可他们是他的工具。他是机器之神。这些人慢慢地为他的汽车自动让着路。

他才不管人家是否乐意为他让路呢，才不管人家是否抱怨他呢，才不管人家怎么看他呢。他的眼光突然明亮起来，发现人类不过是纯粹的工具罢了。什么人道主义，什么痛苦和感受，谈得太多了，很可笑。个人的痛苦和感情根本不算什么，那不过是天气一样的境遇。重要的是人的纯粹工具性。人就跟一把刀子一样，重要的是快不快，别的都无所谓。

世上每样东西都有它的作用，它是好是坏完全取决于它是否完美地起到了应起的作用。一个矿工挖煤挖得好吗？那他就算完美了。一个经理管理得好吗？那就足矣。就杰拉德本人来说，他负责整个企业，他是个好矿主吗？如果是，那他的生活就算完美，别的都是次要的。

矿井还在，但都陈旧了，资源枯竭了，再采下去就不值了。眼下正考虑关闭两口井，就在这当口儿，杰拉德来了。

他四下里打量着，矿井就在脚下，它们老了，报废了，像老狮子一样不中用了。他又扫视了一眼。呸！这些矿井不过是些缺德头脑的笨拙产物罢了。它们躺在那儿，是没有受过良好训练的头脑半途而废的产物。别去想它们了吧，他把它们从头脑中一扫而光，他现在想的只是地下的煤，还有多少煤？

还有大量的煤呢，旧的采矿办法是无法挖到的，就这么回事，那就打破旧的方式好了。尽管煤层不厚，但确实有煤。自从有了年月的记载，这煤就一动不动地躺在那儿，等待人去采。人的意志是决定的因素。人是土地最大的主宰，人的头脑服从于人的意志。人的意志是绝对物，唯一的绝对物。

他的意志就是要物质世界为他的目的服务，征服是要点，这场斗争就是一切，胜利的果实不过是个结果罢了。他杰拉德接管煤矿并不是为了钱，他压根儿对钱不感兴趣。他既不铺张浪费、奢华讲究，对社会地位也不感兴趣，那不是他的终极目的。他需要的是在与自然条件的斗争中单纯地实现自己的意志。现在，他的意志就是从地下挖出煤来，获利。获得的利益不过是胜利条件，胜利本身就包含在所获得的战果中，面对挑战他十分激动。每天他都下井去考察测试，他还请教专家，渐渐地他像一个将军对战局运筹帷幄那样对矿区的全部局势胸有成竹了。

然后他要有所突破了。矿区一直按照旧的体制生产，观念太过陈旧。最初的理念是通过开矿从地下挖到尽可能多的钱，矿主致富，给工人提供足够的工钱和良好的条件，同时增加国家的财富。杰拉德的父亲是第二代矿主，有了足够的家业以后，就只考虑人的问题了。对他来说，煤矿就是为聚集在这里的千百把人生产面包和财富的巨大田野。他和他的同仁矿主们活着就是为人们谋福利的。这些人都过上了幸福生活，没有几个穷苦人了。人人都富足了，因为煤矿是个好地方，工作也轻松。而那时的矿工们发现自己变得出乎意料的富有，为此深感幸福和自豪。他们认为自己很富有，为自己的家财庆幸，于是又忆起他们的父辈是如何忍饥受苦，从而感到好日子总算来了。他对那些开拓者和新矿主都很感激，是他们打开了矿藏找到了流水般的财源。

可人心永难满足。矿工们就是这样，原先他们很感恩戴德，现在开始抱怨矿主了。他们感到不那么满足了，他们需要更多的财富。为什么矿主比他们富裕得多？

杰拉德小时候矿上闹过一次危机。因为矿工们拒绝接受降薪，矿主协会就关闭了矿井①。封闭矿井迫使托马斯·克里奇认识到了新的境况。他是矿主协会的成员，他为了顾全大局而被迫同意封闭矿井，站到了他的工人的对立面。他一向以父亲和家长自居，现在他被迫断绝了他的"儿子"们的生活资源。他认为自己太富有，天堂是不会接受他的②。现在，他不得不把矛头对准比他更接近耶稣的穷人，这是些卑贱者，被蔑视的人，可他们是接近完美的人，在劳动中他们是男子汉和高尚的人，可他必须对他们说："你们不劳动就不得食。"

意识到这是一场斗争，他真的为此感到伤心。他想用爱来办自己的企业，哦，他甚至希望爱心成为办煤矿的指导力量。可现在，在爱的外衣下，机器的需求以愤世的姿态拔出了利剑。

---

① 1893 年 7 月，中部地区的矿主试图给矿工减薪，于是矿工开始了十六周的罢工，致使减薪没有成功。

② 见《新约·马太福音》第 19 章，第 23 节。

这实在让他伤心透了。他需要一种幻想，可这种幻想破灭了。工人们倒不是与他作对，他们是同矿主们作对。这是一场战争，他不由自主地卷了进去，却是站在错误的一方的。他凭的是自己的良心。成群的矿工们在一种新宗教的冲动下每天都聚在一起。他们被一种观念激励着："世上人人平等，"他们要把这个观念变成物质现实。归根到底，难道这不是耶稣的教旨吗？在一个物质的世界里，如果不行动，光有观念算什么？"所有的人一律在精神上平等，大家都是上帝的儿子。那为何还有这样显著的不平等？"这是由一种由宗教信义而得出的物质化结论。对此，托马斯·克里奇无言以对。他凭着自己的诚实之心承认，社会地位的不平等是错误的，可他又不能放弃他的物资——那正是不平等的内容。所以人们才要为自己的权益斗争不可。世界上最后的宗教激情的最后冲动给了他们启发，这是为平等而斗争的激情。

　　沸腾的人群在行动，人们脸上露出似乎参加神圣战斗的表情，同时脸上挂着一种贪欲。一旦人们开始为占有财富的平等而斗争，如何分得清哪是为平等而战的激情、哪是贪欲的激情？每个人都声称要在这巨大的生产机器中获得平等，这个机器就是上帝。人人都是这个上帝的平等组成部分。可托马斯·克里奇就是觉得这个道理终归有那么点虚假。当机器是上帝的时候，当生产或劳动成为人们的崇拜物时，最机械的人都是最纯洁和最高尚的，代表着尘世的上帝，其余的都在不同程度上是这上帝的附属品。

　　骚动出现了，沃特莫矿井口起火了。这是田野上最远的一口矿井，离林子很近。骚动引来了军人。在那个毁灭性的一天中，从肖特兰兹的窗口可以看到不远处天空中的火光，平日里用来运送矿工到远处的沃特莫去的火车现在满载着一车车的士兵在峡谷中疾行，一身老派的英国兵打扮。随后传来枪声，后来听说人群被驱散了，一个人被打死，火被扑灭了。①

　　杰拉德那时还是个小孩子，闹事的那天他激动极了，他渴望跟那些当兵

———————————

　　① 1893 年，诺丁汉和约克郡发生过两起类似的罢工，军队进行了干预，矿工有伤亡。

的一起去枪杀矿工们。可家里不让他出门，门口把守着持枪的哨兵。杰拉德兴奋地靠近这些当兵的。一群群胡闹的矿工在街口走来走去，喊着，嘲笑着：

"给你三个半便士，让我们看看你们放枪吧。"说着他们还在墙上和篱笆上写上骂人的话。家里的仆人都走了。

托马斯·克里奇一直在伤心，已经施舍出去几百英镑了。到处都摆着食品供人们白吃，食品都过剩了。无论谁只要张口要，就可以得到面包，每条面包只要花三个半便士①。每天都免费供应茶点，矿区的孩子们从未如此这般地吃大户呢。星期五下午，又给学校送去整筐整筐的小果子面包、蛋糕和大罐大罐的牛奶，孩子们得到了他们想要的东西，由于蛋糕和牛奶吃得太多，他们都吃腻了。

骚乱结束了，矿工们又上班了，但情况再也不同于以前了。形势起了新的变化，人们的头脑里有了新的观念。甚至在机器内部也要讲平等，任何一个部件都不应是其他部分的附属品：一切都应该平等。这种平等观念中注入了人们企望混乱的本能。神秘的平等是个抽象的概念，并没有占有或行动的企图——这些属于过程。在行动与过程中，一个人或一个部分必须是另一部分的附属品，这是存在的一种条件。可人们心中产生了骚乱的欲望，机械的平等观念成为分裂的武器去执行人的骚乱意志。

闹罢工的时候杰拉德还是个小孩子呢，可是他渴望成为大人去同矿工们斗争。父亲则骑虎难下，不知所措。他想做一名纯粹的基督教徒，同所有的人都平等，他甚至想把自己的所有财产全分给穷人们②。可是他是工业巨子，为此他必须保住自己的财产从而保持自己的权威，对此他心里很明白。他知道保住财富同倾其所有给穷人是同样神圣的，甚至比倾其所有更神圣，因为他做的事就是发财。可因为他没有把自己的另一个理想付诸行动，他为此感到懊悔，

---

① 当时的币值是二百四十个便士等于一英镑。三个半便士很不值钱。

② 见《新约·马太福音》第19章，第21节。

懊悔的是他在假装圣人。他本想做一个仁慈、自我牺牲、乐善好施的父亲，可矿工们却因为他一年挣成千上万英镑而愤愤不平，冲他大喊大叫，他们是骗不了的。

待杰拉德在常规下长大成人后，他改变了态度。他毫不理睬什么平等。他认为全部基督教关于爱和自我牺牲的观念早已成了一顶旧帽子。他认为社会地位和权威最要紧，对此表现出虚假的态度是没用的。它们最要紧，道理很简单：它们有用，是必要的。地位和权威并不是一切，不过是机器的一部分而已。他本人偶然成了控制别人的中心部分，而大多数人则不同程度地受控制。这些不过是偶然现象罢了。一个轴心带动外围的上百只轮子还是整个宇宙围绕着太阳旋转，怎么说都行。但如果说月亮、地球、土星、木星和金星都有权成为宇宙的中心，那纯属愚蠢。这种说法完全是想造成混乱。

不用想，杰拉德就得出了结论。他把民主—平等的问题斥之为愚蠢，对他来说重要的是社会生产这架机器，让机器工作得更完美吧，生产足够的产品，给每个人分得合理的一份——多少根据他作用的大小与重要性的大小而定。这之外，每个人自己管自己，想怎么娱乐，喜欢干什么都是自己的事，只要他不妨碍别人，鬼才会去干涉他的事。

杰拉德开始了他的工作，就是这样赋予大工业以秩序。以他的经历和阅历，他得出结论认为生活的根本秘密在于和谐。他自己弄不清这和谐为何物，但他喜爱这个字眼儿，他感到他得出了自己的结论。然后他开始将自己的哲学付诸实践，给既定的世界强加上秩序，将神秘的"和谐"这个字眼儿变为实际的"组织"。

他立即看透了自己的企业，意识到了他应该做什么。他要与物质世界斗争，与土地和煤矿斗。他唯一的想法就是让地下无生命的物质属于他的意志。为了与物质世界斗争，就得把完美的工具加以组织，运作得十分微妙而和谐，它代表着人独特的意志，它无情地重复着特定的运动，无可阻挡、无情地去实现某种目的。杰拉德要建立的这种非人的组织原则激起他心中似乎宗教般的狂热。他要在他自己的意志和他要降服的物质世界之间建立起某种完美的、不变的、神圣的媒介。他的意志和与之相抵抗的地球物质是两个极端。他要在这两个极端之间建立起什么来表达他的意志，那是权力的化身，某种伟大而完美的机器，一种制度，某种纯粹秩序的运动，纯粹的机械重复，重复而无穷，因此既是永久的也是无穷的。他在某种纯粹机器原则中发现了他的永恒与无穷，这种机器原则能完美地协调复杂而又无限的重复运动，就像让轮子如何旋转一样，但这是一种生产性的旋转，如同可以把宇宙的旋转称之为生产性的旋转一样，是一种生产性的重复，通过永恒走向无穷。这就是上帝的运动，是生产性的重复与无穷。而杰拉德则是机器神，是拉丁文里所谓的"来自机器的神"[①]。而人整个的生产意志就是上帝。

他现在有了自己毕生的工作了，这就是在世界上推行一种完美的制度从而让人的意志顺利地得到实现，永远不受挫折，这是在创造一个神。他要从煤矿工作着手实行他的计划。计划中包括这几项内容：与人的意志对抗的地下物质；然后是驯服它的工具，包括人和金属；最终是他纯粹的意志即他的头脑。复杂纷呈的工具需要高超的协调，人、动物、金属及动力工具，将各种小小的整体调动起来构成一个巨大完整的整体。由此获得完美的结局，最高的意志得到了实现，人类的意志得到了完美的运作。难道人类不是神秘地通过对抗才超越无生命的物质吗？难道人类历史不是一个征服另一个的历史吗？

矿工们的想法是不现实的。当他们仍苦苦寻求着人的神圣平等时，杰拉德早就超越了这个问题，他基本上认可他们的申诉，然后进一步从人的角度去实现人类整体的意志。他认为唯一能够完美地实现人类意志的途径就是建立起完整的、非人的机器，在这一点上他认为自己是更高层次地代表了矿工们的意愿。他从根本上代表了他们，他们自己反倒落后了，他们不过是为物质上的平

---

① Deus ex Machina，古希腊和罗马的剧院里，神都是用舞台上的机械装置吊起和降下，来干预人间，因此这个词表示"神之干预"。

等争吵不休罢了。可是杰拉德却早已把这种欲望变成了另一种新的、更伟大的欲望——建立人与物质之间的一种完美机制，将神性变成纯粹的机制。

杰拉德一上任，旧的制度就开始抽搐着要死了。他一生中都受着愤怒、毁灭性的魔鬼的折磨，这魔鬼有时把他折磨得发疯。他这种情绪像病毒一样在企业中流行，并且时常残酷地暴发出来。他对任何细节都检查，其做法可怕而没有人情味儿。他不给人以任何隐私，没有他不推翻的旧情。白发苍苍的老经理们，老职员们，步履蹒跚的退休工人们，他把这些人当成废物看待，全打发了他们。在他看来，整个企业就像一个住满没有工作能力的雇员的医院。对这些人他一点感情也没有。他安排了他认为必要的抚养金，然后寻找一些能干的人来代替老职工，让这些老职工退休了事。

"我收到了一封发自莱瑟林顿的求告信，"他父亲半嗔怪半恳求地说，"你不认为应该让这位可怜的老伙计多工作些时候吗？我总觉得他干得不错。"

"我找到了一个替换他的人，爸爸。他不工作了反倒会更幸福的，请相信我好了。你不觉得给他的抚养金够多的吗？"

"他要的不是这钱，可怜的人。他深感自己是因为年老体弱被强行退职的。他觉得他还能再在矿上干二十多年呢。"

"我不需要他这种工作法儿。他并不理解。"

父亲叹了口气，他不想再听下去了。他相信，如果还要继续采煤，就要彻底检修一下矿井。可是如果封闭矿井，从长远的观点看对谁都没好处，情况只能更糟。因此他对他忠诚的老部下的请求没有答复，他只会反复说："杰拉德说。"

父亲就这样慢慢地从人们眼中消失了。对他来说生活的整个架子已经破碎了。按照他的处世哲学他这样做是对的，他和处世哲学是某种伟大的教义。可这些教义似乎变得过时了，要被什么别的来取代了。他对此无法理解。他只能心怀自己的哲学隐退、沉默起来。那无法继续照亮世界的美丽蜡烛仍会在他的灵魂中闪亮，在他寂静的蛰居生活中闪光。

杰拉德急迫地在企业中推行改革了，从机关工作开始着手。为了打通变革的路子，有必要严厉地压缩开支，这样才能保证改革成功。

"送给寡妇的煤怎么处理的？"他问。

"每季度我们都给矿上的寡妇送一车煤。"

"从现在起她们得付成本费。这煤矿可不像人们想的那样是救济院。"

寡妇，这种陈腐的人道主义色彩用语让他一想起来就厌恶，她们几乎令他反感。她们干吗不像有的印度寡妇那样陪死去的丈夫一起在柴堆上自焚？不管怎么说吧，她们必须付煤的成本费。

他在各方面都压缩开支，有些甚至是鲜为人知的小节：矿工们要付运煤的车费，贵也得付；要付工具的打磨费；要付矿灯的保养费等。这些各式各样的小费用加在一起每周可达一先令呢。这点小钱矿工们倒不是舍不得出，但他们感到很恼火。对于企业来说，这样下来每周可以节省上百英镑。

杰拉德渐渐掌握了一切，然后开始了他的重大改革。每个部门都配备了有经验的工程师。一座巨大的发电厂建了起来，既可供地下的照明和运输，又可提供电力。每座矿井都有了电。从美国进口的新机器矿工们从前见都没见过，他们管那巨大挖掘机叫"大铁人"，还有别的稀有设备。[1] 井下的工作方式也彻底改观了，矿工们被剥夺了一切控制权力，工头承包制废除了[2]。一切都按照最准确、精细的科学方法运行，受过教育，有专长的人掌握了一切，矿工们沦为单纯的机器和工具。他们不得不苦干，比以前苦多了，矿井里的活儿很可怕，那种机器般的劳作真是惨不忍睹。

但是他们都认命了。他们的生活中没了欢乐，随着人愈来愈被机器化，希望破灭了。可是他们对新的情况认可了，甚至进一步感到满足。起初他们仇

---

① 1905 年开始劳伦斯家乡的矿井实现了电气化，引进了挖掘机和卷扬机，随后当地又建起了发电厂供应电力。

② the butty system，承包人一般是有经验的老工人，指挥一个采煤组的人干活，自己也亲自干活，负责给全组人平分收入，零头往往用来下酒馆一起喝酒。劳伦斯的父亲曾是这样的承包人。

恨杰拉德·克里奇，他们发誓要采取措施，要杀了他。可随着时间的推移，他们对一切都认命了，也知足了。杰拉德是他们的高级牧师，他代表了他们真正的信仰。他的父亲已经被人忘记了。现在是新的世界，新的秩序——它严格，可怕，非人，但其破坏性是令人满意的。矿工们极乐意归属于这伟大绝妙的机器，尽管这机器正在毁灭他们。他们需要的正是这个。这是人所生产出的最高级、最绝妙的超人。它超越感觉和理智，真有些像上帝，能够归属于这伟大的超人体系，工人们极感兴奋。他们的心死了，可他们的灵魂却得到了满足。他们需要的就是这个，否则杰拉德就永远做不成要做的事。他只是比他们先行了一步，给予了他们所需要的东西——参与了让生命屈从于数学原理的活动。这是他们真正需要的一种自由。这是向着破坏迈出的第一大步，是混乱的第一个伟大的阶段，用机器原理取代原先的有机体，它要毁灭有机的目的，有机的统一体，让任何有机的个体都服从于巨大的机械目标。这是纯粹的有机体的解体，是纯粹的机械组合，这是混乱的第一步，是混乱的最佳形态。

杰拉德对此感到满意。他明知矿工们说过恨他，可他却早就不恨他们了。晚上他们潮水般的从他身边走过，他们沉重的靴子疲惫地踢踢踏踏击打着便道，他们的肩膀有点倾斜，他们不理睬他，不跟他打招呼，只是像毫无感情色彩的黑灰色潮流从他身边涌过，像是被他验收似的。对他来说，他们只是工具，一点都不重要；对他们来说，他只是个高超的控制机，除此之外也没什么了不起。他们作为矿工存在着，而他则作为矿主存在着。他尊重他们的身分。可作为人，作为有人格的人，他们不过是偶然、微不足道的小小现象。那些人也默认了这一点，杰拉德心里就是这么想的。

他成功了，他使企业更新了面貌，变得异常单纯。煤产量超过了以往任何时候的纪录，他的绝妙、精细的制度实行得很完美。他手下有一批真正聪明的工程师，矿业的、电业方面的都有，雇这些人的开支并不很大。一位受到高等教育的人不过比一位矿工多挣一点点工资。他的那批经理都是稀有人才，但他们的工资并不比当年父亲手下那批由矿工提拔上来的老笨蛋们高。他那位总经理每年年薪一千二百英镑，可他至少为企业节约了五千英镑。这个体制现在太完备了，杰拉德几乎没用了。

这体制太完善了，不免有时令杰拉德产生一种奇怪的担心，他不知道该怎么办才好。他一连几年都沉迷地忙东忙西，他的作为似乎是至高无上的，他几乎像一位神，纯粹而高尚地忙碌着。

他现在是胜利了——终于胜利了。有时，当夜深人静，只有他一个人独处一隅时，他无所事事，会突然感到恐惧，不知自己怎么了。于是他走到镜子前，久久地凝视自己的脸和眼睛，想从中寻求点什么。他害怕了，感到了致命的恐惧，可他不知道这是怎么回事。他看看自己的面孔，它仍是那样周正、脸色是健康的，依然如故，可总有那么点不真实，这是一副面具。他不敢碰它，生怕一碰会发现这仅仅是一个人造的面具。他的眼睛仍旧那么蓝，目光仍旧那么锐利、坚定。可他不敢相信这是真的，生怕它们是虚伪的蓝色泡沫，说飞就飞，只留下一片虚无。他可以看到眼中的黑暗，似乎那眼眶中只有黑色的泡沫。他怕，怕有那么一天他会垮掉，只会在黑暗中毫无意义地絮语。

可他的意志还算坚强，他还可以离开镜子去读书，去思考。他喜欢读一些有关原始人的书和人类学的书，也喜欢思辨哲学方面的书。他的头脑很活跃，可是它很像黑暗中漂浮着的泡沫儿，任何时候都会破碎，把他留在混乱之中。他绝不要死。他知道，他会活下去，可是生活将不会有什么意义，神圣的理智会离他而去。他害怕了，变得漠然、衰败了。他连反抗恐惧的力气都没有。他似乎觉得他的感情中心枯竭了。他仍旧很平静，精打细算，身体也很健康，很洒脱随意，即便当他微微恐惧地感到他神秘的理性正在危机中崩溃时，他仍然不改初衷。

可这令他紧张难受。他知道没有调和的余地。他很快会寻找某个方向去自我解脱。只有伯金可以消除他的恐惧，伯金以他奇特多变的性情挽救了他，让他在生活中保持着自负。伯金是典型的性情中人。可是杰拉德总要避开伯金，就像躲避教堂的礼拜仪式一样，从那里逃到外面真实世界的生活和工作中去，在那儿，一切照常，依然如故，字词是徒劳的。他得考虑世上的工作和物质生活，这项工作变得愈来愈困难了，对他来说是沉重的负担，他感到自己本身似乎空空如也而身外的一切又颇具紧张感。

他在女人身上寻到了最满意的解脱。自从在一位绝望的女士身上初试身手以后，他变得很从容，事过境迁也就忘到九霄云外去了。可恶的是，如今很难让他对女人保持长久的兴趣。他对她们压根儿不在意了。一个米纳蒂就够了，不过她可是个特殊情况。即便是她，也无足轻重。不，在那种意义上来说，女人对他没什么用了。他感到，要想激起他的肉欲，他的精神一定要受到强烈刺激方可。

第十八章　兔　子

　　戈珍明白，到肖特兰兹去是件至关紧要的事。她知道这等于接受了杰拉德·克里奇的爱。尽管她不喜欢这样，可她知道她应该继续下去。她痛苦地回忆起那一个耳光和吻，含糊其词地自己问自己："归根结底，这算什么？一个吻是什么？甚至一记耳光是什么意思？那不过是个偶然，很快就消失了。我可以到肖特兰兹去一下，看看它是什么样子就离开。"这是因为她有一种无法满足的好奇心，什么都想看，都想知道。

　　她也想知道温妮弗莱德到底是个什么样子。那天听到这孩子在汽船上的叫声，她就感到与她有了某种神秘的联系。

　　戈珍同她父亲在书房里谈着话，父亲就派人去叫女儿来。不一会儿女儿就在法国女教师的陪伴下来了。

　　"温妮，这位是布朗温小姐，她会帮助你学绘画、塑造小动物，"父亲说。

　　孩子很有兴趣地看了看戈珍，然后走上前来，扭着头把手伸了过来，在她那孩子气的拘谨外表下，是十分的镇定和漠然，可以说是某种冷漠。

　　"你好？"孩子头也不抬地说。

　　"你好，"戈珍说。

　　说完，温妮站在一边，戈珍被介绍给那法国女教师。

　　"今天天气很好，适合出来走走，"法国女教师愉快地说。

　　"相当好，"戈珍说。

　　温妮弗莱德在远处打量着这边。她似乎感到很有趣儿，但有点拿不准这位新来的老师会是什么样的人。她见过不少生客，但没有几个是她真正了解的。这位法国女教师算不了什么，这孩子仅仅是跟她平静相处，承认她的小小权威，但对她不无轻蔑，尽管服从她，心里仍然很傲，拿她并不当一回事。

"温妮弗莱德，"父亲说，"布朗温小姐来咱家你不高兴吗？她用木头和泥雕塑的小动物和小鸟伦敦的人都称赞，他们还在报纸上写文章大大地赞扬她呢。"

温妮弗莱德微微笑了。

"谁告诉你的，爸爸？"她问。

"谁告诉我的？赫麦妮告诉我的，卢伯特·伯金也说起过。"

"你认识他们？"温妮弗莱德扭过脸来有点挑衅似的问戈珍。

"认识，"戈珍说。

听了这话温妮弗莱德心思稍有改变。她本来是要把戈珍当作仆人的，可她现在感到她们是要做朋友了。她很高兴，她有了这么多比她地位低下的人，她尽可以以良好的心情容忍她们。

戈珍很平静，她也没把这些事看得很重。一个新的场合对她来说是很新奇的，可温妮弗莱德这孩子却那么不讨人喜欢，那么损，她永远也不会合群。戈珍喜欢她，对她有兴趣。第一次会面就这么不光彩，这么尴尬地结束了，无论是温妮弗莱德还是她的女教师都不懂社交礼节。

不久，她们就在一个虚幻的世界中相聚了。温妮弗莱德不怎么注意别人，除非他们像她一样顽皮并有点儿损。她只喜欢娱乐，她生活中严肃的"人"是她喜爱的小动物。对那些小动物她慷慨地施舍自己的感情，当它们的玩伴，这真有点好笑。对人间别的事她感到不耐烦，无所谓。

她有一条小狮子狗，起名鲁鲁，她可喜欢鲁鲁了。

"咱们画鲁鲁吧，"戈珍说，"看看我们能不能画出它的乖样儿，好吗？"

"亲爱的！"温妮弗莱德跑过去，鲁鲁有点忧郁地蹲在炉前地毯上似乎沉思着，温妮，吻着鲁鲁凸出的额头说："小亲亲，你让我们画你吗？让妈妈画张画儿吧，啊？"说完她高兴地扑哧一笑，转身对戈珍说："哦，画吧！"

她们过去取来铅笔和纸准备画了。

"太漂亮了，"温妮弗莱德搂着小狗说，"妈妈为它画画儿时它要安安静静地坐着。"小狗儿凸出的大眼睛中露出忧郁、无可奈何的神情。她热烈地吻着小狗说："不知道我的画儿作出来是什么样，肯定不好看。"

她边画边吃吃地笑，不时大叫：

"啊，亲爱的，你太漂亮了！"

她笑着跑过去带着歉意抱住小狗，似乎她伤害了它。小狗黑丝绒般的脸上挂着岁月留下的无奈与烦恼的表情。温妮慢慢地画着，淘气的目光很专注地看着狗，头偏向一边，全神贯注地画着，她似乎是在画着什么咒符。她画完了，看看狗，再看看自己的画儿，然后突然替那狗松口气，兴奋淘气地大叫：

"我的美人儿，怎么画得这么美？"

她拿着画走向小狗，把画儿放在它鼻子底下。小狗似乎懊恼屈辱地把头扭向一边，温妮竟冲动地吻它那黑丝绒般凸出的前额。

"好鲁鲁，小鲁鲁！看看它的画像，亲爱的，看看吧，这是妈妈为它画的呀。"她看看画，又吃吃地笑了起来。她又吻吻小狗，然后站起身庄重地走到戈珍面前把画儿交给她。

这是一张画有一只奇怪的小动物的荒诞画儿，很淘气又很有喜剧味儿，戈珍看着画儿脸上不由得浮现一丝笑意。温妮弗莱德在她身边嘻嘻笑道：

"不像它，对吗？它比画儿上要可爱得多。它太漂亮了，嗨，鲁鲁，我可爱的达令。"说着她飞奔过去拥抱那懊恼的小狗，它抬起一双不满、忧郁的眼睛看看她，任她去抱。然后她又跑回到画像边上，满意地笑道：

"不像它，是吗？"她问戈珍。

"像，很像，"戈珍说。

这孩子很珍惜这幅画儿，拿着它，有点不好意思地向别人展示。

"看，"她说着把画送到爸爸手里。

"这不是鲁鲁吗？！"他叫着。他吃惊地看着图，听到身边女儿笑得不成声儿。

戈珍第一次来肖特兰兹时杰拉德不在家。

他回来的那天早晨就寻找她。那天早晨阳光和煦，他留连在花园小径上，观赏着他离家后盛开的鲜花。他仍像原先一样整洁、精神，脸刮得很干净，淡黄色的头发仔细地分开梳向一边，在阳光下闪闪发光。他漂亮的短髭修剪得很整齐，眼睛里闪烁着温和幽默的光芒，眼神看上去很不可靠。他身着黑衣，衣服穿在他健壮的身体上很合体。可他在花坛前徘徊，阳光下他的身影显得有点孤单，似乎因为缺少什么而感到害怕。

戈珍快步走来，几乎是悄然出现。她身着蓝衣和黄色毛长筒袜，有点像那些蓝衣少年①。看到她，他吃了一惊。她的长筒袜总让他感到窘迫：浅黄色的袜子配很重的黑鞋子，真是岂有此理。温妮弗莱德此时正在园子中同法国女教师牵着狗玩，见到戈珍就飞跑过去。这孩子身穿黑白相间的条状衣服，齐耳短发剪成了弧形。

"咱们画俾斯麦②吧，好吗？"她说着挽住戈珍的胳膊。

"好，我们就画俾斯麦，你喜欢？"

"是的，我喜欢！我非常想画俾斯麦。今天早晨它非常神气，非常好斗。它几乎像一头狮子那么大。"说着她为自己的夸张笑了起来。"它是个真正的国王，真的。"

"你好，"矮小的法国女教师微微欠一下身子向戈珍问好，戈珍对这种鞠躬很厌烦。

"温妮弗莱德很想画俾斯麦！整个早上她都在叫：'今天上午我们画俾斯麦吧！'俾斯麦，俾斯麦，就是这个俾斯麦！它是一只兔子，对吗，小姐？"

---

① 教会医院办的学校里，男生的校服是蓝色长袍和黄袜子。

② 俾斯麦（1815—1898），德国第一任宰相，有"铁血宰相"之称。在这里，"俾斯麦"是一只兔子的外号。

"对，是一只黑白两色的花兔子。你见过它吗？"戈珍的法语尚好，但有点吃力。

"没有，小姐。温妮弗莱德从没想让我见它，好几次我问她：'温妮弗莱德，俾斯麦是什么东西？'可她就是不告诉我。就这样，俾斯麦成了一个秘密。"

"它的确是个秘密！布朗温小姐说俾斯麦是个秘密。"温妮弗莱德叫道。

"俾斯麦是个秘密，俾斯麦是个秘密，俾斯麦是个奇迹，"戈珍用英语、法语和德语念咒般的说。

"对，就是一个奇迹，"温妮弗莱德的话音出奇的严肃，可掩饰不住淘气的窃笑。

"是奇迹吗？"女教师傲气十足地讽刺说。

"是的！"温妮弗莱德毫不在乎地说。

"可他不像温妮弗莱德说的那样是国王。俾斯麦不是国王，温妮弗莱德。他不过——不过是个宰相罢了。"

"宰相是什么？"温妮弗莱德很看不起女教师，爱搭不理地说。

"宰相就是宰相，宰相就是，我相信，是一个法官，"杰拉德说着走上来同戈珍握手。"你很快就可以编一首关于俾斯麦的歌曲。"他说。

法国女教师等待着，谨慎地同他打个招呼。

"她们不让你看俾斯麦，是吗？"他问女教师。

"是的，先生。"

"哦，她们可真差劲儿。布朗温小姐，你们准备拿它怎么办？我希望把它送厨房去做菜吃。"

"不，"温妮弗莱德叫道。

"我们要画它，"戈珍说。

"掏它内脏，撕碎它，再把它做成菜①，"杰拉德故意装傻。

"哦，不嘛，"温妮弗莱德笑着大叫。

戈珍听出他是开玩笑，她抬起头冲他笑笑。他感到自己的神经受到了抚慰，他们的双目通了款曲。

"你喜欢肖特兰兹吗？"他问。

"哦，挺喜欢，"戈珍漠然地说。

"这让我高兴。你有没有注意这些花儿？"

他带她走上小径，她专心致志地跟在他身后走着，随后温妮弗莱德也跟了上来，那法国女教师在最后面磨磨蹭蹭地跟着走。他们在四下里蔓延着的喇叭舌草前停住了脚步。

"这太漂亮了！"戈珍着了迷似的看着花儿大叫。她对花草那种激情的崇拜奇怪地抚慰着他的神经。说着她弯下腰用纤细的手指优雅地抚摸着喇叭花儿。看到她这样爱花儿，他感到很惬意。当她直起腰，她那双花一样美丽的大眼睛火辣辣地看着他。

"这是什么花儿？"她问。

"牵牛花一类的吧，我想是。"他说，"我并不太懂。"

"我觉得这些花儿太陌生了，"她说。

他们故作亲昵地站在一起，心里都很紧张。他爱上她了。

她注意到法国女教师就站在附近，像一只法国甲壳虫一样观察着、算计着什么。她带温妮弗莱德走开了，说是去找俾斯麦。

杰拉德目送她们远去，目不转睛地看着戈珍那柔软，娴静的体态，丰满的上身穿着开司米外套。她的身体一定是丰腴、光滑、柔软的。他太欣赏她了，她是那么令人渴望，那么美。他只是想接近她，只想这样，接近她，把自

---

① 英语中 draw 是个同音同形的多义词。戈珍说要"画"兔子用的是 draw，而杰拉德说 draw 时指的是古代把犯人吊起来掏其内脏并碎尸过程中的"掏"字，以此来开玩笑。

己给她。

同时他敏感地注意到了法国女教师那衣着整洁、脆弱的身姿。她像一种高傲、长着细踝的甲壳虫高高地站立着，她闪光的黑衣毫无瑕疵，黑发做得很高、很令人起敬。可她那种完美的样子多么令人生厌！他讨厌她。

可他的确羡慕过她。她很周正，没的挑。令他恼火的是，当克里奇家人还在丧期时，戈珍竟身穿鲜艳的衣服来了，简直像一只金刚鹦鹉！的确像一只金刚鹦鹉！他盯着她抬腿离开地面，她的腕踝处露出浅黄色的袜子，她的衣服是深蓝色的。可他又不禁感到欣喜，很欣喜，他感到她的衣着是一种挑战——对整个世界的挑战。于是他笑了，似乎是冲喇叭花笑。

戈珍和温妮弗莱德从屋中穿过来到后院，那儿有马厩和仓库，四下里一片寂静，荒凉。克里奇先生驾车出去了，马夫正在为杰拉德遛马。两个姑娘走到墙角里的一间小棚子那儿去看那只了不起的黑白花兔。

"太漂亮了！看它在听什么呢？它显得多傻呀！"她笑道："我们就画它听声音的样子吧，它听得多认真呀，是吗，亲爱的俾斯麦？"

"我们可以把它弄出来吗？"戈珍问。

"它太强壮了。它真的十分有劲儿。"她偏着头，不信任地打量着戈珍说。

"但我们可以试试，不行吗？"

"可以，你愿意就试试吧。不过它踢人可疼了。"

她们取来钥匙开门。兔子开始在棚子里蹦跳着打起转来。

"它有时抓人抓得可厉害了，"温妮弗莱德激动地叫道，"快看看它，多么奇妙啊！"兔子在里面慌慌张张地蹿来蹿去。"俾斯麦！"这孩子激动地大叫："你多么可怕啊！你像个野兽。"温妮弗莱德有点恐惧地抬头看看戈珍。戈珍的嘴角上挂着嘲讽的笑。温妮发出无比激动的怪叫声。"它安静了！"看到兔子在远处的一个角落里蹲着她叫了起来。"咱们现在就把它弄出来不好吗？"她怪模怪样地看着戈珍喃言着，慢慢凑了过来。"咱们这就把它弄出来吧？"她说着调皮地笑了。

她们打开了小棚子的门。那只强壮的大兔子安静地蜷伏着，戈珍伸进胳膊去抓住了它的长耳朵。兔子张开爪子扒住地面，身体向后缩着。它被戈珍往外拖着，爪子抓着地发出刺耳的声响。它被揪着耳朵悬在空中，身体剧烈地抽动着，就像弹簧一样伸缩着。最后戈珍终于把它拽了出来。戈珍伸着胳膊抓紧了这只暴烈的动物，忙扭过脸去躲避它的抓挠。可这兔子强壮得出奇，她竭尽全力才能抓住它。在这场搏斗中她几乎失去了意识。

　　"俾斯麦，俾斯麦，你太可怕了，"温妮弗莱德有点害怕地说，"快把它放下，它是一头野兽。"

　　戈珍被她手中这头暴风雨般的东西惊呆了。她绯红了脸，怒火中烧。她颤抖着，就像暴风雨中的小屋，完全被征服了。这场全无理智、愚蠢的搏斗令她感到恼火，她的手腕也被这只野兽的爪子抓破了，她的心变残酷了。

　　正当她试图抱住要从她怀中逃窜的兔子时，杰拉德来了。他敏感地看出她心中憋着火儿。

　　"你应该叫个仆人来替你做这件事，"他说着急忙赶上前来。

　　"哦，它太可怕了！"温妮弗莱德有点发疯地叫道。

　　他强壮的手颤抖着揪住兔子耳朵把它从戈珍手中抱了出来。

　　"它太强壮了，"戈珍高声叫着，像一只海鸥那样，声音奇怪，像是要报复那兔子。

　　兔子全身缩成一团蹿了出去，身体在空中形成弯弓型。它真有点魔气。戈珍看到，杰拉德浑身紧张，眼中一片空白。

　　"我早就了解这类叫花子，"他说。

　　那魔鬼般的野兽又一次跳到空中，长长的身子看上去就像一条龙在飞舞，然后又蜷缩起身子来，难以想象的强壮、具有爆发力。杰拉德全身憋足了力气，剧烈地颤抖着。突然他感到一股怒火烧遍全身，闪电般的用一只手鹰爪一样地抓住兔子的脖子。兔子立时发出一声面临死亡时可怕的尖叫。它剧烈地扭动着全身，抽搐着撕扯杰拉德的手腕和袖子，四爪旋风般舞动着，露出白白的肚皮。杰拉德揪着它旋了一圈，然后把它紧紧夹在腋下。它屈服了，老实了。杰拉德脸上露出了微笑。

"你不要以为一只兔子有多大的力气。"他看着戈珍说。他看到戈珍苍白的脸上目光漆黑如夜，看上去有几分仙气。一阵搏斗后兔子发出的尖叫声似乎打破了她的意识，他看着她，脸上炽烈的光芒更加强烈起来。

"我并不真喜欢它，"温妮弗莱德嘟哝着。"我可不像关心鲁鲁一样关心它。它真可恶。"

戈珍缓过神来后尴尬地笑了。她知道自己露馅儿了。

"难道兔子尖叫时都那么可怕吗？"她叫着，尖尖的声音很像海鸥的叫声。

"很可怕，"他说。

"反正它是要让人拖出来的，它干吗那么傻乎乎的不出来？"温妮弗莱德试探地摸着兔子说。兔子老老实实地让他夹在腋下，死了一样的纹丝不动。

"它没死吧，杰拉德？"她问。

"没有，按说它应该死了。"

"对，它该死！"温妮突然很开心地叫。然后她更有信心地摸着兔子说："它的心跳得很快，它多好玩儿呀，真的。"

"你们想带它去哪儿？"杰拉德问。

"到那个绿色的小院儿里去，"她说。

戈珍打量着杰拉德，她的目光陌生而黯淡，那是地狱里的延伸，几乎像只动物在乞求他，可这动物最终会战胜他。他不知对她说什么好。他感到他们双方相互像地狱里的魔鬼一样认识了。他感到他应该说些什么来掩盖这一事实。他的神经有着闪电般的力量，而她就像一只柔软的接收器接收他炽烈的火焰。他并不那么自信，时时感到害怕。

"它伤着你了吗？"他问。

"没有，"她说。

"它是一只没有理智的野兽，"他扭过头去说。

他们来到小院跟前。小院红砖围墙的裂缝中开着黄色的草花儿。院子里的草柔软悦目，这块草坪有些年头了。院子上空一片瓦蓝。杰拉德把兔子一抖放到地上，它静静地蜷缩着，根本就不动窝儿。戈珍有点恐惧地看着它。

"它怎么不动啊？"她叫着。

"它服气了呗，"他说。

她冲他笑笑，那种略带恶意的笑容使她苍白的脸都缩紧了。

"它可真是个傻瓜！"她叫道，"一个令人厌恶的傻瓜！"她话语中报复的口吻令杰拉德头皮发麻。她抬头看看他的眼睛，暴露了她嘲弄、残酷的内心。他们之间结成了某种同盟，这种心照不宣的同盟令他们害怕。他们两人就这样陷入了可怕的神秘之中。

"它抓了你几下？"他说着伸出自己被抓破的小臂，他的小臂白皙而结实。

"真可恶啊！"她目光畏惧，红着脸说："我的手没事。"

她抬胳膊，光滑白嫩的皮肉上有一道深红的抓痕。

"真是个魔鬼！"他吼道。但他似乎从她手臂上那长长的红疤中认识了她①，她的小臂是那么柔滑。他并不想抚摸她，但他要有意识地迫使自己去抚摸她。那长长的浅红抓痕似乎从他自己的头脑中划过，撕破了他意识的表面，让永恒的无意识，难以想象的彼岸的红色气息侵入，这是猥亵的气息。

"伤得不厉害吧？"他关切地问。

"没什么，"她说。

突然那只像娴静的小花儿般蜷缩着的兔子还阳了。它像出膛的子弹跳将出去，在院子中一圈又一圈地跑，像一颗流星一样转着圈子，令人们眼花缭乱。他们都呆呆地看着兔子，莫名其妙地笑着。那兔子似乎被什么咒语驱使着，像一阵暴风雨在旧红墙下的草地上旋转飞奔着。

突然，它停下在草丛中蹒跚了几下，然后蹲下来思索，鼻翼歙动着就像

---

① had knowledge of her，据原著英文版注释认为这句话是《圣经》里表示性交的意思。

风中飘动着的一根绒毛。这团软乎乎的东西思索了片刻，睁开黑眼睛有意无意地瞟了他们一眼，然后它开始静静地向前蹒跚而去并开始飞快地啃噬青草，那飞快啃噬的吃相是兔子特有的下作模样。

"它疯了，"戈珍说，"它绝对是疯了。"

杰拉德笑了。

"问题是，"他说，"什么叫疯？我才不信兔子会疯。"

"你不认为它是疯了吗？"她问。

"不。兔子就是这样。"

他脸上微微露出一副奇怪的猥亵笑容。她看着他，知道他和她一样也是进攻型的人，这一点令她感到挫败，一时间她心里很不痛快。

"我们之所以不是兔子，这得感谢上帝。"她尖着嗓门说。

他脸上的笑容凝聚了起来。

"我们不是兔子吗？"他凝视着她。

她的表情缓和下来，有点猥亵地笑着。

"啊，杰拉德，"她像男人一样粗着嗓子缓缓地说，"都是兔子，更有甚之。"她漠然地看着他。

他似乎感到她又一次打了他一记耳光——甚至觉得她撕裂了他的胸膛，不知不觉中撕得很彻底。他转向一边不看她。

"吃，吃，我的宝贝儿！"温妮弗莱德恳求着兔子并悄悄过去抚摸它。兔子蹒跚着躲开她。"让妈妈摸摸你的毛儿吧，宝贝儿，你太神秘了——"

第十九章　月　光

　　病愈之后，伯金到法国南部住了一段时间。他没给人写信，谁也不知道他的情况。厄秀拉孤零零一个人，感到万念俱灰，似乎世间不再有什么希望了，一个人就如同虚无浪潮中的一块小石头，随波起伏。她自己是真实的，只有她自己，就像洪水中的一块石头，其余的都无意义，冷漠，孤独。

　　对此她一筹莫展，只有蔑视、漠然地抗争。整个世界都没入了灰色的无聊与虚无之中，她与什么都没有联系了。对这全部的景象她报以轻蔑。她打心灵深处蔑视、厌恶人，厌恶成年人。她只喜欢小孩和动物。她充满激情但又不无冷漠地喜爱儿童。她真想拥抱、保护他们，赋予他们生命。可这种爱是建立在怜悯和绝望上的，对她来说只能是枷锁和痛苦。她最爱的还是动物，动物同她一样独往独来，没有社会性。她喜欢田野中的马和牛，它们个个儿我行我素，很有魔力。动物并不遵守那些可恶的社会原则，它没有灵魂，也不会闹出什么悲剧来，对此她深恶痛绝。

　　她对别人可以显出愉快和讨人喜欢的样子，几乎很恭顺，但谁也不会上她的当。谁都可以凭直觉感到她对人类所持的嘲讽态度。她怨恨人类。"人"这个词所表达的含义令她感到厌恶。

　　她的心灵就封闭在这种潜意识的蔑视与嘲弄之中。她自以为自己有一颗爱心，心中充满了爱。她就是这样看待自己的。可她那副精神焕发的样子，她神态中闪烁着的直觉活力却否定了她对自己的看法，只有否定。

　　可有时她也会屈服，变得柔弱，她需要纯粹的爱，只要纯粹的爱。她时时自我否定，精神上扭曲了，感到很痛苦。对纯粹之爱的强烈渴望再次令她不能自拔。

那天晚上，她感到痛苦得都木然了，于是走出家门。注定要被毁灭的人此时是必死无疑了。这种感受已达到了极限，感受到这一点她也就释然了。如果命运要把那些注定要离开这个世界的人卷入死亡与陷落，她为什么还要烦恼、为什么还要进一步否定自己呢？她感到释然，她可以到别处去寻觅一个新的同盟。

她信步向威利·格林的磨房走去。她来到了威利湖畔，湖里又几乎注满了水，不再像前一阵放水后那么干枯。然后她转身向林子中走去。夜幕早已降临，一片漆黑。可是她忘了什么叫害怕，尽管她曾经怕极了。这里远离人间，似乎有一种神秘的宁静。一个人愈是能够寻找到不为人迹腐蚀的纯粹孤独，她的感受就愈佳。在现实中她害怕人，怕得要死。

她发现她右边的树枝中有什么东西像巨大的幽灵在盯着她，躲躲闪闪的。她浑身一颤。其实那不过是稀疏的树林中升起的明月。可这月亮似乎很神秘，露着苍白、死一样的笑脸。对此她无法躲避。无论白天还是黑夜，你无法躲避像这轮月亮一样凶恶的脸，它得意洋洋地闪着光，趾高气扬地笑着。她对这张惨白的脸怕极了，急忙朝前走。她要看一眼磨房边的水塘再回家。

她怕院子里的狗，因此不想从院子中穿过，转身走上山坡从高处下到水潭边。空旷的天际悬着一轮月亮，她就暴露在月光下，心里很难受。这里有兔子出没，在月光下一闪一晃。夜，水晶般清纯，异常宁静。她可以听到远处一只羊儿的咳嗽声。

她转身来到林木掩映着的陡峭岸上，这里桤木盘根错节连成一片。她很高兴能够躲开月亮，进入阴影中。她站在倾斜的岸上，一手扶着粗糙的树干俯视着脚下平静的湖水，一轮月亮就在水中浮动。可不知为什么，她不喜欢这幅景色。它没有给予她什么。她在倾听水闸里咆哮的水声。她希望这夜晚还能给她别的什么，她需要另一种夜，不要现在这冷清的月夜。她可以感到她的心在呼叫，悲哀地呼叫。

她看到水边有个人影在动，那肯定是伯金。他已经回来了，对周围毫无察觉。她一言不发，若无其事地坐在桤木树根上，笼罩在阴影中，倾听着水闸放水的声音，感到像有露水飞溅到夜空中。水中小岛在黑暗中若隐若现，芦苇荡也一片漆黑，只有少许苇子在月光下闪着微光。一条鱼偷偷跃出水面，在水面上划出一道光。寒夜中湖水的闪光刺破了黑暗，令她反感。她企望这夜空漆黑一片，没有声音，也没有动静。伯金在月光下的身影又小又黑，他头发上沾着一星儿月光，慢慢向她走近。他已经走得很近了，但她仍旧不在乎。他不知道她在这儿。如果他要做什么事，他并不希望别人看到他做，他觉得自己做得很保密。可这又有什么关系？他这点小小的隐私又有什么重要的？他的所作所为怎么会重要呢？我们都是人，怎么会有什么秘密呢？当一切都明明白白、人人都知道时，何处会有秘密？

　　他边走边漫不经心地抚摸着僵死的花荚，语无伦次地喃喃自语着。

　　"你不能走，"他说，"没有出路。你后退的话只能依靠自己。"

　　说着他把一朵枯干了的花荚扔进水中。

　　"这是一部应答对唱——他们对你说谎，你歌唱回答他们。不需要有什么真理，只要没有谎言，就不需有什么真理。这样的话，一个人就不用伸张什么了。"

　　他伫立着，看着水面，又往水面上扔下几个花荚。

　　"罗马的大母神，去她的吧！可咒的爱情、欲望、嗜血残忍的叙利亚女神！难道有人抱怨她们吗？还有别的什么——？"

　　厄秀拉真想高声、歇斯底里地大笑，她觉得他那孤独的口吻实在可笑。

　　他站在那儿凝视着水面。然后他弯下腰去拾起一块石头，用力把石头扔向水池中。厄秀拉看到明亮的月亮跳动着、荡漾着，月亮在眼中变形了，它就像乌贼鱼一样似乎伸出很多燃烧着的手臂来，像珊瑚虫一样在她眼前颤动。

　　他站在水塘边凝视着水面，又弯下身去在地上摸索着。一阵响声过后，水面上亮起一道水光，月亮在水面上炸散开去，飞溅起雪白、可怕的火一样的光芒。这火一样的光芒像白色的鸟儿迅速飞掠过水面，喧嚣着，与黑色的浪头撞击着。远处闪光的浪头飞逝了，似乎喧闹着冲击堤岸寻找出路，然后黑色的浪头压回来，直冲水面的中心涌来。就在这中心，那生动、白亮的月亮在震颤，但没有被毁灭。这闪着白光的躯体在蠕动、在挣扎，但没有破碎。它似乎盲目地极力缩紧全身。它的光芒愈来愈强烈，再一次显示出自己的力量，表明它是不可侵犯的，月亮再一次聚起细弱的光线，恢复成坚实的月亮，凯旋般的在水面上飘荡着。

伯金伫立着凝视水面，直到水面平静下来，月亮也几乎安宁下来。他满足了，又开始寻找石块。厄秀拉可以感到他那股看不见的固执劲。不一会儿，水面上又炸开了一片光线，令她目眩。然后他又去投另一块石头。月亮拖着白光跃到半空中。光芒四射，水面中心变得一片黑暗。不再有月亮，水面上成了光线与阴影的战场，短兵相接。黑暗而沉重的阴影一次又一次地袭击着月亮的所在地，淹没了月亮。断断续续的破碎月光上上下下弹跳着，找不到出路，散落在水面上，就像一阵风吹散了的玫瑰花瓣。

可这些光线仍然闪烁着聚回到中间去，盲目、渴望地找到了回去的路。一切重又平静下来，伯金和厄秀拉仍凝视着水面。浪头拍击着岸边，发出"哗哗"的声响，他看着月光暗自聚了起来，看到那玫瑰花的中心强有力、盲目地交织着，召回那细碎的光点，令它们跳动着聚合起来。

可他不满足，发疯似的抓起石块，一块又一块地把石头向水中投去，直投向那一轮闪着白光的月亮，直到月影消失，只听得空荡荡的响声，只见水浪涌起，没了月亮，黑暗中只有几片破碎的光在闪烁，毫无目的，毫无意义，一片混乱，就像一幅黑白万花筒景色被任意震颤。空旷的夜晚在摇荡，在撞击，发出声响，夹杂着水闸那边有节奏的刺耳水声。远处什么奇怪的地方，散乱的光芒与阴影交错，小岛的垂柳阴影中也掩映着星星点点的光。伯金倾听着这一片水声，总算是感到满足了。

厄秀拉感到极为惊诧，一时间茫然了。她感到自己倒在地上，像水溢到地上一样。她精疲力竭，阴郁地呆坐着。即便在这种情况下，她仍然感觉得出黑暗中光影零乱，舞动着渐渐聚在一起。它们重新聚成一个中心，再一次获得生命。渐渐地，零乱的光影又聚合在一起，喘息着，跳动着，似乎惊慌地向后退了几步，然后又顽强地向着目标前行，每次前进之前先佯装后退。它们闪烁着渐渐聚了起来，光束神秘地扩大了，更明亮了，一道又一道聚起来，直到聚成一朵形状不整的玫瑰花。形状不整齐的月亮又在水面上颤抖起来，振作起来，它试图停止震颤，战胜自身的畸形与骚动，获得自身的完整，获得宁静。

伯金茫然地徘徊在水边。厄秀拉真怕他再次往水中扔石块。她从自己坐的地方滑下去，对他说：

"别往水中扔石头了，好吗？"

"你来多久了？"

"一直在这儿。不要再扔石头了，好吗？"

"我想看看我是否可以把月亮赶出水面。"

"这太可怕了，真的。你为什么憎恨月亮？它没有伤害你呀，对吗？"

"是憎恨吗？"

他们沉默了好一会儿。

"你什么时候回来的？"

"今天。"

"为什么连封信都没有？"

"没什么可说的。"

"为什么没什么可说的？"

"我不知道。怎么现在没有水仙了？"

"是没有。"

又是一阵沉默。厄秀拉看看水中的月亮，它又聚合起来，微微颤抖着。

"独处一隅对你有好处吗？"她问。

"或许是吧。倒不是因为我懂得多，而是因为我经历得多。你最近做了什么？"

"没有。看着英国吧，我就知道我跟它没关系了。"

"为什么是英国呢？"他惊诧地问。

"我不知道，反正有这种感觉。"

"这不是国家的问题。法国更糟。"

"是啊，我知道。我觉得我跟这一切都没关系了。"

说着他们走下坡坐在阴影中的树根上。沉寂中，他又想起她那双美丽的眼睛，有时那双眼像泉水一样明亮，充满了希望。于是他缓缓地、不无吃力地对她说：

"你身上闪烁着金子般的光，我希望你能把它给予我。"听他的话，他似乎对这个问题想了好久了。

她一惊，似乎要跳开去，但她还是因此感到愉快。

"什么光？"她问。

他很腼腆，没再说什么，就这样沉默着。渐渐地，她开始感到哀伤。

"我的生活并不美满，"她说。

"嗯，"他应付着，他并不想听这种话。

"我觉得不会有人真正爱我的，"她说。

他并不回答。

"你是否也这样想，"她缓缓地说，"你是否以为我只需要肉体的爱？不，不是，我需要你精神上陪伴我。"

"我知道你这样，我知道你并不只要求肉体上的东西。可我要你把你的精神——那金色的光芒给予我，那就是你，你并不懂，把它给我吧。"

沉默了一会儿她回答道：

"我怎么能这样呢？你并不爱我呀！你只要达到你的目的。你并不想为我做什么，却只要我为你做。这太一厢情愿了！"

他尽了最大的努力来维持这种对话并强迫她在精神上投降。

"两回事，"他说，"这是两回事。我会以另一种方式为你尽义务，不是通过你自身，而是通过另一种方式。不过，我想我们可以不通过我们自身而结合在一起——因为我们在一起所以我们才在一起，如同这就是一种现象，并不是我们要通过自己的努力才能维持的东西。"

"不，"她思忖着说，"你是个自我中心者。你从来就没什么热情，你从来没有对我释放出火花来，你只需要你自己，真的，只想你自己的事。你需要我，只是要我为你服务。"

可她这番话只能让他关上自己的心扉。

"怎么个说法并没关系。我们之间存在还是不存在那种东西呢？"

"你甚至就不爱我，"她叫道。

"我爱，"他气愤地说。"可我要——"他的心又一次看到了她眼中溢满的泉水一样的金光，那光芒就像从什么窗口射出来的一样。在这个人人自大、人情淡漠的世界上，他要她跟他在一起。可是，告诉她这些干什么呢？跟她交谈干什么？这些是难以言表的。用信念控制她只能毁了她。这想法是一只天堂之鸟，永远也不会进窝，它一定要自己飞向心里才行。

"我一直觉得我会得到爱情，可我失望了。你不爱我，这你知道的。你不想对我尽义务，你只需要你自己。"

一听她又重复那句"你不想对我尽义务"，他就觉得血管里涌过一股怒火，他心中再也没有什么天堂鸟了。

"不，"他生气地说，"我不想为你尽义务，因为没什么义务可尽。你什么义务也不需要我尽，什么也没有，甚至你自己也不需要我尽义务，这仅仅是你的女性特点。我不会为你的女性自我贡献任何东西，它不过是一块破布做成的玩具。"

"哈！"她嘲弄地笑道，"你就是这样看我的吗？你还有脸说你爱我！"

她气愤地站起来要回家。

"你需要的是虚无缥缈的未知世界。"她转过身冲着他朦胧的身影说："我知道你的话是什么意思了，谢谢。你想让我成为你的什么附属品，不批评你，不在你面前为我自己伸张什么。你要我仅仅成为你的什么东西！不，谢谢！如果你需要那个，倒是有不少女人可以给予你。有不少女人会躺下让你从她们身上迈过去——去吧，去找她们，只要那是你要的，就去找她们吧。"

"不，"他恼火地脱口而出："我要你放弃你自信武断的意志，放弃你那可怕的固执脾气，我要的就是这个。我要你相信自己，从而能够解脱自己。"

"解脱？"她调侃道，"我完全可以轻易地解脱自己。倒是你自己不能做到自我解脱，你固守着自我，似乎那是你唯一的财富。你是主日学校的教师，一个牧师。"

她话中的真理令他木然。

"我并不是说让你以狄奥尼索斯狂热的方式解脱自己，"他说，"我知道你可以那样做。可我憎恶狂热，无论是狄奥尼索斯式的还是其他形式的。那像是在重复一些毫无意义的东西。我希望你不要在乎自我，不要在乎你的自我，别再固执了，高高兴兴、自信些、超然些。"

"谁固执了？"她嘲讽道，"是谁一直在固执行事？不是我！"

她的话语中透着无奈的嘲弄与刻薄，让他无言以对。

"我知道，"他说，"我们都固执地要求对方，其实我们都错了，可我们就是达不到和谐。"

他们坐在岸边的树影下，沉默着。他们周遭夜色苍白，可他们都沉浸在黑暗中，几乎失去了感知。

渐渐地，他们都平静了下来。她试探着把手搭在他的肩上。他们的手默默、温柔地悄然握在一起。

"你真爱我吗？"她问。

他笑了。

"我说那是你的宣战口号，"他逗趣说。

"是吗！"她叫了起来，对他的话感到十足好奇。

"你的固执——你的口号——'一个布朗温，一个布朗温'——那是战斗的口号。你的口号就是'你爱我吗？恶棍，要么屈服，要么去死。'"

"不嘛，"她恳求道，"才不是那个样子呢，不是那样。但我应该知道你是否爱我，难道我不应该吗？"

"嗯，要么知道，要么就算了。"

"那么你爱吗？"

"是的，我爱。我爱你，而且我知道这是不可改变的。这是不会改变的了，还有什么可说的？"

她半喜半疑地沉默了一会儿。

"你肯定吗？"她说着偎近他。

"很肯定，现在就行了，接受这爱，就结束了。"

她偎得更近了。

"结束什么？"她幸福地喃言道。

"结束烦恼，"他说。

她偎得更紧。他拥抱着她，温柔地吻她。多么自由自在，仅仅拥抱她、温柔地吻她。仅仅同她静静地在一起，不要任何思想、任何欲望和任何意志，仅仅同她安谧相处，处在一片宁馨的气氛中，但又不是睡眠，而是愉悦。满足于愉悦，不要什么欲望，不要固执，这就是天堂：同处于幸福的安谧中。

她久久地依偎在他怀中，他温柔地吻她，吻她的头发，她的脸，她的耳朵，温柔、轻巧地，如早晨的滴露。可这耳边热乎乎的呼气却令她心头驿动，点燃了旧的毁灭之火。她冲撞着他，而他则能够感觉到自己的血液像水银一样在变动着。

"我们会平静下来的，对吗？"他说。

"是的，"她似乎顺从地说。

说完她又偎在他的怀中。

可不一会儿她就抽出身子看着他说：

“我得回家了。”

“非要走吗？太遗憾了，”他说。

她转向他，仰起头来等他吻自己。

“你真感到遗憾吗？”她笑着喃言道。

“是的，”他说，“我希望我们永远像刚才那样在一起。”

“永远！是吗？”在他吻她时她喃言道。她则声音沙哑地吟求着：“吻我！吻我吧！”说着她贴紧了他。他给了她许多个吻。但他仍没忘记自己的思想和自己的意志。他现在只需求温柔的交流，不要别的，不要激情。因此她很快就抽出自己的身体，戴上帽子朝家里走去。

可到了第二天，他感到一阵阵的渴求欲。他想或许昨天他做得不对。或许他带着对她的需求去接近她是不对的。难道那仅仅是一个想法或者说只能把它解释为一种意味深远的企盼？如果是后者，那他如何解释他常言的肉欲满足？这两者并不怎么一致。

突然他发现自己面对着这样简单的现状，太简单了。一方面，他知道他并不需要进一步的肉体满足——不需要比普通生活更深刻、更黑暗未知的东西。他常记起他在海里戴家见到的非洲偶像。他记得有一座两英尺高的西非雕像，是用黑木雕成的，细高而优雅，光泽柔和。这是一个女人，头发做得很高，像一座圆丘。这雕像给他留下了生动的印象，成了他心灵的好友。她的身材长而优雅，脸缩得很小，如同甲壳虫的脸，上衣的领口镶着一圈圈沉重的项圈，像是铁圈叠成的圆柱堆在脖子下面。他记得她：她的优雅显示出她有惊人的教养，她的脸很小，像甲壳虫，细长的腰肢下是隆起的臀部，显得异常沉重，腿很短，很丑陋。她懂得他不懂得的东西。她有几千年纯粹肉欲、纯粹非精神的经验。她的那个种族一定神秘地逝去几千年了：这就是说，自从感官和心灵之间的关系破裂，留下的只是一种神秘的肉体经验。几千年前，对他来说是急迫的事情一定在这些非洲人之间发生了：善、神圣、创世和创造幸福的欲望一定泯灭了，留下的只是对知识的追求欲——通过感官追求盲目进展的知识，这知识停留在感官阶段，神秘的知识存在于崩溃与死亡中。这是诸如甲壳虫才有的知识，它们生活在腐朽与冷酷的死亡中。这就是为什么她的脸像甲壳虫：这就是为什么埃及人崇拜滚动粪球的圣甲虫——因为这符合死亡与腐朽的原则①。

在死亡之后，当灵魂在极度痛苦中像树叶飘落那样冲破有机的控制以后，还有漫长的路可走。我们与生活、与希望之间没什么关系了，从纯粹完整的生命中消遁，从创造和自由中消遁，陷入了非洲人那漫长纯粹的肉欲感知中，那是存在于死之神秘中的知识。

现在他意识到这是一个漫长的过程——从创造精神逝去后这个过程有几千年的时间。他意识到，有许多秘密将会被揭开，肉欲、无意识和恐怖的神秘超越了阳物偶像。在倒退的文化中，这些西非人何以能够超越对阳物的感知？超越得极远，极远。伯金又想起了那个女性雕塑：长长的躯体，奇特、出人意料沉重的臀部，修长、被铁圈围绕着的脖子和像甲壳虫一样的小脸儿。这远远超越了任何有关阳物的知识，微妙的肉欲远远超越了这些知识。

这种可怕的非洲式的过程存在着，有待得到实现。白人将以另外的方式去完成。白色人种的身后是北极，是广漠的冰雪世界，他们将实现冰冷的毁灭和虚无的神话。而西部非洲人受着撒哈拉燃烧着的死亡概念制约，在太阳的毁灭和阳光腐烂的神话中获得了满足。

这就是那全部的遗风吗？难道只有与幸福的、创造性的生命断绝关系才行吗？是时候了吗？难道创造性的生命结束了吗？难道留给我们的只有非洲人那奇特、可怕的死亡知识？不同的是我们是北方碧眼金发的白人。

伯金又想到了杰拉德。他就是来自北方的奇特的白色魔鬼，他在毁灭性的寒冷神秘中获得了完善。他是否命中注定在奇冷的感知中死去呢？他是不是死亡世界的信使，是不是人类在白色和冰雪中消亡的恶兆？

---

① 古埃及人崇拜圣甲虫，认为它是太阳的象征。圣甲虫滚动粪球，颇似太阳的运行轨迹。

想到此，伯金害怕了。一想到这里他又感到厌倦。突然他紧张的注意力松弛了，他再也无法沉湎于这些神话了。有另一条道路即自由的路在他面前铺展。有一扇进入纯粹个体存在的天堂之门，在那里个人的灵魂比爱、比结合的欲望更重要，比任何情感都强烈，这是一种自由而骄傲的独立可喜状态，它接受与别人和另一个人永久相连的义务，受爱情的束缚，但即便在这种爱和服从的时刻，也绝不放弃自己骄傲的个性。

　　另一条路是有的。他必须走这条路。他想到了厄秀拉，她是那么敏感、那么柔弱，，她的皮肤过于细腻，恍若虚幻。她可实在太文雅、太敏感了。他怎么能忘记她呢？他必须马上就去找她，求她嫁给他。他们必须马上结婚，从而宣誓进入一种确切的感情交流之中。他必须马上去找她，刻不容缓。

　　他飞快地朝贝多弗走去，神情恍恍惚惚。他发现山坡上的镇子并没有向四周蔓延，而似乎被矿工住宅区边上的街道围了起来，形成一个巨大的方块，这令他想起耶路撒冷。整个世界都是那么奇妙缥缈。

　　罗莎琳打开门，她像所有小姑娘一样惊诧了一下，说：

　　"哦，我去告诉父亲。"

　　说完她进屋去了。伯金站在门厅中看着前不久戈珍带来的毕加索绘画的复制品。[①]他对画中表现出的大地的奇妙美感深表钦佩。这时，威尔·布朗温出现了，他边往楼下走边放下绾起的衣袖。

　　"哦，"布朗温说，"我去穿件外衣。"说完他的身影也消失了。不一会儿他回来了，打开客厅的门说：

　　"请原谅，我刚才在棚子里干活儿来着。请进吧。"

　　伯金进屋后落了座。他看看布朗温神采奕奕、红光满面的脸，看着他细细的眉毛和明亮的眼睛，又看看拉拉碴碴的黑胡子下宽阔肉感的嘴唇。真奇怪，这竟是个人！布朗温对自己的看法与他的现实形成了对比。伯金只会看

———————————

　　① 毕加索的绘画于 1910 年被介绍到英国。

出，这位五十岁左右、身体瘦削、神采奕奕的人是激情、欲望、压抑、传统和机械观念奇特、难以解释、几乎不成形的集大成者，这一切毫不融洽地汇集于一身。他仍像他二十岁时那么没有主张、那么不成熟。他怎么会是厄秀拉的父亲呢？连他自己都没有成熟啊。他并不是一位父亲。只有一点肉体传给了儿女，但他的精神没有随之传给后代。他们的精神并不出自任何先辈，这精神来自未知世界。一个孩子是神话的后代，否则他就是未出生的婴儿。

"今天天气不像以往那么坏，"布朗温候了片刻说。这两个男人之间一点也谈不来。

"是的，"伯金说。"两天前是个满月。"

"啊！你相信月亮会影响天气吗？"

"哦，不，我不这么想。我不太懂这个。"

"你知道大伙儿怎么说吗？他们说月亮和天气一起变化，但月亮的变化不会改变天气。"

"是吗？"伯金说，"我没听说过。"

沉默了片刻，伯金说：

"我给您添麻烦了。我其实是来看厄秀拉的。她在家吗？"

"没有。她准是去图书馆了。我去看看她在不在。"

伯金听到他在饭厅里打听。

"没在家，"他回来说，"不过她不一会儿就会回来的。你要跟她谈谈吗？"

伯金清澈的眼睛极沉静地看着布朗温说：

"其实，我是来求她嫁给我的。"

老人金黄色的眼睛一亮：

"噢？"他看看伯金那沉静注视着的目光，垂下眼皮道："她知道吗？"

"不知道，"伯金说。

"不知道？我一点都不知道眼目前儿有这样的事呢——"布朗温很尴尬地笑道。

伯金又看看布朗温，心里说："怎么叫'眼目前儿'呢！"然后他又大声说：

"或许这太突然了点，"想想厄秀拉，他又补充说："不过我不知道——"

"很突然，对吗，唉！"布朗温十分困惑、烦恼地说。

"一方面是这样，"伯金说，"可从另一方面说就不是了。"

停了片刻，布朗温说：

"那好吧，随她的便——"

"对！"伯金沉静地说。

布朗温声音洪亮、震颤着回答道。

"尽管我并不希望她太着急定终身，可也不能左顾右寻拖得太久。"

"哦，不会拖太久的，"伯金说，"这事不会拖太久。"

"你这是什么意思？"

"如果一个人后悔结婚的话，说明这桩婚姻完了，"伯金说。

"你是这么认为的？"

"是的。"

"或许那是你自己的看法。"

伯金心想："或许就是这样。至于你威廉·布朗温 [1] 如何看问题就需要一点解释了。"

"我想，"布朗温说，"你知道我们家人都是什么样的人吧？你知道她的教养吧？"

"'她'，"伯金想起自己小时候受到的管教，心里说，"她是猫的妈妈。" [2]

"是问我知道不知道她的教养吗？"他说出声来了。他似乎故意让布朗温

---

① 威廉是他的正式名字，但家人一般叫他威尔。

② 无人知道猫的妈妈是谁。这句话的意思是仅用代词指称别人是不礼貌的，也不明确指的是谁。

不愉快。

"哦，"他说，"一个女子应该有的一切她都有——尽可能，我们能给予她的都给她。"

"我相信她有的，"伯金说，他的话就此打住了。父亲感到十分气愤。伯金身上有什么东西令他恼火，仅仅他的存在就自然地令他恼火。

"可我不希望看到她违背了这一切。"他变了一副铿锵的语调说。

"为什么？"伯金问。

布朗温的头脑像是受到了一声爆炸的震动。

"为什么！我不相信你们那种独出心裁的做法，不相信你们那独出心裁的想法儿，整个儿就像青蛙在药罐子里跳进跳出一样。① 我怎么也不会喜欢上这些东西。"

伯金的目光毫无情绪地看着他。两人敌对地注视着。

"对，可是我的做法和想法是独出心裁吗？"伯金问。

"是吗？"布朗温紧随着他说："我并不是单单指你。我的意思是我的子女是按照我的信仰和思想成长的，我不愿意看到他们背离这个信仰。"

停顿了片刻，伯金问："要是超越你的信仰呢？"

父亲犹豫了，他感到很不舒服。

"嗯？你这是什么意思？我要说的是我的女儿——"他感到无法表达自己，干脆沉默了。他知道他的话有点离题了。

"当然了，"伯金说，"我并不想伤害谁，也不想影响谁。厄秀拉愿意怎样就怎样。"

话不投机，相互无法理解，他们都不作声了。伯金只感到厌倦。厄秀拉的父亲不是一个思想有条理的人，他的话全是老生常谈。年轻人的目光凝视着老人的脸。布朗温抬起头，发现伯金正在看他，立时他感到一阵无言的愤怒、

---

① 人们在陶罐子里放上醋和糖以此诱捕苍蝇，青蛙可能会跳进去捕食苍蝇。

屈辱和力量上的自卑。

"相信不相信是一回事，"他说，"但是，我宁可让我的女儿明天就死也不愿意看到她们对第一个接触她们的男人唯命是从。"

伯金的目光里流露出一丝苦涩。

"至于这个，"他说，"我只知道很可能我对女人唯命是从，而不是女人对我唯命是从。"

布朗温沉默了，他有点吃惊。

"我知道的，"他说，"她随便吧，她一直这样。我对她们是尽心尽力了，这倒没什么。她们应该随心所欲，她们不用讨人喜欢，自己高兴就行。但她也应该为她母亲和我考虑考虑。"

布朗温在想着自己的心事。

"告诉你吧，我宁可埋葬她们也不让她们过放荡的生活，这种事太多了。宁可埋葬她们，也——"

"是的，可是你看，"伯金缓慢地说，他对这个新的话题厌烦透了，"她们不会让你或我去埋葬她们的，她们是不愿被埋葬的。"

布朗温看看他，只觉得心头燃起无力的怒火来。

"伯金先生，"他说，"我不知道您来这儿有何贵干，也不知您有什么要求。但是我的女儿是我的，看护她们是我的责任，只要我能。"

伯金突然蹙紧了眉头，两眼射出嘲弄的目光。但他仍旧很冷静。两人沉默了一阵。

"我并不是反对您同厄秀拉结婚，"布朗温终于说，"这与我没什么关系，不管我怎样，她愿意就行。"

伯金扭脸看着窗外，思绪纷纷。说来道去，这有什么好？他很难再这样坐下去了，等厄秀拉一回家，他就把话说给她听，然后就走人。他才不想让她父亲找他的麻烦呢。没必要这样，他也没必要挑起什么麻烦。

这两个男人沉默地坐着，伯金几乎忘记了自己身处何方。他是来求婚的，对了，他应该等她，跟她讲。至于她说什么，接受不接受他的求婚他就不管了。他一定要把自己要说的话说出来，他心里只想着这一点。尽管这个家对他来说没什么意义，他也认了。但一切似乎都是命中注定的。他只能认清将来的一件事，别的什么都看不清，现在他暂时与其他都失去了联系，如果有什么问题也要等待命运和机遇去解决。

他们终于听到了门响。他们看到她腋下夹着一摞书上了台阶。她仍像往常一样精神焕发，一副轻松自若的样子，似乎心不在焉，对现实并不经意。她这一点很令她父亲恼火。她极能够显示自己的风采，像阳光一样灿烂，但对现实不闻不问。

他们听到她走进餐厅，把一摞书放在桌子上。

"你带回《姑娘自己的书》了吗？"罗莎琳叫道。

"带来了。不过我忘记你要的是哪一册了。"

"你就这样。"罗莎琳生气地叫道，"不忘才怪呢。"

然后他们又听她小声说什么。

"在哪儿？"只听厄秀拉叫道。

妹妹的声音又压低了。

布朗温打开门，声音洪亮地叫道：

"厄秀拉。"

她马上就过来了，头上还戴着帽子。

"哦，您好！"一见到伯金她感到惊诧得头都晕了，大声叫起来。见她注意到了自己，他好奇地看着她。

她呼吸急促，似乎在现实世界面前感到困惑，因为她只隐身在自我世界的光辉里。

"我打断你们的谈话了吧？"她问。

"不，你打破的是沉寂，"伯金说。

"哦，"厄秀拉含糊地、心不在焉地说。他们对她来说并不重要，她拘着自己，不理会他们。这种微妙的辱没总是让她父亲感到生气。

"伯金先生来是找你说话的，而不是找我。"父亲说。

"啊，是吗？！"她惊叹道，但有些漫不经心。然后她振作精神，神采飞扬但仍有点轻描淡写地对他说："有什么特别的话要对我说吗？"

"我希望是这样，"他调侃道。

"他说了半天了，是来向你求婚的。"她父亲说。

"噢！"厄秀拉叹道。

"噢！"父亲模仿她道："你没什么可说的吗？"

她像是受到了伤害似的畏缩不前。

"你真是来向我求婚的？"她问伯金，似乎觉得这是一个玩笑。

"是的，"他说，"我想我是来求婚的。"他似乎对"求婚"二字感到些儿羞赧。

"是吗？"她有些兴奋地叫道。他现在说什么她都会高兴的。

"是的，"他回答，"我想，我希望你同意跟我结婚。"

她看着他，发现他眼中闪烁着复杂的光芒，渴望她，但又不那么明确。她退缩了，似乎她完全让他看透了，似乎这令她痛苦。她的脸沉下来，心头闪过乌云，目光移开了。她被逼出了灿烂的自我世界。但她害怕跟他接触，每到这样的时候她都几乎感到不自然。

"是这样啊，"她含糊地敷衍道。

伯金的心猛地缩紧了。原来这一切对她来说都无所谓。他又错了。她有自己的世界，很惬意。他和他的希望对她来说是过眼烟云，是对她的冒犯。这一点也让她父亲气急败坏。他一生中一直在对此忍气吞声。

"你倒是说话呀！"他叫道。

她踟蹰着，似乎有点害怕。然后瞟了父亲一眼说：

"我没说什么，是吗？"她似乎生怕自己下了什么许诺。

"是没说，"父亲说着动了气，"可你不该看上去迷迷糊糊的。你难道没有自己的智慧吗？"

她怀着敌意退却着。

"我有没有智慧，你这是什么意思？"她阴郁、反感地说。

"你听到问你的话了吗？"父亲生气地叫道。

"我当然听到了。"

"那你就不能回答吗？"父亲大吼道。

"我为什么要回答？"

听到这无礼的反讥，他气坏了，但他什么也没说。

"不用，"伯金出来解围说，"没必要马上回答。什么时候愿意回答再回答。"

她的眼中闪过一线强烈的光芒。

"我为什么要说些什么呢？"她感叹道，"你这样做是你的事，跟我没什么关系。为什么你们两个人都要欺负我？"

"欺负你！欺负你！"她父亲仇恨、气愤地叫道，"欺负你！可惜，谁也无法强迫你理智些、礼貌些。欺负你！你要对这话负责的，你这个犟姑娘！"

她茫然地站在屋子中间，她的脸上闪着倔犟的光。她对自己的挑衅很满意。伯金看着她，他也生气了。

"可是谁也没有欺负你呀。"他压着火柔中带刚地说。

"就是，你们两个人都在强迫我。"

"那是你瞎想。"他嘲弄道。

"瞎想！"父亲叫道，"她是个自以为是的傻瓜。"

伯金站起身说：

"算了，以后再说吧。"

然后他没再说什么，走出了房间。

"你这傻瓜！你这傻瓜！"她父亲极为痛苦地冲她喊着。她走出房间，哼着歌儿上楼去了。但她深感不安，像是刚经过一场恶战。她从窗口看到伯金上路了。他大步流星地赌气走了，她琢磨着，觉得这人荒唐，但她很怕他，因此似有一种逃出虎口的感觉。

她父亲无力地坐在楼下，深感屈尊和懊恼。似乎与厄秀拉发生了这种无奈的冲突后他被魔鬼缠住了。他恨她，恨之入骨。他的心变成了一座地狱。但他要自我解脱。他知道他会失望，屈服，听任自己失望并从此罢休。

厄秀拉阴沉着脸，她跟他们都过不去。她像宝石一样坚硬、我行我素，灿烂而无懈可击，自由、幸福、沉着而洒脱。她父亲得学会对她这种快活的漠然样子视而不见才行，否则非气疯不可。她总是很快活，但心里对一切都怀有敌意。

一连许多天她都会这样快乐洒脱，似乎这纯属一种自然冲动，除了她自己对什么都不在意，但对她感兴趣的事做起来还是很乐意、很顺利。哦，男人要接近她可是一件苦差事。连她父亲都责骂自己何以成了她的父亲，他必须学会对她视而不见，置若罔闻。

在她进行抵抗的时候她显得很沉稳，非常有风采、异常迷人，那副单纯的样子令人难以置信，大家都不喜欢她这副样子。倒是她那奇特清晰、令人反感的声音露了马脚。只有戈珍跟她一个心眼儿。在这种时刻，她们姐妹俩才很亲近，似乎她们的聪明才智合二为一了。她们感到有一条超越一切的强有力、光明的纽带——理解——把她们联系在一起。每到这时，面对两个心不在焉、亲密无间的女儿，父亲就像呼吸到了死亡的气息，似乎他自身被毁灭了一样。他气疯了，他绝不善罢甘休，不能让他的女儿们毁灭自己。可他说不过她们，拿她们奈何不得，被迫呼吸着自身死亡的气息。他心里诅咒着她们，唯一的希望就是让她们离开自己。

她们仍旧神采奕奕，显出女性的超然，看上去很美。她们相互信任，互亲互爱，分享着各自的秘密。她们之间坦诚相见，无话不说，哪怕是坏话。她们用知识武装自己，在智慧之树上吸取着最微妙的养分。她们竟能如此相互补充，相得益彰，这真叫奇怪。

厄秀拉把追求她的男人看作是她的儿子，怜惜他们的渴求，仰慕他们的勇气，像母亲对孩子一样为他们的新花样感到惊喜。可对戈珍来说，男人是对立阵营的人。她怕他们，蔑视他们，但对他们的行为又极为尊重，甚至尊重得过了头。

"当然了。"她轻描淡写地说，"伯金身上有一种生命的特质，很了不起。他身上有一股喷薄的生命之泉，当他献身于什么事情时，这生命之泉是惊人的，可生活中有许多许多事他压根儿就不知道。他要么对它们的存在毫无意识，要么对它们忽略不计，可这些事对别人来说却极为重要。可以说他并不怎么聪明，他在小事儿上太认真了。"

"对，"厄秀拉叫道，"他太像个牧师了。地道的牧师。"

"一点不错！他听不进别人的话去，他就是听不进去。他自己的声音太大了。"

"是这样的。他自己大声喊叫却不让别人说话。"

"不让别人说话，"戈珍重复说，"而且给你施加压力也没用。谁也不会因为他的暴力就相信他。他让人无法跟他说话，跟他在一起生活就更难了。"

"你认为别人无法跟他一起生活吗？"厄秀拉问。

"我觉那太累人了。他会冲你大喊大叫，要你无条件地服从他。他要彻底控制你。他不能容忍任何别人思想的存在。他最蠢的一点是没有自我批评精神。跟他生活是难以忍受的。"

"是啊，"厄秀拉支吾着赞同说。她并不完全同意戈珍的说法。"可笑的是，"她说，"跟任何一个男人一起待上两个星期都会让人觉得无法忍受。"

"这太可怕了，"戈珍说。"不过伯金这人太独断自信了。如果你要有自己独立的灵魂，他就无法容忍你。这么说他一点不错。"

"对，"厄秀拉说。"你非得跟他想法一样才行。"

"太对了！还有什么比这更可怕的呢？"对此厄秀拉深有感触，打心底里反感。

她心里很不是滋味儿，只感到十分空虚和痛苦。

后来，戈珍的情绪又起了变化。她把生活抛弃得太彻底，把事情看得太丑恶、太难以救药。尽管戈珍对伯金的议论是对的，对其他事的看法也是对的，但她却要像结账时那样把他一笔勾销。他就这样被"结了账"，给打发掉了。可这太荒谬了。戈珍这种一句话打发人或事的做法简直是胡说。厄秀拉开始对妹妹反感起来。

一天她们在长长的街巷中走着时，发现一只知更鸟站在枝头尖声鸣啭，引得姐儿俩停住脚步去看它。戈珍脸上露出嘲讽的笑容道：

"它是否觉得自己挺了不起？"

"可不是！"厄秀拉嘲弄地扮个鬼脸说，"瞧它多像骄傲的劳埃德·乔治①！"

"可不是嘛！简直是一个小劳埃德·乔治！它们就是那德性，"戈珍快活地叫道。从那天起，厄秀拉就觉得这些任性、爱炫耀的鸟儿像一些又矮又胖的政客，在台上扯着嗓门大喊，这些小矮人不惜任何代价也要让人们听到他们的声音。

这些也令人反感。一些金翼啄木鸟会突然在她面前的路上跳出来。它们的样子很是不可思议、毫无人情味儿，像光灿灿的黄色刺芒带着某种神秘使命刺将出来。她自言自语地说："不管怎么说，管它们叫劳埃德·乔治是太轻率了。我们确实不了解它们，它们是些未知的力量。把它们看作是跟人一样的东西是轻率的。它们属于另一个世界。拟人主义②是多么愚蠢呀！戈珍真是轻率、无礼，她竟把她自己变成衡量一切事物的标准，要让一切都符合人类的标准。卢伯特说得很对，人类用自己的想象描绘这个世界，这样做很无聊。可是，感谢上帝，这个世界并没有人格化。"她似乎觉得把鸟儿比作矮小的劳埃德·乔治是一种亵渎，是对真正的生命的破坏。这对知更鸟是莫大的耻辱。可

---

① 劳埃德·乔治（1863—1945），曾任英国首相（1916—1922）。

② 指用人的形象、性格和特点来解释动物和无生物。

她自己却这样做了。值得自慰的是，她是受了戈珍的影响才这样做的。

　　于是她躲避着戈珍，远离戈珍所维护的东西，转而在精神上倾向于伯金了。自从上次他求婚失败，至今还没见过他呢。她不想见他，是因为她不想引起接受还是不接受求婚的问题。她知道伯金向她求婚意味着什么，不用说，她朦朦胧胧地知道。她知道他需要什么样的爱、什么样的屈从。她还拿不准这是否就是她需要的那种爱。她并不知道她需要的是否就是这种分裂的结合。她渴望难以言表的亲昵。她要占有他，全部、彻底地占有他，让他成为她的，啊，要那种难以言表的亲昵。啜饮他，就像啜饮生命的佳酿。她学着梅瑞迪斯的诗句表白自己，愿意用自己的胸膛暖他的脚。她可以那样做，条件是他——她的爱人要绝对爱她，忘我地爱她才行。但她敏感地意识到，他永远也不会忘我地爱她，他压根儿就不相信那种全然的自我忘却。他曾公开这样说过的，以此来进行挑战，她为此做好了准备要与之进行斗争，因为她相信会有一种对爱情绝对的投降。她相信，爱是超越个人的。而他却说，个人比爱和任何关系都更重要。他认为，聪明独行的灵魂把爱看作是它自身平衡的条件。但她却认为爱是一切。男人必须为她做出奉献，他必须让她尽情享受。她要让他彻底成为她的人，作为回报，她也做他谦卑的奴仆——不管她愿意不愿意。

第二十章 格 斗

求婚失败后，伯金气急败坏地从贝多弗逃了出来。他觉得自己是个十足的傻瓜，整个经过纯粹是一场闹剧。当然他也并不觉得有什么不安。令他深感气愤并滑稽的是厄秀拉总没完没了地大叫："你为什么要压制我？"那口气着实无礼，说话时还显得很得意、满不在乎。

他径直朝肖特兰兹走去。杰拉德正背对着壁炉站在书房里，他纹丝不动，内心十分空虚、焦躁的人就是这副样子。他做了该做的一切，现在什么事都没有了。他可以坐车出门儿，可以进城去。可他既不想坐车出门，也不想进城，不想去拜访席尔比家。他现在很茫然，很迟钝，就像一台失去动力的机器一样。

杰拉德为此深感痛苦，他以前总是没完没了地忙于事务，从不知无聊为何物。现在，他身心中一切似乎都停止了。他不想再做任何事，他心中某种死去的东西拒绝回应任何建议。他绞尽脑汁想着如何把自己从这种虚无的痛苦中解救出来，如何解脱这种空洞对他的压抑。只有三件事可以令他振作起来，一是饮或吸印度大麻制成的麻醉品，二是得到伯金的抚慰，三是女人。现在没人同他一起喝一杯，也没有女人，伯金也出门了。没事可干，只能一人独自忍受空虚的重负。

一看到伯金，他的脸上一下子就亮起一个奇妙的微笑。

"天啊，卢伯特，"他说，"我正在想世界上最厉害的就是有人削弱别人的锋芒，这人就是你。"

他看伯金时眼中的笑意是惊人的，它表明一种纯粹的释然。他脸色苍白，甚至十分憔悴。

"你指的是女人吧？"伯金轻蔑地说。

"当然要有所选择，不行的话，一个有趣儿的男人亦可。"

说着他笑了。伯金紧靠着壁炉坐下来。

"干吗呢？"

"我，没干什么。我一直很不好过。事事都令人不安，搞得我既不能工作又无法娱乐。可以说我不知道这是否是衰老的迹象。"

"你是说你感到厌倦了？"

"厌倦，我不知道。我无法安下心来。我还感到我心中的魔鬼不是活着就是死了。"

伯金扫视他一眼，然后看着他的眼睛说：

"你应该试图专心致志。"

杰拉德笑道：

"也许会，只要有什么值得我这样做。"

"对呀！"伯金柔声地说。双方沉默着，相互感知着对方。

"要等待才行，"伯金说。

"天啊！等待！我们等什么呢？"

"有的老家伙说消除烦恼有三个办法，睡觉、喝酒和旅游，"伯金说。

"全是些没用的办法，"杰拉德说，"睡觉时做梦，喝了酒就骂人，旅游时你得冲脚夫大喊大叫。不行，这样不行。工作和爱才是出路。当你不工作时，你就应该恋爱。"

"那就这样吧，"伯金说。

"是吗？然后又会怎么样？"

"然后你就会死，"杰拉德说。

"你必须这样，"伯金说。

"我倒看不出，"杰拉德说着手从裤兜里伸出来去拿香烟。他十分紧张。

他在油灯上点着烟卷儿，身子缓缓地探过去又缓缓地挺起来。尽管他孤身一人，他还是像往常一样衣冠楚楚准备用膳。

"除了你那两种办法以外，还有第三种办法，"伯金说，"工作，爱和打斗。你忘了打斗。"

"我想我是忘了，"杰拉德说，"你练拳吗？"

"不，我没练过，"伯金说。

"嗨——"杰拉德抬起头，向空中吐着烟圈。

"怎么了？"伯金问。

"没什么，我正想跟你来一场拳赛。说真的，我需要向什么东西出击。这是个主意。"

"所以你想到要揍我一顿，是吗？"伯金问。

"你？嚯！也许是！当然是友好地打一场。"

"行啊！"伯金刻薄地说。

杰拉德向后斜靠着壁炉台。他低头看着伯金，眼睛像种马的眼睛一样激动地充着血、闪着恐怖的光芒。随后又收起目光，因着惧怕眼神发僵。

"我觉得我管不住自己了，我会干出傻事来的。"杰拉德说。

"干吗不干呢？"伯金冷冷地问。

杰拉德很不耐烦地听着。他俯视着伯金，似乎要从他身上看出什么来。

"我学过日本式摔跤，"伯金说，"在海德堡时我同一个日本人同住一座房子，他教过我几招。可我总也不行。"

"你学过呀！"杰拉德叫道，"我从来没见谁用这种方法摔跤。你指的是柔道吧？"

"对，不过我不行，对那玩意儿不感兴趣。"

"是吗？我可是感兴趣。怎么开头儿？"

"如果你喜欢我就表演给你看，"伯金说。

"你愿意吗？"杰拉德脸上堆起奇怪的笑容说，"好，我很喜欢这样。"

"那咱们就试试柔道吧。不过你穿着浆过的衣服可做不了几个动作。"

"那就脱了衣服好好做。等一会儿——"他按了下铃唤来了膳食管家，吩咐道：

"弄几块三明治，来瓶苏打水，然后今晚就不要来了，告诉别人也别来。"

那人走了。杰拉德目光炯炯地看着伯金问：

"你跟日本人摔过跤？脱衣服了吗？"

"有时这样。"

"是吗？他是个摔跤把式吗？"

"我觉得还不错。不过我可不是裁判。他很敏捷、灵活，具有电火一般的力量。他那种柔滑的运力法可真叫绝，抓你时简直不像人的抓法，倒像珊瑚虫。"

杰拉德点点头。

"看他们那样子就可以想象得出来，"他说，"不过，那样子让我有点反感。"

"反感，也被吸引。当他们冷漠阴郁的时候可令人反感了。可他们热情的时候他们却是迷人的，的确迷人，有一种奇怪的电流感，像黄鳝一样滑。"

"嗯，很可能。"

膳食管家端来盘子放下。

"别再进来了。"杰拉德说。

门关上了。

"好吧，咱们脱衣服，开始吧。你先喝点什么好吗？"

"不，我不想喝。"

"我也不想。"

杰拉德关紧门，把屋里的家具挪动了一下。房间很大，有足够的空间，铺着厚厚的地毯。杰拉德迅速甩掉衣服，等着伯金。又白又瘦的伯金走了过来。他简直像个精灵，让人看不见摸不着。杰拉德完全可以感觉到他的存在，但并未真正看得清他。而杰拉德自己倒是个实实在在的，可以看得见的实体。

"现在，"伯金说，"让我表演一下我学到的东西，记住多少表演多少。来，你让我这样抓住你——"说着他的手抓住了杰拉德的裸体。说话间他轻轻扳倒杰拉德，用自己的膝盖托住他，他的头朝下垂着。放开他以后，杰拉德目光炯炯地站了起来。

"很有巧劲儿，"他说，"再来一次吧。"

两个人就这样扭打起来。他们两人太不一样。伯金是细高挑儿，骨架很窄很纤细。杰拉德则很有块头，很有雕塑感。他的骨架粗大，四肢肌肉发达，整个人的轮廓看上去漂亮、健壮。他似乎很有重量地立在地面上，而伯金似乎腰部蕴藏着引力。杰拉德身上富有强大的摩擦力，很像机器，但力量来得突然，让人难以看得出来。而伯金则虚无缥缈，几乎令人无法捉摸。他隐附在另一个人身上，像一件衣服一样似乎没怎么触到杰拉德，但又似乎突如其来地直刺入杰拉德的致命处。

他们停下来切磋技艺，练习着抓和抛的手法，渐渐变得能够相互适应各自的节奏、有点了解了彼此的身体。然后他们正式较量了一番。他们似乎都在试图嵌入对方白色的肉体中去，就像要变成一体一样。伯金以某种极微妙难解的力量紧紧地压住杰拉德。松开手之后，杰拉德长出一口气，感到头晕目眩，喘息着。

他们就这样扭打在一起，愈贴愈近。两个人皮肤都很白皙，杰拉德身上所触之处开始泛红，可伯金仍然很紧张，身上还没有泛红。他似乎要嵌入杰拉德那坚实厚重的躯体中，与他的躯体融为一体，似乎是要将其悄然制服。伯金凭着某种妖术般的预知迅速地掌握了另一条躯体的每一个动作，从而能够扭转它，反击它，像强风一样动摇着杰拉德的四肢。似乎伯金那充满智慧的肉体刺进了杰拉德的躯体，他精细、纯粹的体能进入了杰拉德那强壮的皮肉中，似一种潜能透过肌肉在杰拉德肉体的深处投下了一张精织的网，筑起一座监狱。

他们就这样迅速、发疯般的扭打着，最终他们都全神贯注、忘乎所以，两个白皙的躯体扭打着愈来愈紧地抱成一团，微弱的灯影里他们的四肢像章鱼一样纠缠、闪动着；只见装满褐色旧书的书柜中间有一团白色的肉体静静地扭作一团。不时传来重重的喘息或叹气声。忽而厚厚的地毯上响起急促的脚步声，忽而又响起一个肉体挣脱另一个肉体奇怪的摩擦声。这团默默摇撼着、剧烈扭动着的白色肉体中难以看到他们的头，只能看到飞快转动着的四肢和坚实的白色脊梁，两具肉体扭成一体了。随着扭打姿势的变动，杰拉德那毛发零乱、闪光的头露了出来，然后伯金那长着褐色头发的头颅如影子一样抬了起来，双眼大睁着，露出恐惧的神色，但眼神是空洞的。

最后杰拉德终于直挺挺地躺倒在地毯上，胸脯随着喘息起伏着，伯金跪在他身边，几乎失去了知觉。伯金比杰拉德的消耗更大，他急促地喘着气，都快喘不上气来了。地板似乎在倾斜、在晃动，头脑中一片黑暗。他不知道发生了什么事。他毫无意识地向杰拉德倾倒过去，而杰拉德却没注意。然后他有点清醒了，他只感到世界在奇怪地倾斜、滑动着。整个世界在滑动，一切都滑向黑暗。他也滑动着，无休止地滑动着。

是他的心在跳动。可这似乎不可能，这声音是来自外面啊。不，这声音来自体内，这是他的心。这心跳得很痛苦，它过于紧张，负担又太重。他在想杰拉德是他的心在跳动。可这似乎不可能，这声音是来自外面啊。不，这声音来自体内，这是他的心。这心跳得很痛苦，它过于紧张，负担又太重。他在想杰拉德是否听到了这心跳。他不知道他是站着、躺着还是摔倒了。

当他发现自己是疲惫地倒在杰拉德身上时，他大吃一惊。他坐起来，手扶地稳住身体，让自己的心渐渐稳定下来，痛苦稍稍减缓一点。心疼得厉害，他失去了意识。

杰拉德比伯金更昏昏然。他们就在某种死也似的混沌中等待了很久。

"按说，"杰拉德喘着气说，"我不应该太粗暴，对你，我应该收敛些。"

伯金似乎早已灵魂出壳，他的魂在他体外倾听杰拉德的声音。他已经精疲力竭，杰拉德的声音听起来很微弱，他的躯体一点反应也没有，他唯一知道的是，他的心安静了许多。他的精神与肉体早已分离，精神早已超脱于体外。

他的肉体里的血液则在毫无感知的情况下奔腾冲撞着。

"我本可以用力把你甩开，"杰拉德喘息道。"可是你把我打得够呛。"

"是啊，"伯金粗着嗓音紧张地说，"你比我壮多了，你完全可以轻而易举地打败我。"

说完他又沉默了，心仍在突突跳，血仍在冲撞血管。

"让我吃惊的是，"杰拉德喘着气说，"你那股劲儿几乎是超自然的。"

"也就那么一会儿，"伯金说。

他仍能听得到说话声，似乎那是他分离出去的精神在倾听着，在他身后的远方倾听。不过他的精神愈来愈近了。胸腔里猛烈冲动着的血液渐渐舒缓了，允许他的理智回归了。他意识到他全部身体的重量都靠在另一个人柔软的身上。他吃了一惊，原以为自己早就离开杰拉德了。他振作精神坐了起来。可他仍旧恍恍惚惚的，心神不定。他伸出手支撑着身体稳定下来，他的手碰到了杰拉德伸在地板上的手，杰拉德热乎乎的手突然握住伯金的手，他们手拉着手喘着气，疲劳极了。伯金的手立即有了反应，用力、热烈地握紧了对方的手。杰拉德那突然一握很有力。

他们渐渐恢复了知觉。伯金可以自然呼吸了。杰拉德的手缓缓地缩了回去。伯金恍惚地站起身向桌子走去，斟了一杯威士忌苏打水。杰拉德也过来喝饮料。

"这是一场真正的角斗，不是吗？"伯金目光暗淡地看着他说。

"是啊，"杰拉德看着伯金柔弱的身体又说："对你来说还不算厉害吧，嗯？"

"不。人应该角力，争斗，在身体上相互接近。这让人更理性些。"

"你是这么想的吗？"

"我是这么想的，你不是吗？"

"我也是这么想的，"杰拉德说。

他们许久没有说话。一场角斗对他们来说意义深远，令人回味无穷。

"我们在精神上很密切，因此，我们多多少少在肉体上也应该密切些，这样才更完整。"

"当然了，"杰拉德说。然后他高兴地笑着补充道："我觉得这很美好。"说着他很优美地伸展开双臂。

"就是，"伯金说。"我不知道人为什么要把自己弄得冠冕堂皇。"

"是不应该。"

他们开始穿上衣服。

"我觉得你挺帅的，"伯金对杰拉德说，"这给人一种享受。人应该会欣赏。"

"你觉得我帅，什么意思，指我的体格吗？"杰拉德目光闪烁着说。

"是的。你有一种北方人的美，就像白雪折射的光芒，另外，你的体型有一种雕塑感。让人看着感到是一种享受。我们应该欣赏一切。"

杰拉德由衷地笑道：

"当然这是一种看法。我可以这样说，我感觉不错，这对我帮助很大。这就是你需要的那种'血谊弟兄'吗？"

"或许是。这已经算一种承诺，对吗？"

"我不知道，"杰拉德笑道。

"不管怎么说，我们感到更自由、更开诚布公了，我们需要的就是这个。"

"对，"杰拉德说。

说话间他们带着长颈水瓶、水杯和吃食靠近了壁炉。

"睡前我总要吃点什么，"杰拉德说，"那样睡起来才香甜。"

"我吃了东西可睡不了那么香甜，"伯金说。

"不吗？你瞧，这一点上我们就不一样。我这就去披上睡袍。"

他走了，伯金一个人守在壁炉前。他开始想厄秀拉了，她似乎回到了他的意识中。杰拉德身穿宽条睡袍下楼来了，睡袍是绸子面的，黑绿条子相间，颜色耀眼得很。

"你可真神气，"伯金看着睡袍上的长腰带说。

"这是布哈拉式睡袍①，"杰拉德说，"我挺喜欢穿它。"

"我也喜欢它。"

伯金沉默了，杰拉德的服饰很精细，很昂贵。他想，他穿着丝短袜，纽扣很精美，内衣和背带也是丝绸的。真怪！这是他们之间的又一不同之处。伯金的穿着很随便，对自己的仪表毫无想象力。

"当然，"杰拉德若有所思地说，"你有点怪，你怎么会那么强壮，真出人意料，让人吃惊。"

伯金笑了。他看着杰拉德健美的身躯，身着富贵的睡袍，白皮肤，碧眼金发，人显得很帅。他看着杰拉德，想着他们之间的不同之处，太不一样了。当然不像男人和女人那样有所区别，但是另一种不同。此时此刻，厄秀拉这个女人以优势压倒了他。而杰拉德则变得模糊了，淡化了。

"知道吗，"他突然说，"我今天晚上去向厄秀拉·布朗温求婚了，求她嫁给我。"

他看到杰拉德脸上露着惊异、茫然的表情。

"是吗？"

"是的。几乎是正式的——先对她父亲讲了，按礼应该这样，不过这也有点偶然，或者说是个恶作剧吧。"

杰拉德惊奇地凝视他，似乎还不明白。

"你是否在说你很严肃地去求她爸爸让他把女儿嫁给你？"

"是的，是这样，"伯金说。

"那么，你以前对她说过这事吗？"

"没有，只字未提。我突然心血来潮要去找她，碰巧她父亲在家，所以我就先问了他。"

"问他你是否可以娶她？"

---

① 布哈拉，乌兹别克斯坦一古老城市。

"是——的，就是那么说的。"

"你没跟她说吗？"

"说了。她后来回来了。我就对她也说了。"

"真的！她怎么说？你们订婚了？"

"没有，她只是说她不要被迫答应。"

"她说什么？"

"说她不想被迫答应。"

"'说她不想被迫答应！'怎么回事，她这是什么意思？"

伯金耸耸肩说："不知道，我想她现在不想找麻烦吧。"

"真是这样吗？那你怎么办？"

"我走出来就到你这儿来了。"

"直接来的吗？"

"是的。"

杰拉德好奇、好笑地看着他，无法相信。

"真像你说的这样吗？"

"千真万确。"

"是这样吗？"

他靠在椅子上，心中实在感到有趣儿。

"这很好嘛，"他说，"所以你就来同你的守护神角斗？"

"是吗？"伯金说。

"对，看上去是这样，难道这不是你的所作所为吗？"

现在伯金无法理解杰拉德的意思了。

"以后会怎样？"杰拉德说，"你还得继续求婚才行，是吗？"

"我想我会的。我发誓要坚持到底。我很快就要再次向她求婚。"

杰拉德目不转睛地盯着他。

"那说明你喜欢她喽？"他问。

"我想，我是爱她的，"伯金说着脸色变得严峻起来。

杰拉德一时间感到很痛快，似乎这件事儿是专为讨好他而做的。然后他的神情严肃起来，缓缓地点头道：

"你知道，我一直相信爱情——真正的爱情。可如今哪儿才有真正的爱？"

"我不知道，"伯金说。

"极少见，"杰拉德说。停了片刻他又说："我从来对此没有感受，不知道那是否叫爱情。我追求女人，对某些人很感兴趣。可我从未感受到爱。我不相信我像爱你那样爱过女人——不是爱。你明白我的意思吗？"

"是的，我相信你从未爱过女人。"

"你有所感觉，是吗？你以为我以后会吗？你明白我的意思？"说着他手握成拳放在胸脯上，似乎要把什么掏出来。"我是说，我说不清这是什么，不过我知道。"

"那是什么呢？"伯金问。

"你看，我无法用语言表达。我是说，不管怎么说，这是某种必须遵守的东西，某种无法改变的东西。"

他的目光明亮，但神情很困惑。

"你觉得我对女人会产生那种感情吗？"他不安地问。

伯金看着他摇摇头。

"我不知道，说不清。"

杰拉德一直保持着警觉，等待着自己的命运。现在他坐回自己的椅子中去。

"不，"他说，"我也不知道，我也说不清。"

"我们不一样，你和我，"伯金说，"我无法给你算命。"

"是啊，"杰拉德说，"我也不能。可是，跟你说吧，我开始怀疑了！"

"怀疑你是否会爱女人？"

"嗯，是的，就是你真正要说的爱。"

"你怀疑吗？"

"开始怀疑。"

一阵很长的沉默。

"生活中什么事都有，"伯金说，"并非只有一条路。"

"对，我也相信这一点，相信。但我不在乎我如何如何——不管它，我反正没感觉到——"他不说了，脸上露出茫然的神态。"只要我还活过，它爱怎样就怎样，可是我的确想感受到——"

"满足，"伯金说。

"是——是的，或许已经满足了。我的说法同你不一样。"

"但指的是一回事。"

第二十一章 开 端

　　戈珍到了伦敦同一位朋友为她自己的画举办了一个小小的画展，办完以后就找机会逃离贝多弗。不管发生了什么事，她都会很快变得无忧无虑。那天她收到一封配有图画的信，是温妮弗莱德·克里奇寄来的：

　　　　父亲也去伦敦查过病情了。这令他很疲劳。大家都说他必须好好休息一下，所以现在他几乎整日卧床。他给我带来一只上彩釉的热带麻雀，是德累斯顿的瓷器。还有一个耕夫和两只爬杆儿的小老鼠，都是上了彩釉的。小老鼠是哥本哈根的瓷器。这是最好的瓷器，小老鼠身上的彩釉并不太亮；否则就更好了，它们的尾巴又细又长。这几种东西都像玻璃一样亮。当然这是釉子的原因，不过我不喜欢。杰拉德最喜欢那个耕田的农夫。他的裤子破了，赶着牛在耕地，我想这是一位德国农夫。他穿着白衬衫和灰裤子，不过挺干净，亮度也不错。伯金先生喜欢山楂花下的那位姑娘，她身边有一只羊，裙子上有水仙花图案。这件东西摆在客厅里。可我觉得这东西挺傻气，因为那羊不是真的，那姑娘也有点傻里傻气。

　　　　亲爱的布朗温女士，你很快就回来吗？我们可想你了。随信寄上我画的一张画儿，画的是父亲坐在床上的样子。他说你不会抛弃我们的，哦，亲爱的布朗温小姐，我相信你不会这样的。回来吧，来画这儿的雪貂吧，这是世界上最可爱，最高尚的宝贝。我们还得把他们的样子雕刻在冬青木上，衬上绿色的树叶。哦，就这样吧，它们太可爱了。

父亲说我们应该有一间画室。杰拉德说这很容易，在马厩上就可以，只需要在斜屋顶上开几扇窗户就成。那样的话你就可以整天在这儿做你的事，我们就可以像两个真正的艺术家那样在这儿，我们就像厅里挂的那幅画上的人一样，煎锅上画上画，周围的墙壁上也挂满画。我想要自由，过一种艺术家的生活。连杰拉德都对父亲说，只有艺术家是自由的，因为他生活在他自己创造的世界里——

通过这封信戈珍算是弄明白了克里奇家人的意图。杰拉德想让她附属于他们在肖特兰兹的家，他不过是拿温妮弗莱德来打掩护。做父亲的只想到了自己的女儿，认为戈珍可以救温妮。戈珍很羡慕他的智慧。当然温妮的确很不一般，戈珍对她很满意。既然有了画室，戈珍当然很愿意去肖特兰兹。她早就彻底厌恶小学校了，她想自由。如果给她提供一间工作室，她就可以自由自在地做她的工作，可以完全平静地等待事情的变化。再说她的确对温妮弗莱德感兴趣，她很高兴去理解温妮。

所以当戈珍回到肖特兰兹那天，温妮别提多高兴了。

"布朗温小姐来的时候你应该献给她一束鲜花，"杰拉德笑着对妹妹说。

"啊，不，"温妮弗莱德叫道："这太冒傻气了。"

"才不呢。这样很好，也很常见。"

"不，这样很傻，"温妮弗莱德带着她那个年纪的羞涩为自己辩护说。不过她很喜欢这个主意，极想这样做。她在花房和暖房里跑来跑去，看着长在花梗上的鲜花。越看越想扎一束鲜花，想着献花的仪式，她越想越着迷，也就越来越羞涩，她简直不知该怎么办才好。她无法放弃这种想法。似乎有什么在向她提出挑战而她又没有勇气迎战。于是她又一次溜进花房，看着花盆里可爱的玫瑰、娇洁的仙客来和神秘的蔓草上一束束的白花儿。太美了，哦，这些花儿太美了，如果她能够扎一束漂亮的鲜花送给戈珍，这想法令她十分幸福。她的激情和犹豫几乎让她为难死了。

最终她溜到父亲身边说：

"爸爸——"

"什么事，我的宝贝儿？"

可她却向后退着，几乎要哭出来，她真为难。父亲看着她，心中淌过一股温情的热流，那是一种深深的爱。

"你想对我说什么，亲爱的？"

"爸爸！"她的眼中闪过一丝短暂的笑意，说："布朗温小姐来的时候我要是送她一束花儿，是不是太傻气了？"

病中的父亲看着女儿那明亮、聪颖的眼睛，心中充满了爱。

"不，亲爱的，一点儿都不傻。对女王我们才这样做呢。"

温妮弗莱德仍然没被说服，她甚至有点怀疑女王们自己就很傻，可她又很想有一个浪漫的场合。

"那我就送花儿了？"

"送给布朗温小姐鲜花吗？送吧，小鸟儿。告诉威尔逊，我说的你要花儿。"

孩子笑了，她期望什么的时候就会无意识中露出这种笑容来。

"可我明天才要呢，"她说。

"好，明天，小鸟儿。亲亲我——"

温妮弗莱德默默地吻了病中的父亲，然后走出屋去。她又一次在花房和暖房里转来转去，颐指气使地向园丁下着命令，告诉他她选定的都是哪些花。

"你要这些花干什么？"威尔逊问。

"我需要，"她说。她不希望仆人提问题。

"啊，是这样的。可你要它们做什么？装饰、送人、还是另有用？"

"我要献花。"

"献花？谁要驾到？是波特兰公爵夫人？"

"不是。"

"不是她？哦，如果你把这些花儿都弄在一起，那就乱套了，这样很少见的。"

"对，我就喜欢这种少见的乱套。"

"真的！那就没什么好说的了。"

第二天，温妮弗莱德身着银色天鹅绒，手捧一束艳丽的鲜花，站在教室里盯着车道不耐烦地等待戈珍的到来。这天早晨空气很湿润。她的鼻子下面散发着温室里采来的鲜花的芬芳，这束花儿对她来说就像一小团火，而她似乎心里燃着一团奇特的火焰。一种淡淡的浪漫气息令她陶醉。

她终于看到戈珍来了，马上下楼去通知父亲和哥哥。他们一边往前厅走一边笑她太着急了。男仆赶忙来到门口接过戈珍的伞和雨衣。迎接她的人让出一条路来，请她进厅。

戈珍因为淋了雨，脸色泛红，一头蓬松的小发卷，看上去真像雨中初绽的花朵，花蕊微露，似乎是在释放出保存着的阳光。看到她这样美，这样陌生，杰拉德不禁胆小了。戈珍的衣服是浅蓝色的，长袜子是紫红的。

温妮弗莱德异常庄重，正式地走上前来说：

"你回来了，我们非常高兴。这些鲜花献给你。"说着她捧上花束。

"给我！？"戈珍叫道，一时间不知所措，绯红了脸，高兴得忘乎所以。然后她抬起头，奇特、热切的目光盯着父亲和杰拉德。杰拉德的精神又垮了，似乎他无法承受戈珍那热烈的目光。在他看来，她太外露了，令人无法忍受。于是他把脸扭向一边。他感到他无法躲避她，为此他十分痛苦，僵住了。

戈珍把脸埋进花儿中。

"真是太可爱了！"她压低嗓门说。然后她突然满怀激情地伏下身子吻了温妮弗莱德，此举有些怪异。

克里奇先生走上前来向她伸出手快活地说：

"我还担心你会从我们这儿跑掉呢。"

戈珍抬头看看他，脸上露出迷人、调皮的神情道：

"是吗！我才不想待在伦敦呢。"她的话似乎意味着她很高兴回肖特兰兹，她的声音热情而略显温柔。

"那就好，"父亲笑道，"你瞧，我们都非常欢迎你。"

戈珍深蓝色的眼睛闪着热情但羞涩的光芒，凝视着他的脸。不知不觉中她自己把自己弄得茫然了。

"你看上去就像胜利还乡，"克里奇先生握着她的手继续说。

"不，"她奇怪地说，"我到了这儿才算胜利了。"

"啊，来，来！咱们不要听那些故事了。咱们不是在报纸上看到这些消息了吗，杰拉德？"

"你大获全胜，"杰拉德握着她的手说，"卖出什么作品吗？"

"不，"她说，"卖得不太多。"

"还行，"他说。

她不知道他指的是什么。但是，受到这样的欢迎，她十分高兴，这场充满赞誉的仪式让她感到飘飘然了。

"温妮弗莱德，"父亲说，"给布朗温小姐拿双鞋来。你最好马上换鞋——"

戈珍手捧鲜花走了出去。

"是个挺出色的女人，"戈珍走后父亲对杰拉德说。

"是啊。"杰拉德敷衍着，似乎他不喜欢父亲的评语。

克里奇先生想让戈珍小姐陪他坐半小时。平时他总是脸色苍白，浑身不舒服，生命全然榨干了。可一旦他振作起精神来，他就说服自己，相信自己同原先一样，很健康，不是置身于生活之外，而是身处生活的中心，身处强壮的生命中心。而戈珍正好加强了他的自信心。同戈珍在一起，他就会获得半小时宝贵的力量和兴奋，获得自由，他就会觉得自己从未生活得如此愉快。

戈珍进来时发现他正端坐在书房里。他脸色蜡黄，眼睛黯淡无光。他的黑胡子中已有少许灰白，似乎生长在一具蜡黄的尸体上。可他仍带着活力和快活的气息。戈珍认为他这样挺好。她甚至想，他不过是个普通人罢了。不过，他那可怕的形象却印在她的心中了，印在意识的深处。她知道，尽管他显得快活，可他目光中的空虚黯淡是无法改变的。那是一双死人的眼睛。

"啊，布朗温小姐，"一听到男仆宣布她的到来，他忙寒暄起来。"托马斯，为布朗温小姐搬一把椅子来，好。"他高兴地凝视着她柔和、红润的面孔，这张脸让他感觉到生命的活力。"喝一杯雪利酒，再吃一小块蛋糕好吗？托马斯——"

"不了，谢谢，"戈珍说。说完后她的心可怕地沉了下去。见她内心这样矛盾，生病的老人非常难过。她应该逢迎他而不是抗拒他。很快她就调皮地冲他笑了。

"我不太喜欢雪利酒，"戈珍说。"不过，别的饮料我几乎都喜欢。"

病中的老人像抓住了一根救命草一样。

"不要雪利，不要！要别的！什么呢？都有什么，托马斯？"

"甜葡萄酒——柑香酒——"

"我喜欢来点柑香酒——"戈珍看着病人拘谨地说。

"那好，托马斯，就上点柑香酒，再来块小蛋糕，还是来点小饼干？"

"来点饼干吧，"戈珍说。她并不想要任何吃的，但不要就失礼了。

"好。"

他等着，直到她手捧酒杯和饼干坐好，他才说话。

"你是否听说，"他激动地说，"听说我们在马厩上为温妮弗莱德准备了一间画室？"

"没有！"戈珍故作惊奇地说。

"哦，我还以为温妮在信中告诉你了呢！"

"哦——对。不过我还以为那是她自己的小小想法呢，"戈珍情不自禁地笑了起来。病人也高兴地笑了。

"不是她一个人的主意，这是一项真正的工程。马厩上有一间很好的房子，房顶上铺着椽子。我们打算把它改装成画室。"

"那可太好了！"戈珍非常兴奋地叫道。房顶上的椽子令她激动。

"你觉得好吗？好，那就行。"

"对温妮弗莱德来说这可太妙了！当然，如果她打算认真画画儿的话，就需要一间这样的工作室。一个人必须得有自己的工作室，否则他就永远无法成熟。"

"是吗？当然，如果你和温妮弗莱德共用一间画室的话，我会很高兴的。"

"太谢谢了。"

戈珍对此早就心中有数，但她要表现出羞涩和感激的样子，似乎受宠若惊一样。

"当然，最令我高兴的是，如果你能辞去小学校的工作，利用画室工作，怎么用，随你的便——"

他黑色的眼睛茫然地盯着戈珍。她报之以看似感激的目光。这些话出自这位行将就木的老人之口，意思却表达得那么完整，那么自然。

"至于你的收入，你从我这里拿到的同从教育委员会那里拿到的一样多，有什么意见吗？我不希望你吃亏。"

"哦，"戈珍说，"如果我能在画室里工作，我就可以挣足够的钱，真的，我可以。"

"好啊，"他很高兴当一回施主，"你可以去看看。在这儿工作，行吗？"

"只要有工作室，"戈珍说，"没有比这更好的了。"

"是吗？"

他实在很高兴。不过他已经感到疲倦了。戈珍看得出痛苦与空虚感又袭上了他的心头，他空虚黯淡的目光中带着痛苦的神色。他还没死。于是她站起身轻声道：

"你或许要睡了吧，我得去找温妮弗莱德。"

她走出去告诉护士说她走了。日复一日，病人的神经渐渐不行了，渐渐地只剩下了一个支撑他生命的硬结。这个硬结太坚实，是他毫不松垮的意志，这意志绝不屈服。他可以死掉十分之九，可最后那一丝生命仍然丝毫不改变。他就是用自己的意志支撑着自己。但他的活力大大不如从前了，快要耗尽了，随后会随风而去。

为了扼守生命，他必须扼守人与人之间的关系，任何一根救命草他都要抓紧。温妮弗莱德、膳食管家、护士和戈珍，这些人对他这个行将就木的人来说意义十分重大，他们就是一切。杰拉德因为反感而在他父亲面前变得很呆板。除了温妮弗莱德以外的其他孩子也颇有同感。当他们观察父亲时，他们从他身上看到的只有死亡。似乎他们潜意识中对父亲很不满意。他们无法认出父亲那张熟悉的脸，听到的也不是那熟悉的声音。他们听到的和看到的只是冷漠的死亡。在父亲面前，杰拉德感到难以呼吸。他必须逃出去。同样，父亲也不能容忍儿子在跟前。一看到他，这位濒死的人就气不打一处来。

画室一准备好，温妮弗莱德和戈珍就搬了进去。她们在那儿可以发号施令。她们现在用不着到家中的大屋去了，因为她们就在画室中吃住。家中现在可有点让人害怕，两个身着白衣的护士在屋里默默地穿梭，像是死亡的预言者。父亲卧床不起了，他的儿女们出出进进时都压着嗓门说话。

温妮弗莱德常来看父亲。每天早饭以后，待父亲洗漱完毕坐在床上，她就进去同他在一起待上半小时。

"你好些了吗，爸爸？"她总是这样问。

而他也总是这样回答：

"对，我想我好点了，宝贝儿。"

她用自己的双手爱抚地捧着父亲的手，像是要保护他的手。这令他感到很亲。

午饭时她又会跑进来告诉他发生了什么事，到晚上，窗帘垂下后屋里气氛很宜人，她会再来同父亲多待上好一阵子。戈珍晚上回家了，这时温妮弗莱德最愿同父亲单独在一起。父女俩海阔天空地聊着，这时他总会显得自己身体很好，如同他当年工作时一样。温妮弗莱德很敏感，她有意避免谈到痛苦的事，装出一副若无其事的样子。她本能地控制自己的注意力，这样就会感到幸福。但她的心灵深处也和其他大人一样有同感：或许是好点了吧。

父亲在她面前装得很像。可她一走，他就又没入了死亡的痛苦中。好在他仍有这样兴奋的时候。但是他的体力大大减弱了，注意力无法集中起来，这时候护士不得不让温妮弗莱德走开以免他太疲劳。

他从来不承认他就要死了。但他知道自己要死了，他的末日到了。但他就是对自己也不肯承认。对这一事实他恨透了。他的意志仍旧很顽固，他不甘心让死亡战胜自己，他认为压根儿就没有死亡这回事，但他经常感到自己要大喊大叫抱怨一番。他真想冲杰拉德大叫一通，吓得儿子魂不附体。杰拉德本能地感觉到了这一点，所以他有意地躲避着这种事发生。死亡之不洁实在令他厌恶。一个人要死就该像罗马人那样迅速死去，死时与活着时一样都掌握着自己的命运①。杰拉德在父亲死亡的钳制中挣扎着，如同被毒蛇缠住的拉奥孔②父子一样：那巨蟒缠住了父亲，又把儿子也拽了进去与他同死。杰拉德一直在抵抗着，奇怪的是，有时在父亲眼里他竟是一座力量之塔。

他最后一次要求见戈珍是他临死之前。他一定要见到某个人，在弥留之际清醒的时候，他一定要与活生生的世界保持联系，否则他就得接受死亡的现实。值得庆幸的是，大多数时间他都处于昏昏然状态中，在冥冥中思考着自己的过去，再一次重新回到过去的生活中，但在他最后的时光中，他仍能意识到眼前的情况：死神就要降临了。于是他呼唤着别人的帮助，不管谁来帮他都行。能够意识到死亡，这是一种超越死亡的死亡，再也不能再生了。他绝不要承认这一点。

戈珍被他的形象吓坏了：目光黯淡无神，但仍然显得顽强不屈。

---

① 罗马人以自裁为荣。

② 希腊神话：特洛伊祭师拉奥孔因警告特洛伊人勿中木马计而触怒天神，和两个儿子一起被巨蟒缠死。著名的雕塑《拉奥孔》就取自这个题材。

"啊，"他声音虚弱地说，"你和温妮弗莱德怎么样？"

"很好，真的，"戈珍回答。

他们的对话就像隔着死亡的鸿沟，似乎他们的想法不过是他混乱的死亡之海上漂浮不定的稻草。

"画室还好用吧？"他问。

"太好了，不能比这再好、再完美了，"戈珍说。

说完她就等待着他说话。

"你是否认为温妮弗莱德具有雕塑家的造化？"

真奇怪，这话多么空洞无味！

"我相信她有。总有一天她会塑出好作品来的。"

"那她的生活就不会荒废了，你说呢？"

戈珍很惊奇地轻声感叹道：

"当然不会！"

"那是。"

戈珍又等着他发话。

"你认为生活很愉快，活着很好，是吗？"他问着，脸上那苍白的笑挺可怜，简直令她无法忍受。

"对，"她笑了，她可以随意撒谎。"我相信日子过得不错。"

"很对。快乐的天性是巨大的财富。"

戈珍又笑了，但她的心却因为厌恶而枯萎。难道一个人应该这样死去吗？当生命被夺走时却还要微笑着谈话？能不能以另外的方式死去？难道一个人一定要经历从战胜死亡的恐惧——完整意志的胜利——到彻底消亡的历程吗？人必须这样，这是唯一的历程。她太敬慕这位弥留之际的人那种自控能力了。但她仇恨死亡本身。令她高兴的是，日常生活的世界还令人满意，因此她不必懂超越尘世的东西。

"你在这儿很好，我们不能为你做点什么吗？你没发现有什么不好的吗？"

"如果有的话，那就是你对我太好了，"戈珍说。

"哦，那要怪你自己喽，"他说。他感到很兴奋，因为他说了这么一番话。

他仍然很强壮、还活着！但是，死的烦恼又开始重新向他袭来。

戈珍来到温妮弗莱德这里。法国女教师走了，戈珍在肖特兰兹待的时间很长。温妮的教育由另一位教师负责。但那个男教师并不住在肖特兰兹，他是小学校的人。

这天，戈珍准备和温妮弗莱德、杰拉德及伯金乘车到城里去。天下着毛毛雨，天色阴沉沉的。温妮弗莱德和戈珍准备好等在门口。温妮弗莱德很缄默，但戈珍没注意她这一点。突然这孩子漠然地问：

"布朗温小姐，你认为我父亲要死了吗？"

戈珍一惊，说："我不知道。"

"真不知道？"

"谁也说不准。当然，他或许会死的。"

孩子思考了片刻又问：

"你认为他会死？"

这问题就像一道地理或科学题，她那么固执，似乎强迫大人承认。这孩子真有点像恶魔一样盯着戈珍，一副得胜的神态。

"我认为他会死吗？"戈珍重复道，"是的，我想他会死的。"

可温妮弗莱德仍瞪大了眼睛目不转睛地盯着她，身子也不动。

"他病得很厉害，"戈珍说。

温妮弗莱德脸上闪过一丝微妙怀疑的笑。

"我不相信他会死，"这孩子嘲讽地说着走向车道。戈珍看着她孤独的身影，心滞住了。温妮弗莱德正在小溪旁玩耍，那副认真的样子看上去倒像什么事也没发生过。

"我筑了一道自己的水坝，"她的声音在湿润的远处响了起来。

这时杰拉德从后面的厅里走出来。

"她不愿意相信也好嘛，"他说。

戈珍看看他，两人的目光相遇了，交换了某种调侃般的会心。

"也是啊，"戈珍说。

他又看看她，眼中闪烁起火光来。

"当罗马起火时，我们最好跳舞，反正它也是要被烧毁。你说呢？"他说。

她很吃惊，但还是平静下来回答道：

"当然，跳舞比哀嚎要好。"

"我也是这么想。"

说到此，他们双方都觉得有一种强烈的放松欲望，要把一切都甩开，沉入一种野性的放纵中。戈珍只觉得浑身荡着一股强壮的激情。她感到自己很强壮，她的双手如此强壮，她似乎可以把整个世界撕碎。她记起了罗马人的放纵，于是心里热了起来。她知道她自己也需要这种或别的与之相同的东西。啊，如果她身上那未知的和被压抑的东西一旦得到释放，那是多么令人欣喜若狂的事啊！她需要这个。那站在她身后的男人紧挨着她，他令她体内那强烈的放纵欲升腾起来，她只觉得浑身发抖。她要同他一起放纵、疯狂。一时间这个想法完全占据了她的身心。但她马上又放弃了它。她说：

"咱们也跟温妮弗莱德一起到门房去等车吧。"

"行，"他答应着随她而去。

他们进去后发现温妮弗莱德正爱抚着一窝纯种的小白狗。姑娘抬起头，漠然地扫了杰拉德和戈珍一眼。她并不想看到他们，所以那眼神才有点不好看。

"看！"她叫道。"三只刚出生的小狗！马歇尔说这只狗很纯。多可爱啊，不过它不如它的妈妈好看。"她边说边抚摸着身边那条不安分的白母狗。

"我最亲爱的克里奇女士，"她说，"你像地球上的天使一样美丽。天使，天使，戈珍，你觉得她这么好，这么美，不可以进天堂吗？他们都会进天堂的，特别是我亲爱的克里奇女士！马歇尔太太，对吧？"

"什么，温妮弗莱德小姐？"那女人说着出现在门口。

"噢，如果它很乖，就叫它温妮弗莱德女士吧，好吗？告诉马歇尔，管它叫温妮弗莱德女士。"

"我会告诉他的，不过，这只小狗是一位绅士，温妮弗莱德小姐。"

"哦，不！"这时响起了汽车声。"卢伯特来了！"孩子叫着跑向大门口。

伯金驾着车停在了门口。

"我们都准备好了！"温妮弗莱德叫道，"卢伯特，我想跟你一起坐在前面，行吗？"

"我怕你不安分从车上摔出去，"他说。

"不，我不。我说是想同你一起坐在车前。那样我的脚挨着发动机可以取暖。"

伯金扶她上了车，只得让杰拉德在后排落座，挨着戈珍，为此他感到暗自好笑。

"有什么新闻吗，卢伯特？"杰拉德问。车子在街上开得很快。

"新闻？"伯金叫道。

"是的，"杰拉德看看身旁的戈珍，眯起眼睛笑道，"我不知道是否该祝贺他，可我无法从他这儿得到准信儿。"

戈珍绯红了脸道：

"祝贺他什么？"

"我们说起过订婚的事，至少他对我说起过。"

戈珍的脸红透了。

"你是说跟厄秀拉？"她有点挑战地说。

"对，就是，难道不是吗？"

"我不认为订了什么婚，"戈珍冷冷地说。

"是吗？没有进展吗，卢伯特？"他问。

"什么？结婚？没有。"

"这是怎么回事？"戈珍问。

伯金迅速环视了一下，目光中透着愤懑。

"怎么了？"他说，"你怎么看这事，戈珍？"

"哦，"她叫道，既然大家都往水里扔石头，她也下决心扔。"我不认为她想订婚。论本性，她是一只爱在丛林中飞翔的鸟儿。"戈珍的声音清澈、洪亮，很像她父亲。

"可是我，"伯金说，"我需要一个起约束作用的条约，我对爱，特别是自由性爱不感兴趣。"他神情快活但语气很坚定。

他们都觉得好笑。为什么要当众宣言？杰拉德一时无语。

"爱对你来说不够好么？"他问。

"不！"伯金叫道。

"哈，这品位就过高了点儿。"杰拉德说话时汽车从泥泞中驶过。

"到底怎么了？"杰拉德问戈珍。

他这种故作亲昵之态激怒了戈珍，她觉得自己受到了侮辱。似乎杰拉德故意侮辱她，侵犯了大家的隐私。

"谁知道怎么回事？"她尖着嗓子厌恶地说，"别问我！我根本不知道什么叫最终的婚姻，告你说吧，我连什么叫次最终婚姻都不知道。"

"你只知道毫无道理的婚姻！"杰拉德说，"说起来，我并不是婚姻方面的专家，也不精通最终是一种什么程度，这似乎是一只蜜蜂在伯金的帽子里嗡嗡作响。"

"太对了！他的烦恼正是这个！他并不是需要女人，他只是要实现自己的想法。一旦要付诸实践，就发现没那么好。"

"哦，不。最好直接去寻找女人身上的特点。"然后他似乎闪烁其词地说："你认为爱是最宝贵的东西，对吗？"

"当然，反正是那么回事，只是你无法坚持要获得永恒的爱。"戈珍的声音很刺耳。

"结婚或不结婚，永恒或次永恒或普普通通，你寻到什么样的爱就是什么样。"

"喜欢也罢，不喜欢也罢，"她附和说，"婚姻是一种社会安排，我接受它，但这跟爱的问题无关。"

他的目光一直在她身上逡巡着。她感到自己被他放任、恶毒地吻着。她两颊火烧般的热，但她的心却十分坚定。

"你是否觉得卢伯特有点头脑发昏？"杰拉德问。

戈珍的目光表明她同意这说法。

"对一个女人来说，是这样，"她说，"我是觉得他发昏了。或许，的的确确有两个人一辈子都相爱这种事。可是，即便这样，婚姻还是无从谈起。如果他们相爱，那很好。如果不爱，干吗要刨根问底？"

"是啊，"杰拉德说，"我就为此感到惊奇。可卢伯特怎么想？"

"我说不清。他说不清，谁也说不清。他似乎认为，如果你结婚，你就可以通过婚姻进入天堂里的天堂，反正很朦胧。"

"很朦胧！谁需要那个天堂中的天堂？其实，卢伯特很渴望稳妥安全，不受女妖的诱惑。"

"对。我似乎觉得他在这一点上想得不对，"戈珍说，"我相信，情妇比妻子更忠诚，那是因为她是自己的主人。可卢伯特认为，一对夫妻可以比任何两个别人走得更远，至于走向何方，他没解释。他们能相互了解，无论在天堂上还是在地狱中，特别是在地狱中，他们太了解对方了，因此他们可以超越天堂和地狱，去到——某个地方，在那儿一切都粉碎了——不知什么地方。"

"到天堂嘛，他说的，"杰拉德笑道。

戈珍耸耸肩道："去你的天堂吧！"

"你不是伊斯兰教徒，"杰拉德说。

伯金不动声色地开着车，对他们的话毫不在意。戈珍就坐在伯金身后。

她感到出伯金的洋相是一种说不出来的快活。

"他说，"戈珍扮个鬼脸补充说，"你可以在婚姻中找到永久的平衡，同时仍然保持自己的独立性，两者不会混淆。"

"这对我没什么启发，"杰拉德说。

"如此而已，"戈珍说。

"我相信爱，相信真正的放纵，如果你有这个能力。"杰拉德说。

"我也一样，"她说。

"其实伯金也这样，别看他整天乱叫。"

"不，"戈珍说，"他不会对另一个人放纵自己。你无法摸透他。我觉得麻烦就在这里。"

"可他要婚姻！婚姻，这之后呢？"

"天堂！"戈珍调侃道。

伯金驾驶着汽车，感到脊背发凉，似乎有人要砍他的头。但他抖抖肩不予理会。天上开始落雨了，变天了。他停了车，下去拉上了车篷。

第二十二章　女人之间

他们把杰拉德留在火车站，就进城了。戈珍和温妮弗莱德要同伯金一起去吃茶点，伯金也在等厄秀拉来，可下午第一个到的却是赫麦妮。伯金刚出去，于是她就进了客厅去看他的书和报纸，又去弹钢琴。随后厄秀拉到了。看到赫麦妮在这儿，她很惊讶，并不高兴，她好久没听到赫麦妮的音讯了。

"真想不到会见到您，"她说。

"是啊，"赫麦妮说，"我到爱克斯去了。"

"去疗养？"

"是的。"

两个女人对视着。厄秀拉很讨厌赫麦妮那张细长、阴沉的脸，那似乎是一张愚蠢、不开化但又颇为自尊的马脸。"她长着一张马脸，"她心里说，"还戴着马眼罩。"赫麦妮的确像月亮，你只能看到她的一面而看不到另一面。她总是盯着一个狭小的世界，但她自己却以为那是完整的世界。在黑暗处她是不存在的。像月亮一样，她失去了一半的生命。她的自我都装在她的心里，她不懂得什么叫自然冲动，比如鱼在水中游或鼬鼠在草丛中钻动。她总要通过知识去认识。

赫麦妮很是偏执，令厄秀拉深受其苦。她冷若冰霜，似乎根本不把厄秀拉放在眼里。赫麦妮常常是绞尽脑汁冥思苦索才能渐渐地获得干瘪的知识结论。但在别的女人面前，她惯于端起自信的架子，像戴着什么珠宝一样用知识把自己与其他她认为仅仅是女人的人区分开来，从而显得她高人一等。她惯于对厄秀拉这样的女人显得降尊纡贵，她认为她们是纯情感式的女人。可怜的赫麦妮，她的自信是她的一大财富，是她证明自己的唯一手段。她在此一定要显得自信，因为她不知为什么感到自己处处受排斥、感到虚弱。在思维与精神生活中，她是上帝的选民。尽管她想当个普通人，但她内心深处太过愤世嫉俗，因此她做不到。她不相信自己的那些普通的原则，因为那都是虚伪的。她不相信什么内在的生活——那是骗局，不是现实。她不相信精神世界——那是一种做作。唯一让她相信的是贪欲、肉欲和魔王——这些至少不是虚假的。她是个没有信仰、没有信念的牧师，她从一种过时的教义中吸取营养，在早已不再神圣的神话的重复中不能自拔。她别无选择。她是一棵将死的树上的叶子。有什么办法呢？她只能为旧的、枯萎的真理而斗争，为旧的、过时的信仰而死，为被亵渎的神话做一个神圣不可侵犯的牧师。古老的伟大真理一直是正确的。她是古老的、伟大的知识之树上的叶子。可这棵树现在凋零了。尽管她的内心深处不乏愤世嫉俗，但对于这残存的古老真理她必须报以忠诚。

"见到您我很高兴，"她慢悠悠地对厄秀拉说，像是在念咒。"您跟卢伯特已经成为好朋友了？"

"哦，是的。"厄秀拉说，"我边上总是有他的身影。"

赫麦妮没说话。她完全看得出厄秀拉在自吹自擂：这实在庸俗。

"是吗？"她缓慢、十分镇定地问，"你觉得你们会结婚吗？"

这问题提得那样平静、简单而毫无感情色彩，厄秀拉对这种不无恶意的挑衅有点吃惊，很是感兴趣。对此她感到高兴，甚至高兴得不怀好意。赫麦妮的话语中颇有点取乐般的嘲弄。

"哦，"厄秀拉说，"他倒是很想结婚，可我拿不准。"

赫麦妮缓缓平静地审视着厄秀拉。她发现厄秀拉又在吹牛。她真忌妒厄秀拉身上这种毫不经意的自信，甚至她的庸俗！

"你为什么拿不准？"她悠悠地问。她十分安详，这种谈话或许还很令她高兴。"你真不爱他？"

听到这种有些无礼的话，厄秀拉的脸微微发红。不过她又不会生她的气，因为赫麦妮看上去是那么平和、那么理智而坦率。能像她这么理智可真不简单。

"他说他需要的不是爱，"她回答。

"那是什么？"赫麦妮语调平缓地问。

"他要我在婚姻中真正接受他。"

赫麦妮沉默了片刻，阴郁的目光缓缓扫视着她。

"是吗？"她终于毫无表情地说。然后她问："那么你不需要的是什么？你不需要婚姻吗？"

"不——我不——并不很想。我不想像他坚持的那样服从。他需要我放弃自我，可我简直无法想象我会那样做。"

赫麦妮又沉默了好久才说：

"如果你不想你就不会做。"说完她又沉默了。一股奇特的欲望令赫麦妮不寒而栗。啊，如果伯金是要求她顺从他，成为他的奴隶，那该多么好！她颤抖着。

"你看，我不能——"

"可，说实在的，什么——"

她们双方同时张口说话而又同时打住了。然后赫麦妮似乎疲惫地率先开口道：

"他要你屈服于什么？"

"他说他希望我不带感情色彩地接受他，最终接受他，我真不明白他这是什么意思。他说他希望他魔鬼的一面找到伴侣——是肉体上，不是人的一面。你瞧，他今天说东明天说西，总是自相矛盾。"

"总为自己着想，总想自己的不满之处，"赫麦妮缓缓地说。

"对，"厄秀拉叫道，"似乎只有他一个人重要。真要不得。"

但她马上又说："他坚持要我接受他身上的什么东西——天知道是什么。他要我把他当，当上帝看，可我似乎觉得他不想给予什么。他并不需要真正热烈的亲昵，他不要这个，他讨厌这个。他不让我思考，真的，他不让我感知，他讨厌感情。"

赫麦妮沉默了好久，心里发苦。啊，如果他这样要求她该多好，他逼着她思考，逼着她钻进知识中去，然后又反过来憎恨她的思想和知识。

"他要我自沉，"厄秀拉又说，"要我失去我的自我——"

"既然如此，他干吗不要一个宫女？"赫麦妮软绵绵地说。她的长脸上带着嘲讽，悻悻然的表情。

"就是嘛，"厄秀拉含糊其辞地说。麻烦的是，他并不需要宫女，并不需要奴隶。赫麦妮本来可以成为他的奴隶——她强烈地希望屈从于一个男人，当然他要崇拜她，把她当成至高无上的人。他并不需要宫女。他要一个女人从他那得到点什么，让这女人完全放弃自我从而能得到他最后的真实，最后的肉体真实，无法承受的肉体真实。

如果她这样做，他会承认她吗？他能够完全承认她还是仅仅把她当成他的工具，利用她来满足自己的私欲但又不接受她？别的男人都是这样做的。他们只要显示自己，但拒不接受她，把她的本来面目搞得一钱不值。这就如同赫麦妮背叛了女人自身一样，她像男人了，她只相信男人的东西。她背叛了女性的自己。至于伯金，他会承认她，还是否定她？

"是啊，"赫麦妮像刚从白日梦中醒来一样说，"那将会是个错误，我觉得那将会是个错误——"厄秀拉也从自己的幻想中醒来了。

"你指跟他结婚？"厄秀拉问。

"对，"赫麦妮缓缓地说，"我认为你需要一个战士般意志坚强的男人——"说着赫麦妮伸出手狂热地握成拳头。"你应该有一个像古代英雄一样的男人——你应该在他去打仗时站在他的身后观看他的力量，倾听他的呐喊——你需要一个肉体上强壮的男人，意志坚强的男人，而不是一个敏感的男人——"她不说了，似乎女巫已发出了预言。然后她又嗫嚅着："你知道卢伯特不是这样的人，他不是。他身体不强壮，他需要别人的关心，极大的关心。他

313

自己脾性多变，缺乏自信，要想帮助他需要巨大的耐性与理解力。我觉得你没耐心。你应该准备好，将来会受罪的。我无法告诉你要受多大的罪才能使他幸福。他的精神生活太紧张了，当然有时是很美妙的。但也会物极必反。我无法说我在他那儿都经受了些什么。我同他在一起时间太久了，我真的了解他。知道他是个什么人。可我必须对你说：我感到如果你跟他结婚那会是一场灾难，对你来说灾难更大。"说着赫麦妮陷入了痛苦的梦境中。"他太没有准儿，太不稳定——他会厌倦，然后会变卦。我无法告诉你他是如何变卦的。说不出那是多么令人气愤。他一时赞同喜爱的东西，不久就会对其大为光火，恨不得一毁了之。他总没个常性，总会这样可怕地变卦。总是这样由坏到好，由好到坏地变来变去。没有什么比这更可怕，比这更——"

"对，"厄秀拉谦卑地说，"你一定吃了不少苦头。"

这时赫麦妮脸上闪过一线不同寻常的光芒。她像受了神明的启发，握紧了拳头。

"可是你必须自愿受苦——如果你要帮助他，如果他要真诚对待一切，你就要自愿为他时时刻刻受苦。"

"可我不想时时刻刻受苦，"厄秀拉说。"我不想，我觉得那是耻辱。活得不幸福是一种耻辱。"

赫麦妮不语，久久地看着她。

"是吗？"她终于说。这似乎表明她同厄秀拉之间有着漫长的距离。对赫麦妮来说，受苦是伟大的真实，不管发生什么都是这样。当然她也有幸福的教义。

"是的，"她说，"一个人应该幸福，"可这取决于意志。

"对，"赫麦妮无精打采地说，"我只是感到，至少匆忙结婚会酿成灾难的。你们难道不结婚而在一起吗？我的确感到结婚对你们双方来说都是不幸的。对你来说更为不幸。另外，我也为他的健康担忧。"

"当然了，"厄秀拉说，"我并不在乎结不结婚，对我来说这并不十分重要，是他想要结婚的。"

"这是他一时的主意，"赫麦妮疲惫地说，那种肯定的语气表明：你们年轻人哪懂这个。

一阵沉默，随后厄秀拉结结巴巴挑战似的问道：

"你是否以为我仅仅是个肉体上的女人？"

"不，不是的，"赫麦妮说，"不，真的不是！但我觉得你充满了活力，你年轻——这不是岁月甚至是经验的问题，这几乎是种族的问题。卢伯特来自一个古老的种族，他那个种族老了，所以他也老了，可你看上去是那么年轻，你来自一个年轻、尚无经验的种族。"

"是吗？！"厄秀拉说，"可我觉得从某种角度来说他太年轻了。"

"是的，也许在许多方面他还很孩子气。但无论如何——"

她们都沉默了。厄秀拉心中充满反感和绝望。"这不是真的，"她对自己说，也是在向自己的对手默默挑战。"这不是真的。是你，你想要一个身体健壮、气势凌人的男人，不是我。是你，你想要一个不敏感的男人，不是我。你并不了解卢伯特，真的不了解，别看你同他一起相处那么多年。你并没有把女人的爱给予他，你给予他的只是一种理想的爱，就因为这个他才离开了你。你不知道，你只知道僵死的东西。任何厨娘都会对他有所了解，可你却不了解他。你认为你的知识是什么？不过是一些说明不了任何事物的僵死的理解。你太虚假了，太不真实了，你能知道什么？你谈什么爱不爱的有什么用？你是个虚伪的女精灵！当你什么都不相信时你能懂得什么？你并不相信你自己，不相信你女人的自我，那么，你那傲慢、浅薄的聪明又有什么用？！"

两个女人在沉默中敌视地面面相觑。赫麦妮感到受了伤害，原来她的好意和她的馈赠只换来了这个女人庸俗的敌意。厄秀拉无法理解这些，永远也不会理解，她不过是一般的爱妒忌、毫无理性的女人，有着女人强烈的情感，女人的诱惑力和一点点女性的理解力，但就是没有理性。赫麦妮早就看透了，对一个没理性的人呼唤理性是没用的，对无知的人最好是不予理睬。卢伯特现在反过来追求这个女人味儿十足、健康而自私的女人了，这是他一时的逆反举动，阻止不得。这是一种愚蠢的进退与剧烈的摆动，最终他会因为过于剧烈而无法承受，会被粉碎并完结。谁也救不了他。这种在兽欲与精神之间毫无目标的剧烈摇摆会把他撕裂，最终他会毫无意义地从生活中消失掉。这对他一点好处都没有。他也是个没有定性的人，没有理智的人，在生活的最高层次上，他不是个能决定一个女人的命运的有男人气概的人。

直到伯金回来，她们一直坐在这儿。伯金立时感到了这里的敌对气氛，这是一种强烈、不可调和的敌对感。他咬咬嘴唇装作若无其事地说：

"你好，赫麦妮，你又回来了？感觉如何？"

"哦，好多了。你好吗？你脸色不太好。"

"哦！我相信戈珍和温妮·克里奇会来喝茶的。她们说过要来的。我们将开个茶会。厄秀拉，你坐哪班火车来的？"

他这种试图讨好两个女人的样子很让人讨厌。两个女人都看着他，赫麦妮既恨他又可怜他，厄秀拉则很不耐烦。他很紧张。很明显他今天精神不错，嘴里聊些家常话。厄秀拉对他这种聊闲话的样子既吃惊又生气。他像任何自以为对女人有吸引力的人一样闪烁其词。可她却表现麻木，不予回答。这些在她看来是如此虚伪渺小。可直到这时戈珍仍未出现。

"我将去佛罗伦萨过冬天，"赫麦妮终于开口了。

"是吗？"他说，"可是那儿太冷了。"

"是的，不过我将同帕拉斯特拉在一起。我会过得很舒服的。"

"你怎么想起去佛罗伦萨的？"

"我也不知道，"赫麦妮缓缓地说。然后她目光沉重地盯着他道："巴奈斯将开设美学课，奥兰狄斯将发表一系列有关意大利国家政策的演说——"

"都是废话，"他说。

"不，我不这样看，"赫麦妮说。

"那你喜欢哪一个？"

"我都喜欢。巴奈斯是一个开拓者。我又对意大利感兴趣，对意大利开始获得民族意识感兴趣。"

"我希望获得的是民族意识以外的东西，"伯金说，"这不过意味着一种商业——工业意识罢了。我讨厌意大利，讨厌意大利式的夸夸其谈。我认为巴奈斯还不成熟。"

赫麦妮怀着敌意沉默了一会儿。可不管怎么说，她再一次让伯金回到了她的世界中！她的影响是多么微妙，她似乎顷刻间就将他的易怒的注意力引向了自己这方面。他是她的猎物。

"不，你错了，"她说。然后她又像受到神谕启示的女巫一样抬起头疯狂地说："桑德罗写信告诉我，他受到了极其热情的款待，所有的年轻人，男孩女孩都有。他们对意大利充满了激情，什么都想了解。"她说的是意大利语，似乎一说到意大利她就用意大利语思维。

他厌恶地听着她的狂言，说：

"不管怎么说，我仍不喜欢它。他们的民族主义就是工业主义，对这种工业主义以及他们那浅薄的忌妒心我讨厌透了。"

"我觉得你错了，你错了。"赫麦妮说。"我似乎觉得那纯粹是自然冲动，很美，现代意大利的激情，那是一种激情，对意大利来说——"

"你很了解意大利吗？"厄秀拉问赫麦妮。赫麦妮讨厌别人如此插话，但她还是和气地回答：

"是的，很了解。我小时候同母亲一起在那儿住了好几年。我母亲就死在佛罗伦萨。"

"哦，是这样。"

几个人都不说话了，这沉默令厄秀拉和伯金都十分痛苦。赫麦妮倒显得平静、心不在焉。伯金脸色苍白，眼睛红红的像在发高烧，他太心力交瘁了。这种斗气的紧张气氛真叫厄秀拉难受！她觉得自己的头让铁条箍紧了。

伯金揿铃叫人送茶。他们不能再等戈珍了。门一开，进来一只猫。

"米西奥！米西奥！"赫麦妮故意拉着长声叫着。小猫看看她，然后缓缓地迈着庄重的步子走到她身边。

"过来，到这边来，"赫麦妮疼爱地说着意大利语，似乎她总是长者，是母亲，口气总是带优越感。"来向姨妈问早安。你还记得我，是吗，我的小东西。真的记得我？"她说着缓缓抚摸着它的头，故作漠然的样子。

"它懂意大利话吗？"厄秀拉问，她一点也不懂意大利话。

"懂，"赫麦妮说，"它的母亲是意大利猫，我们在佛罗伦萨时卢伯特生日那天它出生于我的字纸篓里，成了他的生日礼物。"

茶来了，伯金为每个人斟了一杯。奇怪的是，他和赫麦妮之间的亲密关系是那么不容侵犯，令厄秀拉觉得自己像个局外人。那茶杯和上面古老的镀银是赫麦妮和伯金之间的纽带，它似乎属于一个他们共同生活过的世界，那儿对厄秀拉来说是陌生的。在他们那古老文化的环境中，厄秀拉犹如一个暴发户。她的习俗与他们的不同，他们的标准跟她的也不一样。但他们的习俗与标准已得到确认，他们得到了岁月的认可，是体面优雅的。他们俩，赫麦妮和伯金共同属于同一旧的传统，属于同一种枯萎的濒死文化。而厄秀拉则是个闯入他们之间的入侵者，他们总让她有这种感觉。

赫麦妮往浅盘里倒了一点奶油。她在伯金的房间里轻描淡写地显示出自己的权利，这既令厄秀拉发疯又令她泄气。赫麦妮的举动表现出一种理所当然，似乎她必须这样不可。赫麦妮托起小猫的头，把奶油送到它嘴边。只见幼猫两只爪子扒住桌沿，低下优雅的头去吮奶油。

"它肯定懂意大利语，"赫麦妮说，"它不会忘记妈妈的语言。"

赫麦妮苍白细长的手慢慢托起猫头阻止它吸吮。猫完全在她的掌握之中。她总是这样显示自己的力量，从中获得乐趣，特别是显示自己控制男性的力量。只见这只雄性小猫忍耐着眨眨眼睛，露出雄性的厌烦表情，舌头舔了舔胡须。这副样子令赫麦妮"扑哧"笑出声来。

"这是个好孩子，这孩子多傲慢！"

她如此平静、奇特地与猫相处，两者在一起看似一幅生动的画。她很有一种静态美，从某种意义上说她是个社交艺术家。

那猫拒绝看她，毫不在意地躲开她的手指，又去吃奶油。只见它鼻子凑近奶油，但又丝毫不沾，嘴巴吧嗒吧嗒地吃着。

"教它在桌子上吃东西，这很不好。"伯金说。

"那倒是，"赫麦妮赞同说。

然后她看着猫，又恢复了她那种慢悠悠嘲弄味的幽默腔调：

"他们尽教你干坏事，干坏事。"

她用手指尖缓缓托起小猫雪白的下巴，小猫极有耐性地四下张望着，但又躲闪着不看任何东西，继而缩回下巴，开始用爪子洗脸。赫麦妮从嗓子眼儿里挤出一声满意的笑。

"俊小伙子——"她说道。

小猫再次走上前来，漂亮的白爪子搭在盘沿上。赫麦妮忙轻轻地挪开它的爪子，慢慢放下。这种刻意细腻的动作令厄秀拉觉得像戈珍。

"不，你不能把你的小爪子放到小盘子里，爸爸不喜欢。公猫先生，野极了！"

她的手指头仍然摸着小猫软软的爪子，她的声音也具有某种魔力与霸道的幽默腔。

厄秀拉觉得很失意。她想一走了之，一切似乎都枉然。赫麦妮是永久站得住脚跟的，而她厄秀拉却是短暂的，甚至脚都没着地。

"我这就走，"她突然说。

伯金几乎有点害怕地看着她——他太怕她生气了。"不必这样急吧？"他忙说。

"有必要，"她说，"我这就走。"说完她转身冲着赫麦妮伸出手来不等对方说什么就道了一声"再见"。

"再见——"赫麦妮仍握着她的手慢悠悠地说，"一定要现在走吗？"

"是的，我想我该走了，"厄秀拉沉下脸，不再看赫麦妮的眼睛。

"你想你要——"

厄秀拉抽出自己的手，转身冲伯金调侃般的迅速道一声"再见"，然后不等他开门，就迫不及待地打开门。

出了门她就气鼓鼓地沿着马路跑了起来。真奇怪，赫麦妮激起了她心中的无名火。厄秀拉知道她向另一个女人让步了，她知道自己显得缺少教养、粗俗、过分。可她不在乎。她只顾在路上奔跑，否则她就会回去当着伯金和赫麦妮的面讽刺他们，因为是他们惹恼了她。

第二十三章　出　游 [①]

　　第二天伯金就来找厄秀拉。那天学校凑巧只上半天课。将近中午时分，伯金来到小学校问厄秀拉是否愿意同他一起驾车出游。厄秀拉同意了，但她脸色阴沉着，毫无表情。见她这样，他的心沉了下去。

　　下午天气晴朗，但光线暗淡。伯金开着汽车，厄秀拉就坐在他身边，但她的脸色依旧阴沉着毫无表情。每当她这样像一堵墙似的冲着他，他的心里就十分难受。

　　他的生命现在是太微不足道了，他几乎对什么都不在乎了。有时他似乎一点都不在乎厄秀拉、赫麦妮或别人是否存在。何苦麻烦呢！为什么非要追求一种和谐、满意的生活？为什么不在一连串偶然事件中随波逐流——就像流浪汉小说那样？为什么不呢？为什么要去在乎什么人与人之间的关系？为什么那么严肃地对待别的男人或女人？为什么要与别人结成如此严肃的关系？为什么不随便些、随波逐流、听之任之呢？

　　可说到底，他是命中注定要走老路、要认真生活的。

　　"看，"他说，"看我买了些什么？"汽车在树木夹道的宽阔路面上行驶着，秋天里路面白亮亮的。

　　他给她一卷纸，她打开就看。

---

　　① 本章的题目 Excurse 一词为劳伦斯所创造，意义多解。根据内容判断，该有"游走"一解，与本章主人公漫游求索的意思相吻合；亦有探讨具体某一话题的意思；抑或为两个意思的综合；甚至有可能是启用了一个已经废弃的旧词，其原意是疯狂的涌动。读者或可根据内容自行理解。

"太美了，"她看着礼物说。

"真是太美了！"她又叫起来。"可你为什么把它们给我？"她挑战地问。

他脸上现出一丝厌烦和愤愤然的表情，然后耸了耸肩。

"我要这样，"他冷漠地说。

"可为什么？你这是为什么？"

"一定要我做出解释吗？"他说。

她一言不发地看着包在纸里的戒指。

"我觉得它们太美了，"她说，"特别是这一只，太美妙了——"

这是一只火蛋白石戒指，周围镶着一圈细小的红宝石。

"你最喜欢那一只吗？"他问。

"是的。"

"可我喜欢蓝宝石的，"他说。

"这一只吗？"

这是一只漂亮的玫瑰状蓝宝石戒指，上面点缀着一些小钻石。

"是啊，"她说，"很好看。"她把戒指对着天光看了看说。"也许，这才是最好的——"

"蓝的——"他说。

"对，很奇妙——"

突然他一打方向盘，汽车才避免了与一辆农家马车相撞。但汽车却倾斜在路边。他开车很马虎，老爱开飞车。厄秀拉可吓坏了。他那种莽撞劲儿总让她害怕。她突然感到他开车会出事，她会死于车祸。想到此她一时心凉了。

"你这么开车不是有点太危险了吗？"她问。

"不，不危险，"然后他又问她："你不喜欢那枚黄的吗？"

这是一枚镶在钢架之类的金属中的方黄玉戒指，做工很精细。

"喜欢的，"她说，"可是你为什么买这些戒指？"

"我需要。都是旧货。"

“你买来是自己用吗？”

“不是。我的手戴戒指不像样。”

“那你买它们干什么？”

“买来送给你。”

“为什么给我？你该把它们送给赫麦妮的！你属于她。”

他没说话。她手里仍攥着这些首饰。她想戴上这几枚戒指试试，可她心中什么东西在阻挡她这样做。另外她恐怕自己的手太大戴不下，她要避免戴不下戒指丢丑，所以只在小手指上试了试。他们就这样在空空荡荡的街上驾车转游。

坐汽车很令她激动，以至她忘记了伯金就在身边。

“我们到哪儿了？”她突然问。

“离沃克索普不远。”

“我们去哪儿呢？”

“哪儿都行。”

她就喜欢这样的答复。

她张开手，看着手中的戒指。三枚镶有宝石的圆戒指堆在她的手掌里，很令她高兴，她一定要戴上试试，但又不想让伯金看见，否则他会发现她的手指太粗。但他还是发现了。凡是她不想让他看到的他偏偏都能看到。他这么眼尖，真让人恨。

只有那枚镶火蛋白石的戒指环圈比较薄，她的无名指可以伸进去。但她这人很迷信，觉得有一种不祥之兆①。不，她不要他这许诺性的戒指，这等于把自己许给他了。

“看，”她向他伸出半握着的手。“别的几枚都不合适。”

他看到柔和的宝石在她过于敏感的皮肤上闪着红光。

---

① 火蛋白石被认为是不吉利的象征。

"是不合适，"他说。

"可蛋白石不吉利，是吗？"她急切地说。

"不过我喜欢不吉利的东西。吉利很庸俗，谁需要吉利所带来的一切？反正我不需要。"

"那是为什么呢？"她笑道。

她急于想看看另外的戒指戴在自己手上是什么样，就把它们戴在了小手指上。

"这些戒指可以再做大一点的，"他说。

"对，"她将信将疑地说。然后她叹了一口气。她知道，接受了戒指就等于接受了一种承诺。但是她抗不过命运。她又看看戒指，在她眼里它们极漂亮——不是装饰品或财富，而是爱物。

"你买了这些戒指真叫我高兴。"说着她不太情愿地把手轻轻搭在他的胳膊上。

他微微一笑。他需要她亲近他，但他内心深处却是愤怒、漠然的。他知道她对他怀有激情，这是真的。但这不是彻底的激情。更深层的激情是当一个人变得超越自身，超越情感时爆发出来的。而厄秀拉仍停留在情感与自我的阶段——总是无法超越自身。他拥有了她，但他从来也没有这样被拥有。他像魔鬼拥有了她的黑暗与羞耻之根，笑着俯视那神秘腐朽的源泉——她生命的源泉之一。他笑着、抖动着双肩，最终接受了她。至于她，什么时候她才能超越自己，如同接受死亡一样接受他？

这会儿她变得很开心。汽车在向前行驶，午后的天色柔和、暗淡。她饶有兴趣地聊着天儿，分析着人们和他们的动机——戈珍和杰拉德。他含含糊糊地回答着。他对于各种人的性格什么的并不那么感兴趣，对人也不感兴趣——他说，人们各不相同，但都受着同样的局限。大约保存下来的只有两种伟大的观念，只有两条巨大的运动流，它们的反应形式各异。这种反应在不同的人身上表现不一样，但人们遵循的不过是几条大的规律，从内在的意义上说都没什么区别。他们运动或反运动，毫不受意志支配地遵循着几条大规律，而一旦这些规律和大的原则为人所知，人就不再神秘，也就没什么意思了。人们从本质上说都一样，他们的不同不过是一个主旋律的变奏，谁也无法超越天命。

厄秀拉不同意这种说法，她认为人仍旧是一种历险，不过这也许比不上自己试图说服自己，那更是一种历险。或许现在她的兴趣有点像机器一样呆板。或许她的兴趣是破坏性的，她的分析真像在把东西肢解。在她内心某个地方，她并不在意别人和别人的特殊之处，甚至想要毁灭这些。一时间她似乎触到了心中的这一想法，她沉静下来，只把兴趣全转到伯金身上。

"在暮色中回去不是很美吗？"她说，"我们稍晚一点吃茶点好吗，就吃晚茶[1]吧，岂不是很好吗？"

"我答应到肖特兰兹吃晚餐的，"他说。

"可这没关系，你可以明天再去嘛。"

"赫麦妮在那儿，"他很不安地说，"她两天以后就会离开这儿。我想我该跟她告别，以后我再也不见她了。"

厄秀拉同他拉开了距离，沉默不语。伯金眉毛紧蹙，眼里闪动着怒火。

"你不在意吧，啊？"他有点恼火地说。

"不，我不在意。我凭什么要在意呢？凭什么？"她的语调透着挖苦和冒犯。

"那正是我问我自己的问题，"他说，"你凭什么在意？！可你看上去就是在意。"他气得眉毛紧蹙成一团。

"请相信，我不在乎，一点儿都不在乎！去吧，你属于哪儿就去那儿吧，我就希望你这样做。"

"你个傻瓜！"他叫道，"什么叫我属于哪儿去那儿，我和赫麦妮的关系

---

① 曾被直译为"高茶"，是传统的英国人黄昏时分用的一顿茶点，在下午茶的基础上多了肉类、点心和沙拉等，往往充作晚饭。现在很少有人用这顿茶点。——译者注

已经完了。这么说，她对你比对我还重要。你就会跟她对着来，当她的对手说明你同她是一类人。"

"对手！"厄秀拉叫了起来，"我知道你的诡计。我才不会让你的花言巧语骗了我呢。你属于赫麦妮和她的死亡表演。你愿意，就那样吧。我不谴责你。可那样的话，你我就没什么关系了。"

伯金气愤极了，狂怒中停下了车。于是，他们就坐在村路中央的车里，把这件事说个明白。这是他们之间的一场战争危机，所以他们并未看出这种境况的荒唐之处。

"如果你不是个傻瓜，如果你还不傻，"他痛苦绝望地叫着，"你就该知道，甚至当你错的时候你也应该讲点情面。这些年我同赫麦妮保持关系是错误的，这是个死亡的过程。但不管怎么说，人还是要有人的面子的。可你却一提赫麦妮就满怀妒忌，恨不得把我的心都撕碎。"

"妒忌！妒忌！我妒忌！你这样想就错了。我一点都不妒忌赫麦妮，对我来说她一钱不值。压根儿谈不上妒忌！"厄秀拉显出不屑一顾的样子。"倒是你，你撒谎。你要找回赫麦妮，就像狗要找寻自己吐出过的东西一样。我恨的是赫麦妮所主张的。我所以恨，是因为她说的是谎话、假话，那意味着死亡。可你需要这些假话，你拿它没办法，拿你自己也没办法。你属于那个旧的、死气沉沉的生活方式，那就回到那种生活方式中去吧。但别来找我，我跟它可没任何关系。"

她一气之下跳下汽车走到树篱前，下意识地揪着粉红色的卫矛果，有些果子已经绽开，露出橘红色的籽。

"你可真是个傻瓜，"他有点轻蔑地叫着。

"对，我傻，我是傻。感谢上帝让我这么傻。我太傻了，无法品味你的聪明。感谢上帝吧。你去找你的女人，去吧，她们跟你是一类人，你总有一批这样的人追随你，总有。去找你精神上的新娘去吧，别同时还来找我，因为我没她们那种精神，谢谢你了。你不满意，是吗？你的精神新娘无法给予你所需要的东西，她们对你来说并不够平易近人、不够肉感，是吗？于是你甩下她们来找我！你想跟我结婚过家常生活，可又要暗中与她们进行精神上的往来！我懂你这套肮脏的把戏。"一股怒火燃遍全身，她双脚发疯地跺着地，于是他害怕了，生怕她打他。"而我，我并不够精神化，在这方面我不如赫麦妮——！"说着，她的双眉蹙紧了，目光如虎，闪烁着。"那就去找她吧，我要说的就这句话，去找她吧，去。哈哈，她，精神——精神，她！她是个肮脏的物质主义者。她精神化吗？她关注的是什么？她的精神又是什么？"她的怒气似乎化作烈火喷将出来炙烤着他的脸。他后退了。"我告诉你吧，这太肮脏，肮脏，肮脏。你要的就是肮脏，你渴求的就是肮脏。精神化？！难道她的霸道、骄横、肮脏的物质主义就是精神化？她是一个泼妇，泼妇，就是这样的物质主义者。太肮脏了。她那股子对社会的激情到底会怎样？社会激情，她有什么样的社会激情？让我看看！在哪儿？她需要唾手可得的小权力，她需要一种伟女人的幻觉，就是这么回事。在她的灵魂中，她是一个没有信仰的凶恶女人，很肮脏的普通人。从根本上说她就是这么个人。其余的全是装的——可你喜欢这个。你喜欢这种虚假的精神，这是你的食粮。为什么？那是潜伏着的肮脏所致。你以为我不知道你的性生活有多肮脏吗？还有她的，我也知晓。而你需要的正是这种肮脏，你这骗子。那就过这肮脏生活去吧，去吧。你这骗子。"

她转过身去，战栗着从篱笆上揪下卫矛果，双手颤抖着把浆果戴在外衣前胸。

他默立看着她。一看到她战栗着的敏感的手指，他心中就燃起一股奇妙的温柔之情，但同时他心里也感到气愤、冰冷。

"这种表现很卑劣，"他冷冷地说。

"是的，的确卑劣，"她说，"对我来说更是如此。"

"看来你是愿意降低自己的身分的。"他说，这时他看到她脸上燃起火焰，目光中凝聚着黄色的光点。

"你！"她叫道，"你！好一个热爱真理的人！好一个纯洁的人！你的真理和纯洁让人恶心。你吃的东西是腐臭的，你这个垃圾堆里刨食的狗，食死尸的狗。你肮脏，肮脏，你必须明白这一点。你纯洁，公正，善良，是的，谢谢你，你有那么点纯洁、公正、善良。可你的真实面目是，猥亵，肮脏，你就是这么个人，猥亵、变态。你还爱！你也可以说你不需要爱。不，你需要的是你自己，肮脏和死亡——你要的就是这个。你太变态，太僵死，还有——"

"过来一辆自行车，"他说。他被她那大声的谴责搞得很不安。

她朝路上看去。

"我才不管什么自行车呢，"她叫道。

不过她总算沉默了。那骑车人听到这边的争吵声，奇怪地看着这一男一女，又看看停在路上的汽车。

"你好，"他快活地说。

"你好，"伯金冷冷应道。

那人走远了，他们沉默了。

伯金脸色变开朗了。他知道总的来说厄秀拉是对的。他知道自己心理变态了，一方面过于精神化，另一方面，自己卑劣得出奇，可是难道她比自己强多少吗？谁比谁能强多少？

"或许这都是真的，谎言，腐臭，"他说。"但是赫麦妮精神上的亲昵并不比你的那种情感上带着的妒忌的亲昵更坏。人甚至应该在自己的敌人面前保持自己的体面，那是为了自己。赫麦妮至死都会是我的敌人！我必须射箭把她赶走。"

"你！你，你的敌人，你的弓箭！你把你自己描绘得挺美啊。可你只能蒙你自己，骗不了别人。我忌妒！我！我说那些话，"她大叫着，光火起来，"是因为那是事实，明白吗？因为你是你，一个肮脏虚伪的骗子，一个伪君子。所以我才那么说，你全听到了。"

"很感谢你，"他调侃地扮个鬼脸道。

"是的，"她叫道，"如果你还讲点脸面，就该感谢我。"

"可是，我一点脸面也不讲——"他反讥道。

"没有，"她喊道，"你没一丁点儿。所以，你可以走你自己的路，我走我的路，没什么好处，一点也没有。你可以把我留在这儿了，我不想跟你多走一步，留下我——"

"你甚至不知道你在哪里——"他说。

"不必麻烦了，请放心，我不会出问题的。我钱包里有十个先令，你把我弄到哪儿，这点钱也够我回去的路费。"她犹豫着。她手上还戴着戒指呢，两枚戴在小手指上，一枚戴在无名指上。她仍犹豫着不动。

"很好，"他说，"最没希望的是傻瓜。"

"你说得很对，"她说。

她又犹豫了片刻。脸上露出丑陋、恶毒的表情，从手指上撸下戒指冲他扔过去。一枚打在他脸上，另外两枚掉到衣服上又散落在泥土中。

"收回你的戒指吧，"她说，"去买个女人吧，哪儿都可以买到，有许多人愿意与你共享那混乱的精神或享有你混乱的肉欲而把你混乱的精神留给赫麦妮。"

说完她就漫不经心地上路了。伯金伫立着看着她阴沉地走远了，走路的姿势很没有样子，一边走一边揪扯着篱笆上的树枝子。她的身影渐渐变小，似乎在他的视线中消失了。他觉得头脑中一片黑暗，只有一点意识的游丝在抖动着。

他感到疲惫虚弱，但也感到释然。于是他放弃了自己旧的立场。走过去坐在马路牙子上。毫无疑问厄秀拉是对的。她说的的确是真情。他知道他的精神化是伴随着一种堕落的，那是一种自我毁灭的快感。自我毁灭中的确有一种刺激，对他来说当自我毁灭转化成精神形式出现时更是如此。他知道，他这样做了。还有，难道厄秀拉的情感和肉体的亲昵不是同赫麦妮那种深奥的精神亲昵同样危险吗？溶化，溶化，这两种生命的融合，每个男女都坚持这样做，不管是精神融合还是情感肉体的融合，不是都很令人恶心、可怕吗？赫麦妮觉得自己是一个完美的观念，所有的男人都得追随她，而厄秀拉则是完整的母腹，是新生命的沐浴之地，所有的男人都必须奔向她！她们都很可怕。她们为什么不是个性化的人，为什么不受到自身的限制？她们为什么如此可怕得完整，如此可憎得霸道？她们为什么不让别人自由，为什么要吸收、溶解、融合人家？一个人在某些时刻完全可以放纵自己，但不是沉溺于别人。

他不忍心看着戒指陷在路上的泥土中。他拾起戒指，情不自禁地用手擦着上面的泥土。这戒指是美的象征，是热烈的创造中幸福的象征。他的手上沾上了沙砾，脏了。

他头脑中一片黑暗。长久纠缠着他的心结粉碎了，远逝了，他的生命在黑暗中溶化了，四肢和全身都化了。可他心中某个地方很是焦虑。他想要她回来。他像婴儿那样轻微、有规律地喘息着，像婴孩一样天真无邪，毫无责任感地喘息。

她正往回走。他看到她正沿着高高的篱笆漫不经心地朝他缓缓走来。他没动，没有再看她。他似乎静静地睡了，蛰伏着，彻底松弛了下来。

她走过来垂着头站在他面前。

"看我给你采来了什么花儿？"说着她把一束紫红色的铃铛石楠花捧到他面前。他看到了那一簇鲜艳的铃铛花儿和细小如树枝般的花梗，还看到捧着花的那双手，她手上的皮肤那么细腻、那么敏感。

"很美！"他抬头冲她笑着接过了花儿。一切复杂都变得很简单了。但是他真想大叫，但没叫出声，他太累，感情负担太重了。

随后他心中升起一股对她的温柔激情。他站起来，凝视着她的脸。这是一张全新的脸，那么娇纤，脸上露出惊奇与恐惧的表情。他搂住她，她把脸伏在他的肩上。

安宁，那样宁馨，他就站在路上默默地拥抱着她。最终是安宁。原先那可恶的紧张世界终于逝去了，他的意志坚强起来，他感到很自在。

她仰头看着他，眼中那奇妙的黄色光芒变得柔和、温顺起来，他们终于安静地相处了。他吻了她，温柔地，一遍又一遍。她的目光充满了笑意。

"我骂你了吗？"她问。

他也笑了，握住了她柔软温顺的手。

"千万别在意，"她说，"这也是为了咱们好。"他温柔地吻了她许多次。

"难道不是吗？"她说。

"当然，"他说，"等着吧，我会报复的。"

她突然一声大笑，猛地拥抱住他。

"你是我的，我的爱人，不是吗？"她叫着搂紧了他。

"是的，"他温柔地说。

他的话那么肯定，语气那么温柔，令她无法动弹，似乎屈从于一种命运。是的，她默许了，可他却没有得到她的默许就做了一切。他默默地一遍又一遍地吻她，温柔、幸福地吻她，他的吻几乎令她的心停止了跳动。

"我的爱人！"她叫着，抬起脸惊喜地看着他。这一切都是真的吗？他的眼睛是那么美、那么温柔，丝毫不因紧张和激动而有所改变。他漂亮的眼睛向她微笑着，同她一起笑着。她把脸埋在他的肩上，生怕他看到她的脸，她知道他爱她，但她有点怕，她处在一个奇特的环境中，被新的天空包围着。她渴望他爆发出激情来，因为只有在激情中她才能随心所欲。但现在这样是如此平静、微弱，空间比力量更可怕。

她再次猛然抬头，冲动地问：

"你爱我吗？"

"爱，"他回答，他只看到伫立的她，没注意她的动作。

她知道他说的是真话。

"你应该这样，"她说着扭脸向路上看去，"你找到戒指了吗？"

"找到了。"

"在哪儿？"

"在我衣袋里。"

她的手伸进他的衣袋中掏出戒指。

她感到不安。

"咱们走吧？"她说。

"好，"他答道。他们又上了车，离开了这块值得纪念的战场。

他们在傍晚的旷野中游荡着，汽车欢快地行驶着，既优雅又超然。他的心里安然又甜蜜，生命似乎从新的源泉中流出从他身上流过，他似乎刚从阵痛的子宫里出生。

"你幸福吗？"她出奇兴奋地问。

"幸福，"他说。

"我也一样，"她突然兴奋地大叫着搂住他，用力拥抱着他。可他还在驾驶着车。

"别再开了，"她说，"我不希望你总在做什么事。"

"咱们结束了这次短短的旅行，就自由了。"

"我们会的，我的爱，我们会的。"她欢快地叫着，趁他向她转过身来时吻了他。

他意识上的紧张感被打破了，他又十分清醒地驾驶着汽车。他似乎全然清醒了，他全身都清醒了，心中很透亮，似乎他刚刚醒过来，就像刚刚出生，就像一只小鸟刚冲破蛋壳进入一个新世界。

他们在暮色中开驶下一座狭长的小山，来到山下，突然厄秀拉发现右首的空谷中南威尔大教堂的影子。

"咱们都到了这儿了！"她兴奋地叫着。

那僵硬、阴郁、丑恶的教堂矗立在茫茫的暮色中，他们进到狭窄的镇子中，发现金黄色的光芒在商店的橱窗中闪烁着，恰似天国的启示之光。

"我爸爸和妈妈刚刚相识的时候就到这儿来过，"她说，"他喜欢这座大教堂。你喜欢吗？"

"喜欢。它像透明的石英从黑暗的空谷中耸起来。咱们就在撒拉逊人头客

栈里用晚茶吧 ① 。"

下山时听到大教堂的钟敲响了，六点了，随之奏响了一曲赞美诗：

> 今夜，光荣属于你，我的上帝；
> 你的光赐福给我们——

在厄秀拉听来，这乐曲正从朦胧的天空一点点散落，落在暮色笼罩的镇子里。这乐曲就像多少世纪前阴郁的声音，太遥远了。她站在这古老的客栈院子里，呼吸着稻草、马厩和汽油味儿。抬起头，她可以看到天上崭露的新星。这一切都是怎样的啊？这不是实际的世界，这是童年的梦境——一段宝贵的回忆。世界变得一点都不真实。她自己成了一个陌生、虚幻的人。

他们一起坐在小客厅里的壁炉旁。

"是真的吗？"她笑道。

"什么？"

"一切——一切都是真的吗？"

"最好的是真的，"他冲她做个鬼脸道。

"是吗？"她笑着，但仍没有把握。

她看着他，他仍然与她若即若离。她的心灵又睁开了一双新的眼睛。她发现他是来自另一个世界的奇怪动物。她似乎被迷住了，一切似乎都变形了。她又想起《创世纪》中讲的古老的神话：上帝的儿子看到人的女儿娇美 ② ，而伯金就是这些来自彼岸的奇特的人之一，他俯视她，发现她美若天仙。

他站在炉前地毯上，看到她仰起的脸就像一朵鲜艳夺目的花儿，沾着清晨第一颗露珠，闪着金黄金黄的光芒。他微笑着，似乎世间没有任何语言，只

---

① 这是一家 14 世纪开办的古老客栈，现今依然营业。——译者注

② 《圣经·创世记》第 6 章，第 2 节。

有对方心中默默幸福绽放的花朵。他们微笑着，只要对方在他们就高兴，那是纯粹的存在，不用你去想，甚至不用你去了解。但他的眼睛却透着嘲弄的神情。

她像着了魔一样迷上了他。她跪在炉前地毯上，搂住他的腰腹，脸埋进他的两腿中。多么美妙！多么美妙！她感到无限美妙，如同天赐一般。

"我们相爱着，"她兴奋地说。

"不仅是爱，"他说着俯视她，脸上闪烁着光芒，表情很是自在。

她敏感的指尖无意识中摩挲着他的大腿背面，顺着一股神秘的生命流摩挲着。她发现了什么东西，发现了某种超越生命本身的东西。那种神秘的生命运动，就在大腿的背部，顺其外侧而下。那是他生命奇特的真实，那是生命本身，沿大腿直泻而下。是在这儿，她发现他是太初之时上帝的儿子们之一，他不是人，是别的什么，是某种更为丰富的天赐之物。

这令她最终感到释然。她有过几个情人，她知道激情是怎么一回事。可现在这东西既不是爱也不是激情。这是人的女儿回到上帝的儿子的怀抱。这太初上帝的儿子，是陌生的非人。

她的脸释放出金色的光芒，她抬头看着他，他站在她面前，她的双手搂住他的双腿。他俯视着她，那闪亮的眉毛就像王冠一样。她就像开放在他膝下的一朵美丽花朵，一朵超越女性、放射着异彩的天堂之花。但他心中有什么东西禁锢着他，让他无法去喜爱这种蹲伏和这样的异彩，不是很喜欢。

但对她来说她的目的都达到了。她已经发现了太初的上帝之子，他也发现了最早的美丽的人之女。

她的手摩挲着他的腰臀和大腿的背面，一股活生生的烈火从他身上冥冥地流出，从她身上通过。这是她使他身上放射出的一股黑暗的激情电流，将这电流吸进自己体内。她在二人之间筑起了一条新电路，新的激情电能发自最黑暗的肉体电极，形成完美的电路。这股黑色电火之流，从他身上流向她，把他们两人淹没在宁馨的洪流中。

"我的爱，"她叫着，向他仰起脸，狂喜中睁大双眼、张开了嘴。

"我的爱，"他回答着俯下身一个劲儿吻她。

她抱住他浑圆的腰臀，抱个满怀，他弯下腰时她似乎触到了他身上那黑暗的神秘物，那是肉体的他。她几乎要在他身下昏过去，他俯下身，也似乎要昏过去。对他们双方来说这都是完美的消亡，同时又是对生命难以忍受的获得，是最直接的美妙的满足，它惊人地流溢自最深的生命力的源泉——人体内最黑暗、最深处和最陌生的生命源泉，它发自腰臀的基底。①

沉默过后，陌生的黑暗河流从她身上淌过后，她的意识随之而去，从后背一直降到双膝又流过她的脚，这奇特的洪流横扫了一切，让她彻底成为一个新人，她自由了，她全然是她自己了，全然自在。于是她静静地站起身，快活地冲他笑着。他站在她面前，脸上微微发光，那么真实，令她的心几乎停止了跳动。他那奇特的身躯伫立着，这躯体内蕴藏着奇妙的泉，就像太初上帝的儿子的躯体。他体内奇特的泉比任何她想象的或知晓的泉都更神秘、更强大、更令人满足，啊，令人肉体上感到神秘的满足。她曾以为没有比生殖器源泉更深的源泉了。可现在，看吧，从这个男人遭到击打的岩石般的躯体中，从他奇特奇妙的腿部更深远的神秘处奔涌出难以名状的黑暗和财富之流②，它比生殖源泉更为神秘。

他们那么高兴，全然忘却了一切。他们笑着去用餐。晚饭有鹿肉和馅饼，一大片火腿，鸡蛋，水芹，红甜菜根，欧楂和苹果馅饼，还有茶。

"这么多好东西呀！"她欢快地叫道，"看上去是多么高雅！我来倒茶吧？——"

平时，她做起这类台面儿上的事来总是很紧张、犹犹豫豫，比如倒茶这

---

① 此段及以上六段中有关人的背部生命流的叙述表明劳伦斯受到 J. M. Pryse 1910 年出版的《开封的启示录》一书观点的影响，该书认为印度教中的神秘神经学理论是：宇宙的能量存在于脊髓的根底部，是人的中心生命流的起点。

② 摩西带领以色列人穿过干旱的荒原走向希望之地时，两次击打石头，从中流出水来。

样的事。可今天她什么都忘了，从容不迫，全然忘记了什么叫害怕。茶水从细细的壶嘴儿中流出来的样子很好看。她给他递茶杯时眼里透着微笑。她终于学会了安然、熟练地做这一切。

"一切都是我们的，"她对他说。

"一切，"他说。

她得胜似的笑出了声。

"我太高兴了！"她叫道，表现出难以言表的释然。

"我也是，"他说，"不过我想咱们还是最好摆脱咱们的责任，越快越好。"

"什么责任？"她揣度着问。

"咱们必须尽快扔下咱们的工作。"

她表示理解。

"当然，"她说。

"我们必须走，"他说，"没别的，尽快走。"

她从桌子另一边怀疑地看着他。

"可去哪儿呢？"她问。

"不知道，"他说，"咱们就转悠一阵子吧。"

她又疑虑地看着他。

"去磨房吧，我在那儿可高兴了。"她说。

"那里离旧的东西太近了点，"他说，"还是随便转转吧。"

他的声音竟是如此温柔，如此轻快，像兴奋剂一般从她的血管中穿过。她梦想着有一个峡谷、荒蛮的园子，那里一片静谧。她渴望着辉煌——是贵族的辉煌。而无目的地漫游让她觉得太不安定，令她不满。

"你打算转悠到哪儿去呢？"她问。

"不知道。我感到似乎是我们刚见面就要到远方去。"

"可能到哪儿去呢？"她焦虑地问，"归根结底，只有这个世界，哪里都不算远。"

"但是，"他说，"我愿意同你一起去——去不知道的地方。最好漫游到不知道的地方去，就去那里。一个人需要离开世界的特定什么地方，到我们自己的未知地方去。"

她仍在沉思。

"你看，我的爱，"她说，"我们只要是人，恐怕就得对现存世界认可，因为没有另一个世界。"

"不，有的，"他说，"有那样的地方，在那里我们可以获得自由，在那里人不必穿更多的衣服——一件甚至都不需要——在那儿你可以遇见不少饱经沧桑的人，把什么都视作理所当然——在那儿你就是你自己，没那么多麻烦事。有那么个地方——有那么一两个人——"

"可是，哪儿呢——"她叹息道。

"某个地方——随便什么地方，我们姑且漫游而去吧。我们要做的就是这件事，漫游。"

"好吧，"她说，一想到旅行她就激动，不过这对她来说只是旅行罢了。

"去获得自由，"他说。"自由，在一个自由的地方，和少数几个人在一起，获得自由！"

"那好，"她沉思着说。可是"少数几个人"一词却让她不快。

"这并不是一个地点的问题，"他说，"这是一种你、我及他人之间完美的关系，只有这样我们才能一起自由。"

"是的，我的爱，不是吗？"她说，"就是你和我，就是你和我，不是吗？"说着她向他伸展出双臂。他忙走过去俯身吻她的脸。她再一次搂住他，双手从他的肩膀顺着后背缓缓向下滑动，重复着一个奇妙的节奏，缓缓滑下去，神秘地抚摸着他的腰臀和大腿外侧。一种永志难忘的美满感觉令她神魂颠倒，那美妙的占有和神秘的安然几乎令她死过去了。她那样彻底地、过分地占有了他，以至她自己都失落了。其实她只不过坐在椅子中，忘我地拥抱着他，从而失魂落魄。

他重又温柔地吻着她。

"我们永不再分离，"他喃言道。她一言不发，只顾用双手用力压着他躯体上黑暗的源泉。

他们从昏厥状态中醒来后，决定写辞职书，离开这个工作的世界。她想这样做。

他按铃，要来没印着地址的信纸。侍者擦干净了桌子。

"这样，"他说，"先写你的。写上你的家庭住址和日期，然后写'教育长官，市政厅，××先生——'好！我不知道具体怎么说，我想一个月内可以解决问题，不管怎样吧，写'先生，我请求辞去威利格林小学教员的职务。一月内如获恩准，不胜感激。'行了。写好了吗？让我看看。'厄秀拉·布朗温。'好！现在我来写我的。我应该给他们三个月的期限，当然我可以说健康状况不佳，请求早些批准。我可以好好安排一下。"

说完他坐下写他的正式辞职书。

"喏，"他封上信封、写好地址后说，"咱们是否从这儿把信发出去？一起发。我知道杰克会说：'这是偶然现象！'他会发现这两封信一模一样。让他这么说吗？"

"我无所谓，"她说。

"不吗——?"他沉思着问。

"这无所谓，不是吗？"她说。

"对，"他回答，"别让他们瞎想我们。我先寄走你这封，然后再寄我的。我可受不了他们胡猜乱想。"

他看着她，那眼神是怪异独特的。

"你是对的，"她说。

她向他抬起神采奕奕的脸，完全向他敞开了心扉。他似乎可以直接进入到她灿烂的源泉中去，于是他的表情使他的脸都变形了。

"咱们走吧？"他说。

"听你的，"她说。

他们很快就出了小镇，开车在起伏不平的乡间路上行进着。厄秀拉依偎着他温暖的躯体，凝视着车灯照亮的前方夜色下微亮的景物。时而驶上宽阔的旧路，路两边是宽阔的草场，在淡青色的车灯光中看似飞跃的魔影和精灵，时而前方出现树丛，时而露出布满荆棘的灌木丛、围场和粮仓的尖顶。

"你还去肖特兰兹吃晚饭吗？"厄秀拉突然问，吓了他一跳。

"天啊！"他叫道，"肖特兰兹！再也不去了。再说，也太晚了呀。"

"那我们去哪儿呢？去磨房吗？"

"如果你喜欢，就去。这样美好的夜晚，去哪儿都可惜。走出这夜幕，实在太可惜。可惜呀，我们无法停留的这黑夜。身陷夜色中比什么都美好。"

她坐在车中遐想着。汽车颠簸着。但她知道她离不开他，这黑暗把他们两人缚在了一起包围起来，这黑夜是无法超越的。再说，她对他那温暖的黑暗腰臀有了神秘的感知，从那黑暗与温暖中感到了命运之无法抗拒和美，人需要它们并且完全接受它们。

他僵直地坐着开着车，那样子像个埃及法老。他感到他像真正的埃及雕塑那样有一种太古的力量，这雕塑真实，为难以言表的力量筑成，嘴角上挂着一丝谜一样的微笑。他知道他的脊背和腰臀部有一股奇特神秘的力量，它直流向双腿，这力量令他动弹不得，使得他下意识地微笑起来。他知道在另一种根本的意识即肉体意识中保持清醒和活力是一种怎样的感觉。依靠这个源泉他获得了纯粹、神秘的控制力，魔幻、神秘，那是黑暗中的力量，如同电流。

很难张口说话，坐在这纯粹生动的寂静中是多么美满，这沉静中溶满微妙、难以想象的感知与力量，这沉寂被太古的力量所支撑着，就像那纹丝不动、力量超群的埃及人永远端坐在活生生、微妙的沉寂中。

"咱们别回家了吧，"他说，"这辆车里的座位可以放下来当床用，再支上车篷就行了。"

听他这么说，她又喜又惊，惊喜地偎向他。

"那家里人怎么办？"她问。

"拍个电报去即可。"

没有更多的语言，他们默默地驱车前行。但他一转念又驾车朝某个方向开去。他的理智还能够指挥他自己的去向。他的手臂、他的胸膛和他的头脑像古希腊人一样健全灵活，他的双臂绝不像埃及人的手臂那样僵直、不清醒，他的头脑也不封闭、迟钝。闪烁的智慧照耀着他在黑暗中的专注的目光，那是纯埃及式的专注①。

他们来到路边的一座村庄。汽车徐徐滑行着直到他看到村中的邮局才停车。

"我给你父亲拍个电报，"他说，"我只说'在城里过夜'，好吗？"

"好的，"她说。她不愿让思绪打扰自己。

她看着他进了邮局。她发现这邮局还是一家商店呢。他可真怪。甚至当他走进明亮的公共场合，他仍旧显得黑暗、富有魔力，似乎他体内蕴含着生动的沉寂，微妙、强壮，让人难以发现。他在那里！一阵兴奋中她看见了他，他从不显山露水，但，十分强壮，可说是神秘又真实。他这黑暗、微妙的一面永远不会改变，这令她获得了解放，变得完美，成了一个完美的人。于是她在沉寂中也变得黑暗、感到满足。

他回来了，往车里扔进一些打好的纸包。

"是些面包、奶酪、葡萄干、苹果和纯巧克力，"他的声音表明他似乎在笑，那是因为他十分沉稳，蕴藏着纯粹的力量。她一定要抚摸他，光说和看一点用也没有。光凭观察就想理解他只能歪曲他。黑暗和沉寂要先笼罩她，然后她才能在接触中神秘地感知他。她必须轻松地、忘我地与他结合，获得知识——那是知识的死亡，在不知中获得信心。

---

① 劳伦斯曾在《哈代论》中探讨成长的理念，认为成长来自相反的力量之间创造性的冲突。在此他把希腊人当作理性意识的象征，而把埃及人当作未知生命力的象征。

很快他们又驱车行驶在黑夜中了。她没有问驶向何方，她不在乎。她安然冷漠地坐着，纹丝不动、毫无用心。她就坐在他身边，纯粹像一颗星星一样悬着，与他保持着难以想象的平衡。她仍然暗中企盼着。她要抚摸他。她完美细巧的指尖意欲触到他的真实——黑暗中他那温暖、纯粹、不可改变的腰臀的黑暗真实。触摸，忘我地在黑暗中抚摸他活生生的真实——他完美温暖的腰臀和大腿。这是她持久的企盼。

他也在神秘的悬念中固执地等待着她来了解自己，就像他已经了解了她一样。他通过黑暗的感知了解了她。现在她要了解他了，这样他才能得到解放，将会像埃及人一样在黑暗中获得自由，坚守完美、悬空的平衡，那是纯粹的肉体生命的神秘所在。他们会给予各自这种星与星一样的平衡，这本身就是自由。

她发现车正在树丛中穿行，四下里尽是古树和凋零的羊齿草。前方尽是苍白、盘根错节、鬼影一样的树干，就像一些老牧师的身影在远处晃动，羊齿草显得神秘、富有魔力。夜漆黑，云低垂，汽车缓缓行驶着。

"我们这是到哪儿了？"她喃言问。

"在舍伍德森林中。"

很明显，他知道方位。他盯着前方缓缓地开车，开到了一条绿色的林中路上。车缓缓地转了个弯，在橡树丛中行进来到另一条绿色道路上。路渐渐拓宽，前面是一片草场，一条小溪在一面斜坡下汩汩流淌。伯金在这儿停下了车。

"就在这儿吧，"他说，"熄了车灯啦。"

他立即熄了灯，四下里一片漆黑，树影婆娑，像是其他什么黑夜中的生命。他在羊齿草上铺上块毯子，然后他们就默默地坐在上面。林子中发出微弱的响声，但没有骚乱，不可能有骚乱，这世界的骚乱被奇妙地禁止了，弥漫着一个新的神话。他们甩掉衣服，他把她搂过来，发现了她，发现了她那未曾裸露出的肉体上纯洁的光芒。他压抑着欲望，手指触摸她未曾展示过的裸体，那时沉寂的手指压在沉寂之上，神秘之夜的躯体压在神秘之夜的躯体上，男人和女人的夜无法用眼睛看清，无法用理智去了解，只是异己的生命被感知着。

她渴望他，抚摸着他，通过抚摸她获得了最大限度的难言的交流，黑暗、微妙、绝对的寂静，又一个美妙的馈赠，一份礼物，一个完美的接收与屈从——这是一个神话，其真实永远也无法理解。这活生生的肉欲真实永远也不能转换成意识，只停驻在意识之外，这是黑暗、沉寂和微妙之活生生的肉体，是神秘而实在的肉体。她的欲望得到了满足。他的欲望也得到了满足。他们在各自对方的眼中是一样的——都是神秘、可感知的真实异己生命，是远古的美。

他们在车篷下度过了寒夜，一觉睡到天亮，他醒来时天已大亮了。他们对视一下，笑了，然后又向远处看去，心中充满了黑暗和秘密。然后他们相互吻着，回忆着那个美好的夜晚。那个夜晚太美了，那是黑暗真实的世界的馈赠，他们似乎甚至害怕去回忆。所以他们避而不谈昨夜的感受。

第二十四章　死亡与爱情

托马斯·克里奇正缓慢地向死亡走去，慢得可怕。在人们看来，生命之线抽得如此纤细却仍然不断，这真是不可思议。病人卧床不起，极度虚弱，靠吗啡和酒维持生命，他只是缓慢地呷着酒。他只是半清醒着，一丝意识把死亡的黑暗与生活的光明联系着。但是他的意志没有破碎，他是完整的人。只是他需要绝对的安宁。

除了护士，任何人来了都让他难以忍受。杰拉德每天早晨都到房里来看看，希望他的父亲已经与世长辞。可他每次都看到那张脸仍旧微微闪光，蜡黄的额头上仍旧覆盖着令人生畏的黑发，黑黑的眼睛似乎只有一点点视力，里面则是不成形的漆黑一团。

每次那黑色无形的眼睛转向他时，杰拉德就感到自己的五脏六腑中发出反抗的击打声，似乎响遍全身，似乎要捣毁他的头脑，令他发疯。

每天一早，儿子笔直地站在那里，浑身充满生机，金发碧眼熠熠闪光。他这副样子实在令父亲气恼，他无法忍受杰拉德俯视他的神秘莫测的蓝色目光。但这只有一小会儿。他们只稍稍对视一下就把目光转开了去。

杰拉德在好长时间里都保持着镇静，泰然自若。但最终，他怕了。他害怕自己会垮掉，他要等待，等到最后。一种变态的意志使得他眼睁睁地看着父亲被拖到生死线上。可现在，那可怕的恐怖感每日都敲击着儿子的五脏六腑，燃烧着他。他整日心神不宁，似乎达摩克里斯的剑正悬在他的脖子上 ①。

他无处可逃，他和父亲紧紧相连，他必须看着他死去。但父亲的意志永不会松懈，不会向死亡屈服。当生命之线被折断以后这意志才会折断，如果在肉体死亡后它不再坚持下去的话。同样，儿子的意志也永不会屈服。他顽强地伫立着，他与这死亡无关。

这真是一种酷刑折磨。他能够眼巴巴地看着父亲慢慢消逝，而自己却毫不屈服，在万能的死亡面前毫不让步吗？像印第安人经受刑罚的折磨一样，杰拉德甘愿毫不退缩地体味这种缓慢的死亡。他甚至感到胜利了。他甚至有点希望这种死，加速这种死亡。似乎他自己在安排这种死亡，甚至当他恐惧地退缩时也是这样。他仍旧要对付这种死亡，他会最终取得胜利。

可在这种折磨之下，杰拉德也失去了对外界日常生活的控制。那曾经对他来说很重要的东西现在变得一钱不值了。工作和快乐都扔到了脑后。他现在干起工作来多少有些呆板。这些都是身外之事了，他真正的事情是心灵里与死亡的殊死搏斗。他的意志应该获胜。不管发生了什么事，他都不会低下头承认谁是他的主宰。死亡中没有主宰。

这场斗争在继续着，以前的他继续遭到毁灭，于是他的周围生活成了一个空壳，像大海一样咆哮着，他也加入了这外在的咆哮，可这空壳内部却是死亡那黑暗可怕的空间，他知道他必须获得增援，否则他就会在这巨大的黑暗空间中垮掉，这空间就在他心中。他的意志支撑着他外在的生活、外在的思想和外在的生命免遭破碎和改变。可压力太大了。他要找到什么东西维持良好的平衡。什么东西必须同他一起进入他灵魂中空荡荡的死亡空间，填充它，以抵消外界的压力。一天又一天，他感到自己愈来愈像充满黑暗的气泡，周围是他意识的彩虹，外部世界和生活就压迫着这意识的彩虹并咆哮其上。

---

① 希腊传说。国王命廷臣达摩克里斯坐在一根头发悬挂的剑下，以示君王之危。这个成语意为"临头的危险"。

在这种极端状态下，他本能地寻求起戈珍来。他现在甩掉了一切，只想同戈珍建立起关系来。他常随她到画室来，靠近她，同她交谈。他在画室里东站一会儿西站一会儿，毫无目标的拣起工具、雕塑用的泥巴和她刻的小人儿——一些稀奇古怪的东西——看着这些东西，但无法理解。戈珍感觉得出他追随着她，像一种命运在缠着她。她躲开了他，可他却一点点地接近她。

"请听我说，"一天晚上他不假思索，犹豫地对她说，"今天晚上能留下一起吃晚饭吗？我希望你能。"

她有点吃惊。他那说话的口气倒像是一个男人请求另一个男人。

"家里人会等我的，"她说。

"哦，他们不会在意，"他说，"如果你能留下，我会很高兴的。"

她沉默了好久，终于同意了。

"那我就通知托马斯了？"他问。

"吃完饭我必须马上走，"她说。

这是一个寒冷的夜晚，客厅里没有生火，他们就坐在书房里，他几乎沉默不语，显得心不在焉，温妮弗莱德很少说话。可当杰拉德来了情绪后，就冲她微笑，他显得愉快、与常人一样。随后他又显得茫然，这副样子连他自己都没意识到。

她对他很着迷。他看上去那么专心致志，那种奇特茫然的沉默让她无法理解，这样子让她动心了，揣摩着他，心里十分尊敬他。

但他很和蔼。在饭桌上他总把最好吃的送到她面前。知道她会喜欢与勃艮第不同的一种名酒，他就专门取来了这种微甜葡萄酒。她感到自己此时最受人尊重、几乎是人家需要她。

在书房中喝咖啡时，传来一声轻微的敲门声。他一怔，叫道："请进。"他的声音很大，在空中回荡着，让戈珍感到不安。身穿白衣的护士像个影子一样进来了，在门道里徘徊着。她很漂亮，可奇怪的是，她很腼腆、毫无自信心。

"克里奇先生，医生要跟你说话。"她声音低沉、小心翼翼地说。

"医生！"他惊道，"他在哪儿？"

"在饭厅里。"

"告诉他，说我就来。"

说完他喝完自己的咖啡随着影子一样消失的护士走了。

"那位护士叫什么？"戈珍问。

"英格丽斯小姐，我最喜欢她了，"温妮弗莱德说。

不一会儿，杰拉德就回来了，他心事重重，那紧张、茫然的表情看上去像一个微醉的人。他没有说医生叫他去干什么，只是倒剪着手站在壁炉前，一副神魂颠倒的样子。他并不是真的在想什么，他只是心里有放不下的悬念，头脑里有斩不断的一团乱麻。

"我必须去见妈妈，"温妮弗莱德说，"在爸爸睡觉前去看看爸爸。"

说完她向戈珍和杰拉德道了再见。

戈珍也站起身来告别。

"你不必走，非要走吗？"杰拉德迅速看了一眼钟表说，"还早呢。你走时我送你，顺便散散步。坐，别急着走。"

戈珍又坐下了，似乎尽管他心不在焉，可他的意志却控制了她，她感到自己几乎被他迷住了。他是个陌生人，是个未知物。他那么神魂颠倒地站在那儿一言不发，他在想什么，他有何感觉？她感到他让她动弹不得，他让她迈不开脚步。她很自卑地看着他，心里服从了他。

"医生告诉你什么新情况了吗？"她温柔、关切地问道。这种小心翼翼的同情语调震动了他纤敏的心扉。他扬扬眉毛，显出无关紧要的样子。

"没有，现在还没有，"他回答，似乎这是个随意的小问题。"他说，脉搏很弱，周期性间歇，不过那没多大关系。"

他低头看着她。她的眼睛乌黑，目光温柔，直视着他，令他心猿意马。

"不，"她终于喃言道，"对这些事我一点都不懂。"

"不懂正好，"他说。"听我说，抽支烟吗？——来吧！"他说话间摸出一包烟，并为她打着火儿。然后他站在她面前的壁炉台阶上。

"我们家人也没什么人生病，也就是父亲病成这样，"他说。他似乎思考了一下，然后又低头看着她，那双奇特的会说话的蓝眼睛让她感到恐怖。然后他又说："你知道，这东西是你预料不到的。等发生了以后你才意识到它一直存在着，总是这样。你明白我的意思吗？我指的是这不可救药的疾病，这种缓慢的死亡。"

他的脚不安地在壁炉台阶的大理石上蹭着，嘴里叼着烟，眼睛朝上看着天花板。

"我知道，"戈珍喃言道："这很可怕。"

他漫不经心地吸着烟。然后他把烟从嘴边拿开，舌尖伸到两排牙齿之间，吐掉一点烟渣，轻轻转过身，像一个孤独的人或一个沉思中的人。

"我不知道对一个人来说这会产生什么切实的影响，"他说着又低头看着她。她黑色的眼睛理解地凝视着他的眼。他看到她沉默了，就把脸转向一旁。"但是我绝对跟以前不同了。什么都不会留下，你明白我的意思吗？你似乎抓住了空虚，而同时你却很空虚。所以你不知道怎么办。"

"不知道，"她喃言道。她只觉得自己神经很紧张，很沉重，似舒服又似痛苦。"有什么办法呢？"她又问。

他转过身，把烟灰掸到大块的炉前大理石台阶上，壁炉前没有围栏。

"我不知道，我肯定不知道，"他说。"但我确实认为你应该寻找到对付这种情形的办法，并不是因为你想这样，而是因为你必须这样，否则你就完了。所有一切，包括你自己，都处在没顶的边缘，你正用双手支撑着这些。这种情形不会再继续下去了。你总不能永远用双手托举着屋顶吧？你知道你早晚会松手。你明白我的意思吗？所以要采取某种措施，否则会有一次全球性的塌陷——至少对你来说是这样的。"

他在炉前台阶上缓缓地踱着步，脚跟踩灭了火星。他低头看看火星。戈珍发现，壁炉上古老的大理石贴面很美，微微凸起一些雕花，他就如同镶嵌其中。她感到自己终于被命运捉住了，陷在了可怕、毁灭性的陷阱中。

"可是有什么办法呢？"她谦卑地喃言道。"如果我能帮你做什么的话请吩咐，可是我怎么帮你呢？我不知道我能帮上什么。"

他低头审视着她。

"我并不需要你帮助我，"他有点气恼地说，"因为这是毫无办法的事。我只需要同情：你没看出来吗？我想找人说说心里话，这样可以减轻我的痛苦。可是没有人可以推心置腹地跟我谈谈。真奇怪，没有人。伯金倒是可以跟他谈谈，可他没有同情心，他想支配人。跟他谈什么都白搭。"

她陷入了一个奇怪的陷阱中。她只好低头看着自己的手。

门轻轻地推开了。杰拉德一惊。他感到十分懊恼。他这副样子让戈珍吃惊。然后他快步向前走去，显得很优雅的样子。

"妈妈！"他说，"你下来了，真好。身体怎么样？"

老夫人穿着松松垮垮的紫色罩袍，像往常一样笨重地默默走过来。儿子走在她身边，为她搬过一把椅子，说："您认识布朗温小姐吧？"

母亲漠然地看看戈珍。

"认识，"她说。然后她慢慢往椅子里坐下去，蓝色的眼睛向上看着儿子。

"我来问问你爸爸的情况。"她用飞快得让人难以听清的声音说，"我不知道你这儿有客人。"

"是吗？温妮弗莱德没告诉过你？布朗温小姐留下来吃晚饭，让我们有些生气了。"

克里奇太太缓缓转过身看着戈珍，眼神冷漠。

"恐怕招待不周，"说完她又转身对儿子说，"温妮弗莱德对我说医生要跟你谈你父亲的情况，说什么了？"

"只是说他的脉搏很弱——已经停跳好多次了——他可能过不去今晚了，"杰拉德回答。

克里奇太太木呆呆地坐着，对他的话置若罔闻。她的身体似乎在椅子中弯着，头发披到耳际。但她的皮肤很光滑，她无意中攥着的手是很美的，很有力量。沉寂中她那笨重的体内巨大的能量似乎溃散了。

她抬头看着站在身边的儿子，他显得敏捷而英气。她的眼睛总是那么蓝得出奇，比"勿忘我"还要蓝。她似乎对杰拉德很信任，但作为母亲似乎又有点怀疑他。

"你怎么样？"她声音出奇的轻，似乎不想让别人听到，只让他听。"你不紧张吧？这事儿不会让你发疯吧？"

这种奇怪的挑战让戈珍吃惊。

"不会的，妈妈。"他的口气既冷漠又轻松，"反正得有人奉陪到底。""是吗？是吗？"母亲连声说道，"为什么你要自己承担这副担子？你能做些什么？这事自己会完结的，不需要你。"

"是的，我并不认为我有什么用。"他说，"不过我们都会受影响。"

"你愿意受影响？这是什么让人高兴的事吗？你有大事可做。你不用待在家中，为什么不走？"

她说这些话很明显是思考良久的，令杰拉德感到吃惊。

"我认为这时走没什么好，妈妈，这是最后的时刻。"他冷冷地说。

"你可要珍重，"母亲说，"照顾好自己，你要做的就是这些事。你的负担太重了。一定要注意，否则你就会陷入困境。你总是歇斯底里的。"

"我挺好，妈妈，"他说，"不用为我担心，放心吧。"

"让死人去埋葬死人吧[1]，不要把你自己也赔进去——我要告诉你这一点。我太了解你了。"

他没作答，他不知道说什么好。母亲弯着腰默默地坐在椅子里，她手腕上没戴戒指之类的饰品，美丽白皙的手扶着椅子扶手。

---

[1]　见《新约·马太福音》第 8 章，第 22 节。

"你干不了这事，"她几乎痛苦地说，"你没那胆量。你像小猫儿一样软弱，真的，一直是这样。这位女士今天住这儿吗？"

"不，"他说，"她今晚要回家。"

"那她可以坐单匹马车。远吗？"

"只到贝多弗。"

"啊！"这老女人一直没看戈珍，但她似乎能感到她的存在。

"看来你愿意给自己加重负担，杰拉德。"说完母亲有点艰难地站起身。

"这就走吗，妈妈？"他礼貌地问。

"我得上楼去了，"她又转身向戈珍道声再见，然后她缓缓向门口走去，似乎她不习惯走路一样。走到门口时她向杰拉德暗示地抬起脸，他吻了她。

"别跟我走了，"她用令人难以听清的声音说，"我不要你再多走一步。"

他向她道了晚安，看着她走到楼梯口，缓缓地上了楼。然后他关上门又回到戈珍身边。戈珍也站起身准备走。

"妈妈是个怪人，"他说。

"是的，"她说。

"她有自己的想法。"

"是的，"戈珍说。

然后是沉默。

"你要走吗？"他说，"等一会儿，我去备马。"

"不，"戈珍说，"我想走回去。"

他许诺过要陪她一起沿着长长的、孤独的道路走回去，她希望他这样做。

"坐车回去也一样嘛，"他说。

"还是走回去的好，"她加重语气说。

"是吗？！那我跟你一起走。你知道你的东西在哪儿吗？我去穿上我的靴子。"

他戴上帽子，在晚礼服外罩上大衣，然后他们就走入黑夜中。

"点支烟，"他在门廊避风的角落里停下来点烟。"你也来一支。"

就这样他们吸着烟上路了，黑漆漆的路两旁是修剪的整整齐齐的树篱笆和草坪。

他想用胳膊搂住她的腰。如果他能搂住她的腰，边走边把她拥向自己，他就可以使自己平衡。现在他感到自己像一座天平，天平的一边正向无底的深渊沉下去。他必须保持某种平衡才行。平衡的希望就在于此。

他看也不看她，只想着自己，伸手温柔地搂住她的腰并把她拉拢向自己。她几乎要昏过去，感到被他攫住了。可他的手臂太强壮了，她在他强大的拥力下退缩了出来。她感到自己死了一回，然后他在黑暗中边走边重又把她拢过去。他揽着对方，两个人走着，似乎感到了完美的平衡。于是他突然感到自己自由了，完美了，强壮而有英雄气概。

他抬手把香烟从嘴中拔出甩掉，只见黑暗的树篱中亮起一个火星。他现在可以自由地揽住她保持平衡了。

"这就好了，"他得意地说。

他话语中透出的得意之情对她来说就像一剂甜甜的毒药。她此时对他竟是如此重要！于是她吸吮着这毒药。

"你更开心了吗？"她热切地问。

"好多了，"他仍旧很得意地说，"我有点头晕。"

她依偎着他。他感到她浑身柔软，温暖，她就是他丰沃、可爱的生命。她走起路来浑身的热量和动作都美妙地传导给了他。

"如果我能帮助你的话，我将感到十分高兴，"她说。

"是的，"他说，"如果你不能，任何别人都无法做到这一点。"

"那倒是，"她心里说，感到出奇的高兴。

他们走着，他似乎愈来愈把她揽近自己，直到她贴在他身上随着他走，他的身体就像一辆结实的车。

他是那么强壮，能承受巨大的压力，你无法跟他作对。她被他裹挟着在野风呼啸的黑暗山坡上走着，那肉体与肉体的交融美妙至极。远处，贝多弗闪着微黄的灯光，万家灯火在那面黑暗的山坡上铺出一条厚厚的光带。但他和她则在与世隔绝的黑暗中行走着。

"你到底对我有多在意！"她几乎有点恼火地说，"你瞧，我不知道，我不明白这是怎么回事！"

"多在意！"他痛苦、激动地叫了起来。"我也不知道，但是全心全意。"他被自己的声明吓了一跳。这是真的。他为了让她接受他而放弃了一切自我保护，他为她想到了一切，她就是他的一切。

"可我不相信，"她低沉着嗓音惊奇、颤抖着说。她浑身因着疑虑和激动而颤抖着。她要听的就是这话，只是这样的话。现在，她听到了，听到了他洪亮的声音道出了这句真话，可她却不相信它。她无法相信——她不相信。可她终究相信了，感到胜利和激动，觉得这是命运的安排。

"为什么？"他说，"你为什么不相信呢？这是真的。此时此刻，这是真的。"他和她一起站在风中。"天上的、地上的我都不在乎，除了你，我什么都不关心。我关心的不是我的存在，我关心的全是你。我就是失去我的灵魂一百次也不能没有你。我无法忍受孤独。我的头会炸开的。这是真的。"说着他果断地把她拢近了。

"不嘛，"她喃言着，有点怕。但她希望他这样。她为什么要丧失勇气呢？

他们又上路了。他们是那么陌生，可又挨得那么近，真可怕，真不可思议。他们这是在发疯。可这正是她想要的，她想要的正是这个。他们走下山来，来到了矿区铁路拱桥下。戈珍熟悉这座拱桥，方石砌成的桥壁一面长满了苔藓，墙壁上往下淌着水。而另一面则是干燥的，她曾站在桥下，听着火车在头上的枕木上隆隆驶过。她知道，在这座黑暗、孤零零的桥下，一到下雨天年轻的矿工和他们的心上人就聚在一起。所以她也想同自己的心上人一起站在桥下，在黑暗中让他吻自己。走近拱桥时，她的步子变慢了。

于是，他们伫立在桥下，他把她抱起，让她伏在自己胸前。他的身体紧张地颤抖着,他搂紧她,她粉碎了,粉碎在他的胸膛上,难以呼吸,很是惊恐。啊,真太美妙了,就在这桥下,矿工们都这样把他们的情人拥在自己胸前。而现在,他们的矿主人却把她搂紧了!而他的拥抱会比他们的拥抱强烈、可怕得多,他的爱更专注、更高尚!她感到她会在他那颤动着的、超人的手臂和躯体下昏过去、死过去。随后他的颤动变缓慢了、缓缓起伏着。他松开她,背靠墙壁站着,又把她揽过去。

她几乎丧失了意识。矿工的情人们也一定是这样背靠墙壁站着,搂着他们的情人吻着,就像现在这样。啊,他们的吻会像这位矿主有力的吻一样美、一样有力吗?甚至他修剪得短短的硬胡茬,那些矿工们不会有这些。

那些矿工的情人们会像她一样头向后仰着,从黑暗的桥下遥望远处黑暗的山上那一片黄色的灯火,看着模糊的树影,或看着另一个方向矿山贮木场上的房屋。

他的手臂紧紧揽着她,似乎要把她嵌入自己的身体中去,她的温暖,她的温柔,她可爱的身体,他都贪婪地渴望着,沉醉在她丰盈的肉体中。他举起她,似乎要像倒一杯酒一样把她泼向自己。

"这比什么都值,"他说,他的声音富有奇特的穿透力。

她松弛了,似乎要溶化,要流向他,似乎她是一股无尽的热流,像一副麻醉剂注入了他的血管。她的双臂搂住他的脖子,他吻着她,托起她,她全身松弛、向他流泻着,而他就像一只结实的杯子,收取她的生命之酒。她就这样偎着他,悬在空中,在他的一个个吻下溶化、溶化,融进他的四肢和骨骼,似乎他是柔软的铁,触到了她电流一样的生命。

她似乎昏了过去,她的意识渐渐远去了,她全身都溶化了、流淌着,她被他拥着睡在他怀中就像闪电睡在纯洁、柔软的石头中。她就这样在他怀中睡了过去,于是他得到了完善。

当她睁开眼睛看到远方那片灯光时,她感到十分奇怪,怎么,这世界仍旧存在,她怎么还站在桥下,头偎在他怀中。杰拉德,他是谁?对她来说,他是个美妙的冒险物，一个令她渴望的未知世界。

她抬头向他看去，黑暗中他那张男性的脸轮廓分明。他身上似乎散发出微弱的白光，似乎他来自一个看不见的世界。她向上凑过去，就像夏娃把手伸向智慧树上的苹果，吻了他，尽管她怕他，仍旧用自己纤细探索的手指抚摸着他的脸，她的手在他脸上摩挲着。他是那么完美，又是那么陌生——啊，太可怕了！意识到这一点，她的心不寒而栗，这张男人的脸，就是一个闪光的禁果。她吻了他，手指从他脸上、眼睛上、鼻孔上、眉毛上、耳朵上一直摸到他的脖颈上，她要了解他，用抚摸来得到他。他是那样强壮、那样轮廓分明，他那分明的轮廓抚摸起来令人十分惬意，简直不可思议。他是个让你说不清的敌人，可是他浑身却燃烧着不可思议的白色火焰。她要抚摸他、抚摸他、抚摸他，直到她的双手拥有了他，直到强行了解他。啊，如果她能够了解他，这种知识将会是多么宝贵，她会感到满足，什么也无法夺去她的满足。他太让人捉摸不透，在常人的世界中他是个冒险的家伙。

"你太漂亮了，"她喃言着。

他揣度着，很茫然。她感到他在颤抖，于是她情不自禁地偎近了他。他无法控制自己了。她把他置于她的手指控制之下。这些手指激起的无尽、无尽的欲望令他别无选择，这欲望太过强烈。

但是她了解他了，这就够了。在这一刻，她被他体内那流动着的闪电——看不见的闪电击中，她的灵魂都被这闪电毁灭了。她了解他了。这种感知是一种死亡，她得从中获得再生才行。他身上还有多少更多的东西需要她去了解呢？啊，太多了，太多了，她那双敏感、聪颖的手触摸着他活生生、精力充沛的躯体，取得了巨大的丰收。啊，她的手竟是饥渴、贪婪地要了解他。不过，就目前而言，就她的灵魂所能够承受的重负而言，她满足了，感到很满足。太多了，她那纤弱的灵魂太快地得到了满足，就要破碎了。够了，一时间她满足了。今后还将会有更多的日子，她的双手会像鸟儿觅食一样在他富有雕塑感的神秘躯体上徜徉，直至她感到满足为止。

他甚至乐意让她检查、责难和抑制，渴望别人总比控制别人要好，人们害怕目的就如同渴望目的一样。

他们两人向镇子里走去，向星星点点闪耀着的灯光走去，走在谷地中黑漆漆的路上。他们最终来到了路口。

"别再送了，"她说。

"你不希望我送了？"他问，心里松了一口气，他不想同她一起在镇子的街上亮相，他现在心里十分明确。

"是的，晚安，"她说完伸出手。他握住她的手，然后吻了她那危险而有力的指尖。

"晚安，"他说，"明儿见。"

他们分开了。他回家了，浑身充满了力量和对生命的渴望。

可第二天她却没有来，她送来一张纸条说她患了感冒无法出门。这真折磨人！但他仍很有耐心地写了一封短信，说他见不到她心里十分不安。

次日，他待在家中没出去——到办公室去似乎是徒劳的。他的父亲活不过这个星期了。于是他就茫然地待在家中。

杰拉德坐在父亲屋里靠窗的椅子中。屋外是一幅沉郁的冬景。他父亲躺在床上，一脸的死灰色。护士默默地出来进去，她的白衣服整洁而高雅，甚至很漂亮。屋里弥漫着科隆香水的芬芳。护士走出屋去，杰拉德和死亡留在一起，眼睛盯着沉郁的冬景。

"丹利那儿水还很多吗？"父亲声音微弱地问他，口气中显露出几分抱怨。这濒死的人问的是威利湖向矿井的渗水情况。

"还很多，我们会把湖水放干的。"杰拉德说。

"是吗？"说完那微弱的声音消逝了。屋里又是一片沉寂。脸色灰白的病人闭上了双眼，那样子比死更有甚之。杰拉德移开目光，他感到自己的心干枯了，如果这种情况再继续下去，他的心会朽烂的。

突然他听到了一个奇怪的声音。转过身看去，发现父亲大睁着双眼，眼球痛苦地转动着、挣扎着。杰拉德站起身，恐惧地呆若木鸡。

"啊——啊——啊！"父亲的嗓子中发出可怕的咕哝声，恐怖的目光发疯般的投向杰拉德绝望地寻求救助，然后他吐出一摊黑血和污物，涂了一脸。紧张的身体放松了，头耷拉到一边的枕头上。

杰拉德呆立着，心中一片恐怖。他想动，可又动不了。他的四肢无法动弹。他的头隆隆作响。

白衣护士悄悄地走进来。她先看看杰拉德，然后向床上看去。

"啊！"她轻声叫了一声，急步向死人奔去。"啊——啊，"她弯下腰去，沮丧地叫了起来。随后她清醒过来，转过身去找毛巾和海绵。她仔细地擦着死人的脸，呜咽着："可怜的克里奇先生——可怜的克里奇先生！啊，可怜啊！"

"他死了？"杰拉德尖声问道。

"是的，他去世了，"护士抬头看着他轻声呜咽道。这个年轻漂亮的护士浑身打着颤。面对恐惧，杰拉德奇怪地咧了咧嘴，然后走出了房间。

他要去通知母亲。在楼梯拐角处，他遇上了弟弟巴塞尔。

"他走了，巴塞尔，"他说，他无法压低嗓门，无法掩饰潜意识中的恐惧。

"什么？"巴塞尔叫道，脸变白了。

杰拉德点点头，然后向母亲屋里走去。

母亲身穿紫色睡袍坐着，慢慢地做着针线，一针又一针地缝着。她抬起眼睛，蓝色无畏的目光盯着杰拉德。

"父亲去了。"他说。

"他死了？谁说的？"

"哦，妈妈，你看看他就知道了。"

她把针线放下，缓缓地站起身。

"你要去看他吗？"他问。

"对，"她说。

孩子们已经围在床边哭着。

"啊，妈妈！"女儿们几乎是发疯般的大哭着。

母亲不理她们，径直朝床边走去。死人安息了，似乎沉睡着，睡得那么安详，像个年轻男子在纯净中沉睡。他身子还是温的。她沉郁、默默地看了他一会儿。

"唉，"她终于说话了，似乎是在向着空中看不见的人痛苦地说着。"你死了。"她沉默地伫立着，低头看着他。"很美，"她说，"很美，似乎生活从未触到你，从来没有。上帝让我看上去是另一副样子。我希望，当我死去时，我会看上去与我的年龄相符。很美，很美。"她低吟着，"你可以看出他年轻时的样子，刚刚长小胡子的时候。漂亮的人，漂亮，"随之她的声音里露出了哭腔，她哭了："你们死的时候，谁也不许是这样的！再也别这样。"这是发自未知世界的命令。听到她这句话，孩子们情不自禁地靠拢了。她绯红了脸，看上去既可怕又奇特。"如果你们愿意，就责怪我吧，他像个孩子躺在那儿，像刚长胡子时一样，为了他的死，你们责怪我吧。可你们谁也不懂。"她沉默着，内心十分紧张。

然后她又低声、紧张地说："如果我知道我生的孩子死的时候会是那个样子，我就会在他们小的时候掐死他们，是的——"

"不，妈妈，"杰拉德在她身后声音奇特而洪亮地说，"我们不一样，我们不责怪你。"

她转过身，凝视着他的眼。然后她绝望地举起手，做出一个怪手势。

"祈祷吧！"她厉声道，"向上帝祈祷，为你们自己祈祷，因为你的父母无法帮助你们。"

"噢，妈妈！"女儿们发疯似的叫着。

但她早已转身走开了，孩子们也随之散去。

戈珍听说克里奇先生去世了，她感到深深的自责。她躲着杰拉德，是为了防止杰拉德认为她太容易上钩。现在，杰拉德正处在困境中，可她还这么冷漠。

第二天，她同往常一样去找温妮弗莱德。温妮很高兴见到她，乘机躲到画室中来。这姑娘哭了起来，然后吓得躲了起来，生怕再发生什么不测。她和戈珍像往常一样在孤独的画室中恢复了工作，这似乎是件令人十分开心的事，离开了空虚痛苦的家，这儿是个纯粹自由的世界。戈珍一直在这儿待到晚上。晚饭送到画室中来，她和温妮可以自由自在地用餐，同家中任何人都没关系。

晚饭后，杰拉德来了。高高的画室中人影影绰绰，散发着咖啡的清香。戈珍和温妮弗莱德的小桌子靠在远处的火炉旁，桌上的灯光很弱。她们有一个小小的世界，两个姑娘被可爱的阴影包围着，头上的房梁和橡子，下面的凳子和各式各样的工具，都影影绰绰的。

"你们这儿很舒服啊，"杰拉德走上来说。

屋里有个低低的砖砌壁炉，炉火正旺。地上铺着一块旧的蓝色土耳其地毯，小橡木桌上摆着油灯，铺着蓝白花布的桌布。桌上摆着甜点，戈珍正用一把样式古怪的铜壶煮咖啡，温妮弗莱德正用一只平底锅热着牛奶。

"喝过咖啡了吗？"戈珍问。

"喝过了，不过我愿意同你们一起再喝些，"他说。

"那你只好用玻璃杯喝了，因为我们这儿只有两只瓷杯子。"温妮弗莱德说。

"对我来说一样，"他说着搬了把椅子来到姑娘们中间。她们是多么幸福啊，在这个高雅、影影绰绰的环境中，她们多舒服啊！他一天来忙于葬礼，一来到这儿，就把那个世界全忘光了。一时间他感到这儿有一种光彩和魔力。

他们的器皿都很精巧，两只镀金的猩红色杯子，样子奇特而可爱。一只绘着猩红圆圈图案的黑罐，样式古怪的咖啡具似乎燃烧着几乎看不见的火。杰拉德像是陷入了不祥的气氛中。

大家都落了座，戈珍悉心地为大家斟上咖啡。

"要牛奶吗？"她平静地问，可握着点缀着大红点子的黑罐的手很紧张。她总是这样，尽管能控制自己，可还是紧张得不行。

"不，不要，"他说。

她非常谦卑地为他摆好一杯咖啡，而她自己则用那只难看的平底酒杯，她似乎很想伺候伺候他。

"干吗不让我用酒杯，你用它可太难看了。"他说。他倒真想用这个酒杯，看到她被人悉心地伺候。戈珍默默不语，她很愿意这样不平等，像下人一样伺候他。

"你倒很随便，"他说。

"是的。可一有客人我们就不自在了，"温妮弗莱德说。

"是吗？那么说，我打扰你们了？"

他马上觉出自己庄重的服装有些不合时宜，他这身打扮让人把他当外人。

戈珍一声不响。她不觉得自己非得跟他说话不可。此时此刻，沉默是最好的办法，要么轻描淡写说两句话也可以。最好是不谈严肃的事。于是他们就轻松快活地聊着天，直到下面传来下人往外牵马的喊声。只听他叫着"往后——往后！"把马套上马车，准备送戈珍回家。这时，戈珍穿上外衣，同杰拉德握握手，没看他的眼睛，转身走了。

葬礼搞得人心情很不好。葬礼完后，大家喝茶时女儿们不住地说："他是我们的好父亲，是世界上最好的父亲。"要么就说："很难找到像父亲这样的好人了。"

杰拉德默默地听她们说这说那。人们惯于这样，世界本如此，他相信习俗，觉得这很自然。可温妮弗莱德仇恨一切，躲到画室中去大喊大叫，盼着戈珍来。

还好，大家都走了。克里奇家的人从不在家待太久。到吃晚饭时，只有杰拉德孤零零一人了。连温妮弗莱德都让姐姐劳拉带到伦敦小住去了。

可当杰拉德真的孤身一人时，他对此又无法忍受。一天又一天，他总感到自己是缚在深渊口上的人，不管他怎么挣扎，他都无法爬到坚实的土地上来，无法落脚。他悬在空旷的边缘挣扎着，时时想到的都是深渊，不管是朋友、陌生人，工作还是娱乐，这一切对他来说都是一样无底的深渊，他的心就那样摇摆着走向毁灭。他无法逃走，没有可以抓住的地方。他不得不在深渊口挣扎，悬在看不见的肉体生活的锁链中。

一开始他保持着沉默，希望绝境成为过去，希望回到生命的世界中，不再如此苦行。可这绝境并未过去，危机渐渐向他袭来。

第三个夜晚到来时，他心中充满了恐怖。他无法再忍受一个晚上了。如果等到另一个晚上到来，他就会悬在虚无深渊上的锁链中。他无法忍受这个，无法忍受。他害怕极了，他感到心里发凉。他不再相信自己的力量了。如果掉进这无底洞中，他是无法再站起来的。如果他摔倒，他就会永远爬不起来。他必须后退寻求支持。他不再相信自己单人的力量了。

晚饭后，他感到十分空虚，无聊至极，于是穿上靴子和大衣到漆黑的夜色中去散步。

夜茫茫，雾蒙蒙。他跌跌撞撞地在林子中摸索前行，朝磨房走去。伯金不在那儿。这倒好，不在才好呢。他爬上山来，在荒山坡上跌跌撞撞地走着，在黑暗中迷了路。真烦人。他要去哪儿呢？这没关系。他胡乱闯来闯去，直到摸到了一条路。随后他又在另一片林子中穿行着。他的头脑中漆黑一团，自顾走着。没有念想，没有感觉，他蹒跚着走入林间空地，摸索着寻找篱笆墙的出口，迷途中，沿着篱笆摸索前行直到找到了一个出口。

他终于来到了大路上。刚才他一直在黑暗的迷宫中盲目摸索，现在他一定要找到一个方向。可他甚至不知道他身在何方。他非辨清方向不可。只是这么走啊走的，什么问题也解决不了。他得找到方向才行。

他伫立在路上，黑暗中感觉出这条路地势很高，他不知道自己身在何方，这感觉很奇怪。他的心在黑暗中疾跳，怦怦作响。他就这样一站好半天。

随后他听到了脚步声，接着看到一个光点在摇晃。他马上迎了上去。原来是个矿工。

"您能告诉我这条路通往什么地方吗？"他问。·

"这条路吗？哦，通往瓦特莫。"

"瓦特莫？谢谢，这就对了。我以为我走错了。晚安。"

"晚安，"矿工的嗓音很浑厚。

杰拉德猜着他的位置。至少到了瓦特莫他就知道了，他很高兴来到了大路上，昏昏然向前走着。

那就是瓦特莫村吗？是的，那是"国王头"酒馆，那是大厅的门。他几乎是跑下陡坡的。他绕过凹地，穿过小学校，来到了威利·格林教堂。教堂的墓地！他停住了脚步。

随后他翻过墙，在坟墓中穿行。甚至在这样漆黑的夜晚，他仍能够看清脚下的一簇簇开败的白花儿。这就是墓地。他弯下腰去，发现花朵湿冷湿冷的。空气中散发着菊花和晚香玉的冷香，是死的气息。他触摸了一下泥土，赶忙缩回了手，这泥土太冷、太黏了。他抽搐着站到了一边。

在黑夜笼罩下的阴冷墓地中，他是一个核心。可这里什么都不是他的。没有，他没什么理由待在这儿。他感到他的心似乎沾上了这湿冷的脏泥巴。够了，在这儿待够了。

然后去哪儿呢？回家？绝不！回家没有用，一点用都没有。不行。到别处去！可去哪儿呢？

他心里冒出了一个危险的决定，一门心思只想这个。戈珍，她肯定平平安安地待在家中。但他要去找她，对，去找她。找不到她，他今夜就不回家，即使付出生命也要去找她。他要孤注一掷了。

想到此，他立刻穿过田野径直向贝多弗走去。天太黑了，谁也看不见他。他的脚上沾满泥水，又冷又沉。可他坚持向前走，像风一样似乎是奔向自己的命运。他的意识中出现了一道道鸿沟。他意识到自己是在温索比村，可他不知道自己是怎么来的。然后，他梦一般的来到了贝多弗的长街上，街上亮着路灯。

这里有人们的说话声，一扇门"咣当"一声关上了，黑夜中传来男人们的谈话声。"尼尔森老爷"酒馆刚刚打烊，那些酒客们正在散去。最好向他们当中的人打听一下戈珍住哪儿，因为他现在还弄不清那些小路。

"您能告诉我索莫塞特街在哪儿吗？"他问一个蹒跚行走的人。

"啥地儿？"那醉醺醺的矿工问。

"索莫塞特街。"

"索莫塞特街！我听说过有这么个地方，可我怎么也说不上是在哪儿。你要找谁呀？"

"布朗温先生——威廉·布朗温。"

"威廉·布朗温？"

"他在威利·格林小学教书，他的女儿们也在那儿教书。"

"哦——哦——哦，布朗温！想起来了。当然了，布朗温！对，对，他的两个闺女也跟他一样是老师。对，就是他，就是他！我当然知道他住哪儿了，啥不知道也知道这个！！嗯，叫什么地方来着？"

"索莫塞特街，"杰拉德耐心地重复道。他太了解自己的矿工了。

"索莫塞特街，对！"那矿工胳膊抡了一个大圈儿似乎要抓住什么东西。"索莫塞特街，对！我老是记不清那个方向。对，我知道那儿，真的——"

他摇摇晃晃地转过身，朝着黑糊糊的路指了指。

"你往那儿走，见第一个——第一个路口就往左拐，在那边，去过一个糖果店——"

"知道了，"杰拉德说。

"喂！你往下走走，过了管水员住的地方，就是索莫塞特街，见口儿往右拐，路边上只有三座房子，就三座，我敢说，保证，第三座，最后一个门，你瞧——"

"太谢谢了，"杰拉德说，"再见。"

说完他就走了，那醉鬼还站在那儿不动。

杰拉德走过漆黑的商店和房屋，大多数人家都熄灯入睡了，转身拐向一条黑乎乎的街道，这条街的尽头是黑魆魆的田野。接近目的地时，他放慢了脚步，反而不知道该怎么走了。要是人家熄了灯可怎么办？

可灯还没熄。他看到灯光从大窗子中流泻出来，听到人们的说话声，还听到"咣咣"的关门声。他敏锐的耳朵听出来那是伯金的声音，锐利的目光立时辨别出站在通往花园台阶上的伯金和身穿浅衣服的厄秀拉。随后他看到厄秀拉挽着伯金的胳膊下了台阶，走到路上来。

杰拉德忙躲到暗地中，看着他们兴冲冲地谈着天走过去了。伯金的声音很低，但厄秀拉的声音却很高、很清晰。等他们过去了，杰拉德快步朝房屋走去。

饭厅明亮的大窗上的百叶已放下了。他朝路那边看去，发现门还开着，厅里的灯泻出一束柔和的光来。他默默地疾步向前，朝厅里看去。墙上挂着画和几只鹿角，楼梯在边上，就在楼梯口附近，饭厅的门半开着。

杰拉德小心翼翼地走进门厅，踏着花砖地板疾步走过去观察另一舒适的正房。那位父亲坐在炉边的椅子中睡着了，他的头向后靠在橡木做的壁炉架上，他气色红润的脸看上去似乎短了点，鼻翼微开着，嘴角有点向下垂。看来一点声响都会惊醒他。

杰拉德茫然地站了一会儿。他看看他身后的通道，那儿一片黑暗。他又没主意了。随后他快步朝楼上走去。他的感觉是那么细致，有点超然，他似乎要用自己的意志笼罩这半睡半醒的房屋。

他上到第一个拐弯处，站住，几乎不敢喘息。这里与下面的门相对应的地方也有一扇门。这可能是母亲的房间。他可以听到她在烛光中走动的声音。她准是在等她丈夫上来吧。他观察着狭长黑暗的拐弯平台。

然后他极其轻盈地顺着通道悄然前行，手指尖摸索着墙壁。又一扇门。他停下来倾听着。他可以听到两个人的呼吸。不是这间。他又踮着脚朝前走去。又一扇虚掩着的门。屋里黑着灯，空的。接下去是浴室，可以闻出肥皂味和热乎乎的气息。最顶头才是另一间卧房——有个人在轻轻呼吸。这是她。

他万分谨慎地扭动门把手，开了一条小缝。门发出一丝声响。随后他又把门开大——再开大一点。他的心不跳了，他试图让自己静下来。

他进了屋。睡者仍旧发出轻轻的呼吸声。屋里很黑。他一点一点地向前摸去，手脚并用。他的手触到了床，已听到睡者的呼吸声。他凑近了去，弯下腰，似乎他的眼睛可以看清一切。可待他凑近时，他发现的却是一个男孩子的头，头圆圆的，头发很黑。

他明白过来，转过身，看到一丝光线从门外倾泻进来。他迅速退出来，带上门，然后疾步跑到通道上来。在通道尽头，他犹豫了。等一等再逃走还来得及。

可这太不可思议了。他仍旧固执地要找到她。他像个影子一样穿过她父母的房门口，上了第二级楼梯。他的重力把楼梯压得吱吱作响，这可真让人气恼。唉，如果下面她母亲的房门刚好打开，她看到他可怎么办，那可是个大灾难！如果门要开就让它开吧。他仍能控制自己。

他还没完全爬上楼，就听到下面传来快速的脚步声，外面的门关上了。他先是听到了厄秀拉的声音，然后是她父亲半睡半醒的叫声。他赶忙向上方的楼梯平台爬去。

又一扇门虚掩着，屋子是空的。杰拉德像个盲人用手摸索着疾行，生怕厄秀拉上来看见他，接着他找到了另一扇门。他凭着超级灵敏的感觉警觉地倾听，他听到里面有人在床上的动静。这肯定是她了。

他像只有一种感觉——触觉的人一样轻轻地扭动门上的把手，门锁发出了声响，他停住了。床上的被子动了。他的心滞住了。然后又松开门锁，轻柔地推门，这次门响的声音很刺耳。

"厄秀拉吗？"戈珍有点害怕地问。他迅速打开门，进来后又关上。

"是你吗，厄秀拉？"传来戈珍害怕的问话。他听到她从床上坐起来的声音，再不回答她就会叫喊起来了。

"不，是我，"他边说边摸索前行。"是我，杰拉德。"

她惊恐地坐在床上，一动也不动，她太惊讶了，以至忘记了害怕。

"杰拉德！"她叫着，声音里透着惊诧。这时他来到了床前，伸出手去，黑暗中触到了她温暖的乳房。她忙缩了回去。

"让我点着灯，"她说着跳下床来。

他伫立着。听到她摸到火柴盒时，手指头弄出了响动。然后她划亮了火柴，点亮了蜡烛。烛光先是蹿起来，然后又缩成小小的光点，随后才又升起来。

她看着站在床另一头的他。他的帽子低压到眉毛上，黑大衣的扣子一直系到下颌。他的脸上闪耀着奇特的光芒，他肯定是个超自然的人。当初看到他时，她就明白这一点。她知道这种场合是命运的安排，她必须接受它。可她又非要向他挑战不可。

"你怎么上来的？"她问。

"我爬上楼梯，门开着。"

她看着他。

"这扇门我也没关，"他说。听到这句话，她疾步走到门口，轻轻地把门关上，并锁住。然后才又走回来。

她惊诧的眼神，绯红的面颊，浓密的短辫和拖到脚面的白色长睡袍，这些使她看上去很美。

她看到他的靴子上糊满了泥，甚至裤子上也沾着泥水。她怀疑他是否一路上都留下了泥脚印。他站在她的闺房中，挨着零乱不整的床，看上去真是个怪人。

"你为什么要来？"她有些抱怨地问。

"我想来，"他说。

她从他脸上可以看出真情。这是命。

"你成了泥人，"她嗔怪但轻柔地说。

他低头看看自己的脚。

"我摸着黑走来的，"他说。但他感到很兴奋。他和她隔着零乱不整的床默默对视着。他甚至连帽子都没摘。

"你需要我什么呢？"她挑战似的说。

他看看旁边，没回答。如果不是因为他轮廓清晰的脸这么漂亮、神秘、迷人，她会把他赶走的。可他的脸太美了，让她看不透。这张脸以其纯粹的美迷住了她，像魔咒，似乡恋，令她爱怜。

"你需要我什么呢？"她奇怪的声音又重复了一遍这句话。

他梦幻般的摘下帽子，向她走过来。可他无法接触她，因为她穿着睡衣光着脚，而他身上又是水又是泥。她惊诧的大眼睛盯着他，向他发出了最后的问题。

"我来，因为我必须来，"他说，"你为什么要问呢？"

她将信将疑地看着他。

"我必须问，"她说。

他轻轻地摇摇头。

"没有答案，"他茫然地说。

他那副简单、天真的直爽太奇怪了，简直像神在说话。他令她产生了幻象，觉得他就是年轻的赫耳姆斯神[1]。

"可你为什么来我这儿？"她坚持问。

"因为，这是必然的。如果世界上没有你，也就不会有我。"

她大睁着一双惊恐的眼睛看着他。他也凝视着她的眼睛，他似乎莫名其妙地凝神屏息。她叹息着。她茫然了。她别无选择。

"把靴子脱了好吗？"她说，"一定湿了。"

他把帽子扔进一把椅子中，解开大衣的扣子，扬起下巴去解最上面的扣子。他那浓密的短发乱蓬蓬的。他的金色头发真漂亮，像金色的小麦。他又脱

---

① 希腊神话中众神的信使，被描绘成一个小伙子，脚穿长翅膀的草鞋。

了大衣。

他又迅速脱去外套，把黑领带放松，随后又松开珠子胸饰扣。她倾听着，看着他，希望没人听到他扯动浆过的衣服发出的声响。那声音像手枪在响。

他是来报复的。她任凭他拥抱她，紧紧地拥着她。他在她身上得到了极大的发泄。他将他体内全部被压抑的黑暗和腐蚀性的死寂全都发泄在她身上，从而自己再次获得了完善。这太美妙，太神奇了，是个奇迹。这就是他生命一再发生的奇迹，意识到这一点他简直感到欣喜若狂，欣慰又惊奇。而她，就像一件容器收容着他痛苦的死亡。在这关键时刻，她已无力反抗。死亡那可怕的摩擦力溢满了她的躯体，她屈从了，狂喜地收容了它，获得了一阵强烈的感觉。

他慢慢拥紧她，深深地埋陷进她的柔美与热度中，那美妙的创造性热量直刺入他的血管，赋予他新的生命。他感到自己在她生命的沐浴下溶化了，沉没了。似乎她胸怀中的一颗心是第二个不可战胜的太阳，他正扑入这阳光与创造性的力量中，越陷越深。他本来已被杀死或割破的血管随着生命渐渐启搏而愈合，生命正于无形中注入他的躯体，似乎那是太阳放射出的光芒。他那本来已经归入死海的血液亦缓缓回潮，坚定，美妙，有力。

他感到自己的四肢因注满了活力而膨胀，灵活起来，他的躯体获得了一种未知的力量。他又成了一个男子汉，一个有力而丰满的男人。同时，他又是一个受到抚慰、感恩戴德的孩子。

她就是生命的甘霖，他崇拜她。她是全部生命的母亲和实体。而他则是孩子，是男人，被她收容，从而变得完善。而他纯粹的自身几乎早死了。她胸怀中溢出的神奇和柔软的水流像柔软令人欣慰的生命注满他的全身，溶满了他那撕裂了、被毁掉的大脑，他似乎重又沐浴在母腹中了。

他的头脑受到了伤害，烧焦了，其肌理似乎毁灭了。他不知道自己受到了何等的伤害，不知道他的脑组织何以被腐蚀性的死亡的潮流所破坏。现在，她的体流从他身中流过，让他明白了自己受到了何等的毁灭，就像一棵植物被一场霜降破坏了其内里。

他把自己坚硬的头颅埋在她的乳房中，双手拥着她的乳房冲撞着自己。她颤抖的手搂着怀中的头颅，他失去了知觉，而她则十分清醒。她的温热之流从他身上淌过，让他感到恰似熟睡在母腹那丰饶的土地上。啊，如果她把这活生生的水流赠予他，他就会复活，就会变得重新完善起来。他真怕这一切没有结束就被她抛弃。就像伏在她怀中的孩子一样，他猛烈地冲撞着她，让她无法拒绝自己。他那烧焦了的、毁掉的脑膜松弛了，柔和了。那烧焦的、僵硬的、炸毁的一切变软，变灵活了，开始获得了新的生命。他对她充满感激，就像对上帝一样，或者说像偎在母亲怀中的婴儿。他高兴，对她感恩戴德，陷入了谵妄状，因为他感到自己又变得完善了，随之一种难以名状的睡意袭上来，他疲倦了，要歇歇了。

可戈珍则很清醒，因为毁灭而变得十分清醒。她一动不动地躺着，睁大双眼盯着黑夜。而他则搂着她睡去了。

她似乎听到波涛拍击着看不见的海岸，悠长、缓慢、阴郁的浪头带着命运的节奏单调地冲刷着岸边，如此单调的节奏，令人感觉那是永恒的拍岸波涛。这无尽缓慢的、忧郁的命运浪头攫住了她，她睁大双眼盯着黑暗处。她可以看到永恒，可又什么都看不见。她十分清醒，可她意识到了什么呢？

她躺着凝视永恒，茫然无措、明察秋毫，这种极端的情绪令她很不安。她这样一动不动地躺得太久了。她动了动，有所感觉。她想看看他。

可她又不敢点灯，怕弄醒他。她不想打扰他香甜的睡眠，她知道他从她这里获得了这样安稳的睡眠。

她轻轻地挣脱开他，支起身来看他。她似乎觉得屋里有一丝微光，借此她只能看清熟睡中他的轮廓。而在黑暗中，她似乎把他看了个清清楚楚。可他属于远方的另一个世界。啊，他离她那么远，在另一个世界中是那样完美的一个人，这让她痛苦地要大叫出声来。她像看着黑暗的清水下一块水晶石一样看着他。他在遥远的微光下毫无用心地酣睡着，而她却这样痛苦地清醒着。他漂亮、遥远而完美。他们俩永远也到不了一块儿，啊，这可怕、没有人性的距离总要把她和另一个人分隔开来！

没有别的选择，只有静静地躺着忍耐。她感到对他异常的柔情。可一看到他在另一个世界中不受任何干扰地睡着而她却醒着在黑暗中经受折磨，她心底里又不禁感到妒忌和仇恨。

她紧张、清醒地躺着，活跃的意识早已化作超常意识。教堂的钟在打点，似乎时间过得很快。她在紧张和清醒中听得清清楚楚。而他则熟睡着，似乎时间没有变化、没有变动。

她精疲力竭，可她不得不继续保持这种激烈活跃的超思维状态。她什么都想——她的童年，少女时代，一切忘却的事情，一切没有实现的想法，一切与她自己、家庭、朋友、情人们、熟人们、所有的人有关但让她无法理解的事。似乎她抓住了黑暗大海中一条闪亮的知识之绳，从无底的过去中把它一把把拉上来，可仍旧没有个头，没有尾，她不得不一个劲地拉，从意识深处把这根闪光的绳子拉上来直到她疲惫、痛苦、甚至崩溃，可还是没个完。

哦，把他唤醒吧！她很不安地动着身子。什么时候才能叫醒他送他走呢？什么时候才能打扰他？想着想着，她又没完没了地胡思乱想起来。

可时间紧了，她得叫醒他了。外面夜空中的钟敲响了四时，这让她松了口气。谢天谢地。黑夜即将过去了。一到五点他就必须走，那时她就解放了。就可以在自己的地盘自由自在起来。她现在被他熟睡的节奏支配着，就像一把刀，在磨刀石上磨着一样无法入睡。他则像魔鬼一样跟她并排躺着。

最后的一个钟点最长，最终它终于过去了。她的心顿觉如释重负，是的，教堂的钟终于缓慢、有力地在无尽的黑夜之后击响了。她等待着，倾听每一声颤动的命运钟声"三——四——五！"敲完了，她如释重负。

她支起身，温柔地侧身，吻了他。叫醒他真让她难过。片刻后她又吻了他。可他没有被惊醒。这个宝贝，他睡得那么沉！叫醒他多么可惜呀！她又让他多躺了一会儿。可他一定得走，非走不可。

戈珍异常温柔地双手捧起他的脸，吻他的眼睛。他睁开了双眼，一动不动地看着她。她的心滞住了。她怕看他黑暗中睁开的双眼，于是她低下头吻着他喃言道：

　　"你得走了，我的爱。"

　　可她吓坏了。

　　他双手搂住她。她的心一沉。

　　"可你得走，亲爱的。天大亮了。"

　　"几点了？"他问。

　　他这男人的声音真奇怪。她颤抖了。她感到一股难以忍受的压力。

　　"五点多了。"她说。

　　但他把她搂得更紧了。她的心痛苦地哀鸣着。她坚定地抽出身来。

　　"你真的走吧，"她说。

　　"再待一会儿，"他说。

　　她安静地躺着，偎着他，但毫不让步。

　　"就一小会儿，"他说着又搂紧了她。

　　"好吧，"她毫不让步地说："我真怕你待得太久。"

　　她话音中透着点冷漠，这让他松了手，她挣脱了他，站起身，点燃了蜡烛。这就算结束了。

　　他起来了。他浑身发热，溢满了生命，充满了欲望。可在烛光照耀下当着她的面穿衣服让他感到有点害羞。他觉得在她对他有些不满的时候，他却向她展示了自己、暴露了自己，这让他感到有点耻辱。这一切都令人费解。他迅速穿好衣服，连假领子和领带都没系。这时他仍然感到满足，感到完美。她感到看一个男人穿衣服是一种耻辱：可笑的衬衫，可笑的裤子，连背带都是可笑的。一个念头闪现在她脑子里。

　　"有点像工人起床去上班，"戈珍想，"我就像工人的老婆。"想到这儿她感到厌恶，讨厌他。

他把假领子和领带塞进大衣口袋里。然后坐下来穿靴子。靴子沾满了泥水，袜子和裤角也满是泥水。但他自己身上充满了活力和温暖。

"也许下楼以后再穿靴子更好吧，"她说。

他一言不发立即脱下了靴子，拎着它们站起来。戈珍蹬上拖鞋，披上一件罩袍。她准备好了，看看他，他正等着她，黑大衣扣子系到了下颌，帽檐拉低了，手里拎着靴子。一时间她心头爱恨交织，又迷上了他。这激情仍没衰退。他的脸看上去十分温暖，眼睛很大，充满朝气，很完美。她感到自己老了，老了。她踏着沉重的步伐过去，等他来吻她。他迅速吻了她一下。她希望他那温暖、毫无表情的美不要给她以致命的迷惑，令她屈服。这是一种重负，她反抗着，但无法躲避。不过，当她看着他那男子气十足的剑眉，小而漂亮的鼻子，蓝色淡然的眼睛时，她知道她对他的激情没有得到满足，或许永远也满足不了。现在，她只是感到疲惫，感到厌倦。她希望他走。

他们快步走下楼梯。似乎他们弄出了很大的声音。他跟随着身披绿色长袍的她，烛光引路走下来。她怕极了，生怕吵醒家人。可他对此并不在乎。他才不管谁知道不知道呢。她就恨他这一点。一个人应该小心谨慎，保护自己才是。

她引他进了厨房。女佣把这儿收拾得很整洁。他看看钟——五点二十了！他坐在一把椅子中穿靴子。她看着他穿，盯着他的每一个动作。她希望这事赶紧结束，她心里十分紧张。

他刚站起身她就拉开门向外看。外面仍旧是阴冷的夜，黎明尚未降临，天空中仍悬着一弯朦胧的月影。她不用出去了，这很好。

"再见了，"他喃言道。

"我送你到大门口，"她说。

她疾步前行，告诫他注意脚下的台阶。到了大门口，她站在台阶上，而他则站在下面。

"再会，"她轻声说。

他尽职尽责地吻了她，转身走了。

听着他迈着坚定的脚步上了路，她心里十分难受。哦，这无情无义的坚实脚步！

她关上大门，悄无声息地匆匆上楼钻进被窝。当她进了自己的屋，关上门，感到安全了，她才如释重负地长出一口气。她蜷缩在床上，偎在他刚才留下的被沟里，那里依旧留着他的暖息。她又是激动又是疲惫，还感到心满意足，终于很快就沉睡了。

杰拉德在黎明时分的阴冷黑夜中疾步前行。他谁也没碰上。他的头脑是一片沉寂和空白，像一潭静水，很美。他的躯体温暖，膨胀着。他快步走着，感天念地、心满意足地朝肖特兰兹走去。

第二十五章　是否结婚

布朗温家要从贝多弗搬走了。父亲此时需要住到城里去。

伯金领了结婚许可证，可厄秀拉却一拖再拖不结婚。她不要定下固定日子——她还在犹豫。她原本申请一个月内离开学校，现在已是第三周了。圣诞节快到了。

杰拉德在等厄秀拉和伯金结婚的日子。对他来说这至关重要。

"咱们是否两对儿一起办喜事？"他问伯金。

"谁是第二对儿？"伯金问。

"戈珍和我呀。"杰拉德眼中闪着冒险的光芒说。

伯金审视着他，有点吃惊。

"真话，还是开玩笑？"他问。

"哦，当然是真话。行吗？戈珍和我加入你们的行列？"

"行，当然行，"伯金说，"我还不知道你们已经这样了。"

"什么样？"杰拉德看着伯金笑问。

"哦，经历过了一切，"他又说。

"哦，还应该纳入更广阔的社会背景中，达到更高的精神境界，"伯金说。

"有那么点意思：无论是广度、深度还是高度，"杰拉德笑道。

"是啊，走到这一步是很令人羡慕的，可以这么说。"

杰拉德凝视着他。

"你为什么没热情？"他问，"我觉得你对婚姻没热情了。"

伯金耸耸肩道：

"还可以对鼻子没什么热情。什么样的鼻子都有，有鼻尖上翘的扁鼻子或不扁的鼻子。"

杰拉德笑了。

"什么样的婚姻都有，扁的或不扁的吗？"

"对的。"

"那么，你以为我的婚姻是什么样的？会是鼻子尖上翘冷漠[1]的那种吗？"杰拉德的头扭向一边问道。

伯金扑哧一笑，道。

"我怎么知道？！"他说，"你别拿我的长相来指责我的婚姻。"

杰拉德思忖了片刻说：

"可我想知道你确实的看法。"

"对于你的婚姻，还是对婚姻本身？你为什么要问我的看法？我没什么看法。对于这样那样的合法婚姻我不感兴趣。这只是一个适宜不适宜的问题。"

杰拉德仍旧盯着他。

"比那要多得多，我觉得，"他严肃地说。"无论你让婚姻伦理怎么弄烦了，可是，结婚对一个人来说确实是至关紧要，是最终——"

"你认为和一个女人去登记就算万事大吉了吗？"

"如果登完记后同她一起回来的话，就是这样，"杰拉德说，"从某种意义上说这是难以改变的了。"

"对，我同意，"伯金说。

"不管你怎么看待法律婚姻，只要你进入了婚姻状态，对你个人来说这就是结束——"

"我相信在某种意义上这是对的。"伯金说。

---

① 英文 snub 是冷落、不屑一顾的意思。但指鼻子时意思是扁平、鼻尖上翘的那种鼻子。劳伦斯就生着这种鼻子。估计正因此他在此用了这个双关语。

"可问题还没解决，应该不应该结婚呢？"杰拉德说。

伯金眯起眼睛意味深长地看着他。

"杰拉德，你像培根大人，"他说，"像个律师 [①] 在争论问题——或者像哈姆雷特一样在谈'生存还是毁灭'。如果我是你，我就不结婚。你应该问戈珍，而不是问我，你又不是跟我结婚，对吗？"

对后半句话杰拉德压根儿没注意听。

"是啊，"他说，"是要冷静地考虑这个问题。这是至关紧要的事儿。现在到了决定选择哪一个方向的时候了。结婚是一个方向——"

"那另一个方向是什么呢？"伯金紧跟着问。

杰拉德的眼睛热辣辣地看看伯金，那奇特的眼神伯金无法理解。

"我说不清，"他回答，"如果我知道——"他很不自在地动着双脚，话没说完。

"你的意思是如果你知道别的选择？"伯金问，"既然你不知道，那么，婚姻就是最坏的事。"

杰拉德紧张地看着他，目光依旧是热辣辣的。

"是有这种感觉，"他承认道。

"那就别结婚，"伯金说，"听我说，"他继续说，"我曾说过，旧式婚姻让我反感。两个人的私利并不等于是婚姻，它是恋人们心照不宣的追求。这个世界都是成双成对的。每对男女都关在自己的小屋子中，关心自己的小小利益，忙自己的私事儿——这是世上顶顶讨厌的事。"

"我很同意你的说法，"杰拉德说，"这里面总有点低级趣味。可是，我又要说了，用什么来代替它呢？"

"人应该放弃这种家庭本能。这倒不是本能，而是一种懦夫的习惯。人永远不要有家。"

"我确实同意，"杰拉德说，"可你别无选择。"

---

① 培根子爵本身是一位律师。

"我们应该找到一条出路，我的确相信一个男人和一个女人之间有一种永恒的联盟。改变方向是太让人累。可一对男女之间永恒的关系并不是终极，当然不是的。"

"很对，"杰拉德说。

"事实上，"伯金说，"因为男女之间的关系让人弄得至高无上，排除了一切，造成了这种关系密不透风、小里小气，而且难有作为。"

"对，我信你的话，"杰拉德说。

"应该把恋爱——结婚的理想从尊位上拉下来。我们需要更广阔的东西。我相信男人与男人间完美的关系可以成为婚姻的补充。"

"我看不出两者之间的共同之处。"杰拉德说。

"不是一样的，但同样重要，同样是创造性的，同样神圣。"

"懂了，"杰拉德说，"你相信那类东西，只是我感觉不到。"他不同意，但又把手搭在伯金肩上哄他，有点得胜似的笑了。

他准备接受命运的宣判。结婚对他来说是一种判决。他自愿用结婚来判自己的刑，愿意像囚犯一样被打入地狱，永不见天日，只过一种可怕的地下生活。他自愿接受这样的命运。结婚就是他的判决书上的图章。他愿意就此被封在地下，尽管受了诅咒却要在诅咒下一直活下去。当然他不会同任何别人建立起纯粹的关系。他不能。结婚并不意味着他同戈珍建立了责任关系。而是他要接受现存的世界，接受现存秩序，尽管他并不那么相信它，随后他会退入阴暗地带去生活。他会这样的。

另一条路是接受卢伯特的建议，与另一个男人建立起同盟，纯粹相互信任，相爱，随后再与女人这样。如果他能和一个男人宣誓为盟他也可以同女人这样；不是在法律婚姻中，而是在绝对神秘的结合中。

可是他不能接受这个建议。他浑身麻木，一种未出生的、缺乏意志或萎缩的麻木。或许是缺乏意志的缘故吧。他对卢伯特的建议感到异常激动，可他仍然要反对它，不愿对此奉献自己。

第二十六章　一把椅子

城里的旧货摊每周一下午在老市场里营业。一天下午厄秀拉和伯金逛到那儿去了。他们在鹅卵石路面上成堆的旧货中找着，看看能否买到点家具什么的。

老市场广场并不大，不过是一片铺着花岗岩石的空旷地带，平时只在墙根下有几个水果摊。这儿是城里的贫困地带。路边有一排简陋的房屋，路尽头有一家针织厂，一面墙上开着许多椭圆形的窗户；街的另一边开着一溜小商店，便道上铺着扁石；显赫的大房子是公共澡堂，是用新红砖砌成的，顶上还有一座钟塔。在这儿转来转去的人们看上去都那么短粗肮脏，空气也污浊，让人觉得是一条条下流不堪的街道。棕黄两色的有轨电车不时在针织厂所在的拐角处艰难地转弯。

厄秀拉看上去十分兴奋，她竟置身于这些普通人中间，在这些乱七八糟的东西中徜徉着：怪模怪样的床上用品，一堆堆旧铁器、粗陋的陶器，还有些蒙着盖着的莫名其妙的衣物。她和伯金不大情愿地在这些破烂儿中穿行。他在看旧货，她则在看人。

她看到一位年轻孕妇时，很是激动。那孕妇正翻看着一张垫子，还要那位跟在她身后灰心丧气的小伙子也来摸摸。那年轻女人看上去那么神神道道、充满活力，还有些焦急，而那小伙子则显得勉勉强强、鬼鬼祟祟的。他要娶她，因为她怀孕了。

他们摸过垫子后，那年轻女人问坐在杂货堆中凳子上的老人这垫子卖多少钱。老人告诉她价钱后，她又回头去问小伙子要钱。那小伙子很害羞，挺不好意思的。他扭过脸，嘟哝了一句什么。那女人急迫地摸摸垫子心里盘算了一番，然后同那脏兮兮的老人讲起价来。这段时间里，那小伙子一直站在一边，露出一副腼腆相，恭敬地听着。

"看，"伯金说，"那儿有一把不错的椅子。"

"漂亮！"厄秀拉叫着："好漂亮！"

这是一把扶手椅，纯木的，可能是白桦木，可做工极其精巧、典雅，看到它立在肮脏的石子路上，几乎让人心疼得落泪。椅座是方形的，线条纯朴而纤细，靠背上的四根短木柱让厄秀拉想起竖琴的琴弦。

"这椅子，"伯金说，"曾经镀过金，椅子面是藤做的。后来有人钉上了这个木头座面。看，这就是镀金下面的一点红颜色。除了掉了漆露出本色和磨亮的地方，其余的部分都是黑的。这些木柱样式很和谐，很迷人。看，它们的走向，它们衔接得多好。当然，木椅子面这样安上去不对，它破坏了原先藤椅面的轻巧和紧绷。不过，我还是喜欢它。"

"对，"厄秀拉说，"我也喜欢。"

"多少钱？"伯金问卖主。

"十先令。"

"包送——？"

他们买下了椅子。

"太漂亮，太纯朴了！"伯金说，"让我太高兴了。"他们边说边从破烂儿中穿过。"我们国家太可爱了，连这把椅子都曾经表达过什么。"

"现在它就不表达什么吗？"厄秀拉问。每当伯金用这种口气说话，她就生气。

"不，什么也没表达。当我看到那把明亮、漂亮的椅子时，我就会想起英格兰，甚至是简·奥斯汀时期的英格兰——这椅子在那个年代甚至表达了活生生的思想，欢快地表达着。可如今，我们只能在成堆的破烂儿中寻觅旧情调的遗风。我们没有一点创造性，我们身上只有肮脏、卑下的机械性。"

"不对！"厄秀拉叫道，"你为什么总要贬低现在抬高过去？真的，我对简·奥斯汀时期的英格兰并没有太高的评价，那个时代够物欲横流的了，你说呢？"

"它有本钱物质化，"伯金说，"因为它有足够的力量成为别的样子。而我们就没那本事。我们也物质化，那是因为我们没有那力量，我们只能物质化，成不了别的样子。不管我们怎样尝试，我们一事无成，只能变成物质主义，其核心就是机械主义。"

厄秀拉忍耐着，一言不发。她没注意听他都说些什么。她是在反抗别的什么。

"我讨厌你的过去，它让人恶心，"她叫道，"我甚至仇恨那把旧椅子，别看它挺漂亮。它不是我喜欢的那种美。我希望，它那个时代一过就砸烂它，别让它老对我们宣扬那可爱的过去，那个可爱的过去让我讨厌。"

"我对可咒的现在更厌恶，"他说。

"一样。我也讨厌现在，可我不希望让过去代替现在，我不要那把旧椅子。"

他一时间气坏了。他看看阳光下澡堂上的钟楼，似乎忘掉了一切，又笑了。

"好吧，"他说，"不要就不要吧。我也讨厌它了。不管怎么说，人不能靠欣赏过去的美过日子。"

"是不能，"她叫道，"我不要旧东西。"

"说实在的吧，"他说，"我们什么物品也不想要。一想到我自己的房子和家具，我就厌烦。"

这话让她吃了一惊，然后她说：

"我也这样。可一个人总得有个地方住。"

"不是某个地方，是任何地方。"他说。"一个人应该在任何地方都可以住，而不是固定在一个地方。我不需要某个固定的地方。一旦你有了一间屋，你就完了，你巴不得离开那儿。我在磨房那儿的房子就挺完美，可我希望它们沉到海底中去。一个固定的环境着实可怕，着实霸道，每一件家具都像一尊戒碑。"

她依偎着他离开了市场。

"可我们怎么办呢？"她说，"我们总得生活呀。我的确需要我的环境美一些。我甚至需要某种自然奇观。"

"你在房屋、家具甚至衣物中永远得不到这些。房屋、家具和衣物，都是旧的、低下的世界的产物，令人生厌的人的社会的产物。如果你有一座都铎王朝式 ① 的房子和漂亮的家具，你这不过是让过去永远置于你之上，很可怕呀。如果你有一座波依莱特 ② 设计的现代房屋，这是另一种永恒压迫着你。这一切都很可怕。这些都是财产，财产，威慑你，让你变成一般人。你应该像罗丹和米开朗基罗那样，一块石头没雕完就完工。你应该让你的环境粗糙、不完美，那样你就不会被它所制约，永不受局限，身处局外，不受它的统治。"

她站在街上思索着。

"那就是说咱们永远也不会有一个自己的完美住处——永远没个家？"她说。

"苍天在上，在这一个世界上不会有，"他说。

"可只有这一个世界呀，"她反驳说。

他毫不在乎地摊开手。

"同时，我们还要避免有自己的财物，"他说。

"可你刚买了一把椅子，"她说。

"我可以对那人说我不想要了，"他说。

她思忖着，脸奇怪地抽动了一下。

"对，我们不要了。我讨厌旧东西。"

---

① 都铎王朝（1485—1503）。

② 波依莱特（1879—1943），法国著名时尚设计家，在 1909—1914 年间名声显赫。

"也讨厌新的，"他说。

说完他们又往回走。

又来到家具跟前。那对年轻人依然站在那儿：女的怀孕了，那男人生着长脸。女人又矮又胖，但皮肤挺白皙。男人中等个儿，身材很好。他的黑发从帽子的一边露出来，盖住了眉毛。他显得落落寡合，像受了审判的人一样。

"咱们把椅子给他们吧，"厄秀拉喃喃地说，"瞧，他们正要建个家呢。"

"我可不唆使他们买，"他使性子说。他挺同情那个畏畏葸葸的男人，讨厌那个泼辣孕妇。

"没错，"厄秀拉叫道，"这椅子对他们很合适——这儿没别的了。"

"那好吧，"伯金说，"你去说，我看着。"

厄秀拉有点紧张地朝那对年轻人走过去，他们正商量买一个铁盆架子，那男人像个因犯偷偷摸摸地出神地看着那可怕的物件，那女人在讨价还价。

"我们买了一把椅子，"厄秀拉说，"可我们不要了。你们要吗？你们要的话，我将会很高兴。"

那对年轻人回头看着她，不相信她是在跟他们说话。

"你们看看好吗？"厄秀拉说，"确实很好，可是，可是——"她很迷人地笑了。

那两个人只是看着她，又对视一下，不知怎么办好。那男人奇怪地躲到一边去了，似乎他能够像老鼠一样藏起来。

"我们想把它送给你们，"厄秀拉解释说。她现在有些迷惑不解，也有点怕他们。那小伙子引起了她的注意。他像安详而盲目的动物，简直不是个人，他是这种城镇的特产，很是单纯、细巧，又有点鬼鬼祟祟，机灵鬼儿似的。他的眼睫毛又黑又长，很漂亮，但目光茫然，显得胆怯，那黑亮的眼睛里藏着心事。他的黑眉毛和其他线条倒是生得很好看。对一个女人来说，他会是一个可怕但又十分奇妙的全心全意的恋人。那条不成样子的裤子肯定包着两条生机勃勃、敏感的腿，他像一只黑眼睛老鼠那样精致、沉静、光滑。

厄秀拉怕他但又迷上了他，浑身不禁震颤起来。那粗壮的女人不怀好意地看着她。于是厄秀拉不再注意他了。

"您要这把椅子吗？"她问。

那男人斜视着她，面露感激，但又若即若离，几乎有点无礼。那女人紧张起来，样子像个小贩儿，她不知道厄秀拉要干什么，对她有所戒备和敌视。伯金走过来，看到厄秀拉这副窘相和害怕的样子他恶作剧似的笑了。

"怎么了？"他笑问。他的眼皮垂着，那样子像在启发什么，又像在嘲弄人，城里的人都这副样子。那男人冲着厄秀拉歪一下头用一种奇特、和蔼但又有点嘲讽的声调说：

"她要干啥？——啊？"说着他嘴角上露出一丝怪笑。

伯金无精打采地看着他，眼神中不无讽刺。

"送你一把椅子，上面贴着标签的那把，"他指指椅子说。

那男人看看椅子。这两个人之间充满了男人间的那种莫名的敌意，他们之间的默契也是江湖式的默契。

"她为什么要把椅子给我们，掌柜的？"这随随便便的口气让厄秀拉感到屈辱。

"我以为你会喜欢它，这是一把很漂亮的椅子。我们买下了它，又不想要了。你没有必要非要它不可，别害怕，"伯金疲惫地笑道。

那人瞟了他一眼，虽然并不友好，但还是认可了。

"你们买了它，为什么又不要了？"女人冷冷地问，"你们看过了，觉得不太好了吧，怕里头哪儿有毛病，是不？"

她很羡慕地看着厄秀拉，但目光中不无反感。

"我倒没那么想，"伯金说，"不过，这木头太薄了一点儿。"

"告诉你吧，"厄秀拉满脸喜庆地说，"我们马上要结婚，该添置点东西。可我们现在又决定不要家具了，因为我们要出国。"

那粗壮、头发蓬乱的城里女人颇为欣赏地看着厄秀拉漂亮的脸庞，她们相互欣赏着。那小伙子站在一旁，脸上毫无表情，宽大的嘴巴紧闭着，那一撇小胡子很有味道。他冷淡、茫然，像一个冥冥中的幽灵，一个流浪者样的幽灵。

"这东西还不错，"那城里女子看看她年轻的男人说。男人没说话，只是嘴角笑笑，把头偏向一边表示同意。他的目光毫无改变，仍旧黑亮黑亮的。

"改变你的主意可不容易，"他声音极低地说。

"这回只卖十个先令，"伯金说。

那男人看看他，做个鬼脸，畏畏葸葸的，没有把握地说：

"半英镑，先生，是便宜。不是在闹离婚吧？"

"我们还没结婚呢，"伯金说。

"我们也没有呢，"那年轻女子大声说，"但星期六就结。"

说话间她又看看那男的，露出决断和保护的神情，既傲慢又温柔。那男人不自然地笑一下，扭过脸去。她拥有了这个男人，可他又那么满不在乎。他暗自感到骄傲，还有点感到自己是单身呢。

"祝你们好运，"伯金说。

"也祝你们好运气，"那女人说。然后她又试探着问："你们什么时候结？"

伯金看看厄秀拉说：

"这要由女士来定。只要她准备好了，我们就去登记。"

听到这话厄秀拉迷惑不解地笑了。

"不着急，"那小伙子意味深长地笑道。

"到那儿去就跟要你的命一样，"那女人说，"就跟要死似的，可你都结婚这么久了。"

男人转过身去，似乎这话说中了他。

"越久越好啊，盼着吧，"伯金说。

"是这么回事，先生，"男人羡慕地说，"趁着好时光好好享受，驴子死了，用鞭子抽也没用了。①"

"可这驴子是在装死，就得抽它，"女人温柔又霸道地看着她的男人。

"哦，这是两码事儿，"他调侃道。

"这椅子怎么办？"伯金问。

"好，要了，"女人说。

说完他们走到卖主跟前，这小伙子挺帅，但有点可怜兮兮，一直躲在一边。

"就这样，"伯金说，"你们是带走呢还是把地址改改让他们送去？"

"哦，弗莱德可以搬。为了我们可爱的家，让他出把力吧。"

"好好儿使唤我，"弗莱德不乐意地说着从卖主手中接过椅子。他的动作很像模像样，可就是有点畏葸。

"这给妈妈坐很舒服，"他说，"就是缺少一个椅垫儿。"说着把椅子放在市场的石头地面上。

"你不觉得它很漂亮吗？"厄秀拉笑问。

"当然漂亮。"女人说。

"你在上面坐一坐，你就会想要了它。"小伙子说。

厄秀拉立时就在市场里坐在了椅子中。

"实在舒服，"她说，"可是太硬了点儿，你来试试。"她让小伙子坐进去。可小伙子却露出粗鲁的尴尬相，转过身，明亮锐利的目光打量着她，暗示着什么，像一只活泼的老鼠。

"别惯坏了他，"女人说，"他坐不惯扶手椅。"

那小伙子转过身去，回过脸来咧嘴笑道："就是想把腿跷起来。"

四个人要分手了。女人向他们表示感谢。

"谢谢你们，这椅子我们会一直用下去。"

---

① Never whip a dead donkey，意为：亡羊补牢为时已晚。

"当摆设儿，"小伙子说。

"再见——再见了。"厄秀拉和伯金说。

"祝你交好运。"小伙子避开伯金的目光把脸转过去说。

两对儿人分手了。厄秀拉挽着伯金走了一段路又回过头去看那一对儿，只见小伙子正伴着那圆滚滚、很悠闲的女人走着，他的裤角嘟噜到脚跟上了，由于拖着那把细巧的旧椅子，他走起路来躲躲闪闪的，更显得小心翼翼。他的胳膊挎着椅子背，椅子的四只细腿危险地晃着，几乎碰上了花岗石便道。可他像机敏活泼的小老鼠，毫不气馁。他身上有一种潜在的美，当然这样子也让人生厌。

"他们多么怪啊！"厄秀拉说。

"他们是人的后代①，"他说，"他们令我想起了基督的话'温顺者将继承世界。②'"

"可他们并不是这样的人，"厄秀拉说。

他们等电车到了就上去了。厄秀拉坐在上层，望着窗外的城市。暮色开始在拥挤的房屋间弥漫开来。

"他们会继承这个世界吗？"她问。

"是的，是他们。"

"那我们做什么呢？"她问，"我们跟他们不同，对吗？我们不是软弱的人。"

"不是。我们得在他们的夹缝中生存。"

"太可怕了！"厄秀拉叫道，"我不想在夹缝中生存。"

"别急，"他说，"他们是人的后代，他们最喜欢市场和街角。这样就给我们留下了足够的空间。"

"是整个世界，"她说。

---

① 意思是他们不是上帝的子孙。《圣经》里有"上帝之子遇上人的女儿"一说。

② 见《新约·马太福音》第5章，第5节。

"噢，不，只是一些空间。"

电车缓慢地爬上了山，这里一片片的房屋灰蒙蒙的，看上去就像地狱中的幻景，冷冰冰、有棱有角。他们坐在车中看着这一切。远方的夕阳像一团红红的怒火。一切都是那么冰冷，渺小，拥挤，像世界末日的景象。

"我才不在乎景致如何呢，"厄秀拉说。她看着这令人不快的景象道："这跟我没关系。"

"是无所谓，"他拉着她的手说，"你尽可以不去看就是了。走你的路好了。我自己的世界里正是阳光明媚，无比宽广——"

"对，我的爱人，就是！"她在电车顶层叫着搂紧了他，害得其他乘客直瞪他们。

"我们将在地球上恣意游荡，"他说，"我们会看到比这个丁点儿的地方远得多的世界。"

他们沉默了好久。她沉思着的时候，脸像金子一样在闪光。

"我不想继承这个世界，"她说，"我不想继承任何东西。"

他握紧了她的手。

"我也不想，我倒想被剥夺继承权。"

她攥紧了他的手指。

"咱们什么都不在乎，"她说。

他稳稳地坐着笑了。

"咱们结婚，跟这一切都断绝关系。"她补充说。

他又笑了。

"这是摆脱一切的一种办法，"她说，"那就是结婚。"

"这也是接受整个世界的一种办法。"他补充说。

"另一个世界，"她快活地说。

"或许那儿有杰拉德和戈珍——"他说。

"有就有呗，"她说，"咱们烦恼是没好处的。我们无法改变他们，对吗？"

"不能，"他说，"没有这种权力，即便有最好的动机也不应该这样。"

"那你想强迫他们吗？"她问。

"也许会，"他说，"如果他不想自由，我为什么要让他自由？"

她不言语了。

"可我们无法让他幸福，"她说，"他得自己幸福起来才行。"

"我知道，"他说，"可我们希望别人同我们在一起，不是吗？"

"为什么？"她问。

"我不知道，"他不安地说，"一个人总要寻求一种进一步的友情。"

"可是为什么？"她追问，"你干吗要渴望别人？你为什么需要他们？"

这话击中了他的要害，他不禁皱起了眉头。

"难道我们两个人就是目的吗？"他紧张地问。

"是的，你还需要别的什么？如果有什么人愿意与我们同行，让他们来好了。可你为什么要追求他们？"

他脸色很紧张，露出不满的神情来。

"你瞧，"他说，"我总在想我们同其他少数几个人在一起会真正幸福的——与他人在一起共享一点自由。"

她思忖着。

"是的，人的确需要这个。可它得自然而然发生才行。你不能强迫它发生。你似乎总以为你可以强迫花儿开放。有人爱我们是因为他们爱我们——你不能强迫人家爱我们。"

"我知道的，"他说，"可我们就不能采取点步骤了？难道一个人非要孤独地在世上行走——世上唯一的动物？"

"你既然有了我，"她说，"你为什么还需要别人？你为什么要强迫别人同意你的观点？你为什么不能像你说的那样独善其身？你试图欺压杰拉德和赫麦妮。你得学会孤独才行。你这样太可怕了。你现在有了我，可你还要迫使别人也爱你。你的确是迫使人家爱你的。可即便是这样，你并不需要他们的爱。"

他显出一脸的困惑相。

"我是这样的吗？"他说，"这个问题我无法解决。我知道我需要与你结成完美、完善的关系。我们几乎建立了这样的关系——我们的确建立了这样的关系。可是除此之外，我是否需要与杰拉德有真正完美的关系？是否这是一种最终的、几乎超人的关系——对他对我均是如此？"

她的眼睛闪着奇特的光，看了他好久，但她没有回答。

第二十七章　远　游

那天晚上厄秀拉回到家中，神采奕奕，眼里闪着奇特的光芒，这副样子把家人气坏了。父亲晚饭时分回来了，上完夜课，路又远，他累坏了。戈珍正在看书。母亲默默地坐着。

突然厄秀拉兴高采烈地冲大伙儿说：

"卢伯特和我明儿结婚。"

父亲木然地转过身问：

"你怎么着？"

"明天？"戈珍重复道。

"真的？！"母亲说。

厄秀拉只是开心地笑，并不回答。

"明儿结婚！"父亲严厉地叫着，"你这是在说什么鬼话？"

"是的，"厄秀拉说，"为什么不呢？"这口气总是令父亲发疯。"万事俱备了，我们就去登记处登记——"

厄秀拉高兴地说完以后，家人们又沉默了。

"这是真的吗，厄秀拉？！"戈珍说。

"我们是否可以问问，为什么这秘密封得这么严？"母亲很有分寸地问。

"没有秘密呀，"厄秀拉说，"这你们知道的呀！"

"谁知道？"父亲大叫着，"谁知道？你说的'你们知道'是什么意思？"他正在发牛脾气，厄秀拉立即反击。

"你当然知道，"她冷冷地说，"你知道我们将要结婚。"

一阵可怕的沉默。

"我们知道你们要结婚，是吗？知道！谁知道你到底怎么回事，你这个变化无常的东西！"

"爸爸！"戈珍红着脸强烈抗议道。随后她又冷静、语调柔缓地提醒厄秀拉听父亲的话："不过，这么着急做决定，行吗，厄秀拉？"

"不，并不急，"厄秀拉仍旧兴高采烈地说，"他等我的回话好长时间了——他已经开了证明信了。只是我——我还没准备好。现在，我准备好了，还有什么不成的吗？"

"当然没有，"戈珍说，但仍冷冷地嗔怪道："你愿意怎样就怎样呗。"

"你准备好了，你自己，就这么回事！'我还没准备好，'"父亲故意学着她的口气。"你，你自己很重要，是吗？"

她打起精神，屏住呼吸，眼睛冒火，目光很严厉。

"我就是我，"她说。她感到受到了伤害和压制。"我知道我跟任何别人都没关系。你只是想压制我，而不管我是不是幸福。"

他倾着身子看着她，神色很是紧张。

"厄秀拉，瞧你都说些什么话呀！给我住嘴！"妈妈叫着。厄秀拉转过身，眼里冒着火。

"不，我就不，"她叫着，"我才不吃哑巴亏呢。我哪天结婚又有什么关系——有什么关系！这是我的事，关别人什么事？"

她父亲很紧张，就像一只缩紧身子要弹跳起来的猫。

"怎么没关系？"他逼近她叫道。她向后退着。

"没有，怎么会有呢？"她退缩着但嘴仍很硬。

"难道你的所作所为，你怎么样，跟我无关吗？"他奇怪地叫道。

母亲和戈珍退到一边一动也不动，像被催眠了一样。

"没有，"厄秀拉嗫嚅着。她父亲逼近她。"你只是想——"

她知道说出来没好处，就住口了。他浑身憋足了劲儿。

"想什么？"他挑衅道。

"管着我，"她嘟哝着。就在她的嘴唇还在动着的时候他一巴掌打在她脸上，把她打得靠在门上。

"爸爸！"戈珍高声叫着，"不能这样！"

他一动也不动地站着，厄秀拉清醒过来了，她的手还抓着门把手，缓缓地挺起身子。他现在倒不知道该怎么好了。

"不错，"她眼中含着晶莹的泪，昂着头说，"你的爱意味着什么，到底意味着什么？就是欺压，就是这也不行那也不行——"

他握紧拳头，浑身十分紧张地走过来，脸上露出杀气。可厄秀拉却闪电般地打开门，往楼上跑去。

他伫立着盯着门，随后像一头斗败了的动物转身走回炉边的座位。

戈珍脸色煞白。紧张的寂静中响起母亲冷漠而气愤的声音：

"嗨，你也别把她看得太重了。"

人们又不说话了，各自想各自的心事。

突然门又开了，厄秀拉戴着帽子，身穿皮衣，手上提着一个小旅行袋。

"再见了！"她气呼呼、颇带讽刺口气地说，"我要走了。"

说着，门就关上了。大家听到外屋的门也关上了，随后是她走上花园小径的脚步声。然后大门"咣当"一下关上了，她轻巧的脚步声就此消失了。屋里变得死一样寂静。

厄秀拉径直朝车站走去，头也不回，脚底生风，疾步前行。站上没火车，她得走到中转站去等车。她穿过黑夜时，开始哭起来，她哭了一路，到了车上还在哭，像孩子一样感到心酸。时间在不知不觉中过去了，她不知道她身在何处，不知道都发生了些什么。她只是一个劲儿绝望悲哀，像个孩子一样哭个没完。

可当她来到伯金那儿时，她站在门口对伯金的女房东说话的口气却是轻松的。

"晚上好！伯金先生在吗？我可以见他吗？"

"在，他在书房里。"

厄秀拉从女人身边擦身而过。他的门开了，他刚才听到她说话了。

"哈喽！"他惊奇地叫着，他看到了她手中提着旅行袋，脸上还有泪痕。她像个孩子，哭归哭，但看不出什么哭的痕迹。

"我是不是显得很难看？"她羞答答地说。

"不，怎么会呢？进来。"他接过她的旅行袋，两人一起走进他的书房。

一进屋，她就像想起伤心事的孩子一样嘴唇哆嗦起来，泪水不禁涌上眼眶。

"怎么了？"他搂住她问。她伏在他肩上啜泣得很厉害，而他则仍然抱着她，等她说。

"怎么了？"待她平静了一点后他又问。可她不说话，只顾一个劲儿把脸深深地埋进他的怀中，像个孩子一样痛苦难言。

"到底怎么了？"他问。

她突然挣开，擦擦泪水恢复了原状，坐到椅子中去。

"爸爸打我了，"她像只惊弓之鸟坐直身子说，眼睛发亮。

"为什么？"他问。

她看看边上，不说话。她那敏感的鼻尖儿和颤抖的双唇红得有点可怜。

"为什么？"他的声音柔和得出奇，但很有穿透力。

她挑衅般的打量着他说：

"因为我说我明天要结婚，于是他就欺负我。"

"为什么这样？"

她撇撇嘴，记起那一幕，泪水又涌上来。

"因为我说他不关心我，他就是不关心嘛，但他那霸道样伤害了我。"她边哭边说，哭得嘴都歪了。她这种孩子相，把他逗笑了。可这不是孩子气，她深深地受到了伤害。

"并不全是那么回事吧，"他说，"即便如此你也不该说。"

"是真的，是真的，"她哭道，"他装作爱我，其实是欺负我，其实他不爱我，不关心我，他怎么会呢？不，他不会的——"

他沉默地坐着。厄秀拉让他想了许多许多。

"如果他不爱、不关心你，你就不该跟他闹，"伯金平静地说。

"可我爱他，爱过，"她哭道，"我一直爱他，可他却总是对我这样，他——"

"这是敌对者之间的爱，"他说，"别在乎，会好起来的，没什么大不了的。"

"对，"她哭道，"就是嘛，就是。"

"为什么？"

"我再也不见他了——"

"但不是马上。别哭，你是得离开他，是得这样，但别哭。"

他走过去，吻她姣好、细细的头发，轻轻地抚摸她哭湿了的脸。

"别哭，"他重复说，"别再哭了。"

他紧紧地抱着她的头，默默的一言不发。

她终于安静下来，抬起头睁大恐惧的眼睛问：

"你不需要我吗？"

"需要你？"他神色黯淡的眼睛令她迷惑不解。

"你希望我不来，是吗？"她焦急地问。她生怕自己来的不是时候。

"不，"他说。"我不希望这种粗暴的事情发生，太糟糕了。不过，或许这是难以避免的。"

她默默地看着他，似乎木然。

"可我待在哪儿呀？"她问，她感到耻辱。

他思忖着。

"在这儿，和我在一起，"他说，"咱们明天结婚和今天结婚是一样的。"

"可是——"

"我去告诉瓦莉太太，"他说，"别在意。"

他坐着，眼睛看着她。她可以感觉到他黑色的目光一直在凝视她，这让她感到有点害怕。她紧张地撩开额头上的刘海。

"我丑吗？"

说着她又抽抽鼻子。

他微笑道：

"不丑，还算幸运。"

他走过去抱住她。她太温柔太美了，他不敢看她，只能这样拥着她。现在，她的脸被泪水洗净了，看上去像一朵初绽的花朵，娇媚、新鲜、柔美，那光彩发自她的内里，令他不敢看她，他只能拥抱着她，用她的身体挡住自己的双眼。她浑身闪烁着生命的光芒，透明、纯洁，在初绽的一刻，光芒四射，闪烁着最始初的福光。她那么新鲜，那么洁净，没有一丝阴影。而他则是那么古老，沉浸在沉重的记忆中。她的灵魂是清新的，与未知世界一起闪烁光芒。而他的灵魂则是晦暗的，只有一丝希望，像一粒芥菜种子[1]。但仅仅这一粒活生生的种子却点燃了她的青春之火。

"我爱你，"他吻着她喃言道。他因着希望而颤抖，就像一个复活的人获得了美妙可爱的希望，把死亡的束缚远远地甩开了[2]。

她不知道这对他有多么重大的意义，不知道他这几句话到底有多大分量。她像孩子一样需要证实，需要说明，甚至夸大的说明，因为一切似乎仍然不确实、不肯定。

在他濒临死亡，即将和他的民族一起沉入机械的死谷时；他的灵魂接受她时所流露出的那股激情和感激之情；当他知道自己还活着并且能够与她结合时那种难以言表的幸福感，这一切她是无法理解的。他崇拜她，就像老人崇拜

---

① 见《新约·马太福音》第 17 章，第 20 节。

② 此处的用语暗喻耶稣复活后甩掉了缠裹在身上的带子。——译者注

青年，他为她感到自豪，是因为他深信他同她一样年轻，他配得上她。与她的结合意味着他的复活和生命①。

这些她不会懂的。她想对他变得重要起来，让他崇拜自己。他们中间隔着无限的沉寂距离。他怎么能告诉她，她内在的美不是形体、重量和色彩，而是像一种奇特的金光！他自己怎么能知道对他来说她到底美在何处？！他说："你的鼻子很美，你的下巴很是可爱。"可他的话像是谎言，让她失望、伤心。甚至当他喃言絮语"我爱你，我爱你"时，她也觉得这话不真实。它是某种超越爱的东西，超越了个人，超越了故有的存在。当他成了某个新的未知人，不是他自己了，他何以能说"我"？ 这个"我"是一个旧的形式，因此是一个死掉的字母。

在这新的、超越理性的宁馨和欢愉中，没有我，没有你，只有第三个未被意识到的奇迹，这不是自我的存在的奇迹，而是我的生命与她的生命两者合一而成的新的极乐一体。当我的生命终止了，你的生命也终止了的时候，我怎么能说"我爱你"呢？我们相互依存，超越各自的自我成为新的一体，世界的一切都沉默了，没什么需要我们回答，一切都是完美的一体了。这一体中的个体在交流着语言，在这完美的一体中这种交流是在完美的沉寂和欢乐中进行的。

第二天他们就结成了法律上的婚姻，她依从他的要求给父亲和母亲写了信。母亲回了信，父亲却没有。

她没有回学校。她和伯金一起或待在他的房中，或去磨房，他俩形影相随。可她谁也不去看，只去看了戈珍和杰拉德，她变得十分陌生，让人猜不透，不过她情绪开朗了，就像破晓的天空一样。

一天下午，杰拉德和她在磨房那温暖的书房中聊着天。卢伯特还没回家。

"你幸福吗？"杰拉德笑问道。

---

① 见《约翰福音》第21章，第25节。

"很幸福！"她大声说着，说完又小小地收敛一下自己的兴奋表情。

"是啊，看得出。"

"是吗？"厄秀拉吃惊地问。

他意味深长地笑着看她。

"是的，一眼就看得出。"

她很高兴。思忖了片刻她问他：

"你看卢伯特是不是也很幸福？"

他垂下眼皮向一边看去。

"是的。"他说。

"真的吗！"

"是的。"

他十分平静，似乎这种事不该由他来谈论。他看上去有点不高兴。

她对他的提示很敏感。于是她提出了他想要她问的问题。

"那你为什么不感到幸福呢？你也应该一样。"

他不说话了。

"同戈珍一起？"他问。

"对！"她目光炯炯地叫着。可是他们都感到莫名其妙的紧张，似乎他们是在说假话。

"你以为戈珍会拥有我，我们会幸福？"他问。

"对，我敢肯定！"她说。

她的眼睛兴奋地睁得圆圆的。但她心里挺紧张，她知道她这是在强求。

"哦，我太高兴了。"她补充道。

他笑了。

"什么让你这么高兴？"他说。

"为了她，"她说。"我相信，你会的，你是她合适的郎君。"

"是吗？"他说，"你以为她会同意你的看法吗？"

"当然了！"她马上说。但又一想，她又不安起来。"当然戈珍并不那么简单，对吗？她并不那么容易让人懂，对吗？在这一点上她跟我可不一样。"

她戏弄他，笑得人眼花缭乱。

"你觉得她并不太像你吗？"杰拉德问。

她皱紧了眉头。

"噢，在好多方面像我。可我不知道一遇上有新情况她会怎样。"

"是吗？"杰拉德问。他好半天没有说话。随后他试探性地动动身子说："我将要求她不管怎样也要在圣诞节时跟我走。"他声音很小，话说得很谨慎。

"跟你走，你是说短期内？"

"她愿多久就多久呗，"他淡淡地说。

他们都沉默了。

"当然，"厄秀拉说，"她很可能急于成婚。你看得出来吧。"

"对，"杰拉德笑道，"我看得出。可就怕她不乐意。你觉得她会跟我出国几天或两周吗？"

"会的，"她说，"我会问问她的。"

"你觉得我们都一起去怎么样？"

"我们大伙儿？"厄秀拉脸色又开朗了。"这一定会十分有意思，对吗？"

"太好了，"他说。

"到那时你会发现，"厄秀拉说。

"发现什么？"

"发现事情的进展。我想最好在婚礼前度蜜月，你说呢？"

她对自己的妙语感到满意。他笑了。

"在某些情况下是这样，"他说，"我希望我就这样做。"

"是吗？！"厄秀拉叫道，但又将信将疑地说："是啊，也许你是对的，人应该自得其乐。"

伯金回来后，厄秀拉把谈话内容告诉了他。

"戈珍！"伯金叫道。"她天生就是个情妇，就像杰拉德是个天生的情夫一样，出色的情人。有人说，女人不是妻子就是情妇，照这么说戈珍就是情妇。"

"男人们不是情夫就是丈夫吗？"厄秀拉叫道，"为什么不身兼二职呢？"

"它们是不相容的，"他笑道。

"那我需要情夫，"厄秀拉叫道。

"不，你不需要，"他说。

"可我需要！"她大叫。

他吻了她，笑了。

两天以后，厄秀拉要回贝多弗的房子里去取自己的东西。搬迁之后，家也不在了。戈珍在威利·格林有了自己的房子。

婚后厄秀拉还未见过自己的父母。她为这场摩擦哭了，可也没必要为此修补关系！不管怎样，她是不能去找他们了。她的东西被留在了贝多弗，她和戈珍不得不步行去那里取东西。

这是一个冬日的下午，来到家中时，夕阳已落山。窗户黑洞洞的，这地方有点吓人。一迈进黑乎乎空荡荡的前厅，两个姑娘就感到不寒而栗。

"我不相信我敢一个人来这儿，"厄秀拉说，"我害怕。"

"厄秀拉！"戈珍叫道，"这不是很奇怪吗？你能够想象你在这儿住过但当时对它毫无感觉吗？我可以想象，我在这儿住上一天都会吓死的！"

她们看了看大饭厅。这屋子是够大的，不过小点才可爱呢。外飘窗现在是光秃秃的，地板已脱了漆，浅浅的地板上涂有一圈黑漆线。褪色的墙纸上有一块块的暗迹，那儿是原先靠放家具和挂着画框的地方。干燥、薄脆的墙和薄脆易裂的地板，淡淡的地板上黑色的装饰线，这些都让人对墙的感觉淡漠了。一切都无法激动人的感官，因为这屋里没有任何实在的物体，那墙像纸做的一样。她们这是站在什么地方？是站在地球上还是悬在纸箱中？壁炉中堆着一些烧过的纸灰，有的纸还没烧完。

"真难以想象我们居然在这里生活过！"厄秀拉说。

"就是嘛，"戈珍叫道，"这太可怕了。如果我们住在现在这个环境中我们会成为什么样子？"

"讨厌！"厄秀拉说，"这可真让人讨厌。"

这时她发现壁炉架上烧了一半的纸，那是《时尚》杂志的封面——两个身着袍子的女人像没烧干净。

她们走进客厅。这里又有一种与世隔绝的气氛。没有重量，没有实体，只有一种被纸张包围在虚无之中的感觉。厨房看上去还实在，那是因为里面有红瓷砖地面和炉子，可一切都冷冰冰的，挺可怕。

两个姑娘漫无目标地爬上空旷的楼梯。每一个声音都在她们心头回响。随后她们又走上空荡荡的走廊。厄秀拉卧室里靠墙的地方堆着她自己的东西：一只皮箱，一只针线筐，一些书本，散开的外衣，一只帽箱。暮色中，这些东西在空屋子里显得孤零零的。

"一幅多么令人欣慰的景象啊，不是吗？"厄秀拉看着她这堆被遗弃的物品说。

"很好玩儿，"戈珍说。

两个姑娘开始把所有东西都搬到前门来。她们就这样一遍又一遍地在空屋子中来来回回搬着。整座房屋似乎都回荡着空旷、虚无的声音。身后那看不见的空旷房屋在发出可憎的颤音。拎起最后一批东西时，她们几乎是跑着逃出来的。

外面很冷。她们在等伯金，他会开车来的。等了一会儿她们又进了屋，上楼来到前屋父母的卧室中。从窗口可看到下面的大路，放眼望去可看到田野上空的夕阳，一片暗红，没有一丝光芒。

她们坐在窗台上等着伯金。她们环视着屋里，空旷的屋子，毫无意义，空得让人害怕。

"真的，"厄秀拉说，"这屋子无法变得神圣，你说呢？"

戈珍缓缓地看着屋子说：

"不可能。"

"想想爸妈的生活，他们的爱情和他们的婚姻，我们这群孩子和我们的成长，你愿意过这样的生活吗，普伦[①]？"

"不愿意，厄秀拉。"

"这一切似乎太没意义——他们的生命，没一点意义。真的，如果他们没有相遇，没有结婚，没有一起生活，也无所谓，对吗？"

"当然，谁也说不准，"戈珍说。

"是的。可是，如果我以为我的生活也要成为这个样子，普伦，"她抓住戈珍的胳膊说，"我就逃跑。"

戈珍沉默了一会儿才说话。

"其实，一个人是无法思索普通的生活的，无法。"戈珍说，"厄秀拉，对你来说这大不一样。你会同伯金一起脱离这一切。他是个特殊的人。可和一个普通的人，他的生活固定在一处，跟他结婚是不可能的。或许有，而且的确有，有千百个女人想要这个，她们不会想别的。可一想到这个我就会发疯。一个人首要的是自由，必须自由。一个人可以放弃一切，可他必须自由，他不应该变成品切克街七号，或索莫塞特街七号，或肖特兰兹七号。那样谁也不会好，谁也不会！要结婚，就得找一个自由职业的人，一个战友，一个冒险家。找一个在社会上有地位的人，这样的婚姻是不可能的，不可能！"

"一个多好的词儿呀——冒险家！"厄秀拉说。

"是的，不对吗？"戈珍说，"我愿意和一个冒险家一起推翻世界。可是，家！固定的职业！厄秀拉，这都意味着什么？想想吧！"

"我知道，"厄秀拉说，"我们有过一个家，对我来说这就够了。"

"足够了，"戈珍说。

[①] 戈珍的昵称。

"'西边灰色的小屋。^①'"厄秀拉嘲弄地引了一句诗。

"这诗听着就有点灰。"戈珍忧郁地说。

她们的谈话被汽车声打断了。伯金到了。厄秀拉感到惊奇的是她感到激动,一下子从"西边灰色小屋"的问题中解脱了出来。

她们听到他在楼下厅廊里走路的脚步声。

"哈喽!"他招呼着,他的声音在屋里回荡着。厄秀拉自顾笑了:原来他也怕这个地方。

"哈喽!我们在这儿,"她冲下面叫道。随后她们听到他快步跑上来。

"这儿鬼气十足,"他说。

"这些屋子中没有鬼,这儿从来没有名人,只有有名人的地方才会有鬼,"戈珍说。

"我想是的。你们正为过去哀伤吗?"

"是的,"戈珍阴郁地说。

厄秀拉笑了。

"不是哀悼它的逝去,而是哀悼它的存在,"她说。

"哦,"他松了一口气道。

他坐下了。他身上有什么东西在闪烁,生气勃勃的,厄秀拉想。他的存在令这虚无的房屋消失了。

"戈珍说她不能忍受结婚并被关在家中,"厄秀拉意味深长地说,大家都知道她指的是杰拉德。

他沉默了一会儿说:"如果你在婚前就知道你无法忍受的话,那就踏实了。"

"对!"戈珍说。

"为什么每个女人都认为她生活的目的就是有个丈夫和一处西边灰色的小

---

① 见英国 19 世纪诗人 D. 厄德利·威尔莫特诗《我灰色的小屋》。

屋？为什么这就是生活的目标？凭什么呀？"厄秀拉问。

"你必须尊重自己做出的傻事，"伯金用法语说。

"可是在你做傻事之前你不应该尊重它，"厄秀拉笑道。

"可应该尊重爸爸做的傻事。"

"还有妈妈做的傻事，"戈珍调侃地补充上一句。

"还有邻居做的，"厄秀拉说。

大家都笑着站起来。天黑下来了。他们把东西搬到车上，戈珍锁上空房的门。伯金打开了车灯。大家都显得很开心，像是要出游一样。

"在库尔森斯停一下好吗？我得把钥匙留在那儿，"戈珍说。

"好的，"伯金说完就开动了车子。

他们停在主路上。商店刚刚掌灯。最后一批矿工沿着人行道回家，他们穿着肮脏的工作服，在半黑的光线中似阴影，看不大清的样子。可他们在便道上杂乱的脚步声却很重很响。

戈珍走出商店回到车中。跟厄秀拉和伯金一起乘车在黄昏中飞速地下山是多么惬意呀！在这一时刻，生活多像一场冒险呀！突然，她感到自己是那么强烈地忌妒厄秀拉！生活对厄秀拉来说竟是那么活生生的，是一扇敞开的门，可以忘乎所以，似乎不仅仅这个世界，就是过去的世界和未来的世界对她来说都不算什么。啊，如果她也能像她那样，那该多好。

除了激动的时候以外，她总感到自己心中有一种欲望，对此她还拿不准。她现在终于感到，在杰拉德强烈的爱中，她获得了完整的生命。可同厄秀拉相比她就感到不满足了，她心里已经开始忌妒厄秀拉了。她不满足，她永远也不会满足。

她现在缺少什么呢？缺少婚姻——美妙、安宁的婚姻。她的确需要结婚，不管嘴上怎么说。以前她说的话都是骗人的。旧的婚姻观念甚至于今都是对的——婚姻和家庭。可说起来她又嘴硬。她想念杰拉德和肖特兰兹——婚姻和家！啊，让这成真吧！他对她来说太重要了——可是——！也许她并不适合结婚。她是生活的弃儿，是没有根的生命。不，不，不会是这样。她突然想象有那么一间玫瑰色的房子，她身着美丽的袍子，一个穿晚礼服的漂亮男人在壁炉的火光前拥抱着她、吻她。她为这幅画起名为《家》。这幅画可以送给皇家美术学院了。

"来和我们一起用茶点吧，来吧，"快到威利·格林村舍时厄秀拉说。

"太谢谢了，可我必须得回去——"戈珍说。她非常想同厄秀拉和伯金一起去，那才像生活的样子。可她心里别扭，又不想去。

"来吧，那该多好呀，"厄秀拉请求道。

"太抱歉了，我很愿意去，可我不能，真的——"

说着她急急忙忙下了车。

"你真不能来吗？！"厄秀拉遗憾地说。

"不能去，真的，"戈珍可怜巴巴、懊悔地说。

"你，行吗？"伯金问。

"行！"戈珍说，"再见。"

"再见，"他们说。

"什么时候想来就来，我们会很高兴见到你，"伯金说。

"非常感谢，"戈珍说。她那奇怪的鼻音显得她孤独、懊悔，令伯金不解。戈珍转身向她的村舍大门走去，他们开车走了。等他们的车开动后，她就停住脚步看他们，直看着车子消失在夜色朦胧的远方。她走上通往陌生的家的路，心里充满难言的痛苦。

她的客厅里摆着一架落地座钟，数字盘上镶着一张红润、欢快的人脸画像，眼睛是斜的，秒针一动那人就飞动起可笑的媚眼儿，下一次秒针一动，这快乐的可笑眼珠儿又转回去。这张光滑、红润的怪脸一直向她闪动着这样"快活的眼神"。她站着看了它一会儿，最后她感到十分厌恶，不禁自嘲起来。可这双眼还在晃动，一会儿这边，一会儿那边向她飞着媚眼儿。啊，她是多么难受！在她最该快乐的时候，她是多么不开心！她朝桌上看去：醋栗果酱，还有自制蛋糕，里面苏打太多了！不过，醋栗果酱还不错，人们很少吃到。

　　整个晚上她都想到磨房去，可她还是冷酷地阻止自己这样做。第二天下午她才去。她很高兴看到只有厄秀拉一个人在。屋里充满了可爱的亲密无间、隐秘的气氛。她们没完没了、兴高采烈地大聊特聊。"你在这儿简直太幸福了吧？"戈珍问姐姐，姐姐此时正瞟着镜子里自己那双明亮的眼睛。她对厄秀拉和伯金周围那种奇特的热切而完美的气氛总感到忌妒，甚至气愤。

　　"这屋子布置得太漂亮了。"她大声说，"这张硬垫子的颜色很可爱，很淡雅！"

　　她觉得这很完美。

　　"厄秀拉，"她似问非问地说，"你知道杰拉德·克里奇建议我们一起在圣诞节时出游吗？"

　　"知道，他对卢伯特说了。"

　　戈珍的脸红透了。她沉默了片刻，似乎惊得说不出话来。

　　"你是不是觉得，"戈珍终于说，"这建议太好了点儿！"

　　厄秀拉笑了。

　　"我喜欢他这样，"她说。

　　戈珍不说话了。很明显，她听说杰拉德擅自对伯金提出这样的建议后感到受到了污辱，可这建议本身却强烈地吸引着她。

　　"杰拉德天真得有点可爱，我觉得，"厄秀拉说，"太有挑战意味了。我觉得他很可爱。"

　　戈珍半天没说话。她仍旧对杰拉德随意冒犯她感到屈辱，对此耿耿于怀。

　　"那卢伯特说什么，你知道吗？"她问。

　　"他说那可太开心了，"厄秀拉回答。

　　戈珍垂下眼皮沉默了。

　　"你觉得会吗？"厄秀拉试探着问。她从来都弄不清戈珍到底给自己加了多少层保护。

戈珍艰难地抬起头，向一边扭去。

"我觉得可能会像你说的那样十分开心，"她说，"可是，你不认为他这样太无礼了吗——同卢伯特说这种事，不能原谅他，卢伯特，他不管怎么说也是——当然，你知道我的意思。厄秀拉，很可能这是他们两个男人安排好的一次出游，捎带上个什么伴儿。我觉得不能原谅，真的！"她说"伴儿"时用的法语。

她目光闪烁，柔和的脸红了，面带愠怒。厄秀拉很害怕，怕的是戈珍太平庸了，真成了"伴儿"。可她又不敢完全这样想。

"哦，不，"她结结巴巴地说，"不，不，不是那样的，不！我以为卢伯特和杰拉德之间的友情是很美好的。他们很单纯——他们之间无话不说，就像兄弟一样。"

戈珍的脸更红了。她不能容忍杰拉德出卖了她，甚至对伯金出卖她。

"可你认为兄弟间就可以交换那种秘密吗？"她更生气地问。

"哦，对了，"厄秀拉说，"他们没什么不能直截了当说的话。杰拉德让我吃惊的是，他太单纯，太直率了！你知道，只有伟人才这样。大多数人都不直话直说，因为他们是胆小鬼。"

可戈珍还是默默地怄气。她需要她的行踪受到绝对的保密。

"那你去吗？"厄秀拉问，"去吧，咱们肯定都会很开心的！杰拉德有些地方招人爱，比我想象得更可爱。他坦荡，戈珍，他真是这样。"

戈珍仍闭口不言，仍在生气。后来她终于开口了。

"你知道他打算去哪儿吗？"她问。

"知道，去悌罗尔①，他在德国时常去那儿。很美，学生们都爱去。地方不大，但很险峻，美极了，是冬季运动的好去处。"

戈珍心里气愤地说："他们什么都明白。"

"知道，"她大声说，"离因斯布鲁克大约四十公里，对吗？"

---

① 奥地利境内阿尔卑斯山区。

"我不太清楚地点，可那儿肯定好玩，你想，高山上的雪中——"

"太好玩儿了！"戈珍调侃道。

"当然，"厄秀拉不安地说，"我觉得杰拉德对卢伯特说了这事，所以，不像是他们要带个什么伴儿出去玩儿的那种事。"

"我知道的，"戈珍说，"他常这样做的。"

"是吗？"厄秀拉说，"你怎么知道的？"

"我认识赛尔西一个这样的模特儿，"戈珍冷冷地说。

厄秀拉沉默了。

"算了，"她终于将信将疑地笑道，"但愿他跟她处得不错吧。"听她这么说，戈珍脸色就更难看了。

第二十八章　戈珍在庞巴多咖啡馆

　　圣诞节快到了，他们四个人都准备出门。伯金和厄秀拉忙着打点不多的个人行李物品，准备随时运走，不管是哪个国家，哪个地方，选好了地方就可以运送。戈珍十分激动，她喜欢旅行。

　　她和杰拉德先做好了准备，就启程上路了。经过伦敦和巴黎去因斯布鲁克，在那儿和厄秀拉及伯金相会。他们在伦敦过了一夜。他们先去了一家杂耍剧院，然后去庞巴多咖啡馆①。

　　戈珍讨厌这家咖啡馆，可总得来这儿，她熟识的艺术家们都来这儿。她讨厌这里的气氛，充满了小阴谋、妒忌和小气的艺术。可她一来伦敦总得来这儿，似乎她必须到这狭小、迟钝的堕落与死亡的旋风中心，仅仅是来看一眼而已。

　　她和杰拉德坐在一起，喝着甜酒，忧郁的眼睛凝视着一桌又一桌的人。她跟谁都不打招呼，可小伙子们却不停地冲她点头调笑，似乎很熟悉的样子。她理都不理他们这帮人。她绯红着脸坐在那儿，目光阴郁，从容地打量着他们，就像远远地观看着动物园中的猿猴一样，那是些堕落的家伙。她感到这样看他们很开心。天啊，这是一帮多么卑鄙的人！她看到他们就气不打一处来，气得鼓鼓的，对他们恨之入骨。可她必须坐在那儿看着他们。他们当中有一两个人过来跟她打招呼。咖啡馆的每一面都有眼睛在偷看她，眼神里透着嘲弄。

---

　　① 这座咖啡馆的原型是位于伦敦的皇家咖啡馆，光顾此地的多为艺术家。此咖啡馆目前还在。

男的扭过头看她，女的则从帽子下看她。

那群故旧们都在这儿，卡里昂和他的学生及女友坐在他常坐的角落里。海里戴、里比德尼科夫及咪咪都在。戈珍看着杰拉德，发现他的目光停留在海里戴和他那帮人那边。这些人注视着他，冲他点点头，他也冲他们点点头。然后那几个人嬉笑着窃窃私语起来。杰拉德目光炯炯地看着他们。他们在怂恿咪咪做什么事。

她终于站起身来。她身着黑底上布满各种色块的绸衣，让她看上去像一只怪模怪样的猴子，她比以前瘦了，她的眼睛更显大了，目光更加迷离。除此之外她没什么变化。杰拉德目不转睛地盯着她向这边走来。

她向他伸出古铜色干瘦的手说：

"你好。"

他同她握了手，但仍旧坐着，让她挨着桌子站立着。她冲戈珍冷漠地点头，因为不认识也就不打算打招呼，但知道她很有名气，一看就知她是什么人。

"我很好，你呢？"杰拉德说。

"哦，我还好。卢伯特怎么样？"

"卢伯特？他也很好。"

"我知道，我指的不是这个。我是问他结婚了吗？"

"哦，结了，他结婚了。"

咪咪的目光变得热辣辣的。

"哦，他真这样做了？什么时候结的？"

"一两周以前。"

"真的！他没写信告诉我们呀。"

"没有？"

"没有。你不觉得这样太不好了吗？"

这后一句话是一种挑战，咪咪的语气表示，她注意到戈珍在听。

"我想他不愿意写信吧，"杰拉德说。

"为什么？"咪咪追问。

没人回答。这位短发漂亮的小个子女人站在杰拉德身边显得很固执，语气很有嘲弄的意味。

"你会在城里住好久吗？"她问。

"只今天晚上。"

"啊，今晚。要来家里跟裘里斯谈谈吗？"

"今天晚上不行。"

"那好。我去告诉他。"随后又装神弄鬼地说："你看上去很健康。"

"是的，我有这感觉。"杰拉德显得很洒脱，眼睛里闪着嘲弄、快活的目光。

"你过得不错吧？"

这句话对戈珍是个直接的打击，那语调平缓，冷漠而随便。

"是的。"他毫无感情色彩地说。

"很遗憾，你不能来公寓里。你对朋友可不够意思呀。"

"不太够意思。"他说。

她冲他们两个点点头告别，缓缓地向她的同伙们走去。戈珍看着她，发觉她走路的姿势很怪：身体僵直，腰部却在扭。他们听到她在那边有气无力地说：

"他不来——人家有人约了。"

随后那边发出更多的说笑声和窃窃私语。

"她是你的朋友吗？"戈珍沉静地看着杰拉德。

"我和伯金一起在海里戴的公寓里住过。"他迎着戈珍沉静审视的目光说。她知道咪咪是他的情妇之一——他清楚她知道这事。

她四下张望一下，唤来了侍者。她此时最想喝冰镇鸡尾酒。这让杰拉德心中暗笑，心想不知这是唱的哪一出。

海里戴这帮人喝醉了，说出话来很恶毒。他们大声地议论伯金，讽刺他做的每件事，特别是他的婚姻。

"哦，别跟我提伯金，"海里戴尖声说，"他让我恶心。他跟基督一样坏。'主啊，我怎么做才能得救？！ [①]'"

说着他自己醉醺醺地窃笑起来。

"你还记得他常写的信吗？"那俄国人说话速度很快。"'欲望是神圣的'。"

"啊，对！"海里戴叫道，"太妙了。我衣袋里还有一封呢。我肯定有。"

他说着从他的袖珍本书里抽出几张纸来。

"我肯定我有！呃，天啊，有一封！"

杰拉德和戈珍全神贯注地看着他们。

"啊，太妙了，真妙，呃！别逗我笑，咪咪，它让我打嗝儿，嗝儿！"大家都笑了。

"他信中说什么了？"咪咪凑过去看，松软的黑发飘落下来盖住了脸。她那又小又长的头显得不那么体面，令人觉得淫秽，特别是露出耳朵时更是这样。

"等会儿，等等！不，不，我不给你看，我来念。我念最好玩的那一段——嗝儿！天啊，我喝点水是不是就不会打嗝儿了？嗝儿！啊，我没救了！"

"是不是谈黑暗与光明的结合，还有，就是腐蚀流？"马克西姆说话快但吐音很准确。

"我想是这些，"咪咪说。

"哦，是吗？我都忘了——嗝儿——是那封，"海里戴说着展开了信。"嗝儿——，是的。简直太妙了！这是最妙的一封信。'每个种族都有这么一个阶段——'"他像牧师念《圣经》那样缓慢、清晰地念着信，"'毁灭欲会战胜任何别的欲望。在每个人身上，这种欲望就是毁灭自我的欲望'——嗝儿——"

---

① 见《新约·使徒行传》第16章，第30节。

410

他停下来看着大家。

"我希望他先毁灭自己做个样子再说，"那俄国人快言快语地说。海里戴窃笑着，有气无力地向后仰着头。

"他没什么可毁灭的，"咪咪说，"他已经够瘦的了，只有一把骨头了。"

"哦，很好！我喜欢读这种信！我相信它治好了我的病，不打嗝儿了！"海里戴尖叫着。"听我接着念下去嘛。'这是一种自我衰退的过程，退回原形状态，随着腐蚀流回归，回归到生命原本的基本状态——！'啊，我的确觉得这太神奇了。它几乎超过《圣经》了。"

"对，腐蚀流这句话，"俄国人说，"我记住这句话了。"

"他总在谈什么腐蚀，"咪咪说，"他一定很堕落，满脑子里都是这么多这东西。"

"很对！"俄国人说。

"让我念下去！哦，这一段妙不可言！听着，'是在这大退化中，在生命体的退化中，我们获得了知识，超越了知识，获得了至深的感觉，这是一种狂喜。'哦，我真觉得这些话荒谬而精彩。你们不这样看吗？这些话几乎像耶稣说的。'如果，裘里斯，你和咪咪需要这种退化的狂喜，你就应该争取，直到获得了它。当然，你身上肯定也有一种活生生欲望去进行积极创造，就是在所有的腐败之花都多多少少死去了、被超越了，结成极端忠诚的关系。'我真不知道这些腐败之花是什么。咪咪，你是这样的花。"

"谢谢，那你是什么呢？"

"啊，我是另一朵，按照这封信所说我肯定是的！我们都是——嗝儿——恶之花！这太妙了，伯金在折磨地狱。折磨庞巴多——嗝儿！"

"接着念，念下去，"马克西姆说，"下面的话是什么？太有意思了。"

"我觉得这样写太可怕了，"咪咪说。

"是啊，我也这么看，"俄国人说，"他是个妄自尊大的人，当然这表现出他的宗教疯狂症，他觉得他是人类的救星。接着读。"

"当然了，"海里戴拖长声音道，"'当然了，我一生中都有善和宽容伴随着我——①'"海里戴停下来窃笑着，然后又像个牧师一样拖长声音念着。"'我们这种不断分离的欲望肯定会消失的，因为这种毁灭的激情会把我们一点点地粉碎——亲昵只是为了毁灭，性成了退化的媒介，把男人和女人这两种基本因素高度复杂的统一体削弱——削弱旧的观念，回归到野性的感觉中去，不断地寻求在黑暗的感知中失去自我，盲目地、无限地被毁灭的火焰燃烧，一味地希望被火烧尽——'"

"我想走了，"戈珍对杰拉德边说边打手势叫来侍从。她眼睛发亮，脸颊绯红。海里戴像牧师一样逐字逐句缓慢地朗读伯金的信，那声音清晰又响亮，令她觉得血直往头上涌，似乎令她发疯。

杰拉德付款时，她站起身向海里戴桌边走去。他们都抬头看她。

"请原谅，"她说，"你念的是一封真正的信吗？"

"哦，是的，"海里戴说，"确实是真的。"

"我可以看看吗？"

海里戴着了迷似的傻笑着把信递给她。

"谢谢，"她说。

说完她拿着信走出了咖啡馆，款款地从桌子中间穿过，走出了这灯火辉煌的屋子。好半天后人们才意识到都发生了些什么事。

海里戴桌旁发出不知所云的说话声，然后是有人"呸"了一声，然后这个角落的人们都冲戈珍的背影啐起来。她墨绿色与银灰相间的衣服很时髦，帽子是嫩绿色的，就像昆虫的壳，但帽檐儿则是柔和的深绿色，镶着一圈银边，她的大衣是墨绿色的，闪闪发光，灰色的毛皮领子高高竖起，袖口是华贵的灰色毛皮，下摆则镶着银色与黑色的天鹅绒边儿，她的长筒袜和鞋子是一色的银灰。她端着架子缓缓、漠然地向门口走去。门童谄媚地为她开门，在她点头示

① 见《旧约·诗篇》第23章，第6节。

意下赶紧奔向便道旁打个口哨唤来出租车。车上的两盏灯几乎像两只眼睛一样立即向她转过来。

杰拉德在一片啐声中莫名其妙地追出来，他不知道戈珍有什么做得不对，他听到咪咪在说：

"去，向她要回来。从来没有见过这种事！向她要回来。去告诉杰拉德·克里奇——他走了，让他去要。"

戈珍站在车门边，门童为她开了门。

"去旅馆吗？"她冲匆匆而来的杰拉德问。

"你乐意去哪儿就去哪儿，"他说。

"好！"她说。然后对司机说，"去瓦格斯塔夫，在巴顿大街。"司机点点头，扳倒了"空车"牌灯。

戈珍故作冷漠，像所有衣着华贵、目空一切的女人一样进了汽车。不过她是让过度的感情冲动给累得麻木了。杰拉德随她进了汽车。

"你忘了那门童，"她冷漠地点一下头。杰拉德忙给了门童一个先令。那人敬个礼。车开动了。

"他们闹什么呢？"杰拉德不解地问。

"我拿了伯金的信就走开了。"她看看手中揉烂了的信说。

他露出满意的眼神。

"啊！"他说，"太好了！一群笨蛋！"

"我真想杀了他们！"她激动地说，"一群狗！他们是一群狗！卢伯特真傻，怎么会给他们写这样的信？！他干吗要向这群下等人暴露思想？这太令人难以容忍了。"

杰拉德揣度着她这奇特的激情。

她在伦敦再也待不下去了。他们必须坐早车从查令十字街火车站离开这儿。他们坐的火车经过大桥时，她透过巨大的铁梁望着桥下的河水叫道：

"我再也不要见到这肮脏的城市了，我就无法忍受回到这地方来。"

第二十九章　大　陆

出发前几个星期里，厄秀拉心头一直坠着一个悬念，她不是她自己了——什么也不是。她是一种新的东西，很快，很快就会这样。可现在她只是感到快了。

她去看望自己的父母。这是一次难堪、令人沮丧的会面，不像是重逢倒像是分别。他们都显得含含糊糊，游移不定，在将他们分离的命运面前束手无策。

直到上了从多佛①开往奥斯坦德②的船她才真正清醒过来。她稀里糊涂地随伯金来到伦敦，伦敦在她头脑中变得一片朦胧，后来坐火车到了多佛，一路上感到的也是朦胧。这一切就像一场睡眠。

现在，她在黑漆漆的夜色中，顶着风站在船尾上，感到海水在脚下翻滚，凝视着英国海岸上忽闪忽闪凄冷的点点灯光，似乎那是别的什么地方的海岸，看着这些小小光点渐渐消失在寥廓充满生机的黑夜中，她方才感到她的心从麻醉状态中清醒过来。

"到前面去好吗？"伯金问。他想到船头去。于是他们离开了船尾，不再凝望远方那个叫英国的大地上莫名其妙闪烁着的点点灯火，而是把头转向前方深渊般的夜空。

船头轻轻地划破海面，他们双双来到前甲板上。在漆黑的夜色中伯金发

---

① 英国城市。

② 比利时城市。

现了一处有遮掩的地方，那儿放着一大卷绳子。这儿离船头的顶部很近，离那未被刺破的空间很近。他们相拥着坐下，用一条毯子把自己包起来，他们相互偎依着、偎依着，直至他们似乎溶入对方体内，变成一体。天太冷了，漆黑一团。

船上的一个水手沿着船舷走了过来，他的身影如夜一样黑，无法看清他。好一会儿他们才看清他苍白的脸。他也感到这里有人，停住了脚步，犹犹豫豫地弯腰向前探过来。当他的脸凑过来时，他也看清了他们的脸。于是他像个幽灵一样退了回去。他们看着他，一言不发。

他们似乎没入了无尽的黑暗中。没有天空，没有大地，只有牢不可破的黑暗。他们就像一颗封闭的生命种子穿过无底的黑暗空间昏昏然睡着掉下去。

他们忘了这是在什么地方，忘了过去的一切，只意识到这条滑向黑暗的轨迹。船头继续穿破海面，发出微弱的冲击声，冲向黑暗，它盲目无知，自顾向前冲着。

厄秀拉觉得前方尚未获得的世界战胜了一切。在这无边的黑暗中心，她心中闪烁着未知和尚未获得的天堂的灿烂光芒。她的心里充盈了这美妙的光芒，像黑暗中金色的蜜，温暖甘甜。这光芒并不是照耀着这个世界，它只照耀着未知的天堂，她要去的就是那儿，那是个美好的去处，这生活的快乐是未知的，但她肯定会得到。

狂喜中她突然冲他扬起脸，他吻了她的脸。她的脸那么冰冷，那么清新，那么光洁，吻她的脸就像吻浪头上的花朵。

可是他无法像她一样超前感知到快乐的狂喜。对他来说这个过程十分奇妙，他正落入无尽的黑暗中，就像一块陨石从世界的空隙中坠落下去。世界裂成了两半，他像一颗没有燃烧的星从难以言状的空隙中掉下去。遥远的东西尚不属于他。他完全被这条路径所战胜。

恍惚中他躺着搂紧了厄秀拉。他的脸贴着她柔弱、娇好的头发，嗅着她头发的清香，那清香中夹杂着海水与夜空的馨香。他的心平静了，随之没入未知，他安定了。这还是第一次，一种完全、绝对的平静进入他的心灵，超越了生命。

甲板上一阵骚动，把他们吓了一跳，忙站了起来。黑夜里他们两人挤到了一起。但是，她心中闪烁的仍是天堂样的光芒，而他心里则是难以言表的黑暗中的宁静。这就是一切的一切。

他们站起身向前方望去。黑暗中闪着微弱的灯光。他们又回到了世界上。这既不是她心中的欢乐，也不是他心中的宁静。这是真实世界的表面，但又不是旧的世界了，因为他们心中的欢乐和宁静是永恒不朽的。

船这样在黑夜中靠岸真像从冥河的船上下到荒芜的地狱中一样。这黑暗的地方灯火阑珊，脚下是木板栈道，到处都是一副凄惨景象。厄秀拉发现了黑夜中苍白神秘的几个大字"奥斯坦德"。每个人都像昆虫一样盲目、一门心思地向外冲着，在黑夜中闯着。搬运夫们用蹩脚的英语呼喊着，拖着沉重的包裹向港外搬，苍白的罩衣让他们看上去像鬼影。厄秀拉和几百名鬼一样的人站在栏杆里，清冷的黑夜里到处是打开的行李包和鬼影样的人，而栏杆的另一边则是头戴尖顶帽、蓄着胡子、脸色苍白的官员，他翻弄着行李中的内衣，然后用粉笔胡乱画上记号。

这些事办完后，伯金扯过手提包，他们就离开了，搬运夫跟在他们身后。他们穿过一条大门道，又来到了夜空下。啊，这里有一座火车站台！黑夜中人们还在躁动中喊叫着，幽灵们仍在火车之间的黑暗中奔跑。

"科隆——柏林"，厄秀拉看清了高高的火车车身上牌子上的字。

"我们到了，"伯金说。她又看到身边的火车牌上写着的法文："阿尔萨斯—洛林—卢森堡、麦兹—巴塞尔"。

就是那辆车，到巴塞尔！

搬运夫忙跟了上来。

"到巴塞尔去的车，二等车厢？就这辆！"

说完他爬上高高的火车，他们跟他上去。不少包厢已让人占了，不过还有一些空着，里面光线很暗，放好行李，他们付了搬运夫小费。

"还有多长时间开车？"伯金看看表问搬运夫。

"还有半个钟头。"穿蓝工装的搬运夫说完就走了，他人长得丑，态度还蛮横。

"来，"伯金说，"天冷，咱们吃点东西吧。"

车站站台上有一辆供应咖啡的小推车。他们喝着稀溜溜的热咖啡，吃夹火腿的长形面包。这种面包要大口吃，厄秀拉咬了一大口，上下颚差点脱了臼。他们在高大的火车旁散步，觉得这一切太陌生了，一片荒芜，就像在地狱中，灰色，灰色，肮脏的灰色，荒芜，凄凉，到处都是这种阴郁的景象。

火车载着他们在黑暗中穿行。厄秀拉辨认出这是在平原上，这是欧洲大陆那潮湿、平缓、阴郁的黑暗平原。他们感到十分惊讶——这么快就到布鲁支①了！接下来又是黑夜笼罩下的平原，偶尔闪过沉睡的农田、枯瘦的白杨和荒凉的公路。她握着伯金的手惊讶地坐着。他脸色苍白，一动不动，像个幽灵，时而看看窗外，时而闭上双眼。然后他那如同夜一般黑的黑眼睛又睁开了。

窗外闪过几许灯光——根特②站！站台上有几个幽灵般的影子在晃动，然后是铃声，然后车又在黑暗中穿行。

厄秀拉看到有个男人提着灯从铁路边的农田里走出向黑漆漆的农舍走去。她想起了玛斯庄，想起考塞西③旧日亲切的农家生活。天啊，她离童年有多么遥远了，她还要走多远的路啊！人一生中都要这么无休止地旅行下去。童年的记忆与现实的生活隔得太远了。那时她还是个孩子，生活在考塞西和玛斯庄，那是多么亲切的乡村生活记忆啊。她还记得女仆蒂丽在那间老起居室中给她吃

---

① 法国和比利时边境上的一城市。

② 比利时城市。

③ 玛斯是布朗温一家世代居住的农庄。考塞西是玛斯附近的镇子。这些都在《恋爱中的女人》的姊妹篇《虹》中早有叙述。

抹了黄油、黄油上撒了红糖的面包，起居室中外祖父的钟上绘着一只装有两朵粉红玫瑰的篮子。可现在，她正同伯金这个完全的陌生人一起向着未知的世界旅行。童年与现实，这距离太遥远了，她似乎因此失去了自己的面目，那个在考塞西教堂院子里玩耍的孩子只是历史上的一只小动物而不是她自己。

布鲁塞尔到了，半小时时间用早餐。他们下了车，车站上的大钟时针指向六时。他们在空旷的大休息厅里吃了咖啡和抹蜂蜜的圆面包。这里太阴郁，总是这么凄凉、肮脏，又太空旷，是一个荒凉的巨大空间。可她在这儿用热水洗了手脸，还梳了头，这还算有福分。

很快他们又上了火车继续赶路。破晓，天色发白了。车厢里有几个人，这是些高大、衣着华贵、留着棕色长胡子的比利时商人，他们不停地聊着，那一口难听的法语让厄秀拉懒得去倾听。

似乎火车是渐渐钻出黑暗的：先是进入熹微中，然后一点点进入白天。真是累死人！树木渐渐显形了，像影子一般，然后是一间白房子，清楚得莫名其妙。这是怎么回事？随后她看到了一座村子，不断有房屋闪过。

她仍旧在旧世界中穿行，这冬天沉闷而阴郁。外面是耕地和草场，光秃秃的树林、灌木丛和赤裸裸、毫无装饰的房屋。眼前没有新鲜的土地。

她看着伯金的脸。这张脸苍白、镇静，给人以永恒的感觉，过于永恒了。她的手在毯子下抓住他的手。他的手指有了反应，他的目光转向了她。真黑，他的目光像夜一样黑，像另一个不可及的世界！啊，如果他是世界，如果世界就是他，那该多好！如果他能够唤醒一个世界，那将是他们俩的世界了！

比利时人下车了，火车继续前行。驶过卢森堡，阿尔萨斯—洛林，麦兹。可她什么也没看到，她什么也看不到，她的心就没看外面。

他们终于到了巴塞尔，住进了旅馆。她仍然感到恍恍惚惚的，没恢复过来。他们早晨下的车。她站在桥上，看到了街道和河水。可这些没一点意义。她记得有些商店——一家商店里挂满了图画，另一家卖橘红色的丝绒和貂皮。可这有什么意义？什么意义都没有。

直到又上了火车她才安定下来，松了口气。只要是在向前行进她就感到满意。他们过了苏黎世，不久火车又在积雪很厚的山下行驶了。终于快到了，这就是那另一个世界了吧。

因斯布鲁克覆盖在大雪中，笼罩在夜幕下，很美。他们乘雪橇滑行。火车里太热，太让人窒息。这儿的旅馆廊檐下闪着金色的灯光，真像自己的家一样。

进到厅里时他们高兴地笑了。这儿似乎人很多，生意兴隆。

"您知道从巴黎来的英国人克里奇夫妇到了吗？"伯金用德语问。

搬运工想了一会刚要回答厄秀拉就发现戈珍漫步走下楼梯，她身着闪闪发光的黑大衣，领子和袖口衬着灰色皮毛。

"戈珍！戈珍！"她在楼梯下朝上挥舞着手招呼道："嘿！嘿！"

戈珍凭栏往下看，立即改变了那副闲适、羞怯的神情，眼睛亮了。

"真的，是厄秀拉！"她大叫。

戈珍往下跑，厄秀拉往上跑。她们在楼梯转弯处相会了，大喊大叫，欢笑着亲吻着，激动得说不出话来。

"可是！"戈珍懊悔地说，"我们还以为你们明天才到呢！还准备去车站接你们呢。"

"不用了，我们今天到了！"厄秀拉叫着，"这儿很美！"

"没的说！"戈珍说，"杰拉德有事出去了。厄秀拉，你们累坏了吧？"

"没有，不太累。不过我这样子看上去有点难看，是吗？"

"不，才不呢。你看上去精神很好。我太喜欢这顶皮帽子了！"

她打量着厄秀拉，她身穿一件镶有金黄毛领子的厚实柔软的大衣，头戴一顶柔软的金黄色毛皮帽子。

"你呢？"厄秀拉大叫，"你知道你是一副什么样子？"

戈珍又做出漠然的神态。

"你喜欢吗？"

"这样太好了！"厄秀拉不无调侃地说。

"上去呢，还是下来？"伯金问。

这姐妹俩站在通往第一层楼梯平台的拐弯处，戈珍的手搭在厄秀拉的手臂上，挡了别人的路不算，还给下面大厅里的人们提供了取笑的机会，从搬运工到身着黑衣的胖犹太人都看着她们笑。

两个女子缓缓地向上走着，伯金和侍者跟在她们身后。

"是二楼吗？"戈珍回头问。

"三楼，太太，上电梯！"侍者说完冲向电梯。可她们并不理他，仍旧聊着天往三楼走。那侍者很懊恼地又跟了上来。

这两姐妹相见竟是那么欢快，真让人不可思议，倒像是在流放中相遇，两股孤独的力量联合起来与整个世界作对。伯金将信将疑地从旁观察着她们俩。

等她们沐浴、换好衣服后，杰拉德来了。他看上去容光焕发，像雾霭中升起的红日。

"去和杰拉德吸烟吧，"厄秀拉对伯金说，"戈珍和我要聊聊。"

然后姐妹俩就坐在戈珍的卧室中谈论起衣服和各自的经历来。戈珍对厄秀拉讲起咖啡馆里人们念伯金的信那档子事。厄秀拉听后吓了一大跳。

"信在哪儿？"她问。

"我收着呢，"戈珍说。

"给我吧，行吗？"她说。

可戈珍却沉默了半天才说话。

"你真想要这封信吗，厄秀拉？"她问。

"我想看看，"厄秀拉说。

"当然行，"戈珍说。

甚至到现在，她都不想对厄秀拉承认她想保留这信，作个纪念或当作一种象征。可厄秀拉懂她的心思，为此感到不快，所以就不再提这事儿了。

"在巴黎你们干什么来着？"厄秀拉问。

"哦，"戈珍简单地说，"没什么。一天晚上我们在芬妮·拉斯的画室里开了一场极好的派对。"

　　"是吗？你和杰拉德都去了？还有谁，告诉我。"

　　"哦，"戈珍说，"没什么好说的，你知道芬妮发狂地爱着那个叫比利·麦克法兰的画家。有那人，芬妮就什么都不放过，尽情地玩儿。那派对真是太好了！当然，人人都喝醉了——可我们醉得有意义，跟伦敦那帮混蛋们可不一样。因为我们这些人不同，所以情况就不一样。有个挺好的罗马尼亚朋友。他喝得酩酊大醉，爬到画室的高梯子上发表了顶顶绝妙的演说——真的，厄秀拉，太精彩了！他一开始讲的是法文——生命，就是神圣的灵魂——他声音可好听了，他长得真漂亮。可话没说完他就讲起罗马尼亚语，在场的没一个人听得懂。不过唐纳德·吉尔克里斯特却发狂了。他把酒杯往地上一摔，宣布说，天啊，他为自己生在这个世界上而高兴，上帝作证，活着是一种奇迹。知道吗，厄秀拉，就这些——"戈珍干笑着。

　　"那杰拉德表现如何呢？"厄秀拉问。

　　"杰拉德，老天爷，他就像阳光下的蒲公英！他一激动起来就疯了似的纵情折腾。没一个人的腰他不去搂的。真的，厄秀拉，他像丰收时那样收割每个女人。没一个女人能抗拒他。这可真神奇！你能明白吗？"

　　厄秀拉思忖了片刻，眼睛一亮。

　　"能，"她说，"我可以理解。他是个玩命开车的人。"

　　"玩命开车的人！我也是这么想的！"戈珍叫道，"可说真的，厄秀拉，屋里的每个女人都欣然为他折腰，詹提克利尔可比他差远了，甚至芬妮·拉斯也迷上了他，别看她正儿八经地和比利·麦克法兰恋爱着！我一生中从没有这么惊奇过！那之后，我感到我成了满屋子女人的象征。对他来说我不再是我自己了，说我变成了维多利亚女王也行。我立时成了所有女人的象征。这真让人吃惊！天啊，我遭遇了一个苏丹王——"①

戈珍的眼睛炯炯有神，面颊滚烫，她看上去奇怪得很，表情里带着嘲弄。厄秀拉立即被她迷住了，可她又感到不安。

大家得准备吃晚饭了。戈珍下楼来时身穿鲜艳的绿绸袍子，上面布满了金色的花纹，罩上绿色的坎肩，头上扎着一根奇特的黑白双色发带。她的确丰采照人，引人注目。杰拉德正是最英俊的时候，气色很好，容光焕发。伯金笑着扫了他们一眼，目光中透出点恶意。厄秀拉则不知所措。他们的餐桌上似乎笼罩着魔法，如此炫目，似乎他们这一桌比餐厅里其他地方更明亮些。

"你能不喜欢来这儿吗？"戈珍叫道，"这儿的雪有多美啊！你发现没有，这儿的雪给一切都增添了生机。简直太妙了！它让你感到自己成了超人，不是普通人了。"

"的确是这样，"厄秀拉大叫，"是不是因为我们离开了英国的原因，有这么点因素吧？"

"哦，当然了，"戈珍大叫着，"在英国你一辈子也不会有这种感觉，因为那儿老有些令人扫兴的事。在英国你就没办法放松一下，真的不行，我可是太清楚这个了。"

说完她又接着吃，吃得很开心专注。

"这倒是真的，"杰拉德说，"在英国就没这样的感觉。不过在英国我们也许不需要这么放松——那就有点像把火种带到火药库附近然后不再理会它。如果人人都这样放松，会发生可怕的事情的。"

"老天爷！"戈珍喊着，"可是，如果全英国都像鞭炮一样突然爆炸那不是太棒了吗？"

---

① 玩命开车的人、詹提克利尔和苏丹王，这三个用语都暗示杰拉德旺盛的性力。第一个是俗语，表示性力强健；第二个出自乔叟的《修女的牧师故事》，是一只雄鸡的名字；第三个指无数妻妾的主人，难以驾驭。知道这三个暗喻，这段话就好理解了。

"不会的，"厄秀拉说，"火药太潮湿了，炸不了——英国人太意气消沉了①。"

"这我可说不准，"杰拉德说。

"我也是，"伯金说，"如果英国真的来一次群体大爆炸，你就得捂着耳朵逃命了。"

"永远不会炸的，"厄秀拉说。

"等着瞧吧，"他回答。

"真是太神奇了，"戈珍说，"谢天谢地，我们离开了自己的国家。我简直不敢相信，当我踏上异国的土地那一刻我激动死了。我自个儿对自个儿说：'一个新的生物进入了生活。'"

"别太苛责咱们可怜的老英国，"杰拉德说，"别看我们咒它，可我们是真爱它。"

厄秀拉觉得这话有点儿风凉话的味道。

"我们可能是爱它的，"伯金说，"可这种该死的爱太让人难受了：就像爱各种疾病缠身毫无希望的老父母一样。"

戈珍睁大黑眼睛看着伯金。

"你觉得没救了吗？"她一针见血地问。

伯金避而不答，他拒不回答这种问题。

"天知道，英国还会有什么希望。这太不实际了，没什么希望了。如果没有英国人，英国还是有救的。"

"你认为英国人得消失吗？"戈珍坚持问。她对他的回答颇有兴趣，这有点奇怪了。或许她问的正是她的命运。她黑色的眼睛盯着伯金，似乎要从他身上看出未来真理，就像从占卜的工具里看出什么来一样。

伯金脸色苍白，勉强地回答道：

---

① 这里用的是双关语，damp 一词既是"湿"也是"意气消沉"的意思。——译者注

"这个——除了消失还有什么？他们必须从他们特殊的英国标记下消失，反正得这样。"

戈珍大睁着眼睛凝视着他，那样子像是催眠一般。

"可是，按你的说法，怎么个'消失'法儿呢？"她追问。

"对了，你是不是说换换思想？"杰拉德插嘴道。

"我什么也没指。为什么要那样？"伯金说，"我是个英国人，我为此付出了代价。我无法谈论英国，我只能谈论我自己。"

"是的，"戈珍缓缓地说，"你爱英国，非常爱，非常爱，卢伯特。"

"可是我离开了它，"他说。

"不，不是永远，你会回去的，"杰拉德郑重地点点头道。

"人们都说连虱子都要爬离快死的肉体，"伯金神情痛苦地说，"所以，离开英国。"

"可是你还会回去的，"戈珍嘲讽地笑道。

"那我就更倒霉了，"他回答。

"他这是和自己的祖国赌气呢！"杰拉德打趣说。

"嗬，这儿有个爱国人士！"戈珍有点嘲弄地说。

伯金拒绝回答任何问题了。

戈珍又凝视了他片刻，然后转过脸去。完了，他不再迷惑她，她无法从他这儿得到占卜。她感到自己已经十分玩世不恭了。她看看杰拉德，觉得他像一块镭一样奇妙。她感到她可以通过这块致命的、活生生的金属毁灭自己从而懂得一切。她为自己这个怪念头暗自发笑。如果她毁了自己她还能做什么？如果说精神和完整的生命是可以毁灭掉的话，物质可是不灭的。

他一时间显得神采奕奕而又心不在焉，有点困惑。她伸出裹着绿色薄纱的胳膊，用敏感、艺术家才有的手指尖摸着他的下颏。

"那，是些什么呢？"她奇怪、狡狯地笑问道。

"什么？"他突然睁大眼睛好奇地问。

"你的思想。"

杰拉德看上去如梦初醒的样子。

"我觉得我没思想。"他说。

"真的！"她深沉地笑道。

在伯金看来，她那一摸等于杀了杰拉德。

"好啦，"戈珍叫道，"让我们为大不列颠干杯！为大不列颠干杯吧！"

她的声音表明她十分失望。杰拉德笑着往杯子里斟满酒。

"我想卢伯特的意思是，"他说，"作为一个国家的英国人必须死亡，从而作为个人的英国人才能生存，还有——"

"超国家——"戈珍插嘴道，说完扮个小鬼脸，举起她的杯子。

第三十章　雪

　　第二天他们在峡谷小铁路尽头的霍亨浩森小站下了车。遍野白雪皑皑，真是一个纯白的雪的摇篮，清新、冰天雪地的世界，黑色的岩石、银白的山坡绵亘向淡蓝的天际。

　　他们踏上光秃秃的站台，但见铺天盖地的大雪。戈珍颤抖着，似乎心都凉了。

　　"天啊，杰里，"她说着，突然亲切地转身对杰拉德说，"你的目的达到了。"

　　"你说什么？"

　　她打个手势指指周围的世界说：

　　"你瞧啊！"

　　她似乎不敢往前走了。他笑了。

　　他们来到了山谷的中心地带。雪被从两边的高山顶上铺下，人在这个纯粹的雪谷中显得渺小起来。雪山峡谷，闪耀着奇特的光芒，肃穆，沉静。

　　"这儿让人觉得渺小、孤独，"厄秀拉拉住伯金的胳膊说。

　　"来这儿你不后悔吧？"杰拉德问戈珍。

　　她显得将信将疑的样子。他们走出了雪谷中的车站。

　　"嗬，"杰拉德高兴地吸了一口空气，"这可太好了。那是我们的雪橇。咱们得走上一段，跑到路上去。"

　　戈珍一贯迟疑不决，这回她却像杰拉德那样把沉重的大衣甩到雪橇上就出发了。她突然昂起头，沿着雪路跑起来，边跑边把帽子摘下来。她鲜艳的绿衣服随风飘舞，她厚厚的红袜子在白雪地上显得鲜艳夺目。杰拉德看着她；她似乎是向着自己的归宿奔去，把他甩在了身后。他先让她跑出一段路程，然后甩开大步追上去。

到处是厚厚的积雪，四下里一片沉寂。梯罗尔①房屋那宽大的房檐上垂着沉重的冰柱，积雪一直堆到窗台了。农妇们穿着长裙，裹着披肩，穿着厚厚的雪靴走过来，停住脚步，看着这个柔弱但有主见的姑娘从追上她的男人身边费力地跑掉，而那男人却拿她奈何不得。

他们穿过百叶窗板和阳台涂过油彩的旅店和几间半埋在雪中的农舍，又穿过廊桥边的锯木厂。他们从桥上过了大雪覆盖的河流，冲向杳无人迹的雪野。这儿一片肃穆、一片白茫茫，真让人激动。但这寂静让人的心灵孤独，冷冻了人的心，太可怕了。

"不管怎么说，这地方太美妙了。"戈珍目光奇特、意味深长地看着他，看得他心跳加快了。

"很好，"他说。

似乎有一股强烈的电流穿过他全身，肌肉充了电一般，双手充满了力量。他们迅速走上白雪覆盖的公路，路边每隔一段距离都有一根干枯的树干。他和她像是一股强电流的两极分开走着。可他们感到有足够的力量跨越生活的樊篱，跳到禁区中再跳回来。

伯金和厄秀拉也在踏雪前进。他们甩掉了行李，稍微领先雪橇一点。厄秀拉兴高采烈，不过她还是不时地转身拉住伯金，生怕他有个闪失。

"我从来没想到是这样一幅景象，"她说，"这可是另一个世界。"

说话间他们踏上了白雪覆盖的草地。沉静中一些雪橇"咣咣"响着超过了他们。又跑了一英里，他们才在半埋在雪中的粉红色圣殿旁的陡峭山路上追上戈珍和杰拉德。

他们来到一条溪谷中。这里有黑色的石壁，大雪覆盖的河流，头上是一

---

① 梯罗尔：阿尔卑斯山脉中的一个省，首府因斯布鲁克。

线青天。他们穿过一座廊桥，踩着"吱吱"作响的桥板前行，再次穿越雪野，然后缓缓上山。拉雪橇的马走得很快，车夫在一旁甩动着"嘎嘎"作响的马鞭，嘴里发出奇特的"嚯嚯"声。他们缓缓地经过石壁，直到再次进入雪谷中。他们一点点向上走着，这儿的下午很冷，阳光投下一片片阴影。群山死寂，山上山下的白雪反射着耀眼的光芒。

他们终于来到了一块白雪覆盖着的高地上，这儿耸立着最高的几座雪峰，看上去真像一朵盛开的玫瑰花瓣儿。这寂寥的峡谷中矗立着一座孤零零的建筑，墙是用棕色木板做的，厚重的顶子是白色的，它被抛弃在雪野深处，像一场梦。它像一块从陡坡上滚下的岩石，不过外形像房子而已，现在埋在雪中。真无法相信人可以住在里面而不被这可怕的积雪、寂静和怒吼的冷风所压垮。

可雪橇还是优雅地爬上来了，人们激动地大笑着来到门外，旅馆的地板快让他们踩塌了，通道上沾满了湿乎乎的泥雪，可屋里给人一种真实感，很暖和。

新来的客人随着女服务员上了光秃秃的木楼梯。戈珍和杰拉德占了头一间卧房。进来以后，他们很快就发现这是一间很小的木制房屋，没什么摆设，房间里闪着金色的木质光芒：地板、四壁、房顶、门都是油漆过的松木，金光闪闪，一派暖色调。门对面是一面窗户，窗的位置很低，因为房顶是倾斜的。倾斜的屋顶下放着一张桌子，桌上摆着洗手盆，一只罐子，再过去是另一张摆着镜子的桌子。门两旁各有一张床，床上摞着厚厚的绘有绿方格图案的被子，非常大。

就这些，没有柜橱，没有一点生活的舒服感。他们就这样给关进了这座金色的木制牢房，里面只有两张铺着绿方格被子的床，两人对视着笑了，这等于与世隔绝了，真吓人。

一个男人敲开门送来了行李。这家伙很壮，颧骨宽大，脸色苍白，留着粗粗的黄胡子。戈珍看着他默默地放下行李包，然后步伐沉重地离去。

"这儿还不算太简陋，是吗？"杰拉德问。

卧室里并不太暖和，戈珍有点颤抖。

"很好，"她含含糊糊地说，"看这墙板的颜色，太妙了，我们像是给关进了核桃壳里。"

他站着，摸着自己的短髭看她，身体稍稍向后靠着，敏锐的目光凝视着她，他此时完全被激情驱使着，这激情像一种厄运。

她走过去，好奇地在窗前蹲下。

"啊，可这——"她禁不住痛苦地叫了起来。

眼前是一座封闭的山谷，上方是苍穹，巨大的黑岩石山坡上覆盖着白雪，顶头是一堵白色峭壁，像是地球的肚脐，暮色中两座巅峰在熠熠闪光。正对面是沉默的雪谷，两崖畔上长着参差不齐的松树，就像这谷地四周的毛发。这雪谷一直伸延到尽头，那儿积雪的石壁和山峰巍然耸立，直冲天际。这儿是世界的中心、焦点和肚脐，这儿的地属于天，纯洁、无法接近、更无法超越。

这幅图景令戈珍心驰神往。她蹲在窗前，痴迷地双手捧住脸向外面看着。她终于来了，来到了她向往的地方，她在这儿结束了她的冒险，像一块水晶石没入了白雪中。

杰拉德弯下腰来从她的肩膀上向外看着。他已经感到孤独了。她远去了，彻底离他而去了。于是他感到心头笼罩着冰冷的霜雾。他看着那大雪覆盖着的雪谷和苍穹下的山峰，这儿是穷途末路，别无出路，可怕的寂静和寒冷、暮色中耀眼的白光包围了他。可她仍旧蹲在窗前，像圣殿中的阴影。

"喜欢这儿吗？"他声调漠然、陌生地问。她至少应该表示知道他和她在一起。可她只是把她柔和、冷漠的脸扭开一点，以此避开他的凝视。他知道她眼里噙着泪水。她的泪水是她那奇特的信仰所致，在她的信仰面前他一钱不值。

突然，他的手托起她的脸，让她看着他。她睁大了蓝色的眼睛，泪水盈盈地看着他，似乎她的魂儿都吓没了。透过泪帘，她惊恐地看着他。他淡蓝色的眼睛射出锐利的目光，瞳孔不大，神情异常。她张着嘴，困难地呼吸着。

激情上来了，一下又一下地冲撞着，就像铜钟，敲打着他的血管，那么强烈，那么固执，不可控制。他的双膝变得铜钟一样坚硬。他凝视着她柔和的脸。她的双唇开启着，双目圆睁着，似乎受到了侵犯。她的下巴在他手中变得极为柔和、光滑。他感到自己像严冬一样强壮，他的双手就像活生生的金属一样不可战胜，别想扳开他的手。他的心像钟一样敲响着。

他把她抱起来，她的身体柔软、没有生气、一动也不动，她含泪的眼睛一直无可奈何地大睁着，好像被什么迷住了似的，他异常强壮完美，似乎体内注入了超自然的力量。

他托起她来，搂住她，她的身子柔软无力，瘫在他身上，沉甸甸地压在他充满情欲、铜一样的肢体上，如果他的欲望得不到满足，他就会被压垮。她的身子抽搐着要挣脱他的怀抱。顿时他心头燃起冰冷的怒火，于是他像钢铁一样的手臂钳住了她。就是毁了她也不能让她拒绝自己。

他那强壮的力量是她无法抗拒的。她松软下来，软瘫瘫的，昏昏然大口喘息。他觉得她太美了，太让人销魂了，他宁可一辈子受折磨，也不愿放弃一秒钟这样无比美妙的享受。

"天啊，"他的脸紧绷着，都变形了，"接下来会怎么样？"他问道。

她静静地躺着，神情像个孩子，黑黑的眼睛看着他。她此刻茫然得很。

"我将永远爱你，"他看着她说。

可她没注意听。她躺着看他，就像看一个她永远也不懂的什么东西：就像一个孩子看一个大人，不希望理解，只是屈从。

他吻她，吻她的眼睛，直到她闭眼，就是为了不让她再看他。他现在渴求什么，希望她承认他、对他有所表示、接受他。可她只是沉默地躺着，疏远他，就像一个孩子，屈服了他但仍无法理解他，只感到迷惘。他又吻了她，算放过她了。

"咱们下去喝点咖啡，吃点蛋糕好吗？"他问。

暮色已经转暗，呈蓝灰色弥漫向窗边。她闭上眼睛，关上了单调幻境的闸门，又睁开眼睛来看日常的世界。

"好吧。"她打起精神，简单地回答。

说完她又走到窗前。蓝色的夜影笼罩着雪谷和苍白的山坡。可高耸入云的山峰顶端却呈现出玫瑰色，像超自然的花朵在天际闪烁着耀眼的光焰，那么可爱又那么遥远。

戈珍欣赏着这美丽的景色，她知道，蓝色的暮光中雪里这玫瑰花蕊似的火焰是永恒美丽的。她看得出这有多美，她懂，可她不属于这美景。她与这无关，她的心被排除在这美景之外。

她又悔恨地看了一眼，然后转过身来整理自己的头发。他已经打开行李等着她，看着她。她知道他在看她，这弄得她手忙脚乱的，很不从容。

他们走下楼来，神情奇特，看上去像是来自另一个世界。他们发现伯金和厄秀拉正坐在角落里的一张长桌前等他们。

"他们在一起看上去是多么好、多么纯洁的一对儿呀。"戈珍想到此不禁生起妒意。她羡慕他们那自然的举止，人家像孩子一样满足，可她就缺乏这一点。在她看来他们就是两个小孩子。

"多好的蛋糕啊！"厄秀拉贪婪地叫着，"太好了！"

"是啊，"戈珍说。然后又对服务员说："我们要咖啡和圆蛋糕。"

她坐在杰拉德身边，伯金看着他们两个人，感到很心疼他们。

"杰拉德，我觉得这地方着实不错，"他说，"光彩夺目、神奇、美妙、不可思议，德文的形容词全都可以用来描述这儿。"

杰拉德微笑着说："我喜欢这儿。"

厅里三面都摆着桌子，像客栈一样，木头桌子已擦出了白木茬。伯金和厄秀拉背靠油过的木墙坐着，而杰拉德和戈珍则坐在他们边上的墙角中，挨着火炉。餐厅还不算小，有一个小酒柜，就像乡间酒馆一样，就是简单空旷了点。这房子的四壁、房顶和地板都是刷着明漆的木板做的。仅有的家具就是三面摆着的桌子、板凳和一只绿色的大炉子，酒柜和门在另一面。窗户是双层的，还没挂窗帘。都傍晚了。

咖啡来了，热气腾腾，很不错，还有一块圆蛋糕。

"整个儿的蛋糕！"厄秀拉叫着，"他们给你们的这个比我们那个多！我们得瓜分你们一点儿。"

这里还有另外十个人。伯金发现，他们中有两位艺术家，三名学生，一对夫妇，一位教授和他的两个女儿，都是德国人。而他们四个英国人是新来的，坐在有利的位置上观察他们这几个德国人。德国人在门口窥视了一下，对服务员说句什么就又走了。现在不是吃饭时间，所以他们没到餐厅里来，而是换了靴子到娱乐厅去玩儿了。

英国人听得到偶然传来的齐特琴声、漫不经心敲出来的钢琴声和说笑、喊叫及歌声，不过听不大清。整座建筑都是木制的，似乎一点都不隔音，就像一面鼓一样。不过声音扩散以后倒不会像鼓声增大，而是减小，所以齐特琴声听起来很弱，像是在远方微弱地响着。钢琴声也不大，没准儿是一架极小的古钢琴吧。

喝完咖啡时店主来了。他是悌罗尔省人，膀大腰圆，面部扁平，苍白的脸上长满了麻子，胡须很重。

"愿意到娱乐厅来跟别的女士和先生们见见面吗？"他弯下腰笑着问，露出一口又大又硬的牙齿。他的蓝眼睛迅速地在人们脸上扫视着，他不知道这些英国人是怎么想的。他感到难堪，因为他不会说英语，也拿不定主意是否用法语说话。

"咱们去娱乐厅跟别人见见面吗？"杰拉德笑着重复道。

人们犹豫了片刻。

"我想咱们还是最好——最好主动点。"伯金说。

两位女士红着脸站起身。那宽肩膀黑甲壳虫般的店主低三下四地引路向发出声响的地方走去。他打开门把这四位生客引进娱乐厅。

房间里突然沉静下来，那群人感到不知所措。新来的人感到几张白净净的脸在冲着他们。店主向其中一位精力充沛、唇上留着大胡子的小个子男人低声说：

"教授先生，可以让我来介绍一下吗？"

那教授先生立即有所反应。他冲这几位英国人鞠了一大躬，表示友好地笑笑，与他们成了伙伴。

"先生们愿意跟我们一起玩儿吗？"他很礼貌地问，显得很有活力。

四个英国人笑着，在屋子中央进也不是退也不是。杰拉德代表大伙儿表示他们很愿意加入他们的游戏。戈珍和厄秀拉激动地笑着，她们感到所有的男人都在看她们，于是她们昂起头目空一切，感到像女王一样。

教授介绍了在场人的姓名。大家相互鞠躬致意，有的人和名字对上了，有的没对上，只管鞠躬就是了。除了那对夫妇，别人都在场。教授的两个女儿个子都很高，皮肤光洁，很像运动员。她们身着样式简单的墨绿外套和深草绿色裙子。她们脖子长而壮，蓝眼睛里目光清澈，头发梳理得很精细。她们羞红着脸，鞠个躬，然后退到后面去。那三个学生谦卑地深深鞠躬，希望给人留下教养十分良好的印象。随后上来一个小瘦子，他皮肤黝黑，眼睛很大，怪里怪气的，像个孩子又像个侏儒一样敏捷，显得不那么合群。他微微欠了身算尽了礼数。他的伙伴是个皮肤白净的大个子青年，衣着讲究，他深深地鞠躬，脸都红到了耳根子。

见面礼算结束了。

"洛克先生刚才正为我们用科隆方言朗诵呢。"教授说。①

"请原谅，我们打断了他的朗诵，"杰拉德说，"我们非常愿意听听。"

于是大家又是鞠躬又是让座，戈珍和厄秀拉，杰拉德和伯金坐在靠墙根厚厚的沙发中。屋里四壁都是漆过的镶板，跟旅店里别的屋子一样，摆着一架

---

① 洛克这个名字暗指北欧的恶作剧神洛基，此神时而具有毁灭性，对一位名为巴德的年轻神之死负有责任。

钢琴，几对沙发、椅子，几张桌子上摆着书和杂志。除了那蓝色的大炉子，再也没有什么装饰，这样反倒显得屋里十分舒适宜人。

洛克先生就是那个小男孩似的矮子，他的头长得很圆，看上去很机敏，一双眼睛滴溜溜地打转，像只老鼠。他迅速扫了这些陌生人一眼，显出落落寡合的样子。

"请继续往下朗诵吧，"教授温和地说，但语气中透出点权威的味道。洛克弯着腰坐在钢琴凳上眨眨眼没有回答。

"我们将感到不胜荣幸。"这句话厄秀拉已经用德语准备了好几分钟了，终于说出口来。

听到这句话，那毫无表情的小矮子突然转过身来向原先的听众大讲特讲起来。他这是在嘲弄地模仿一位科隆老妇人同一位铁路看道工吵架的情景。

他身体单薄，发育不全，确像个男孩儿，可他的声音很成熟，带着嘲弄的口吻。他的动作很灵活有力，表明他对事物有透彻的观察和讽刺的能力。戈珍对他的独白一个字也听不懂，可她却出神地看着他。他一定是一位艺术家，别人不会像他那样模仿得惟妙惟肖、独具匠心。德国人听他模仿得离奇古怪，方言说得妙不可言，直笑得前仰后合。在笑得最厉害时他们尊敬地看看四个不笑的英国人。戈珍和厄秀拉不得不随他们乐起来。满屋子里满是欢笑声。教授的两个女儿那蓝色的眼睛中笑出了泪水，光洁的脸蛋儿笑得绯红起来。她们的父亲更是笑得让人心惊胆战。那几个大学生笑弯了腰，头都扎到双膝中去了。厄秀拉惊奇地四下环顾，忍俊不禁。她看看戈珍，戈珍再看看她，两个人对着大笑个不停。洛克睁大眼睛扫视大家。伯金也嘿嘿地笑了。杰拉德·克里奇正襟危坐，脸上闪着愉快的光泽。人群中又爆发出一阵大笑，人们抽风般的笑着，教授的两个女儿笑得浑身打颤，要死要活的。教授脖子上的青筋都暴了起来，脸都笑紫了，笑到最后只会抽搐而没了声音。那几个学生喊了几声，还没喊完就笑喷了。突然艺术家停止了滔滔不绝的话语，人们的笑声随之开始减弱，厄秀拉和戈珍在擦笑出的泪水。教授大叫：

"太好了！太好了！"

"确实太好了，"他的女儿们有气无力地附和着。

"可我们听不懂啊，"厄秀拉叫起来。

"噢，遗憾，真遗憾！"教授大叫着。

"你们听不懂吗？"大学生总算和陌生人说话了，"真是太遗憾了，尊敬的夫人，你知道——"

大伙儿总算打成一片了，新来的英国人像新添的佐料一样加入了聚会，屋里的气氛热烈起来了。杰拉德又恢复了原样，洒脱、兴奋地聊着天，脸上放着奇异的光彩。甚至伯金最终也谈笑风生起来。他原先一直腼腆、拘谨，但他一直在注视着人们。

大伙儿都要厄秀拉唱一首《安妮·罗丽》①，教授则把歌名说成《安妮·露丽》。人们静静地、极为尊敬地期待着。她一生中还没受过如此这般的抬举。戈珍坐在钢琴前，凭记忆为她伴奏。

厄秀拉天生一副好嗓子，可就是没有信心，所以平时老唱不好。但今天晚上她感到自豪、无拘无束。伯金在做她的后盾，因此她表现得很好。在座的德国人让她感觉良好，信心十足，她自由自在，非常自信。她感到自己像一只翱翔的小鸟，歌声飞扬，自己像鸟儿欢快地乘着歌声随风飞舞。观众们热切地注视着她，于是她唱得越发有感情。她非常高兴，充满自豪感和力量，歌声感染了别人也感染了她自己，自己感到满意，也让德国听众满意。

一曲终了。德国人都被这甜美忧伤的歌儿打动了心扉，他们轻声地赞叹，敬佩之情难以言表。

"太美了！太动人了！啊，苏格兰歌曲，这么有感情。优雅的夫人歌声真是无与伦比。夫人是个真正的艺术家，了不起的艺术家！"

她睁大眼睛，神采奕奕，就像朝阳下绽开的鲜花。她感到伯金在看她，

---

① 18世纪著名的苏格兰民歌。

似乎他妒忌她，心中不由得一阵激动，热血沸腾起来。她就像喷薄而出的太阳，心中感到非常幸福。在座的人似乎个个儿春风满面，皆大欢喜。

晚饭后，厄秀拉想出去看看外面的景色。大家都劝她别去，因为外面太冷了。可她坚持要去，她说就去看一眼。

四个人穿得厚厚实实的，来到一个朦胧、虚幻的世界中。这里是暗淡的积雪和星光下鬼影绰绰的世界。的确够冷的，冷得彻骨、可怕、出奇。厄秀拉不相信自己的鼻孔吸入的是否是空气。这种寒冷是上天故意造成的，极为恶毒，冻煞人。

可这太美妙了，太令人陶醉了。雪野悄无声息，在她和闪烁的繁星之间设下了一道无声的屏障。她可以看见猎户星座斜向上升，它太美妙了，如此之美妙，几乎要让她高声大叫起来。

四周全是积雪。但脚下的雪却很坚实，寒气穿透了鞋底。冷夜静悄悄。她想她可以听到天上的星星絮语，听到星星奏着乐在附近翱翔。而她自己就像这和谐运动中的一只小鸟在飞呀飞。

她紧紧地偎着伯金。突然她意识到她不知道他在想什么，不知道他的心在何方。

"我的爱！"她停住脚步来凝视他。

他脸色苍白，目光漆黑，闪烁着几点星光。他发现她柔和的脸正向他仰视着，离他极近。于是他温柔地吻了她。

"怎么了？"他问。

"你爱我吗？"

"十分爱，"他平静地说。

她又偎近了他。

"还不够嘛，"她请求道。

"足够了，"他几乎有点忧伤地说。

"我是你的一切，难道这还不能让你高兴起来吗？"她怅然地问。他搂紧她，吻她，用声音微弱地说：

"不，我感到像个乞丐，穷透了。"

她不语，看看星星，然后又吻他。

"别当乞丐呀，"她惆怅道，"你爱上了我，这没什么丢人的。"

"可感到贫穷则是丢人的事，对吗？"他说。

"为什么？为什么要这样？"她问。他不答，只是站在从山顶上刮下来的凛冽寒风中用双臂默默地搂着她。

"没有你，我就无法忍受这个寒冷、永恒的地方，"他说，"我无法忍受它，它会毁灭我生命的灵气。"

听到这话，她又突如其来地吻了他。

"你恨这儿吗？"她迷惑不解地问。

"如果我无法接近你，如果你不在这儿，我就会恨这儿。我无法忍受这种现实。"他回答。

"不过这儿的人还不错，"她说。

"我指的是这寂静，这寒冷，这冰冻的永恒。"他说。

她猜测了一会儿。然后她的心思回到他身上，身子也不由自主地偎进他怀中。

"是啊，不过我们在一起这么温暖，这不是很好吗？"她说。

说完他们开始往回走。他们看到旅馆那金黄色的灯光在寂静的雪夜中闪烁，像一簇簇黄色的小浆果，让人觉得那是黑暗的雪地上燃烧着的一团团橙色的小火花。旅馆后面是一片巨大的山影，像魔鬼挡住了群星。

他们快到旅馆时，看到有个人手执灯笼走出黑暗的房子，那金黄色的灯光为他那双踏雪的脚镶上一圈光环。这人的身影在黯淡的雪地上显得很渺小。他拉开外面一间屋的门，里面涌出一股热烘烘的牛气，那种动物的味道几乎像牛肉味，直刺入寒冷的雪夜中。他们刚可以瞥见里面的牛栏里有两头牛，门就关上了，一丝光线也透不出来。这副情景令厄秀拉想起家，想起玛斯庄，想起童年的生活，还想起去布鲁塞尔的过程，甚至奇怪地想起了安东·斯克里宾斯基①。

啊，上帝，那已经没入深渊的过去怎么让人承受得了？她能承受过去的一切吗？！她环视这严寒中寂静的雪原，空中寒星闪烁。而在一盏幻灯上则映出另一个世界来，虚幻的光芒照耀着玛斯庄，考塞西和伊开斯顿，还有一个影子般的厄秀拉，这全是一出虚幻的影子戏，像幻灯片被框子圈住一样虚假。她希望这些幻灯片全都粉碎，永远消逝。她不想要过去。她只想从天上下到这儿来，和伯金在一起，而不想艰难地从童年的泥沼中爬出。她感到记忆给她开了一个肮脏的玩笑。为什么人要记忆，这是怎样的神旨啊！为什么不清清爽爽地来一个忘却的沐浴，把过去生活的记忆和污点全洗掉，从而人可以获得新生？她这是和伯金在一起，她刚刚步入生活，就在这儿，在这背负星空的雪原上。她同父母和祖先有什么关系？她知道她是一个新人，不为任何人所生养，她没有父亲，没有母亲，与过去毫无关系。她就是她自己，纯洁无瑕，她只属于她和伯金组成的整体。他们俩共同弹奏着强壮的音符，震响了整个宇宙和现实的心脏，那是他们从未涉足过的地方。

甚至戈珍在厄秀拉的真实新世界中也是个与她无关的个体，分离的个体。那个影子般的世界，那个过去的世界，哦，让它滚开吧。她展开新的翅膀起飞了。

戈珍和杰拉德没有来。他们到门前的峡谷中去了，而不像厄秀拉和伯金上到右边的小山上。戈珍受着一种奇特欲望的驱使，只想不断地向前、向前走，直走到雪谷的尽头。然后那白色的绝壁，翻过这绝壁，爬上那耸立在世界中心的尖花瓣一样的峰巅，那冰雪覆盖着的神秘世界的中心。她感到，在这奇特可怕的磐石一样的雪崖后面，在神秘的世界中心，在最终的群峰之间，在峰峦叠嶂的怀抱中，有她尽善尽美的福地。只要她能独身到那儿去，进入封闭、

---

① 《虹》中厄秀拉的情人。

永恒的雪的中心、进入高耸的永恒雪崖，她就会与一切融为一体，她自己就会化作永恒无限的寂静，成为万物之沉睡、永恒、冰冻的中心。

他们回到旅馆，又来到娱乐厅里。她好奇地想看看里面的人在干什么。里面的男人们激起了她的好奇心，让她活跃起来。对她来说这是一种新生活的体验，他们对她很崇拜，一个个充满了活力。

屋里的人们正在狂舞。他们跳的是悌罗尔省的休普拉腾舞。这是一种拍手舞，跳到高潮时要把舞伴抛到空中。这几个德国人多数来自慕尼黑，都跳得娴熟。杰拉德也跳得不错。墙角中有三把齐特琴一直响着，屋里人们舞成一团。教授把厄秀拉拉进跳舞的人群中，又是跺脚又是拍手，高潮中又以极大的热情和力量把她抛向高空。高潮到来时，甚至伯金也像个男子汉一样和教授的一位漂亮健壮的女儿狂舞，那女孩高兴极了。大家都在跳，跳得一片欢腾。

戈珍在一旁兴高采烈地观战。男人们的鞋跟敲得坚实的木地板嘭嘭作响，拍手声和齐特琴声在空中震荡着，吊灯四周飞舞着金色的尘土。

人们突然停止了跳舞，洛克和大学生们跑出去买饮料。随之屋里响起人们的嘈嘈话语和杯盖碰撞的声音，大家大叫"干杯——干杯！"洛克像个小侏儒到处转游起来，一会儿向女人们敬酒，一会儿又和男人们开个暧昧并有点过分的玩笑，弄得招待们迷迷糊糊、不知所措。

他非常想同戈珍一起跳舞。第一眼见到她，他就想跟她搭讪。戈珍凭本能对此有所察觉，一直在等他采取主动。但由于她总绷着脸，所以他无法接近她，反倒让戈珍以为他不喜欢她。

"夫人，能跳一支休普拉腾舞吗？"洛克的那位身材细高、皮肤白皙的伙伴问。戈珍觉得他太柔弱、过于谦卑了，可她又想跳。这位名叫雷特纳的白净青年很帅，但显得很不安，很可怜，这正表明他心中有点害怕。于是她同意跟这小伙子结伴跳。

齐特琴又响了，人们又开始起舞。杰拉德笑着和教授的一个女儿率先起舞。厄秀拉和一位大学生跳，伯金和教授的另一位女儿跳，教授同克莱默夫人跳，其余的男人结成一帮跳，尽管没有女伴，照样跳得热情奔放。

因为戈珍是在同身材匀称、样子柔弱的小伙子跳舞，洛克更加生气，妒火中烧，看都不看她。戈珍对此很生气，但她为给自己找台阶下，就请教授一起跳。这位教授像一头成熟、老练的公牛，浑身都是野劲儿。说实话，她真没办法忍受他，可她又乐意让他带着在人群中快速穿行，愿意让他粗野地用力把自己抛向空中。教授也极高兴这样，他蓝色的眼睛奇怪地看着她，眼中冒着火。她恨他这种老练并带点父爱的动物目光，可她喜欢他那一身力气。

屋里一片欢腾，充满了强烈的兽欲气氛。洛克无法接近戈珍。他想跟她说话，可又像隔着一道刺篱，因此他对那个年轻的爱侣恨之入骨。雷特纳一文不名，全靠他呢。他尖刻地嘲弄他，把雷特纳损得满脸通红，不敢反抗。

杰拉德跳得很顺了，又和教授的小女儿跳上了。那小姑娘年轻幼稚，激动死了，她觉得杰拉德太英俊、太了不起了。他征服了她，她就像只颤抖的小鸟，在他手中面红耳赤地扑棱着翅膀。当他要把她抛向空中时，她开始抽搐着要摆脱他，这副样子把杰拉德逗笑了。最终，她简直爱他爱得发狂，都语无伦次了。

伯金在同厄秀拉跳，他的眼睛里闪烁着奇特的小火花，他似乎变得恶毒、飘忽不定、爱嘲弄人、挑逗人、毫无礼貌。厄秀拉怕他但又迷着他。她梦幻般的看着他，她完全看得出他嘲弄的目光放纵地盯着她，他像个动物那样毫无感情、难以捉摸地向她移过来。他那双陌生的手迅速而狡猾地触到她乳房下的要害部位，半是嘲弄、半是挑逗地把她托向空中，似乎没有用力，而是用某种魔法。她几乎要吓昏过去了，她一时间感到很厌恶，这太可怕了。她要破他的魔法。可还未等她下定决心，她又屈服了，她吓坏了。他一直明白他的所作所为，这一点她可以从他那微笑、专注的目光中看得出来。这是他的事，她只能随他去。

当他们独处在黑暗中时，她就会感到他身上有一股陌生、放荡的力量向她袭来。她感到不安、厌恶。他怎么会变成这样？

"怎么了？"她害怕地问。

他不言语，只是看着她，脸上的光泽令人无法理解，令人害怕，却颇具吸引力。她真想用力反抗，摆脱这张嘲弄人、无礼的脸。可她已经神魂颠倒，她只能服从他，她想知道他到底要对她干什么。

他既迷人又令人反感。他眯着的眼睛中流露出的嘲弄和放荡的表情让她不敢正视，只想躲开他，从一个看不见的地方去看他。

"你怎么这样？"她突然鼓起勇气，愤愤然地问。

他一双眼像一团火凝视着她。他又垂下眼皮，显出讽刺和不屑一顾的样子。然后他睁开眼，依然厚颜无耻地看着她。她垮了，由他去吧。他那副放荡的样子令人讨厌又让人着迷。可他得为自己的所作所为负责，她要拭目以待。

他们可以随心所欲，爱怎样就怎样——她睡前意识到了这一点。任何可以满足人欲的东西都不应排除在外。什么叫堕落？谁在乎这个？堕落的东西的确有，可情形各有不同。现在他是那样毫无羞耻、毫不拘谨。一个男人，平时如此有思想、有情操，现在这样是不是太可怕了？是不是太——她前思后想，想出一个字，就是太像野兽了。野兽，他们俩都是！这就是堕落！她怕了。可为什么不呢？她又高兴了。为什么不像野兽一样体验一下全过程呢？她为此而狂喜。是一只野兽。真正地感到羞耻该多好！没有什么羞耻的事她没有体验过的。她才不感到丢人呢，她就是她。为什么不呢？她是自由的，一旦她什么都经历过了，也就没什么可怕、可羞耻的了。

戈珍在娱乐厅中看着杰拉德，突然冒出一个想法：

"他要占有他能够占有的一切女人——这是他的本性。如果说他遵循一夫一妻制那才叫荒唐——他本质上是个乱性之人。这是他的天性。"

她是不由自主这样想的。连她自己都感到有点震惊。她似乎看到墙上写着危险！危险！这是真的。有个什么声音清晰地对她这样说了，于是她相信这是圣灵在说话。

"这是真的，"她又对自己说。

她知道她相信这话是真的，但她一直秘而不宣，连对自己都保密。她必须保密。这是她自己独家的秘密，甚至自己都不肯承认。

她决心跟他斗。一定要决一雌雄。谁会胜呢？她充满了信心。一经下了决心，她自己心里都觉得好笑起来。她现在对他怀有一种半恨半怜的柔情，她觉得自己太残酷了点。

人们都早早地歇了。教授和洛克到一个小休息间去喝酒。他们都看着戈珍扶着扶梯上楼去。

"漂亮妞儿，"教授说。

"对！"洛克简短地表示同意。

杰拉德迈着大步穿过卧室来到窗前，猫下腰向外眺望。然后站起身走到戈珍跟前，目光炯炯，茫然地笑了笑。戈珍觉得他个子很高，她发现他的眉心在闪着白光。

"喜欢吗？"他问。

他似乎心里在笑，不知不觉中流露出一丝笑意来。她看着他，觉得他是个怪人，而不是个普通人：一个贪婪的动物。

"很喜欢，"她说。

"楼下那些人中你最喜欢哪一个？"他问。他人高马大地立在她面前，闪闪发亮的头发竖了起来。

"我最喜欢哪一个？"她重复着。她想回答这个问题，可又觉得难以开口。"我不知道，我还不怎么熟悉他们，说不上来。你最喜欢哪一个呢？"

"呃，我无所谓，我谈不上喜欢也谈不上不喜欢谁。对我来说无所谓。我想知道你的想法。"

"可这是为什么呢？"她问，她的脸色变得很苍白。

杰拉德眼中茫然的一丝笑意愈来愈凝重起来。

"我想知道，"他说。

她转过身去，打破了他的迷惑。她奇怪地感到他正在控制她。

"我无法马上告诉你，"她说。

她走到镜子前，取下头上的发卡。每天晚上她都站在镜子前几分钟，梳理那头黑色的秀发。这已经成为她生活中必不可少的一种仪式。

他跟过来，站在她身后。她正忙着低头取下发卡，把一头温馨的头发抖散。她抬起头时，发现镜子中的他正在看着她。他似看非看，似笑非笑地站在她身后。

她吃了一惊，鼓起勇气才像往常一样继续平静地梳理头发，装作若无其事的样子。可跟他在一起，她却怎么也定不下心来。她绞尽脑汁想找点话题跟他聊聊。

"明天你打算做什么？"她若无其事地问，可她的心却跳得厉害，她的眼睛明亮但眼神紧张。她感到他在观察她。可她也知道他像一只狼那样是在盲目地盯着她。一场令人奇怪的斗争正在她常人的意识和他那神秘、妖术般的意识之间展开。

"我不知道，"他说，"你喜欢干什么？"

他毫无用心地说，他在想别的。

"呃，"她顺口说，"什么都行，对我来说什么都行，真的。"

可她心里却对自己说："天啊，我干吗这么紧张——你这傻瓜，干吗要这么紧张？如果他看出来，我可就完了——你知道，如果让他看出你此时荒唐的心情，你就永远完了。"

想到此她又禁不住自顾笑了，似乎这一切都是儿戏。可同时她的心却在怦怦直跳，跳得她要昏过去。她可以从镜子中看到他——高高的身躯俯下来，碧眼金发，怪可怕的。她偷偷地观察镜子里的他，试图避免让他看出她能看到他。他并不知道她在看镜子中的自己。他自顾茫然盯着她的头，她正用力梳着头发，发疯地用颤抖的手往下梳头发，头发全披了下来。她把头偏向一边梳着，她说什么也不会转过脸来正视他，绝不。想到此，她几乎要昏倒在地，浑身没有一点力气。她意识到那可怕的身躯就在身后，那坚实、不屈的胸腔就紧贴着她的背。于是她感到她无法忍受，再过几分钟她会摔倒在他的脚下，在他脚下卑躬屈膝，让他毁灭自己。

想到这里，她头脑立时清醒了。她不敢转过脸去看他——他正纹丝不动地站着，毫不松懈自己的意志。她竭尽全力，用一种漠然的语调发出了响亮的声音，说：

"我说，你能不能看看那后面的包里，递给我我的——"

话到这儿就打住了。"我的，我的什么——？"她心里发出无声的叫喊。

可他已转过身去，心中暗自吃惊：她竟会让他翻弄她的贴身小包。这时她转过身来，面色苍白，眼里放射出神秘、极度兴奋的光芒。她看见他弯腰俯向手包，解开包上松扣着的带子。

"你的什么？"他问。

"哦，一只小珐琅盒，黄色的，上面画着一只正在啄胸毛的鸬鹚——"

她走过去，美丽的赤裸手臂伸向小包，熟练地翻出她的东西，打开盒盖，但见上面的图案绘得很精美。

"就是它。"她说着在他眼皮底下取走了盒子。

他有些迷惑不解。他在这边束紧手包的时候她迅速梳好了头发，然后坐下脱鞋。她不能冷落他了。

他迷惑、沮丧，说不清是怎么一回事。现在是她控制他的时候了。她知道他并没意识到她心里是多么害怕。可她的心还是沉重地跳着。笨蛋，她是个笨蛋，干吗要吓成这样？！感谢上帝让杰拉德这么盲目，什么也没发现。

她坐着慢条斯理地解鞋带，他也开始宽衣。上帝保佑危机过去了。她感到她几乎是喜欢上他、爱上他了。

"喂，杰拉德，"她笑着，温柔地逗他，"喂，你知道不知道你和教授的女儿玩得多有意思吗？"

"怎么玩了？"他回过头来问。

"她是不是爱上你了？老天爷，她是不是爱上你了？"戈珍兴高采烈地笑着说。

"我不认为是这样。"他说。

"不认为是这样！"她逗趣道，"那可怜的姑娘现在正躺在床上睡不着，人家爱你爱得要死要活的。她觉得你太棒了——哦，太神奇了，什么别的男人都比不上你。真的，这是不是太好玩儿了？"

"怎么叫好玩儿？什么好玩儿？"他问。

"看你挑逗她好玩儿呀，"她半带嗔怪地说。这话搅乱了他那男人的自尊心。"真的，杰拉德，那姑娘太可怜——！"

"我可没怎么着她，"他说。

"行了，就凭你那么抱起她来脚不着地，就够丢人的了。"

"休普拉腾舞就是那么跳，"他笑道。

"哈——哈——！"戈珍大笑。

她的嘲笑令他浑身打颤。他睡觉时，似乎是在蜷着身子，仍在憋着劲儿，但人很空虚。

而戈珍则睡得扬眉吐气，她胜了。突然，她一激灵醒了。曙光已洒满了小木屋，光线是从矮窗下射进来的。抬起头，她可以看到峡谷：皑皑白雪上笼罩着浅浅的粉红霞光，仙境一般。还能看到坡底有松树树梢。只见一个人影在淡淡的晨曦中向这边移动。

她瞄一眼他的手表：七点整。他还在沉睡。可她却完全醒了。这种凝视几乎有点让人害怕。她躺着，眼睛看着他。

他受了挫败，闷头睡着。她现在竟真诚地看待他了。在这之前她一直是怕他的。她躺在床上琢磨着他。他是个什么样的人？他代表世上哪类人？他有着很强的意志和主见。她想起他在短短的时间里就对煤矿进行了改革。她知道，如果他遇上任何问题和艰难险阻，他都会战胜它们。只要他有了什么想法，他就会付诸实施。他有拨乱反正的才能。只需让他掌握了局势，他就会最终干出个结果来。

一时间，她竟野心勃勃起来。她认为，杰拉德有坚强的意志和理解现实世界的能力，应该让他来解决今日世界的问题，解决现代世界上的工业化问题。她知道，他早晚会达到变革的目的，他会重新组织工业体系的。她知道他能够这样做。作为一件工具，干起这些事来他可是好样的，在这方面她还没见过别的男人像他这么有潜力。他并未意识到这一点，但她知道。

他只需要被套上车，他需要手上有任务，因为自己并无此种意识。她可以做到这些，为此她会跟他结婚。他会进议会，在议会中代表保守党的利益，可以澄清劳资矛盾的巨大浑水。他是那么大无畏，那么强壮，他知道任何问题都可以得到解决，生活中的问题同几何中的问题是一样的。他不顾自己，也不顾别人，只一心解决问题。他很纯，真的很纯。

她心潮激荡，兴奋地想象着未来。他会成为和平时代的拿破仑或俾斯麦，而她就是他的后台女人。她读过俾斯麦的书信，很受感动。而杰拉德比俾斯麦更加毫无拘束，更大无畏。

尽管她躺在床上兴高采烈地幻想着，沐浴在奇异、虚幻的生活希望之光中，可有什么东西却攫住了她，似乎是一种可怕的玩世不恭心情狂风一般袭上心头。一切在她看来都是那么可笑：每一样东西都是可笑的。难以逾越的现实之痛令她意识到希望和理想是一种无情的讽刺。

她躺着看熟睡中的他。他简直太漂亮了，他真称得上是一件完美的工具。在她看来，他是一件纯粹、没有人性、几乎超人的工具。他这一点很合她的心思，她真希望自己是上帝，把他当工具使。

与此同时她又向自己提出一个具有讽刺意味的问题："拿他用来做什么呢？"她想到了矿工的老婆们，她们的油地毡和镶花边的窗帘，还有她们穿高筒靴子的女儿们。她又想起矿井经理的老婆和女儿们，她们的网球聚会，她们在社会地位上的攀比，好不可怕。还有肖特兰兹以及它那毫无意义的名望，克里奇家一群毫无意义的人。还有伦敦，下议院，现存社会。天啊！

尽管她年轻，但她摸准了整个英国社会的脉搏。她并不想崛起于这个世界。她凭着她经历过的残酷青少年时代，以她玩世不恭的眼光看世界，她知道，要想在这个世界上出人头地，就意味着演某种假戏而不演别的假戏，就好像这个假戏的预付款是价值两个半先令的假银币，而另一个则只付一个假便士。整个价值观都是虚假的。当然，她尽管玩世不恭但还是清楚，在一个伪币泛滥的世界上，一个假英镑金币还是比一个四分之一的假便士①要强。可不管富还是穷，她都蔑视它们。

她早已开始嘲弄自己做的那些梦。这些梦可以轻易地变成现实。但她可以感到自己在讽刺自己的冲动。杰拉德把一个破落的旧工业康采恩变成了一家富有的企业，这又怎么样？关她什么事？那破落的工业康采恩和这迅速发展起来的、组织有序的企业都是伪币，对她来说都无所谓。当然了，她表面上很关心——重要的也只是表面，内心里却觉得这不过是个大笑话而已。

她心里觉得这一切都是一种讽刺。她靠在杰拉德身上，充满感情地暗自说：

"哦，亲爱的，亲爱的，这种把戏甚至不值得你去演。你是个好人，真的，可你为什么要被利用去演这种蹩脚戏呢？！"

她的心因着对他的怜悯和忧伤而破碎。可同时她嘴角上又浮现出一丝苦笑，她这是为自己未出口的长篇激烈演说感到好笑。哦，这真是一场闹剧！她想起了帕奈尔②和凯瑟琳·奥谢③。帕奈尔！说到底，谁会认真对待爱尔兰的国有化呢？不管爱尔兰在政治上有什么作为，谁会看重它？谁又会把英国的政治看那么重？谁会？谁会关心拼凑起来的旧宪法是否修补过？谁会关心我们的国家理念？或许人家更关心我们民族特色的圆顶礼帽呢。哈，全是旧帽子，一切都是一顶旧帽子！

---

① sovereign，farthing，都是旧英国货币。

② 帕奈尔（1846—1891），爱尔兰政治家。因与有夫之妇私通事发而被迫退出议会。

③ 凯瑟琳·奥谢，帕奈尔的情妇。

就这么回事，杰拉德，我的少年英雄！不管怎么样，咱们不要再去搅那锅老汤了，太恶心。你漂亮，我的杰拉德，而且无所畏惧。有美好的时光。醒来吧，杰拉德，醒来，让我相信有美好的时光。哦，让我相信吧，我需要这个。

他睁开眼看看她。她回报以一个调侃、快乐、谜一样的微笑。他也下意识地笑了，他的脸倒像镜子一样映出了她的笑。

看到他脸上映出了她的笑，她感到十分快活。她觉得那就像一个小孩子的笑容。这真让她无比快活。

"你做到了，"她说。

"什么？"他不明不白地问。

"让我相信了。"

说着她俯下身去满怀激情地吻他，这热烈的吻令他不知所措。他没有问他让她相信了什么，尽管他想问。她吻了他，这他就高兴了。她似乎在摸索着，要触到他内心，触到他的敏感之处。他需要她触动他生命的深处，他太需要她这样了。

屋外，有个浑厚好听的男声在潇洒地唱着：

> 让我进去，让我进去，
> 你这骄傲的女人，
> 用木柴给我把火生着，
> 我已被雨浇得水淋淋。①

戈珍知道这男人潇洒、调侃的歌声会永远在她心头震响。它正是她这美好时光的写照，是她紧张而又喜悦心情的写照。这支歌让她永志难忘。

---

① 这是一首德国民歌，叙述的是一个磨坊主的妻子反抗丈夫的故事。

这天天气明朗，天空湛蓝。山顶上微风习习，可风过处却飘起像剑削下的雪末。杰拉德心满意足地走出来，脸色极好，神情怡然。这天早晨戈珍与他平静相处，很和谐。但他们都对此淡然。他们乘平底雪橇出发，等厄秀拉和伯金跟上来。

戈珍身着猩红运动衫和帽子，下面是品蓝裙和长筒袜，兴高采烈地在白雪上走着。杰拉德穿着白衣灰裤在她边上拉着小雪橇。他们爬上陡坡，身影在远处愈来愈小。

戈珍似乎觉得自己全然没入了白雪中，化作了一块纯净、毫无思想的水晶。当她来到坡顶，顶着风四下环视时，发现峰峦叠嶂，望不尽的岩石和雪山在苍穹下焕发着淡蓝色。她觉得这幅景象真像一座花园的图景，山峰就是纯洁的花朵，她真想去采撷这些花朵，把杰拉德都给忘在一边了。

往陡坡下滑时她紧紧贴着他。她觉得她的感官就在火一样灼烫的砂轮上砥砺着。雪花在身边飞溅，就像磨刀时溅起的火花，身边的白色越飞越快，白色的山坡像一片火光向她迎面扑来，她熔化了，像一个小球蹦跳着没入一片白色中去。随后在山下拐了一个大弯，一下掉在地面上，慢慢减速，停了下来。

停了以后，她想站起来，可怎么也站不住。她怪叫一声，转身抓住了他，把脸埋进他的怀里，昏了过去。她昏昏然伏在他怀中，全然失去了知觉。

"怎么了？"他说，"太快了吧？"

可她什么也没听到。

醒来后，她站起身四下环顾，不禁感到惊奇。她脸色苍白，大大的眼睛炯炯有神。

"怎么了？"他问，"难受吗？"

她明亮、似乎有些变形的眼睛看了看他，放声大笑起来，笑得吓人。

"不，"她凯旋般的叫道，"这是我一生中最得意的时刻。"

她看着他，着了魔地狂笑，这笑声像一把尖刀插入了他的心脏。不过他不在乎，并不理会。

他们又往坡上爬去，上去后又美美地滑下来，从炽烈的白光中穿过。戈珍笑着、滑着，身上溅满了晶莹的雪粒儿。杰拉德滑得很熟练，他觉得他可以驾着小雪橇穿过最危险的地方，甚至可以刺向空中，直刺苍穹的心脏。似乎他觉得这飞也似的雪橇体现着他的力量，他只需摆动自己的双臂，雪橇就是他的身体在动。他们探寻了几面大山坡，又在寻找另一面滑坡了。他觉得这儿肯定还有一处更好的地方供人们滑雪。他终于发现了他渴望的去处：一面长坡，十分陡，从一块岩石下穿过直伸到山底的林子中。这很危险，他知道。但他也自信他可以驾轻就熟地驾驭雪橇。

　　开始几天是在热闹的体育运动中度过的：滑雪橇、滑雪、滑冰，以飞快的速度在白光中飞行，运动本身早已超越了生命，人的灵魂由此进入了非人、抽象的速度、重量和永恒的冰雪境界。

　　杰拉德的目光变得刚强、陌生起来。他在滑雪板上滑行时，他看上去与其说是人倒不如说是一声强壮、致命的叹息。他那弹性很强的肌肉优美地隆起，躯体弹起，毫无顾忌、盘旋着划出一道力量的完美线条。

　　值得庆幸的是，有一天下雪了，他们都得待在室内，否则的话，伯金说他们都会失去理智，大喊大叫，变成雪地里陌生的野人。

　　那天下午厄秀拉和洛克碰巧坐在娱乐厅里聊天。洛克这几天似乎有点不大高兴，不过仍像平时一样活泼、幽默。但厄秀拉认为他是为什么事不痛快。他的伙伴——那位高个子、白净脸的漂亮小伙子也不安定，东游西转没个踏实样，他似乎在反抗着什么，不甘屈从于什么。

　　洛克几乎没怎么跟戈珍说话。而他的伙伴却相反，不断地向她温柔地讨好。戈珍想跟洛克谈谈。洛克是位雕塑师，她想听听他对这门艺术的见解。另外他的体貌也吸引着她。他身上有种窝囊废的气质让她好奇；但又有一种老成相儿，引起了她的兴趣。除此之外，还有一种难言的我行我素、不合群的气质，这些在她看来就是艺术家的形象。他爱唠叨，爱开恶作剧似的玩笑，有时显得他很聪明，可其实并不尽然。透过这小矮个儿那棕色的眼睛，戈珍发现在他插科打诨的背后是与外表不谐调的阴郁痛苦。

他的体格也引起了她的兴趣——他个头还像个小男孩儿，样子就像街上的流浪儿。他丝毫不掩饰这一点。他总是身穿简朴的深草绿色防水布衣和马裤。他的腿很细，不过他并未设法掩盖这一点，一个德国人能这样很是了不起。他从来不逢迎巴结别人，一点儿也不，而是我行我素，不过表面上还是挺快活的样子。

他的伙伴雷特纳是个很棒的运动员，他四肢健壮，眼睛碧蓝，很帅。洛克时而去滑平底雪橇，时而滑雪或滑冰，可他对此并不热心。他那优雅细长的鼻孔只有街头流浪汉才有。看到雷特纳的体育表演，他的鼻孔微微翕动着嗤之以鼻。很明显，这两个一起旅行、亲密无间、共同生活的人现在已经开始相互厌恶了。雷特纳恨洛克，他受洛克的气，心中不平，可又无可奈何。而洛克则总是对雷特纳嗤之以鼻，讽刺他。看来这俩人快掰了。

他们已经不常在一起出入了。雷特纳总和别人结伴，显得很顺从。而洛克则基本上是独往独来。在户外，他戴一顶威斯特菲伦①式帽子，这种帽子是用棕色天鹅绒做的，帽子顶端紧箍着头，宽大的帽边能盖住耳朵，戴着这顶帽子，他看上去就像一只耷拉着耳朵的兔子或童话中爱搞恶作剧的侏儒。他的脸色黑红，皮肤干得发亮，似乎一做表情就会起皱。他的眼睛很引人注目——棕色的大眼睛，像兔眼、侏儒的眼或者说像一个茫然无措的人的眼，有着奇特、木然、堕落的眼神，喷着神秘的火焰。每当戈珍要跟他聊聊，他就会腼腆地避开目光，用他的黑眼睛凝视她，一言不发。他这样子让她感到他是讨厌她那口笨拙的法语和更为笨拙的德语。而他自己那口蹩脚的英语，他也不敢启口讲。不过别人讲的英语他可以理解一大半。戈珍有点恼火，也就不再理他了。

可这天下午她来到休息室时，却发现洛克正同厄秀拉聊天。一看到他饱满敏感的头上那漂亮的黑发，她不知怎么就想起了蝙蝠，尽管这头发有点稀

① 德国最大的工业省。这种帽子上大多绣着花，为农妇所戴。洛克戴它表示向传统挑战。

疏，鬓角全秃了。他弯腰坐着，似乎他有着蝙蝠的精神。戈珍看得出来，他正向厄秀拉说心里话，不过那样子有点勉强，磨磨蹭蹭的，说话也吞吞吐吐。于是戈珍走过去在姐姐身边坐下。

他看看戈珍，然后目光又移开去，似乎并没注意到戈珍。其实戈珍引起了他极大的兴趣。

"真有意思，普伦，"厄秀拉转身对妹妹说，"洛克先生正为科隆的一家工厂搞一个柱子中楣，是临街的柱子。"

她看看他那瘦弱、紧张的古铜色的手。这双手紧握着，像魔爪，又像"虎爪饰①"，不是人的手。

"用什么材料？"她问。

厄秀拉又重复一遍。

"花岗岩石，"他说。

接下来就是两个内行人之间简短的问答。

"什么样的浮雕？"

"高浮雕。"

"多高？"

一想起他要为科隆的一家大花岗岩石厂雕一座柱子中楣，戈珍就觉得十分有趣。她从他那儿知道了柱子的一些造型情况。这座浮雕是一幅集市图：农夫和工匠们身着时髦衣服正纵情饮酒狂欢，模样很古怪。在旋转木马上做着可笑的动作，目瞪口呆地看表演，亲吻、蹒跚、挤作一团。还有的在船形秋千上荡来荡去，在射击场上打枪，一片疯狂、混乱的场景。

他们又忙着讨论技术问题。戈珍很喜欢他的构思。

"能有这么一座工厂真是太棒了，"厄秀拉叫道，"整座建筑都很漂亮吗？"

"哦，是的，"他说，"这个中楣只是整座建筑的一部分。它太庞大了。"

---

① 立柱基础处的爪形装饰。

他停了一下，耸耸肩，又说：

"建筑本身就得是雕塑。那些与建筑无关的塑像就像壁画一样早过时了。事实上，雕塑历来都是建筑构思的一部分。既然教堂都是博物馆，既然工业成了我们的事业，那就让我们把有工业的地方变成我们的艺术区，成为巴台农神庙[①]吧！"

厄秀拉在思索。

"我觉得，"她说，"真不该把我们的大工厂搞得这么丑陋。"

他立即说：

"说得对！说得好！不仅我们的工作场所丑恶不堪，而且这种丑恶会影响我们的工作。人不应该再忍受这种无法忍受的丑恶了。到头来，它会害了我们，我们会因其丑恶而萎缩。工作也会萎缩。因此人们会认为工作本身就是丑恶——机器和劳动本身都是丑恶的。其实，机器和劳动本身是很美好的事物。人们最终将因为工作太让人难受而停止工作，工作太让人恶心，人们宁可挨饿也不工作，这将是我们文明的末日。到那时，锤子将只会用来捣毁东西。可是我们现在有机会让工厂美起来，让车间漂亮起来[②]，我们有机会——"

戈珍只能听懂一点，烦得直想大叫。

"他在说什么？"她问厄秀拉。厄秀拉结结巴巴地做了简短的翻译。洛克看着戈珍等她的评价。

"那么，你认为，"戈珍说，"艺术应该为工业服务吗？"

"艺术应该表现工业，就像艺术曾经一度表现过宗教一样，"他说。

"可是你的农民集市是否表现了工业？"她问他。

"当然。人在这个集市上做什么呢？他们满足着与劳动相对应的东西——机器使用着他而不是他使用机器。他在享受自己体内的机械运动。"

---

① 祭祀雅典娜的神庙，在希腊雅典。

② 此段表现未来派审美观，颂扬机器、运动、速度和力量所代表的反叛青年和未来。

"可是，除了工作——机器式的工作就没别的了吗？"戈珍问。

"只有工作，没别的！"他重复道。他向前倾着身子，两只黑黑的眼睛中只有两个针尖大的亮点。"没有，只有这样，只有为机器服务或享受机器的运动——运动，就是一切。你从来没有为了填饱肚子工作过，否则你就会明白上帝是如何统治我们的了。"

戈珍哆嗦了一下，红了脸。不知为什么，她几乎要哭起来。

"是，我是没为填饱肚子工作过，"她回答，"可是我工作过吗？"

"工作过？工作过？"他问，"什么工作？你干过什么样的工作呢？"

他开始用意大利语和法语混着说。同她说话时，他本能地用外语。

"你从来没有像世人一样工作过，"他不无嘲讽地对她说。

"当然，"她说，"我当然像世人一样工作。我现在就是为一日三餐工作着。"

他不说了，只是凝视着她，不再提起刚才的话题。他觉得跟她没什么好说的。

"可是你自己有没有像世人那样工作过？"厄秀拉问他。

他心虚地看看她，暴躁地叫道："当然，我有一次躺在床上饿了三天。"

戈珍睁大眼睛阴郁地看着他，似乎像抽他的骨髓一样要从他身上得到坦白的话。他是个天生不说实话的人，可她那透着阴郁目光的大眼睛在盯着他，似乎划破了他的血管，于是他不由自主地开始说：

"我父亲是个不爱工作的人，我们没有母亲。我们住在奥地利占领下的波兰，我们怎么生活呢？嗨，有法子！我们和另外三家人合住一间房，一家占一个角，厕所在屋中间——就是一只盖上木板的平底锅，哈！我有两个兄弟和一个妹妹，可能有个女人和父亲在一起。他是个游手好闲的人，跟镇上任何一个男人都会打起来。那个镇子是个要塞，他仅仅是个小人物。可他断然拒绝为他人工作，就是不干。"

"那你们怎么生活呢？"厄秀拉问。

他看看厄秀拉，又突然把目光转向戈珍。

"你能理解吗？"他问。

"极能理解，"她答。

他们的目光相遇了。然后他又向别处看着，不想再说什么。

"你是怎么干上雕塑的？"厄秀拉问。

"我是怎么干上雕塑的？"他停了停又说，"因为——"他换了一副腔调，开始说法语。"我长大了，曾经从市场上偷东西。后来我开始干活，泥陶瓶烧制之前在上面刻花。那是一家陶瓷瓶厂，我在那儿开始学造型。有一天我干得腻透了，就躺在阳光下拒绝干活。后来我步行到慕尼黑，又步行到意大利，一路要饭，走了下来。"

"意大利人对我很好，他们对我很尊敬。从波赞到罗马，每天晚上我都可以同几个农民一起吃上一顿饭，有草铺睡。我从心底里爱意大利人。

"而现在，现在，我一年可挣一两千英镑——"

他看着地板，声音愈来愈细，最后沉默了。

戈珍看着他那细腻、光滑、黑红的皮肤，太阳穴处的皮肤绷得很紧。又看看他稀疏的头发和他嘴唇上方那剪得短粗的刷子样的小胡子，短髭下面的嘴巴灵动但形状并不好看。

"你多大了？"她问。

他睁大小精灵似的眼睛惊讶地看着她。

"多大了？"他重复道，迟疑不答。很明显他不愿说。

"你多大了？"他反守为攻。

"我二十六了，"她回答。

"二十六，"他重复道，然后凝视着她问：

"你的丈夫，他多大了？"

"谁？"戈珍问。

"你丈夫，"厄秀拉不无嘲弄地说。

"我还没有丈夫，"戈珍用英语说。然后又用德语说：

"他三十一。"

可洛克那神秘莫测的目光却紧紧地盯着戈珍。他觉得戈珍身上有什么与他很合拍。他真像传说中没有灵魂的小人儿，找到了人作伴侣。可他又为此苦恼。戈珍也迷上了他，似乎他是一头奇怪的动物——一只兔子、蝙蝠或一头棕色的海豹——开始跟她说话。可她也知道他意识不到的东西：他不知道他自己具有强大的理解力，能领悟她的动向。他并不知道他自己的力量。他并不知道他那深邃的目光可以看透她，看出她的秘密。他只希望她是她自己——他很了解她，这种了解靠的是下意识和恶意，没有任何幻想和希望。

戈珍觉得，洛克身上有最底层人的一切品质。任何别人都有幻想，必须有幻想不可，有过去和未来。可他是个彻底的苦行僧，没有过去和未来，没有任何幻想。这样的话，他无论怎样也不会欺骗自己，也绝不会为任何事所烦恼，他什么都不在乎，他丝毫不想与任何东西为伍。他是一个纯粹的与世隔绝之人、苦行僧，过眼烟云般的生活。他心中只有他的工作。

也真奇怪，他早年贫困卑贱的生活令她着迷。那些受过正常中学和大学教育的所谓绅士让她感到趣味索然。不知为什么，她十分同情这个苦孩子。他似乎就是下层社会生活的标本，没比他更惨的了。

厄秀拉也被洛克吸引了。姐妹俩都对他肃然起敬。可有时厄秀拉会觉得他身上有难以言表的下作、虚假和俗气。

伯金和杰拉德都不喜欢洛克。杰拉德对他不屑一顾，伯金对他则很恼火。

"女人们看上那小东西哪一点了？"杰拉德问。

"天知道，"伯金说，"除非是他巴结她们，否则她们不会喜欢上他。"

杰拉德吃惊地抬头看着伯金。

"他巴结她们了吗？"他问。

"是的，"伯金说，"他是个十足的下贱货，像个囚犯一样生活。女人们则像空气流向真空一样对此趋之若鹜。"

"她们会那样，这可真奇怪，"杰拉德说。

"也让人恼火，"伯金说，"不过，他既让她们怜悯又让她们反感，他是黑暗世界里下流的小妖。"

杰拉德默立着沉思。

"女人们到底都需要什么？"他问。

伯金耸耸肩不作答。

"天知道，"他说，"我觉得，她们需要的是满足她们基本的厌恶感。她们似乎在可怕的黑暗隧道中爬行，不爬到头是不会满足的。"

杰拉德朝外面飘过的雪雾看去。四下里一片昏暗，可怕的昏暗。

"那尽头是什么样的？"他问。

伯金摇摇头。

"我还没爬到那儿，所以我不知道。去问洛克吧，他快到那儿了。他比你我都走得更远，远得多。"

"是的，可是在哪些方面呢？"杰拉德恼火地大叫。

伯金叹口气，生气地皱起眉头。

"在仇恨社会方面，"他说，"他活得像腐烂之河中的一只老鼠，掉入了无底的深渊。他比我们掉得更深。他更仇恨理想，恨之入骨，可他无法解脱自己。我猜他是个犹太人，或者说他有犹太血统。"

"可能是的，"杰拉德说。

"他是个小蛀虫，在啃生活的根子。"

"可为什么别人还关心他？"杰拉德叫着。

"因为他们心中也仇恨理想。他们要到阴沟中去看个明白，而他就是游在人们前面的小耗子。"

杰拉德仍旧伫立着凝视外面迷蒙的雪雾。

"我不明白你用的这些词句，真的，"他声音平淡地说，"可听起来像表达着某种奇怪的欲望。"

"我想我们需要的是同样的东西，"伯金说，"只是我们要在一阵狂喜中跳下去，而他则顺潮流而下。"

与此同时，戈珍和厄秀拉正伺机再跟洛克交谈。男人们在场时是无法开口的，在这种情况下她们无法跟这位孤独的矮个子雕塑家接触。他要单独与她们相处才行。他还希望厄秀拉在场，做他同戈珍之间的传话人。

"你除了建筑雕塑以外不搞别的吗？"一天晚上戈珍问他。

"现在不搞，"他说，"我什么都搞过，就是没搞过肖像，从没搞过。别的嘛——"

"都有什么，"戈珍问。

他顿了顿，然后站起身走出屋去。他马上又回来了，带来一小卷纸，交给了戈珍，她打开，那是一幅凹版印刷的小塑像复制品，署名是 F. 洛克。

"那是我老早的作品了，不算呆板。"他说，"还挺流行呢。"

塑像是个裸女，娇小的身姿，她骑在一头高头大马上。姑娘年轻温柔，简直是朵蓓蕾。她侧身坐着，双手捧着脸，似乎有点伤心、羞涩，有点放纵。她的亚麻色短发松散地披下来，遮住了双手的一半。

她的四肢很柔嫩。她的腿还未发育完全，那是少女的腿，正在向残酷的妇女阶段过渡，在强壮的马肚子旁天真地摆动着，楚楚动人。两只小脚交叉着想遮掩什么，可什么也遮不住。她就这样赤裸着身子坐在光滑的马背上。

那匹马仁立着，绷紧身体，随时会狂奔起来。这是一匹粗壮的骏马，浑身肌肉绷得很紧。它的脖颈可怕地弓着就像一把镰刀，双腹收紧，憋足了劲儿。

戈珍脸色苍白，眼前一黑，似乎有点不好意思。她哀求地抬头看看，那表情像个奴隶。他瞟了她一眼，微微抬起头来。

"原来是多大个儿？"她冷漠地问，力图装出漠不关心，不受打动的样子。

"多大？"他又瞟了她一眼。"不算垫座，很高，这么高。"他用手比划着。"算上垫座，这么高——"

他凝视着她。他那飞快的手势显示出对她的不屑一顾，那表情既粗鲁又夸张，令她似乎有点畏葸。

"用什么做的？"她昂起头，故作冷漠地看着他。

他仍旧盯着她，丝毫不让步。

"铜——青铜。"

"青铜！"戈珍重复道，冷冷地接受了他的挑战。她此时想的是青铜制成的少女那纤细、不成熟、柔和、光滑但冰冷的四肢。

"是啊，很美。"她喃言着，敬重地抬头看看他。

他闭上眼睛，得意地向一旁转过他的头。

"你为什么，"厄秀拉问，"把马做得这么僵硬？它硬得像一块大石头。"

"僵硬吗？"他双臂交叉起来问。

"是的。你看它有多么呆板、愚笨、粗野。马是敏感，很纤敏的，真的。"

他耸耸肩，慢慢摊开手，表示不感兴趣，似乎是告诉她，她是个外行，说话不在行。

"知道吗？"他装出有耐心的样子降尊纡贵地说，"那匹马是一种形式，是整个形式的一部分。它是艺术品的一部分，是一种形式。它不是一匹友好的马，不是你可以喂它糖块的马。你看得出吗？它是一件艺术品的一部分，它跟艺术品以外的东西没有任何关系。"

厄秀拉受到这样傲慢无礼的侮辱，很是生气。他是站在神秘艺术的高度俯视普通业余的人。她抬起通红的脸，气冲冲地回答：

"可不管怎么说，画的也还是一匹马。"

他又耸耸肩，说：

"随你怎么想，反正那画的不是一头牛。"

戈珍插嘴了，她满面通红，急于要避免这种局面，避免让厄秀拉继续坚持出丑露怯。

"你说的'画的是一匹马'是指什么？"她冲姐姐叫道，"你说的马是指什么？你指的是你头脑中早已形成的概念，你想看到的这概念的图解。还有另

外一个概念，完全不同的概念。你可以叫它马也可以不称它为马。我完全有理
由说你的马不是马，那是你自己制造的假象。"

厄秀拉不知所措地迟疑了一会儿，然后说：

"可他为什么对马要有这样的概念呢？我知道这是他的概念。我知道这是
他的自画像，真的——"

洛克气坏了。

"我的自画像！"他嘲弄地重复道，"你知道，夫人，那是艺术品，它是
艺术品，不是什么东西的图画，什么图画都不是。它与什么都无关，只与它自
己有关。它与日常生活中的这个那个都没关系，没关系，它们是截然不同的存
在层面。要想把一种变成另一种那可是蠢之又蠢的事，那是混淆是非，颠倒黑
白。你明白吗，你不应该把相对行为的世界与绝对的艺术世界混淆起来。你
千万不能这样做。"

"说得很对，"戈珍发狂地叫道，"这是毫不相干的两类事，不能将它们混
淆起来。我和我的艺术，两者之间毫无关系。我的艺术属于另一个世界，而我
却属于这个世界。"

她面颊通红，脸都变形了。洛克刚才还像一只走投无路的野兽那样低头
坐着，听到她的话，抬起头偷偷地扫了她一眼，喃言道：

"对，就是这样，是这样的。"

这一阵大喊大叫过后，厄秀拉就沉默了。她很气愤，真想把他们两人身
上都扎个大窟窿出来。

"你长篇大论了一番，其实满不是那么回事，"她淡淡地说，"那马就是你
自己那类人，平庸、愚蠢而野蛮。那女孩儿就是你爱过、折磨过然后又抛弃
的人。"

他微笑着看看她，目光中透出一丝蔑视。他不屑于回应这最后的指责。
戈珍沉默着，她也气得够呛，很看不起厄秀拉。厄秀拉是个令人无法忍受的门

外汉，竟闯入了这个连天使都怕涉足的领地①。可其结果是傻瓜倒霉。

可厄秀拉也是个不撞南墙不死心的人。

"至于你的艺术世界和现实世界，"她说，"你要把它们分开来，是因为你不敢明白你是个什么人。你不承认你是个多么平庸、僵死、狭隘的人，所以你就声称'这是艺术世界'。可是艺术世界只是真实世界的真相，就是这样。可你走得太远了，认识不到这一点。"

她脸色苍白，浑身颤抖，很紧张。戈珍和洛克很讨厌她。他们刚开始交谈时就过来的杰拉德也不赞成她。杰拉德觉得她很不自重，把深奥的东西庸俗化了。于是他同那两个人联合起来反对厄秀拉。他们三个人都希望她离开这里。可她却沉默地坐着，心在哭泣，剧烈地跳动，手指在拧手绢。

那三个人都沉默着，等着厄秀拉慢慢熄火。然后戈珍似乎很平淡地问：

"这女孩儿是模特儿吗？"

"不，她不是模特儿。她是美术学院的学生。"

"还是个学艺术的学生呢！"戈珍叫道。

原来是这么回事！她觉得那学艺术的女孩子还未发育完全，不考虑有害的后果，她太小了。她那直直的亚麻色短发刚过耳朵，稍稍向里鬈曲着，因为头发太浓密了。那女孩儿可能受过良好教育，家境不错，遇上洛克这位有名的雕塑大师，自以为做了他的情妇很了不起。啊，她太了解这些冷酷的常识了。德累斯顿、巴黎，或伦敦，在哪儿都那样。她懂得这一套。

"她现在在哪儿？"厄秀拉问。

洛克耸耸肩表示一无所知、不屑一顾。

"那都是六年前的事了，"他说，"她现在该有二十三岁了，就那样了。"

杰拉德拿起照片看着，这照片也吸引了他。他发现垫座上写着标题：戈蒂瓦夫人。

---

① 见亚历山大·蒲伯《论批评》："蠢人才敢闯入天使不敢涉足的地方。"

"可这个人不是戈蒂瓦夫人，"他说着很快活地笑笑。"她是个中年妇人，是个伯爵或别的什么人的妻子，留着长发。"

"像莫德·阿伦①，"戈珍调侃道。

"为什么是莫德·阿伦呢？"他问，"是吗？我总以为那是传说。"

"对，杰拉德，亲爱的，我敢说你对这传说记得很准确。"

她嘲笑他，又有点在哄他。

"说真的，我更愿意看到这个女人，而不是她的头发。"他笑着回击。

"真的吗！"戈珍嘲弄道。

厄秀拉站起身离开了这三个人，走了。

戈珍从杰拉德手中接过照片细看起来。

"当然了，"她开始打趣洛克，"你是很了解这位艺术学院的小人儿了。"

他扬扬眉毛，得意地耸耸肩。

"这小姑娘吗？"杰拉德指指照片上的人。戈珍把图片放在腿上。她直直地凝视着杰拉德，看得他睁不开眼。

"他不是很了解她吗？！"她冲杰拉德调侃地说，声音很欢快。"你只需看看她的脚就行了——多可爱，多柔嫩，多美的脚，啊，它们可真是奇妙，真的——"

她缓缓地抬起眼皮，热辣辣的目光盯着洛克的眼。他的心让她看得发热，他似乎更盛气凌人、更了不起了。

杰拉德看着那双雕出来的小脚。两只脚一起翘着半交叉在一起，羞涩、恐惧地相互遮掩着。他看了好一阵子，迷上了这双小脚。随后，他痛苦地把照片放到一边。他感到一阵无奈。

"她叫什么？"戈珍问洛克。

"安妮特·冯·威克，"洛克回忆说，"是的，她很美。她美，可令人讨厌。

---

① 阿伦（1883—1962），加拿大女舞蹈教师，以跳赤足舞著名。

她是个大麻烦，一分钟也不会安定下来，除非我狠狠抽她一顿耳光，打得她哭出来她才会老老实实坐上五分钟。"

他在想他的作品。他的作品，这对他来说比什么都重要。

"你真的打她耳光了？"戈珍漠然地问。他凝视着她，看出来她是在挑战。

"是的，打了，"他不经意地说，"比我这辈子打什么都重。我不得不这样，非这样不可。不这样我就无法完成我的作品。"

戈珍黑色的大眼睛盯着他看了片刻。她似乎是在审度他的灵魂。然后她又垂下眼皮，不作声了。

"你干吗要弄这么个小小的戈蒂瓦？"杰拉德问，"她太娇小了，何况骑在马上，显得她太小，多小的一个小孩儿呀。"

洛克脸上一阵莫名其妙的抽搐。

"没错儿"他说，"我不喜欢大个子和比她更年长的模特儿。十六、十七、十八岁最漂亮，再大了就没用了。"

人们都不说话了。

"为什么呢？"杰拉德问。

洛克耸耸肩。

"我发现她们没味儿，不好看，对我的作品来说没什么用处。"

"你是说女人过了二十就不漂亮了？"杰拉德问。

"对我来说是这样的。二十岁前，她娇小、鲜活、温柔、轻盈。二十以后，不管她长成什么样，对我可就没用了。米洛的维纳斯是个中产阶级女子，二十岁以上的女子全都如此。"

"那么你对二十以上的女人就不关心了？"杰拉德问。

"她们对我来说没什么好，对我的艺术来说没什么用了。"洛克很不耐烦地重复道，"我不认为她们漂亮。"

"你是个享乐主义者，"杰拉德略微调侃地笑道。

"那男人呢，你怎么看？"戈珍突然问。

"哦，他们在任何年纪上都行。"洛克说，"一个男人应该是大块头，力气过人，年纪大小倒无所谓，只要他身材高大，块头笨重就行。"

厄秀拉来到外面纯净的新雪世界中。可是那炫目的白光似乎令她躲避不及，击伤了她，她感到寒冷正撕扯着她的心。她头晕目眩，头脑麻木。

突然她想起来要离开这儿到另一个世界中去，这想法奇迹般的出现了。她感到她被这永恒的白雪世界宣判了死刑，似乎没了出路。

突然，她奇迹般的记起，在脚下的远方，有结满果实的黑土地。向南展去，是一片长满橘树、松柏、青青的橄榄林的土地。蓝瓦瓦的天际下冬青树那羽毛般的枝叶投下阴影。这真是奇迹中的奇迹！这万籁俱寂、冰天雪地的山峰并不是整个世界！人可以离开它，跟它断绝关系，可以一走了之。

她要立刻实现这个奇迹。她要马上与这雪的世界，这可怕、静止的冰山诀别。她要看那黑土地，去呼吸那沃土的芬芳，去看看那耐寒的冬季植物，去感受阳光抚摸蓓蕾时花蕾的反应。

她充满希望地回到屋子里。伯金正躺在床上看书。

"卢伯特，"她冲他叫着，"我想走。"

他缓缓地抬头看她。

"是吗？"他温和地说。

她坐在他身边，双手搂住他的脖子。她感到吃惊的是他听了她的话后竟不怎么吃惊。

"你不想走吗？"她苦恼地问。

"我还没想过，"他说，"不过我肯定会这么想。"

她突然坐直身子。

"我恨这儿，"她说，"我恨这雪的世界，恨它这么做作，恨它不自然的光芒，这是恶魔的光芒，它让每个人感到别扭。"

他仍躺着，若有所思地笑笑。

"好吧，"他说，"咱们可以走，明天就走。咱们到维洛那去找罗密欧和朱丽叶，到圆形剧场去，好吗？"

她猛地一头扎在他肩头上，既困惑又不好意思。他则仍然自由自在地躺着。

"好吧，"她柔声地释然道。她感到她的心长出了新的翅膀，可他却不在意。"我的爱！我真想成为罗密欧和朱丽叶！"

"不过维洛那刮着可怕的寒风，"他说，"是从阿尔卑斯山上下来的。我们还会闻到雪味儿。"

她坐起身看着他。

"你高兴走吗？"她发愁地看着他问。他的目光中透出神秘的笑意。她把脸埋进他的衣领中，偎依着他，恳求道：

"别笑话我嘛，别笑我。"

"怎么了？"他说着搂住她。

"我不愿意让人笑话，"她喃言道。

他笑得更厉害了，边笑边吻她那喷了香水的秀发。

"你爱我吗？"她低声极严肃地问。

"爱，"他笑答道。

她猛然扬起脸要他吻她的双唇。她的双唇紧绷着，在颤抖，而他的唇则柔和得很。他吻了好一会儿，随后心中感到一阵忧伤。

"你的双唇太硬了，"他恍惚地抱怨着。

"你的很柔，很美，"她高兴地说。

"可是你干吗总要绷着双唇？"他遗憾地说。

"没什么，"她忙说，"我就这习惯。"

她知道他是爱她的，这一点她可以肯定。可是她无法放松自己，无法忍受他对她的盘问。被他爱着时她无比幸福，听任他怎么都行。可她知道，当她放纵自己时，他感到高兴，可同时他也有点悲哀。她本可以对他放纵自己，可她不能全由着自己，因为她不敢与他赤裸相见，毫无保留、完全赤诚相待。她对他放纵自己，又要把握住他，从他那里获得乐趣。她完完全全地享用着他。可他们从未亲密无间过，总有一个人稍微受到忽略。不管怎么说，她总抱着希望，乐观而洒脱，很有生气。他则静静的，温顺而有耐心。

他们准备第二天就离开此地。他们先来到戈珍的房间，戈珍和杰拉德刚打扮好准备去参加室内派对。

"普伦，"厄秀拉说，"我们明天要走了。我无法忍受这儿的雪了，它刺伤了我的皮肤和我的心。"

"这里的雪真的刺伤了你的心吗，厄秀拉？"戈珍有点吃惊地问，"我不相信这雪刺伤了你的皮肤，这也太可怕了。我倒觉得这雪赏心悦目呢。"

"不，对我来说不是这样的。它偏偏伤了我的心。"厄秀拉说。

"真的吗？"戈珍大叫。

屋里人们都沉默了。厄秀拉和伯金感觉得出来，戈珍和杰拉德很高兴他们离开这儿。

"去南方吗？"杰拉德有点不安地问。

"对，"伯金说着转过身去。

最近这两个男人之间产生了一种说不上来的敌意。自从出国以来，伯金就显得阴郁、漠然、随遇而安，对什么都不管不问。而杰拉德则相反，他显得紧张，极度痛苦。

杰拉德和戈珍对两个要走的人很友好，很关心，好像他们是要出门的孩子。戈珍来到厄秀拉的卧室，把她那三双招摇的彩色长袜扔到床上。这些是在巴黎买的厚丝袜，有朱红的、矢车菊蓝和灰的。灰色的袜子是针织的，厚厚实实的没有缝。厄秀拉高兴极了。她觉得戈珍把这么好的宝贝送给人肯定是出自爱心。

"我不能要你的，普伦，"她叫道，"我可不能夺走你的这些宝贝。"

"可不是宝贝吗！"戈珍爱怜地看看她的礼物说，"多可爱的小东西呀！"

"对，你得留着，"厄秀拉说。

"我不需要了。我还有三双。我要你收下，要你收下。这是你的了，拿着——"

戈珍的手颤抖着把那令人垂涎的袜子塞到厄秀拉的枕头下。

"真正漂亮的长袜子能给人带来极大的欢乐，"厄秀拉说。

"是的，"戈珍说，"极大的欢乐。"

说着她坐在椅子上，很明显她是来道别的。厄秀拉不知道她要干什么，默默地等待着。

"你是否感到，厄秀拉，"戈珍很怀疑地开始说，"你将一去不复返，永不再回来？"

"哦，我们会回来的，"厄秀拉说，"这不是坐火车旅行的问题。"

"是的，我知道。可从精神上说，你们是要离开我们了，对吗？"

厄秀拉颤抖了一下。

"我一点也不知道将来会发生什么事。"她说，"我只知道我们将去某个地方。"

戈珍等她继续说下去。

"你快活吗？"她问。

厄秀拉想了想说："我相信我是相当快活的。"

尽管她话音里吞吞吐吐的，但戈珍从姐姐脸上看出一种说不出的幸福。

"可是，你不想与旧的世界仍保持联系吗？——父亲和我们大伙儿，还有一切别的，如英国和思想界。你不认为你需要这些，才能去创造一个世界？"

厄秀拉沉默了，在想着什么。

"我觉得，"她终于脱口而出道，"卢伯特是对的——一个人需要一个新的生存空间，就要与旧的脱离关系。"

戈珍毫无表情地凝视着姐姐。

"一个人需要一个新的生存空间，这我同意，"她说，"可我认为一个新世界是从这个世界发展出来的，而与另一个人独处异地并不能发现新世界，那只是在幻觉中画地为牢罢了。"

厄秀拉向窗外看去。她的灵魂在斗争，她感到害怕。她总是怕人们的话，因为她知道纯粹的语言力量总会让她相信她曾经不相信的东西。

"也许是吧，"她十分怀疑地说。她对己对人都十分不相信。"可是，"她补充说，"我确实认为当一个人仍关注旧世界时他是无法接受新东西的——知道我的意思吗？与旧的做斗争其实是还属于旧世界。我知道，人们迷上了这个世界是为了同它斗争。可它不值得我们去斗。"

戈珍思忖着。

"对，"她说，"从某种意义上说，一个人只要活在世上就属于这个世界。如果你想离它而去，这不是一个幻想吗？不管怎么说，一座农舍，无论是在阿部鲁吉①还是别的什么地方都算不得一个新世界，不算。对付这世界的唯一办法是看穿它。"

厄秀拉向一旁看去。她太害怕争论了。

"可是，还可以有别的办法，不是吗？"她说，"人可以在心灵里看透了它，但很久之后人的心灵才能看透自己的心灵。可是，当一个人看到自己的心灵时，他就不是他自己了。"

"人在心灵里能看透世界吗？"戈珍问，"如果你的意思是说你可以看透将要发生的事，我不能同意你的话。我实在不能苟同。无论如何，你不能因为你认为你看透了这一切就能一下子飞到一个新的星球上去。"

厄秀拉突然直起身道：

"是的，人是明白这一点。他与这里不再有什么关系时，他就有另一个自我，它属于一个新的星球，而不是现在这个世界。我们非得跳离这个世界不可。"

戈珍思忖了一会儿，随后脸上露出嘲讽甚至蔑视的微笑。

---

① 意大利中部地区。

"你到了宇宙后会怎么样呢？"她讥讽道，"无论如何，有关世界的伟大真理在那里会依然故我。你尽管比谁都高明，可你无法不顾事实，比如说，爱是最崇高的，无论是在宇宙还是在地球上。"

"不，"厄秀拉说，"不是这么回事。爱太人性化、太渺小。我相信某种非人的东西，爱只是它的一小部分。我相信我们要实现的东西来自我们未知的世界，它比爱要深远得多。它不只属于人。"

戈珍审视地看着厄秀拉。她对姐姐真是又敬慕又鄙夷！突然她转过头来冷漠、恶狠狠地说：

"算了，我至今还没有超越过爱。"

厄秀拉头脑中闪过一个想法："那是因为你从未爱过，所以你无法超越。"

戈珍站起身来到厄秀拉身边，双手勾住她的脖子。

"去吧，去寻找你的新世界吧，亲爱的，"她的声音有点做作，"说到底，最幸福的航行是寻找卢伯特的极乐岛。"

她的双臂搂住厄秀拉的脖子，手指抚摸着她的面颊，足足有好一会儿。可厄秀拉感到很难受。戈珍这种保护人的姿态对她来说是一种辱没，太伤人了。戈珍感觉到姐姐的抵触，很尴尬地抽回手，翻起枕头，翻出那几双袜子来。

"哈——哈！"她无聊地笑笑，说："瞧我们都说些什么呀——新世界和旧世界，真是的！"

于是她们又聊起日常的话题来。

杰拉德和伯金先走一步，去等送客人的雪橇。

"你们还要在这儿待多久？"伯金抬头看着杰拉德那张通红但漠然的脸问。

"哦，我说不上，"杰拉德说，"等待腻了就走。"

"你不怕雪化了吗？那你就走不了了，"伯金说。

杰拉德笑道：

"会化吗？"

"你觉得一切都还好吗？"伯金问。

杰拉德翻翻白眼儿说：

"都好？我压根儿弄不懂这些常用语的意思。都好与都坏有时是不是同义词？"

"我想是的。什么时候回去？"伯金问。

"我也说不准。也许永不再回去。我既不向前看也不向后看。"杰拉德说。

"也不追求无望的东西，"伯金说。

杰拉德鹰一样的小眼睛茫然地望着远方说：

"是的。这些该结束了。戈珍似乎就是我的末日。我不知道。可她似乎那么温柔，她的皮肤像绸缎一样光滑，她的手臂丰腴而柔软。可这些令我的意识萎缩，烧毁了我的心灵。"他说着向前走了几步，凝视着远方，他的脸就像野蛮人在骇人听闻的宗教仪式中戴上的面具。"它打瞎了我心灵上的眼睛，"他说，"让人变成睁眼瞎。可是你却希望失明，你愿意让它打瞎你的眼睛，你不需要别的。"

他似乎发疯般的胡说八道起来。突然，他又发疯似的振作精神，用报复、威慑、色厉内荏的目光盯着伯金，说：

"你知道当你和一个女人在一起时你受的是什么样的罪吗？她太美了，太完美无瑕了，你发现她太无与伦比了，于是这想法像撕绸布一样撕裂你自己，每撕一下都让你疼得不行。哈！那种完美！你毁了你自己！然后——"他站在雪地上，突然松开握紧的拳头，说，"这没什么——你的头脑或许像破布一样烧焦了，还有——"他扫视一下天空，做了一个奇怪的戏剧动作——"那是毁灭，你明白我的意思吗？那是一种伟大的经验，某种最终的体验。然后你像遭到电击一样萎缩了。"

他默默地走着。他像是在吹牛，但很像一个在极端状态下吹牛般说实话的人。

"当然，"他又说，"我不是不愿意有这经验！这是一种完整的经验。她是一位漂亮女子，可是我不知为什么要恨她！这可真奇怪。"

伯金看着他那陌生、几乎毫无表情的脸。杰拉德似乎不知道自己说了些什么。

"你现在有足够的经验了吗？"伯金问，"你是过来人，为什么还要重走老路？"

"呃，"杰拉德说，"我不知道。这还没完呢——"

两个人继续朝前走。

"我一直爱着你，像戈珍一样，别忘了这一点。"伯金痛苦地说。杰拉德奇怪、茫然地看着他。

"是吗？"他冷漠、满腹狐疑地问。"你自以为爱，是吗？"他信口说。

雪橇来了。戈珍下来，大家相互道别。他们要分手了。伯金坐上去，雪橇启动了，戈珍和杰拉德站在雪地上挥手告别。看到他们站在雪中孤零零的身影愈来愈小，伯金的心凉了。

第三十一章　雪　葬

　　厄秀拉和伯金一走，戈珍就觉得自己可以自由自在地跟杰拉德斗争了。他们愈来愈看透了对方，于是杰拉德开始得寸进尺起来。起初她还能对付他，心里还感到畅快。可很快他就开始不理会她那套女人的手段，不再对她的心血来潮和她的隐私报以尊重，开始对她霸道起来，不听她的了。

　　他们之间强烈的冲突早就产生了，这场斗争令他们俩都害怕起来。他孤身作战，而她则开始向周围寻求援助了。

　　厄秀拉一走，戈珍就感到自己的生命僵死了，降到了最低点。她蜷缩在自己的房间里，看着窗外硕大、亮闪闪的星星。窗外是大山投下的淡淡阴影。那儿是世界的支点，她感到很奇怪，似乎她不可避免地被钉在了这一切生命的支点上，没有进一步的真实了。

　　就在这时杰拉德推开了门。她知道他不会出去多久的。他让她几乎没有独处的时间，总像寒霜一样追随着她，真要命。

　　"你怎么一个人黑着灯待着？"他问。听他的口气他不喜欢她这样，不喜欢她制造的这种孤独气氛。既然她感到安宁，感到一切都是不可避免的，她也就对他很和蔼起来。

　　"点亮蜡烛好吗？"她问。

　　他没回答，只是走过来在黑暗中站在她身后。

　　"看看那颗可爱的星星。"她说，"你知道它的名字吗？"

　　他蹲在她身边，向矮矮的窗外看去。

　　"不知道，"他说，"很美。"

"不是很美吗？你注意过没有，它放射出的火焰与众不同，真是太美妙了——"

他们沉默着。她无声地把手沉重地放在他的膝盖上，握住了他的手。

"你为厄秀拉遗憾吗？"他问。

"不，一点儿也不，"她说。然后她情绪低落地问：

"你爱我有几分？"

他对她更生硬了，问：

"你以为我爱你有几分呢？"

"我不知道，"她说。

"可你怎么想？"

她不说话了。最终，黑暗中传来她冷漠、生硬的声音：

"很少，真的。"她的声音不仅生硬，而且几乎有点轻浮。一听这声音他的心就凉了。

"那我为什么不爱你呢？"他似乎承认了她的指责，但恨她这样说话。

"我不知道你为什么不爱，我一直对你很好。当初你要跟我好时，你的情况是那么可怕。"

她的心疾速跳动着，几乎要令她窒息。可她仍然很坚强，不留情面。

"我的情况什么时候可怕过？"他问。

"你第一次来找我时。我不得不可怜你，可那绝不是爱。"

这句"那绝不是爱"听来令他发疯。

"你为什么总重复说我们没有爱过？"他气急败坏地说。

"可是你并不认为你爱我，对吗？"她问。

他忍着怒火，一言不发。

"你不认为你能爱我，对吗？"她几乎嘲弄地重复道。

"对，"他说。

"你知道你从没爱过我，不是吗？"

"我不知道你说的'爱'是指什么，"他说。

"你知道的，你知道。你很明白你没爱过我。你以为你爱过吗？"

"没有，"他脱口说。他坦率而固执。

"你永远也不会爱我，"她摊牌道，"对吗？"

她太冷酷了，冷得可怕，让他难以忍受。

"不会，"他说。

"那，"她说，"你为什么要跟我作对呢？"

他沉默了，冷漠、愤怒而绝望。"如果我能杀了她，"他心里反复说，"如果我杀了她，我就自由了。"

对他来说，似乎只有死才能解决这个棘手的问题。

"你干吗要折磨我？"他问。

她双臂搂住他的脖子。

"哦，我才不想折磨你呢，"她充满怜悯地对他说，似乎是在安慰一个孩子。这种言不由衷令他全身的血液发凉，他对此反倒没有一点点感知。她搂住他的脖子，怜悯他，感到自己得胜了。可她对他的怜悯却像石头一样冰冷，最深层的动机还是对他的恨和对他力量的害怕，对这种控制她的力量她时时都要进行反击。

"说你爱我，"她恳求道，"说你将永远爱我，说呀，说呀。"

她口头上在哄骗他，可她的感觉却完全是另一回事，冷漠而有毁灭性。这全是她那骄横的意志在起作用。

"你不能说永远爱我吗？"她又在哄他，"说吧，就算不是真话，说吧，杰拉德，说。"

"我永远爱你，"他痛苦地强迫自己重复这句话。

她飞快地吻了他。

"你居然真的说了，"她嘲弄道。

他站立着，像被人打了一顿。

"尽量多爱我，少需要我，"她半是蔑视半是哄骗地说。

黑暗像浪涛一样卷过他的头脑，一浪接着一浪滚过，他似乎觉得自己的人格全无，分文不值了。

"你是说你并不需要我？"他说。

"你太没完没了，没一点廉耻，没一点优雅。你太粗鲁。你毁了我，废了我，太可怕了。"

"太可怕了？"他重复道。

"对。你是否以为，厄秀拉走了，我可以自己住一间屋了？你可以对他们说咱们需要一间梳妆室。"

"随你的便吧，你也可以走嘛，只要你愿意的话。"他很不情愿地把这句话吐出了口。

"我知道，"她说，"你也可以这么做。你什么时候想离开我就走好了，连招呼都不用打。"

又一股股黑浪漫过他的头脑，令他几乎站不稳。他感到十分疲惫，似乎必须躺在地板上不可。他脱掉衣服上了床，就像一个醉汉那样砰然倒下，黑暗的海水起伏不停，他似乎就躺在令人眩晕的黑暗海上。他就这样毫无知觉地躺在可怕的海浪上漂着。

最终她溜下自己的床来到他身边。他笔挺地躺着，背对着她。他似乎毫无知觉。

她张开双臂抱住他那可怕、毫无知觉的躯体，把脸贴到他坚实的肩上。

"杰拉德，"她喃言道，"杰拉德。"

他一动也不动。她拥着他，用自己的酥胸贴着他的肩膀。她透过他的睡衣吻着他的肩。她在揣度着，他这僵硬、死一般的躯体到底怎么了。她感到惊讶，她的意志无论如何要让他说话。

"杰拉德，我亲爱的！"她喃言着，低头去吻他的耳朵。

她温暖的呼吸有节奏地拂弄着他的耳朵，似乎缓和了他全身的紧张。她可以感到他的躯体渐渐有些放松，没有了刚才那种可怕的僵死状。她的手抓着他四肢上的肌肉一个劲揉搓着。

热血又开始在他的血管中奔腾，他的四肢放松了。

"转过身来冲着我，"她呢喃着，执著而又悲凉、绝望，但她仍以胜利者自居。

他终于屈服了，温暖、灵活的身子转过来，搂住了她。他感到她是那么柔软、软得出奇，她接受了他。于是他的双臂把她箍得更紧了。她似乎被他粉碎了，一点力气也没了，瘫在他的怀中。他的意志像宝石一样坚硬，不可战胜，无法抵抗。

她觉得他的激情实在可怕，紧张，像一股魔力一样要彻底摧毁她。她觉得这激情会杀死她的。她正在被他屠杀。

"天啊，我的天啊，"她在他的拥抱中呼喊着，感到内在的生命被消灭了。他吻她，安抚她，弄得她奄奄一息，感到真的完了、要死了。

"我要死了吗？我是要死了吗？"她一直在问自己。

但黑夜和他都不会回答她的问题。

第二天，她身上那未被摧毁的碎片仍旧与他无关，与他敌对。她没有走，而是留下来度完这个假期，什么也不在乎。可他很少让她一个人独处，老是像个影子一样尾随着她。他像是她的一劫，没完没了地让她"应该这样"或"不该那样"。有时他显得很强大，而她则几乎消失了，像微风在地上游丝般的吹拂；有时恰恰相反。但他们总是这样打着拉锯战，互为生死。

"最终，"她自己对自己说，"我会离他而去的。"

"我可以离开她的，"他在极度痛苦中对自己说。

他要自由。他甚至准备走了，把她扔在这儿。可是他的意志竟第一次在这个问题上出了毛病。

"我去哪儿呢？"他问自己。

"你不能自立吗？"他问着自己，想让自己自傲一些。

"自立！"他重复着。

他似乎觉得戈珍是可以自立的，就像盒子里的一件东西一样自我封闭、自我完善。他平静理智地分析后认清了这一点，承认她有这样的权利独善其身，摒弃欲望。可他也意识到，如果让他自己也做到这样毫无欲望地独善其身，这需要尽最大的努力才行。他知道，他只需要再拼一把力气就可以像一块石头一样独善其身，不受侵害，自我完善，与世隔绝。

意识到这一点，他的头脑里可怕地混乱起来。因为，不管他的意志如何努力要与世无争、自我完善，他的心里却缺少这种欲望，他无法创造这样的欲望。他看得清楚，要想活，就得彻底脱离戈珍，只要她想离去就离开她吧，不求她什么，什么也不求她。

可如果不要求她什么，他就得落个孤家寡人的下场，落得个一场空。一想到这儿，他又没了主意。另外，他也可以让步，向她乞怜。还不如杀了她算了。要不然，他干脆淡然以对，不抱什么目的地去一时放纵自己。可他天生是个正经严肃的人，不够欢快，没什么心眼儿，做不来玩世不恭放纵的事。

他被奇怪地撕裂了。就像一个罪犯被分尸，献给苍天当了祭礼。他就是这样被分尸，献给戈珍。他怎么能把这撕裂的肉体再重合上呢？这伤口是他灵魂上一个奇特、无比敏感的窗口，就像一朵鲜花向世间的一切开放，他借此把自己交给了另一个人，一个未知的世界。这伤口暴露着，把他自己的掩饰都暴露了，让他不完整、受到局限、没有完结。这伤口就像天空下开放的花朵，让他感到残酷的欢乐。他为什么要放弃它？为什么他要像一个不完整的物件藏进包裹中去那样与世隔绝呢？他本来已经像种子一样破土而出，喷薄出生命去拥抱那未知的天空。

不管她怎么折磨他，他都要守住自己那未曾泯灭的欲望中的欢愉。他变得极为固执。不管她说什么、做什么，他都不会离开她而去。一种奇特、死一样的渴望驱使他去追随她。她对他的生命起着决定性的作用，尽管她蔑视他、一而再再而三地冷落他、撅他，可他就是赖住不走。哪怕挨她近一点也好，那样他就会有生气，感到生命的喷薄，感到松快，感到自己的局限性和希望的魔力，也感到自我毁灭和湮灭的神秘。

尽管他巴结她，可她仍要折磨他那颗毫不设防的心。她这同样是自己折磨自己。或许她的意志更为坚强吧。她可怕地感到，他正在撕扯她心灵上的花蕾，毫无尊敬她的意思。他就像一个小男孩儿扯下苍蝇的翅膀，或扯开一朵蓓蕾去观察里面的究竟，撕扯着她的隐私和她的生命，他会毁了她这朵不成熟的蓓蕾，把她扯得粉碎。

很久以后她成了纯粹的精灵时她会在梦中向他开放自己的蓓蕾。可现在她绝不受伤害，让他把自己毁灭。于是她狠狠地向他关闭了自己的心扉。

黄昏时分，他们一起爬上高坡去看日落。他们站在寒冷的微风中看着太阳由鹅黄变成猩红，最后消失了。东方的峰峰岭岭笼罩在玫瑰红中，在绛紫色的天际下像永恒的花朵在熠熠闪光，真是一大奇观。山下的世界，此时已是蓝色的阴影一片，而空中却是跳动着的玫瑰色。

她觉得这幅景色太美了，令她欣喜若狂。她想张开双臂拥抱这闪光、永恒的山峰，然后抱着它们死去。他也觉得这景色太美了。可他的心中没有产生任何共鸣，他只是感到一阵虚妄的苦痛。他希望这峰峦是暗淡的，不要这么美丽，从而她也就无法从这美丽的山峰中获得支柱。为什么她背叛了他，反而去拥抱那夜光？为什么她把他一个人甩在冰冷的寒风中，让死亡般的风吹过他的心，从而她能独自观赏那玫瑰色的雪峰？

"那黄昏的光芒有什么好？"他问，"你为什么要对它顶礼膜拜？它对你来说难道就那么重要？"

她感到受到了侵犯，生气得不予理睬。

"走开，"她叫道，"让我一个人待会儿。这太美了，太美了，"她声调奇妙，狂喜般的吟咏着。"这是我一生中见到的最美的东西。别打扰我。你自己走吧，你跟这没关系。"

他向后退了几步，让她独自一人像一尊塑像般的站在那儿，面对着闪着神秘光芒的东方发痴。那玫瑰色已经褪去，巨大白亮的星星已经闪现在天际。他仍在等。他绝不放弃自己的渴求。

"那是我以前从来没有见过的最美好的东西，"她最终转过身冲着他冷漠而无礼地说。"你竟想毁灭它，这真让我吃惊。你无法欣赏它，可你为什么要阻拦我呢？"事实上他已经毁灭了这景致，她不过是在画饼充饥。

"总有一天，"他抬头看看她轻声道，"我会在你站着看日落时毁了你，因为你是个大骗子。"

他的话里透着点情欲，令她感到寒冷，但仍旧傲慢以对。

"哈！"她说，"我才不怕你的威胁！"

她跟他断绝了关系，独自死守着自己的房间。可他仍然在等待，那种耐心很出奇，他仍然对她充满渴望。

"总有一天，"他确实充满情欲地对自己说，"时机一到，我就干掉她。"想到此，他不禁四肢微微发颤，就像他每次怀着激情和过多的欲望接近她时那样颤抖。

与此同时她同洛克奇怪地好上了，这真是一种可恶的背叛行径。杰拉德知道这事。可他却一反常态地忍着，不愿意跟她闹，于是他干脆装不知道一般。可是眼看着她对那个他恨之入骨的毒虫子样的家伙亲热，他就气得浑身发抖。

只有他去滑雪时才让她独自待一会儿，他爱这项运动，可她不会。一滑上雪，他似乎就冲出了生活，冲向了彼岸。经常是他一走她就同那矮个子德国雕塑家聊上了，他们在艺术上总有谈不完的话题。

他们的观点几乎是一致的。他们讨厌麦斯特洛维克①，对未来主义不满。他喜欢西非的木头雕塑，阿兹台克艺术及墨西哥和中美洲的艺术。他觉得荒诞不经的机械运动，违背常理的东西让他着迷。戈珍和洛克在玩着一种奇特的游

---

① 麦斯特洛维克（1883—1962），加入美籍的南斯拉夫雕塑家。

戏，眉来眼去，充满了联想和暗示，似乎他们对生活有某种奇特的理解，似乎只有他们两个人才钻到了世界的中心了解了别人不敢涉足的秘密。他们之间通过奇妙的暗示达到共鸣，埃及和墨西哥艺术中微妙的情欲点燃了他们心中的火花。他们之间的整个游戏都是一种相互间心领神会的交流，只不过他们力图把这种交流保持在暗示的水平上。从双方语言和动作的细微变化中，他们精神上获得了极大的满足。他们之间通过暗示、表情和手势进行交流。杰拉德尽管看不懂这一套，可他对此无法忍受。他是个粗人，无法理解他们交流的方式。

他们依赖的是原始艺术的暗示，崇拜的是感觉的内在神秘。对他们来说艺术是真实，而生活是虚无。

"当然了，"戈珍说，"生活的确无所谓。只有人的艺术才是中心。一个人在生活中的所作所为是无所谓的事，不值什么。"

"对，太对了，"雕塑家说，"一个人在艺术上的所作所为，那才是他生命的呼吸。一个人在生活中的所作所为是微不足道的，只有俗人们才会为之小题大做。"

奇怪的是，戈珍在这种交流中获得了莫大的欣喜与自由。她觉得自己从此永远站稳了脚跟。相比之下，杰拉德是那种俗人。爱在她的生活中只是倏忽即逝的东西，除了她搞艺术时，她不会感到爱。她想起了克利奥帕特拉①，她一定是一位艺术家，她汲取了男人的精华，获得了最高级的享受，然后把糟粕抛掉。她还想起玛丽·斯图亚特②和了不起的伊丽欧诺拉·塔斯③，她演完戏后就和她的情人们幽会，气喘吁吁之景可想而知。她们是开放的爱情先驱。归根结底，情人是什么，不过是一种燃料，是这种微妙感受的激动和女性艺术——感官理解的完美知识——的燃料，燃起人们的狂热之情。

---

① 埃及女王。

② 苏格兰女王（1542—1587），曾结婚三次。

③ 塔斯（1859—1924），意大利女伶，20世纪90年代在欧美出名，以艳情闻名。

一天晚上，杰拉德同洛克争论意大利和的黎波里①问题。杰拉德正处在奇怪的一触即燃状态中，洛克很激动。表面上这是在斗嘴，其实是两个男人之间的精神战。戈珍看得出，整个过程中杰拉德都对洛克表现出英国式的对外国人的傲慢。尽管杰拉德浑身颤抖，眼睛冒火，满面通红，可在争论中他却显出一副粗鲁的傲慢相，这副样子让戈珍怒火中烧，令洛克忍无可忍。杰拉德的话句句斩钉截铁，不容置疑，德国人不管说句什么都让他看不起，被认为是胡说八道。

最后洛克冲戈珍无可奈何地举手投降，耸耸肩表示休战，那表情很有讽刺意味，像个孩子一样向戈珍求援。

"尊贵的夫人，您看——"他说。

"别总叫我尊贵的夫人，"戈珍叫道，她面红耳赤，眼里冒火。她看上去活像一个美杜萨②。她大喊大叫，令同屋里的人都惊讶不已。

"请别称我克里奇太太。"她大叫。

这种称呼出自洛克之口就特别让她感到难以忍受，像是一种侮辱，让她感到难堪。

两个男人惊讶地看着她。杰拉德的脸都白了。

"那让我怎么称呼呢？"洛克不怀好意地轻声问。

"反正别叫这个，"她嗫嚅着，脸都红了。"至少不能叫这个。"

她从洛克的表情上看出他明白了。她不是克里奇太太，这说明大问题了。

"叫您小姐好吗？"他恶作剧般地问。

她看看他，有点烦。

"我还没结婚呢，"她颇为傲慢地说。

她的心像一只受惊的鸟儿在狂跳。她知道她这下残酷地害了杰拉德，有

---

① 意大利于 1917 年占领北非的的黎波里。

② 希腊神话中的蛇发女怪，被其目光触及者即化为石头。

点不忍心。

杰拉德笔直地坐着，脸色苍白但表情平静，像一尊雕塑。他没注意她，也没注意洛克，谁他都没注意。他只是纹丝不动地坐着。洛克此时蹲在一边，垂着头向上翻着眼皮看他们。

戈珍不知说什么才能缓和一下这里的气氛，为此心里着实难过。她苦笑着看看杰拉德，瞟他一眼，几乎是在讽刺他。

"尊重事实吧，"她说着做个鬼脸。

可现在她又一次受着他的控制，因为她给了他这样的打击，因为她毁了他，她不知道他怎么能承受这个打击。她看着他，发现他很有意思。一时间她对洛克都不感兴趣了。

杰拉德最后站起身，款款地走到教授跟前同他谈论起歌德来。

杰拉德今晚这么好对付引起了她的好奇心。他似乎没生气，也不反感，只是看上去无辜、纯洁得出奇，真帅。他有时一显出这副若即若离的样子她就着迷。

这一晚，她一直懊恼地等待着。她想他会躲着她或有所表示。可他却跟她毫无感情地说了几句话，就像跟屋里任何一个其他人说话一样。他的心里很宁静，很超脱。

她向他的房间走去，心里爱他爱得发疯。他是那么美，让她无法接近。他吻了她，他是她的情人，令她感到十分惬意。可他没有明白过来，仍然显得那么遥远、淡然、毫无感知。她想对他说什么，可他那副纯真、毫无感知的样子让她无法开口。这下她感到痛苦，她又闷闷不乐起来。

到了第二天早晨，他开始用有点厌恶的眼神看她，目光中透出某种恐怖与仇视。她恢复了原先的面目，可他仍然没有勇气跟她斗。

现在洛克正在等她。这位自我与世隔绝的人感到终于有这样一个女人，他可以从她那儿得到点什么。他一直不安地等着跟她说话，想方设法接近她。她的身影令他紧张激动不已，他狡猾地接近她，似乎她身上有什么看不见的吸引力。

他一点都不觉得自己比杰拉德差。杰拉德是个游离人群之外的人。洛克忌恨的是他的富有、傲慢和漂亮的外表。这些东西——财富、社会地位的高贵和俊美的外表都是外在的东西。要想接近戈珍这样的女人，洛克可是有着杰拉德做梦也想不到的招数。

杰拉德怎么能满足戈珍这种素质的人呢？他以为骄傲、掌控意志和强健的体魄能起作用吗？洛克有比这些更灵的办法，他懂得满足女人的秘密武器。最大的力量是要细腻、会随机应变而不是盲目地攻击。他洛克深谙此道，而杰拉德却一窍不通。他洛克可以深入到女人的心中，大大超出杰拉德的想象。在女人这座神秘庙宇中，杰拉德远不是洛克的对手。洛克能够深入到女人黑暗的内心深处，在最隐秘处寻到她的精神并与之进行较量。他是蜷缩在生命中心的蛇。

女人到底需要什么呢？只是求得在人类社会中满足自己的野心吗？甚或说这是一种与爱和善结缘？她需要"善"吗？只有傻瓜才相信戈珍会需要"善"。她这样只是一种表面现象。跨过门槛，你会发现她对社会及其利益抱着全然愤世嫉俗的态度。一进入她灵魂里，你就会闻到刺鼻的腐蚀气，看到一股燃烧着的黑暗激动之火和一种活生生的微妙的批判意识，她认为社会扭曲了，社会是可怕的。

那么，她还需要什么？难道现在只有纯粹盲目的激情才能满足她？不，不是，是极端感受里难言兴奋度的变形。这是难言的兴奋在变形时一种顽强的意志在同她的顽强意志相撞，是她内心的黑暗处最终难以言表的分解与裂变。可在这整个过程中，她表面上却毫无变化，即便是满含感情时。

可是在两个特定的人之间，世界上任何两个人都一样，纯粹感觉体验的范围是有限的。情欲反应的高潮一旦冲向某个方向就终结了，它不会再有进展。只有重复是可能的，或者是双方分手，或者是一方屈服另一方，或者以死而告终。

杰拉德已经穿透了戈珍灵魂的全部外层。对戈珍来说，杰拉德是现存世界的最关键人物，是她那个男人世界的终点。她通过他了解了世界并与世界断绝了关系。一旦彻底认识了他，她就又像亚历山大大帝一样去寻找新的世界①。可是没有新世界，没有男人了，只有生物，只有洛克这样最后的小生物。对她来说这个世界完了，只剩下了个人内心的黑暗，自我中的感知，彻底变形的中猥亵的宗教神秘，这是可怕的变形之神秘的摩擦行为，让生命的有机体分崩离析。

戈珍懂得这一切，凭的是她的下意识而不是她的头脑。她知道她下一步怎么走——她知道离开杰拉德以后走向何方。她怕杰拉德，怕他杀了她。可她不愿意让人杀死。仍有一缕细丝将她跟他连在一起。她用不着以自己的一死来斩断这根线。她还有更远的路可走，有更美的东西要她去慢慢体验，在她完结之前她还有很多不可名状的微妙感觉需要体验。

杰拉德不配体验这等最终的微妙感觉，他无法触及她的敏感点。可是他那粗野的打击无法刺中的地方却让洛克那昆虫一样的理解力像小刀一样一点点钻透了。至少现在是她摆脱一个人投入另一个人的怀抱的时候了——投向那个生物，那个最终的工匠。她知道，在洛克的心灵深处他与一切都无关，对他来说没有天、没有地，也没有地狱。他没有忠诚朋友，也不追随别人。他只是独善其身，离群索居，自成一统。

可杰拉德的心却依然留恋着外界，留恋着别人。他的局限就在于此。他有他的局限性，狭隘，受着必然的限制，最终他需要善，需要正义，需要与自己的最高目标成为一体。这最高目标也许就是对死亡过程完美细腻的体验同时保持自己的意志不受损害。可是他做不到，这就是他的局限性。

自从戈珍否认了她同杰拉德的夫妻关系，洛克感到小有得意。这位艺术家似乎像只盘桓的鸟儿随时准备扑向戈珍。但他并没有鲁莽地扑向戈珍，他从

---

① 据说亚历山大大帝认为世界上没有他要征服的地方了，他为此而痛哭。

来都不会在错误的时机出击。不过，他那黑暗中的本能很自信，神秘地与她产生感应，两人心照不宣。

两天来他跟她聊，继续讨论着艺术和生活，两个人谈得十分投机。他们赞美往昔的东西，对过去的成就表现出动情、孩子气的欣喜，他们特别喜欢十八世纪末叶，那是歌德、雪莱和莫扎特的时代。

他们品味着过去，欣赏着过去的伟人，就像把玩着象棋和提线木偶，从中获得快乐。他们把所有的伟人都排在木偶戏中，由他们掌握剧情。至于未来，他们谁也没提一个字，偶尔戏谑地说梦到人会发明一场可笑的灾难来毁灭世界：某个人会发明一种炸药把世界炸成两半，每一半都朝着相反的方向飞去，弄得地球上的人惊慌不已。或者地球上的人分成了两派，每一派都认为自己是完美正确的，而对方是错的，应该被毁掉，于是世界的又一种末日来临了。洛克则做了这样一个可怕的梦：地球变冷了，冰天雪地，只有北极熊、白狐这样的白色生物能够生存，人则像可怕的白色雪鸟在残酷的冰雪世界中抗争着。

除了编排这样的故事以外，他们从不谈论未来。他们最喜欢嘲弄般的想象世界的毁灭，或者很伤感地把玩过去。他们要伤感而快活地重建起那个世界：魏玛的歌德，穷困而忠于爱情的席勒[①]，或再见到颤抖的让·雅克·卢梭，[②]住在芬尼的伏尔泰或朗读自己诗歌的腓特烈大帝[③]。

他们一聊就是几个小时，谈文学、雕塑和绘画，深情地谈论弗莱克斯

[①] 席勒深爱夏洛特，但未能与之结婚。

[②] 卢梭在《忏悔录》中称，一切都令其警醒、恐惧。

[③] 伏尔泰曾拜访普鲁士腓特烈二世大帝，两人讨论过后者写的诗歌。

曼①、布莱克②、弗赛利③、费尔巴哈④和伯克林⑤。他们觉得这些伟大艺术家的生涯可以用一生的时间来暗自体验。不过他们更喜欢谈论十八和十九世纪的伟人。

他们用几种语言混合着交谈，主要讲法语。可他总是在每句话的最后结结巴巴地讲一点英语，并用德语下结论。而她则灵活地随便用什么短语结束自己的句子。她特别喜欢这样的谈话。尽是奇妙的双关语，闪烁其词，充满暗示和暧昧。用三种不同色彩的语言丝线织成的对话真让她感到一种身体上的快活。

整个交谈过程中，这两个人围绕着一团隐秘的表达之火徘徊不前。他想要这团火，可又迟疑不前。她也想，可她又想扑灭这团火，永远扑灭它，因为她还有点怜悯杰拉德，还跟杰拉德藕断丝连。最要命的是，一想起跟杰拉德的关系，她就感伤起来，可怜自己。就因为过去发生的一切，她感到被永恒、隐秘的线拴在他身上——就因为过去的一切，就因为那个夜晚他第一次来找她，疯狂地闯进她的家，因为——

杰拉德渐渐地厌恶起洛克来，恨透了他。他并没有拿他当一回事，只是看不起他罢了。可是他感觉得出戈珍受了这个小矮子的影响。只有这一点把他气疯了。洛克的身影、洛克的生命竟统治了戈珍。

"那小歹徒怎么会迷住你的呢？"他非常迷惑不解地问。他是个堂堂正正的男子汉，压根儿看不出洛克何以迷人、何以值得人看一眼。杰拉德试图在洛克身上找到一些足以使女人迷恋的英俊或高贵处。可一点也没有，他只让杰拉德感到恶心，像只虫子一样让人恶心。

---

① 弗莱克斯曼（1755—1826），英国雕刻家。

② 布莱克（1757—1827），英国诗人、画家。

③ 弗赛利（1741—1825），瑞士画家。

④ 费尔巴哈（1829—1880），德国画家。

⑤ 伯克林（1827—1901），瑞士画家。

戈珍的脸红了。这种攻击她永远也不会原谅。

"你这是什么意思？"她反问，"天啊，没跟你结婚真是一大幸事！"

她那蔑视的腔调镇住了他，噎得他一下子说不上话来，但他马上又缓过气来。

"告诉我，只要告诉我就行，"他压低嗓音阴险地说："告诉我，他哪一点迷住了你。"

"我并没有让他迷住，"她冷漠地反驳他，表示自己清白。

"不，你是让他给迷住了。你让那条小干巴蛇给迷住了，就像一只小鸟随时准备跳进它的口中。"

她看着他，气得不行。

"我不想听你议论我，"她说。

"你想不想都没关系，"他说，"这并未改变你要跪在那只小虫子跟前吻他的脚这个事实。我不想阻拦你这样做，去吧，跪下去吻他的脚吧。可我想知道是什么迷住了你，是什么？"

她沉默着，气坏了。

"你怎么敢对我吹胡子瞪眼？"她大叫道，"你竟敢这样，你这个小乡绅，还想欺负我。你有什么权利欺负我？"

他脸色煞白。从他的目光中她看得出，她得受这条狼的控制。因为她受着他的控制，她恨他，恨自己怎么没杀了他。在她心里她已经杀了这个站在面前的男人，他已经没了。

"这不是什么权利的问题，"杰拉德说着坐在椅子中。她看着他的动作，他的身体机械地缩着，困在那里。她对他的恨中带有几分蔑视。

"这不是我对你有什么权利的问题，当然我有，请记住，我只想知道的是，是什么东西让你屈从于楼下的那个下流雕塑家，是什么让你像个可怜的虫子一样崇拜他？我想知道你在追求什么。"

她面对着窗户听他说话。然后转过身来。

"是吗？"她极随便、极尖刻地说，"你想知道他的本事吗？因为他理解女人，因为他不愚蠢。就这么回事。"

杰拉德脸上掠过一丝奇怪、歹毒的笑容，像动物的表情。

"是什么样的理解呢？"他说，"那是一只跳蚤的理解，一只长着长鼻子蹦蹦跳跳的跳蚤。你为什么屈从于一只跳蚤呢？"

戈珍头脑中浮现出了布莱克对跳蚤的灵魂的表述①。她想用这种描述来刻画洛克。布莱克也是个小丑。可是她应该回答杰拉德的问题。

"你不认为一只跳蚤的理解比一个傻瓜的理解更有意思吗？"她问。

"一个傻瓜！"他重复道。

"一个傻瓜，一个自以为是的傻瓜，一个笨蛋。"她说完又加了一个德文词。

"你是管我叫傻瓜吗？"他问，"好吧，当傻瓜不是比当楼下那样的跳蚤更好吗？"

她看看他。他那种愚钝相让她讨厌。

"你最后那句话露了真相，"她说。

他坐着，茫然无措。

"我这就走，"他说。

她开始进攻他了。

"请记住，"她说，"我完全不靠你，完全。你做你的安排，我做我的。"

他思量着这句话。

"你的意思是从现在起我们就谁也不认识谁了？"

她犹豫一下，脸红了。他给她设下了圈套，迫使她上当。她转过身冲他说：

"谁也不认识谁，这永远不可能。如果你想自作主张离开我，我希望你明

---

① 布莱克的一幅画名为《跳蚤之魂》。

白你是自由的，压根儿用不着考虑我。"

她的话暗示她还需要他、依赖他，仅这么一点点暗示就足以激起他的激情。他坐在那里，体内产生了变化，血管中不由自主地荡起一股热血。他的心呻吟着，可是他喜欢这样。他明亮的眼睛看着她，他在等她。

她立即就明白了，不由得厌恶地打起冷战。都这种时候了，他凭什么还那么目光热切地期待她？他们刚才说的那些话难道还不够把他们彻底分开、让他们的心冷却吗？可他还在对她满怀着期待呢。

她有点手足无措了，偏着头说：

"只要我有什么变化，我会告诉你的——"

说完她就走了出去。

他茫然地坐在屋里，极端失望，这失望感似乎渐渐地毁灭了他的理解力。可是他的潜意识仍在耐心地等待着。他一动不动，没有思想，没有感知，就这样坐了好半天。然后他站起身到楼下去同一位大学生下棋。他此时神情很爽朗，显出一副天真烂漫相。他这种样子令戈珍很不安，令她害怕，她真恨他这德行。

在这之后，从没问过她个人问题的洛克开始打听她的情况了。

"你根本没结婚，对吗？"

她凝视着他。

"根本没有，"她很有分寸地回答。

洛克笑了，脸上挤出奇特的表情。他的前额上飘着一缕细发。戈珍注意到他的皮肤，手和手腕都是发亮的棕色。他那双手似乎握得很紧。他像一块黄玉闪着透明的棕色光泽。

"很好嘛，"他说。

他得有点勇气才敢往下问。

"伯金太太是你姐姐？"

"对。"

"她结婚了吗？"

"结了。"

"父母还健在吗？"

"在，"戈珍说。

接着她简单地告诉他她现在的处境。他一直凝视着她，目光很好奇。

"原来如此！"他吃惊地说，"那克里奇先生很富有吗？"

"对，很富，他是个煤矿主。"

"你们交朋友多久了？"

"好几个月了。"

一阵沉默。

"真的，我感到吃惊，"他终于说，"英国人，我原来以为很冷漠。你离开这儿以后打算做什么？"

"我打算做什么？"她重复道。

"对。你不能再回去教书了，不能，"他耸耸肩道，"那是不可能的。让那些什么都干不成的下等人去干那种事吧。你，你知道，你是个非凡的女子，了不起的女性。为什么要否认这一点？为什么要有疑问？你是个非凡的女人，为什么要走别人的老路，过普通人的生活？"

戈珍看着自己的手，绯红了脸。她很高兴他那么坦率地说她是个非凡的女性。他说这话不是要讨好她，要知道他是个有主见，讲话很客观的人。他这样说，就跟他在说一尊雕塑是非凡的一样，因为他认为怎样就是怎样。

听他这样说她很感动。别人总喜欢事事都一样，成为一种模式。在英国，十足的平凡就是美德。听人说她非凡，她感到很宽慰。从此她再也不用为那些世俗的标准发愁了。

"你知道，"他说，"我可是一文不名。"

"哦，钱！"他耸起肩道，"人长大了以后，钱是为你效劳的。只是年轻时难以有钱。别为钱犯愁，弄钱很容易。"

"是吗？"她笑道。

"总是这样。只要你要，杰拉德家会给你一笔钱的——"

她的脸红透了。

"我会向任何一个人要，"她很艰难地说，"但就是不向他要。"

洛克凝视着她。

"好，"他说，"就算向别人要吧。只是不要回那个英国去，别再回那所学校。别去，别那么傻。"

又一阵沉默。他不敢要她这就跟他走，他甚至不敢肯定自己是不是想要她。再说她也怕他提这样的要求。他珍惜自己的孤独，很怕别人分享他的生活，甚至一天也不行。

"我唯一了解的别处就是巴黎，"她说，"可我无法忍受巴黎。"

她睁大眼睛死死地盯住洛克。洛克垂下头把脸扭向一旁。

"巴黎，不行！"他说，"陷入爱的信仰、最新式的主义和新的崇拜基督热中，还不如整天骑旋转木马的好。不过，你可以去德累斯顿。我在那儿有一间画室，我可以给你一份工作，哦，很容易。尽管我还没看过你的作品，可我相信你行。到德累斯顿来吧，那可是个好地方，你想过的城市生活可以在那儿找到。你在那儿可以得到一切，不会有巴黎的愚昧和慕尼黑的啤酒。"

他坐着，冷静地看着她。她就喜欢他跟她说话时那种坦率劲儿，就像在自言自语。他是她的艺术伙伴，但首先是她的同行。

"不行，巴黎，"他又说，"巴黎让我恶心。呸，爱情，我讨厌它。爱情，爱情，爱情，用哪种语言讲出这个词来都招人厌恶。女人和爱，再没有比这个更让人腻味的了。"他大叫着。

她有点感到被冒犯了。可这话基本上也道出了她的感觉，那就是：男人和爱，再没有比这个更令人厌烦的了。

"我也是这么想，"她说。

"讨厌，"他重复道，"我戴这顶帽子或那顶帽子有什么关系。爱也是这样。

我不需要戴什么帽子，除非是为了有用。如果爱情没用，我就不去爱。对你说吧，太太，"他向她凑过来，迅速打了一个手势，似乎要把什么打到一边去，"小姐，别介意，我告诉你吧，为了得到一个聪明的小伙伴，我会付出一切，包括全部的爱。"他目光炯炯、阴沉沉地看着她。"你明白吗？"他微微一笑，"不管她年龄多大，一百岁，一千岁，对我来说都一样，只要她能理解就行。"说着他猛地闭上眼睛。

戈珍又一次感到被冒犯了。他难道不认为她长得漂亮吗？她突然笑道：

"我得再等八十年才符合你的条件，"她说，"我十分丑，对吗？"

他突然以一个艺术家的眼光挑剔地审视着她。

"你很美，"他说，"我很为此高兴。可不是因为这个，不是，"他叫着强调，这让她有点得意起来。"你美，是因为你有智慧，你悟性好。而我，是个提不起来的人。那好！那就别要求我变得强壮、健美。可是，我，"他很奇怪地把手放在嘴上，"我在找情妇，我是找你做情妇，在智慧上来跟我匹配。你明白吗？"

"是的，"她说，"我明白。"

"至于爱情，"他打个手势似乎要扔掉什么讨厌的东西，"是无关紧要的，无关紧要。今晚我喝白葡萄酒或不喝酒有什么关系？没关系，没关系嘛。所以，爱情与偷情，今天与明天甚至永远，这都是一回事，都没关系，不过和白葡萄酒一样。"

说完这话他绝望地垂下头去。戈珍凝视着他，脸色变得苍白。

突然，她伸出手拉住他的手。

"说得对，"她尖着嗓子激动地说，"我也是这么想的。理解最重要。"

他抬头胆怯地看着她，然后阴郁地点点头。她松开了他的手：原来他竟没有一丝反应。他们沉默地坐着。

"你知道吗，"他黑色的目光盯着她像在预言什么似的说："你和我的命运，会交织在一起，直到——"他做个鬼脸打住了。

"直到什么时候？"她的脸和嘴唇都变得苍白起来。她对这类邪恶的预言总是很敏感，可他只是一个劲儿摇头。

"我不知道，"他说，"我不知道。"

杰拉德去滑雪，直到黄昏才回来，没能同她一起在下午四点用咖啡和点心。雪质很好，他一直踏着滑雪板滑了好长时间。他独自一人顺山脊滑着，他爬得很高，直到能看到五英里外的山口，看到山口的顶上半陷在雪中的玛丽安乎特旅馆，还可以看到远处的深谷和黑暗的松林。那条路通向家乡，可一想起家他就感到恶心。你尽可以滑下去，滑到山口下古老的皇家大道①上去。可为什么要到什么路上去呢？一想到重返人世间他就恶心。他应该在雪山上待上一辈子。他一个人曾经很幸福，独自在山上，飞快地滑雪，踏着滑雪板飞越很长的距离，滑过覆盖着晶莹白雪的黑色岩石。

可是他感到心头愈来愈凉。他已经开始不那么耐心、不那么单纯，这种奇特的情绪已经在他心里持续了好几天了，但他抵抗不住自己可怕的激情，又要遭受折磨了。

于是他很不情愿地下来，来到空谷间的房子前，此时他身上沾着雪，样子很怪。他看到屋里亮着橘黄色的灯光，他踟蹰了，他很不愿意进去碰上那帮人，听他们吵吵闹闹、看他们那杂乱的身影。他感到孤独，心头一片空虚，忽而又感到彻骨的冰冷。

一看到戈珍，他的心不禁发颤。戈珍在德国人面前显得极为高雅，很大度地冲他们微笑着。他心中顿时涌上一个念头：杀死她。他认为杀死她该多么令他感到情欲的满足啊。整个晚上他都心不在焉，头脑里恍恍惚惚想着雪和他的激情。他一直在想要掐死她，把她体内的每一点生命火花都挤出来，直至她一动不动地躺倒，浑身柔软，永远像一堆软团躺在他的手掌中，那将会满足他极大的情欲。那样的话他就从此永远占有了她，那将是情欲的完美和终结。

---

① 这是古代从慕尼黑经因斯布鲁克穿过布伦纳山口通往维洛纳的大道。

戈珍并没意识到他现在做何感想，只觉得他仍像平素一样文静、温和。这样子甚至让她觉得自己对他太粗鲁了一些。

她来到他屋里时正赶上他宽衣。她根本没注意到他眼中那仇恨的奇怪光芒。她倒剪着手站在门后。

"我在想，杰拉德，"她那种漠然的样子简直是对他的辱没，"我不回英国了。"

"哦？"他说，"那你去哪儿呢？"

她对这个问题置之不理。她仍按自己的思路说下去，这话她是非说不可。

"我看不出回去有什么好，"她继续说，"我和你之间就算了结了。"

她停住话头等他说话。可他什么也没说，他只顾喃喃自语："了结了，是吗？我相信了结了。可还没完。记住这还没完。我们得让它完蛋才行。得有个结论，有个尾。"

他自言自语着，但没大声说出什么来。

"过去的就让它过去吧，"她接着说，"我从不后悔什么，我希望你也别后悔什么——"

她在等他开口。

"哦，我什么都不后悔，"他随和地说。

"那好，"她回答，"那好。那就是说，咱们谁也不后悔什么，该怎样就怎样吧。"

"爱怎样怎样，"他漫无目的地说。

她停了停，理清了思绪。

"咱们的努力是一个失败，"她说，"不过我们还可以在别的方面再试试。"

他生气了。似乎她是在挑逗他，激他。她为什么要这样做？

"试什么？"他问。

"试着成为情人啊，"她说，她有点不好意思，但又装作不屑一顾的样子。

"我们做情人的努力是个失败吗？"他一遍遍地大声问。

可他心里在说："我要杀了她，就在这儿。非杀了她不可。"他已经变得杀气腾腾了，可她却没看出来。

"难道不是吗？"她问，"你以为成功吗？"

这种污辱像一团火烧着他的血管，这种问题提得是那么轻浮。

"总有点成功之处吧，我说的是我们的关系，"他回答，"可能，本来可以成的。"

他说最后一句话时顿了顿。甚至刚开始这句话时他都不知道将要说什么。他知道那是绝不会成的。

"不对，"她说，"你无法爱。"

"那你呢？"他问。

她的两只黑眼睛像两轮黑色的月亮在盯着他。

"我无法爱的是你，"她一语道出了冷酷的真实。

他的头脑忽的一黑，身体不禁晃动了一下，立即怒火中烧。他的意识流向他的手腕，流向他的手心。他一个心眼儿要杀死她。他的手腕在发胀，直到掐死她他才会感到满足。

就在他冲向她之前，她明白了，脸上露出恍然大悟的神情，随后她闪电般的夺门而出。她冲进她的房间，把门反锁起来。她怕，但又很自信。她知道她的生命正在深渊的边缘上颤抖。可奇怪的是，她知道自己站得稳。她知道她的机智可以战胜他。

她站在自己屋里激动不已。她知道她会战胜他的。她可以依赖自己的理智和智慧。可现在她明白，这是一场殊死的搏斗。脚下一滑她就会失足。她只觉得一阵奇特、紧张、愈来愈烈的恶心，就像一个人从高处往下跌一样，可她不往下看，不承认自己的恐惧。

"我后天就得离开这里，"她说。

她就是要让杰拉德知道她不怕他，她走不是因为她怕他了。她压根儿就不怕他。她知道这就是避免他在肉体上伤害她的武器。就是比体力她也不怕他。她想向他证明这一点。她要证明，不管他怎么样她都不怕他；一旦向他证明了这一点，她可以永远离开他。但是她也知道，他们之间的这场斗争无论怎样可怕，都是没个完的。她自己得自信才行。不管她心里有多少恐惧，她不能怕他，不能让他吓倒。他永远也别想吓倒她，别想控制她，别想对她有什么权利。她要坚持这几点，要向他证明这些。一旦证明了这些，她就永远摆脱他了，自由了。

可现在她既没问他，也没向她自己证明这些。这让她现在仍然无法跟他分开。她与他捆绑在了一起，她无法离开他自己生活。她坐在床上用被子裹住自己，一坐就是好几个小时，思来想去，可似乎她永远也理不清自己的思绪。

"他似乎并不是真爱我，"她自言自语道。"他不爱我。他遇上哪个女人都要让人家爱上他。他甚至不知道自己这样做了。可他在每个女人面前都施展他的男性魅力，表现他强烈的欲望，他想让每个女人都觉得有他这个情人是多么美好。他故意不注意女人，这是他的一个把戏。其实他没有不注意她们的时候。他就像一只好斗的小公鸡，在五十个女人面前高视阔步，全把她们的心俘虏。可他这种唐·璜式的样子并不让我感兴趣。我要当个女唐·璜会比他当唐·璜强百倍。他让我讨厌。他的男子气让我讨厌。没有什么比那阳物儿更讨厌的了，天生的蠢、骄傲得发傻。真的，这些男人们不知天高地厚，真可笑，这群高视阔步的小东西。

"他们都一个德行。看看伯金吧。他们都是些自以为是其实很不怎么样的人。的确是这样，正因为他们能力有限，生性卑下，他们才变得如此自傲。

"洛克比杰拉德要强上千倍。杰拉德没什么出息，没什么出路了。他只能在旧磨房里推一辈子磨。可磨盘下面并没有粮食。碾呀一个劲儿地碾，却什么都没碾出来——都是说同样的话，相信同样的事，干同样的事，没有变化。我的天，连石头都会对此失去耐性的。

"我并不崇拜洛克，但不管怎么说他是个自由的人。他并不摆大男子主义架子。他并不那么忠诚地推那个旧磨盘。天啊，一想起杰拉德和他的工作——

贝多弗的公务和煤矿，我就感到恶心。我跟这有什么关系，跟他有什么关系，他还以为他可以做女人的情人呢！你还不如把一根自鸣得意的电线杆当情人。这些男人，他们永恒的工作，还有上帝赐给他们的永恒磨盘，他们在没完没了地推着磨，却没得可磨！这可太讨厌、太讨厌了。我怎么会看中他呢？！

"至少在德累斯顿你就可以摆脱这些了。在那里会有些有趣的事做，去看看韵律操表演，听德国歌剧，看德国戏剧那会多么有趣！加入德国艺术生活行列会十分有意思。洛克是个艺术家，是个自由的人。人要摆脱许多东西，这最重要，摆脱许多重复进行的可恶的庸俗行为、庸俗语言和庸俗的姿态。我并不自欺欺人地以为可以在德累斯顿找到长生不老的仙药。我知道这不可能。可是我可以摆脱那些有自己的财产、自己的家、自己的子女、自己的熟人、自己的这个、自己的那个的人们。我将与那些没有财产、没有家、没有家仆的人为伍，我们不要身分、地位和学位，不要同人圈子。哦，天啊，一圈又一圈的人，让人的头脑像闹钟一样转，疯狂地像机器一样毫无意义地空转。我真恨生活，恨这一切。我真恨这些杰拉德们，除此之外他们什么也不能给予。

"肖特兰兹！天啊！想想生活在那儿是种什么滋味！一周，又一周，又一周，周而复始——

"不，不能去想它，太让人受不了——"

她想不下去了，真吓怕了，实在不忍再想下去了。一想起日复一日的机械运动，这样一天天无穷地继续下去，她就要发疯。时间嘀嘀嗒嗒地过去了，表针在转动，转走了时光，啊，天啊，想想这是多么可怕的事吧。可谁也躲不了，逃不了。

她几乎希望杰拉德和她在一起，把她从自己思想的恐怖中拯救出来。哦，她独自一人躺在那儿，听着表针在不停地嗒嗒响着，这有多么可怕呀。全部的生活，全部的生活都化作了这嘀嘀嗒嗒，嘀嘀嗒嗒声，然后敲响了一个时辰，随后又是绵绵不断的嘀嘀嗒嗒声，指针在滑动。

杰拉德无法拯救她。因为他的身体、他的动作、他的生命也是这种嘀嘀嗒嗒声，同样像指针在表面上机械、可怕地滑过。他的吻，他的拥抱也是如此。她可以听得出他身上发出的嘀嘀嗒嗒声。

哈——哈，她自嘲地笑了，她感到太可怕，她要用笑来把恐惧驱赶走。哈——哈，这像疯了一样，真的，真的呀。

她突然这样想：某天早晨，当她一觉醒来，发现自己头发全白了，她会不会大吃一惊？她常常感到自己的头发正在变白，因为她思虑过深，情感太凝重了。可她的头发依旧是棕色的，她仍然是她自己，看上去很健康。

可能她是健康的。可能就是因为她十分健康她才能直面现实。如果她病病歪歪，她就会陷入梦幻中不能自拔。可她没法逃避现实，怎么也无法逃脱。她必须总要睁大眼睛、明明白白，永远也无法逃避，现在她就面临着生活的钟面。如果她像在车站上那样转过身去看看书亭，可她的心还是能够看到那面白色的大钟。她翻弄书页或做泥塑小人也无济于事。她知道她并不是真的在读书，不是真的在工作。她是在看着自己的手指头拨弄着时钟，那指针在机械、单调、永无止境地转着。她从来没有真正生活过，她只是在观察生活。的确，她就像一只小钟表，面对着永恒这座大钟，她既庄重又放纵，或者说既放纵又庄重。

她给自己勾勒的这幅图很令自己满意。她的脸不是很像一面钟盘吗？——圆圆的，时常苍白，缺少表情，她真想站起身看看镜子中的自己，可一想到自己的脸像一面钟，她就极为恐惧，赶忙去想点别的什么。

哦，为什么没有人对她友善一点？为什么没有人把她揽入怀中拥着她，让她歇一歇，好好儿歇一歇，抚平她的伤口？啊，为什么没有人把她抱在怀中，牢牢地抱在怀中让她睡上一觉？她太想如此这般地入眠了。没有保护，她总是睡不安生，总是睡不实在，无法松口气，平平安安地睡。啊，她怎么能忍受这个，怎么能忍受这种无边无尽，永恒的紧张？

杰拉德！他能搂住她，用他的臂膀保护她安睡吗？哈！他自己倒需要人照顾他安睡，可怜的杰拉德。他需要的就是这个。他的所作所为就是给她增加重负，他在身边，她睡得就难受。他让她的不眠之夜更疲劳，让她睡不好。或许他反倒因此能睡好？也许是。或许这是他纠缠她要从她那里得到的，就像个嗷嗷待哺的婴儿需要乳房。或许这就是他激情的秘密，就是他对她永不熄灭的欲火的秘密——他需要她安顿他安然入睡。

这算什么！难道她是他的母亲不成？她并没有让一个需要她昼夜伺候的孩子来当她的情人。她看不起他，看不上他，心肠变硬了。这个唐·璜却原来是一个夜哭郎。

哦，她真仇恨夜里哭叫的孩子，她真想把这个孩子痛痛快快地杀死算了。她要将他窒息，然后把他埋掉，就像海蒂·索莱尔所做的那样①。没错，海蒂·索莱尔的孩子是个夜哭郎，没错，亚瑟·唐尼桑恩的孩子就是这样的。哈，亚瑟·唐尼桑恩们，杰拉德们。白天他们是那么堂堂正正的男子汉，可到晚上却成了哭叫的婴儿。让他们都变成机器吧，变吧。让他们成为工具，纯粹的机器，让他们纯粹的意志像钟表一样永远重复运动。让他们这样吧，让他们完全献身于他们的工作中，让他们成为一架巨大机器的完整零件，不停地昏昏欲睡地往复转动吧。让杰拉德去管他的企业吧，他会感到满意，就像一辆来回往返的独轮车，她一直看着他这样做。

独轮车，可怜的轮子，就是企业的缩影。然后是双轮车，四轮卡车，八个轮子的辅助机车，十六个轮子的卷扬机，一直发展下去，矿工们推动着一千个轮子，然后是电工驱动着三千个轮子，井下经理管两万个轮子，总经理管十万个轮子，最后是杰拉德，他管着一百万个轮子、齿轮和车轴。

可怜的杰拉德，他身上背着这么多轮子！他比一座精密计时表还要精密。可是天啊，这可真让人乏味！真乏味，天啊！一座精密计时表，一只甲壳虫，一想这些她就会讨厌得头昏。要数，要考虑，要算计那么多的轮子！够了，够

---

① 英国女作家乔治·爱略特的小说《亚当·贝德》中的人物。农家女海蒂为庄园主的孙子亚瑟所诱骗，生一婴儿后弃之林中。

了，人处理复杂事的能力是有限的。不过也许是无限的。

此时杰拉德正坐在他屋里读书。戈珍一离去，他的欲望就没了，人也痴呆起来。他在床边呆呆地一坐就是一小时，头脑里忽闪忽闪地冒出些想法。可他没有动，垂着头一动不动地坐了好久。

等他抬起头时，发现到了入寝时间了。他浑身发冷，在黑暗中躺下。

可他不能忍受这黑暗。这周围的黑暗让他发疯。于是他站起身来点亮了灯。他坐着凝视前方好一阵子，既没想戈珍也没想别的事。

突然他下楼去了，去找一本书。他一生中都害怕黑夜，黑夜令他无法入睡。他知道，不眠之夜中恐惧地凝视着时光流逝让他太无法忍受了。

他像一尊雕塑一样坐在床上读书一读就是好几小时。他的头脑很敏捷，一门心思读着，身体竟全失去了感知。他就这样毫无感知地读了一个通宵，等到早晨，他已经精疲力竭，感到恶心了，主要是对自己感到恶心，于是倒头睡了两个小时。

等他起床以后，他已变得精力充沛。戈珍不怎么跟他说话，只是在喝咖啡时说：

"我明儿就走。"

"咱们是否保全一下面子，一起到因斯布鲁克再分手？"他问。

"或许可以吧，"她说。

她一边呷着咖啡一边说"或许"，说话时吸气的声音让他感到恶心。他马上站起身，准备离她而去。

他去安排第二天启程的事。然后他带了一些食物，准备去滑一天雪。他对店主说他可能到玛丽安乎特旅馆去，也可能到山下的村子里去。

对戈珍来说，这一天像春天一样充满希望。她感到浑身开始松快，感到一股新的生命之泉在体内涌将上来。她优哉游哉地打点行李，看看书，试试各式各样的衣服，照照镜子看看自己，她感到很快活。她感到新的生命注入了她的体内，为此她像个孩子一样高兴。她柔软的体态，仪态万方的身影和幸福的表情招得人人喜爱。可这种外表下却是死亡。

下午她得跟洛克一起出去。明天对她来说依旧很朦胧。但她为此感到颇为欣喜。她或许会跟杰拉德一起去英国，或许会跟洛克去德累斯顿，或许去慕尼黑的一位女朋友那儿。明天可能会发生任何事。而今天则是一切可能性的开端——雪白、闪光的开端。所有的前景都吸引着她——美好的、闪光的、难以断定的魅力，这是纯粹的幻想。所有的可能性——因为死是不可避免的，只有死，别的都不可能。

她不想让什么东西得到实现，不想让它们有具体的形体。她突然想明天走，进入一条新的轨道，这全然出自某种偶然因素或某种动因。所以，尽管她想最后一次同洛克到雪野中去逛逛，但她并不拿这当成一回事来对待。

洛克也不是个一本正经的人。他头戴棕色的天鹅绒帽，整个头看上去像一枚圆栗子。宽大的帽边松松地盖住耳朵，一缕黑发在他那顽皮的黑眼睛上飘舞着，小小的脸上透明的脸皮挤到一起像在做鬼脸。他这副样子看上去就像个没长大的人，一只蝙蝠。这副身材，再穿上草绿色防水布衣服，让他看上去显得那么弱小，有点怪，跟别人不一样。

他带了一副平底雪橇，他们二人在白雪覆盖的山坡上跋涉。风雪像火一样燎着他们已经冻得僵硬的脸，他们嘻嘻哈哈不停地开着玩笑，用几种语言聊着幻想。幻想代替了他们的现实世界，他们非常高兴地扔着用幽默和异想做成的彩球。在交谈中他们的天性自然地撞击出火花，他们在玩着一种纯粹的把戏。他们想让相互之间的关系只停留在逢场作戏上：这是一场多么美妙的把戏呀。

洛克没把滑雪看得很认真。他不像杰拉德那样热心、专注。戈珍对他这种态度反倒感到高兴。她太烦，对杰拉德滑雪时那紧张的动作烦透了。洛克放任自己的雪橇，让它像一片树叶欢快漫舞，拐弯时他和她双双被甩出雪橇，滚进雪里。等他们从冻得硬邦邦的地上爬起来时，发现自己并没伤着，于是又淘气地哈哈大笑起来。她知道他会说俏皮话的，即使是迷失在地狱中，只要心情好，他就会逗趣儿、说俏皮话。对他这一点她十分满意。他这样子似乎就超脱了尘世的烦恼和生活的单调。

他们玩儿着，无忧无虑，兴高采烈地玩儿着，直玩儿到日落西山。小雪橇很惊险地打个转，停在山坡下。

"等等！"他突然说道，不知从何处拿出一个大暖瓶，一包饼干和一瓶烈酒。

"啊，洛克，"她叫道。"真是太好了！太令人兴奋了！这是哪种烈酒？"

他说："越橘。"

"不！是用雪下面的越橘做的。这酒看上去就像是用雪提炼出来的呀。你能——"她闻闻瓶子说："你能闻出越橘味儿来吗？这可真是太妙了。就像透过雪闻到越橘味儿似的。"

她轻轻地跺着脚。而他则跪在地上吹着口哨，把耳朵贴近雪地，黑眼睛眨巴着。

"哈！哈！"她笑了。他用这种奇特的动作来嘲弄她的夸大其词，这让她心里感到暖融融的。他总逗她。嘲弄她。可他的嘲弄比她的夸大其词还荒谬，因此她只能大笑，感到心里舒畅多了。

她觉得她和他的声音就像银铃一样在黄昏时分寒冷凝固的空气中响着。多么美好，多么美好，这银色的孤独世界，他们之间的交流。

她吸着热咖啡，咖啡的清香在他们四周寒冷的空气中弥漫开来，恰似蜜蜂在花丛中嗡嗡采蜜。她小口品着越橘酒，吃着冰冷的甜奶油饼干。一切是多么好啊！一切闻起来、品尝起来、听起来都是那么美好，在这黄昏寂静的雪野中。

"你明天就走吗？"他终于问。

"对。"

一阵沉默。夜色似乎默默地升起，越来越高，愈来愈苍白，直升入近在咫尺的苍穹。

"去哪儿呢？"

去哪儿？哪儿，哪儿，这是一个多么美妙的字眼儿呀！她永远不想回答，让这个字永远像钟声一样响着吧。

"我不知道，"她笑道。

他理解这微笑的含义。

"谁也无法知道，"他说。

"谁也无法知道，"她重复着。

都沉默不语。他飞快地咬着饼干，就像兔子吃树叶一样。

"不过，"他笑道，"你买的票是到哪儿的？"

"噢，天啊！"她叫道，"还得有张车票才行。"

这是一个打击。她似乎看到自己站在火车站售票窗前。然后她松了口气，呼吸畅通了。

"也可以不走了嘛，"她叫道。

"当然可以，"他说。

"我的意思是说可以不按照车票标明的方向走。"

这句话震动了他。你可以买一张车票，但不按照车票上标明的方向走。你可以中途停下来，从而避开终点站，确定一个地点，这是个办法。

"比如去伦敦的票吧，"他说，"那地方万万去不得。"

"对，"她说。

他往一个铁皮罐头盒中倒了一点咖啡。

"你不告诉我你去哪儿吗？"他问。

"真的，说实在的，"她说，"我不知道。这要看风往哪个方向吹。"

他审视着她，然后鼓起嘴唇学着温柔的西风神的样子向雪地上吹了一口气。

"风往德国刮，"他说。

突然，他们发现附近出现了一个影影绰绰的白色人影。那是杰拉德。一看到他，戈珍的心不禁害怕地狂跳起来，她站起身来。

"是别人告诉我你在这儿。"杰拉德的声音像是黄昏的苍白空中响起的宣判。

"圣母啊！你像个魔鬼，"洛克大叫起来。

杰拉德没有回话。他的身影对他们来说真像个鬼影。

洛克摇了摇水瓶，口朝下倒了几下，水瓶中只滴出几滴棕色液体。

"全光了！"他说。

在杰拉德眼中，这个奇怪、小小的德国人就像在望远镜中看得那么清晰。他真讨厌这个矮小的身影，想把他赶走。

洛克又晃晃盛饼干的盒子。

"饼干倒是还有，"他说。

他坐在雪橇中把饼干递给戈珍。戈珍局促地接过来一片。他本想递给杰拉德一片可杰拉德摆出一副决然拒绝的样子，于是洛克默默地把盒子放到了一边。然后他拿过小酒瓶，举在光线中照着。

"还有一些烈酒，"他自言自语。

突然他殷勤地把酒瓶举在空中，以一种极荒唐的姿势倾向戈珍，说：

"小姐，为了健康——"

一声炸响，瓶子飞了。洛克惊得向后退了一步。三个人都浑身颤抖，激动异常。

洛克皮肤光滑的脸转向杰拉德，恶魔般的斜视着他。

"干得好！"他像个魔鬼一样愤怒地嘲弄说，"这也算是体育运动吧。"

话刚说完杰拉德照他脸上就是一拳，一下子把他打倒在雪中。可洛克挣扎着站起身来，浑身颤抖着，眼睛凝视着杰拉德。别看他身体羸弱，可他的眼睛却透着魔鬼一样嘲讽的目光。

"英雄万岁，万岁——"

说话间杰拉德的拳头忽地一下又打过来，打在他另一边头上，他躲不过这一拳，像一根折断的草被打到一边去了。

戈珍冲上前来，高举起拳头用力打杰拉德的脸和胸。

杰拉德大吃一惊，似乎天塌了一般。他的心裂了，痛苦万分。然后他的心又笑了，他终于伸出强壮的手去摘取他欲望中的果实了。他终于可以实现自己的欲望了。

他双手卡住戈珍的喉咙，那双手坚硬，力大无比。她的喉咙太美了，太美了，异常柔软，他可以感觉到那脖颈内滑动着的生命之弦。他要折断它，他可以这样做。这是多大的快乐呀！哦，这是多大的快乐？他终于可以满意了！他心中感到十足的快感。眼看着她的脸肿胀起来，快失去知觉了，看着她开始翻白眼。她怎么这么丑啊！他真满意，真满意！这真好，真好，上帝终于满足了他的愿望！他根本意识不到她的反抗。在他拥抱下的这种反抗和挣扎是她情欲的回报，愈是强烈、愈有快感，直到达到快感的高潮，待她的挣扎被制服，她的抗争动作和缓下来，平息下来。

洛克在雪中清醒过来。他头晕得厉害，受伤太重，无法站起来。只是他的眼睛还看得清。

"先生！"他叫道，声音又细又弱，"等你干完以后——"

听到他的话，杰拉德不禁感到一阵恶心。这恶心直令他想呕吐。哦，他这是在干什么？他还要做得多绝？！似乎他是因为太爱她才要杀死她的，似乎因为他太爱她他才要亲手解决了她！

他感到浑身发软，溶化了似的失去了力量。他不知不觉地松了手，戈珍从他手中滑落下来，跪在地上。他一定要看看她，看她是死是活吗？

他又怕又虚，关节似乎化成了水。他飘飘然而去，似乎乘着风转身飘然离去。

"我并不想这样，真的，"他心里厌恶地坦白着。他有气无力地滑上山坡，毫无意识地飘着，只想躲避任何进一步的接触。"够了，我想睡了。我受够了。"想着想着，他不禁恶心起来。

他很虚弱，可他并不想休息，他只想继续向前，向前，一直滑到底。不到头就不休息，这是他心里残存的唯一欲念。于是他就如此这般地飘然滑着，滑得有气无力，什么也不想，只是一个劲儿向前滑。

黄昏的天光像神光一样，呈蓝紫色，寒冷的蓝夜降在雪野上。在身后深谷中的茫茫雪野上有两个小小的人影：戈珍跪在地上，像一个被判了刑的人，洛克直挺挺地挨着她坐着。就这么一幅景象。

杰拉德踉踉跄跄滑上雪坡，他在深蓝色的天光下向上滑着，尽管精疲力竭，还是盲目地向上，向上。他的左侧是黑色岩石和落满石块的陡坡，风雪扑打着黑黑的石崖。可是没有一点声响，风雪静悄悄地袭击着黑色的石崖。

他右侧有一轮小小的月亮闪着耀眼的光芒，这亮闪闪的东西真让人痛苦，他怎么躲也躲不开它。他想，就这样滑下去吧，一直滑到头。他受够了，不过他还没有昏睡。

他痛苦地向上滑着，有时不得不飞越过一片裸露的黑石山坡，风吹开了覆盖在上面的白雪，将黑石露出。他真怕在这儿摔倒，真怕摔在这个地方。这高高的山顶上，一股冰冷刺骨的寒风几乎让他难以顶得住，他几乎要沉睡过去了。只是，这儿不是目的地，他必须继续向前滑。他心中那难以名状的恶心让他无法在这儿停住。

爬上一道山梁后，他发现有一座更高的山峰影影绰绰出现在前面。总是更高的山峰，更高的山峰。他知道他这是沿着雪道滑向坡顶，玛丽安乎特旅馆就在那儿，然后从那儿顺另一面坡再滑下去。可他并不十分清醒。他只想继续前进，只要能动，就一直滑下去，一直滑，就这样，直到滑到头。他早已失去了方位感。他的脚凭仅剩的微弱生命本能踩着雪橇寻着道前进。

他滑下一个陡峭的雪坡时踉跄了一下。他吓了一跳。他没有带铁头登山杖，什么都没带。不过既然安全地停了下来，他就在熠熠闪光的雪地上走了起来。他冷得快要昏睡过去了。此时他正走在两道山脊之间的空谷中。他转过身来，心想是否爬上另一道山梁还是沿雪谷前进。他的生命线扯得愈来愈细弱了!

他或许会爬上另一道山梁。纯净的积雪很坚实。他往前走着。雪中冒出了什么东西。他好奇地凑过去。

那是一个半埋在雪中的十字架，顶端是一尊小型耶稣受难像，头顶上的盖板倾斜着。他忙转开身去，似乎有什么人要杀害他。他十分害怕别人杀害他。这种恐惧就像一个魔鬼站在他的身边。

可是为什么要怕呢？这事必然要发生——被谋杀！他害怕地向四周的雪野张望着，四周苍白的雪坡在影影绰绰地晃动。他明白，他注定要被谋杀。此时死神已经降临，他在劫难逃了。

主啊，难道这是必然的吗？主啊！他可以感觉死亡的打击正向他降下来，他知道他已经被谋杀了。他蒙蒙眬眬地向前滑去，高举起双手，似乎要去感触将要发生的一切。他在等待他停下来的那一刻。一切还没有完结。

他来到雪谷中的盆地中，四周尽是陡峭的斜坡和悬崖，只有一条通往山巅的雪道。他迷迷糊糊地向前滑着，一失足，摔倒了。摔下去的那一刻他感到灵魂中什么东西破碎了，随之便酣然睡去。

第三十二章　退　场

　　翌日清晨有人把杰拉德的尸体运了回来，此时戈珍还闭门未出。她看到窗外几个男人抬着什么重物踏雪走来。她静静地坐等。

　　有人敲门。她打开门，门外站着一个女人，轻柔而且特别敬重地对她说："夫人，他们找到了他！"

　　"他死了？"

　　"是的，死了好几个小时了。"

　　戈珍不知说什么好。她应该说什么呢？她做何感想？她该做什么？他们指望她做什么？她茫然无措，露出一副冷漠相。

　　"谢谢，"说完她关上了她房间的门。那女人窝着火走开了。没有一句话，没有一滴泪，原来戈珍这么冷，一个冷酷的女人。

　　戈珍继续在屋里坐着，苍白的脸上毫无表情。她怎么办？她哭不出来，也不能发泄一通。她无法改变自己。她纹丝不动地坐着，躲着别人。她要做的就是避免介入任何事。她只给厄秀拉和伯金发了一封长电报。

　　下午，她却突然起身去找洛克。她害怕地朝杰拉德住过的屋子瞟了一眼。她无论如何是不会再进那间屋子了。

　　她看到洛克独自一人坐在客厅里，就径直向他走过去。

　　"这不是真的，对吗？"她问。

　　他抬头看看他，苦笑一下，耸耸肩。

　　"真的？"他重复道。

　　"不是我们害的他吧？"她问。

他不喜欢她这副样子，萎靡地耸耸肩道：

"可是，事儿是出了。"

她看看他。他颓唐地坐着，同她一样冷漠无情，备觉无聊。天呢！这是一场无聊的悲剧，无聊，无聊透了。

她回到自己屋里去等厄秀拉和伯金。她想离开这儿，一门心思要离开这儿。除非离开这儿，否则她就无法思想，没有感觉，不脱离这种境况她就完了。

一天过去了，翌日，她听到一阵雪橇声响。随后看到厄秀拉和伯金从高坡上滑下来，她又想躲开他们。

厄秀拉直奔她而来。

"戈珍！"她叫着，泪水淌下了面颊。她一下子搂住了妹妹。戈珍把脸埋进她的怀中，可她仍然无法摆脱心头那冷酷、嘲弄人的魔鬼，这令她的心都冻住了。

"哈，哈！"她想，"这种表现最恰当。"

她就是哭不出来。她这冷漠之情，苍白的脸让厄秀拉的泪泉也干涸了。一时间，姐妹二人竟无言以对。

"把你们又拉到这儿来是不是太可恶了？"戈珍终于说。

厄秀拉十分吃惊地抬头看着戈珍。

"我可压根儿没这么想，"她说。

"我觉得把你们叫来，真太难为你们了，"戈珍说，"可我简直不能见人。这事儿太让我无法忍受了。"

"是啊，"厄秀拉说着，她感到寒冷。

伯金敲敲门走了进来。他脸色苍白，毫无表情，她知道他什么都知道了。他向她伸出手说：

"这次旅行算是结束了。"

戈珍有点儿害怕地看看他。

三个人都沉默了，没什么可说的。最后还是厄秀拉小声问：

"你见过他了？"

伯金看看厄秀拉，目光冷酷得很。他没回答。

"你见过他了？"她重复道。

"见了，"他冷冷地说。

然后他看看戈珍。

"你都做了些什么？"他问。

"什么也没有，"她说，"什么也没有。"

她感到恶心，回避回答任何问题。

"洛克说，你们在路德巴亨谷底坐在雪橇上时，杰拉德来找你，你们吵了一架，杰拉德就走了。你们为什么吵？我最好知道一下，如果当局来调查，我也好说点什么。"

戈珍面色苍白，像个孩子似的看看他，心烦意乱，一言不发。

"我们根本就没吵，"她说，"他把洛克打倒，打晕，还差点掐死我，然后他就走了。"

可她心里却对自己说："这是永恒的三角恋的绝妙例子！"她暗自嘲弄地转过身去，因为她明白，这场斗争是杰拉德和她之间的斗争，第三者插足只是个偶然现象——或许是不可避免的偶然，但毕竟是个偶然。就让他们把这事当成三角恋的一例吧，是三人的仇恨所致。对他们来说这样更容易理解。

伯金冷漠地走开了。但她知道他无论如何总会替她出把力，他会帮忙帮到底的。她情不自禁轻蔑地笑了。让他去干吧，反正他十分爱照顾别人。

伯金又去看杰拉德。他爱过他。可一看到那具纹丝不动的尸体他又感到厌恶。这尸体冰冷、僵硬，令伯金五脏发凉。他得站在那儿，看着这具僵尸，这曾经是杰拉德。

这是一具冻死的男性尸首。他让伯金想起一只冻死的兔子，像一块木板冻在雪地上。他拣起那兔子时，它早已冻成了一块干木头。现在，杰拉德也像一块冻僵的木块，缩着身子似乎是在睡，可他明显僵硬了，硬得吓人。这样子令伯金感到十分恐惧。这房子得弄暖和点才行，尸首得化一化，否则一拉直，他的四肢就会像玻璃或木头一样碎裂。

他伸手去抚摸那张死者的脸，那脸上被冰雪划出的伤口令他五内俱焚。他怀疑自己是否也冻住了。自己的内心冻住了。他沉静的鼻孔下，棕色的短髭上生命的气息早就结成了一块冰。这就是杰拉德！

他又摸了摸那冰冷的尸体上冻得闪闪发亮、刺人的淡黄毛发。他的毛发冰凉，几乎像毒药一样可怕。伯金的心冻住了。他爱过杰拉德。现在他看着这张颜色奇特、模样周正的脸。他鼻子不大，很漂亮地向上翘着，面颊很有男子气。这张脸冻得像一块石头。可他爱过这张脸。这让人情何以堪啊？他的头脑开始感到冻结了，他的血液也开始变成冰水。真冷，真冷，一种沉重的、刺人的冰冷力量从外界压向他的上肢，而他的体内也开始冻结，他的心，他的内脏都开始封冻了。

他踏上雪坡去看出事地点。他终于来到了山口顶端附近为悬崖和山坡包围的大凹地中。这天天色阴沉沉的，已经三天了，一直这么阴沉、这么寂静。四下里一片惨白、冰冷、毫无生气，只是有些地方黑色岩石像树根一样凸出来，有的地方那黑石又像一张张裸脸。远处，一面山坡从山顶上铺下来，坡上布满了滚下的黑色岩石。

这儿就像一处被石头和白雪包围的浅谷。杰拉德就在这里睡过去了。远处，导游们已经把铁桩深深打入雪墙之中，这样他们可以拉着拴在铁桩上的大绳索上到巨大的雪墙顶上，攀上天际下突兀的山顶，玛丽安乎特旅馆就在山顶的一片石丛中。周围的雪峰像剑戟一样直刺苍穹。

杰拉德本来可以发现这根绳索，可以凭借它上到山顶。他可能听到了玛丽安乎特旅馆中的狗吠，可以去那儿找到住处。他本来可以滑下南面的悬崖，落到下面长满松柏的黑色深谷中，落到通往意大利的那条皇家大道上。

他可能！那又会怎样？皇家大道！南面？意大利？然后又会怎样？难道

那就是出路？那是另一条死路。伯金顶着刺骨的寒风站在高处看着峰顶和向南的路。往南走，去意大利有什么好？走上那条老而又老的皇家大道吗？

他转过身。要么心碎，要么别再忧虑。最好是别再忧虑。不管创造人和宇宙的是什么神秘物，它终究是非人的神秘物，它有它自身的伟大目标，人并非它的评判标准，让那庞大的、具有创造性的非人的神秘去解决一切问题吧。最好还是与自己搏斗，而非与这宇宙。

"没有人上帝就无能为力。"[1] 这是一位法国宗教大师的话。不过这话并不符合实际。没有人上帝依然故我。没有鱼龙和乳齿象上帝照样存在。那些怪物无法创造和发展了，所以上帝这个神秘的造物主就抛弃了它们。同样，如果人也无法创造性地改变和发展，上帝也会抛弃他们。上帝这永恒的神秘造物主可以抛弃人，用另一种更优秀的生命取代人类，就像马取代了乳齿象一样。

想想这些，伯金感到莫大的安慰。如果人类发展到了尽头，耗尽了自身的力量，那永恒的神秘造物主就会创造出另一类更优秀、更奇妙、更新颖、更可爱的人种来继续执行造物主创造的意图。这场戏永远也没有完结。创造的神秘永远是深不可测、绝对正确、永不衰竭的，永远如此。种族和物种出现了又消亡了，但总有更新、更好或同样好的崛起，总能超越奇迹。创造的源泉是不会干涸的，谁也找不到它。它没有局限。它可以创造奇迹，按自己的时间表创造出全新的种族，新型的意识，新型的肉体和新的生命个体。与创造的神秘可能性相比，人太微不足道了。让人的脉搏从那神秘处跳动起来，这是如此完美，难以名状的满足。至于是人还是非人倒无关紧要。那完美的脉搏是与难以名状的生命一起跳动的，那是神奇的未诞生的物种。

伯金又回到杰拉德身旁。他进了屋坐在床上。这里弥漫着死人气和阴冷气息。

---

[1]　此话可能出自费尔巴哈的《基督教的本质》："没有人，上帝就是空话。"

凯撒大帝死了，变成了泥土，

他会堵住一个洞挡住风。①

那个曾是杰拉德的人没有一点反应。他已冻成了一堆陌生、冰冷的东西——仅此而已。他死了！

伯金异常疲惫地走开了，去处理一天的事。他默默地、毫不费力地做他的事。去吼叫、哀伤、兴师动众——这都晚了。最好是保持沉默、耐心地忍受痛苦。

可是到了晚上，他被心中的渴望驱使着，手持蜡烛又进来了，他又看到了杰拉德，他的心突然缩紧，蜡烛从手中滑落，他抽噎着，泪水潸然而下。他坐在椅子上，突然的感情爆发令他浑身颤抖起来。随他进来的厄秀拉看到他垂头而坐，浑身抽搐，哭得失态，吓得直向后退。

"我没想到会是这样，没想到会是这样，"他哭着自言自语。

厄秀拉不禁想起德国皇帝的话："我并不想这么做。"她几乎是恐惧地看着伯金。

伯金突然安静下来。可他仍然垂着头把脸埋在胸前，偷偷用手指抹去泪水。随后他突然抬起头，黑色、复仇样的目光直刺向厄秀拉。

"他那时应该爱我，"他说，"我向他表示过。"

她脸色苍白，恐惧、双唇紧闭着说：

"那又会有什么不同？！"

"会不一样的！"他说，"就不会是这样的下场！"

他撇下她，转脸去看杰拉德。他奇怪地抬着头，就像一个傲岸对待辱没他的人那样昂着头凝视杰拉德那冰冷、僵死的脸。他的脸发青，就像一根冷箭刺穿活人的心灵。冰冷、僵死的东西！伯金记起杰拉德曾热切地握住他的手表

---

① 《哈姆雷特》第5幕，第1场。

达对他的真切爱恋，只那么一下就松开了，永远松开了手。如果他仍忠于那一下紧紧的握手，死亡就无所谓了。那死去的和正在死去的仍然可以爱，可以信任，他们不会死，他们仍活在所爱者的心中。杰拉德仍可以同伯金一起在精神上共存，甚至死后仍然这样。他可以和他的朋友在一起，过更有意义的生活。

可现在他死了，就像一团泥，像一块蓝色、可以融化的冰。伯金看看他苍白的手指，那手指都不能动了。这让他想起他见过的一匹死马：一堆雄性的死肉，令人恶心。他又想起他所爱的人那张英俊的脸，他死时仍信服那神秘物。那张死了的脸很英俊，没有人会说它冷漠、僵死。一想起它，你就会相信造物主，心中就会因为对生活有了新的、深刻的信念而温暖。

可是杰拉德！他不信！他去了，他的心是冰冻的，跳动不起来。他父亲当年死时，那充满希冀的表情令人心碎。可不是这种可怕的冷漠、僵死相。伯金把他的脸看了又看。

厄秀拉在一旁观察着这个活人如何凝视死人那冻僵了的脸。活人和死人的脸都那么毫无表情。紧张寂静的空气中蜡烛的火花在闪烁。

"还没看够吗？"她问。

他站起身来。

"这真让我难受。"他站起身说。

"什么——他的死？"她问。

他们的目光相遇了。他没回答。

"还有我呢，"她说。

他笑笑，吻着她说：

"如果我死了，你会知道我并没离开你。"

"那我呢？"她叫道。

"你也不会离开我的，"他说，"咱们不必因为死而绝望。"

她握住他的手说：

"可是杰拉德的死让你绝望吗？"

"是的，"他说。

说完他们就走了。杰拉德的尸体被带回英国下葬了，是伯金、厄秀拉和杰拉德的一个弟弟送他回去的。克里奇家的兄弟姐妹坚持要把他葬在英国。而伯金则想让他留在阿尔卑斯雪山上。但是克里奇家不同意，态度很坚决。

戈珍去了德累斯顿，也没写封详细点的信来讲讲她自己。厄秀拉和伯金在磨坊的住处住了一两个星期，过得很平静。

"你需要杰拉德吗？"一天晚上她问他。

"需要，"他说。

"有我，还不够吗？"她问。

"不够，"他说，"作为女人，你对我来说足够了。你对我来说就是所有的女人。可我需要一个男性朋友，如同你我一样，他也是我永恒的朋友。"

"我为什么让你不满足呢？"她问，"你对我来说足够了。除了你我谁也不再想了。为什么你就跟我不一样呢？"

"有了你，我可以不需要别人过一辈子，不需要别的亲密关系。可要让我的生活更完整，真正幸福，我还需要同另一个男子结成永恒的同盟，这是另一种爱，"他说。

"我不相信，"她说，"这是固执，是一种理念，是变态。"

"那——"

"你不可能有两种爱。为什么要这样！"

"似乎我不能，"他说，"可我想这样。"

"你无法这样，因为这是假的，不可能，"她说。

"可我不信，"他回答说。

出版说明

　　本书最早根据英国海纳曼出版公司 1956 年版译出，于 1989 年首版，之后多次印刷。在此基础上，根据企鹅图书公司 1986 年版修订并增加了三十五个注释，后于 1999 年出过修订版。目前的版本根据的是企鹅图书公司出版的在 1920 年美国私人征订版的基础上由劳伦斯权威学者校订的版本，字数多于 1956 年和 1986 年版，且多出一个章节，被学界称作最接近劳伦斯创作本意的一个版本。

　　本书在以前版本基础上全面修订、补译、加注，注解多意译自该版的注解，但也有部分为译者所注，译者所撰的注解条目散落于翻译的注解条目之间，加"译者注"字样，如有错误，文责自明。